大唐遊俠
吳蔚作品集
04
吳蔚
新銳歷史小說家、劇作家
好讀出版

目錄

引子 004
卷一 無頭命案 005
卷二 血劍蒼玉 049
卷三 飛來之錢 091
卷四 倏忽風雨 131
卷五 天河水 185
卷六 蜀道難 241
卷七 韋皋之死 287
卷八 牢刺長安心 355

卷九　易水寒——415
卷十　驚天大刺殺——481
尾聲——529
何謂遊俠——534
背景介紹——543
唐藩鎮圖——546
詩作賞析　遊俠詩十首——548
後記　劍客昂昂，錦語琅琅，不盡興亡　文／吳蔚——552

引子

唐憲宗元和二年，西元八〇七年，宰相李吉甫撰成《元和國計簿》一書，共有十卷。此書彙總當時全國方鎮、府、州、縣數與戶口、賦稅、兵員的實際情況：全國總計四十八個方鎮，二百九十五個州府，一千四百五十三個縣，二百四十四萬二千五百四十戶，租稅總收入為三千五百一十五萬一千二百二十八貫[1]、石。

其中，鳳翔、鄜坊、邠寧、振武、涇原、銀夏、靈鹽、河東等軍鎮都在邊陲，不納賦稅；易定、魏博、鎮冀、范陽、滄景、淮西、淄青等都是世襲藩鎮[2]，割據一方，根本不申報戶口，從不向朝廷上交賦稅；所以國家每年的賦稅都只依賴浙江東、西，宣歙、淮南、江西、鄂岳、福建、湖南等八道四十九州，一共有一百四十四萬戶人口，比唐玄宗[2]天寶年間的稅戶減少了四分之三，全國兵卒則有八十三萬多人，比天寶年間增加了三分之一，折算起來，大約是兩戶人家供養一個兵士，負擔十分繁重。

自「安史之亂」以來，藩鎮割據就是朝廷心頭之痛，當這十卷《元和國計簿》擺上憲宗皇帝案頭時，又往他傷口上狠狠撒了一把鹽。藩鎮，藩鎮，一定要削平藩鎮。

---

1 貫：將一千文銅錢串成一串，稱一貫，又稱一緡。

2 眾世襲藩鎮除了魏博、淮西，其餘在本小說中亦以常見名號稱之，如義武（易定）、成德（鎮冀）、幽州（范陽）、橫海（滄景）、平盧（淄青）。各藩鎮與朝廷位置關係圖，參見頁五四六～五四七。

3 唐玄宗為李隆基之廟號。廟號是古代帝王死後在太廟裡立宣奉祀時追尊的名號，本小說先後出現多位唐朝皇帝，特採用廟號來區別。

卷一　無頭命案

月光照耀的牆根下，並沒有什麼竊賊，而是一具無頭屍首，斷頸朝外，猶能見到鮮血汨汨冒出，血塗當地，一條腿大半伸進了牆洞中——也就是說，他父子二人適才抓住的並不是什麼竊賊，而是一具死屍的腿。

唐朝貞元二十年，西元八〇四年，在位的皇帝為唐德宗李适[1]。這位曾飽受戰亂之苦的皇帝，才剛過了花甲之年，人們卻瘋傳皇帝早已老得糊塗——先是數年前不顧已有九個親生兒子的事實，將過世弟弟李邈之子李誼過繼為第二子，又將太子李誦之子李源過繼成第六子，明明是親孫子，卻非要充當兒子來認，當真是千古奇聞，聞所未聞。五年前當十八歲的李源不幸病死時，德宗悲痛欲絕，贈予李源「文敬太子」封號，輟朝三日，下令文武百官到通化門排隊痛哭送葬，如此隆重之禮儀，自唐代立國以來前所未有。

老皇帝不僅行事古怪，好猜忌大臣，只信任身邊的宦官，還得了瘋狂的財迷病，一門心思只知道搜羅金銀珠寶，他所寵幸的京兆尹李實、西川節度使韋皋、河東節度使嚴綬等人均是善於撈錢進奉的好手。為了聚斂更多金錢，德宗還破天荒地發明了「宮市」。本來按照舊制，皇宮中的日用品採購例來由官府承辦，調撥專門經費向民間採購。然而老皇帝不知道動了哪根腦筋，突然下令改為由宦官經手，經常派出幾百人前往商家密集的繁華街市，這些人身穿白衫，稱為「白望」，不帶任何文書和憑證，看到所需的物品即口稱「宮市」，付很少的價錢強行掠奪不說，還勒逼貨主送貨到宮內，並要交納「門戶錢」和「腳價錢」。這種直接搶劫民間財富的無賴作法給京師林立的商鋪帶來了巨大的困擾，許多商人不堪忍受宮市之苦，被迫離開，或往江淮名都揚州，或蜀中重鎮成都，長安昔日喧鬧的市井巷陌之間，陡然變得冷清了許多。

這一年，剛好是甲申年。

甲，為棟梁之木，天干為東方；申，屬陽金，地支為西方，五行中剛好是金克木，所以甲申年是地支克天干，不但年運平平，而且會有一些難以想像的災難發生。

自夏季以來，長安一直處在一種令人心悸的惶惶不安當中，這還不全然是因為宮市持續攪亂全城的緣故，今年關中八百里秦川大旱，莊稼顆粒無收，雖說京師作為國之根本所在，有漕運自江淮運送物資做保障，不至於缺衣少食，然而糧價悄然飛漲卻是鐵一般的事實。到秋季天氣由涼轉冷的時候，已經漲到了斗米三四千錢，而昔日米價最便宜的時候斗米不過三四文錢，就算德宗即位之初戰禍連年，一斗米也不超過二百文錢，如今突然漲了十數倍，京城裡為此愁上眉頭的大有人在，最愁的當然是那些窮苦的平民，還有遍布全城顯是相對富庶的酒肆——酒肆釀酒，需要大量糧食，米價上漲，釀酒成本大大提高，可是酒價又由官方統一制定，不得隨意漲錢，這可大大苦了賣酒為生的酒戶，還不能就此改行不做，不然就不能再享受免除官府徭役和雜差的好處。

這一日，重陽節過去不久，豔陽高照，秋高氣爽，蝦蟆陵中突然多了不少陌生面孔，巡視的坊卒很容易就發現這一點，急忙去稟告坊正。坊正姓黎名瑞，四十來歲，素來秉承多一事不如少一事的原則，聞言也沒有太當回事——蝦蟆陵中多有青樓，南面又是凝煙吐靄、風景優美的曲江芙蓉園，來往的生客多也是常事，況且今年關中乏糧，不少饑民湧來京師乞討就食，既然其他坊里的坊正並不驅趕這些人，那麼他蝦蟆陵坊正為何要獨做惡人？

外地人初來京師時，常常將曲江正北面的蝦蟆陵與常樂坊的下馬陵混為一談，事實上，兩者確實極有關聯——蝦蟆陵原本叫下馬陵，就在長安城東南胭脂坡一帶，西漢儒學名臣董仲舒死後即葬在此處，漢武帝劉徹到此地也要下馬，以表示對董仲舒的尊敬，由此象徵地得了「下馬陵」的稱呼。後來隋朝立國，為修建長安新城需要，將董仲舒墓遷移到春明門附近的常樂坊，人們經過墓前時，不論官吏、平民、騎馬乘轎者照舊下來步行，因而下馬陵的地名也隨之轉移到常樂坊。為了便於區分，又將原來的下馬陵改稱為蝦蟆陵，僅是因為其南面就是泛羽游鱗、深不見底的曲江，水中多有蝦蟆[2]的緣故。

自董仲舒墓遷走後，蝦蟆陵一改之前肅穆莊重的氣象，起了翻天覆地的變化，演變成歌姬舞妓聚居之地。本來，天下最有名的銷魂窟當數位於皇城附近的平康坊——平康坊，處於長安城最繁華中心地段，位置絕佳，西面即是太學、國子監所在的務本坊，東面就是東市，正北面是皇親國戚雲集的崇仁坊，正南面則是萬年縣廨[3]、榷鹽院所在的宣陽坊。入平康坊北坊門後東迴三曲，即為長安青樓女子集中之地，金粉樓閣，章臺柳色，夜夜笙歌，燈紅酒綠。然蝦蟆陵因為旖旎秀美的芙蓉園、曲江池近在眼前，為上國勝遊之最，回絕塵囂，花木叢翠，發展到後來，風流藪澤竟絲毫不亞於平康坊，王子公孫的車馬川流不息，一時風月，以致於一些達官貴人不得不將早先建在這裡的家廟移往他處，以免打擾了先人清靜。

除了聲色犬馬樣樣皆有，蝦蟆陵還有一樣好東西為平康坊所沒有，這就是清酒——當然不是說平康坊沒有酒喝，而是名列天下十大名酒之一的「郎官清」就產自蝦蟆陵下。郎官本意是指尚書省六部諸司郎中、員外郎，雖不掌實權，卻地位清貴，受人稱羨；郎官清取的正是郎官清要顯貴之意，用官職來為酒命名，也算十分罕見了。

此刻，郎官清酒肆的店主劉太白正捧著帳簿趴在櫃檯上，望著對面的牆壁發呆。別看那面牆壁斑駁陳舊，露出了積年歲月消磨的老態，那上面可留有不少名家手跡。唐代有酒肆飲酒、壁上題詩的風氣，後世所謂「壁間俱是斷腸詩」即言題壁創作之繁盛——初唐時的王績、陳子昂，盛唐時的賀知章、杜甫，大曆時期的韓翃以及現今猶在世的才子李益等，均在上面留下了墨寶；尤為著名的是韓翃那首〈寒食〉：「春城無處不飛花，寒食東風御柳斜。日暮漢宮傳蠟燭，輕煙散入五侯家。」韓翃閒居長安十年，全靠此詩傾城傳唱，傳入深宮德宗皇帝的耳中，才得到賞識，被拔擢為中書舍人，負責在中書省草擬詔旨，從此步入中樞，得意於官場。斯人雖逝，詩名猶存。不少酒客來到郎官清酒肆，一面飲酒一面讀詩，不免要感歎一回韓翃與愛妻柳依依的際遇離合，痛斥幾句李益拋棄長安名妓霍小玉的負心薄倖，名士風流、文人韻事恰成了最好的佐酒菜——可以說，這滿牆壁的題詩跟酒肆祖傳清酒配方一樣，是郎官清的金字招牌。

只是劉太白此時注視那面詩壁的神態，卻帶著一言難盡的複雜。無奈和哀傷漸漸浮現在半剝落的牆皮上，若隱若現，彷彿是從他心底透出來的虛弱。

長子劉大郎不知道何時無聲無息地站到了身邊，低聲告道：「阿爹，有人在咱們酒肆前後轉來轉去，怕不是好兆頭。」劉太白回過神來，問道：「什麼？」劉大郎道：「今晚必有梁上君子穿牆而入，我等不可不防。」劉太白卻是不信，斥道：「什麼梁上君子能到咱們酒肆來？對面的翠樓不比咱們家有錢麼？」劉大郎正色道：「那不一樣，對面的晚上是要做生意的，況且人家牆高，又是磚石所砌，竊賊不好下手。」劉太白道：「你知道什麼，還不快去送酒！」

斥退大郎，劉太白更加煩惱起來，他今年四十五歲，妻子八年前跟酒客私奔逃走，單留下膝下二子：如今長子大郎二十六歲，天生一張呆滯苦瓜臉，傻頭傻腦，從來不會笑，性情也有些古怪，至今尚未娶妻；次子二郎才十四歲，倒是長得聰明俊秀，可偏偏不想學祖傳的生意，一心要學什麼彈琵琶，打都打不過來。這樣兩個兒子，將來能指望誰來繼承家業？

悶悶不樂了大半天，到薄暮時分，劉太白倒真留意到有一名布衣漢子在酒肆前後轉悠，鬼鬼祟祟，似乎不懷好意，這才重新回憶起大郎的話來，心道：「俗語說，防人之心不可無，況且今年年頭不好，正是多事之秋，還是提防些好。」

他心中打定主意，也不跟家人說，晚上打烊關店後獨自守在堂內，也不點燈。當日正是九月十九，重陽過去一旬，外面素光皎潔，月色如水銀般悄悄流瀉大地。一直等到夜漏已殘，果然聽得房外有「噔噔」之聲，似有人往土牆上扒洞。

劉太白暗道：「來了！」正要到後院去召集夥計，卻見長子大郎已經提了根木棒自內堂出來，心中略感寬慰，暗道：「今日這件事大郎倒是機靈。」父子二人心有靈犀，一聲不響地貓在牆邊，靜等那竊賊進來。

不一會兒功夫，土牆被打穿，從牆洞外先伸進一條腿來。劉太白看得清楚，猛地上前撲住那竊賊大腳，連聲嚷道：「快，快，大郎，快開門去捉住他。」劉大郎道：「是。」正要趕去開門捉賊，卻聽見父親「哎喲」一聲，原來那賊人力大，使勁將腿往外拔出了一大截。劉大郎見狀，忙回來與父親一道抓牢那條腿，一邊回頭叫道：「來人！快來人！」

酒肆裡除了劉太白父子三人，還住著數名雇請的夥計、廚子等，眾人聽見喊叫聲，慌忙點燈出來。一陣忙亂後，夥計終於打開大門，蜂擁趕出去抓賊。

劉太白見被自己抓住的竊賊不再掙扎，料來已經被夥計逼住，不過還是不敢輕易鬆手，隔著牆高聲問道：「抓住他了麼？」不見夥計回答，不禁有些發怒起來，道：「到底抓住了沒有？」牆外卻依舊寂靜無聲。

忽見劉二郎睡眼惺忪地跑出來，問道：「出了什麼事？」劉太白不及向小兒子說明事情經過，只叮囑劉大郎道：「你抓牢他了，我去外面看看。」劉大郎道：「是。」

劉太白敏捷地跨出大門，卻見幾名夥計站在門外，死瞪著牆洞發呆，忍不住喝道：「你們站著做什麼？還不快上前……」一語未畢，自己也駭異得呆住——月光照耀的牆根下，並沒有什麼竊賊，而是一具無頭屍首，斷頸朝外，猶能見到鮮血汩汩冒出，血塗當地，一條腿大半伸進了牆洞中——也就是說，他父子二人適才抓住的並不是什麼竊賊，而是一具死屍的腿。

牆內劉大郎不見動靜，問道：「阿爹抓住他了麼？」忽聽見父親失魂落魄地喊道：「大郎快放手，那……那是個死人！」又聽見外面劉二郎嚇得大聲哭泣起來，心中一驚，急忙鬆了手，趕出來一看，也嚇傻了眼，心中更是百般不解：適才阿爹抓住那竊賊大腿時，他還在猛力掙扎，意圖逃脫，如何眨眼間突然就變成了一具無頭屍首？

眾人從來沒遇過這樣詭異離奇的怪事，只呆立當場，不知該如何是好。過了一會兒，巡夜的坊卒經過，聽見動靜跑過來一瞧，見出了人命，也嚇得大驚失色，慌忙趕去稟告坊正黎瑞。唐代長安治安管理制度森嚴，像這般在坊里出事，坊正及當值人員都要以疏忽職守論罪。黎瑞才聽了半句，立即從床上一驚而起，取鑰匙開了坊門，命坊卒速去萬年縣報官。

坊卒道：「現下正值夜禁，坊正還得給小人一道公牒，好應付金吾衛騎卒的盤問。」

原來唐代長安實行封閉坊里管理及夜禁制度，按照〈宮衛令〉規定：居民居住的坊里四周以圍牆封閉，每面僅開一扇門，坊角設有武侯鋪，由衛士守衛；城門和坊門早晚都要定時開閉，以擊鼓為準。五更二刻時，鼓聲自宮城承天門響起，六街鼓（設置在六條主幹街道上的街鼓）應聲承振，擊鼓三千，坊市門開啟。日暮時分，漏刻「夜刻」酉時，擊鼓八百聲，關閉城門、坊門，夜禁開始。凡是在「閉門鼓」後、「開門鼓」前在城裡大街上無故行走的，稱為「犯夜」，被巡邏的金吾衛士發現後，輕則拘禁鞭撻，重則當場杖死。唐初的時候，有一個姓崔的男子醉酒犯夜，被巡夜的金吾衛捆起來打了一頓，扔在街頭醒酒。第二天一早，長安縣令劉行敏在上朝的路上遇到了崔生，才給他鬆了綁，還因此寫了一首詩：「崔生犯夜行，武侯正嚴更。襆頭拳下落，高髻掌中擎。杖跡胸前出，繩文腕後生。」當然也有例外的情況，如果是為官府送信之類的公事，或是疾病、生育、死喪之類的私事，得到街道巡邏者的同意後，可以外出坊里辦事，但仍然不得出城。

黎瑞也嫌夜禁森嚴太過麻煩，暗罵了一句，匆匆在武侯鋪寫了一道公牒給坊卒。那坊卒飛一般地出了坊門，往北面宣陽坊去了。

黎瑞料想這一夜再也無法安生，乾脆趕來郎官清酒肆，果見一具無頭屍首橫在酒肆牆外，那血淋淋的樣子分明是剛剛被人殺死不久。聽劉太白結結巴巴地說完經過，更覺匪夷所思。可是他也知道劉太白為人本分老實，決計不會撒謊，忙召集了幾名街卒，四下搜尋死者頭顱，然而找來找去，始終沒有任何發現。

次日清晨街鼓響完後許久，萬年縣尉侯彝才率領差役趕到。這侯彝三十餘歲，一身青色官服，劍眉星目，凝重威嚴，腰間掛一把厚厚的佩刀，看上去像個精明幹練的武官，渾然不似有功名在身的進士。

不過可別小看這萬年縣尉，權力既大，且前途光明，人稱唐朝進士有幾大升官捷徑，其中之一就是出任京畿佐官如縣丞、主簿、縣尉等。當今監察御史劉禹錫、李絳前年還分別是渭南主簿、渭南縣尉，去年就一起進了位高權重的御史臺，風頭正勁，即是最好的證明。

侯彝先靜靜聽取黎瑞和劉太白陳述事情經過，一時沉吟不語，顯然也覺得此案蹊蹺難解。此時天光大亮，圍觀的閒人越來越多。人群中忽然擠過來一名老婦人，上前抱住無頭屍首痛哭了起來。

侯彝問道：「太夫人，死者是你什麼人？」老婦人斷斷續續地哭道：「是我苦命的孩兒……我家住在城外，昨日他來城裡收帳，一夜未歸……必是這家酒肆謀財害命，將我孩兒殺死。」

劉太白急道：「哪有這樣的事，分明是你兒子要到店裡偷竊……」老婦人道：「胡說，我孩兒身懷巨金，怎麼來行竊你一家酒肆？快還我孩兒的命來！可憐我的孩兒，慘死在這家黑店外，連頭都沒有了，哎喲……」

劉太白難以分辯，如此清冷的深秋早晨，身子單薄的人早已穿上襦襖，他竟是急得滿頭大汗。

那老婦人哭過幾聲，又轉向侯彝問道：「你……你是萬年縣尉麼？」侯彝道：「正是。」老婦人道：「少府[4]，你可要替老身做主，老身就這麼一個孩兒，我要告這家黑店，告他們謀財害命。」侯彝道：「那好，太夫人既然要告官，就請跟我一道回縣廨吧。來人，將酒肆店主鎖了。」

差役應聲上前，取出鎖鏈就往劉太白頸間套去。劉大郎搶上前來，一把扯住鎖鏈，怒道：「明明是盜賊要進來偷我家財物，你們怎麼可以胡亂拿人？」侯彝冷冷道：「人死在你們酒肆外，本已難脫干係，又有苦主控告你們謀財害命，本官只是依律行事，沒有絲毫胡亂之舉。來人，將他也一併鎖了。」

差役一擁而上，將劉太白和劉大郎鎖上，扯了便走。劉二郎到底年幼，哪裡見過這種場面，見官差如狼似虎，嚇得直躲到夥計背後，看也不敢多看一眼。

正在這個時候，忽有人叫道：「等一等！這只是無賴之徒的詭計，店主父子都是無辜的，少府切莫上當。」

卻見人群中擠過來一名二十六七歲年紀的年輕男子，一身灰色布衣，斜背行囊，風塵僕僕，頗見滄桑疲倦之色，顯是新到長安。他手中握著一柄極黯淡極陳舊的長劍，唐代男子習慣以佩刀帶劍作為闖天下、取功名的象徵，倒也不足為奇，只是他那柄劍比尋常寶劍要寬一寸，似是柄古劍。

侯彝見他貌不驚人，卻是氣度沉靜，不似搗亂之徒，況且普通百姓見官府逮人，早就遠遠避開，他卻挺身而出，想來有幾分能耐，當即揮手命差役停下來，問道：「閣下尊姓大名？」那男子遲疑了一下，有些不大情願地答道：「空空兒。」

侯彝道：「好，空空兒，你可認識這郎官清酒肆店主？」空空兒道：「不認識。」侯彝道：「那麼你可認識死者？」空空兒道：「也不認識，我才新到長安。」

侯彝道：「那你倒說說店主父子如何個無辜法。」空空兒慢吞吞地道：「嗯，昨晚來扒牆的竊賊一共有兩人，一人望風，一人下手行竊，這是偷竊者常用的伎倆。牆被扒出洞時，負責行竊的人先進，不料先入者的腿被店主抓住，無法逃脫。牆外負責望風的同夥見狀，知道主人早有防備，一時驚慌，生怕同夥被抓捕後連累自己，便出此下策，殺人滅口。又怕同夥被人認出來，所以才切下了他的首級。」

他講述得極慢，彷彿已經很久沒有說過這麼多話，所以格外字斟句酌，周圍的人都聽得十分清楚。解釋雖則離奇，卻合情合理，沒有任何漏洞，人群頓時一陣譁然，議論紛紛。劉太白更如行將溺斃之人抓到一根救命稻草般，連連叫道：「正是，正是！情形正如這位郎君[5]所言！」

侯彝見那老婦人一時色變，心中已有主意，招手叫過黎瑞道：「若果真如這空空兒所言，人頭一時難以處理，賊人絕不會冒險帶著它出坊門，肯定還在蝦蟆陵內，你派人去找一找。」黎瑞道：「可是下吏早已經四處找過了，沒有找到。」侯彝道：「再找一遍，仔細找，人頭一定還在這酒肆附近。」黎瑞見他態度堅定嚴厲，喏喏連聲，慌忙帶人去搜尋頭顱。

侯彝這才問那老婦人道：「死者當真是太夫人的兒子麼？」老婦人道：「是……」見侯彝目光如冰雪般冷峭，心中打了個寒戰，埋下頭去，改口道：「不，不是，老身不認識他。」侯彝道：「那太夫人為何來假冒苦主？」老婦人道：「老身見這屍首沒有了頭顱，反正也不會有人認識，所以想假稱他是我兒子，以此來訛詐酒肆店主一些錢財。」

侯彝道：「不對！」老婦人嚇了一跳，慌忙辯道：「我當真不認識他。」侯彝道：「我猜死者未必是你兒子，但你肯定認識他，不然你家住城外，如何知道城內蝦蟆陵發生命案，一大清早便趕來認領屍首？定然是那殺人後逃走的竊賊告訴了你，你其實是他們二人的同黨。」

老婦人臉如死灰，無可爭辯，只得俯首認罪。侯彝便命人以反坐訛賴之罪先將她鎖拿回縣廨，再細細審問逃走的竊賊下落。

那憑空冒出來指點破案的空空兒心道：「這縣尉倒是能幹得很，傳聞京城裡的大小官員淨是昏官、糊塗官，看來未必如此。」

他見侯彝著實精細厲害，只不過不熟悉雞鳴狗盜的手段，一時不明究竟，既然關鍵已經點透，毋須自己再多言，正欲轉身離開，侯彝忽道：「攔住他！」兩名差役當即擋在空空兒面前。

空空兒回身愕然問道：「少府這是要做什麼？」侯彝道：「多謝閣下適才指點迷津。不過閣下如此熟悉竊賊手段，想必也幹過不少雞鳴狗盜的勾當。來人，搜一下他的行囊。」

一名差役上前強行解下空空兒行囊，放在地上打開，不過有幾件舊衣物、一袋銅錢，並無可疑之物。侯彝便命差役將包袱還給空空兒，道：「得罪了。」空空兒竟絲毫不以為意，道：「少府職責所在，理當如此。」

侯彝見他豁達坦然，大異常人，不免疑心更重，有心詳細盤查他的身分。偏偏這個時候坊正黎瑞捂住口鼻急奔過來，大聲嚷道：「少府，頭顱找到了，找到了！就在酒肆後面的糞坑中！」

侯彝暫且顧不上再理會空空兒，帶人來到酒肆院後，果見坊卒自糞坑中撈出了一顆人頭，臭氣熏天。早有人打來一桶水，潑在人頭上。那人頭被扔進糞坑不過幾個時辰，未及腐爛，面目清晰可辨，原來是個三十來歲的男子。

一名姓章的中年差役叫道：「哎呀，小的認得此人，他是城外西五里王家村的王慶，向來以偷雞摸狗為生，光小的就逮住過他兩次。」侯彝點了點頭，道：「這就對了。老章，你帶幾個人押著那老婦人去王村，將那殺死同伴後逃走的竊賊捕來。」章差役道：「是。」他一眼認出頭顱主人，又奉命去抓捕殺人犯，料來這次少不得要論功行賞，忙喜孜孜帶了人去辦事。

一件離奇命案瞬間水落石出，圍觀眾人無不驚歎，既驚那空空兒熟知竊賊手法，也歎萬年縣尉善聽人言。侯彝命人放了劉氏父子，還待質問空空兒來歷，轉頭卻已不見人影，料來早已趁亂離開，只得作罷，自率差役回去縣廨。

劉太白歷此劫難，仿若死裡逃生，又驚又喜，待要感謝大恩人空空兒，卻四處尋不見。他是個知恩圖報的人，不免有些鬱鬱起來。哪知道回來店中，意外見到那大恩人正坐堂內角落一桌，等著夥計點菜上酒，大喜過望，搶上前就要拜謝。空空兒忙扶住他，道：「店主不必如此，我不過湊巧趕上，舉手之勞而已。」

劉太白再三道謝後，這才問道：「郎君是新到長安麼？」空空兒道：「是，才剛剛進城。我久聞郎官清大名，不及歇息，便逕直趕來酒肆。店家可有酒麼？」

郎官清名譽海內外，劉太白見慣這類迫不及待趕來品嘗清酒的酒客，倒也不足為奇，忙道：「有，當然有。大郎，快去取酒來。」劉大郎應了聲，自去酒窖取酒。

空空兒見劉太白並不走開，知道他想親自招待自己，緩緩道：「店主切莫將剛才的事放在心上，還是只拿我當個普通的酒客吧，不然我以後可就不敢再來了。」劉太白聽他如此說，只得道：「是。」

待到酒菜上來，那空空兒只慢慢自斟自酌，雖篤定從容，卻也落落寡歡。劉太白閱人無數，早看出他是一個嗜酒如命卻又孤獨寂寥的人，也不再去打擾他。

之後連續幾日，空空兒中午都會來酒肆飲酒，因不知道他來歷，他的萎靡頹廢更為他增添了一股神祕的氣質。

轉眼到了九月末，這日正午，東、西兩市[6]開市的鼓聲在長安城上空響起的時候，空空兒還沒有到，比往日遲了許多，劉太白不免有些翹首期盼起來，一抬眼，就看見滿臉肅色的榷酒處[7]胥吏唐斯立正站在門前，今日正好是月末，不用說，這位酒吏一定是來催收榷酒錢了。他知道避無可避，決定先發制人，趕緊放下手中的帳簿，迎去門口。

唐斯立正回頭張望，他確實是要來郎官清酒肆收取酒稅，然則市鼓聲「咚咚」一響，多少吸引了他的注意力，他略微停了一下，下意識回過頭去，卻意外見到街道對面的翠樓上有名紅衣女子正在慢慢捲起竹簾——那雙手纖纖若春蔥、瑩白勝冰雪，它的主人一定就是蝦蟆陵大名鼎鼎的瑩娘了，心頭頓時有股熱流漾起。正發呆時，忽被人扯到一旁，轉頭一望，原來是劉太白。不及張口，便聽見對方搶先抱怨道：「老唐，你不是不知道，現今長安米價翻了數十番，你們官府又不准我們酒戶抬高酒價，照舊是斗酒三百錢，這五成的榷酒錢卻還是一成不變，這不是要我賠老本賣酒嗎？」

他與唐斯立打小相識，交往已逾四十年，如同家人般熟絡，明知道有些話不能在酒肆這樣的公開場合說，他平常也不是個多嘴多舌的人，可是此刻不說又能到哪裡去倒滿肚子苦水？見唐斯立只是皺起了眉頭，並不答話，知道他還是站在自己這一方的，便又繼續嘟囔道：「原本想今年是個大災年，指望聖人[8]下詔免除榷酒錢，偏偏京兆尹瞞天過海，謊奏禾苗豐美，害得一切賦稅照舊。難道滿朝的文武百官，就沒有一人挺身而出，向聖人揭破他的謊言麼？」

他口中尊稱當今天子為「聖人」，心中卻不免怨恨這位貪財的德宗皇帝——唐朝自高祖到玄宗六代，朝廷不設酒稅，不加干預，任憑酒市交易，酒利極其豐厚，劉氏世代經營郎官清酒肆，時間長達上百年，自然積蓄有不少財富，也算是長安的大富商，即使經歷安史之亂、吐蕃侵入長安等也未遭逢大的損失。真正的改變是從德宗李适即位後開始的，德宗生母沈氏號稱「長安第一美人」，曾在安史之亂中淪入叛軍之手，後來唐軍收復洛陽，當時還是廣平王的李豫在東都掖庭中重遇沈氏，喜出望外。然而不久後史思明再度舉兵叛亂，重陷洛陽，沈氏再次落入叛軍之手，且從此下落不明。李豫追悔莫及，即位為代宗後，派人四處尋訪沈氏，並特意立沈氏之子李适為太子。當時瘋傳代宗皇帝最喜歡的兒子其實是崔妃所生的鄭王李邈，不過是出於思念沈氏才立了李适為儲君。李适登基後，感念母親恩德，立即尊沈氏為皇太后。沈氏淪陷於藩鎮叛軍之手，也一直是皇帝的心頭恨事，所以德宗皇帝即位之初，即銳意改變藩鎮專權的局面，然而朝廷不斷對藩鎮用兵，軍費開支巨大，月花費至少需要一百餘萬緡，而府庫積存僅夠支取數月。為了支付軍費，德宗將商稅由三十稅一增加到十稅一，還巧立名目，設立各種苛捐雜稅：如設立行稅間架，即徵收房產稅——每屋兩架為間，一間上屋稅錢二千，中屋稅一千，下屋稅五百，由官吏執筆入室，計算房屋間數。有的人家宅屋多，稅多達數百緡。如有故意隱匿不報者，一間杖責六十，賞告發者錢五十緡；又設有除陌錢，規定凡是交易所得錢物，每緡須向官府交納五十錢。敢隱瞞不報，錢一百杖六十，並罰錢二千，賞告發者錢十緡，賞錢由坐事者出；又下詔強行向富商借錢，判度支杜佑奉旨索取長安城中商人財貨，凡是懷疑對方有意隱瞞財產，即嚴刑拷打，不少商人不勝荼毒，因此而自殺。經此強行「借錢」後，長安全城蕭然，如被寇盜。即便如此，也僅獲得錢財八十餘萬緡，德宗皇帝當然不滿足，又轉向民間「借錢」，即所謂「僦質」，凡有蓄積財物者，都必須將四分之一上交朝廷。

郎官清酒肆就是在這幾項稅制和「借錢」中被搜刮光了豐厚的老底，而戰亂結束後德宗皇帝又大肆攬錢，實行花樣翻新的稅酒制與民間爭利，更讓酒戶再無翻身機會。郎官清上下兩層高樓，原本都是酒肆，因榷酒後酒利微薄，不得已只得借蝦蟆陵靠近南城門的地利之便，將樓上、後院改成了堆放貨物的棧房出租給胡人，以此來補貼酒利。而今年糧價如此之高，酒稅照舊，酒肆基本就是在賠本賣酒，郎官清酒肆以前從不叫賣，現下也不得不主動往達官貴人家送酒兜售，好多加收一些腳價錢、多得一些賞賜。

越想越是氣憤，劉太白的嗓門不由自主地就大了起來。唐斯立即刻慌忙叫道：「老劉，你小點聲！」探身望了望堂內，只見中間一桌三名文士正歡欣地交談著什麼，另外三桌的三名酒客各自悠閒地飲酒，並沒有人留意到外面的談話，這才鬆了口氣，回頭低聲道：「老劉，我知道你憋著一股怒氣，可你只能憋著，懂嗎？京兆尹是個什麼樣的人物，你不是不知道，剛才這些話你真不該說，萬一傳到他耳朵裡，可有得你受的。」

他只以為老友是對京兆尹不滿，卻不知其實是對皇帝惱火。然而劉太白一聽到他的提醒，登時想到京兆尹的厲害和手段，倒抽了一口涼氣，心底升騰起的無名怒火也立即熄滅，只好低下頭去。

唐斯立又道：「況且就算當今天子知道了今年關中大旱，京城糧食緊缺，第一件要做的事就是禁酒，到時你連酒都沒得釀了，對你又有什麼好處？」劉太白賭氣道：「我倒寧可老皇帝知道真相，至少可以免除關中百姓的賦稅，頂多我一年不賣酒！」唐斯立冷笑道：「你倒是有憂國憂民之心，可是誰來管你呢？你想想當年阿婆清與郎官清不相上下，就是因為一句話得罪了權貴，落得酒肆關門、酒戶流配的下場，那可是自太宗皇帝就有的百年老店。」

劉太白露出沮喪的神色來，過了好半晌，才訕訕道：「無論如何，榷酒錢總得再寬限幾天。」唐斯立道：「我官小言輕，只能盡力而為，你也知道，這上頭壓下來的事，逃得過今日，逃不過明日。」劉太白道：「這我知道。對了，前幾日店裡收到了一枚圖案罕見的銅錢，似乎是傳說中的『仰月』，你給看看是不是真的。」一邊說著，一邊從懷中掏出一枚開元通寶來。

唐斯立接過來一看——只見那銅錢內外廓分明，邊緣有幾點綠色銅鏽，更顯得古意盎然；正面是「開元通寶」四字，兼有隸書、篆書、八分書三體，正是唐初書法名家歐陽詢筆跡；背面別無圖案，只有一個「)」形狀的印跡；當即悚然動容，道：「啊，真的是仰月。」

唐朝建立後，在全國鑄造發行了開元通寶[9]，輕重大小成為後代鑄錢標準。不過不同時期的文字略有差別，最初為左挑開元，即「元」字第二畫左端向上挑起，相應地又有「右挑開元」、「雙挑開元」、「不挑開元」。唐朝之前的貨幣，背面通常沒有圖案，稱為「光背」，開元通寶發行一段時間後，開始在背面鑄上星星、太陽、月亮、祥雲、飛鳥等花紋，其中星月同有的稱為「孕星」。更有一種背面帶有「)」圖案的開寶錢，名為「仰月」，那其實是太宗文德皇后[10]的指甲痕跡。貞觀年間，工匠將鑄錢的蠟模送來給太宗皇帝審閱時，正好長孫皇后在場，不小心用長指甲在蠟模上掐了一個痕跡，由於是皇后金手所留，工匠不敢擅自改動，於是這一爐銅錢背面都帶有甲痕，即後世所謂「藏得開元一撚痕」的典故。由於「仰月」發行量少，非常珍貴難得，其價值已經遠遠超過了銅錢本身。

劉太白聽到見多識廣的唐斯立也確認那枚銅錢就是「仰月」，忙道：「是真的仰月就好，一會兒讓我家大郎拿去金市找胡商看看，看能不能賣個好價錢。」

金市即西市，因聚集了大批富商大賈及波斯、大食商人，貿易遠比其他地方繁榮，而胡商更是以識寶聞名，且童叟無欺。昔日玄宗皇帝最信賴的宰相李林甫曾經往佛寺中捐了一塊朽釘般的東西，寺中僧人無人認識，就拿去西市找波斯胡商售賣，因是宰相饋贈之物，特意索高價一千錢。胡商聽了哈哈大笑，道：「這是寶骨，不可多得，價值一千萬錢。」由此出一千萬錢買下了那塊本可以一千錢得到的寶骨。此段故事在長安傳為一時佳話，自那以後，凡有珍寶欲售者均願意找胡商勘驗定價。

劉太白想，如果此事順暢，明日就能用賣仰月的錢先抵上榷酒錢，此刻一直陰鬱的臉色終於露出了一絲笑容，回頭見長子劉大郎為堂內客人上酒，正欲叫他出來，唐斯立卻道：「不忙。老劉，我知道有個大官專門收集這種仰月古幣，他為人也豪爽闊綽，不如由我拿去給他，至少可以包你今年和明年的酒稅。」

劉太白心中飛快地盤算起來：一斗酒官方定價三百錢，酒稅為酒錢的五成，就是一百五十文，一斛酒就是一千五百文，他家的郎官清每年有三百斛酒的定額，其中的一百斛是皇宮與官府採購，毋須繳納榷酒錢，剩下的二百斛統共是三百緡酒稅，加上今年有一半酒稅沒交，加起來有四百五十緡，也是數目相當大的一筆錢了。這仰月雖然罕見，卻並非奇珍異寶，無論如何都賣不到一百緡錢，唐斯立提出的價錢無疑是十分有利的。只是劉太白卻沒有立即應承，反而覺得有些奇怪，暗暗忖道：「老唐明明是個謹小慎微的人，不愛輕易攬事，如何連問都沒有問那大官一聲，一開口就可以肯定對方會出四百餘緡來買仰月呢？」

心中疑惑未解，又聽見唐斯立道：「還有一件事，這仰月原來的主人是誰？」劉太白道：「嗯，是個新來長安的北方客，名叫空空兒。他也是我們酒肆的大恩人，你知道前些日子發生在我家酒肆牆下的無頭竊賊案嗎？」

酒肆是散播消息最好的地方，這件案子本來可以成為店裡酒餘飯後的最好談資，可是坊正黎瑞禁止坊里人談論，劉太白自己差點染上血光之災，當然也不願意多說，因而並沒有像往日那般傳得沸沸揚揚。唐斯立道：「聽到過一些，萬年縣尉不是已經抓到了凶手麼？好像名字叫做王昭什麼的。」劉太白道：「那件案子全靠這位空郎指點，不然縣尉可就將我父子抓去縣廨了。」

唐斯立卻似對那無頭竊賊案沒有太大興趣，問道：「這空空兒是什麼人？」劉太白道：「具體做什麼的我也不清楚，這些日子天天來酒肆，只要一盤肉脯，酒量好得驚人，從中午進門到夜禁前離開，酒不離手，不停地喝。不過今日晚了，人還沒到呢。」唐斯立道：「唔，他多大年紀？」劉太白道：「二十來歲？三十來歲？喲，他打扮得有些邋邋遢遢，我還真瞧不出形貌來。」

忽聽得市鼓聲驟歇，酒肆內有人高聲叫道：「店家，這酒味道不對！店家！」劉太白慌忙道：「仰月的事可就全仰仗你老兄了。你可知道，我已經告訴過那位空郎這銅錢罕見，他卻無所謂，不願意收回去，當真是個少見的怪人。」就此捨了唐斯立，奔回堂內，卻見出聲質問的正是坐在牆角的魁梧大漢。

這大漢姓劉，三十歲出頭，身長七尺，一張嘴是河北一帶的口音，人生得也極有燕趙豪俠之氣，劉太白親自迎他進來時，已經得知他是剛到長安，久聞郎官清大名，因而一進城也不去投店，逕直帶著行囊趕來蝦蟆陵。對這樣慕名遠道而來的酒客，劉太白往往會生出知己之感，因而也格外照顧，特意上了一瓶進貢宮中剩下的御酒——雖說酒質與普通清酒並無區別，但由於添加了宮中特有的香料，聞起來有股特別的香氣——然而此刻見這劉姓漢子一張紫黑闊臉因為生氣而扭曲到變形，越發顯得相貌猙獰，不由得感慨自己一番苦心全付諸了東流。他忙上前陪著笑臉問道：「郎君有何差遣？」那大漢道：「老公[11]，你這酒味道不對！裡面是不是兌了水？」

郎官清祖傳老店，聲譽四海，最重名聲，劉太白聽了嚇了一跳，忙道：「郎君切不可胡說。」那大漢道：「怎麼，敢做不敢當了？你自己嘗嘗，後上的這瓶酒跟第一瓶味道大是不對。」劉太白道：「郎君有所不知，我見郎君頭一次來小店，又是遠道而來，好心先上了一瓶加有香料的特製酒，好助郎君解乏，後來上的酒不含香料，味道當然略有區別。」大漢見他不認，怒氣更重，道：「怎麼又扯上香料了？明明是酒裡兌了水！不信的話你自己嘗嘗。」

劉太白自從伯父手中接管酒肆以來，還是頭一次聽到有人指認自家的清酒兌水，心中認定對方是個存心找茬的無賴之徒，可眼見其餘三桌的客人正密切注視著這邊，目光炯炯，各懷深意，不免感到有些難以下臺，立時賭起氣來，道：「嘗就嘗。」扭頭見唐斯立也跟了進來，又道：「不過，我嘗了說沒有兌水，諒來郎君也不服氣，這位是來收榷酒錢的酒坊使，不如請他來嘗，最是公道。」那大漢是個執拗脾氣，全然不顧人生地不熟的道理，心中打定要弄個水落石出，當即點頭道：「甚好。」

當此情形，唐斯立不便推辭，況且他深知老友決計不會摻假兌水，也不多說，上前拿起酒瓶仰頭就喝。劉太白道：「老唐，你可得說句公道話……」忽見唐斯立舉袖抹了抹嘴角的殘酒，以一種奇怪的眼神看著他，當即住了口，一把奪過酒瓶灌了一大口，自己也呆在那裡，失聲道：「還真兌了水！」

那大漢冷笑道：「現今無話可辯了吧？」劉太白當即猜到說不定是長子劉大郎暗中搗了鬼，一時還真無話可說，只得訕訕道：「實在是對不住，我馬上替郎君換酒，今日的這頓酒錢就免收了，權當小店向郎君賠禮道歉。」那大漢卻不肯就此善罷甘休，道：「我劉義最見不得奸商們弄虛作假矇騙他人了，你們酒肆號稱京城老店、天下名酒，竟然往酒中兌水！」劉太白見他嗓門越來越大，急得滿頭大汗，可是理屈在己，只好連聲道歉。

劉義卻不理會，重重一拍桌子，站起身來道：「既然名不副實，不如就由我來摘了你這老店招牌！」劉太白慌忙上前阻攔道：「郎君有話好說……有話好說……」

忽見鄰桌一位黑衣公子起身移步，走過來好心勸解道：「店家既已經道過歉，又應承不收酒錢，閣下何必得理不饒人呢？」

這儒雅公子名叫羅令則，來到長安也才幾月，在蝦蟆陵中租了一處宅子，離酒肆不遠，時常踱步過來飲酒消遣，也算是郎官清的常客。劉太白見他挺身而出，不由得很是感激。不料劉義好勝心重，與人爭辯素來寸步不讓，見對方明明也是酒客，卻反而要替黑心的店主說話，更加忿然，怒道：「閣下願意喝摻假兌水的酒，並不見得人人願意喝。今日若不砸了這家店的招牌，日後他們還要用假酒禍害旁人。」

羅令則本來和顏悅色，見劉義咄咄逼人，頗為不快，道：「尊駕風塵未洗，似是新到京師，可知道如今長安米價方貴，居亦弗易，商家謀生極其艱難……」

一語未畢，中間一桌的一名年輕文士突然「哈哈」笑了起來。羅令則回頭愕然問道：「尊駕為何突然發笑？是在下的話很可笑麼？」那文士舉手指著身邊的同伴道：「你可知道我身邊這位就是……」那同伴要年長好幾歲，慌忙道：「微之，別打岔。」那年輕文士對同伴甚是尊敬，聞言便立即笑著住了口。

劉義早已不耐煩，道：「休得廢話，我劉義嫉惡如仇，今日非要……」忽然睜大了眼睛，緊瞪著酒肆門口，似乎看見了什麼古怪的事物，露出不可思議的表情來。他正是眾人矚目的中心，如此神色，自然引得眾人一起朝大門望去——正有一名青年男子慢吞吞地走進來，風塵憔悴，落拓不羈，只有左手緊握的一把長劍黯黯光華，鐔首飾以金犀，似是柄利器。

劉太白「呀」了一聲，慌忙奔去迎接，卻被唐斯立一把扯住，低聲問道：「此人就是仰月的故主空空兒麼？」劉太白道：「是呀，你怎麼會知道？」唐斯立答非所問地道：「嗯，我知道了。」鬆手放開劉太白，逕自出門離去。劉太白一時愕然，不知道老友緣何會因為一枚仰月大異常態。

那空空兒自一進門就為眾人注視，尚不明白究竟，他倒也冷靜，渾然無事般走到一張空桌坐下，叫道：「店家，上酒。」聲音甚是低沉，很有些有氣沒力的頹態。劉太白早看出那個蠻橫地要砸他家招牌的劉義很是畏懼這空空兒，雖然不明白內中原委，但之前因空空兒橫空出現指點萬年縣尉破無頭奇案一事，早就對他刮目相看，不拿他當普通酒客對待，立即應道：「來啦！」他生怕再端上來又是兌過水的酒，趕緊招手叫過夥計，命他速去後院酒窖取一罈沒有開封的酒來。

卻見劉義瞪視空空兒半晌，終於還是踱步過去，道：「空空兒，想不到你還能追到這裡來，真是好本事。」

言下之意，似乎是他早先與空空兒結下深仇大怨，正在為對方追捕。以他這等性情剛烈的大漢，露出如此忌憚的神情，想來對方一定非同小可，要麼是大有來頭，要麼有非凡的本事，不過這兩點都絲毫從外表看不出來——那空空兒一身灰布衣裳，土裡土氣，神情疲憊不堪，雙眼空洞無神，望上去倒像是終南山中的伐木工，早被辛苦的勞動消耗掉全部精力，這等毫無生氣的田舍漢[12]，又怎會跟劉義這等威猛壯士扯上干係？

空空兒的反應更是奇怪，只是不解地望了劉義一眼，露出茫然無措的神情來，仿如根本就不認識眼前這人，隨即掩飾般地扭轉了頭，又催叫道：「店家，上酒。」

劉義也有些糊塗了，他當日在魏州[13]失手殺人，正是為空空兒所擒，但在押送官府的途中又僥倖逃脫，據說空空兒還因此受到魏博節度使田季安的斥罵，難道對方並不是為了捉拿自己才來到長安的麼？他又乾等了一會兒，見對方始終不理睬他，便不再猶豫，道：「既是如此，劉某告辭了。」走出幾步，又回頭朗聲道：「多謝。」自回到酒桌取了行囊，狠狠瞪了劉太白一眼，這才疾步離去。空空兒卻始終只是埋著頭，似在發呆，又似在沉思。

堂內又恢復了平靜，那仗義出頭的羅令則也重新回到酒桌坐下。酒肆就是一個地方，人來人往中總會有意外發生，但又迅即會被遺忘。堂內酒客也沒有人如同劉義般質問酒中兌水一事，或許他們也喝到了摻水的假酒，但畢竟久在長安，明白在昂貴米價中艱難輾轉的酒戶難處，也不忍心再出聲責備。

卻聽見坐在中間一桌的年輕文士又忍不住笑了起來，道：「米價方貴，居亦弗易……哈哈……」

他兩次笑出聲來，自不是無緣無故。原來這句「米價方貴，居亦弗易」涉及一樁著名的典故，當今大詩人白居易未揚名之前，曾到長安投詩給名士顧況，想請他推薦自己的詩作。顧況打開詩集，看到白居易的名字，忍不住歎道：「米價方貴，居亦弗易。」長安作為當時中國的中心，消費水準要遠遠高於其他城市，加上來往流動人口極多，居住是個大問題，所以有「長安居，大不易」的說法。顧況這句話的意思是說，長安米價新漲，物價昂貴，居住下來並不容易，雖有戲謔之意，卻也是感慨當時民生艱難。隨即讀到卷首「離離原上草，一歲一枯榮。野火燒不盡，春風吹又生」一詩，顧況大加讚賞，又改口道：「能寫出這等詩作，居則易矣。」白居易由此而名聲大噪。

那發笑的文士二十五六歲年紀，名叫元稹，字微之，其先祖是鮮卑族拓跋氏，漢化後以「元」為姓。從北魏至隋，元氏地位均極顯赫，不過到元稹父、祖一輩時，家世已漸趨沒落。這元稹自小苦心為文、勇於為詩，十五歲時就已經明經及第，加上外貌英俊，風度瀟灑，風流詩人的名聲四海傳揚，如今在祕書省任校書郎，負責勘校典籍、刊正文章，平時事也不多，落下清閒自在。

而他身旁的三十來歲文士正是白居易，字樂天，其先祖本是西域龜茲王室成員，後移民來到中原。他於貞元十六年中進士，為十五名進士中最年少者，兩年後又與元稹同一天登吏部乙科[14]，同一天授校書郎，是本朝有名的大才子。論起來元白二人既是同年[15]，又是同僚，交情因此非同一般。

元稹對面坐著的另一名文士名叫李紳，字公垂，與元家是世交。他與白居易同歲，幼年喪父，由母教以經義，曾目睹民間百姓終日勞動而不得溫飽，憤而寫了兩首〈憫農〉詩，內有「四海無閒田，農夫猶餓死」「誰知盤中飧，粒粒皆辛苦」之句，因而被譽為「憫農詩人」，此次進京是要參加科舉考試，正寓居在元稹位於靖安坊的祖傳老宅中。

三人今日聚會，一是要為李紳接風洗塵，二是慶賀白居易新在永崇坊華陽觀租了房子，從之前居住喧鬧的常樂坊搬了過來。永崇坊不但清靜，且就在元稹居住的靖安坊的東面，不過一街之隔，好友住得更近了，當然要飲酒慶賀一番。

白居易見鄰桌兩人都朝元稹望來，知道旁人不明原委，嫌他笑得浪蕩輕浮，當即輕輕咳嗽了聲，使了個眼色。元稹知道老友不願意表露身分，便強行忍住笑聲，臉上卻猶帶笑容。

白居易歎道：「本朝自高祖皇帝以來，一百五十年不收酒稅，安史之亂後開始行榷酒對酒徵收重稅，酒利由厚轉薄，許多民間美酒從此失傳。看看如今這米價……唉，也難怪酒肆會兌水摻假。」元稹道：「京城本來盛行飲酒之風，聽說最近也開始學江南一帶時興飲茶，或許與米價昂貴、酒質大壞有關？」白居易道：「未必，其實就飲品而論，茶未必會輸於酒，茶藝一道，學問深遠。我去年回符離[16]，在臨淮[17]遇到一位善茶道的老者，名叫常伯熊[18]，據稱是陸羽好友，煎茶時手執茶器，口通茶名，區分指點，茶藝嫻熟，頗令人刮目。上前一嘗，入口即苦，然片刻後即有回味，且在舌尖反覆盤旋，極為耐品。」元稹奇道：「茶真有這等奇妙？公垂，你也是江南人，如何看到茶酒一比高下？」

李紳臉上一直有鬱鬱之意，似在沉思，對元稹的話仿若未聞。白居易道：「公垂莫非又有憂心之事？」他又叫了一聲「公垂」，李紳才回過神來，慌忙道歉道：「實在抱歉，我在回想此次西來一路的情形……唉，二位久居京城，怕是難以想像，我可是親眼見到許多人家為了繳納官稅，不得不拆屋賣梁賣瓦，當真已是上無片瓦遮身、下無立錐之地！」元稹道：「關中今年大旱、百姓窮困潦倒之事我早有所聞，卻不知道竟然到了這個地步。」

白居易歎道：「民間原是指望朝廷能夠免除今年賦稅，以濟危扶難，不料京兆尹突然上奏皇帝，說『今歲雖旱，而禾苗甚美』。聖上信以為真，由此才不免租稅。」李紳道：「這位京兆尹，莫非就是那位道王的後人？」白居易道：「正是，如今他也封嗣道王。」元稹冷笑道：「可惜偏偏辱沒了這個『道』字。」

他三人刻意壓低了聲音，旁人也不知道他們談話內容。原來當今京兆尹姓李名實，是高祖皇帝李淵第十六子道王李元慶的四世孫，靠家世入仕，曾任山南東道節度留後，因剋扣軍費中飽私囊，引發軍中將士兵變，他趁夜色自城牆縋下，才得脫身。這樣苛暴成性的一位貪官，狼狽逃回長安後不但沒有受到任何處罰，還靠花言巧語當上了京兆尹，可見此公著實有幾分弄權的能耐。如今他封嗣道王，同時兼任京兆尹和司農卿[19]兩大要職，權勢還在宰相之上，由此仗著老皇帝寵幸，大肆排除異己，聚斂無度，劣跡種種，百官也只是敢怒而不敢言。今年春夏大旱，穀物失收，京畿乏食，本朝律法曾規定凡水旱蟲霜等嚴重自然災害，農作物損失十分之七以上賦役全免。獨有李實不以為然，特意上書皇帝，奏請不免民間租稅。

元稹道：「說到底，如今的長安『米價方貴，居亦弗易』，其實全是拜李實所賜。」轉頭道：「樂天，實在抱歉，我也順口借用了你名字的典故。」白居易毫不介懷，道：「民生艱難，用在這裡正是再合適不過。」

李紳道：「這李實如此恣意妄為，作惡多端，難道就沒有御史彈劾他麼？」白居易道：「御史臺長官御史中丞李汶與李實是姻親，誰還敢彈劾他？況且如今御史臺的御史也分作了兩派：李汶、韓愈自是一黨，跟李實是一夥；柳宗元、劉禹錫新上任不久，倒是沒有依附李實，不過跟東宮待詔王叔文、王伾走得很近。」

李紳一聽到韓愈的名字，「啊」了一聲，不再言語。原來韓愈任國子監四門博士[20]時，曾舉薦李紳參加科舉考試，名義上是他的「舉主」，也就是他的「恩師」，古代尊師重道，恩師再有不是，當學生的也不能說三道四。

元稹到底最年輕，性情鋒銳，愛見事風生，明明猜到李紳的心思，不過他素來反感韓愈不顧文人體面為京師達官貴人、富豪商賈撰寫墓誌銘，收取高額潤筆費，當然不肯放過這個嘲諷的大好機會，道：「你那位舉主去年四門博士任期期滿，去留沒有著落，全靠寫文章吹捧李實才謀得了監察御史的位子。」李紳聞言大為驚奇，道：「竟有此事？」元稹清了清嗓子，搖頭晃腦地學著韓愈的樣子，道：「愈來京師，於今十五年，所見公卿大臣不可勝數，皆能守官奉職、無過失而已，未見有赤心事上憂國如閣下者。這『閣下』，指的就是京兆尹李實。」

白居易見李紳的臉色越來越難看，忙咳嗽了幾聲，打斷了話頭，道：「微之，咱們還是得想個法子讓聖人知道民間疾苦才是。」元稹本是伶俐之人，腦子轉得極快，當即不再背誦韓愈那篇阿諛奉承李實的文章，只是兩手一攤，為難地道：「你我只是正九品的校書郎，最清閒最無權的職位，如何能對付李實這等虎狼之輩？可惜我岳父已經過世，不然或許還能找他在聖人面前說句話。」他岳父韋夏卿也是一代名臣，先後任過京兆尹、太子賓客、檢校工部尚書、東都留守，去年卒於太子少保任上。

白居易道：「你新婚夫人的姊姊，不是嫁給了翰林學士李程[21]麼？李程既見寵於天子，又是皇室宗親，正是再合適不過的進諫人選。」元稹啞然失笑道：「樂天只知其一，不知其二，那李程是出名的懶人，總是日過八磚才去上朝，內子一家人都暗地稱他『八磚學士』。進翰林院後也是不發一言，渾渾噩噩，無所作為……」

李紳突然重重一拍桌子，怒道：「何必這般麻煩，我這就去找韓夫子，親自找他問個清楚！」白居易大為驚訝，問道：「你是要直接去找韓御史麼？」李紳憤然道：「正是！我心如冰劍如雪，不能刺讒夫，使我心腐劍鋒折[22]。我倒要問問他，他這冰劍如何刺讒夫……」

恰在此時，一陣錚錚的樂音驀然揚起，飄蕩在蝦蟆陵上空。酒肆中所有的人都不自覺住了口，豎耳凝神傾聽對面翠樓傳來的金石之聲——〈六么〉[23]音律一起，既從容不迫，又雍容細緻，足見其驚豔不凡之處，彈奏者一定是那位著名的瑩娘了。

當今的長安人都風傳蝦蟆陵有兩大寶——一樣是郎官清酒，另一樣則是瑩娘。瑩娘又有兩大寶——一是她的琵琶技藝高超，二是她極為擅長畫眉。本朝玄宗皇帝對畫眉有特殊癖好，曾讓畫師作〈十眉圖〉，分別是鴛鴦眉、小山眉、五嶽眉、三峰眉、垂珠眉、月稜眉、分梢眉、涵煙眉、拂雲眉、倒暈眉。後來貴妃楊玉環又發明黑煙眉，即用墨煙畫眉，可謂花樣不少。然而瑩娘卻能做到每日一新，樣式絕不重複，雙眉中更有一種蘭花的幽香，令人歎為觀止，因而有才子戲稱她就是一本活生生的〈百眉圖〉。據說東市專賣粉黛的胭脂行為了與西市的同行競爭，還曾想花重金聘請瑩娘去店裡站臺，只是為她婉言所拒。

這瑩娘本名艾雪瑩，原是教坊[24]樂妓，且是專為皇帝表演的「內人」，因色藝俱佳深受恩寵，在皇宮宜春院[25]中擁有自己的私人宅邸。但後來不知道怎地得罪了皇帝面前最為得寵的宋氏五姊妹——這五姊妹分別名為若莘、若昭、若倫、若憲、若荀，均能詩能文，才貌雙全，十六年前為昭義節度使李抱真舉薦宮中，成為當今德宗皇帝的侍妾，但德宗皇帝愛其風操學識，只命人以「學士」稱呼。這五姊妹進宮後不久就掌管宮中記注、簿籍等，不但寫得一手清麗淡雅的好文章，且有論議奏對之能，深得老皇帝賞識，六宮嬪媛和諸王公主駙馬也都以禮相待，在宮中自成一股勢力。艾雪瑩雖然琵琶技藝高超，名列教坊第一部，可得罪了這樣身分非同一般的五位女學士，終究還是被逐出了教坊。她尚有長輩、幼弟要養活，不得已只能拿出所有積蓄在蝦蟆陵置辦了一處房產，賣身以維持生計。以她這等才貌，又是宮中舊人身分，自然不乏裙下之臣，偏偏她眼光極高，非貴戚豪客不能出入其門，能聽到她彈奏琵琶者更是寥寥可數。似今日這般翠樓尚未開張，即聽到她的琵琶絕唱，更是殊罕之極的事。

大弦嘈嘈，低沉剛勁，似急風驟雨；小弦切切，輕快細碎，如兒女私語；輕攏慢撚，訴盡滾滾紅塵事。那不曾露面的懷抱琵琶的女子，也許霓裳華麗，也許風華內蘊，卻遮掩不住胸中那份蒼茫的愁緒。樂弦的清亮生動中，自有一股稠密的悲思輕輕跳躍，如綠水漣漪，一圈一圈地蕩漾開去。音符是她傷感的淚滴，在瑟瑟中低沉苦吟……一曲奏罷，餘音嫋繞，滿堂寂然。

劉太白抬眼朝翠樓一望，只見樓上從來遮擋得嚴嚴實實的竹簾捲起了半幅來，簾後紅影綽綽、腰肢纖弱，顯是有紅衣女子站在那裡。他生在長安城、長在酒肆間，自小有閱人之能，立即猜到這是艾雪瑩的小小心思——她年紀已經不小，早有出嫁從良之心，一定是她相中了酒肆中的哪位客人，故以樂音挑撥好引起注意，她所居住的翠樓，原本可以自外窗清楚瞧見廳堂內的大部分情形。只是，誰會入這位心高氣傲才女的法眼呢？當然不會是他自己，也不會是已經離去的唐斯立和劉義。

劉太白一時無比好奇，又將目光投向堂內，想猜出艾雪瑩看中的到底是誰。此刻日正當中，東市、西市的開市鼓聲才剛剛響過，對酒肆而言時辰還太早，除了適才驚走劉義的神祕劍客空空兒，店裡還有五名客人，而除了中間一桌的那位李公子，均是熟客：北首的就是適才幫自己解圍的羅令則。時近十月，正是各地貢生和生員赴京趕考的時節，劉太白見他年輕，不過二十來歲年紀，總穿著讀書人最通行的玄色長袍和烏皮履，言談不俗，舉止儒雅，原以為他是來京師參加科舉考試的才子，但聽說他租住在蝦蟆陵，並非士子們最鍾愛的崇仁坊[26]，且日日流連酒肆，並不似尋常書生那般用功苦讀，以求早日金榜題名，不免又懷疑起自己的判斷來。不過他雖然好奇卻並不多嘴，這也是酒肆的祖訓，不然如何能在蝦蟆陵這樣一個魚龍混雜的地方成為百年老店？是以到今天為止，劉太白也僅知道這位羅公子的姓名，其來歷絲毫不知。

南首的一人叫王立，說起來也是個經歷相當坎坷的人，他本是饒州餘干縣[27]縣尉，踏實肯幹，兩年前任滿到期，來到京城等候調任其他官職，原本以為自己的考課[28]為縣功曹列為上上，必定要得到重用，不料上頭突然說公文出了岔子，要另行處置，之後便是遙遙無期的等待，結果僕人又偷了他僅有的馬匹、錢財逃走，一個銅錢都沒有剩下，他在長安又無親戚熟人，終於淪落成乞丐，每日靠著到晉昌坊的慈恩寺乞食為生。一日，王立在蝦蟆陵一帶遊蕩，正好經過郎官清酒肆，劉太白尚記得他幾月前曾來過酒肆飲酒，且出手相當闊綽，忽見他衣服襤褸單薄，在寒風中瑟縮發抖，與往日的躊躇滿志相比，完全變了一個人，知道出了重大變故，便好心叫他進來，送了一壺清酒。也湊巧，恰逢東市綢緞鋪女店主王景延往翠樓送完布帛，順道進酒肆買酒，聽王立說話帶有南方口音，過來搭訕，敘起來兩人竟是饒州同鄉，又是同姓。這王景延三十歲出頭，比王立略小一些，丈夫去世已經十年，她一人獨力支撐夫君留下的綢緞鋪，正需要幫手，便邀請王立去家中與自己同住。王立落魄之際，忽得如此美貌婦人的垂青，自是喜出望外，二人自此姘居在一起，雖不曾成親，感情卻勝似夫妻。尤其是王景延又賢慧又能幹，不但將所有的財物、錢幣、布帛等交給王立收管，家裡家外也從不讓他操心。王立也樂得過起富足翁的生活，安心等待吏部的調職公文下來。因為王景延白天均在東市商鋪裡忙碌，家裡又沒有雇用奴僕，王立便時常一個人到郎官清酒肆來打發午飯，雖則說離他在崇仁坊的住處遠了些，但畢竟這裡是他第一次遇到王景延的地方，是他的福地，別有一番滋味。況且他當餘干縣尉時經常率領差役追捕鄱陽湖水盜，風裡來、雨裡去，早就走慣遠路了。

中間那桌的白居易和元稹，劉太白自然都認得，不但他認得，蝦蟆陵的青樓女子也都認得，只不過風流成性的元稹新娶了太子少保韋夏卿的幼女韋叢，正是情濃之時。而古板的白居易念念不忘徐州符離的老相好湘靈，甚至為其至今不娶，這都是京城中早已傳開的事，因而這二人絕不會是艾雪瑩相中的對象。那位李公子雖然身材矮小、相貌平常，但既與元白二人一道，必定也是出身世家的大才子，他年紀與白居易相仿，想來早有妻室，而艾雪瑩曾立誓要做正妻，料來也不會考慮他。王立在京滯留兩年，調職公文仍未下來，不但前途未卜，且早已成為富商嬌娘王景延豢養的廟客，也由此可以排除。那麼，剩下的就只有羅令則和那落魄的空空兒了。空空兒雖是個奇人，但卻不修邊幅，青樓女子們習慣以衣冠取人，愛慕俏郎君，他怕是難入艾雪瑩法眼。而比較起來，羅令則確實相當出眾，儀表瀟灑，風度翩翩，艾雪瑩相中者非他莫屬。

劉太白心中正暗自盤算著，忽聽見對面「吱呀」一聲，素來緊閉的大門打開一道小縫，艾小煥跌撞著衝了出來，大約他那又勢利又好面子的阿姨張媼正在背後推他。他是艾雪瑩的幼弟，才十四歲，與劉太白的次子劉二郎年紀相仿，時常到酒肆中玩耍，兩個孩子也頗合得來。

儘管一臉不情願的樣子，艾小煥還是飛快地走進酒肆，埋著頭，也不打招呼，果如劉太白所料，逕直走到羅令則身邊停下，訕訕道：「這位郎君，我姊姊想請你到對面翠樓敘上一敘。」他顯然深惡自己所充當的角色，羞憤得滿面通紅，不由自主地握緊了拳頭。

而那羅令則極為驚訝，問道：「適才彈奏琵琶的便是尊姊麼？」艾小煥道：「是的。」羅令則極為領情，立即站起身來，欣然道：「甚好，我正有心要去拜見妙手高人。這就請小哥前面帶路。」

艾小煥神色甚是冷淡，也無恭敬之色，只道：「郎君先請。」又走到坐在角落的空空兒面前，先瞟了一眼桌上的長劍，這才依葫蘆畫瓢地道：「我姊姊想請郎君到對面翠樓敘上一敘。」

這倒是出乎人意料，從來沒聽說過一名樂妓同時約請兩位不相干的男子，羅令則也愣在當場，露出了不解之色來。那被邀的空空兒反應更是離奇，大凡男子見賞於美人，必感受寵若驚，他卻恍若未聞，不動聲色，照舊飲酒。

艾小煥見慣了拜倒他姊姊石榴裙下男子的浪蕩樣兒，反而對眼前這不苟言笑的男子大起好感，當即湊上前去，低聲道：「這裡的清酒固然好喝，不過還是太甜太軟，我姊姊那裡藏有幾罈劍南燒酒，性子極烈，那才是男人該喝的酒。」他年紀雖小，卻有辨人之能，見別的酒桌都是酒瓶，唯有此桌擺有一個酒罈，猜到此人定然嗜酒如命。

空空兒頗為木訥，抬頭看了艾小煥一眼，似在思索對方的話，隔了半晌，才點點頭，道：「多謝。」自懷中掏出兩吊銅錢放在桌上，一手抓起長劍，站起身來。

艾小煥隨口以美酒相誘，想不到竟奏奇效，喜道：「郎君請隨我來。」領先朝外走去。那羅令則為人謙和，風度奇佳，忙讓到一旁，道：「兄臺先請。」空空兒點點頭，也不推謝，緊隨艾小煥步出了酒肆。

這一幕早為旁人清清楚楚瞧在眼中，李紳也暫時忘記了對京兆尹李實的憤恨，好奇地問道：「對面住的是誰？」白居易道：「是蝦蟆陵的名妓，名叫艾雪瑩，人稱瑩娘，原是教坊第一部的琵琶樂工。」李紳道：「噢，難怪，難怪。」他所言「難怪」，自是指難怪此女適才能將琵琶彈得如此出神入化。

元稹卻是臉有憤憤不平之色，他不但能寫一手好詩，更是有名的「儀形美丈夫」，向來為女子矚目，那艾雪瑩被逐出宮不到兩年，已經成為蝦蟆陵風頭最勁的名妓，他亦心仰已久，只不過她聲名鵲起時，他已經娶了妻子，而前途還要倚仗妻家勢力，少不得要收斂起以往的浪蕩行徑。雖然他未必真的就對艾雪瑩有意，但她派人來相請的不是自己，不免折損了他青年才俊的風頭。況且，她適才的那支曲子彈得百轉千迴，有股撩人心動的力量，他還真想見見她呢。

眼睜睜地望著空空兒和羅令則跟隨艾小煥走出酒肆，忽見一輛驢車馳到對面翠樓門前停下，車上躍下來一名三十歲左右的婦人，英姿颯爽，豐盈有致，自有一股別樣的成熟風韻。又聽得劉太白叫道：「王少府，王家娘子來了！」

南首窗下的王立扭頭一看，果見驢車上躍下之人正是王景延，知道她又往翠樓送綢緞來了，慌忙起身趕出酒肆。王景延知道情夫時常來郎官清酒肆打發時光，乍見之下毫不驚訝，只笑了一笑，低聲道：「郎君請自去飲酒，只是幾塊布而已，不勞幫手。」王立雖然窮困落魄，全倚仗情婦生活，卻也顧慮自己士人出身[29]，聞言笑道：「那我先去結了酒錢，再與你一道回去。」

艾小煥卻是對王景延很有好感，特意停下來問道：「娘子[30]可是要幫手？」王景延笑道：「我一個大活人，哪需要你一個小孩子幫手？」艾小煥道：「那好，我先進去了，娘子自己卸貨，我一會兒再來找娘子說話。」王景延道：「好。」

艾小煥便領著羅令則和空空兒先進去。一進大門是個庭院，花竹翳如，小巧精緻，鬧中取靜，頗見幽雅。正東面有屋三楹[31]，南面則是一座翠綠色的兩層小樓，正是艾雪瑩的住所「翠樓」。樓前數株菊花正傲霜怒放，花色淺黃，鮮豔純正，如黃金般精光燦然。最奇的是花瓣全是正方形，齊整如剪刀裁剪過般，風姿奇特，貴氣十足。

羅令則一進來目光就落在那些形狀奇特的菊花上，問道：「這應當就是傳說中的黃金印吧？」艾小煥不置可否地「嗯」了一聲。羅令則道：「聽說這黃金印取自西域，開元年間曾在宮苑寺觀廣泛種植，唯有親仁坊咸宜觀的數株開出了方形花瓣，他處則變成了普通菊花，北苑和南苑[32]兩處御苑也不例外。這裡如何會有此等珍稀難得的黃金印？」

艾小煥一雙眼睛淨在空空兒那柄劍上滴溜打轉，對羅令則提及的黃金印這等風雅舊事也毫不關心，只漠然答道：「這個我也不知道，這裡原是日嚴寺的一處後院，我們搬來時就有這些花花草草。」羅令則道：「季秋之月，鞠有黃華，此等風雅奇花，當真可以稱得上古人說的『卓為霜下傑』。」

忽見張媪閃身出現在翠樓門口，笑道：「二位郎君稀客！」艾小煥見阿姨出來迎客，便不再理會，自出門去招呼王景延。

那張媪五十來歲，慈眉善目，花白的頭髮梳得極為齊整，只是背微微有些駝，令她顯出天生卑微的姿態來。她臉上堆滿笑容，額頭拉出一道道歲月的溝壑，自我介紹道：「妾身是瑩娘的二姨，敢問二位郎君高姓大名。」羅令則忙上前作揖道：「在下羅令則，問姥姥好。」空空兒也欠身行了一禮，道：「在下空空兒。」

張媪往日所見男子多是朝官貴戚有權有勢之輩，早習慣了被人頤指氣使，忽見羅令則、空空兒謙恭有禮，不免有些不習慣，暗道：「看來這二人也不過是普通的凡夫俗子，不知道瑩娘看上了他們哪一點？尤其這空空兒一身麻布衣裳，能是個有錢的主兒麼？」心中既起輕視之心，面上也就不那麼熱情了，見艾小煥正與王景延一道抱著布帛進來，便順勢道：「瑩娘正在樓上相候，請二位郎君自己上去，妾身這裡還有些雜事。」羅令則道：「姥姥請自便。」又回頭笑道：「空兒，你先請。」空空兒顯然不是很擅長應付這種場面，躊躇了一下，這才道：「好。」

二人一前一後上來翠樓。二樓是一個套間，裡間大約是臥室，外間則是廳堂，布置得華麗典雅。一名紅衣女子正在樓口迎候，她二十五六歲年紀，挽著宮人時興的簪花髻，髮髻上斜插著一大朵淺黃色的絹花，當就是名譽京城的艾雪瑩了。她妝扮豔麗，螓首蛾眉，容貌也還算出眾，不過比適才見過的女商賈王景延卻差了一些，然而一身紅衣襯著她瑩白如雪、吹彈可破的肌膚，乍見之下當真有驚豔的感覺。

艾雪瑩道：「承蒙二位郎君不嫌瑩娘魯莽，只是寒舍簡陋，還請多體諒包涵。」空空兒走在前頭，只看了她一眼，即垂下眼簾，道：「娘子過謙，多謝以美酒相邀。」艾雪瑩尚不知道空空兒是被幼弟用劍南燒酒的名義誘了來，一時不明所以，愣在原地。

羅令則笑道：「聽這位空兄的口音，當是河北人氏。河北之地向來榷曲[33]不榷酒，因而所有酒肆釀出的酒都是一個味道。空兄嗜酒如命，來到京城突然發現有如此多的好酒，自是難以捨棄。娘子若要款待貴客，該趕快將珍藏的美酒拿出來才是。」空空兒想不到平地冒出個知音，既意外又驚喜，只是他不善言辭，只微微朝羅令則點了點頭，示意他所言不虛。

艾雪瑩這才恍然大悟，忙道：「這是當然。」揚聲朝樓下叫道：「阿姨，請將那罈劍南燒酒取來。」卻是無人回應。艾雪瑩又叫了兩聲。羅令則道：「適才有人送布來，想是姥姥在房裡驗布，聽不見喊叫。娘子這裡沒有僕婦麼？」艾雪瑩黯然道：「原來有，可是她們……都死了。」

羅令則見她神色充滿了歉疚追悔之意，料來這裡面有許多傷痛往事，便道：「既是如此，不如娘子告知燒酒所在之處，由在下去取。」艾雪瑩忙推謝道：「豈敢有勞郎君。」又揚聲叫道：「小煥！小煥！」只聽見樓下張媼應道：「聽見了！燒酒這就送來！」艾雪瑩這才問了空空兒、羅令則姓名，引二人到南首窗下坐下。

這翠樓原是寺廟的鐘鼓樓改建，樓層極高，人在裡面說話，隱隱有空曠的回音。站在窗口望去，更有登高攬勝之妙——窗下即是日嚴寺，再遠處則是京城勝賞之地曲江，以「其水曲折，有如廣陵之江」而得名，綠水瀰漫，池波瀲灩。此時秋意正濃，沿岸彩林重複，萬紫千紅，池中則是煙水明媚，氣象澄鮮。唯一有些煞風景的是東南芙蓉園內建築殘破蕭條，荒草森森，與其「皇家南苑」「天上人間」的盛名極為不襯。

羅令則見園內最高的一座樓老舊不堪，似是坍塌了半邊，驚問道：「那是紫雲樓麼？」艾雪瑩道：「正是。」羅令則歎息不已，半晌才道：「今日一見，方知幼時所讀『江頭宮殿鎖千門』一句不虛，可憐杜甫尚不知道後世芙蓉園還要遭受更大的劫難。」

紫雲樓建於唐玄宗開元年間，正值唐朝國力最鼎盛的時期，樓建得奢華大氣，花費靡多。玄宗皇帝常常帶領嬪妃、群臣登臨此樓，一邊欣賞歌舞，一邊作詩唱和，甚至還在這裡接待過重要的外賓。然而好景不長，「安史之亂」爆發後，玄宗皇帝匆忙出逃，長安淪入安祿山叛軍之手。當時尚滯留長安的大詩人杜甫來到曲江，見到園中細柳綠蒲新發，芙蓉園卻是大門緊鎖，荒草萋萋，一派淒涼景象，再無半分皇家威嚴，不由得萬分感慨，寫下了「江頭宮殿鎖千門，細柳新蒲為誰綠」的詩句。「安史之亂」結束後，唐朝國力由盛轉衰，代宗皇帝在位時，由於財政困難，先後兩次拆除芙蓉園中重要的亭臺樓閣，取屋梁、瓦木等另作他用，羅令則口中所稱的「劫難」，即是指這兩次人為破壞。

艾雪瑩道：「適才聽羅郎在樓前問及黃金印，似乎熟知長安掌故，莫非郎君本是京兆人？」羅令則笑道：「在下確實在京兆出生，不過自小過繼給伯父為嗣子，尚在襁褓之中便回了祖籍南蘭陵[34]，迄今已是二十八載。」艾雪瑩道：「原來如此。南蘭陵蕭氏一族，可是非常有名。」羅令則笑道：「可不是麼？不說前朝蕭氏嫁給隋煬帝為皇后，母儀天下，本朝以來，光宰相、駙馬就出了好幾個。不過自郜國公主一案後，蕭氏已經敗落。」

郜國公主為肅宗皇帝幼女，輩分極高，是當今德宗皇帝的姑姑，她起初下嫁裴徽，裴徽死後又嫁蕭昇——蕭昇即出自南蘭陵蕭氏，是宰相蕭復從弟，蕭復的母親是玄宗皇帝愛女新昌公主。郜國公主與蕭昇二人生三子一女，女兒蕭氏又嫁給了德宗之子李誦為太子妃，可謂親上加親。但自蕭昇死後，郜國公主不斷有淫亂醜聞傳出，這對皇室而言本來也不是什麼大不了的事，偏偏她不知道又怎生得罪了姪子德宗皇帝，被借此罪名幽禁深宮而死，幾個兒子均被流配，女兒蕭妃也被殺死。蕭復受此牽累，也被罷官幽禁而死。

艾雪瑩既在宮中日久，深知宮廷事密，不願多談，只淡淡附和道：「可惜。」又轉頭問道，「空郎是河北哪裡人氏？」空空兒道：「魏州。」艾雪瑩道：「這麼說，空郎這次是來朝中辦公事？」

她雖是樂妓，畢竟在皇宮多年，多少知道一些軍國大事——魏州是魏博鎮治所所在，魏博鎮自安史之亂後就成為魏博節度使的私人地盤，軍事、政治、財政均獨立於朝廷之外，號稱實力最強的藩鎮，鎮內實行全民皆兵制，男子少壯者入伍當兵，老弱者種田養馬，如此有精兵強將十數萬——空空兒雖然衣著打扮像個農夫，但既來自魏州，又隨身攜帶長劍，當是軍人無疑，如此一來，他露面即驚走那在郎官清酒肆呼喝鬧事的壯漢也說得通了。

果見空空兒並不否認，略微點了點頭，但卻神態依舊，並無絲毫藩鎮軍人常有的倨傲之色。艾雪瑩越發覺得他氣度深沉，絕非普通軍士，正要多問一些，忽聽見樓梯「軋軋」作響，有人登上樓來，回頭一看，正是張媼和艾小煥，一人手裡提著小銅爐，一人抱著一大罈未開封的酒。那銅爐甚是精巧，下有爐灶，已經加入了燃燒的木炭，上面則是酒鎗，專門用來熱酒。

張媼將銅爐放上案桌，為難地搓著手道：「酒是現成的，只是家裡今日沒有預備待客，事先也沒有準備什麼下酒菜……」羅令則道：「是我二人來得唐突。」從懷裡取出一個黑色絲袋遞到張媼手中，笑道：「這裡有一點錢，請姥姥拿了去對面酒肆買些現成的酒菜來。」

張媼見袋子空癟，以為不過是一點碎銀，打開一看，裝的卻是砂金，立時春風滿面，洋溢著水蜜桃般的熱情，笑道：「是是是，妾身這就親自去辦，請郎君稍候。」轉身見艾小煥盯著空空兒的長劍發呆，忙喝道：「你還愣在這裡幹什麼？賣胡餅的攤子該擺出來了，快去買幾個趁熱拿回來。」急急拉扯艾小煥下樓去了。

艾雪瑩取了酒具出來，預備一邊等酒菜，一邊先將酒燙上。用來燙酒的是只銀質酒壺，側面有一匹鎏金的銜杯舞馬，栩栩如生，製作精細，一望便是宮中之物。酒器則是白瓷酒杯，纖塵不染，握在手中恰似一團白雪。

空空兒拔劍挑開泥封，房中頓時香氣四溢。他深深吸了一口氣，露出貪婪的神色來，讚道：「果然是蜀中地道的燒酒。好酒！好酒！」羅令則道：「看來空兄曾雲遊蜀中，熟知當地風物。」空空兒道：「在下年幼時曾在峨眉山習藝，目今回想起來，最不能忘記就是這劍南燒酒了。」他本來沉默寡言，唯獨一談到酒就眉飛色舞起來，仿若完全換了個人。艾雪瑩料他等不及熱酒，便笑道：「空郎既如此心急，便請先飲冷酒。」空空兒道：「好。」單手抄起酒罈，微微一傾，那酒便如一道細線流入酒樽，片刻注滿一杯，竟未灑落出一滴酒。

羅令則道：「原來空兄身懷絕技，失敬。」空空兒道：「雕蟲小技，不值一提。」正要再注一杯，羅令則忙道：「空兄先請自便，我量淺，還是等熱酒。」又問道：「這劍南燒酒一直是貢酒，京師十分罕見，娘子從哪裡謀得？」艾雪瑩道：「不敢有瞞郎君，這酒是西川節度使韋皋韋相公[35]自蜀中運來送給他兄長韋聿的壽禮。」羅令則道：「是國子司業韋聿麼？」

他見艾雪瑩點了點頭，心中不免驚訝萬分：蜀道道路艱險，難如登天，這劍南燒酒自成都運來長安，一路不知道要費多少人力物力，艾雪瑩得韋聿贈予如此珍貴之壽酒，韋聿一定是她的恩客，只是那韋聿已經年過七旬，如何還有流連花柳之地的精力？一時納罕不已，也不好多問，卻見空空兒貪戀酒醇味美，已經空腹連飲了三杯，忙勸道：「空兄，酒最忌混飲，你適才在酒肆已經飲過不少清酒，可別貪杯飲得醉了。」空空兒「嘿嘿」了兩聲，道：「醉了不是更好？」言語頗有滄桑之意。艾雪瑩忙道：「空郎請儘管盡興，一罈不夠，廚下還有一罈。若真醉了也不打緊，我這裡還有間客房。」

羅令則笑道：「空兄飲酒，四個字足以形容——酒風浩蕩。」空空兒道：「酒風浩蕩？好，羅兄當可稱為空某的酒中知己。」

忽聽見門外有人高聲叫道：「瑩娘，你的紫藤琵琶還要麼？」聲如洪鐘，中氣十足。艾雪瑩道：「呀，是成都知來了。請二位稍候。」慌忙奔下樓去，片刻又領著一名捧著琵琶的年輕男子上來，介紹道：「這位是右教坊的都知成輔端。」

那成輔端是長安有名的優人[36]，性格極為爽朗，笑道：「什麼都知，不過是個教坊歌師，倒教二位郎君見笑。」又將琵琶交給艾雪瑩道，「我在崇仁坊老趙家的樂器鋪看到瑩娘的紫藤琵琶，老趙說早就換好弦了，可就是不見你來取，我想有些日子沒見你了，不如我親自跑一趟蝦蟆陵給你送來。」艾雪瑩道：「多謝費心，這就請坐下喝一杯水酒。」為成輔端引見了空空兒、羅令則二人，自去將琵琶收好。

成輔端既對酒沒什麼興趣，也是個坐不住的好動性子，轉眼見到西首窗下靠牆擺著一面紫檀琵琶，走過去拿起來撥弄了兩下，琴弦錚錚，清亮有聲，當即讚道：「難怪瑩娘不著急取回你那面紫藤，原來有了更好的。這是個好寶貝，從哪裡得來的？」艾雪瑩道：「唔，是一個朋友送的。」成輔端摩挲著那紫檀琵琶，頗愛不釋手，道：「正好我新編了支曲子，就用你這琵琶來試試新曲如何？」

艾雪瑩雖與他熟絡，但見他喧賓奪主，毫不顧忌自己有客人在場，未免有些尷尬，只是她性子溫婉柔弱，不好開口拒絕。羅令則卻鼓掌道：「好，今日能聽到教坊新曲，也是平生一大幸事。」

正好張媼領著酒肆夥計送酒菜上來，成輔端喜歡熱鬧的場面，趁最亂哄哄的時候一撥琴弦，一聲脆響，恰如布帛撕裂般，登時壓住了所有嘈雜聲，隨即一片脆聲，仿若大小不同的珍珠瀉落在玉盤中。那成輔端開口唱道：「秦地城池二百年，何期如此賤田園？一頃麥苗五碩米，三間堂屋二個錢。」

張媼見他唱得詼諧，訝然道：「成都知，你這是唱的什麼呀，怪裡怪氣的，聽著倒像是慈恩寺戲場的合生戲[37]。」成輔端笑嘻嘻地道：「姥姥好眼力！這正是我新排的合生戲，預備過幾日在舒王的慶生宴上表演用。」

他所說的舒王名叫李誼，本是當今皇帝之姪，因格外聰明伶俐被德宗皇帝過繼為第二子，備受寵愛。張媼聽說當即笑道：「當今聖上偏心舒王，看來傳聞不虛。」等到酒菜擺好，領著夥計自下樓去。

艾雪瑩卻是聽出了門道，將拉到一邊，低聲問道：「都知是要借合生戲向聖人諷諫今歲大旱一事麼？」成輔端道：「正是。」艾雪瑩道：「哎呀，你這般豈不是會公然得罪京兆尹？以他為人之心狠手辣，一定不會放過你。」

成輔端收斂了一直掛在臉上的笑容，肅色道：「瑩娘若是親眼見到百姓被迫拆屋繳稅的慘狀，也會支持我這麼做。」艾雪瑩知道他成天一副嬉皮笑臉的樣子，其實內心極有正義感，他既是主意已定，萬難勸轉，可是如今京兆尹李實權勢熏天，宰相都要靠邊站，總不能眼睜睜地看著他送死，只好婉轉勸道：「這件事非同小可，不如都知再跟教坊使商量一下。」

唐代教坊是官方音樂機構，下設教坊使、教坊副使、都知等職，教坊副使、都知等都是專業樂工、優人充任，唯獨教坊使以宦官兼領。艾雪瑩這樣說，無非是暗示成輔端拉扯上宦官勢力；當今皇帝信任宦官，賦予最重要的禁軍兵權，若說京兆尹李實真有所懼怕，當是那些手掌神策軍的宦官了。這樣萬一李實想要報復加害他，起碼還有和緩的餘地。

成輔端卻沒有她這般深謀遠慮，完全未領會她話中的深意，只敷衍地「嗯」了一聲，道：「瑩娘，你這面紫檀好是好，可惜聲音不夠亮，總覺得有些沉悶。」艾雪瑩道：「是，我正打算等去老趙那裡取回紫藤時送這面紫檀去調一下，不想成都知倒幫我送來了。」成輔端笑道：「不如我再替瑩娘跑一趟，將這面紫檀帶去老趙家，反正也是順道。」艾雪瑩道：「有勞。」成輔端便取了紫檀琵琶，朝空空兒、羅令則拱手作別道：「二位郎君慢用，幸會。」

等艾雪瑩送走成輔端，羅令則感慨道：「這位成都知倒是個人物。」艾雪瑩猜想他也聽懂了成輔端所唱的曲子實際上是在諷刺京兆尹，只是李實耳目遍布京城，不宜多談，只笑道：「耽誤這半天，該坐下來好好陪兩位郎君喝一杯了。」羅令則笑道：「正是，到現在還沒有喝到這劍南燒酒呢，倒是空兄已經數杯下肚了。」

於是三人邊吃酒邊聊天，羅令則極為健談，不斷問瑩娘些京城風物。空空兒只是默默坐在一旁飲酒，偶爾問他才簡短答上一句。他那種超然塵世的澹然很是特別，似乎他的世界不需要有人來問津，也不需要有人來瞭解，而他本人只是靜靜地不動聲色看著周圍的一切，從中覺悟著什麼。

笑言既洽，不知不覺間，幾人都喝得身子發熱，甚至解開了外衣，忽有鼓聲四動，這是夜禁的鼓聲，往外一看，才知已經是日暮時分。羅令則道：「呀，竟然這麼快就夜禁了。空兄，你我也該告辭了。」扭頭一看，空空兒半倚在牆上，滿臉紅潮，雙眼緊瞇，多少有些神智不清了。也難怪他如此姿態，那一罈見底的燒酒一多半都進了他的肚子。羅令則見他不應，又催叫道：「空兄，夜禁了！你是住在崇仁坊的魏博進奏院[38]麼？怕是來不及趕回去了。」

艾雪瑩忙道：「羅郎何必心急？」她主動邀請羅令則、空空兒上來翠樓，原是留意到二人不凡之處，談了這半日，早就對羅令則暗生好感，當然要設法留下他，至於空空兒也不難安排，扶他到客房睡上一宿。一念及此，便揚聲叫道：「阿姨，空郎飲得醉了，麻煩你扶他去客房歇息。」那艾小煥一直在暗中留意樓上動靜，聞言欣然奔上來道：「交給我吧。」上前拿了長劍玩弄了幾下，這才扶住空空兒道：「走吧。」

羅令則見空空兒醉得厲害，站也站不穩，忙上前幫忙，待將他在客房安頓好，才重新回到翠樓，卻見堂內已經掌上了紗燈，多了幾分暖意和朦朧，艾雪瑩新換了一身淡黃羅紗半躺在臥榻上，酥胸若隱若現，極為撩人。羅令則也是個聰明人，見狀已經明白幾分，上前道：「令則明白娘子的心意，只是我有難言之隱，不敢耽誤娘子前程。」艾雪瑩聞言悻悻坐起身來，倒也佩服對方是個正人君子，問道：「莫非羅郎已在南蘭陵娶有家室？」羅令則道：「當然不是，令則尚未娶妻。」艾雪瑩道：「那麼……」

忽聽得庭院中張媼喝道：「誰？誰在那裡？」一個又尖又細的聲音答道：「將軍到了。」張媼道：「將軍？將軍怎麼會這個時候來？」驀然大驚失色地道：「哎呀，瑩娘那裡還有客人……」正欲趕進樓去通知艾雪瑩，只聽見一個蒼老的聲音道：「不勞姥姥大駕，老夫自己上去就行了。」張媼似是對那人十分畏懼，當即喏喏而退。

艾雪瑩早聽見動靜，慌忙道：「羅郎怕是要避一避。」羅令則見她面色慘白，渾身發抖，恐懼異常，十分納罕，道：「既是娘子有貴客到來，在下走便是，如何還須避一避？」艾雪瑩道：「郎君有所不知……」只聽見樓梯「噔噔」作響，知道人已經上來，避也避不了了，只好道：「一會兒還請郎君不要多說話。」

那人步伐極重，聽起來像個膀大腰圓的彪形大漢，哪知道上樓一看，竟只是個五十來歲的老者，面白無鬚，神態也甚是萎靡。艾雪瑩忙迎上前行禮道：「瑩娘拜見楊將軍。」那老者楊將軍道：「嗯。這人是誰？」艾雪瑩道：「是羅郎。」羅令則道：「在下羅令則，見過將軍。」又道，「瑩娘既有貴客，在下這就告辭。」艾雪瑩道：「是，請郎君慢走。」

羅令則剛到樓梯口，楊將軍突然叫道：「等一下。」一雙眼睛在他身上轉來轉去，問道，「你真姓羅麼？」羅令則傲然道：「當然，將軍有何疑問？」楊將軍道：「老夫怎麼覺得好像在哪裡見過你。」

艾雪瑩知道楊將軍喜怒無常，生怕羅令則一個回答不小心惹怒了他，忙道：「這位羅郎是南蘭陵人氏，才新到京城不久，將軍如何會見過他？」一邊朝羅令則使了個眼色，羅令則會意，便自行下樓出門。不防花叢後閃出一個人影來，嚇了一跳，定睛一看，卻是艾雪瑩的弟弟艾小煥，忙問道：「小哥藏在這裡做什麼？」艾小煥將手背在後面，道：「這裡是我家，輪得到你來問我麼？」

羅令則一想也是，便道：「那我走了。不過……那位空郎可是你姊姊的客人，你趁他喝醉偷了他的劍可不厚道。」艾小煥將手拿出來，果然握著空空兒那柄長劍，不悅地道：「郎君這是什麼話，我只是借來看看，一會兒看完了自然會還回去。」羅令則道：「那就好，我走了。」艾小煥道：「哎，已經夜禁了，你出不去的。」羅令則笑道：「我家就在蝦蟆陵中，不必出坊門。」艾小煥聞言開了大門，送他出去。

外面天色早已黑透，羅令則抬眼一看，對面郎官清酒肆雖則燈火通明，卻是冷冷清清，人稀客少，對照盛唐詩文中常見的酒肆人頭攢動、通宵暢飲歡歌的場面，真可謂天壤之別，心頭一時感懷，悵立良久。

他不知道他盯著酒肆發呆，酒肆中也正有人瞪著他看，這人不是旁人，正是校書郎元稹。

這元稹風流成性，最好喜新厭舊，少年時曾費盡心思追求遠房表妹崔鶯鶯，一旦得到手又拋棄了她。白天在酒肆時艾雪瑩派人當著他面請走另外兩名男子，讓他一直耿耿於懷，正好他妻子去了東都洛陽探親，李紳也說今晚要去白居易新居住一宿，他便在夜禁前找藉口擺脫掉老友，重新回來郎官清酒肆，名義是飲酒，其實是目不轉睛地監視著翠樓。等看到羅令則出來時，他覺得他的機會來了，忙結了酒錢，奔到翠樓門口。正欲敲門時，又見高樓上人影映窗，一男一女摟抱在一起，不由得一呆，暗道：「莫非那名帶劍的邋遢男子空空兒還在？真想不到大名鼎鼎的瑩娘看上的會是他！」心中不免起了鄙夷之心，不願自比於空空兒，轉身正欲離開，忽見一隊金吾衛騎卒正巡行過來；唐代夜禁後，街上禁人行走，犯禁者一旦被巡邏的金吾衛士發現，不論官民，輕則鞭撻，重則當場杖殺。元稹慌忙躲到門前的石獅後。不料這一等就是大半個時辰。那隊金吾衛士騎得既慢，到了酒肆門口更是下馬買酒，折騰了老半天，好不容易等他們走遠，正要借機離開，到對面旅舍將就一宿，忽見一條黑影自東邊牆根閃出，迅疾如風，奔近翠樓，腳下微一用力，竟然輕而易舉地攀上圍牆，旋即翻進庭院，不出一點聲響。

躲在石獅背後的元稹瞧得目瞪口呆，知道是遇上了傳說中身手了得的飛天大盜，有心呼叫示警，不遠處就有一處武侯鋪，只要他出聲呼喊，金吾衛士片刻就能趕到。可這樣一來事情就鬧大了，他自信能對外解釋清楚自己為什麼深更半夜違反宵禁來到翠樓，可是卻過不了妻子韋叢那一關，他岳父韋夏卿門生滿朝，得罪了韋氏一族，就等於徹底毀了仕途前程，況且此刻正是他校書郎任職即將期滿、需另謀高就的關鍵時候。盤算至此，決意悄悄離開，不蹚這灘渾水，忽聞見翠樓上傳來兩聲悶響，似是重物倒地，再朝上望時，樓內燈火倏然熄滅了。

正納悶間，聽見牆頭「嗤」的一聲，有人躍了出來。今日正好是月末，不見月光，然而映著郎官清酒肆前兩盞透亮的氣死風燈，元稹可以清楚瞧見那黑衣人，上下全黑，連面上也蒙了黑布，右手提著一團物事，分明是一顆血淋淋的人頭。那一刻，元稹心悸得幾乎要驚叫出聲，幸得及時用手捂住。只見那黑衣人左右望了一望，便重新往東而去，瞬間沒入黑暗中。元稹大氣也不敢出，等到黑衣人走遠，欲逃到對面酒肆去，卻發現腳下早已軟得透了，微一挪動即癱倒在地。

夜涼如水，寂靜的黑暗中間或有蟲鳴此起彼伏，仿若秋日私語。冷豔的菊花香氣一絲一絲地沁散開出，凜若寒冰，如劍客兵刃所發出的森森劍氣，令人心寒。

也不知道過了多久，元稹開始覺得背上嗖嗖發涼，原來是適才驚出一身冷汗，他揉了揉發麻的雙腳，勉強扶著石獅子站起身來。正要離開這個是非之地時，忽然又見東面牆根下摸索過來兩條黑影。他嚇了一跳，還以為是適才那凶手聽見動靜要回來殺他滅口，正欲出聲呼救，卻見那兩人身影纖細窈窕，似是女子。心念一動間，那二人已經敏捷地翻過牆頭進了院子。他知道機不可失，慌忙趁著月色逃離了這個詭祕的是非之地。

1　适，意為疾速。
2　蝦蟆：即蟾蜍，古人視其為吉祥物，認為它能避五兵、鎮凶邪、助長生、主富貴，甚至將它畫在軍旗上以克敵。西晉惠帝時有「蝦蟆當貴」的讖語。

3 廨：意為官署，古代官吏辦公處所的通稱。唐代長安城屬京兆府管轄，京兆府下轄二十一個縣，長安城外稱「畿縣」，長安城內稱「京縣」。京縣共兩縣，朱雀大街東為萬年縣，西為長安縣，京縣縣令級別遠遠高於全國其他縣。唐高宗與武則天的愛女太平公主下嫁薛紹時，即在萬年縣廨中擺設婚席。

4 少府：唐朝對縣尉的尊稱。

5 郎君：唐時對男子的尊稱，新科進士被特稱為「新郎君」，婦女稱呼丈大或戀人也往往用此稱呼。郎、君也可以單獨使用，均為對男子的尊稱。

6 東市、西市：東市位於長安皇城東南，西市位於皇城西南，各占兩個坊區之地，是唐朝乃至當時全世界最重要的商業貿易中心。兩市和長安坊區一樣採封閉管理，交易時間有嚴格規定，日中擊鼓三百而市，日入前七刻擊鉦三百而散。

7 榷，本意為獨木橋，具有獨占的含義。榷酒，即對酒實行專賣，又泛指一切管制酒業以取得酒利的措施。唐代前期，酒只是普通商品，不實行專賣，也不徵收額外稅。然而「安史之亂」後唐朝廷財政困難，開始對鹽、酒徵收重稅，為此設有榷鹽院、榷酒處。廣德二年（西元七六四年），敕天下量定酤酒戶，隨月納稅，除酤酒戶外，不問官私，一切禁斷，是為唐代稅酒之始。大曆六年（西元七七一年）將酤酒戶分成三等，逐月稅錢，令以酒稅轉市布絹進奉。貞元二年（西元七八六年）行榷酒法後，釀酒戶納榷酒錢。釀酒戶多為地方殷富之家，納稅後可以免其徭役差科。

8 聖人、聖上、大家、天子均為唐人對皇帝的稱呼。

9 此開元並非唐玄宗李隆基年號，而是開創一個新紀元的意思。通寶，意為「通行寶貨」。開元通寶十枚重一兩，一枚重二點四銖，即一錢。自開元通寶始，「錢」才作為新的十進位重量單位出現。

10 文德皇后：即唐太宗李世民的皇后長孫無垢。

11 老公：對男性長輩的尊稱。

12 田舍漢：鄉巴佬。

13 魏州：魏博鎮治所，今河北大名一帶。魏博為安史之亂後設立的河北三鎮之一，又號天雄軍，領魏、博、德、滄、瀛五州，勢力範圍包括今河北南部、山東北部，一直是唐代中後期實力最強大的藩鎮。第一任魏博節度使為田承嗣，第二任為田承嗣養子田悅，第三任為田承嗣第六子田緒，第四任為田緒第三子田季安。

14 唐代科舉分常科和制科兩大類，常科每年舉行，制科則是皇帝根據實際需要不定時舉行的考試科目。常科依據應舉人的條件和考試內容分為秀才、明經、進士、明法、明書、明算等名目。其中以明經、進士兩科最重要：明經一般試帖經和墨義；進士則試帖經、雜文、策論，分別考記誦、辭章和政見時務。當時有俗語說：「三十老明經、五十少進士。」即說明進士科難度更大，考上的人數往往只是明經科的十分之一。而進士及第後並不見得就有官做，還須參加吏部的「釋褐試」（又稱「關試」「選試」），分筆試和面試，通過者才具備入仕資格。韓愈於貞元八年（西元七九二年）中進士，連續三次應吏部博學宏辭科考試皆不中，因此一直是白丁身分，直到四年後才在汴州董晉幕府中謀得觀察推官一職，後第四次參加吏部考試，總算通過銓選，任職國子監四門博士。

15 同年：指同一年中的進士。古人極看重同年之誼。

16 符離：今安徽宿縣符離集。白居易祖籍山西太原，他本人出生在新鄭（今河南新鄭），十二歲時為躲避戰亂轉移到江南，曾長期寄居符離，其初戀對象湘靈即為符離人。

17 臨淮：今安徽盱眙北。

18 常伯熊為煎茶道開拓者，曾為陸羽的《茶經》潤色。《茶經》初稿成於代宗永泰元年（西元七六五年），又經修訂，於德宗建中元年（西元七八〇年）定稿。陸羽、常伯熊後，茶才開始流行，王公朝士無不飲者。劉禹錫、白居易等人對煎茶道茶藝均有突出貢獻。

19 京兆尹：掌治京師，相當於今首都市長。司農卿：職掌邦國倉儲委積之事，相當於今農委會主委。

20 國子監是中國古代的一種大學，始設於隋代，下設國子、太學、四門、律算、書學等六學，各學皆立博士，掌監學之政。

21 李程：字表臣，襄邑王李神符（唐高祖李淵從父弟）五世孫。古人以同曾祖父、不同祖父、年幼於己的同輩男性為「從祖弟」；同祖父、不同父親、年幼於己的同輩男性為「從父弟」；二者統稱為從弟。

22 此句為韓愈七言古詩〈利劍〉中詩句。

23 六么：亦作〈綠腰〉〈錄要〉〈樂世〉，是唐代創制的著名軟舞曲，流傳極廣，有「六么水調家家唱」的說法。

24 教坊：即古代梨園，專門培訓曲藝樂舞優伶人才；此處是指官方梨園。

25 宜春院：位於太極宮東宮中。宜春院與梨園均是唐朝官方教演音樂歌舞的機構。

26 崇仁坊：其北街當皇城之景風門，是與尚書省選院距離最近的坊區，其東南與東市相連，其正南是聲色集中的平康坊，所以「選人京師無第宅者多停憩此，因是一街輻輳，遂傾兩市，晝夜喧呼，燈火不絕，京中諸坊莫之與比」，可說是長安最熱鬧的坊區。

27 饒州餘干縣：今江西餘干。

28 考課：古代官吏考核制度的一種，即對官員定期進行考核，官吏的晉級、加薪、提職都與之掛鉤。唐代考課標準有九等：上上、上中、上下、中上、中中、中下、下上、下中、下下。考在中上，每進一等，加祿一季（即加發三個月的工資）；考中中，守本祿；中下以下，每退一等，奪祿一季（即扣發三個月的工資）。

29 古代中國普遍歧視商人和體力勞動者。

30 娘子：對年輕女子的稱呼，僕婢亦稱主母為娘子。唐朝楊玉環成為唐玄宗貴妃後，寵冠一時，宮中上下都尊稱她「娘子」，就連唐玄宗也不例外，楊玉環為此十分自得。

31 楹，量詞，古代計算房屋的單位，一間為一楹。

32 北苑指皇宮之北的皇家園林，南苑指曲江芙蓉園，均專供皇室遊覽。芙蓉園有圍牆與曲江普通遊覽區隔開來，類似今北京中南海與北海的區分。

33 榷曲：指當地節度使對酒麴實行專賣。
34 南蘭陵：今江蘇常州。
35 相公：唐代對高級官員的尊稱。
36 優人：古代以樂舞、戲謔為業的藝人。
37 合生戲：長安極為流行的歌舞戲劇，只有一生一旦二人表演。
38 進奏院：又稱留後院、留候院，是唐朝諸節度使府和諸州常駐京師的聯絡機構，為各州鎮官員入京時的寓所，同時置有進奏官，掌管各種文牒、章奏、詔令等的投遞、承轉。「安史之亂」後，節度使府進奏院實已成為藩鎮窺伺朝廷的耳目和眼線。

卷二 血劍蒼玉

所有東西被翻得亂七八糟，凌亂無比，那面珍貴的紫藤琵琶也覆倒在地，背部破了一大塊；琵琶的主人艾雪瑩則一絲不掛地倒在臥榻下，仿若白玉美人，香豔無比。只是光潔滑膩的肌膚上有無數魚鱗般的小傷口，似是牙齒咬齧、指甲抓撓的痕跡，有新傷也有舊傷，遍布全身；榻上則仰臥著一個無頭男子，赤裸的上半身被利器戳得血肉模糊，血腥不堪。

卻說那兩名黑影翻過翠樓院牆，剛一落地，一人便發出一聲嬌柔驚呼，果真是女子之聲。一個低沉的聲音道：「你大呼小叫做什麼？」先前那女子道：「這裡躺著一個小孩子。呀，他醒了。」

那小孩子便是艾小煥，他一直躲在庭院中留意樓上動靜，適才見到有黑衣人躍進來，不及出聲就被打暈了過去，對方出手並不重，後進來的兩名女子正好有一人踩在他腳趾上，驚痛之下，立時便醒了過來。那踩到他的女子俯身問道：「空空兒在哪裡？」

艾小煥早就被打懵了，甚至對自己目下的處境也沒有明白過來，只茫然指著北首房間道：「他喝醉了，在客房裡面睡覺。」話音未落，便被那聲音低沉的女子重新打暈了過去。

嬌柔聲音女子道：「呀，玉清姊姊，他不過是個小孩子。」那玉清道：「小孩子會拿著劍躺在院牆下睡覺麼？這裡有些古怪，郡娘，趕快去辦正事要緊。」

二女摸進客房，一進門便聞見酒氣熏天，空空兒躺在床上，睡得如死豬般，對外人進來完全不知。郡娘笑道：「這人當真是醉生夢死了。」自腰間拔出一柄梅花匕首，正欲往空空兒身上刺去，玉清道：「等一等，先弄醒他問清楚再說。」客房桌上有現成沏好的茶水，她取過茶壺，將茶水盡數淋在空空兒頭上。

空空兒宿酒未醒，昏昏昧昧中忽覺得面上雨水淋漓、一片冰涼，勉強睜開眼睛一看，一柄明晃晃的匕首正架在自己頸間，不由得一驚，酒立即醒了五分。他是習武之人，微一清醒便本能地去摸枕邊長劍，卻是抓了個空，這才知道兵器已經被人取走。再凝神細看，兩名黑衣蒙面人正站在床前，一人掏出一枚銅錢，道：「我問你，你這仰月是從哪裡來的？」語氣雖然冷峻，卻分明是個女子的聲音。

空空兒一時懵懂，不知身在何處，又如何為人所制，問道：「你說什麼？」頓覺頸中一緊，制住他的郡娘道：「姊姊何必跟他多廢話，直接殺了他豈不乾淨？」

玉清道：「我再問你一次，這枚仰月是從哪裡得來的？」空空兒茫然問道：「什麼仰月？我根本不知道娘子在說什麼。娘子到底是什麼人？又為何要殺我？」玉清道：「這枚仰月是我親人所有，如果不是你殺了他，如何到了你手中？」郡娘催道：「外面有人來了。姊姊，快些殺了他。」

玉清自懷中取出一柄匕首，寒光閃閃，宛若堅冰。臨死之際，空空兒倒是神色自若，昂然道：「你們殺了我也好，不過我還是得說一句，你們說的事我一概不知。」

玉清本已舉起匕首，聞言又猶豫起來。忽聽得有人在門外叫道：「瑩娘，請開一下門，我是羅令則，我有要緊的東西落在你這裡了。」

郡娘聞聲回頭，手頭微微鬆動，空空兒順勢朝床角滾去。只是他醺醉之下，身手比往日遲鈍了許多，不過自己不覺而已。剛側過身子，玉清已經倒轉匕首，拿手柄擊打在他後腦勺上，登時將他打得暈了過去。又搜他身上，除了一紙公文和幾吊銅錢，再無他物。

只聽見門外羅令則又喊了幾聲，始終無人應答，自悻悻去了。郡娘道：「那人走了，快殺了他為姊夫報仇。」玉清道：「不，我們還沒有弄清楚事情原委，不能就此貿然殺了他。這翠樓很有些蹊蹺，明明是家妓院，卻是燈火全無，門外叫喊也無人應答。我們別再惹事，還是趕緊走吧。」郡娘道：「難道就此放過他？」玉清揚了揚公文，道：「知道了他姓名來歷，不難再找到他。」當即與郡娘悄悄翻牆離開，翠樓重新陷入一片沉寂中。

五更二刻晨鼓響時，空空兒終於醒來，只覺得頭昏昏沉沉，腦後更是隱隱作痛，坐起來環顧四周，昨夜所發生的一切恍若夢境，突然來臨又悄然離去，虛幻如同夏季繁花，唯有頸間為匕首畫傷的痕跡猶在，右手還握著一塊自那女子腰間取下的玉珮。他凝思片刻，收好玉珮，走出客房。

外面天光剛濛濛發亮，庭院中霧氣極重，處處一片混沌。忽見翠樓前那幾株黃金印菊花花瓣上有幾滴紅點，心下大奇，湊近一看，竟是血跡，翠樓樓門洞開，一條血線從中灑出，一直到牆根下。正暗覺不妙之時，聽得樓上傳來「戳死你、砍你的頭」的喝罵，赫然是艾小煥的聲音。忙趕進樓來，卻見張媼橫躺在門檻後，額頭滿是鮮血，嚇了一跳，俯身一探她鼻息，卻是呼吸均勻，原來受傷並不重，只是暈了過去。又急忙趕上樓去，正撞見艾小煥提著他的長劍跌跌撞撞地奔下樓梯來，那劍上鮮血淋漓，正一滴一滴地往下掉。

艾小煥一見到空空兒，順勢將長劍塞到他手中，嘟囔道：「還你的劍。」空空兒道：「發生了什麼事？你姊姊呢？」艾小煥道：「她在樓上。」彷彿做錯了事生怕被人抓到，飛快地自空空兒身旁滑溜過去，頭也不回地奔了出樓。

空空兒幾個箭步奔上二樓，見到的是一幅不堪入目的畫面：所有東西被翻得亂七八糟，凌亂無比，那面珍貴的紫藤琵琶也覆倒在地，背部破了一大塊；琵琶的主人艾雪瑩則一絲不掛地倒在臥榻下，仿若白玉美人，香豔無比。只是光潔滑膩的肌膚上有無數魚鱗般的小傷口，似是牙齒咬齧、指甲抓撓的痕跡，有新傷也有舊傷，遍布全身；榻上則仰臥著一個無頭男子，赤裸的上半身被利器戳得血肉模糊，血腥不堪。

空空兒忙上前扶起艾雪瑩，見她並沒有死，只是暈了過去，忙脫下外衣，蓋在她裸露的身體上。又搶過去查驗那無頭男子，見他斷頸之處肌肉鬆弛，分明是一老者，這才明白是另外一人，並非昨日還在一起飲酒的羅令則。他略微鬆了口氣，撿起自己的長劍、劍鞘插好，飛奔下樓，見張媼還躺在原處，艾小煥卻是不見了，叫了幾聲也無人答應，見大門虛掩，料想小孩子驚嚇得不輕，大約跑出門了，只好將門掩上，自己去找人報官。

乳白的晨霧四下隨風飄轉，街上行人極少，對面的郎官清酒肆也是門板緊閉，尚未開張，他只好朝坊門趕去。

蝦蟆陵坊正黎瑞剛取鑰匙開了坊門，正站在武侯鋪前打著呵欠與守衛坊門的衛士說話，忽見一條灰綽綽的影子自濛濛霧氣中衝出，原來是一名年輕男子，攜著一柄長劍，滿手是血，模樣著實詭異，如傳說中的遊魂那樣，不由得一愣。

那男子正是空空兒，疾行如風，奔過來道：「翠樓裡面死了個人，請坊正速派人報官。」

黎瑞吃了一驚，問道：「死的是誰？是張媼，還是瑩娘？」空空兒道：「都不是，是個老年男子，不過被人割走了腦袋，認不出是誰。」

黎瑞一聽是無頭命案，神色大為緊張，這蝦蟆陵一向風平浪靜，突然連續發生重大命案，他是坊正，難辭其咎，加上現任京兆尹為人苛刻，最好以重刑立威，上次郎官清酒肆無頭竊賊案因他及時找到人頭有功，京兆尹只將當日當值的坊卒打了五十杖，未牽連到他，可來往翠樓的非富即貴，怕是這次沒有那麼好運氣了，不單要丟官，還要被處以徒刑。黎瑞也不及多問，因武侯鋪的衛士屬於金吾衛管轄，並非他下屬，只能好言相請一名衛士去宣陽坊找萬年縣尉侯彝報案，又請兩名衛士與自己一道朝翠樓趕去。空空兒既是報案人，又是昨晚住在翠樓的客人，手上沾滿血跡，有重大嫌疑，當然不能就此放走，便帶著他一道折返回來。

進來翠樓一看，張媼已經清醒，正抱著一根樓柱瑟縮發抖，黎瑞叫她也不應聲，似是嚇得傻了。一干人逕直上樓來，艾雪瑩正倚靠在臥榻腿上，鬢髮亂灑，光著雙腳，只單披著空空兒的外衣，幸好那件長袍夠長，蓋住了她全部身子。唯有一點十分離奇，臥榻上並沒有空空兒所稱的無頭男屍，只有大灘血跡，表明那裡曾有過一具屍體。

黎瑞問道：「屍首呢？」空空兒也很是困惑，道：「我不知道，剛才明明在這裡的。」黎瑞問道：「娘子，剛才是否有人進來過？」艾雪瑩連連搖頭，也不知道是表示不知道，還是沒有看見人進來。

黎瑞忙與衛士四下仔細尋找，將翠樓每一間房搜遍，就連廚邊的水井都撈過一通，卻始終沒有發現無頭屍首。黎瑞狐疑問道：「你當真看見了無頭屍首？」空空兒道：「當然。不然這臥榻上哪裡來的血跡？」黎瑞道：「那麼你手上的血是從哪裡來的？」空空兒已經料到一旦說出實情，將會對自己十分不利，還是照實答道：「是從我劍上染的。」黎瑞道：「這麼說，你的劍就是凶器了？」空空兒道：「這我可不能肯定。」一名衛士劈手奪過長劍，拔出來一看，忍不住讚道：「好劍。」黎瑞可不懂得賞劍，見那劍尖淨是鮮血，喝道：「這不是凶器是什麼？快說，你將屍首藏到什麼地方去了？」空空兒甚是平靜，道：「劍確實是我的，但昨個晚上就不見了，今天早上是這位娘子的弟弟……」

忽聽得艾雪瑩尖叫一聲，發狂般地叫道：「不是的、不是的，他沒有殺人。」黎瑞問道：「他是誰？」艾雪瑩道：「沒有殺人……這裡沒有殺人……」

眾人見她目光呆滯，說話語無倫次，人也有些瘋瘋癲癲，均不大相信她的話。

唯有黎瑞是個有心人，既然沒有發現屍首，主人又否認發生過凶案，若真這樣，他也就沒有失職一說了，忙問道：「娘子是說這裡沒有殺人麼？」艾雪瑩道：「沒有……」黎瑞道：「那這些血跡……」艾雪瑩指著空空兒道：「是空郎！他昨日在這裡跟人打架爭奪臥榻，刺傷了那人，這是那人的血。」

空空兒滿面愕然，道：「娘子你……」黎瑞聽了卻歡天喜地，又問道：「那個受傷的人呢？」艾雪瑩道：「我不知道……他們一打起來我就嚇得暈了過去，大概他打不過空郎，自己走了……」她所講的故事聽起來固然離奇，然則眼見她嬌嬌弱弱，一雙妙目噙滿淚水，極為楚楚可憐，卻不由得人不信。

正當眾人將懷疑的目光投向空空兒時，忽聽得門外馬蹄得得，似有不少騎士趕到，隨即有人高聲叫道：「左金吾衛大將軍——郭曙郭大將軍到！」黎瑞道：「呀，怎麼縣尉沒到，倒驚動郭大將軍了？」慌忙趕下樓去迎接。

原來去報案的衛士一出坊門就遇到了巡夜完畢正要回家的左金吾衛大將軍郭曙，順口向他報告凶案一事。郭曙曾在宮中聽過艾雪瑩的琵琶演奏，印象深刻，聽說是她家裡出了無頭命案，深為關切，便另派飛騎趕去萬年縣廨報案，命那衛士帶路來到蝦蟆陵查看究竟。

金吾衛是宿衛禁軍，負責京師治安。金吾衛大將軍更是官秩正三品，與宰相同列，自唐朝立國，非立下大功的老成宿將不得出任。這郭曙五十來歲，並沒有什麼鼎鼎功勛，卻是在本朝有「功蓋一代」之稱的郭令公郭子儀的第七子。郭子儀有八子七婿，是朝中重臣，顯赫無比。郭曙當然遠遠不及他六哥郭曖出名，郭曖娶了代宗皇帝愛女昇平公主，以敢打金枝著名於世——昇平公主是德宗皇帝異母妹，為崔妃所生，與鄭王李邈一母同胞，也就是當今最受德宗寵愛的舒王李誼的親姑姑。她新婚時曾自恃身分嬌貴與郭曖拌嘴，郭曖一怒之下打了公主，還說：「你不就仗著你父親是皇帝嗎？我父親還看不上皇帝的位子呢！」昇平公主大怒，回宮去找父親告狀。代宗皇帝聽了無奈地說：「事情本來就是這樣啊，如果郭子儀真的想要做皇帝，天下早就不是我們李家的了。」勸公主回去和郭曖好好過日子。一向小心謹慎的郭子儀知道兒子不但打了金枝，還說了那樣大逆不道的話，大驚失色，立即綁了郭曖向代宗請罪。代宗說了一句著名的話：「不癡不聾，不作家翁。怎麼能把孩子們拌嘴的事情太當真呢？」經此一事，昇平公主才算知道郭家勢傾朝野，就連父皇也心存忌憚，從此老老實實當起了郭家媳婦。

只是德宗皇帝即位後，對同父異母的妹妹昇平公主並不如何寵愛，甚至一度將公主幽禁在深宮，郭曖也被軟禁。涇陽兵變，德宗出逃京師時，神策軍無一人護駕，以致不得不由舒王李誼提劍開路、太子李誦親自殿後，幸好遇到郭曙正帶數十人在外打獵遊玩，聞訊立即趕來隨駕護衛，由於是在最患難的時刻伸出了援助之手，由此深為德宗皇帝感激。不久後，昇平公主、郭曖也趁兵亂逃出長安，趕往奉天[1]參拜，德宗這才盡釋前嫌，對郭家寵信如初。如今郭曖雖已經過世，但生前卻看到次子郭釗娶了代宗皇帝的外孫女，三子郭鏦娶了太子李誦最愛的女兒德陽郡主李暢，四子郭銛則娶了太子另一女兒西河郡主，唯一的愛女郭念雲嫁給了皇長孫李淳[2]為正妃，又為郭家撈到一項重要的政治資本。這位皇長孫幼年曾在祖父德宗皇帝懷抱中自稱為「第三天子」，被視為殊罕異事，若他將來真能按祖、父、子的順序順利登基為帝，那麼郭家就要出一位皇后了。

原以為郭曙來頭不小，官架子也一定很大，不料一見到本人，卻甚是親和，他以大將軍之尊親自值宿夜更，也算是武將中身先士卒的表率了。他穿著一身絹布甲[3]，上樓來略微一掃，也不著急問明原委，先道：「請娘子先去房裡穿好衣裳。」

艾雪瑩這才意識到自己衣衫不整，僅披著男人的外袍，羞得紅了臉，慌忙閃身進臥房，半晌才穿好衣服出來，將外衣還給空空兒道：「多謝空郎。」

空空兒這才知道自己先前第一次上來翠樓發現無頭屍首時她就已經清醒，那麼她肯定也看見了那具屍首，可是又為何要矢口否認這裡發生過凶案？又為何要編造謊話將事情推到他身上？回想起她昨日主動以劍南美酒相邀的情形，這是不是一個事先安排好的陷阱？內中到底有什麼不可告人的陰謀？

黎瑞早將之前艾雪瑩所言稟告郭曙，道：「瑩娘已經說了這裡並沒有發生命案，四下也找不到屍首，難道憑空消失了不成？」又指著空空兒道：「這人渾身酒氣，定是喝醉了酒，一大早就無事生非，謊報案情，大將軍既然撞見，可要重重治他的罪。」

郭曙淡淡道：「坊正說得有理，不過這不是本將管轄範圍，一會兒自會有萬年縣尉來處分。」似是絲毫不關心什麼凶案、空空兒的，又皺了皺眉，轉頭問道：「這裡亂得很，怕是一時難以安生，娘子要不要暫時先去寒舍喝杯熱茶，暫作歇息？」艾雪瑩顫聲道：「不……不敢……多謝大將軍好意。」

若換作旁人，早恨不得抱上郭家這棵大樹，艾雪瑩卻因為久在宮中，深知郭家勢力固然大，可是嫉妒郭氏的人也不少，一個連皇帝都要忌憚的家族，豈不是時刻立在危牆之下麼？許多年前郭子儀請人修牆，特意叮囑道：「好好修築這道牆，千萬不要不牢固。」面對這位對唐朝有再造之功的大人物，修牆人只傲然答道：「數十年來，京師達官貴人宅邸的院牆都是我親手所修。我只看見宅邸的主人不停更換，而我修的牆卻都還在。」郭子儀聽完愴然動容，感慨良久，當日就以老病向朝廷辭官，此後謹小慎微，雖功高蓋主，卻還是得以善終。而今令公既逝，郭家貴臣滿朝，卻再無人有郭子儀那樣的威望和聲譽，「孝友廉謹」的家規也在慢慢被淡忘。眼前的事，可大，亦可小，對艾雪瑩而言當然是要大事化小、小事化了，可一旦扯上郭家，那就不是件小事了，這也是她毫不遲疑拒絕郭曙的原因。

郭曙只愣了一下，隨即道：「如此，甚好。」便自帶了隨從下樓。轉瞬人喊馬嘶，一眾人離開，翠樓又重新陷入了沉寂。

天光明亮了許多，東方露出晨曦的曙光，今天將會是個明朗的秋日。街上的行人慢慢多了起來，雖則大多數是趕早謀生的販夫走卒，卻也昭示著長安城正從沉睡中清醒，正逐漸恢復活力與生機。

等了大半個時辰，萬年縣尉侯彝終於率領大批差役趕到，一見到空空兒即認出他是當日指點自己破獲郎官清酒肆無頭屍首命案的人，只微微一愣，也不出聲招呼。他先耐心聽黎瑞說完經過，命同來的錄事一一記下作為文書備案。又問艾雪瑩道：「娘子當真可以肯定這些血跡只是兩人打架打出來的？」

艾雪瑩見侯彝目光灼灼，語氣嚴峻，知道他並不十分相信打架一說，不敢再正視他，低下頭道：「是。」侯彝道：「那好，一會兒請娘子在供詞上簽字畫押。」又轉頭問空空兒道：「你報稱的無頭屍首不見了，這裡的主人指認這些血跡是你打傷了人弄出來的……」他接過長劍看了一眼，道：「不過從這劍尖的血跡來看，怕不只是打傷人這麼簡單吧？快說，屍首在哪兒？」

空空兒平白無故陷入這樣一場官司，完全是莫名其妙，正待辯解，黎瑞插口道：「沒有凶案，哪來的屍首？少府可別弄錯了。」侯彝明白他是怕牽連受罰，冷冷道：「這裡沒有坊正的事了。請坊正立即去調派人手，四下尋訪人頭。」

黎瑞道：「可是連屍首都沒有，又哪裡來的人頭？」侯彝道：「那你怎麼解釋從這裡一直灑到庭院牆內外的血跡？莫非是那被打傷的人自己翻牆出去？」

空空兒早知道這萬年縣尉是個極明事理的人，見他上樓之前已經勘驗過庭院內外血跡，因而一眼就能斷定這裡確實發生過命案，心下頗為佩服。

黎瑞無言以對，只得道：「是，小的這就去辦。」又問道，「這可要如何尋找？少府如何知道人頭還在？」侯彝道：「凶手取走人頭，無非是要祭奠或是交差用，人頭一定還在。你只須多派坊卒，四下打聽有沒有見到一個拿衣衫充作包袱提在手中的人。」

黎瑞道：「萬一凶手早已經帶著人頭出了長安、遠走高飛了呢？」侯彝道：「適才我等出來縣廨時遇到左金吾衛郭大將軍，他告知一聽到有命案後已經派人飛馬通知城門衛士，嚴格搜查出城人的車馬、行囊、包裹。」黎瑞道：「可是郭大將軍得報時晨鼓已經響了一陣子了，萬一那凶手一直等候在城門附近……」他不過是習慣性地狡辯推脫，忽然意識到萬年縣尉精明，這一套不會管用，慌忙住了口。

不料侯彝並不生氣，只重重看了艾雪瑩一眼，道：「瑩娘子心高氣傲，向來只接待高官巨賈，如果昨夜真有人被殺，想來也是翠樓熟客，那凶手趕來這裡殺人，分明是知道死者行蹤，謀畫已久，他一定不會冒險在清晨人少時出城，那樣太容易被城門衛士記住。」黎瑞道：「是，是，少府高見。」

侯彝道：「記住，這件案子不可聲張。」黎瑞自然是希望知道的人越少越好，忙道：「少府放心，小的決計不會說出一個字。」

侯彝這才轉向空空兒，問道：「你將屍首藏到哪兒了？現在說出來，還可以作自首論處。」空空兒道：「少府何以能斷定是在下藏了屍首？」侯彝道：「是你主動來找坊正報案說發現了無頭男屍，但坊正趕來時卻又沒有屍首，從翠樓到坊門來回也不過一刻功夫，難道能有人在這一刻時間內將屍首運出翠樓藏到他處？」空空兒道：「確實很難。」侯彝道：「這翠樓只有兩個女人、一個小孩子，他們如何能搬動屍首？除了你，我想不出還有旁人。閣下能用這樣的神兵利器，身手一定相當不錯，處理一具屍首不在話下。」

空空兒道：「這劍確實是我的，不過我對所有事情一無所知。」侯彝點點頭，道：「那好，你說說是怎麼回事。」空空兒道：「我昨晚因醉酒留宿在客房，半夜醒來時被人打暈，隨身佩劍早已經不見，再醒來時正是晨鼓敲響，我聽見小煥在樓上喊叫……」

艾雪瑩突然驚呼一聲，叫道：「小煥呢？他人呢？」空空兒道：「我適才出門報官前又遇到過他，不過後來就……」

忽見艾雪瑩連連搖頭，露出哀求的神色，驀地明白過來，她是不願意牽扯出幼弟，所以才極力否認有凶案發生，才有意編造謊話將事情推到他身上，可小煥明明不是殺人凶手，況且如果不說出小煥，他如何能解釋清楚自己手上和劍上的血跡？然而她那乞憐的眼神與一位故人極其相似，又讓他不忍心拒絕，還有她身上那些密密麻麻的傷口，雖然他不知道是怎麼回事，但多少能猜到她光鮮的表面下是何等悲慘的境遇，她實在夠可憐了，小煥正是她唯一的精神支柱，一時間遲疑不定。

侯彝道：「娘子不必慌亂，我這就派人去找令弟。」又扭頭問空空兒道，「然後呢？你不會也跟瑩娘一般，說是跟人打架吧？」

空空兒知道這萬年縣尉相當精明，打架的謊言一戳即破，便實話實說道：「我聞聲進來，先看到張姥倒在門後，趕上來又看見娘子倒在地上，臥榻上躺著一具無頭的屍首。我原以為他是昨日與我一道飲酒的羅兒，特意上前查看，發現那男子肌肉鬆弛，才知道是名老年男子……」

侯彝道：「那麼你手上的血是查看無頭屍首時沾染上的？」

「這確實是個不錯的理由，空空兒本可以把握住機會，但他生平最重信義，不願意說謊，道：「不是。這其中另有緣由，不過恕在下不能相告。」侯彝道：「很好，那就請閣下跟我走一趟吧。來人，將空空兒拿下了。」

當即有差役應聲一抖鐵鏈，當頭朝空空兒套了過來，他也不反抗躲避，任憑差役鎖住。

侯彝道：「娘子，令姨還在樓下，看樣子嚇得不輕，你先帶她去梳洗一下，好生歇息。如果問案需要，我再派人來傳喚你。」艾雪瑩道：「是。」又指著空空兒道，「那麼空郎他……」侯彝道：「你相信他說的故事麼？醉了酒歇宿在你這裡，半夜被人打暈，劍被偷走，成為凶器，然後醒來就發現無頭屍首……」

艾雪瑩大約也沒有想過這些，微微一愣，才道：「這麼說，難道真的是空郎殺人？可如果他是凶手，為何殺了人後不儘快離開，還要主動去報案？」侯彝道：「聽娘子的語氣，也承認這裡曾有過屍首了？」艾雪瑩這才知道中了侯彝的圈套，只好道：「沒有，我只是順著少府的意思說。」

侯彝任萬年縣尉已經三年有餘，平康坊、蝦蟆陵均是他下轄範圍，知道煙花之地素來是非多，而從青樓女子口中絕難聽到實話，這與她們所經營的營生有關。艾雪瑩是宮裡放逐出來的女優，是見過大場面的人，更比尋常青樓女子多了幾分見識，有著諸多顧忌，她大概早就明白守口如瓶是她唯一的出路。要想知道真相，最要緊的是找到那具失蹤的屍首，證人可以說謊，但死人決計不會。他也不當場戳破艾雪瑩的謊言，只指著空空兒道：「這人我得帶走了。」

艾雪瑩慌忙地道：「我……我有句話想跟空郎說……」她明知道這要求沒有任何希望，但迫於某種壓力，還是無奈地說了出來。不料侯彝竟爽快地答應道：「好。」命差役放開鐵鏈，自己先率人下樓。

艾雪瑩既意外又驚喜，慌忙跟到樓梯口察看，見侯彝等人已經出樓，這才回來握住空空兒的手，淚眼漣漣地懇求道：「空郎，你是個好人，謝謝你剛才沒有說出小煥來，也求求你千萬不要牽扯他進來，一旦你說出來，我們全家可就死無葬身之地了。我死了倒也不打緊，可小煥還是個孩子……求求你……」

她說得結結巴巴、語無倫次，但面上的驚懼卻是真真正正、實實在在。空空兒道：「我答應你。」艾雪瑩料不到他如此乾脆，驚訝地問道：「你不問清事情原委麼？」空空兒道：「娘子既有難處，我又何必多問？」即點點頭，帶了鎖鏈下樓。

侯彝正吩咐兩名差役留在蝦蟆陵尋找線索，見空空兒瞬間就出來，神色泰然自若，頗為驚訝，也不多問，道：「走吧。」領人押著空空兒出來翠樓。

卻見門前已經聚集了一些人，都是看到這裡來了許多差役趕來瞧熱鬧的，不過因為沒有屍首抬出，也不知道究竟，只以為翠樓裡面出了大事情，翹首張望中，忽見差役牽出一名項戴鐵鏈、雙手帶銬的犯人來，頓時一陣哄然。

人群中竟然還有空空兒認識的人，那就是昨日一起把酒言歡的羅令則，也是能證明他空空兒與此事毫無關聯的人——他二人一道被邀來翠樓，之後他酩酊大醉，甚至在那兩名女子欲殺他之時，他聽見了羅令則在翠樓外叫門，也許正是這一聲喊叫救了他一命，而那兩名女子身懷武功、手持利刃，深夜出現翠樓絕非偶然，與無頭命案也脫不了干係。可是他不知道羅令則知道些什麼、又看到過什麼，會不會牽連出艾小煥來？尚在遲疑間，羅令則卻忽然扭頭而去，彷彿極不情願捲入進來。

侯彝問道：「你看見什麼人麼？」空空兒若說出羅令則是證人，侯彝定會派人去追捕，但他只是搖了搖頭。侯彝意味深長地看了他一眼，道：「我們走吧。」

萬年縣廨位於宣陽坊的東南隅，因為是天子腳下的京縣，建制遠非普通縣城所能比擬。縣門古樸莊重，為隋朝著名建築師宇文愷所建，這宇文愷出身北周宇文皇族，多技巧思，擅長工藝，尤善建築。隋文帝楊堅當上皇帝後，大殺北周皇族宇文氏，宇文愷也在被殺的名單上，僅僅因為他長於技藝，才名遠揚，意外得到了赦免。楊堅派使臣飛馬傳旨，從刀口下將他救了出來。幾乎所有於隋朝修建的著名工程，宇文愷都曾參與，眼前所見的長安城，正是宇文愷的傑作。昔日高宗皇帝與武則天之愛女太平公主下嫁薛紹，婚席就設在萬年縣廨，但太平公主嫌縣門太窄，進出不便，打算拆掉，高宗皇帝因此門是宇文愷親手所造，特下詔阻止，到如今兩百餘年，猶堅固如初。

空空兒被逕直帶到縣廨的簽押房。侯彝命人鬆了鐵鏈，道：「我猜這件事跟閣下確實無關，不過本官職責所在，少不得要做個樣子。」空空兒頗為驚奇，問道：「少府何以如此肯定？」侯彝道：「閣下身處重大嫌疑中，卻因為艾雪瑩一個眼神，你就不肯說出最有利於自己的證人證據，有這等俠義心腸，料想也是個敢作敢為的人，若真是跟你有關，你一定會爽快承認。」空空兒這才知道一切都沒有瞞過侯彝的眼睛，但因應承艾雪瑩在先，不便多說什麼。

侯彝道：「你既不願意吐露實情，我也不想強人所難。不過我既然食君之祿，當忠君之事，等找到屍首和艾小煥，你若還是不肯說實話，休要怪刑罰無情了。」空空兒只是沉默不語，侯彝便不再多說，命人帶他下獄監禁。

差役押著空空兒來到縣獄，移交給典獄。典獄姓萬，又是萬年縣的獄吏，所以人稱「萬年吏」，聽說這犯人牽涉命案，不敢怠慢，命獄卒給空空兒上了頸鉗、手杻。獄卒照例搜身時搜出一塊深青色的玉珮，雜有血色斑紋，形為雙螭[4]糾結狀。那萬年吏登時雙眼放光，一把搶過玉珮，細細摩挲打量。獄卒心領神會，一推空空兒道：「進了這大牢，可有得你苦頭吃了。不過這裡全是吏君說了算，你是想吃甜頭還是吃苦頭？」

空空兒當然明白獄卒是在暗示自己用玉珮賄賂典獄，本來身外之物他也不放在心上，可是這玉珮取自昨夜要殺自己的女子身上，翠樓凶案多半也與這兩名女子有關，要找到她們，還得從這塊玉珮著手，況且這典獄公然向犯人索要賄賂，著實令他反感，只冷冷道：「這玉珮事關重大，典獄可不能拿走。天子腳下，王法森嚴，還請典獄自重。」

萬年吏勃然大怒，道：「你這殺人犯、階下囚還敢跟我談王法。」一名獄卒忙道：「這犯人不識抬舉，典獄君何必跟他生氣？不過瞧他寒酸土氣，怎會有這樣的玉珮？多半是從哪裡偷來的。」萬年吏道：「嗯，你說得有理，得拿去好好問問原來的主人是誰。」順手將玉珮收入懷中。

空空兒知道當此境地，萬難要回玉珮，不如暫且由這貪心的典獄拿去，日後再尋機取回不遲。萬年吏見他一言不發，以為他已經服軟，也不再為難他，道：「帶他進去，給他找間人少的。」獄卒道：「是。」拉著空空兒來到關押重罪犯人的重獄，推他進去牢房前又順手將他懷中的幾吊銅錢摸走。空空兒始終一聲不吭，那獄卒認為他軟弱可欺，笑道：「你是外地人氏吧？可有親戚朋友在長安，我願意代勞通知一聲，這樣好有人來給你送飯。」

唐朝制度，監獄犯人伙食須自理，這自理就是需要家人每日往大牢送飯，若犯人沒有親屬，監獄也提供飯食，但飯費要算由犯人或家屬按價出錢。獄卒表面是好意，其實是想從犯人家屬身上得些好處，這也是大獄中老一套撈錢的法子了。

空空兒緩緩搖了搖頭，道：「沒有。」言語中頗有落寞淒涼之意。那獄卒頗為掃興，不快地鎖了牢門，自己出去獄廳[5]找同伴玩樗蒲[6]去了。

牢房內早有一人一直在留意著動靜，見空空兒轉過身來，驚呼道：「當真是你？空空兒，你……你怎麼會……」

那人正是昨日大鬧郎官清酒肆的劉義。空空兒乍然見到他，也極為詫異，問道：「你怎麼也在這裡？」

劉義「呸」了一聲，恨恨道：「我一大清早出門，打算去樂遊原[7]看日出，沒想到正好遇到京兆尹上朝，沒有及時迴避，被他下令抓起來關到這裡。最可氣的是，那些差役還直說我運氣好，趕上京兆尹有急事，不然肯定被當街杖死[8]。」又問道，「你為什麼……你難不成也是衝撞了京兆尹？」空空兒道：「不是……我昨晚留宿的地方發生一些事情……」他不願意多提，只慢慢靠著牆背坐下來。

劉義適才親眼見到獄卒搶走空空兒懷中的銅錢，他卻任其作為，當即冷笑道：「想不到名震河北的空空兒今日也會受小小獄卒的氣，你為何不亮出你魏博巡官的身分？」空空兒搖了搖頭，道：「我那巡官只是掛名，作不得數的。」

劉義長年在河北市井之地廝混，久聞空空兒大名，知道他因徒手搏虎而頗受魏博節度使重視，被禮聘為巡官，又與衙內兵馬使田興交好，二人結為異姓兄弟。昔日魏博節度使田承嗣有意擴張領土，昭義節度使薛嵩[9]日夜憂悶，計無所出，其心腹婢女紅線潛入戒備森嚴的魏博節度使府，從節度使田承嗣的床頭偷走金盒，薛嵩遂寫信給田承嗣，還以金盒。田承嗣見薛嵩身邊有如此能人，不敢輕視，主動為兒子求娶薛嵩之女，兩家結為姻親，一場戰爭由此消弭。紅線雖然迅疾功成身退、不知所終，從此豢養武功高強、身懷絕技的江湖豪俠成為節度使必行之事。

劉義此刻見空空兒並不拿出魏博武官的架子來，大感意外。「安史之亂」後，魏博稱霸一方，成為半獨立王國，時諺語稱：「長安天子，魏府牙軍。」又道：「天下精兵，盡在魏博。」均是說魏博軍隊強悍的牙軍。朝廷無可奈何，還得盡心籠絡，代宗曾將女兒永樂公主下嫁田承嗣第三子田華，永樂公主死後又以另一女新都公主下嫁，田華由此成為本朝第一位先後娶得兩位皇帝親生公主的男人。田氏卻並沒有就此感恩，建中年間，魏博再次反叛朝廷，自立為王。戰禍平息後，德宗皇帝恨透藩鎮，卻不得不將妹妹嘉誠公主嫁給魏博節度使田緒，也就是現任節度使田季安的父親。一個連皇帝都要忌憚三分的藩鎮，其下屬官員自然也是跋扈囂張，無法無天。劉義就是因為看不慣從事侯臧之子侯明強搶民女，一怒之下出手殺死了他，被魏博節度使田季安親自下令通緝，懸以重金取他項上人頭。湊巧他逃離魏州時遇到外出狩獵的兵馬使田興、巡官空空兒一行，被人認了出來，一番打鬥後，終為空空兒所擒。但臨進城時正好遇到有軍士打架，堵住了城門，劉義這才掙脫綁索，趁亂逃走。

忽聽得空空兒問道：「你被關進來時報出真實姓名了麼？」劉義道：「當然，幹麼要遮遮掩掩？」驀然意識到空空兒此話背後的深意，他因殺人被魏博節度使田季安通緝，告示多半已經透過邸報傳到京師，京兆府的法曹參軍稍微檢錄一下文書就立即能發現，目下他卻因芝麻小事身陷牢獄，豈不成了自投羅網麼？一念及此，「哎呀」一聲，忍不住要去拍腦門，一揚手才反應過來雙手早貫了手杻刑具。扭頭又見空空兒目光炯炯，正凝視著自己，不由得心頭火起，怒道：「那又如何？你想要告發，這就去吧。我行不改名，坐不改姓，殺死侯明的正是我劉義。」空空兒搖了搖頭，道：「你還是小聲些吧。」

劉義雖然性情大大咧咧，粗魯豪爽，卻也是個粗中有細的人，見空空兒不再埋睬自己，驀然省悟過來：「是了，他根本就沒有打算捉拿我，不然昨日在郎官清酒肆就該動手。可當日在魏州城外明明是空空兒擒住了自己，若不是他出手，那些個牙兵根本就不是我對手，我早就殺出包圍了。」未免大惑不解，問道：「你為何要這樣做？」

空空兒答非所問地道：「你還是想辦法快些離開這裡為好，侯從事很快就要來京師。」劉義一聽見侯臧要來京師，連聲冷笑，道：「他來了又如何？讓他來找我報殺了之仇好了。」空空兒道：「難道你心甘情願為侯明那種人償命？」

劉義一怔，他再愚笨也終於明白過來：原來空空兒也反感侯明的所作所為，他是想幫自己，莫非當日在魏州城門時綁索莫名鬆開，其實就是他暗中下的手？

忽聽見隔壁牢房有個男子大聲喊叫道：「來人！快來人！」手腳上的鐐銬嘩嘩作響，似是名重囚。見無人應答，又拿頸上木枷猛撞牢房的鐵柵欄，喊道：「喂，殺人了！殺人了！」

劉義是個熱心腸，當此處境仍不忘助人，忙奔到門口，問道：「這位兄臺，到底出了什麼事？」只是被鐵柵欄擋住，看不到隔壁的情形。隔壁那人卻不回答，只一邊踢打撞擊鐵柵欄，一邊嚷道：「殺人了！」

須臾之間，兩名獄卒飛奔進來，往隔壁牢房一看，並無什麼打架鬥毆殺人的流血事件，當即喝罵道：

「王昭，又是你搞鬼惹事。你殺人判了死罪，在牢裡還不安分！」

這王昭正是郎官清酒肆無頭竊賊案的凶手，他與同村閒漢王平一道竄入蝦蟆陵，打算向大名鼎鼎的郎官清酒肆「借」幾個錢花花。不料被店主事先察覺，有所防備，並抓住了先入牆洞的王平的一條腿。他情急之下，用防身利刃殺死了同夥王平並割下首級扔進糞坑，再潛伏到一戶人家的後院，等到夜禁解除時從容離去。本以為事情做得滴水不漏，不料他回村告訴他嬸嬸後，嬸嬸起了訛詐酒肆店主之心，匆忙趕進城來，指認無頭屍首是她兒子，只是先後被空空兒和侯彝識破詭計。王昭一日之內就被官府抓獲，服罪後判了死刑，馬上就該處決了。他剛才意外聽到隔壁劉義和空空兒的對話，雖不知道空空兒就是導致他身陷牢獄之人，但一想若是能揭發凶手，說不定能將功折罪，免除死刑，所以立即大吵大鬧引來獄卒，告道：「獄卒大哥，小人要將功贖罪，要告發隔壁這人，他殺了人！」

獄卒以為他說的是空空兒，道：「還用你說？那犯人就是因為命案被侯少府親自抓回來的。」王昭不明情由，忙辯解道：「可是小人剛才親耳聽到他自己承認殺人。」獄卒斥道：「你一直在牢裡，輪得到你當證人麼？沒事少嚷嚷，淨影響我們兄弟的手氣。」王昭道：「真的，小人剛才親耳聽見隔壁對話，一人說『我行不改名，坐不改姓，殺死侯明的正是我劉義』。」

那兩名獄卒正要離開，聞言立即停下，交換一下眼色，一人回來問道：「你是說侯明？魏博從事侯臧的公子侯明？」王昭道：「是、是，不過小人可不知道什麼魏博什麼從事的。獄卒大哥，這下小人可以將功折罪了吧？」

獄卒不理睬他，走到隔壁牢房前，問道：「剛才是誰嚷嚷自己殺了人？空空兒，肯定是你吧？」空空兒正欲答話，劉義已奮然應道：「是我。」獄卒道：「咦，你不是因為得罪了京兆尹被關進來的那個劉義嗎？」劉義道：「不是得罪，是我沒有給他讓道。」獄卒問道：「當真是你殺了侯明？」

劉義當然知道一旦承認就等於邁進了鬼門關，然而自他口中說出去的話他怎能否認？當即昂然道：「正是。」獄卒「嘿嘿」一笑，道：「好，敢作敢當，是條好漢。你等著。」回身與另一名獄卒低聲商議了幾句，隨即飛奔去找縣尉侯彝報信。

侯彝人卻不在縣廨，被京兆尹召去了遞院[10]，下午才回來，且為無頭命案發愁不已：翠樓明明有事發生，對面的酒肆和緊挨翠樓的日嚴寺均稱沒有聽到任何動靜，也沒有看到任何可疑人；他派人監視翠樓，到現在不見任何人出入，艾小煥也尋找不到；尤其是一直未有苦主來報案，沒有告訴[11]之人；他作為萬年縣尉，倒是可以自己出面舉劾，只是他派出人手四下尋找打探，翠樓幾被掘地三尺，卻始終沒有發現屍首或是首級；也就是說，這件案子不成案子，告訴不成，舉劾不通，根本無法立案。這還是他生平第一次遇到如此棘手之案，倒越發激起了他的好勝之心。這案子的關鍵，不在空空兒，而在艾雪瑩，可她一定不會說實話，除非捏到她的要害。她的要害，當然是她的弟弟艾小煥了，這一點，空空兒倒是可以幫上忙。

正要命差役去帶空空兒出來審問，忽見一名獄卒告稟進來，樂孜孜地道：「原來京兆尹今早派人押來的犯人是個殺人犯，幸好因為尹君事先交代，將他押在了重獄中。」侯彝奇道：「京兆尹怎會事先知道？」獄卒忙道：「京兆尹並不知道，只是因為該犯人早晨衝撞了車馬，京兆尹說是要嚴辦，特意交代要將他關在重獄，等他忙完後再親自懲辦。」

侯彝皺眉道：「不過一點小事，非要人頭落地才肯罷手麼？你又如何得知犯人殺過人？」獄卒道：「是他隔壁犯人王昭親耳聽見他自承後告發的。」

侯彝肅色道：「王昭是個無賴死囚，他連自己同伴都要殺死，他的話怎能相信？況且本朝律法，在押囚犯不得控告他人犯罪，你當差多年，難道不知道麼？」獄卒道：「小的當然知道。不過小的親自問過那犯人本人，他自己也承認了。況且……他殺的人不是別人，正是少府您的侄子侯明侯公子。」

侯彝驚訝極了，半晌才問道：「那犯人可是叫劉義？」獄卒道：「正是。」侯彝便不再多問，自率差役趕來大獄。獄卒們早取了各種死犯刑具，給劉義戴上。侯彝走到牢前，問道：「你就是劉義？」

劉義頸上套了三十斤死囚重枷，只能踞坐在地上，將長枷尾部頓在地上以減輕壓力，聞言勉力地抬起頭來，道：「大丈夫行不改姓、坐不改名，正是劉某。」侯彝問道：「當真是你殺了侯明？」劉義冷笑道：「什麼當真不當真的……」

忽聽得空空兒插口道：「少府突然趕來大獄，是因為隔壁犯人告發劉義殺人麼？不過本朝律法明文規定，在押的犯人不能再控告他人犯罪，以防有攀誣之嫌。」侯彝道：「想不到你竟然熟知律法，倒是我看走眼了。空空兒，你的事我們一會兒再說。來人，先帶空空兒出去。」

獄卒拿鑰匙開了牢門，兩名差役進來，將空空兒從牆角拉起。空空兒知道侯彝嫌自己礙事，臨過劉義時特意朝他膝蓋踢了一腳，無非是暗示他按照自己剛才的話來接，拖得一刻是一刻，方能有一線生機。不料劉義雖然會意，卻大聲叫道：「何必費事，大丈夫敢做敢當，正是我殺了侯明！如果還有第二次機會，我還是會毫不猶豫殺了他。」

一名獄卒上前一腳踢在劉義腰間，喝道：「你可知侯明公子正是我們侯少府的侄子？」劉義先是愕然，隨即笑道：「那真是再巧不過！轉了一大圈，我還是落入了你們侯家人的手中！來吧，這就請侯少府殺了我報仇吧。」

空空兒見劉義看輕生死，莽撞自認，事已至此，再無任何迴旋餘地，不及長歎一聲，即被差役押出大獄。他被暫時監禁在一間空房中，坐在長凳上枯等了許久，直到夜禁鼓聲敲響時，侯彝才匆匆進來。

空空兒見他面色不善，先問道：「少府如何處置的劉義？」

他早先佩服劉義任俠敢為，雖不得已當著兵馬使田興的面擒拿了他，卻在入城時故意放他逃走，哪知道居然在長安再次相遇，今日更是陰差陽錯關在萬年獄同一間牢房中。目今劉義自表身分，多半要被送去魏博進奏院，結局無非兩種：或等侯臧到了就地處死，或被侯臧押回魏州以更殘酷的刑罰處死。可既然萬年縣尉侯彝與侯明是叔姪關係，情況又有不同，侯彝也許想要親自報仇。

侯彝反問道：「你很關心劉義麼？」空空兒道：「我與劉義素昧平生，但也佩服他是條嫉惡如仇的好漢，所以不希望他死得太慘。」侯彝道：「這麼說，你是覺得侯明作惡多端，確實該死了？」

空空兒不便直接承認，只能默不作聲。侯彝道：「可我聽說當初明明是你在魏州城外擒住了劉義。」

空空兒這才知道對方已經知道了自己的身分，便道：「劉義到底怎樣了？侯少府是將他送去魏博進奏院了麼？」侯彝道：「怎麼會？我將他押到那裡，不是正好讓你有機會救他嗎？」空空兒被他洞穿心思，一時無言以對。

侯彝道：「空空兒，你曾說你今早醒來時聽到艾小煥在翠樓上喊叫，他喊叫的是什麼？」空空兒遲疑了一下，搖了搖頭。侯彝道：「你不是想救劉義麼？只要你說實話，我可以救他一命。」

空空兒料不到對方會提出這樣的交換條件，很是驚異，但思忖片刻，還是搖了搖頭。侯彝道：「怎麼，你不相信我？」空空兒道：「不是，我信得過侯少府，只是我承諾他人在先，決計不能違背諾言。況且，以劉義為人，他若知道是靠我違背諾言而活命，他一定不會原諒我。」

侯彝瞪視他良久，才道：「你這般有恃無恐，是不是你自以為是魏博的人，我不敢動你？」空空兒道：「決計不是，我只是深信侯少府精明，絕不會冤枉無辜。」侯彝冷笑道：「我本來頗佩服你的為人，不過你既是魏博巡官，那可就要另當別論。你可知道，我生平最厭惡藩鎮，別以為你跟我大哥是同僚，我就會手下容情……」

忽聽見一個蒼老的聲音在外面叫道：「侯少府，你人在裡面麼？」侯彝認出這是縣廨老差役萬遷的聲音，忙命差役開門，迎上前道：「萬老公，您老人家怎麼突然來了？」

萬遷年過六旬，頭髮斑白，也不及寒暄，匆忙從懷中取出一件物事，道：「這玉珮……是犬子今日從獄中一名叫空空兒的囚犯身上搜來的。侯少府，我告訴你，這玉珮可了不得，這囚犯肯定也極了不得……」

侯彝道：「這囚犯人就在裡面。」萬遷道：「啊，那我要看看他長得什麼樣子。」

侯彝見他乾瘦的身子顫顫巍巍，也沒有拐杖，只得扶住他跨進門檻，指著空空兒道：「他就是空空兒。」

萬遷湊到空空兒面前，好奇地端詳了他一陣，才問道：「侯少府是如何逮到他的？」侯彝道：「他今早報官說在蝦蟆陵發現了屍首，我帶人去查驗，發現他的佩劍就是凶器，所以將他扣押帶回來。老公，您的意思是……」萬遷忽然道：「那屍首是不是沒有了腦袋？」

侯彝早下令案情細節不得外洩，聞言不由得吃了一驚，問道：「老公如何得知？莫非……是萬典獄說的？」萬遷搖頭道：「他哪裡關心這些，他就關心金銀珠寶。」凝神看了看手中的玉珮，「侯少府，咱們換個地方說話。」

侯彝知道萬遷是京城有名的老行尊，雖然年紀已大，早已退出公職，卻並不糊塗，他趕在夜禁時親自來到縣廨，肯定是有什麼重大發現，忙點頭道：「好。」空空兒道：「等一等……」侯彝道：「你想說什麼？」空空兒道：「這玉珮是典獄從我身上取走，我也想聽聽這位老公怎麼說。」侯彝微一思索，道：「好，但有一點，我答應了你這件事，你須得答應助我破翠樓一案。」

空空兒料不到侯彝會在這個節骨眼提出這樣的交換條件，頗感為難，一旦答應了他，怕是多少仍會牽扯出艾小煥來，可是瞧萬老公神情，分明知道這玉珮的來歷，這對他查清昨夜要殺他的女子身分至關重要。正猶豫間，忽聽得萬遷道：「這案子還用破麼？空空兒不就是凶手麼？是不是少府找不到屍首無法定案？」

空空兒、侯彝均是人吃一驚，翠樓無頭屍體莫名失蹤，正是最大的難解之謎，卻不知這萬遷如何知道。侯彝問道：「老公如何會知道我找不到屍首？」萬遷道：「唉，當然找不到，屍首讓凶手用化骨粉給化掉啦。」侯彝道：「什麼？化骨粉？」萬遷道：「是啊，就是一種能化掉人屍骨的藥粉。怎麼，侯少府不信麼？說起來，小老兒若不是親眼看見，我也不信。走，咱們換個安靜的地方。」侯彝道：「是。來人……」

空空兒知道機不可失，迅疾道：「侯少府，我答應你。」侯彝道：「好，君子一言……」空空兒道：「快馬一鞭。」

眾人來到縣尉在縣廨的歇宿之處。侯彝命差役打開空空兒頸鉗、手杻，萬遷慌忙阻止道：「少府怎可輕易給重囚鬆綁？」侯彝道：「老公放心，他不是凶手，這玉珮也不是他本人的。」萬遷很是信任侯彝，聞言便點了點頭。

倒是空空兒十分驚奇，問道：「少府如何知道玉珮不是我的？」侯彝道：「你因為承諾了艾雪瑩，本來不願意助我破案，但現在卻肯一口答應，分明也是想從萬老公這裡瞭解玉珮的來歷。如果我猜得不錯，玉珮應該是你從所稱打量你的人身上取來的。」空空兒極為佩服，歎道：「少府明察秋毫，又何必我相助？」

萬遷見差役均已退出門外，便道：「這玉名叫『蒼玉』，又叫『沉香玉』，只要用手擦玉上的血色斑點，就會有沉香氣……」用手摩挲了幾下，果然有沉香氣發出。侯彝道：「這樣的奇玉，當然不是普通人所能擁有。老公可知道它原來的主人是誰？」萬遷道：「當然知道了，這是昔日大宦官李輔國的佩玉。」

李輔國是肅宗和代宗兩朝當權的宦官，相貌奇醜無比，少時被閹入宮，充當宦官高力士的養馬僕役，後入東宮侍候太子李亨，心機深沉的他在太子身上下了不少功夫。安史之亂時，玄宗皇帝由長安逃往蜀中，到達馬嵬驛[12]時，將士兵諫殺死宰相楊國忠，逼死貴妃楊玉環，傳說其中正有李輔國的積極參與。不久後，太子李亨在靈武[13]即位，是為肅宗皇帝。李輔國因協助新皇帝登基極其有功，之後便青雲直上——拜殿中監，兼閒廄、五坊等十餘使，封郕國公。他由一個普通宦官一躍成為朝中暴貴後，驕橫顯赫，把持朝政。宰相和百官除了常日朝見，奏事都須經由李輔國才能面見皇帝。當時宰相李揆對他執子弟之禮，呼為「五父」。為了剷除異己，李輔國還選出數十心腹，專門負責偵查官員活動，稱為「察事廳子」。官吏有小過，無不伺知，即加傳訊。他不但決定京兆府、地方官的人選，甚至干預法司審判案件。即使是皇帝頒發的詔書，亦由他簽署後才能施行，屬臣無敢非議。肅宗皇帝病危時，皇后張氏厭惡李輔國專權已久，特意召見太子李豫說：「李輔國久掌禁兵，權柄過大，他心中所懼怕的只有我和你。眼下陛下病危，他正在勾結宦官程元振等人陰謀作亂，我們必須先發制人，立刻誅殺他們。」不料太子李豫聽了流淚說道：「此事重大，須得稟告父皇知道，可是父皇病情正重，又不宜去向他奏告。如果我們自行誅殺李輔國，父皇一定震驚，於他貴體不利，我看這件事還是暫緩幾天再說吧。」

張皇后見太子不肯聽命，立即召肅宗次子越王李係入內宮商議，承諾只要李係殺了李輔國，就立他為嗣君。李係當即命令親信宦官段恆俊從宦官中挑選兩百多名強健者，配發兵器，正要準備動手時，李輔國得知了消息，由此恨透張皇后。正當他帶人到凌霄門探聽消息時，剛好遇到太子李豫要進宮探望父皇。李輔國決定支持太子李豫登基，於是稱宮中有變，阻止太子入宮。太子李豫堅持要進去時，李輔國即命令手下將太子李豫劫持進飛龍殿軟禁起來，隨即假傳太子命令，派禁軍將越王李係及親信段恆俊等人抓住，投入獄中。張皇后聞變後無計可施，慌忙逃入肅宗寢宮躲避。李輔國帶兵追入寢宮。張皇后連聲哀求肅宗皇帝救命。重病中的肅宗受到驚嚇，一時說不出話來，李輔國乘機指揮人將張皇后拖出宮去。經此一事，肅宗病情陡然轉重，又無人過問，當天便死於長生殿。

太子李豫即位為代宗後，便將張皇后廢為庶人，不久後賜死，張后餘黨亦全數伏誅。李輔國因擁戴之功居功自傲，狂妄跋扈。代宗皇帝一開始考慮到，畢竟是李輔國幫助自己登上了皇位，還能容忍李輔國的胡作非為。到後來，李輔國越來越膽大妄為，甚至對代宗說：「大家只要在宮裡待著就行，外面不管什麼事情都有老奴我處理著呢。」代宗對此很憤怒，但顧忌李輔國手握禁軍，不敢輕率，仍尊他為「尚父」，又加司空、中書令，凡事請他參與決定，但暗地卻利用另一大宦官程元振來牽制李輔國。不久後，程元振掌握了部分禁軍，代宗乘機免去了李輔國的職務，但仍然進封其為博陸王。不久後，李輔國半夜被人刺殺於府邸臥室床上，首級和右臂亦被人取走。曾經叱吒兩朝皇帝的天字大宦官，終落了個無比淒涼的下場。還是代宗皇帝感懷舊情，親自出面痛悼，追贈李輔國為太傅。關於這起無頭血案，當時有許多傳聞，有人說是程元振派人刺殺了李輔國，有人說是跟李輔國有仇怨的江湖豪俠所為。然而兩年後程元振失寵，在流放途中被人刺殺於驛所，首級也如同李輔國般被割走。手法、模式如此一致，因而又有傳聞說這兩起刺殺都和朝廷重臣有關，又有人說是手握重兵的節度使所為，然而傳聞只是傳聞，也始終沒有人能查證。

一想到這些前朝往事，侯彝當即驚道：「莫非李輔國遇刺案與翠樓無名屍首案有什麼關聯？」萬遷搖了搖頭，道：「這就要靠少府自己去查明了。」侯彝問道：「那化骨粉一事，老公又如何知曉？」

萬遷歎了口氣，一時回憶起了無數往事來，悠悠道：「那晚我可是親眼所見。當年李輔國的豪華宅邸位於永寧坊，就在我家斜對面，那時我才二十歲出頭，剛進萬年縣當了一名普通差役，跟李府的門夫小李子熟識。那一晚正好是李輔國妻子元夫人的生辰，雖然李輔國已經被皇帝免去官職，不復有往日風光，可畢竟是兩朝重臣，根深蒂固，府裡還是來了不少貴客，比如為他一手提拔的宰相元載等。就連代宗皇帝也派大宦官程元振送來了進封元夫人為魯國夫人的詔書[14]。小李子知道我一直想開開眼界，就跟管家說了一聲，說是府中缺少人手，讓我去幫忙來回迎客。哎，那也是我生平第一次見到元夫人，原來她才二十五歲，比我大不了幾歲，唉，可惜……」

侯彝道：「這件事我也聽過，元夫人閨名春英，據說是個絕世美女，豔名遠播。李輔國藉口為宮中採選良家女子而去到元家，見元春英果真容貌出眾，當即就動了心。當時正是李輔國權勢熏天之時，元父元擢為了巴結討好，主動提出將女兒嫁給他，元擢由此平步青雲，升任梁州刺史，元春英的兄弟也都得到了官職。元載當時任新平尉，僅因為與元春英同宗，有一點瓜葛之親，也扶搖直上，升為戶部侍郎，分管財政賦稅，不久升為宰相。」

萬遷道：「不錯，一人得道，雞犬升天，這些人的高官厚祿全是靠犧牲了元夫人的青春幸福換來的。唉，你們是沒能見到，那元夫人當真是花容月貌，還通曉詩文，才貌雙全，李輔國卻已經年近六旬，而且是個不能行人道的太監。唉，難怪元夫人始終冰冷著臉，不露一絲笑容……不說這些了。還是說那晚的事，壽宴從早到晚，一直忙了一整天，不過夜禁前大部分賓客已經離去，留下來的只有元載、程元振這些個敢強行違禁、連金吾衛也不敢惹的大人物。不過到了二更時，元載這些人也鬧得累了，終於起身告辭。李輔國自被免職，人也謙和了許多，親自送出大門。那時我正好陪著小李子站在門旁，其實我早換上了李府家僕的衣服，大約是因為眼生的緣故，李輔國一轉眼就留意到我，道：『你跟我來。』他雖然名聲不好，可我還是頭一次跟這麼大身分的人物說話——倒教二位見笑了，當時我只覺得受寵若驚，立即緊跟著進了內堂。到臥房外時正好遇到元夫人，她看了我一眼，就對李輔國道：『令公，奴家有幾句話……』李輔國似乎有些不耐煩，但還是讓我和其他僕人、婢女等在外面，自己跟元夫人進了臥房。片刻後就聽見房內元夫人驚呼一聲，隨即有重物倒地的聲音。而門外的僕人、婢女卻恍若未聞，我有些急了，問道：『裡面會不會出了什麼意外？』還是沒有人理會，只有一名僕人做了個手勢，叫我不要出聲。我不明所以，又關心元夫人的情形，越等越是著急，年輕氣盛下，竟然就推開房門衝了進去……」

萬遷的呼吸陡轉急促，露出恐懼的神情來，道：「那種場面，至今令人難忘——李輔國倒在血泊中，沒有了腦袋、右臂，只剩下光禿禿的身子，胸前一處血淋淋的傷口正滋滋作響，一面冒出像煙一樣的酸臭氣，一面像冰化成水一樣，一點一滴地化開……」

侯彝問道：「老公是說，您親眼看見李輔國的屍首化作一泡血水？」萬遷點點頭，道：「不過當時我還不知道緣故，也不知道世上還有化骨一說，只覺得那幅情形十分可怕。更可怕的是元夫人的模樣，她赤裸著身子暈倒在地上，全身上下都是傷痕，青一塊，紫一塊……」

空空兒驀然想起艾雪瑩身上那些傷痕來，問道：「會不會是李輔國以凌辱元夫人取樂？」以元春英的身分，又久在深閨，能對她動手的自然只有李輔國本人了，大約太監為了取樂只能用別的變態方法來滿足自己。而比這更變態的方法他早已在魏博見過。

萬遷奇道：「咦，這你也能猜到？事實確實如此，我也是後來才知道——李輔國不僅喜歡對元夫人又抓又咬，還喜歡鞭打府中長相清俊的下人，小李子說若不是那晚李輔國遇刺身亡，我肯定也會被脫光了衣服吊起來任他鞭打……不過這些事外人並不知道。後來外面的僕人聽我駭異地尖叫，衝進來一看，一邊是李輔國的無頭屍首正慢慢化掉，一邊躺著元夫人裸露的胴體，也都嚇得傻了。正好有個老僕人提水路過，聞見惡臭氣進來一瞧，叫了聲『失火了』，將一桶水全部潑到李輔國胸口，那裡已經化成了一個大血洞，被水一沖，竟然不再滋滋冒煙，化得也慢了許多。老僕人見有效，忙再叫人去提水，僕人們這才如大夢初醒，慌忙報官的報官，提水的提水，又有婢女扶了元夫人出去……」

侯彝道：「這麼說，全靠那老僕人誤打誤撞用水沖淡了藥力，才得以保住李輔國的屍骨？」萬遷點了點頭，又道：「後來京兆府、萬年縣都趕來調查無頭案，元夫人清醒過來後什麼都不肯說，查來查去也沒有什麼眉目。關於李輔國屍首差點化成血水的事，沒有人相信，上頭說是我們眼花了，不准多說。直到幾十年後，我當了典獄，無意中聽到牢裡一名江洋大盜說，江湖上有一種密藥叫做『化骨粉』，只須灑一點在見血的創口上，就能一點一點地將肉體化成血水，我這才恍然大悟，原來當初刺客是在李輔國屍首上灑了化骨粉。」

侯彝道：「這不合情理。刺客肯定是趁壽宴人多時潛入了李府，預先埋伏在臥房中，可是要在那麼短時間內殺死李輔國、割掉手臂，還要脫光元夫人的衣裳，再援繩揭瓦從屋頂逃走……」萬遷驚道：「難道脫掉元夫人衣裳的不是李輔國麼？」侯彝道：「肯定是刺客所為。李輔國要折磨元夫人，有的是時間、機會，當日是元夫人生辰，想來他也沒什麼興趣，他既然已經將老公您帶到了房前，絕不會輕易放棄。」

萬遷道：「可刺客為什麼要這麼做？」百思不得其解。侯彝道：「這是一種威脅的暗示。我推算刺客早知道李輔國有虐待他人的癖好，所以有意剝光元夫人的衣裳，意思是他知道許多醜事，元夫人及元家有所顧忌，自然不敢追查真凶。不過，一個人在那麼短的時間內做不了這麼多事，當有兩名刺客。刺客要麼是身負血海深仇，割下李輔國首級帶走為親人祭奠用，要麼受雇於人，必須帶去首級向雇主交代。既然有兩名刺客，又熟知李府內幕，加上有化骨粉這等江湖奇藥，應當不是普通復仇行為，後一種可能性更大些。只是唯一一點不能解釋的是，為什麼刺客已經得手，還要用化骨粉化去李輔國的身子？」萬遷道：「我猜李府人早已習慣李輔國房內各種奇怪的聲音，若不是當晚我冒失地衝了進去，說不定要第二天才能發現房內異常情形，也無人知道李輔國已經遇刺，屍骨無存，當場化成了血水。」

侯彝道：「嗯，老公推測得有理，這樣他們為什麼脫光元夫人衣裳就說得通了，無論她看見什麼，都不敢說出去。不過，刺客殺人取人首級常見，取人右臂則有些奇怪了。莫非李輔國右臂上有什麼祕密？」想了想，扭頭問道，「空兄，你在翠樓所見到的屍首……」空空兒道：「我所見到的屍首只是沒有了首級，雙臂還在。誠如少府所言，李輔國遇刺當是專業刺客所為，也許有兩名雇主分別雇了他們，取去右臂和首級，是分別要向兩位雇主交代。不過，通常只有黑刺才會這麼做。」

萬遷道：「黑刺，那是什麼？」空空兒道：「是江湖行話，相對於官刺而言。」

原來江湖的專業刺客分為兩種：一種為「黑刺」，只要有人給錢，殺人不論青紅皂白，這類刺客大多神祕莫測，身分不為外人所知；一種為「官刺」，專殺官府追捕的要犯、江洋大盜等，殺人後取首級到官府領取賞錢。

侯彝道：「李輔國遇刺案已有四十餘年，怕是難以再從那件案子中找到線索。萬老公，李輔國遇刺當晚，你可曾見過這塊玉珮？」萬遷道：「哎呀，都忘了講正事了。這塊蒼玉被李輔國鑲嵌在一條腰帶上，當晚我親眼看到他圍著這條蒼玉腰帶，我闖進房時先是被無頭屍首和元夫人的樣子嚇住，後來回過神來，才留意他腰帶前面的玉珮被取走了，因為缺了一塊，極為扎眼。不過當時情形很亂，不知道是府裡下人偷走，還是被刺客拿走，也沒有人追究這件事。想不到隔了四十年，竟然還能見到這塊蒼玉，所以才嚇了我一跳。這位郎君，你是從哪裡得來的這塊蒼玉？」

空空兒便說了昨日因酒醉留宿在翠樓客房一事，只是略過羅令則、艾小煥不提。萬遷驚道：「又是兩名刺客，身上還帶著李輔國的那塊玉珮，無頭屍首又不見了，天哪！」越想越是害怕，忙站起來道：「我該回去了。」侯彝道：「已經夜禁了，老公回不去永寧坊，我派人送你去南門客棧暫住一宿。」唐朝因夜禁制度森嚴，因而各坊區都有多家客棧，方便因夜禁困在坊區的客人投宿。

萬遷道：「有勞。」又肅色道：「今日對二位所言，小老兒從未對旁人提起過，就連犬子也不知道……」侯彝道：「多謝萬老公信得過侯某。老公請放心，無論有任何事，絕不會牽扯進老公來。」

萬遷這才鬆了口氣，道：「我也要謝謝你們二位，今日總算說出了心中積鬱多年的祕密，放下了一塊大石頭。這位郎君，玉珮還給你，犬子不成器，還請你大人大量……」空空兒道：「老公哪裡的話。萬事都有因果，這玉珮若沒有這一番機緣，我怎能從老公這裡聽到這麼多故事？」萬遷道：「這麼說，你不會告發犬子？」空空兒道：「不會。」萬遷又望著侯彝，侯彝哪裡有心思去追究萬年吏的瀆職，只好道：「空兄既不願告發，沒有了告主，我也無從追究。不過老公也該好好管教一下令郎，殊不知君子愛財，取之有道。」萬遷歎了口氣，道：「少府說得極是。」侯彝便送他到門口，命差役領他到南門的客棧住宿。

送走萬遷，侯彝見空空兒在燈下望著那塊溫潤神祕的玉珮凝思，問道：「你認為凶手會是那兩名蒙面女子麼？」空空兒道：「有可能。不過，我感覺她們是衝我本人來的，那女子舉刀要殺我時，我可以看到她目光中的恨意。」侯彝道：「她們說了些什麼？」空空兒道：「那兩名女子只反覆向我追問『仰月』一事。」侯彝道：「仰月？那不是一種罕見的銅錢麼？」空空兒道：「原來是銅錢。」

侯彝道：「空兄既不知情，說不定她們是找錯了對象，所以後來才只將你打暈過去，並沒有殺你。後來她們找上翠樓，殺了真正的尋仇對象，用你的劍割走首級。」空空兒搖頭道：「那兩名女子用茶水潑醒我時，我的佩劍早已經不見了，她二人均使用匕首做兵器，並沒有收去佩劍。而且，我的劍並不是真正的凶器，死者死後，有人拿了我的劍在屍體上亂戳一通，所以劍上才會有那些血。」侯彝道：「你說有人故意栽贓你？」空空兒道：「不是，那人完全是無心的。」

侯彝道：「空兄，請你再詳細描述一下屍首的詳細情形，任何能想到的細節都不要放過。」空空兒道：「是。」當即詳細描述了經過，又道：「斷頸之處刀痕齊整，下手之人一刀斷頭，手法乾淨利索，必定武藝了得。他上身那些傷口深淺不一，肉色乾白，更無血花。」侯彝道：「人死後血脈不行，戳割屍首的傷口往往血不灌蔭。如此，我推斷死者當是死在半夜。」空空兒道：「是，我也這樣認為。」

侯彝沉吟道：「這樣的話，艾雪瑩就難脫嫌疑了。試想那凶手在半夜殺了人，若是要用化骨粉處理屍首，肯定早就處理了。而空兄清晨還見過屍首，趕出去報官再回來不過一刻功夫，這麼短的時間，只有艾雪瑩才有機會。」空空兒搖了搖頭，道：「她絕不是凶手，也不是幫凶。」

侯彝皺眉道：「空兄昨天不是才第一次見艾雪瑩麼？」言下之意，竟似在責備空空兒為美色所迷。空空兒忙道：「少府別誤會，還有一處細節我未來得及詳說……這個，當我趕到樓上的時候，瑩娘子一絲不掛地倒在地上，全身傷痕密布，跟萬老公所描述當年元夫人的情狀一模一樣。」侯彝大吃一驚，道：「竟有此事？」空空兒道：「我當時只是覺得離奇，所以脫下了外衣給她蓋上，剛才聽了萬老公講述李輔國被刺一事，才感到其中大有詭異之處。」

侯彝沉思半晌，恍然大悟道：「那個拿劍刺屍體的人就是艾小煥，是也不是？」空空兒見侯彝轉瞬即猜到真相，知道這位少府精明過人，有些事情瞞也瞞不住，當即坦承道：「我答應了瑩娘子，絕計不將小煥牽扯進來，還望少府成全。」侯彝道：「空兄寧可自己承受殺人嫌疑也要遵守諾言，如此高義，我當然要成全。」又道，「這件案子著實棘手，怕是刺客和死者身分都非同小可。抱歉，空兄，我知道你是無辜的，可還是要暫時委屈你一下，在萬年縣獄裡待上兩天。」

空空兒知道他有意如此，好令真凶放鬆警惕，點頭道：「甚好。」又試探問道：「少府是不是已經私自放走了劉義？」侯彝道：「嗯，我們還一道痛飲了幾杯，不然我何以能知道你魏博巡官的身分？你能猜到我的作為，足以成為我的知己。」

空空兒道：「可少府有公職在身，如此不是瀆職麼？」侯彝笑道：「大不了不做這縣尉了。」空空兒見他看淡名利，很是佩服，道：「改天定要與少府好好喝上幾杯。」侯彝道：「這是當然。」隨即命差役進來，重新給空空兒上了械具，帶回大獄監禁。

剛剛和衣躺下，忽然又有差役來報道：「適才有人到縣廨門前投書，是指名給少府的，封皮上寫有『事關翠樓命案』的字樣。」侯彝拆開一看，上面只寫有「一人即出縣廨」六個字。

侯彝問道：「投書的是什麼人？」差役道：「那人戴著頂胡帽[15]，扔下書信就走了，來不及看清面孔。」侯彝道：「好，我知道了。」即攜了佩刀，出來縣廨大門，左右一望，空無一人，只有西面原楊國忠住處燈火映天，樂聲、人聲喧鬧不止，應是那位新搬進來的波斯公主薩珊絲又在大開夜宴了。

又等了片刻，忽見北面巷中有火光閃了幾閃，侯彝便走了過去，近巷口數步時，聽得有男子道：「少府請停步，不然在下可就轉身走了。」他這才隱約看到一名戴著胡帽的男子正躲在巷角暗處，當即頓住腳步，手扶刀把，喝道：「你到底是誰，為何藏頭縮尾，不敢以真面目示人？」那人笑道：「在下好心前來提供翠樓案情線索，少府何以如此厲聲見斥？不過少府果然是位信人君子，當真一人孤身前來，在下佩服得緊。」

侯彝聽他言談彬彬有禮，似是個斯文人，便道：「閣下既然知書達禮，難道不知道匿名投書是不能用作案情採證的麼？」那人道：「在下久聞萬年縣尉侯彝俠肝義膽，豪爽過人，想來也不是什麼拘泥於律法的俗人。」侯彝道：「那好，你有什麼線索？」那人道：「少府抓錯了人，今日少府從翠樓抓走的那個人並不是凶手。」

侯彝道：「你如何得知？」那人道：「不瞞少府，在下是一登徒浪子，暗中仰慕瑩娘已久，只是不得其門而入，昨晚我冒險去了翠樓，打算一親芳澤。我等在牆外尋找機會的時候，看到了兩名黑衣人從牆頭翻出，看身形應該都是女子……」

侯彝道：「你是說，你親眼看見兩名女子從翠樓裡出來？」那人道：「是，在下所見還不只這些。等那兩人走遠，我也翻牆進了翠樓，看到一個小孩子提著一把劍躺在牆根下，人已經暈了過去。我認得他，他是瑩娘的弟弟艾小煥。」

侯彝道：「然後呢？」那人道：「在下摸黑進了翠樓，先看見張媪倒在樓梯口，到二樓又看見了無頭屍首和全身赤裸的瑩娘……」

侯彝呼吸陡然急促了起來，忙問道：「你可還記得什麼細節？」那人道：「我可是嚇壞了，沒有特別留意，趕緊跑出來，又見東首一房房門大開，有人在呻吟，大著膽子進去一看，是個渾身酒氣的男子躺在那裡，不過人沒有死，只是暈了過去……我再不敢停留，又匆忙翻牆出來，也不敢聲張……但心中還是很好奇，今早來到翠樓打探究竟，看到少府抓走的那人正是我見過暈死過去的酒客……」

那男子描述的過程一分清楚，也與空空兒所講述的情形完全相符，相當可信，想來他應該不會是空空兒的朋友，有意為其脫罪，空空兒自清晨報官後便處在監視之下，沒有機會與外面暗通消息，至今沒有公開審訊，他的供詞外人也不得而知。況且，以侯彝所觀察空空兒的為人，大概也不屑於做這類事。

侯彝問道：「既然你害怕牽扯出你，為何又冒險約我出來？」那人道：「在下不忍見到少府抓錯了好人，反而讓真凶逍遙法外。」侯彝道：「你要知道，我追查出你身分並不難，你若不是家在蝦蟆陵，就是住在翠樓附近的客棧。」那人道：「是，不過在下也知道少府絕不會這麼做。在下不願意以真面目示人，自然有天大的難處，強人所難，非君子所為。再會！」一語既畢，轉身就走。

侯彝道：「哎，你……」他本可以疾步追上去，但既然對方稱有天大的難處，又肯冒險來告知所見所聞，比起許多生怕惹事上身的人已是強上百倍，當即對巷中大聲喊道：「多謝了。」

黑暗中寂然無聲，那男子早已去得遠了。

回來縣廨，侯彝思索了一會兒，命人自獄中放出空空兒，轉述了適才神祕男子所言。空空兒心道：「莫非這人是羅令則？也不對，我明明聽見他喊叫了幾聲就走開了。不是他，又會是誰呢？」

侯彝道：「既然有證人證實你無辜，你也不必再背負殺人嫌疑蹲在大獄了。空兒，實話說，這案子極難，雖然你和今晚那匿名男子都能指認凶手是那兩名女子，可現下沒有屍首，無從立案，要找到那兩名女子也極難。唯一能進一步突破案情的，只有艾雪瑩本人，可是她……」空空兒道：「少府是想讓我去問她？」侯彝道：「正是此意。」空空兒道：「只怕希望不大，不過我願意試試。」

忽聽得外面有差役飛奔而來，氣急敗壞地稟道：「京兆尹到了！請少府快去前門迎接！」侯彝道：「京兆尹住在昇平坊，不顧夜禁連夜趕來，莫非也是為了無頭命案？」忙囑咐空空兒道：「空兄可自行在我住處歇息，我去去就回。」空空兒道：「是。」

等侯彝出去，空空兒和衣躺在床上，哪裡睡得著？這起命案實在太多蹊蹺，殺人不難，割走首級也不難，可為何單單在他發現屍首趕去報官後有人處理了屍首？莫非真的是艾雪瑩所為？可她那麼柔弱，那麼溫婉，她又從哪裡弄到傳說中神祕的化骨粉？

正凝思間，忽聽得門外有差役叫道：「空郎睡下了麼？尹君請你出去。」空空兒立即會意，肯定是田興知道自己被抓來萬年縣，所以去找了京兆尹。出來一看，果見田興正陪著一高大肥胖老者站在堂前，那老者當是京兆尹李實了，侯彝垂手站在一旁。

田興一見空空兒出來，驚喜道：「空弟，你失蹤兩天，倒教我好找！」又道，「你既被抓來萬年縣，為何不找人通知我？」空空兒見義兄面容憔悴，大有焦慮之色，知道他為找自己費了不少心，只好道：「抱歉……」

那李實笑道：「找到人了就好。兵馬使，我這就派人送你們回崇仁坊進奏院吧。」田興道：「是，田某深感尹君大恩。」李實道：「兵馬使客氣！不過說起來其實也是一家人，這位侯少府的兄長，就是魏帥府中的侯臧侯從事。」田興道：「是，我也早聞侯少府大名。少府，令兄近日即到京城，到時再圖良晤。」

侯彝對田興態度卻甚是冷淡，佯作未聞。李實轉頭狠狠瞪了他一眼，道：「侯少府，你明日一早到京兆府來，本尹有話問你。」侯彝道：「是。」

空空兒久聞京兆尹惡名，擔心侯彝會因捉拿自己一事受到李實責罰，正要為他開脫幾句，卻見侯彝朝自己搖了搖頭，當即便住了口。等差役取來空空兒的長劍原物奉還，田興道：「咱們走吧。」

有京兆尹派出的官吏持權杖開道，一路暢通無阻。回到進奏院，田興才問道：「到底出了什麼事？」

田興是魏博兵馬使，朝中之事一旦牽扯進藩鎮就更加複雜，空空兒不欲他捲進來，只道：「有人誤拿了我的劍，引起一點小誤會而已。」田興素來信任他，聽他這麼一說，也不再多問。

空空兒見義兄眉頭深鎖，問道：「是不是義兄向朝廷求撥軍餉並不順利？」田興道：「本來聖上已經同意，責成兵部去辦，但突然有個比部員外郎[16]武元衡冒了出來，上奏說魏博從來不入賦斂，如今朝廷府庫物資缺乏，怕是一時間難以拿出五十萬緡撥給藩鎮，聖上又聽信他的話，說再延緩些日子。」

空空兒心道：「這武元衡說得其實不錯。」他不願意操心魏博之事，知道義兄自幼喜好讀書，熟知朝中典故，便取出那塊蒼玉，問道：「義兄可知這玉珮來歷？」

田興接過玉珮，移到燈下仔細打量，道：「這似是朝官佩玉，並非普通裝飾用的佩玉。空弟從哪裡得來的？」空空兒道：「不是我的，臨時借來的。」田興道：「是塊好玉。」將玉珮還給了他，又道，「明日聖上要在大明宮麟德殿賜宴，空弟從沒有進過皇宮，不如這次與我一道去吧。」空空兒忙推謝道：「小弟粗陋，哪堪面見天子？」田興知他性情，只好道：「也罷。」

再無他話，各自回房休息。空空兒房中早有人灌好了一大桶熱水，供他洗浴。他手上猶沾有那無頭屍首的血跡，當即脫了衣裳躍入桶中，又將長劍也豎在木桶中，任其浸泡。熱氣侵入肌膚，通體舒泰。正閉目享受時，忽有人輕輕敲門，空空兒問道：「是誰？」一個女子聲音道：「奴家給空巡官送酒食來了。」空空兒被關了一天，只吃了兩頓粗食糲飯，一聽說有酒，立即來了精神，忙道：「進來吧。」

一名青衣婢女推門出來，空空兒道：「放在桌上。」那婢女將酒菜放好，又去清撿空空兒甩在地上的衣物。空空兒忙道：「不用了，你先下去。」婢女道：「是。」

等婢女退出，空空兒迅疾躍出木桶，隨意抓了件衣服披上，急不可待地衝到桌案旁，抓起酒壺仰頭便喝，瞬間已經見底。酒沒喝夠，酒癮卻被勾了起來，忙穿好衣服，欲再去找些酒來。剛拉開門，正見魏博進奏院都知進奏官曾穆率一群兵士站在門口，心知不妙，問道：「出了什麼事？」曾穆道：「來人，將空空兒拿下！」

兵士大聲應命，上前來拿空空兒手臂。空空兒待要抗拒，卻是手腳酸軟，使不出半分力氣，這才知道酒中事先被人下了藥，不由得又驚又怒，道：「曾穆，你憑什麼拿我？」早有兵士搜出那塊蒼玉，獻給曾穆。曾穆道：「就憑這個。蒙上他眼睛，帶他去密室，我要好好審他。」

有人拿過一個黑布袋，往空空兒頭上一罩，頓時覺眼前一黑，什麼也看不到。他只覺得被人挾持著彎彎曲曲走了一段路，又聽見機括「呀呀」作響，接著往下走了老長的臺階，終被人按在一張椅子上坐下，臀部頓時一片冰涼，那椅面竟是精鋼所鑄。有人將他雙腳分開、手臂放在扶手上，「嗤嗤」幾聲輕響，他手、腳、胸均被鐵環扣住，動彈不得，這才有人取下面罩。

這是一間四四方方的石室，大約是在地下的緣故，寒意很重，牆上的油燈也不斷局促地閃動，越發顯得空空落落、陰氣森森，倒像口石棺材。

曾穆緊跟進來，將那塊玉珮舉到空空兒面前，問道：「你從哪裡得到的這個？」

空空兒與曾穆並無深交，也不大喜歡此人，不過既然同為魏博屬官，若對方好言好語相問，他也許還會實話實說，可這人利用他嗜酒如命的弱點往酒中下藥，又將他弄來這麼個地方鎖起來，不免激起了他心中傲氣，當即冷冷道：「進奏官可知道這玉珮的來歷？」

曾穆道：「就是因為知道才將你押起來。空空兒，你不要以為跟兵馬使是結義兄弟就有恃無恐。快說，這玉珮哪裡來的？」空空兒道：「我不想說。」曾穆道：「我敬你在魏博也是威名赫赫的好漢，不想對你用粗，你可不要敬酒不吃吃罰酒。」空空兒譏諷道：「你給我吃藥酒，就是好漢所為麼？」曾穆也不動怒，道：「此事關重大，少不得要得罪了。來人……」

忽有兵士奔下地道稟道：「兵馬使有急事要見進奏官。」曾穆冷笑道：「他消息倒是快。罷了，請兵馬使下來密室。」

過得片刻，兩名兵士舉著火把領田興下來，他只穿著單衣，得知空空兒被抓時大約已經睡下，來不及穿外衣便趕了出來。他來過進奏院多次，卻還不知有這樣一間地下密室，一見石室中的情形，不悅地問道：「曾穆，你這是做什麼？為什麼要將空空兒扣起來？」曾穆道：「使君有所不知，空空兒是朝廷的密探。」

田興道：「怎麼可能？他可是我魏博人，他母親跟我母親同鄉里。」曾穆道：「是，可他自幼到峨眉山學藝，不在魏博長大。」田興怒道：「這是什麼話？人不在魏博一陣子就成了朝廷的密探麼？你一直在京師任進奏官，是不是也成了朝廷的密探？」

曾穆忙道：「使君別生氣，下官有證據。」拿出那塊蒼玉給田興看，道，「這是昔日大宦官李輔國的佩玉。」田興道：「那又如何？」曾穆道：「當年李輔國在臥室遭人刺殺，割去了首級、右臂，此後無人見過這塊蒼玉，直到八年前……」田興心中一動，道：「那不是我堂兄去世的那一年麼？」

田興堂兄就是上一任魏博節度使田緒。田緒是首任魏博節度使田承嗣親子。田承嗣共有十一個兒子，但其生前最喜歡養子田悅及從侄田興，田興的名字就是田承嗣親取，認為他將來「必興其宗」，不過田承嗣死時田興才十五歲，所以臨死前將節度使的位子傳給了養子田悅，這也是藩鎮世襲之先例。田悅即位後曾公然稱王與朝廷對抗，引來戰火連年，將士怨言甚多，田緒乘機殺死田悅自代為節度使，又娶了當今皇帝德宗的妹妹嘉誠公主為妻。嘉誠公主出嫁魏博時，德宗親自到望春亭送行，覺得翟瞮不可乘，以金根車代替。公主乘金根車出嫁，遂成傳統。

嘉誠公主聰慧有識，與田緒成親後頗得魏博上下敬重，由於沒有生育，將庶子田季安收為養子，田季安由此寵異諸兄。八年前田緒死後，魏博節度使的位子就傳給了田季安。不過田緒死時才三十三歲，壯年身死，曾經一度引來諸多猜疑，魏博軍心由此浮動，當年田季安十五歲，孤弱無力，幸得田興挺身而出，多方安撫，才算穩定了局面，因而日後田季安猜忌同族，殺了不少人，唯獨對田興十分信任，委以兵馬使的要職。

曾穆道：「正是。」頓了頓，又道，「兵馬使是自己人，下官也就實話實說，前任魏帥並不是嘉誠公主聲稱的暴病身亡，而是遭人刺殺，且被割去了首級。」田興大吃一驚，道：「什麼？」曾穆道：「下官當時任衙將，那晚是嘉誠公主生辰，魏帥和公主都喝多了，下官扶著魏帥回房躺下，婢女扶著公主去了一趟茅房，下官先退出來，左右巡視一番後打算回家睡覺，還沒有走多遠，就聽見房中公主驚叫……進去一看，魏帥倒在血泊中，首級已經被人割去。下官當即要出去調兵追捕刺客，公主卻一把抓住下官哭個不停，那時候下官看見地上有塊玉珮，就是這塊蒼玉……」

田興聽得驚心動魄，道：「發生了這麼大的事，你怎敢隱瞞不報，還對外謊稱堂兄是得了急病而死？」曾穆道：「這是公主的意思，下官不敢違抗。若是以真相公告，人心猜忌，軍心不穩，對魏博又有什麼好處？」田興默然不語。

曾穆道：「這塊玉珮既非魏帥、公主所有，定是刺客所留，嘉誠公主認出這是李輔國的故玉，認為凶手一定不是普通人，所以派我攜來京師，一面任進奏官，一面尋訪凶手。後來下官去親仁坊郭府為昇平公主賀壽，無意中被昇平公主看到這塊玉，強行索去……」

昔日郭子儀雄才膽略名聞四方，於舉國上下享有崇高的威望和聲譽，田承嗣、李靈曜這些叛將均對他心服口服。田承嗣曾指著自己的膝蓋說：「我這雙膝蓋不向別人下跪已有多年了，現在要為郭公下跪。」每逢郭子儀生辰，魏博都會派人賀壽，這種習慣也延及後世，郭府中有重要人物生辰，進奏院也會預備一份賀禮。

田興道：「這塊玉珮既為昇平公主所得，如何能肯定擁有這塊玉的就是朝廷密探？」曾穆不願意細說，只道：「這塊玉每次一出現，就會有重大命案發生，昨晚空空兒留宿在蝦蟆陵翠樓中，聽說那裡也發生了無頭命案。」

田興一直為了向朝廷索要軍餉一事忙碌，絲毫不知道翠樓命案，駭異得呆住，半晌才道：「什麼？空弟，莫非你是因為此事才被萬年縣尉捕去？你……你為什麼不早告訴我？」

曾穆所講田緒被刺之事空空兒也是頭一次聽聞，只覺得千頭萬緒，事情似乎越來越複雜，聽到義兄質問，只好答道：「這件事本來就與我無關，又何必勞煩義兄。」

曾穆冷笑道：「與你無關？你身上有這塊不吉利的玉珮，你留宿的翠樓又發生命案，聽說凶器正是你那把削鐵如泥的浪劍[17]。總之，空空兒，今日你不說明白，休想走出這扇門。」

田興道：「空弟，你適才說玉珮是臨時借來的，既然事關我堂兄之死，還望實情相告，這玉珮到底是怎麼回事？」空空兒道：「我剛才已經說過了，我不想說。」

田興知他脾性，一旦決定的事，一百匹馬也拉不回來，一時無可奈何。曾穆道：「使君也聽見了，他分明就是心中有鬼。請使君暫且迴避一下。」田興知道曾穆是要對空空兒嚴刑拷打，忙道：「進奏官這一套法子在空弟身上行不通的。我以性命擔保，他決計不是你所說的朝廷探子。」

曾穆也知道田興在此絕不會讓自己刑訊空空兒，便道：「那好，請使君准許下官派人將空空兒押回魏博。」田興遲疑道：「這個……進奏官，請你先出去，我有話對空空兒說。」曾穆倒也爽快，乾脆地應道：「是。」揮揮手，帶著兵士退了出去。

田興轉頭勸道：「空弟，你這次肯主動跟我一道來京師，不就是為了明年回峨眉拜祭你師傅麼？若真讓進奏官送你回魏博，嘉誠公主性情嚴峻，執法甚嚴，後果實是難以預料，你何必賭一時之氣耽誤了祭師大計？」

空空兒被他說中心事，無可奈何地歎了口氣，道：「這玉珮是從昨晚要殺我的人腰間取下的，玉珮裡面的是是非非我一概不知。至於翠樓凶案，我確實看見過一具無頭屍首，但屍首後來又不見了。」

田興驚道：「竟有人要殺你？」空空兒道：「是，我昨晚喝醉了酒，她們本來已經可以得手，後來不知道怎麼只是打暈了我，在我昏過去的那一剎那，我從其中一人腰間取下了玉珮。」他有妙手空空兒之稱，手上功夫自然相當了得。田興素知義弟之能，問道：「你說她們？刺客是兩個人？」空空兒道：「嗯，義兄不必憂心，既然這件事找上了我，我自會查個水落石出。」

只聽見曾穆進來拍手笑道：「好，空空兒一諾千金，可不能失言。來人，快些放了空巡官。」

田興這才明白曾穆是在利用自己套取空空兒的諾言。這曾穆心思機巧，足智多謀，在魏博素有「智囊」之稱，他早知道空空兒淡泊名利，軟硬不吃，用強硬的辦法難以令他屈服，請他幫忙查找他未必答應，他雖名義上是藩鎮的人，卻從來不理會藩鎮的事，所以想了個這樣的法子，不然哪有那麼巧，他剛抓了空空兒，就有人趕去通知田興。田興雖心中不快，亦不便多說什麼，只將空空兒從那鐵椅上扶起來。

曾穆道：「空巡官，得罪了。」空空兒苦笑道：「沒什麼，只是別再往我酒中下藥了。」他藥勁未過，仍是手腳酸軟。

曾穆頗為尷尬，道：「是是。我這就派人多送美酒去空巡官房中。」又肅色道，「事關重大，還望二位嚴守機密。尤其是前任魏帥之死，切不可對旁人洩露半句。」田興道：「這是自然，這本就是我田家機密大事，空弟雖不姓田，卻是家母親收的義子，也算是半個田家人。曾進奏為我田家的事如此操勞，田某反倒過意不去了。」曾穆聽出他話中有譏諷之意，冷汗直冒，連聲道：「不敢、不敢。下官這就送二位回房。」

田興問道：「我堂兄遭人刺殺之事，當今魏帥知道嗎？」曾穆道：「不知道。嘉誠公主說怕魏帥知道後一意復仇，不理軍務，要等尋訪到真凶再告訴他。」田興道：「這樣也好。公主深謀遠慮，非我等凡夫俗子所能比擬。」曾穆笑道：「誰說不是呢。」當即各自回房歇息。

1 奉天：今陝西乾縣。

2 李淳：太子李誦的長子，即後來的唐憲宗，被立為皇太子後改名為李純。

3 據《唐六典》記載，唐代鎧甲有明光、光要、鎖子、山文、烏錘、細鱗、白布、皂絹、布背、步兵、皮甲、木甲、馬甲十三種，稱為「唐十三鎧」，其中明光、光要、鎖子、山文、烏錘、細鱗甲是鐵甲，白布、皂絹等則是以製造材料命名，用於實戰的主要是鐵甲和皮甲。絹布甲是用絹布製成的鎧甲，輕便美觀，只用作武將平時服飾或儀仗用的裝束。

4 螭：古代傳說中一種沒有角的龍，古建築、器物、工藝品上常用它作裝飾。

5 獄廳：獄卒辦公的場所。

6 樗蒲：唐代極為流行的賭博遊戲，類似後世的擲骰子，天寶宰相楊國忠就是樗蒲高手。

7 樂遊原是長安著名風景區，位於城內東南的昇平坊。昇平坊為京城之內最高之地，可以俯瞰京城。

8 唐代京師地方官權力極大，京兆尹更是勢傾宰相，凡京兆尹出行，要清街迴避，如有冒犯，無論官民，格殺勿論。

9 薛嵩：名將薛仁貴之孫，父親薛楚玉曾任范陽（即幽州藩鎮）節度使，以臂力騎射聞名。「安史之亂」時，投安史軍，為史朝義守相州（今河南安陽）。寶應元年（西元七六二年）投降朝廷，封為昭義節度使。為《薛剛反唐》中的薛剛原型。

10 遞院：處理京兆公文傳遞的場所。唐朝制度，京兆尹居住在私第，奇日入京兆府，偶日入遞院。後來一直到大中年間，唐宣宗特批兩萬貫錢，同意在京兆府辦公院內營造官邸，之後的京兆尹才開始住進京兆官邸。

11 唐律，當事人或親屬提起訴訟，稱「告訴」；監察機關、各級官吏代表國家立場糾舉犯罪，稱「舉劾」。

12 馬嵬驛：今陝西興平縣西。

13 靈武：即靈鹽軍鎮，今寧夏靈武西南。

14 唐代有內外命婦之制：皇帝的妃、嬪、世婦、女御等為「內命婦」；宗室貴戚、達官貴人之正妻均有皇帝所賜的封號，稱為「外命婦」。唐代由於宦官勢力頗大，宦官之妻也有封號，與朝官貴戚並無區別。

15 胡帽：由錦緞製成的一種仿效西域風格的帽子，帽呈圓形，頂部高而尖，兩旁有可以翻折的護耳小扇，唐代男女均盛行戴此帽。

16 比部是尚書省下六部之一刑部下的一司，專門負責全國財政收入的審核和監督工作，比部員外郎則具體掌管通會內外賦斂、經費、俸祿、勳賜缺乏物資，以及軍用物資、器械、和糴、屯田收入等事，可謂中樞要害之職。

17 浪劍：南詔所造鋒利之劍，極其名貴，用冶爐爐底青鐵鍛冶而成，鋒銳異常，寒光凜凜，且劍重二十餘斤，比尋常寶劍要重出許多。

卷三 飛來之錢

進奏院除擔任藩鎮在京師的聯絡機構，還經營著一項重要業務，名為「飛錢」。唐代以銅錢、絹帛為流通貨幣，銅錢單個價值不高，一千個銅錢為一緡，五匹絹約價值四緡銅錢，可見銅錢沉重、絹帛體積大，均不利長途運輸。況且唐中期以後藩鎮割據，隨身攜帶大量財物十分危險，中央朝廷又限制現錢出境，以防止銅錢外流，飛錢由此應運而生。

空空兒回到房中不久，曾穆守諾派人送來一大桶西市腔酒，不過這西域釀造的葡萄酒過酸過軟，不合他口味，只飲了一杯就放下，倒是滿室那股果香味沁人心脾，讓他回想起峨眉山的果樹飄香來。

燈下發了一會兒呆，便慢吞吞地挪去浴桶，欲將泡在水中的浪劍取出，忽見水中倒映著一蒙面黑影，驚然抬頭間，房梁蹲著的黑衣人已經躍了下來，笑道：「你就是空空兒麼？」

空空兒藥力未過，雖可照常行走，但手腳依舊酸軟，不過他生性沉靜，也不著急取劍，淡淡答道：「如假包換。」那女子道：「怎麼跟昨晚醉酒的樣子不大一樣啊？你的名字怪有趣的，談空空於釋部，覈玄玄於道流，像個僧人的名字。」

空空兒道：「娘子深夜到訪，有何貴幹？」那女子道：「貴幹當然有。喂，先別動手啊，咱們今日好說好散。」聲音清脆嬌嫩，十分好聽。

空空兒見她並無惡意，也不知道他中了迷藥，心念一動，問道：「你是昨晚要殺我的人？」那女子道：「是啊。」空空兒道：「那你昨晚為什麼又不殺我？」那女子道：「我本來是要殺你，是玉清姊姊不想殺你。」空空兒道：「那你為什麼要殺我？」那女子道：「這說起來話可就長了。不過今晚我不是為了這件事來的，我來取回那塊玉珮，那是我送給玉清姊姊的禮物，你可不能強占了。」空空兒道：「還你不難，只要小娘子告訴我，你是從哪裡得來的玉珮。」那女子嗔道：「我憑什麼要告訴你？你拿了人家東西，還反過來要脅人家，世上哪有這樣的道理？」

她強詞奪理，空空兒也辯她不過，只好道：「你們昨夜沒來由地打暈了我，總該給個交代吧。」那女子道：「是玉清姊姊打暈你，不過你也乘機偷了她玉珮，兩下豈不是扯平了？」空空兒道：「可是這塊玉珮來歷非凡……」那女子道：「來歷非凡又不關你的事，我只問你一句，你憑什麼霸占人家的東西？」

空空兒一時無語，玉珮確實是對方之物，他沒有理由強占，當即道：「玉珮不在我這裡，不過我會設法取回來還給娘子。」他說的是實話，適才曾穆將玉珮搜走，一直未還給他。

那女子道：「當真？」空空兒點點頭。那女子道：「那好，四日後，你帶著玉珮到昇平坊樂遊原來，咱們不見不散。」空空兒道：「好。」那女子見他爽快，十分歡喜，道：「那咱們一言為定，四日後再見。」話音未落，身形拔起，雙腳登著柱子，如在平地行走，一直走到屋頂，縱身從兩根椽子間的洞中飛了出去，如飛鳥般輕捷。

空空兒見狀不禁呆住，若不是親眼看見，實在是難以相信。他聽這女子聲音，不過二十歲年紀，竟能憑空行走，不須借助繩索等工具，輕功如此了得，就連他那以飛簷走壁擅長的師弟精精兒怕是也不及其一，當真是世界之大，能人層出不窮。

歎息一回，無語睡下，躺下沒多久晨鼓響起，好不容易等三千鼓聲「咚咚」敲完，才翻了個身沉沉睡去。到正午東、西市開市的鼓聲響起，又將空空兒驚醒，這回卻是再也睡不著了。他穿好衣服起床，外面婢女早等候多時，慌忙端茶送水進來，要為他梳頭洗臉。空空兒不慣人服侍，只道：「我自己來。」

洗漱完畢，逕直來到進奏院櫃坊[1]。掌管櫃坊的小吏一見他出來，慌忙取了幾吊錢奉上，道：「這些錢可夠麼？」

空空兒道：「足夠了，多謝。」又問道，「吏君可知道仰月麼？」小吏道：「知道啊，那是一種極少見的銅錢。」空空兒道：「這幾日我總從你這裡支錢買酒，你可有給過我一枚仰月？」小吏笑道：「這小人可就不知道了，商人們拿錢存進來時都是成吊穿好的，這裡每天少則千緡、多則數萬緡錢進來，小的哪有功夫去一個一個翻檢？」空空兒道：「這麼說，即使真有仰月，要想找到實際存錢的人也是很難了？」小吏笑道：「不是很難，而是根本不可能。」

原來進奏院除了作為藩鎮在京師的聯絡機構，還經營著一項重要業務，名為「飛錢」。唐代以銅錢、絹帛為流通貨幣，銅錢單個價值不高，一千個銅錢為一緡，五匹絹約價值四緡銅錢，可見銅錢沉重，絹帛體積大，均不利於長途運輸。況且唐中期以後藩鎮割據，隨身攜帶大量財物十分危險，中央朝廷又限制現錢出境，以防止銅錢外流，飛錢由此應運而生[2]。飛錢雖然不會飛，但是這個名稱背後的形象卻非常生動，具體的作法是：商人先在京城把錢交存給諸道進奏院，領取半張文牒，上面記載著交錢人的姓名、錢款數額，以及取錢機構的名稱、地點等詳細資訊，另有半張文牒由進奏院寄回本道。商人輕裝登程，即可憑半張文牒到異地指定機構取錢。不過進奏院所接受商人的現錢，並非全數押運回本道，而是往往充入本道向朝廷交納的賦稅，或是作為進奏院在京師的活動經費，這樣，諸道也省去了運送大量現錢前往京師的勞頓和麻煩，即所謂「商人納錢京師，可少慢藏之患；地方納錢中央，可省轉搬之勞」。如此，僅憑文牒取錢而不必運輸，錢無翅而飛，故稱飛錢，又叫做「便換」。除了進奏院，也有深具實力的大富商利用總店與設在各地分店之間的聯繫經營飛錢。飛錢一經出現，減低了銅錢的需求，緩和了錢幣的不足，同時也免去攜帶鉅款長途跋涉之苦，給穿梭來往各地的商人們帶來了方便，大大促進了貿易繁榮，因而在商業繁茂之地如長安、成都、揚州等地尤其盛行。空空兒身上沒有錢，每日出進奏院前向櫃坊小吏所領的銅錢，正是欲到魏州的商人存進進奏院的錢。

空空兒道：「每日有這麼大筆的現錢進來，肯定不會都放在這裡吧？」小吏道：「是，每日只留五十緡在櫃坊供進奏院隨時支取零用，其餘都要清點入庫。不過，就算這樣，要由仰月銅錢本身找到存錢的人也是不能的，五十緡五萬個銅錢，說多不多，說少不少，每日也是用多用少，有時根本不用，不足量時才會在當晚盤點時從新存進來的錢撥過去差額補上，今日空巡官領的錢，既可能是多日前存進來的舊錢，又可能是昨日的新錢，實在難以分辨。」他口齒伶俐，解釋得非常清楚。空空兒笑道：「你倒是說得明白。」小吏笑道：「不瞞空巡官，小的自小在魏州賭坊混大，別的不會，就記帳不會錯。」

空空兒凝思片刻，道：「那好，你將最近一個月來進奏院存錢的商人名冊給我看看。」小吏道：「怕是有幾十個。」俐落地翻出名冊來，指給空空兒看，確實有二三十個名字，其中有幾個名字極怪，不像中原人的名字，料來是胡人的緣故。

空空兒見幾個名字後面印有一頭舉著彎刀的獅子圖案，問道：「為什麼這幾個人的名字有圖案？」小吏道：「噢，這是波斯公主薩珊絲的印記，這些人全是她的手下。誰能想得到，她的國家都讓人給滅了，她自己卻成了長安城最富有的人，聽說就連當今皇帝都曾找她借過錢。不瞞巡官說，咱們進奏院庫裡的錢一大半是她手下人存進來的。」

原來這薩珊絲是波斯帝國薩珊王朝的後裔。薩珊王朝是古波斯帝國最後一個王朝，長期與羅馬、拜占庭帝國爭霸，曾經輝煌盛極一時。後來，大食人[3]崛起，攻滅薩珊王朝，末代國王伊嗣俟三世之子俾路斯逃到吐火羅[4]，得到當地部落酋長的保護。俾路斯欲東山再起，向唐朝求助，當時高宗皇帝當朝，只下令成立波斯都督府，任命俾路斯為都督，並沒有提供實際上的軍事協助。後來俾路斯在西域無法立足，率大批波斯貴族來到長安，被封為右武衛將軍。高宗皇帝為了安撫他，特意為他在長安城內修建了一座拜火寺。雖則離故國越來越遠，復國的雄心還在，只是俾路斯始終沒有得到高宗皇帝的武力支援，故國之夢恰如某些惆悵的歷史時刻，不斷再現，不斷破滅，鬱鬱不樂之下，最終客死中土。俾路斯之子泥涅師師王子繼承父親遺志，一直依靠波斯商人的雄厚財力在長安活動，高宗皇帝終於被打動，冊立泥涅師師為波斯王，任命吏部侍郎裴行儉為「安撫大食使」，發波斯道行軍，送俾路斯返回波斯。裴行儉率軍護送泥涅師師到達安西碎葉[5]後，發現大食人正橫行中亞，銳不可擋，而唐軍因路途遙遠、供給困難，難以與其爭鋒，便放棄了武力支持泥涅師師復國的計畫，只將他護送到吐火羅地區。泥涅師師遂召集舊部，與大食抗戰二十餘年，最後還是難成氣候，無奈地返回唐朝，被授予左威衛將軍，不久後即病死於長安。至此，波斯帝國的復興之夢徹底破滅。到了波斯公主薩珊絲這一代，已經只以安逸享受為樂事，絲毫再沒有光復故國的念頭了。

空空兒久聞波斯商人極善於經商，個個富有，俗語有「窮波斯」之稱，意思是在中原的波斯人沒有一個貧窮的，薩珊絲既為波斯公主，是這群人的首領，富甲天下也不足為奇。他只點了點頭，見那名冊上的人名並無異常之處，深感要從仰月原主身上查明那兩名女子的來歷著實沒有任何希望，當即還了名冊給小吏，攜劍出來進奏院。

出崇仁坊南門時，聽到路邊一群小孩一邊蹦蹦跳跳，一邊打著拍子哼唱道：「秦地城池二百年，何期如此賤田園？一頃麥苗五碩米，三間堂屋二個錢。」童聲稚氣，吐字卻相當清楚，赫然是前日在翠樓上聽那教坊優人成輔端唱過的曲子。

一路往南，逕直往郎官清酒肆而來。一進蝦蟆陵，遙遙望到兩名坊卒倚靠在翠樓門前的石獅上，頗為無聊地撓頭聊天，大約是奉了坊正之命監視翠樓裡面的人，防他們逃逸。翠樓門窗緊閉，嚴密中卻照舊有詭異的氣息彌漫出來。

酒肆店主劉太白早聞聲迎了出來，笑道：「我還以為郎君不會再來了。」空空兒道：「怎麼會呢？」劉太白道：「昨日差役來問了不少郎君的事情，我可是什麼都沒說。」空空兒知道他其實是怕攬禍上身，無論差役問哪位客人，他都會推說不知道的，也只一笑了之。

進來堂內，卻是空無一人，就連每次來必定遇到的羅令則和另一位熟客也未見到。劉太白似是猜到他心思，歎道：「昨天就是這樣了。唉，對面出了見血的事情，不吉利，熟客們都不來了。」空空兒聽了心中一動，問道：「每次坐在窗下的那位三十來歲的公子是誰？」劉太白一愣，道：「誰？」空空兒道：「前日下午有位娘子往對面翠樓送綢布，他還特意出去跟那位娘子打了招呼。」劉太白恍然大悟道：「噢，是王少府。」當即大致說了王立和王景延來歷。劉太白本不愛說人是非，不過空空兒曾於酒肆有大恩，王立也不會再來，告訴他也無妨。

空空兒心道：「原來這王立也住在崇仁坊。按店主所說，他每日上午必來郎官清酒肆，兩年來風雨無阻。而昨日上午翠樓命案因為沒有屍首，侯少府不令張揚，此事根本沒有在長安傳開，甚至到晚上時連我義兄都還不知道，這王立如何能未卜先知，知道酒肆對面出了事？再巧不過的是，他情婦王景延前日也去過翠樓，這裡面是不是有什麼關聯？」

正沉思間，又聽見劉太白道：「王少府昨日沒來，今日倒是早早來了。」空空兒道：「怎麼不見他？」劉太白道：「他補上缺了，等了兩年，終於等到吏部的調職通知。今日是來結算以前欠下的酒錢，很快就要離開長安去外地上任了。」空空兒這才釋然，道：「原來如此。」又問道，「我前幾日是不是付給店家過一枚特別的銅錢？」

劉太白「啊」了一聲，道：「郎君是來要回那枚仰月的麼？只怕已經遲了，我……我已經將它賣了。」空空兒道：「店家將那枚錢賣給誰了？」劉太白道：「這個……」空空兒道：「我絕不是想要回來，只是想知道誰買了它。」劉太白道：「這個我也不知道，是老唐幫忙轉的手。」

空空兒再三向劉太白保證絕不會為難老唐，這才問明老唐即是榷酒處胥吏唐斯立，忙空腹飲下兩瓶清酒，到酒肆門前的小攤買了兩塊畢羅填肚，趕緊前往宣陽坊榷酒處。唐斯立卻不在，說是往東市收酒稅去了。剛出來榷酒處，即見到萬年縣尉侯彝正虎著臉走出縣廨，背後跟著大批差役，一望見空空兒，頓如見到救星，遠遠叫道：「空兄！」回身對一名差役交代了幾句，那差役躬身領命，自率其他差役去辦事了。

空空兒道：「少府你這是……」侯彝道：「空兄可算救了我了。」說明原委，原來京兆尹李實正派他帶人去抓街上傳唱一支〈三間堂屋〉曲子的人。

空空兒十分驚異，問道：「是那支『三間堂屋二個錢』麼？」侯彝道：「原來空兄也聽過。」蹙緊了眉頭，「我最煩這種做了壞事還不讓老百姓數說的爛事，幸好遇見你，若是京兆尹責罰，我就說去辦你的案子了。」空空兒愕然道：「我的案子？」侯彝道：「你前晚不是差點被人殺了麼？你是魏博巡官，在萬年轄區遇刺，當然重大要案，我得親自處理。」

空空兒道：「那麼翠樓命案……」侯彝無可奈何地道：「那件案子京兆尹說要親自查辦，已經不歸我管了。空兄，你也算是官場上的人，該知道許多事情不是你我所能決定的。」空空兒道：「未必只有這一條道，咱們走吧。」侯彝道：「去哪裡？」空空兒道：「去追查前夜要殺我的人。」

侯彝眼睛一亮，道：「對，那兩名女子或許正是無頭命案的真凶。空兄可是有了什麼新線索？」空空兒便說了昨夜一女子來索回玉珮一事。侯彝驚道：「那女子竟敢闖入魏博進奏院，空兄為何不當場拿下她？」空空兒道：「我當時中了迷藥，藥勁未過，況且那女子也並沒有惡意，她只是想要回玉珮。」

侯彝聽說對方公然約空空兒四日後在樂遊原見面，更是驚奇，道：「那女子真可謂膽大包天了。」

空空兒歎道：「那女子年紀雖輕，輕功卻是極高，在牆上行走如履平地，我生平從未見過，只怕合你我二人之力，也未必拿得住她。」侯彝先是愕然，隨即哈哈大笑道：「空兄，你上當受騙了，那女子不是輕功高，肯定是穿了一件寶物。」

空空兒一呆，道：「什麼？」侯彝笑道：「空兄可聽說世間有一件寶物名叫吉莫靴？」空空兒搖了搖頭：「從未聽過。」

侯彝道：「也是，這些都是宮廷密事，江湖上難以耳聞。吉莫靴本是隋宮舊物，人穿上它後可以飛簷走壁，輕而易舉，所以又被稱為『壁龍』，隋亡後歸霍國公[6]所有。太宗皇帝即位後，有一陣京城鬧飛盜，達官貴人家經常有貴重財物失蹤，就連太宗皇帝御賜給司徒長孫無忌的馬鞍馬鐙也被偷走。當時馬夫親眼看見一個人像飛鳥一樣飛進宅院，輕盈地割走了馬鐙，趕出去追，卻早不見了人影。搜捕了許久，搞得長安雞飛狗跳，也未能擒住這飛天大盜。後來，還是霍國公領著自己幼弟柴昭到太宗皇帝面前請罪，原來那飛盜就是穿著吉莫靴的柴昭。」

空空兒這才明白究竟，道：「原來如此。」侯彝道：「我上任後翻閱萬年縣的陳年卷宗，在櫃角的幾頁殘卷上看到這件案子的記載，還一度好奇那吉莫靴後來去了哪裡，不過找來找去也找不到下落，想來應該是被收入了宮中。這女子有吉莫靴這等世間罕見奇物，另一名女子身上又有李輔國故玉，想來大有來歷，我到時跟空兒一塊兒去，看看她們到底是何方神聖，也好有個照應。」

空空兒道：「甚好。」又說了從郎官清酒肆追查仰月得到的線索。侯彝道：「我知道唐斯立，謹小慎微的一個人，也不怎麼愛說話。榷鹽院、榷酒處那些胥吏常常在商家、店鋪身上榨取油水，唯獨他從來不幹這種事，所以聲名很好。」

二人來到東市旗亭，唐斯立正在跟管理市場的市令交談著什麼，聽說萬年縣尉找他，極為詫異，走過來問道：「少府有何見教？」侯彝道：「是這位空兄有事找你。」空空兒道：「吏君可曾為郎官清酒肆店主轉手過一枚仰月銅錢？」唐斯立道：「是的。有什麼不妥之處麼？」空空兒道：「不知吏君將它轉給了誰？」唐斯立遲疑道：「這個……莫非是原主想要回去？」

侯彝搶著道：「絕非此意，這枚仰月是空兄取自魏博進奏院櫃坊，不知道是哪個商人存進來的，其實也不是他本人之物，他只想知道是誰出大價錢買了這枚仰月。」唐斯立道：「原來如此。少府親自陪空君前來，小吏本該坦誠相告，只是買主為人謹慎，不知道他是否願意聲張，還望多給一點時間，讓小吏問過買主再說。」空空兒見他嚴謹誠懇，也不便勉強，道：「好。」

下來旗亭，空空兒道：「少府搶先告訴唐斯立仰月其實非小弟所有，莫非是想試探他是否跟那兩名女子有牽聯？」侯彝笑道：「正是此意，這人不動聲色，直接問是問不出個所以然的，他若是有牽連，自會將這話告知那兩人，那兩人也就明白空兒不是她們要找的人，三日後在樂遊原與那女子見面，自可見分曉。」空空兒道：「可是她們當晚沒有殺我，一定是已經有所發現。」侯彝道：「未必。當晚翠樓出了那麼多事，除了那兩名女子，還有那力證空兒無辜的神祕證人也進過翠樓，怕是有許多意外。」空空兒又想起當晚羅令則拍門叫喊一事來，一時疑念頗重。

卻見一輛驢車堵住了旗亭出口，正有一名高大的胡人指揮數名腳夫來回忙碌，往車上裝運綾羅綢緞，一樓的一間綢緞鋪已是半空。空空兒見一名腳夫抱著的綢布花樣似乎在哪裡見過，心念一動，上前問道：「這間綢緞鋪怎麼了？」那胡人笑道：「原來的王家娘子不做了，轉讓給我了，我要將這裡改成寄附鋪。」竟能講一口流利的漢話，想是常年待在中原的緣故。

空空兒道：「你說的王家娘子是叫王景延麼？」胡人道：「是呀，郎君原來也認識她。」空空兒道：「她是要隨她郎君到外地上任麼？」胡人道：「不是呀，她明明說有急事要回老家。要不是真有急事，哪能將這麼好位子的店鋪輕易轉手？」

旗亭位於東市中心，二樓是市令、市丞辦公的場所，王景延的綢緞鋪就在旗亭一樓，自然是黃金地段。那胡人以低價得了這麼個好鋪子，越想越樂，眉開眼笑，嘴都合不上。

侯彝見空空兒沉思不語，問道：「空兒可是有什麼發現？」空空兒便說了王立和王景延之事。侯彝道：「你是說王景延前日下午去過翠樓？王立每日都在郎官清酒肆飲酒？怕是沒有這麼巧。」空空兒道：「是，我本來也懷疑過王立，可酒肆店主說他新補上了缺，馬上要去外地上任。但剛才這胡人說王景延是有急事回老家，她供養王立兩年，為何在情郎正要新官上任時回老家？即使是不求回報，也不該將賴以謀生的鋪子轉手。」侯彝也深以為然，道：「而且正好是在翠樓發生命案後。你不是說他們住崇仁坊麼？走，咱們去瞧瞧。」

崇仁坊就在東市西北，距離不遠。到坊門武侯鋪向衛士打聽王立住處，無人知曉，一問王景延，一名衛士立即笑道：「王家娘子麼？就住在吐蕃內大相論莽熱的旁邊。那處宅子雖然小，卻是昔日大將軍哥舒翰愛妾裴六娘所有，傳說其姿容絕世，偏巧王家娘子也是個美人。」

侯彝一聽說王宅在吐蕃內大相宅邸西面，道：「一說論莽熱我就知道了，多謝兵大哥。」

拐上北街，便見到前面一處大宅，大門緊閉，門檻上卻坐著幾名老兵閒聊。侯彝道：「這裡面住的就是吐蕃內大相論莽熱。」空空兒道：「是那名被西川節度使韋皋擒獲的吐蕃大將麼？」侯彝道：「正是。韋皋這人雖然私心過重，但在邊防上確實是居功至偉，上次大敗吐蕃三十萬大軍，也為本朝出了多年來的惡氣。」

自唐高宗以後，吐蕃日益強大，除了稱霸雪域高原，更是四下擴張，成為唐朝西面的嚴重威脅。唐玄宗時，名將哥舒翰異軍突起，連年大敗吐蕃，最終收復了失陷多年的黃河九曲之地。隴右一帶有民謠廣為傳唱道：「北斗七星高，哥舒夜帶刀。至今窺牧馬，不敢過臨洮。」大詩人李白也有〈述德兼陳情上哥舒大夫〉一詩：「天爲國家孕英才，森森矛戟擁靈臺。浩蕩深謀噴江海，縱橫逸氣走風雷。丈夫立身有如此，一呼三軍皆披靡。衛青謾作大將軍，白起眞成一豎子。」極讚哥舒翰的馳騁英姿及輝煌戰績。

然而好景不長，不久「安史之亂」爆發，大唐帝國經歷了八年動盪，元氣大傷，再無法達到貞觀、開元時期的盛世狀況。尤其在平定安史之亂的數年間，邊兵精銳大都被徵調入內地，稱為「行營」，吐蕃乘機落井下石，步步深入，進攻河西、隴右之地，唐軍無力反擊。到代宗廣德元年九月，安史之亂平定不久，吐蕃軍隊更是率領吐谷渾、黨項、氐、羌將領二十多萬軍隊大肆東進。唐邊境邊防空虛，兵力不濟，連連向朝廷告急。當時大宦官程元振掌權，兼任驃騎大將軍、元帥行軍司馬，竟然聞報不奏，導致吐蕃軍飛速逼近京師長安。代宗皇帝無計可施下，倉猝間離京出逃，文武百官也都作鳥獸散，六軍奔散。吐蕃軍隊隨即殺入長安，擁立金城公主[7]之侄廣武王李承宏為帝，改元「大赦」，設置百官，任命原翰林學士于可封等為宰相，攝理朝政。隨即開始在長安大肆劫掠，洗劫府庫和市民財物，焚毀房舍，京師大亂，士民們紛紛避亂逃入城外山谷，長安蕭然一空，幾乎成了一座空城。危難之際，老將郭子儀率四千人馬趕到長安城外，白天敲鑼打鼓搖旗吶喊，夜晚又燃起許多火堆，裝出聲勢浩大的樣子。又派人混進城內，暗中召集數百長安少年，半夜裡在朱雀街上敲鑼打鼓，大聲喊叫。吐蕃軍隊不知底細，以為郭子儀大軍進城，畏懼之下，不戰而走，連夜撤出長安西逃，陷落十五天的長安才由此回到唐軍手中。這是唐朝與吐蕃關係史上最恥辱的一頁，堂堂大唐天子被迫出逃，帝國京師陷入番邦之手，全靠郭子儀疑兵之計才得以僥倖收復。郭子儀興唐之功至偉，得代宗皇帝親賜鐵券，相當於得到一面免死金牌，又以畫像懸掛凌煙閣，獲得了做為一名臣子的最高榮耀。然而，在與吐蕃的交鋒中，唐朝持續處於下風，永泰二年，吐蕃占領河西重鎮甘州、肅州，河西、安西、北庭三地唐軍互相失去聯繫，進入各自為戰的境地。

之後的十多年中，唐軍在河西走廊的各個要塞因孤立無援陸續被吐蕃軍各個擊破。建中二年，唐朝在河西的最後一座要塞沙洲被吐蕃軍攻破，完全喪失了河西走廊的控制權。沙洲失陷後，沙洲百姓受到吐蕃軍人的殘酷虐待，丁壯者淪為奴婢，被抓去種田放牧，老弱者要麼當場被殺死，要麼被斷手挖眼，丟棄到荒地。漢人尤其受到歧視，走在大街上必須彎腰低頭，不得直視吐蕃人。北庭都護府則在貞元六年被攻破，只剩下安西都護府[8]一地陷在吐蕃重圍中，如孤葉飄於大江中，唐朝也無力發兵救援。西北愁雲慘布，唯有西南微露曙光。韋皋上任西川節度使後，主動派遣使者與雄踞雲南的南詔國通好[9]，斬斷了南詔與吐蕃聯盟，又連年擊敗吐蕃在西南的進攻。三年前，吐蕃軍攻打靈、朔等州，天下精兵盡在藩鎮之手，朝廷無力發兵往西北援救，德宗皇帝遂命令韋皋自西南出兵牽制吐蕃。韋皋經營西南多年，不負眾望，接連大破吐蕃軍，拔城奪寨，終於激怒了吐蕃贊普，將攻打靈、朔的軍隊盡數調往蜀中，吐蕃內大相論莽熱更是親自率領十萬大軍趕來增援，不料半路中了韋皋的埋伏，損兵折將不說，自己也當了俘虜，被押送到長安獻俘。這是唐朝自立國以來所擒獲職務最高的吐蕃將領，德宗皇帝很是欣喜，為了示恩，並沒有處死論莽熱，只將他軟禁在崇仁坊的宅邸中。韋皋以此功被加封為檢校司徒，兼中書令，封南康郡王，一躍成為節度使中最顯赫的人物。

這些掌故往事侯彝自是一清二楚，歎道：「若是藩鎮肯聽命於朝廷，不像今日這種四分五裂的局面，哪裡輪得到吐蕃肆意橫行，導致西北大片土地淪陷？空兒，你既身在藩鎮，又與兵馬使田興是結義兄弟，有機會還要多勸勸魏博節度使。」

魏博獨立朝廷數十年，朝廷先後以三位公主下嫁，現任魏博節度使田季安更是嘉誠公主的養子，也就是當今德宗皇帝的嗣侄，如此都未能籠絡魏博心向朝廷，哪裡輪得到空空兒去勸？侯彝不過激憤之下隨口一句話，空空兒竟是十分鄭重，沉思半晌，才道：「是。」

說話間早已到了王景延宅邸，卻見正門大開，門前槐樹下拴著幾匹高頭大馬，空空兒一眼便認出這些馬是中原罕見的大宛[10]純種，心頭更加疑雲大起。走到門檻前，院中正有一名玄衣男子與一服飾豔麗的女子站在一塊約摸四五尺長的青色條石前說笑，另有兩名壯健男子垂手站在廊下，穿著相同青衣，當是那一男一女的僕從。

侯彝朗聲問道：「王家娘子在麼？」院中四人回過頭來，玄衣男子笑道：「空兒，怎麼會是你？」

原來那男子不是別人，正是曾與空空兒一道在翠樓飲酒的羅令則。他身旁的女子二十來歲，金髮碧眼，身材凹凸有致，卻是胡人女子。

空空兒也想不到竟然在這裡重遇羅令則，問道：「羅兄如何在這裡？這裡不是東市綢緞鋪王家娘子的住處麼？」羅令則道：「王家娘子？這我可不知道，這是一位叫王立的郎君轉售給我的，你也見過他呀，就是在郎官清酒肆中總坐在南窗下的那個。」空空兒道：「羅兄何時買的房子？」羅令則道：「就在今日早上。空兄，你來得正好，你看看這塊大青石可有奇特之處？」空空兒道：「這應該是原先的主人用來擣衣服用的吧？」羅令則笑道：「正是。可剛才公主說這是一塊上好的于闐玉石，價值可以買一百處這樣的房子。噢，空兄，我為你引見，這位是波斯公主薩珊絲。」

難怪能擁有好幾匹大宛名馬，原來這胡人女子就是號稱「天下首富」的波斯公主薩珊絲。她在長安出生長大，除了容貌，談吐均與漢人無異，人也頗為友善，向空空兒笑了一笑。空空兒微微欠身點頭，算作回禮。

羅令則道：「實在難以想像，這宅子才索價五百緡，裡面竟然有這麼大一塊玉石，少說也有二三百來斤。」侯彝道：「這處宅子原是天寶名將哥舒翰愛妾裴六娘所有，哥舒翰本是突厥人，父親是哥舒部落酋長，母親則是于闐公主，他愛妾的宅邸有于闐玉石，也沒什麼可稀奇的。」

羅令則聞言十分驚奇，問道：「這位是……」空空兒心道：「前日侯少府將我從翠樓中捕走，你擠在人群中不是親眼瞧見了麼？」也不說破，忙為羅、侯二人引見，介紹羅令則時只說是郎官清酒肆的酒中知己。羅令則哈哈大笑，道：「好個酒中知己，空兒，不枉我對你另眼相看。」

薩珊絲道：「哈，原來你就是萬年尉。」侯彝道：「是，下臣萬年縣尉侯彝，參見公主殿下。」薩珊絲笑道：「侯少府，我剛剛在你們縣廨那邊買了處宅子，咱們以後就是鄰居了。」侯彝道：「是，自公主搬來隔壁，夜夜笙歌，縣廨值夜班的差役可都高興極了。」

他言語中頗有譏諷之意，薩珊絲卻不但不怪，反而喜歡他說話有趣，笑道：「少府，府裡今晚有個宴會，如不嫌棄，也帶上你的朋友一道來喝杯水酒吧。」侯彝道：「承公主盛情相邀，只是事不湊巧，下臣恰好今夜當值。」他不願意與這整日無所事事的波斯公主浪費唇舌，問道：「這宅子原來的主人呢？」

羅令則道：「王立補上了山南西道的官，所以先賣了房子，他自己搬去客棧了，等吏部手續辦完，馬上就要離開京師。」侯彝道：「閣下可曾動過這屋裡的東西？」羅令則道：「沒有、沒有，昨日我才得知這裡有房要賣，仔細看過房子，今早跟王立交接了錢和房契，又幫他搬家去客棧……」侯彝道：「他在哪家客棧？」羅令則道：「親仁坊西門客棧。」

侯彝與空空兒交換了一下眼色，均對王立越來越懷疑——他既然還沒有辦完吏部手續，少不得要來回跑尚書省吏部司，就算他要趕著賣掉房子，尚書省都堂明明就在崇仁坊西面，何必捨近求遠，非要住到親仁坊去？侯彝將空空兒拉到一旁，低聲道：「我去找王立。空兄，你留在這裡四下看一看。不過，你可得留意你這位酒友。」空空兒一呆，道：「什麼？」侯彝道：「我認得他的聲音，他就是當晚向我證明你無辜的神祕證人。」

空空兒早猜測過可能會是羅令則，聞言也不十分驚訝。侯彝道：「原來你早知道。」空空兒道：「我想到過是他，不過不能肯定。」侯彝目光炯炯，凝視著他，問道：「你怎麼會知道？按照羅令則的說法，你不是早已經暈過去了嗎？」空空兒道：「這個……」一時不知道該不該牽扯出羅令則來。侯彝肅色道：「你留在這裡等我，不可離開。」空空兒道：「是。」

忽聽得薩珊絲叫道：「少府，你二人在說什麼悄悄話呢？」侯彝忙道：「下臣還有要緊事，先告辭了。」薩珊絲笑道：「這般著急？椎奴，快去牽一匹馬給侯少府。」

一名青衣僕應了聲，飛奔出門解馬。侯彝大感意外，不由得一愣，不過他為人豪爽，也不推辭，笑道：「那可要多謝公主了。」薩珊絲道：「少府何必客氣，咱們可是鄰居。」侯彝微微一笑，出去從青衣僕手中接了馬轡，飛身上馬而去。

薩珊絲道：「這位空郎……」空空兒道：「在下眼淺，想留下來好好看看這塊大玉石。」薩珊絲道：「不過是塊大玉而已。羅郎，不如邀請你這位酒友一起去我家中喝上一杯。」羅令則道：「那當然好。不過請公主先回去，我還有些話要對空兄說。」薩珊絲笑道：「你們男人什麼時候也有那麼多祕密了？那好，我先走了。」羅令則忙上前扶了她的手送出門去，又站在門口指著馬匹說了好一陣子，才見薩珊絲主僕三人上馬。

空空兒見羅令則跟這波斯公主甚是親昵，更加猜不出他來歷，等他進來院子，便逕直道：「多謝羅兄暗中為我作證，不過侯少府適才已經識破了你的聲音。」羅令則道：「空兒不怪我麼？」空空兒道：「怪你做什麼？」羅令則道：「我明明可以挺身而出，說出真相來，卻任憑你被差役帶走。」空空兒道：「羅兒不願意捲入，自然是有難處。況且羅兒真的是救了我，前晚那兩名女子本來要舉刀殺我，是羅兒在外面拍門大叫，轉移了那兩人的注意力……當時酒醉渾然不覺，現今想起來真是好險……」羅令則大奇，道：「什麼？原來那兩名女子要殺的人是你？可是為什麼又沒有下手？」空空兒道：「這個我也不知道。」

羅令則回身關好院門，請空空兒到那大玉石上坐下，道：「我與空兒雖然一見如故，到底還是萍水相逢，你僅僅因為在人群中見到我掉頭而去就知道我有苦衷，始終沒有說出我的名字來，這等情義好生讓人佩服。今日我將實情告訴你，但你切不可告訴旁人。」空空兒道：「如此，羅兒還是不要告訴我的好。我答應了侯少府要助他破案，倘若羅兒有嫌疑，我怎能不說實話？」

羅令則更是欽佩，道：「空兒真是條漢子。好，今日我實話實說，你告訴侯少府也無妨。前日空兒喝醉睡下後，翠樓又來了一位年長客人，我便起身告辭……」空空兒道：「羅兒可還記得這老者模樣？」羅令則道：「不但記得，我還認得他，他正是家父家母的死對頭。」空空兒大吃一驚道：「什麼？他叫什麼名字？」羅令則搖頭道：「這個恕我不能相告。空兒，請你相信我，我絕不是有意瞞你，不告訴你只會對你有好處。」空空兒更加不解。羅令則道：「況且此人身分一旦暴露，艾雪瑩一家必死。」空空兒聽他說得鄭重，便點點頭，不再追問那無頭老者姓名。

羅令則又道：「本來我認得那人，他卻不認得我，但我臨走的時候，他又特意叫住我問我來歷。我知道我與家父容貌甚像，怕那人已經認出我，擔心他日後加害，決意先下手為強，殺了他……夜間我帶著短刀來到翠樓門口，見樓上、院內一片漆黑，感到不同尋常，保險起見，有意藉口遺落了東西叫門，始終無人應聲，越發覺得事情不對勁。正好對面郎官清酒肆關門打烊，店主看見了我，我只能假意離開。但後來我又摸黑重新回來，還沒到門口，就看到有兩人翻牆出來，身形分明是女子……」

空空兒道：「然後羅兄也翻牆進來了？」羅令則道：「是。我翻過來時看見艾小煥暈倒在牆角，手裡提著你的劍，也顧不上細看，奔進翠樓，看到張媼和艾雪瑩都暈了過去，那瑩娘更是被人剝光衣服，再見我那死對頭已經倒在臥榻上，頭卻是沒了，這才知道有人搶在我前頭下了手。出來翠樓時，我想起空兄也在翠樓，忍不住進來客房看了一眼，看到空兄倒在床上不省人事，想來是酒醉未醒，仍在夢寐之中，因而沒有多理會，當即離開了翠樓。至於後來空兄的劍為何染上了死者鮮血，內中情形就不是我所能知曉的了。」

空空兒歎了口氣，這內中情形確實有點複雜：想來那位老者是翠樓的常客，時常虐待艾雪瑩的肉體取樂，艾雪瑩對此只能忍氣吞聲，然而艾小煥卻一直記恨在心，從在郎官清酒肆見面起，他就對空空兒的長劍有興趣，後來見空空兒酒醉，乘機偷了劍出來，也許只是為了玩耍，也許真有要殺死老者的心思，卻被進來行凶的刺客打暈在牆下。然而當他第二天清晨醒來進樓看到那老者被殺的情形後，不但不驚慌，反而提劍上去，往那老者身上猛戳，以發洩長久以來積累的仇恨，直到聽見空空兒上樓，才意識到闖了禍，順手將劍塞給原主，自己跑出去躲了起來。可空空兒因艾雪瑩懇請的緣故，不肯說出這一段細節，外人自然難以明白其中究竟。

羅令則道：「我本不願意出面指正，因為那兩名女子雖是殺人凶手，實際上卻是我的大恩人，不過見到空兄為此身陷牢獄，小弟寢食難安，只好想出個蒙面匿名的法子去約見侯少府。我坦白說一句，若是空兄要幫助侯少府去抓捕那兩名女子了，我是一定不會贊同的。」

空空兒道：「羅兄，那兩名女子不是殺人凶手，她們當晚確實只為我而來。」羅令則愕然問道：「不是她們麼？」空空兒道：「羅兄從拍門叫喊到再次返回花了多長時間？」羅令則道：「不過半刻功夫。以那兩人的身手，殺幾個人綽綽有餘了。」空空兒道：「羅兄可看到那兩人提著人頭？」羅令則道：「這我倒沒有看清楚，當時雖有月色，可畢竟隔得太遠……」

空空兒道：「羅兄拍了半天門，為何翠樓裡沒有動靜？」經他提醒，羅令則才恍然大悟，道：「原來當時翠樓的人已經死的死、暈的暈了。」

空空兒道：「正是。可羅兄拍門叫喊前，那兩名女子已經制住我，她們跟我說話時刻意壓低了聲音，生怕旁人聽見，可見她們並不知道翠樓裡面出了事情，所以凶手絕不是這兩名女子。倒是賣給羅兄這處宅子的人有許多可疑之處……」

羅令則驚道：「空兄是說王立有嫌疑？」空空兒道：「是。」當即說了王立及王景延的可疑之處。羅令則道：「這不可能。王立是官場中人，為補缺已在京城耗了兩年，他這樣看重前途功名的人，怎麼可能去殺……」他及時住了口，沒有說出下面的名字來。

空空兒也覺得王立是候補官員、王景延是女商人，二人均沒有殺人動機，只是這對男女在案發前到過翠樓，案發後又以不同理由各自離開京師，實在太過巧合，不由得人不懷疑。沉吟片刻，問道：「侯少府已去尋王立問話，我想在這處宅子四下瞧一瞧，不知道是否方便？」羅令則道：「當然方便，空兄請隨意，不必客氣。」

空空兒便步入正堂，卻見堂內乾淨整潔，布置得體，並無凌亂的搬遷之象，這越發不可思議了。他一眼留意到堂上那架屏風並未擺正，上前一看，屏風似被移動過，右腳柱臨近處有個明顯的淺色圓斑，顯然那才是腳柱原來所在的位置。他俯下身來，卻見那紅漆腳柱上有一塊顏色格外深些，微一沉思，從內房案上尋到一張黃紙，到院中水井取水滴了幾滴在上面，等水潤開，拿進來按在腳柱那塊深顏色位置，須臾取下來，卻見幾根清晰的手指血印。

羅令則一旁瞧見，愕然不已，問道：「這……這到底是怎麼回事？」空空兒道：「應該是殺人後留下的痕跡。」用力將屏風腳柱抬起，往裡一掏，原來腳柱是空的。

羅令則道：「殺人？王立是前任縣尉，怎麼可能殺人？」空空兒道：「這血手指甚是纖細，應該是女子所留，我猜是王景延殺了人，又趕回來取了藏在腳柱裡的重要東西，這才離開。」羅令則連連搖頭，道：「這不可能，這不可能。」空空兒又往各間房細細查看，卻再無其他可疑之處。

忽有人拍門叫道：「空郎君，你在裡面麼？少府請你速去縣廨。」空空兒應了聲，攏了那片血紙出來，見一名萬年差役正站在門口，問道：「少府可曾找到王立？」差役道：「少府倒是帶了個人回來，不過又被事情纏住，所以特意命小人來請郎君過去。」

空空兒料來侯彝要和自己一道審問王立，道：「好。」又回身問羅令則道：「羅兄當真要住進這宅子麼？怕是有些不祥。」羅令則笑道：「為何住不得？即使真有血光，也是人凶，並非宅凶。」空空兒點頭道：「羅兄高識，是小弟愚笨了，怕是日後還要再來叨擾。」羅令則道：「你我既是酒中知己，何須客氣，可別再提『叨擾』二字。」空空兒道：「是。」當即與羅令則拱手作別，隨同差役來到宣陽坊。

到萬年縣廨，一名三十來歲的絳衣婦人正在門前徘徊，見到空空兒即爽朗笑道：「空郎，想不到會在這裡遇到你。」空空兒更是驚異，問道：「隱娘，你何時來了長安？」隱娘笑道：「剛剛才到，與侯從事一道來的。」

這隱娘姓聶名隱，人稱聶隱娘，在魏博也是個大名鼎鼎的人物，聲名不在空空兒之下。她本是魏博大將聶鋒之女，但因是女子，幼年並不為父親鍾愛，十歲時被一中年女尼搶去，十七歲神祕歸來魏州時，已經練就了一身非凡本領。此後奇異傳說不斷：據說其人一到半夜就神祕失蹤，天亮時才回來，她父親也不敢過問；又自願下嫁一地位卑賤的磨鏡少年，聶鋒明明不願意，也不敢說不，只給了一大筆錢財，讓他們搬去另外的宅子居住。聶隱娘名氣越來越大後，終被禮聘入節度使府擔任侍衛，雖無官職，地位卻還在其父之上。

空空兒知道聶隱娘是魏博節度使田季安身邊最親信的紅人，向來寸步不離，一時不知道她為何來了京師，想來此次侯臧進朝一定有什麼特別的任務。他自己雖然是藩鎮屬官，卻向來不理事，也不願意多問，只道：「晚上回進奏院再見吧。」聶隱娘道：「好。」

剛進大門，便見侯臧怒氣沖沖地出來，似乎發生了什麼極不愉快的事。空空兒素來不喜歡此人，當即讓到一旁。侯臧仿若未見到他，大踏步地擦身而過。

差役領空空兒進來公房，侯彝正虎著臉搓手不止，見空空兒到來，忙命差役去帶王立。空空兒也不問他與長兄侯臧如何會面一事，只說了在王景延故宅的發現。侯彝忙接過黃紙，水早已乾透，那圖案雖因為濕氣沁滲略有些變形，但還是可以辨認出是幾根纖細的女子手指。

侯彝歎道：「可惜沒有了屍骨，又沒有苦主來報官，不然這可是鐵證了。」他指的是傳統滴血入骨的驗血方法，被害者的血滴到本人屍骨上，血會滲入骨中，若不是本人或至親的血，則不能滲入，這法子也常常被用來認親。

過了一會兒，兩名差役押著王立進來，侯彝也不拐彎抹角，逕直將空空兒取到的血手指拿給王立看，道：「這是自屏風腳柱上取到的王景延指印，她殺了人，現已畏罪潛逃。王少府以前也是縣尉，該知道律法如山，還請將實情相告為好。」

王立神情恂恂局促，雖然緊張，卻還是頗為鎮定，問道：「什麼殺人？殺了什麼人？我不明白少府在說什麼。」

侯彝道：「王少府任命已下，前程一片大好，難道真要為一女子賠上身家性命麼？」王立不悅地道：「侯少府這是什麼話，我與景延只是同居，並沒有成親，即便是她殺了人，也不該連坐到我。」侯彝道：「如此說來，王少府倒是深謀遠慮了。」

王立紅了臉，訕訕道：「我倒是提過，是景延自己不願意嫁我。」忽然提高了聲音道，「況且你們並無實證，僅憑屏風腳柱上的一塊血跡，怎麼就能肯定是景延殺人？說不定是某日她弄傷了手，不小心按到了腳柱上。」侯彝道：「既是弄傷了手，還要將手按到腳柱上，實在不是件容易的事。」

王立道：「腳柱裡放著房契，或許是景延去取房契時弄傷了手，那也說不準。」他自知難以自圓其說，然而他熟悉律法，知曉要定罪須得眾證，現在既沒有死屍，也不夠三人的證人數，甚至連嫌疑人王景延都沒有找到，他只要一口咬定與自己無關，事情最終只能不了了之。

侯彝道：「那好，我問王少府一句，為何要搬去親仁坊的客棧？」王立道：「那處宅子已經脫手賣掉，我當然要搬出來。」侯彝道：「我問的不是你為何要搬出來，而是你為何要搬去親仁坊？你家不遠處不是就有客棧麼？為何要捨近求遠？」王立道：「這是個人喜好，崇仁坊住得太久，我想換個地方。」

侯彝道：「嗯，王少府不肯說實話，我只能暫時將你留在這裡，等找到王景延時再來對質。來人，將王少府收押下獄。」王立忙抗聲辯道：「少府不能拘押我！本朝律法，不限有罪無罪，據狀應禁者才予囚禁。敢問少府，本案『狀』在哪裡？」

侯彝一時被問住，只得揮手命差役退下，道：「王少府，你我同朝為官，又是同行，我也不想為難你，你只須說出王景延的下落，便可無事離開這裡，再也不會耽誤前程。」王立搖頭道：「不是我不想告訴侯少府，是我自己也不知道景延去了哪裡。」

侯彝見他面容哀傷，不像是說謊，深感愕然。忽聽得空空兒插口問道：「那人頭是不是還埋在宅子裡面？」王立接道：「是啊，你怎麼會知道？」一言既出，才深悔不及。侯彝大喜過望，忙命人押了王立，與空空兒一起望崇仁坊而來。

卻見王景延故宅大門緊鎖，羅令則早已離開。侯彝命人砸開大門，衝了進去。空空兒直奔院中那塊青色條石，卻見壓痕勒然，果然有搬移過的痕跡，回頭一望王立，他臉如死灰，又是沮喪又是驚惶，令空空兒更加深信自己的推測沒有錯，便站到條石一端，俯身搬住兩角，大喝一聲，將那幾百斤重的條石掀了起來。頓時喝彩聲如雷，數名差役齊聲叫好。

侯彝道：「還不上去幫忙？」差役們忙一擁而上，從旁協助空空兒將條石挪開數步，這才放下來，那條石重重砸在地面，揚起一陣塵土。

卻見那條石原先所在之處正中央有一小坑，剛好能容納一個人頭，土中血跡宛然，卻是沒有首級。這一下，不僅空空兒愕然，就連王立自己也十分驚訝，露出匪夷所思的神情來。

一時間，院中靜悄悄的，連聲咳嗽都聽不見。過了好半晌，侯彝才問道：「人頭在哪裡？」王立道：「我怎麼會知道？」

正僵持間，忽有差役飛奔而來，道：「京兆尹召少府速去京兆府。」侯彝皺眉道：「又有什麼事？」他雖不滿京兆尹為人，卻不敢公然違令，當即叫過一名差役低聲囑咐幾句，命人押王立回萬年縣廨監禁，又對空空兒道：「空兄，天色不早，很快就要夜禁了，你請先回進奏院，我明日再來找你。」空空兒道：「好。」

魏博進奏院與王景延故宅在同一坊區，只隔了兩條街道，空空兒到進奏院門口，卻不進去，只向衛士交代了一聲，即趕在夜禁前來到宣陽坊的楊國忠故宅。

這片宅子占地極廣，其實是楊國忠和「五楊」的舊居——五楊者，楊玉環兄長楊銛，堂兄楊錡，大姊韓國夫人，二姊虢國夫人，三姊秦國夫人，均因楊玉環得寵於玄宗皇帝而貴盛，時人有歌謠唱道：「生男勿喜女勿悲，生女也可妝門楣。」——當年這裡連成一片，殿堂卓然超群，裝潢豪華精美，每造一屋都要花費千萬，堪與皇宮相配。虢國夫人曾經誇口，可取螻蟻、蜥蜴一一記數後隨意放在屋中，過後收取，不會丟失一隻，表明房屋起造嚴密，沒有絲毫縫隙。而楊氏勢盛，四方賂遺也是日夕不絕，官吏有所請求，但得楊國忠和「五楊」援引，無不如志。安史之亂，楊氏一門被誅，風流往事從此淪為人們茶餘飯後的談資笑料。尤其有趣的是，代宗皇帝新即位時，以峻刑取威，京師以各種罪名被逮捕的人不計其數，幾座監獄都人滿為患，代宗便下令將宣陽坊的楊國忠故宅改為臨時監禁犯人之地，以此表示對楊氏一門的厭惡。譬如有「詩佛」之稱的大詩人王維因接受過安祿山的偽官，有「失節」的行為，亦一度被囚禁在這裡。想來除了胡人，再也無人願意出錢買下這座曾一度成為監獄的宅邸。幾度滄桑，歲月磨礪，房宅雖不復有往日金碧輝煌，然一到高大古樸的紅漆門庭前，那種顯貴之氣還是撲面而來。

門口站著一個又黑又壯的胡奴，空空兒上前打聽羅令則下落。那胡奴道：「羅郎正陪公主在菊苑賞花。郎君是來參加晚宴的麼？」空空兒道：「不是，我有要緊的事來找羅兄。」那胡奴聽說，便招手叫過一個小胡奴，命他帶空空兒進去。

一路逶迤，果見廳堂高大，亭臺精緻，曲曲折折穿過幾道迴廊，終於到了一處花園，種滿各種菊花，主要是黃、白及紅紫三色，香氣馥郁，沁人心脾。羅令則與那波斯公主薩珊絲帶著幾名僕人，正站在一大簇綠色菊花前指指點點。

小胡奴領著空空兒上前稟告，羅令則一見到他即笑道：「來得早不如來得巧，空兄，快些過來，同公主一道賞這『綠牡丹』。」

空空兒見那球狀菊花確實開得奇特，外部花瓣淺綠發黃，中部花瓣翠綠向上捲曲，心瓣濃綠正抱，光彩奪目，想來也跟翠樓門前的黃金印一樣，是菊花中難得的珍品。他匆忙趕來當然不是為了賞花，當即肅色道：「羅兄，我有話要對你說。」羅令則道：「賞完花再說不遲，日頭馬上就下山了，快看。」

但見陽光一絲一縷地從花叢上移走，繡球般的菊花漸漸由淡轉濃，片刻後，花色變成濃豔的翠綠色，青翠如玉，晶瑩欲滴，原來這「綠牡丹」竟然會隨著日光變換顏色。空空兒從來沒有見過這般情形，一時間大感新奇。

薩珊絲嬌笑道：「空郎既然來了，就留下來參加今晚的宴會吧。」也不理會空空兒是否願意，轉頭道，「羅郎，你們先談，我去前面招呼客人。」羅令則道：「是。」等薩珊絲帶著僕人走遠，才問道：「空兄可是有什麼要緊的事？」空空兒道：「羅兄將那人頭藏去了哪裡？」羅令則道：「什麼人頭？」空空兒道：「翠樓被殺的無名老者人頭，也就是被王景延埋在那塊大玉石下的人頭。」

羅令則道：「空兄如何肯定是我拿走了人頭？」空空兒緩緩道：「因為你說過，若是我要幫助侯少府去抓捕那兩名女子，你是一定不會贊同的，可見你是真心感激凶手幫你除去心腹大患。我在你的新宅子發現屏風上的血指印時，你已經猜到王景延就是凶手，所以我前腳出門，你後腳就將玉石下的人頭取出藏起來，好為她脫罪。」羅令則道：「空兄，你說的事我無法承認。若是你有證據指認我是幫凶，要來抓我去官府，我也絕不會抗拒。」

空空兒搖了搖頭，緘默良久，才問道：「死在翠樓裡面的那個人，一定不是什麼好人吧？不然何以羅兄甘冒奇險，助一個毫無干係的婦人脫罪。」羅令則笑道：「這個問題我也不能回答，所謂好與壞，常常只在一線之間。」

滿園的菊花明豔而幽靜地綻放著，滿園的芳菲如魅影般翩翩遊走著。眼下的處境，這樣的氣息，給人帶來一絲深遠的恬靜，卻又有一線難言的傷懷。二人都不再說話，心緒不由得徜徉迷離了起來。恰在此刻，夜鼓聲響起，天色漸漸幽暗了下來。

當晚空空兒終於還是留在了薩珊絲的新宅中，一是夜禁回不了進奏院，他早上支取的幾吊錢盡數付給了郎官清酒肆和賣畢羅的小攤販，身上再無一個銅板，沒有錢住客棧；二是這位波斯公主藏酒極豐，對空空兒這般嗜酒如命的人來說確實是難以抵擋的誘惑。

晚宴客人不少，大多是胡人，不過也有幾位難得的貴客，譬如左金吾衛大將軍郭曙，又如舒王李誼。

本來自百年前玄宗皇帝登基後，在永福坊修十王宅，凡皇子長大得到封號後，不是像從前出宮自立門戶，而是住在十王宅中，日用所需等由朝廷統一供應，這並非玄宗皇帝關愛子孫，而是他先後殺掉伯母中宗皇帝的皇后韋氏、堂妹安樂公主、姑母太平公主，自鮮血中登基，知道窺測皇位的皇族實在太多，所以將皇子們變相拘禁起來，這是諸王地位衰落的一個標誌，由此成為慣例。到如今，十王宅已經變成了十六王宅，名稱雖然變了，居住的人也變了，親王身分卻沒有變，形同囚徒的境遇也沒有變。親王與臣僚、巨賈結交，更是犯大忌諱之事，不過舒王李誼卻無所謂。他本是鄭王李邈之子，得到當今德宗皇帝寵愛，德宗皇帝特意將這位侄子收為養子，愛若至寶，至今老皇帝都不讓他去住十六王宅，而是跟太子李誦一樣，住在大明宮中。

不過有些諷刺的是，李誼跟這宅子的故主五楊多少有些關係——他祖母崔貴妃就是韓國夫人和祕書少監崔峋所生。當年楊玉環得寵於玄宗皇帝時，楊家上下均得聖寵，橫行一時。玄宗特意選韓國夫人的女兒崔氏為廣平王李豫正妃，成婚當日舉行了盛大的婚禮。這位崔妃仗著母家的勢力，性情妒悍，可憐李豫堂堂皇孫，受盡了妻子的氣還不敢發作。後來安史之亂爆發，玄宗皇帝帶著楊玉環和楊氏一門倉皇出逃，到達馬嵬坡時發生兵變，楊氏一門被誅，楊貴妃也被縊死，李豫本來就厭惡正妻，此後迅速冷落崔妃，不久後崔妃就鬱鬱而死，也沒有親眼看到丈夫登上皇位為代宗的那一天。不過崔妃所生的一子一女聰慧俊美，倒是極為代宗皇帝喜愛，兒子即為鄭王李邈，差點被立為太子，不幸青年病逝後，還被追封為昭靖太子，女兒即為昇平公主，嫁給了郭子儀第六子郭曖，也就是郭曙的六哥。至於當今德宗皇帝為什麼格外喜歡舒王，說法也很多，但有一點可以肯定的是，老皇帝對舒王的恩寵絕對在太子李誦之上，李誼曾出任天下兵馬元帥，並代表皇帝慰勞軍隊；這兵馬元帥可是儲君才有的殊榮，代宗皇帝和德宗皇帝登基前均擔任過此職。

從以波斯公主薩珊絲為首的一群人對李誼的奉承，也可看出這位皇子地位非同凡響，原來再過兩天就是李誼生辰，今晚的宴會是特意提前為他祝壽而辦。只是這位舒王很是高傲，話也不多，對面前堆積如山的禮物沒有絲毫興趣，薩珊絲向他引見羅令則等人時，眼皮都沒有抬一下，倒是護衛舒王前來的大將軍郭曙看到空空兒後很是驚訝，嘴角不覺微微蠕動了一下，終於還是未問出聲來，大約是因為舒王在場的緣故。

當下舒王坐了上首，依古風分案而食，席地而坐，餘人各分左右坐了幾排，宴會終於在清揚柔和的琴聲中開場，據說這是薩珊絲特意為李誼所作的安排，因為他不喜歡喧鬧繁雜的歌舞場面。那彈箏的女子二十歲出頭，削瘦清秀，一肌妙膚，襯著如雪的麻衣，更顯得弱骨纖形，當真可以稱得上是顏色如玉、人淡如菊，薩珊絲府中豔裝美婢不少，然而與那女子一比，立時相形見絀。琴聲一起，舒王的目光便落在了那女子身上。

羅令則陪坐在薩珊絲身邊，問道：「這位彈箏的娘子也是府上樂妓麼？」薩珊絲笑道：「不是，我府裡哪有這麼清淡的人？偏偏名字也叫清娘，是臨時從郭府請來的。」說著朝郭曙一努嘴。羅令則歎道：「原來是郭府的人，難怪！鳴箏金粟柱，素手玉房前。欲得周郎顧，時時誤拂弦。」薩珊絲笑道：「羅郎又在吟詩了，我們波斯人可聽不懂你們這些詩啊文啊的。」羅令則道：「這可不是羅某所作，這作詩的人說起來，跟郭大將軍還有點淵源。」郭曙似是會意他所指是誰，只點了點頭，並不接話。

李誼對那彈箏女清娘甚是關注，聽羅令則吟誦的詩句輕巧旖旎，心中頗為稱羨，聞言有些好奇起來，問道：「這首詩是誰所作？」羅令則道：「回舒王殿下話，是大曆才子李端。說起來，這也是一樁風流韻事。」

原來郭曙兄長郭曖尚代宗愛女昇平公主，是當時極有權勢又極風流的駙馬都尉，當時不少才子名流都遊走於郭曖門下。他喜好宴客，府中養有不少樂妓，其中尤以彈箏女子鏡兒姿色最為絕代。一日祕書省校書郎李端在座，深為鏡兒才貌所傾倒，目光不離她片刻，屬意極深。郭曖察覺後笑道：「李生若能以彈箏為題賦詩娛客，我當以此女相贈。」李端毫不思索，當場賦詩，即為羅令則適才所吟誦的〈聽箏〉。郭曖遂將鏡兒贈送李端，並以當晚席上全部金玉酒器作為陪嫁。

李誼在皇宮中長大，極少聽到這等民間風雅趣聞，不由得覺得十分新奇有趣，心道：「曲有誤，周郎顧[11]，若當真是『欲得周郎顧，時時誤拂弦』，那就是彈箏女在挑逗邀寵了。」朝那彈箏女子望去，她正專心致志地埋頭彈琴，皎皎素衣，纖纖玉指，勾畫撫抹之間，自見一種沉靜的風情。忽見她抬起頭來，心頭不禁一喜，然則她瞧的卻不是自己，而是坐在最下首埋頭飲酒的無名酒客。

當那彈箏女清娘抬頭望向對面坐在一排胡人背後的空空兒時，他也正將眼光轉向她，他並不是有心要去關注她，這只是習武之人的一種本能。然則當二人目光一相遇，她即露出羞澀的神情，迅疾低下頭去。空空兒卻仿若發現了至寶，目光再也難從她身上移開。

忽有人輕輕拍了拍空空兒左肩，低聲道：「這位郎君，郭大將軍請你出去一下。」空空兒回頭一看，是一名婢女，料來是郭曙有事要找自己，當即離席，來到花廳外。郭曙隨即跟了出來，問道：「你是叫空空兒吧？翠樓那件案子如何了？」

空空兒心道：「這位大將軍倒是有趣，他關注案情，不去問侯少府，倒來問我這樣一個不相干的人，大概已經知道我亦牽連其中，不得不追查真凶好還自身清白，到底是郭家的人，消息靈通得很。」當即答道：「聽說京兆尹要親自處理此案，具體情形，將軍還要去問京兆尹才行。」郭曙道：「我已經問過京兆尹，現在是在問你。」空空兒道：「這個……」

忽聽到西首牆角有輕微響動，轉頭一望，一條黑影倏忽飄了過去。郭曙頓時察覺，喝道：「來人！」他今晚扈從舒王出行，特意比平時多帶了兩隊金吾衛士。轉瞬即有數名在四周警戒的金吾衛士奔過來，郭曙道：「去那邊看看。」金吾衛士當即應命去搜索牆角。

郭曙見空空兒氣定神閒，仿若無事般巍然不動，不由得一愣，道：「你倒是鎮定。」空空兒道：「嗯。」忽聽得堂內羅令則大叫一聲：「殿下小心了！」隨即有碗碟砸碎之聲。

郭曙大驚失色，轉身奔進花廳，卻見兩名身穿金吾衛士戎服的男子不知何時闖進了堂內，正各執橫刀[12]，一人攻向挺身擋在李誼身前的兩名小黃門，另一人右腳被一名小黃門拖住，正舉刀欲斬，一旁羅令則抓住座下蜀錦軟褥，搶上前來迎上橫刀使勁一繞，那蜀錦又軟又韌，竟沒有斷裂。羅令則用這個笨法子將對手刀刃捲住，對方卻也不肯鬆手，兩下使勁爭奪了起來。薩珊絲等胡人人數雖然不少，卻淨是養尊處優、貪圖享樂之輩，哪裡見過這種刀光劍影的場面，或坐或站，早就駭異得呆住。

郭曙道：「有刺客！有刺客！」一邊大叫，一邊朝堂上奔去。話音未落，兩名小黃門已倒在血泊中，刺客又舉刀逼向李誼。李誼剛及從錦褥上爬起，手無兵刃，連退兩步，背後即是屏風，眼見無路可逃，刀光霍霍，近在眼前，剎那間冷汗直冒。但他畢竟出生在皇室，又年過中年，經歷過許多大風大浪，涇陽兵變時也曾親自提劍為德宗皇帝開路，死到臨頭時，疑慮反倒戰勝了恐懼，死死瞪著那刺客臉上的儺神[13]面具，心道：「到底是誰要殺我？是太子麼？除了他還會有誰？」

忽聽見破空之聲，一件黑乎乎的物事不知道從哪裡飛了過來，正好砸在那刺客後腦上，發出「鐺」的一聲脆響，原來是個空酒壺。刺客吃痛之下，呆了一呆，順勢向前一撲，左手扯住了李誼手臂，右手揮刀往他頸中抹去。李誼「哎喲」一聲，使勁一甩，竟然又甩脫了刺客。郭曙已經趕到，揚刀朝刺客背上砍來，他雖然並無赫赫戰功，年輕時只好嬉戲狩獵，但畢竟將門虎子，郭家刀法一起便見威力。那刺客聽到風聲，識得厲害，旋身一擋，姿勢極為嫻熟，顯是員沙場老將。

郭曙一愣，問道：「你是誰？」那刺客卻是不答，見外面呼喝聲大起，大隊金吾衛士湧了進來，料來今夜再難以得手，忙吹了聲口哨。

另一名刺客腳下被小黃門死命抱住不放，手上則繼續與羅令則爭奪兵刃，仿若市井之徒搶奪財物，情形煞是可笑，聞聲便鬆了手。羅令則正出大力奪刀，「哎喲」一聲，仰天摔在地上。

郭曙搶過去擋在李誼面前，喝道：「將這二人拿下。」金吾衛士發一聲喊，正要圍上去，只聽見外面銅鑼聲大起，有人高喊道：「失火了！失火了！」胡人愛惜財產勝過生命，失火可比刺客重要多了，這才驚醒過來，爭先恐後地往外湧去。

那失去橫刀的刺客一腳踢開小黃門，從懷中掏出一根竹筒來，一扯即燃，向金吾衛士甩去。忽聽得空空兒叫道：「那是霹靂山鬼，有毒，快些讓開！」愕然間，竹筒已在衛士腳下「砰」的一聲炸開，原來是個爆竹，本身威力並不大，然則頃刻間黃煙滾滾冒出，稍近者立時呼吸艱難，扔掉兵器，雙手捂住喉嚨，劇烈地咳嗽起來。眾人這才知道黃煙有毒，紛紛退開。郭曙急忙護著李誼往側門退去。那刺客又掏出一根竹筒，專往人多的地方扔去，剎那間毒煙彌漫，場面一片大亂。

兩名刺客乘機並力一衝，跟在胡人背後，輕而易舉地衝出了花廳。空空兒正站在門邊，只用衣襟捂住口鼻，並無任何出手阻攔之意。那扔出爆竹的刺客卻特意停下來，狠狠瞪了他一眼，這才從容離去。

彈箏女清娘一直凝神關注堂內情形，見李誼已經退出花廳，毒煙漸漸擴散開來，慌忙抱了箏往外面跑去。空空兒注意力一直在她身上，見她一動，立即跟了出去。

走進迴廊，清娘停下來問道：「你總跟著我做什麼？」顏色如玉，卻是冷若霜雪。空空兒道：「我以為娘子自己知道。」清娘臉現慍色，道：「我不知道，你也別再跟著我。」空空兒道：「那好，兩日後樂遊原上見吧。」清娘一愣，道：「什麼？」空空兒道：「你那位同伴約了我在樂遊原上見面，你不知道麼——玉清姊姊？」

原來空空兒自清娘望向他那一眼時，便本能地覺得她的眼神似曾相識，很像那晚在翠樓要殺他的蒙面女子，到後來只見她在危急關頭飛出酒壺砸中刺客，露了一手功夫，心中越發肯定，只是想不到她竟然是郭府的樂妓。

不料那清娘雖被識破身分，反應卻很是奇怪，只淡淡看了空空兒一眼，隨即又朝前走去。空空兒見她不理不睬，微一遲疑，又跟了上去。二人一前一後，到得大門，門口卻是聚集了不少胡人，吵鬧不止，都是因為金吾衛士封鎖了大門，不准人出入。

見此情形，清娘只得又停下來，回頭問道：「你去樂遊原做什麼？」空空兒道：「歸還娘子的玉珮。」清娘道：「我沒有丟什麼玉珮，郎君怕是認錯人了。」空空兒道：「那好吧，抱歉。」

兩人都不再開口。只見許多人在院裡來回亂跑，起火的房屋在最西面，火勢不大，很快被撲滅。又等了一刻，門外馬蹄聲、人聲、奔跑聲、號令聲不斷，越來越多金吾衛士趕到，將薩珊絲的宅子重重圍了起來。舒王在金吾衛大將軍的眼皮底下被裝扮成金吾衛士的刺客行刺，明天肯定有許多人要丟官丟職，人人只盼能抓住刺客，好將功折罪。所有僕人、婢女、客人都被聚集到一處廳堂中軟禁起來，空空兒的隨身長劍也被收去。只是不見羅令則，也不知是混亂中離開了這裡，還是因為營救舒王有功格外受到優待。

內外搜捕，擾攘了一整夜，整個宣陽坊都被仔細查過，卻始終未發現刺客蹤影，只在薩珊絲的菊苑中找到了四個儺神面具，想來刺客早就脫下面具，混在金吾衛士中逃脫了。可既然有四個面具，表明該有四名刺客，為何行刺時只有兩人露面呢？

到天亮時，有名中郎將進來，一一核驗過身分，才將眾人放走，唯獨留下空空兒，道：「大將軍要見你。」便帶著空空兒再次回到昨夜宴會的花廳，只見杯碟遍地，一片狼藉，黃煙雖早已消散，堂中還是有股嗆鼻的氣味。好在這種毒煙只是令人短時間內失去行動能力，並不致命。

郭曙依舊一副從容氣度，正立在堂下把玩空空兒的長劍，見他被帶進來，將劍入鞘插好，歎道：「出鞘鋒芒畢露，入鞘則樸實無華，當真是一柄好劍。」又意味深長地問道：「你可知道這柄劍的來歷？」空空兒道：「聽說名叫浪劍，產自西南的浪詔部落。」郭曙道：「不錯。玄宗皇帝在位時，為了牽制吐蕃，暗中支持南詔統一雲南，浪詔被滅，南詔王特意向玄宗皇帝進貢了這柄浪劍，表示感激之意。這是柄精利之劍，中原僅此一柄，本該收藏於皇宮內府之中，又如何到了你手裡？」空空兒一時沉吟不語。

郭曙道：「你不願意說，我來替你說，昔日安史之亂，安祿山占據長安，得到了這柄浪劍，又將它賞賜給最心腹的愛將田承嗣，也就是你所效力的魏博第一任節度使。至於後來田氏為何又將浪劍給了你，則非我所能知曉。不過，你不覺得你帶著這樣一柄大有來歷的長劍，在長安城中四處招搖很有諷刺意味麼？」空空兒緘默許久，才道：「是，我錯了。不過這柄劍是我義母所贈，還望大將軍歸還。」郭曙道：「義母？嘿嘿，久聞藩鎮時興以養義子來養士，今日親見，方知傳聞不虛。」空空兒無言以對，只能閉口不語。

郭曙問道：「空空兒，你認識刺客，對麼？」空空兒道：「不認識。」郭曙道：「那麼你該知道舒王年輕時曾任兵馬大元帥，負責率兵討伐反叛朝廷的魏博第二任節度使田悅，與魏博結下了大梁子。」

空空兒當即會意郭曙話中暗示之意，無非是說自己認識刺客，說不定與刺殺之事牽連，說不定行刺的幕後主使就是魏博，他個人生死榮辱事小，一旦朝廷與藩鎮矛盾激化，導致兵戈相向，那可就是大大的罪過了，忙道：「回大將軍話，我確實不認識刺客，不過因為久在江湖，識得其中一人的手法。」郭曙道：「他是誰？」空空兒道：「黑刺王翼，那內含毒煙的爆竹名叫『霹靂山鬼』，是他的獨門利器。」郭曙道：「你可知道他的長相？」空空兒搖了搖頭，道：「他是江湖上最厲害的刺客，有『兀鷹』之稱，據說見過他真面目的人都死了。」

郭曙命人記下來，四下張貼告示緝捕王翼，又將浪劍還給空空兒，道：「你倒是個奇人，人走到哪裡，哪裡就會有事發生。」話意極耐人尋味。空空兒只能無奈苦笑，告辭出來，正遇上侯彝。

侯彝已經知道舒王昨晚遇刺一事，見空空兒從薩珊絲的宅邸出來，奇道：「空兄昨晚也在這裡？」空空兒點了點頭。侯彝微一凝思，道：「是羅令則！你趕在夜禁前來這裡找他，是要問清楚人頭的事。」空空兒見這位縣尉轉瞬就能猜到來龍去脈，實在是太過聰明，又是驚奇又是佩服，只道：「我也只是推測，並沒有實證。」

侯彝道：「我這裡倒有個好消息，王立已經招供了。」空空兒道：「啊，他當真指認了王景延？」侯彝道：「空兒如何知道王立其實與凶殺無關？」空空兒道：「我看他不像那種有擔待的人。只是，王景延養他兩年，原以為多少有些恩情……」侯彝道：「為了名利前途，他不得不如此。」當即說了王立的供述。

原來命案那晚的半夜，王立曾醒過來一次，發現王景延不在身邊，有些驚訝，就起床點燈，披衣到院中尋找，忽有人翻牆進來，還以為來了盜賊，正要叫喊，那人忽道：「王郎，是我。」竟是王景延的聲音。二人進來房中，王立見她一身緊身黑衣，赫然一副女俠的打扮，手裡還提著一個包袱。王景延見他疑惑，便實話告道：「我身負血海深仇，一直潛伏在京師等待時機報仇雪恨，今晚總算僥倖得手。天一亮我就要去處理店鋪，然後離開京城，請王郎自己保重。」又去屏風下的腳柱取了房契，交給王立道：「這裡所有的財產都送給郎君，王郎候補選官一事，我早已經使錢幫你打通關節，只是捨不得王郎離開，一直沒有告訴你。你等天亮可去吏部司找姓燕的官吏，他自會為你安排。」王立見她手上有血，又是驚異又是害怕，還未反應過來，她已經提著包袱出房，到院牆下輕輕一縱，便如飛鳥般越牆而去。王立這才知道這個與自己朝夕相處了兩年的女子並非常人，也終於明白她為什麼堅持不肯在家中雇僕婦，原是早有圖謀。

王景延走後，王立再也睡不著，好不容易捱到天亮，趕到吏部司向姓燕的官吏打聽，當真補了山南西道的官，任命已經下來，這才知道王景延說的是真的，不由得又驚又喜。回來住處，卻意外見到王景延人在院中，搬開了擣衣的大青石，正在往土中埋東西，見他回來，歉然道：「店鋪已經處理了，只是如今出城盤查得緊，仇家的人頭是帶不走了，我只有將它埋在這裡。不過請郎君放心，這件事情我做得很機密，決計不會有人發現，也不會連累到你。」王立這才看到土坑中有一顆人頭，頭髮花白，雙眼睜得老圓，好像還活著般。王景延又將大青石搬回原處，壓在那人頭的上面。那大青石少說也有二三百斤重，王立自忖也無法搬動，不想王景延一婦道人家，竟能輕鬆移來移去，駭異得一句話都說不出來。王景延說了句「珍重」，便帶著一個沉甸甸的包袱走了，想來包袱中是轉手店鋪得的現錢。王立回過神來，立即寫了張售宅的紙條貼在門口，預備將宅子售掉。到得下午，當真有人來敲門，竟然是在郎官清酒肆見過的熟臉，王立無心談價，只以房契上的原價五百緡出售，羅令則滿口答應，說好次日一早交錢。當晚夜禁前王立就搬去了親仁坊的客棧，免得一想到那青石下的人頭就做噩夢。次日一早返回宅子，與羅令則交割了房契，又搬取了一些必要的衣物等，便匆忙趕往蝦蟆陵郎官清酒肆，補了欠下的酒錢。他也私下留意過，並沒有聽說長安發生了什麼離奇無頭命案，越發深信王景延是個奇人，做事密不透風，自以為從此高枕無憂，哪知道空空兒因為追尋仰月一事，機緣巧合下很快就查到了他和王景延身上。

侯彝講完經過，又道：「王立確實與命案無關，頂多也就是個知情不報的罪名，不過他若是真報官反倒更令人鄙夷。我已經放了他，讓他儘快去山南西道赴任。」空空兒歎道：「少府替人著想，有情有義，當真是個奇男子。」

侯彝笑道：「這可不像是你空空兒說出來的話。律法不外乎人情，王立已經為補官等了兩年，我想也不必再為了這一點事盡毀他前程。」又道，「我已經通發告示緝拿王景延。不過她既只是報私仇，肯定不是空兄所說的黑刺，她割下仇人人頭，無非是為了帶回家鄉祭奠，不料郭曙大將軍早派人知會各城門衛士，嚴加盤查，她怕就此敗露，不得不回來將人頭壓在大青石下，自己單身逃走。」空空兒道：「我明白少府的意思，王景延既無力處理掉人頭，不得不冒險埋在舊宅中，那麼肯定也沒有化骨粉這等奇藥……」侯彝道：「空兄明智，我正是此意。」

空空兒也是滿腹疑雲：那個在翠樓化掉無頭屍首的人到底是誰？他為什麼要這麼做？他為什麼能剛好在空空兒趕去報官的趁隙化掉屍首？那死者到底是什麼身分？既有王景延、羅令則這等非常人的仇家，又有艾雪瑩這樣身價不菲的樂妓供他玩樂？

侯彝道：「羅令則命案當晚也在蝦蟆陵中，又是他買下了王景延的舊宅，之後人頭又離奇失蹤，很可能他就是王景延的幫凶，那化掉屍首的人會不會就是他？」空空兒道：「決計不是，羅兄買下宅子純屬巧合。」當即說了羅令則也與那無名死者有仇一事。

侯彝道：「如此，羅令則倒也情有可原，甘冒奇險幫助素不相識的人脫罪，僅僅因為對方幫他殺了仇家。」他素來讚賞高義之人，也不願意為此事再追究羅令則毀壞證據之罪，便道：「這件事就這麼算了吧。不過羅令則可願意說出死者的姓名來歷？」空空兒道：「不願意。」侯彝道：「真是蹊蹺。如果死者當真是什麼了不起的大人物，為何沒有苦主來告狀？也不見上頭有人來招呼，反而是悄無聲息地沒有任何動靜。」

空空兒道：「這件案子不是由京兆尹親自查辦麼？萬一他將來問起，怕是王立和羅令則都難逃罪責。」侯彝道：「空兄放心，京兆尹親自查案的目的，無非是想弄點名聲，可如今既沒有屍首，又沒有苦主告狀，分明是個無頭懸案，他早就沒有興致了。」

正說著，一名金吾衛士奔出來叫道：「少府，大將軍催你速去見他。」侯彝道：「好。」自與空空兒拱手作別。

空空兒折騰了一天一夜，早就又困又乏，逕直回來崇仁坊。卻見坊角武侯鋪的衛士比平常多了一倍，對進出行人也盤問得也極為嚴格，想來是因為昨晚舒王遇刺的緣故。坊門最顯眼處已經貼出了緝捕王翼、劉義和王景延的告示，劉義與王景延的那兩張各自帶有畫像，容貌甚像，三人的懸賞金額分別是萬金、千金、十金，想來是因為受害者身分、地位不同的緣故。

進來魏博進奏院，正遇到進奏官曾穆。曾穆笑道：「空巡官當真是個大忙人，什麼地方有大事發生，準保少不了空巡官。」他既是魏博放在京城的眼線，肯定手下明探、暗探一大堆，早知道了昨晚舒王在宣陽坊遇刺一事。空空兒也懶得跟他多說，只道：「還請進奏官將那塊蒼玉還我。」曾穆道：「你是要拿去歸還原主麼？」空空兒道：「是。」曾穆道：「可這蒼玉關係重大，你可別忘了你是魏博的人，答應過要找出害死前任魏帥的凶手。」

空空兒道：「那兩人不是凶手。」曾穆道：「你如何知道？」空空兒道：「她們都是女子，才二十歲出頭，八年前不過十餘歲，還是未通人事的幼稚少女，如何能進入守衛森嚴的節度使府殺人？」曾穆道：「那好，我將蒼玉給你。」從身上掏出那塊李輔國故玉，交到了空空兒手中。

空空兒原想要回玉珮極難，哪知道曾穆如此乾脆，轉念一想以他的足智多謀，定然不會輕易罷手，說不定會派人監視自己，等到自己與那女子見面時再出後招。他生性懶散，雖然明知道會有事發生，也不願意多想，當即謝過曾穆，回到房中歇息。

推開房門，剛一腳踏進門檻，心念忽然一動，一種奇特的敏銳感使空空兒頓生警覺。剛及轉身，門後黑影一閃，有東西向他頭頂砸下，迅疾無比。他百忙之中沉肩後退，避開頭頂，但右肩已被什麼物事打到，幸好不是什麼利刃，只生生作痛。他連退幾步，拔出浪劍來，那劍非中原之物，比普通長劍要寬要長，一出鞘便若一泓秋水，寒光凜凜。那躲在門後偷襲之人忍不住喝一聲彩，讚道：「好劍！」

空空兒見對方一身青衣，甚是普通，一張臉卻是死板沒有生氣，說話時臉上肌肉不動，沒有任何表情，如同殭屍般，似是一張假人的臉，當即凝招不發，問道：「你是……兀鷹王翼？」

那人很是驚奇，問道：「你怎麼知道是我？」空空兒道：「我仇人不多，你不但武藝高強，而且剛才一下想要我的命，我最近得罪過的人，想來想去，應該只有你了。」王翼道：「不錯，正是我。空空兒，你雖在魏博為武官，卻是半官半隱，實際上還是江湖人物，該知道向官府告密是犯了江湖大忌。」

空空兒心下歉疚，道：「抱歉，確實是我洩露了你的名號，你要殺了我報仇，這就來吧，我絕不會還手。」一邊說著，一邊將浪劍收入鞘中，滿室光華頓時為之一斂。

王翼道：「好。」將手中黑棒一按，那棒頭中間彈出一根尖錐般的東西，長約五寸，閃閃發亮，似是精鋼鑄就。他搶過來將尖錐逼近空空兒頸間，空空兒果然絲毫不加反抗。

王翼道：「為什麼？」空空兒道：「實在是抱歉，我也是逼不得已，不得不說出你的名字來。」王翼道：「我是問你為什麼絲毫不將生死放在心上？」空空兒道：「何必放在心上，生即是死，死即是生，生死又有何不同？」

王翼冷笑道：「別跟我打什麼機鋒啞謎！你是不是想說，你活著難受，死了反而是解脫？」空空兒道：「嗯，也可以這麼說。」

王翼見他豁達坦然，倒也十分意外，沉默片刻，一按黑棒機關，將尖錐收了進去，道：「我不殺你，殺了你沒有錢收。況且如果不是你，我哪裡能知道自己的項上人頭值得官府懸賞萬金。一萬金，嘿嘿，我得殺多少人才能賺到這麼多。」不再理會空空兒，旁若無人地走出房去，也不知道大白天的，他如何能在戒備森嚴的進奏院來去自如。

空空兒原以為以兀鷹王翼心狠手辣之名頭，今日必死無疑，哪知道他竟放過自己，摸了摸肩頭，觸手即疼，脫下衣服一看，肩頭紫腫了一大塊，當即穿好衣服出來，到櫃坊支取了幾吊錢，問小吏道：「長安哪裡有賣外傷藥的？」小吏道：「多得很，不過最有名、最好的要數西市宋清藥鋪。巡官要買藥麼？不如乘機去西市逛逛，那裡可是比咱們這邊繁華多了，有錢的富商都住那裡呢。」又多遞給了空空兒幾吊錢。空空兒道：「多謝。」

西市位於皇城西南，距離崇仁坊約五六個坊區，距離不近，空空兒向進奏院的衛士要了匹馬，騎上逕直往西而來。哪知才到光德坊，便見無數人爭相往西趕去，還有人高聲嚷道：「殺人了！殺人了！快去看！」

空空兒早聽說西市的獨柳樹是長安的法定刑場，估計這些都是趕去看行刑的人，也不以為意，只是看熱鬧的人太多，生怕撞到了人，只得下馬，夾在人流中往西市而去。到西市東門打聽宋清藥鋪，守門的衛士一指北面一家店鋪，道：「那裡便是。」

進來藥鋪，只有名五十多歲的老者坐在角落的小凳子上，慢吞吞地往石槽中碾藥草，聽見有人進來，叫道：「鄭注，有客！」卻是無人應聲，那老者這才抬起頭來，四下看了看，嘀咕道：「準是跑去看熱鬧了，殺個人有什麼好瞧的！這一場大旱，關中死的人還少麼？」放下手中石碾，問道：「客官是看病還是買藥？」空空兒道：「買藥，想要一瓶化瘀去腫的藥酒。」老者道：「有專治跌打的藥酒，一千文一瓶。」空空兒吃了一驚，道：「什麼藥酒這麼貴？」老者態度甚是從容，道：「嫌貴就別買。郎君不見今年米價更貴呢。」

恰在此時，一名披著白色冪䍦[14]的女子跨進店中，叫道：「宋老公，再要一瓶金創藥，一瓶藥酒。」空空兒見到她，不禁微微一愣，那女子不是旁人，正是昨晚彈箏的女子清娘。清娘卻是看也不看他一眼，彷彿根本就不認識他這個人。

那老者正是店主宋清，聞聲應道：「一瓶金創藥十文錢，一瓶藥酒十文錢，一共是兩十文。」清娘便掏出兩串銅錢交付，取了藥酒出去。

空空兒大奇，問道：「為何那位娘子只收十文錢一瓶，我卻要收一千文？」宋清不緊不慢地問道：「閣下是吃官家飯的吧？」空空兒道：「這個……」宋清道：「既是官家人，就得這麼貴。小店祖傳規矩：『窮漢子吃藥，富漢子打錢。』」空空兒道：「原來如此。不過我身上沒有這麼多錢，這裡大概有一百個銅錢，可以嗎？」宋清道：「不行，一千文，一個子兒都不能少。」

空空兒見他一臉嚴肅，絲毫不肯退讓，當真哭笑不得，可也欽佩對方變相「劫富濟貧」的行徑，只好道：「那我將馬留下，總可以了吧？」一匹馬的價值遠過一千文。宋清道：「那倒是可以。」當即遞過來一瓶藥酒。空空兒忙收入懷中，趕出來尋那清娘，卻早不見了人影，倒是有個熟悉的身影正在不遠處的胡餅店買餅。

空空兒微一凝思，便走過去問道：「隱娘，你這是在監視我麼？」聶隱娘為人爽朗，見已被對方識破，索性取下頭上帷帽[15]，笑道：「我也是奉命行事，空郎莫要見怪。」空空兒道：「當然不會。尊夫君人呢？怎麼一直不見他？」聶隱娘道：「存約正跟隨侯從事辦事。」

存約姓趙，是聶隱娘的夫君，原本只是個街市上的磨鏡少年，形貌猥瑣，一日到聶家打磨銅鏡，不知道怎麼為聶隱娘看上，非要嫁他為妻。聶父聶鋒不敢阻攔，只好準備了豐盛的嫁妝給女兒女婿，趙存約由此一步登天。

空空兒道：「尊夫君右肩的傷好些了麼？」聶隱娘知道他性格淡漠，斷然不會婆婆媽媽去關注自己丈夫的陳年肩傷，問道：「你已經猜到了？」

空空兒點點頭，道：「尊夫君的身姿很是特別，昨晚一見到那人影，我就認出了他。」聶隱娘歎道：「他那是長年磨鏡生涯造成的僵硬殘疾，好不了了。空郎該知道，昨晚若不是你意外出現在那裡，我和存約不敢公然露面，我們早就得手了。」空空兒道：「我知道。不過，兵馬使和進奏官似乎並不知道這件事。」聶隱娘笑道：「王翼若是殺了你，倒是省事多了。」空空兒道：「老實說，我也不知道他為什麼放過我。」

聶隱娘沉吟片刻，道：「那好，你歸還玉珮給原主的事，我不再插手，曾穆那邊由我去應付。可我們的事你也別管。說到底，你還是魏博的人，我們大家同坐一條船，一損俱損，一榮俱榮。」空空兒道：「好。」

聶隱娘走出幾步，又想起了什麼，回頭叮囑道：「空郎，你這次回去峨眉後，就不要再回魏博了，待在一個你厭惡的地方，整天靠飲酒麻醉自己度日，這對你身子不好。」眉目間露出了幾許慈愛之色，倒像大姊姊在關愛小弟弟一般。

空空兒歎了口氣，道：「我答應了我義母，要為魏博效力十年，現在還剩五年。」聶隱娘道：「你看不出來麼？田夫人收你為養子，不過是要利用你保護她的愛子。」空空兒道：「我知道，可我答應了義母，況且義兒也是真心待我。」

聶隱娘一時無語，半晌才歎道：「空郎是個守信的君子。你的名字叫空，我的名字叫隱，何時能空，何處能隱？」神色黯然，話裡更是大有玄機。不過她的傷懷只是瞬間，轉眼又是豪氣干雲，極有英俠之風，笑道，「江湖傳聞，空郎劍術神奇，空空妙手，神鬼莫測，我可是一直仰慕得緊。」空空兒道：「這等閒話隱娘你竟也相信？」聶隱娘道：「為何不信？五年，還有五年，空郎，如果五年後我們都還活著，我一定要好好跟你比一次劍。」空空兒道：「好。」

---

1 櫃坊：類似後世錢莊。

2 當時是由進奏院和民間富商自發經營。元和七年（西元八一二年），唐憲宗李純因中央財政現錢不足，出現「錢荒」，下令飛錢業務由戶部、度支、鹽鐵三司統一經營，並收取手續費，定每飛錢一千貫付費一百文，強行將飛錢運營權收歸官方，以此來籌集銅錢，解了燃眉之急。但飛錢本身不介入流通，不行使貨幣的職能，它只是一種匯兌業務，可以在異地提取現錢，類似後世商業匯票，不是真正意義上的紙幣，北宋時期四川成都出現的「交子」才是真正紙幣的開始。

3 大食：波斯語的音譯，唐、宋對阿拉伯人、阿拉伯帝國的稱呼。

4 吐火羅：大致區域為今阿富汗和巴基斯坦北部。

5 碎葉：今日吉爾吉斯共和國的托克馬克，唐代大詩人李白的出生地。

6 霍國公：指柴紹，妻子即為唐高祖李淵第三女平陽公主。

7 金城公主：唐宗室雍王李守禮之女，祖父為武則天第二子李賢，景龍四年（西元七一〇年）出嫁吐蕃贊普（國王）赤德祖贊，唐中宗親自送公主到始平（今陝西興平）。之前，唐太宗曾派人護送文成公主到吐蕃，與贊普松贊干布結婚。金城公主及唐蕃使臣沿當年文成公主入蕃路線西行，吐蕃派專人為金城公主鑿石通車，修築「迎公主之道」。金城公主抵達吐蕃後，與贊普赤德祖贊舉行了盛大的完婚典禮。開元二十七年（西元七三九年），金城公主病死於邏娑（拉薩）。

8 安西都護府：唐代管理西域的軍政機構，設立於唐太宗貞觀十四年（西元六四〇年），統轄安西四鎮（李白的出生地碎葉城即為安西四鎮之一），最大管轄範圍曾包括天山南北，並至蔥嶺以西，直達波斯。元和三年（西元八〇八年），安西都護府為吐蕃所破，此後唐朝完全失去了對西域的控制。

9 關於南詔的歷史，以及唐朝與南詔恩怨詳情，可參見作者同系列小說《孔雀膽》。

10 大宛：西域古國名，在今中亞費爾干納盆地，出產駿馬，尤以汗血寶馬最出名。

11 三國時，吳國名將周瑜相貌英俊，有「美周郎」之稱，又精於音律。據說他每與眾將議事，堂下奏樂，曲有誤，必顧之，故有俗語「曲有誤，周郎顧」。

12 唐刀，是當時世界上與阿拉伯大馬士革刀並稱於世的兩種著名兵刃，技術上達到了極高成就，是中國刀劍史上的巔峰。《唐六典》記載唐刀之制有四：一曰儀刀，二曰障刀，三曰橫刀，四曰陌刀。其中陌刀是長刀，為戰場上使用的重兵器，唐軍先鋒步兵衝陣均配此刀，如牆一般推進，曾創造輝煌一時的陌刀神話。據推測，陌刀當為加長手柄、雙手所持的兩刃長刀，但考古界至今未曾有出土實物。

13 儺：古代臘月驅逐疫鬼的儀式，有儺舞、儺戲等，表演者戴木面具，反覆用大幅度的儀式動作表現祈福、請神驅邪的故事。儺神：傳說中驅除瘟疫的神靈。

14 冪蘺：唐代盛行的婦女首服，是一種由輕薄透明的紗羅製成的大幅方巾，一般從頭至腳全身披覆，為外出時的裝束。

15 帷帽：源自西域的一種帽子，流行於唐代婦女中，亦稱「席帽」，是一種高頂寬裙的笠帽，在笠帽的周圍垂下一層紗帛製成的圍帛，下垂及頸，遮住頭部，以障風塵。

卷四　倏忽風雨

他與玉清幾次交道，已經知道她外表清冷，內心卻是剛烈執拗。他自知身在惡名昭著的魏博，這番話無論如何都難以令她相信。不料背心處的匕首竟慢慢鬆開了，回頭一望，卻見玉清臉色慘白，搖搖欲墜，拿著匕首的手也無力垂下，忙道：「你受傷很重，別亂動，快些躺下。」玉清極為剛硬，道：「你是藩鎮的人，我不要你救。」

與聶隱娘分手後，空空兒一路走回崇仁坊，進奏院的衛士見他騎馬出去、步行回來，不由得十分驚異，也不敢多問。空空兒回到房中，脫下衣服，將那藥酒擦在肩頭，片刻後如火炙般發熱，腫脹立消，紫黑的瘀傷也淡了許多，當真靈驗無比。他略略躺下休息了大半個時辰，聽到市鼓聲響時，便又起床往蝦蟆陵去喝清酒。

進來郎官清酒肆，卻見已有不少人，坐在正中一桌的仍是當日見過的白居易、元稹、李紳三人，各有憂憤傷痛之色。店主劉太白一見空空兒，忙上前握了他的手，引他到角落一桌坐下，低聲道：「郎君可知道，今日那位劉義郎君又來過了。」

空空兒吃了一驚，他早知侯彝已暗中放劉義逃走，可如今侯臧來了京師，滿大街都張貼著緝拿劉義的告示，他為何冒著生命危險潛回長安，竟然還來郎官清酒肆這樣人多眼雜的地方？不過劉義為人嫉惡如仇，好勝心重，回來報復當日喝到假酒之仇也在情理之中。忙問道：「他來做什麼？是回來報復麼？」劉太白道：「慚愧，當日確實是犬子大郎往酒中兌了水，原是小店的不是，劉郎回來，是特意來賠不是的。」

空空兒更是驚訝，道：「當真？」難以相信劉義僅僅是為了句道歉又冒險回到長安。劉太白道：「是。他說他在武功得知今年關中大旱，穀物失收，京畿乏食，不但酒稅繁重，而且米價比往年貴了十數倍，這才知道酒肆的難處，所以特意回來為當日的魯莽賠禮。」空空兒道：「他不知道現在通緝他的告示到處都是麼？」劉太白道：「是、是，這個我也看到了，不過劉郎本人似乎並不在意。」

空空兒道：「他現在人去了何處？」劉太白搖了搖頭，遲疑片刻，又問道：「劉郎當真殺了人麼？被殺的是什麼人？」空空兒歎了口氣，道：「一個該死的人。」劉太白喜道：「我就知道……」

忽聽得中間那桌的李紳重重一拍桌子，怒道：「這還有天理麼？」一旁白居易忙一拉他，道：「小點聲。」

空空兒道：「又出了什麼事？」劉太白黯然道：「郎君不知道麼？教坊都知成輔端今日被京兆尹當眾在

西市杖死了。」空空兒忙問道：「是因為什麼事？」劉太白道：「還能是什麼事，不過是因為成都知編了一支〈三間堂屋〉的曲子，嘲諷京兆尹瞞天過海，明明天旱，顆粒無收，卻還對聖上說什麼『禾苗甚美』。」

空空兒這才知道他去西市買藥時人們蜂擁去看行刑，被殺的人就是成輔端，眼前頓時浮現出那日在翠樓中成輔端唱歌的情形來，不禁喃喃道：「秦地城池二百年，何期如此賤田園？一頃麥苗五碩米，三間堂屋二個錢。」劉太白忙「噓」了一聲，道：「郎君也知道這曲子，可不能再念了，不然被京兆尹安個誹謗朝政的罪名，可就要落個跟成都知一樣的下場，活活被打死不說，還要身首異處，割下首級掛在杆上示眾……」

正說到要緊之處時，劉大郎端了酒出來，重重往桌上一頓，倒嚇了人一跳。劉太白喝道：「你作死麼？上個酒也那麼重，嚇著了客人。」

那劉大郎一臉木然，被父親當眾呵斥，也不以為意。劉太白又慌忙向空空兒道歉，空空兒道：「不要緊。」繼而又如往常般陷入了他自己沉默的孤獨世界，只一意飲酒，心中卻有千萬條毛毛蟲在蠕動咬齧，難受得厲害。

因為成輔端之死而難受的當然不只空空兒一人。實際上，〈三間堂屋〉的曲子已經在長安廣為傳唱，這才是京兆尹李實勃然大怒的原因，因而派人逮捕成輔端，以「誹謗朝政」之罪上奏。德宗皇帝年輕時飽經戰禍之苦，老年後刻薄寡恩，好猜忌臣民，一聽到「誹謗朝政」四個字，立即下令由李實處置，李實便將成輔端押到西市，當眾亂棒打死。又抓來了十多個欠租的平民，一樣當場杖死，以此警戒那些欠朝廷租賦不交的人。

成輔端一死，長安大街上沒有人敢再唱〈三間堂屋〉。然而他和那十幾個平民的慘死並非毫無意義，終於激發了一些朝中大臣的胸中正氣，不過最先站出來的，正是靠著寫歌功頌德文章並以此吹捧討好李實得官的監察御史韓愈，這倒是讓人大跌眼鏡。韓愈連夜作〈御史臺上論天旱人饑狀〉，與同僚張署、李方叔聯名上書，其中道：「臣伏以今年以來，京畿諸縣，夏逢亢旱，秋又早霜，田種所收，十不存一。……至聞有棄子逐妻以求口食，拆屋伐木以納稅錢。寒餒道途，斃踣溝壑，有者皆已納輸，無者徒被徵迫，臣愚以為，此皆群臣之所未言，陛下之所未知者也。」詳細描述了關中大旱、人們窮困到拆除房屋來交納官稅的實情。又以「京畿百姓窮困」為由，請求皇帝暫緩徵收今年的稅錢以及草秧、穀物等，等到明年蠶成麥熟時節再補收也不遲。

奏疏一早遞上後，平靜無波，連一點浪花都沒有興起。到傍晚的時候，忽然有詔書下達，韓愈、張署、李方叔三人因「誹謗朝政」獲罪，均被貶為偏遠的南方縣令，因是貶官，必須立即離開京師，家屬也得隨之離京，且得走驛路、住驛中，日行十驛[2]以上，行程非常緊迫。韓愈一大家子人都跟隨他在長安生活，尤其妹妹長期患病在床，負擔很重，這也是他不顧文人體面專為人寫墓誌銘索取高額潤筆費的原因，忽然貶詔傳來，全家上下如失去主心骨，頓時愁雲慘霧。侄孫韓湘子才十歲，一心傾慕山川之趣，扯著韓愈的衣襟問道：「祖伯父是要去什麼好玩的地方麼？帶湘子一道去吧。」韓愈見他童言無忌，一時無言以對。貞元以來，德宗皇帝對放逐大臣從不予寬赦，前宰相陸贄、鄭餘慶、前諫議大夫陽城、前京兆尹韓皋等名臣均因小過被貶十年以上，不准起復。韓愈回想起自己多年來仕途坎坷，好不容易在京師安頓下來，這一貶謫又是前途渺漫，一大家子人流落無依，忍不住涕淚縱橫。

韓愈任國子監四門博士期間曾大力提攜後進，離開長安之際，在京的門生如李紳等均聞風趕來餞別，甚至連之前鄙視他奉承李實的白居易和元稹也冒著得罪當權者的危險，站在送行之列，這實際上已經是一種姿態。傳說李實暗中派了人將所有參與送別的官員、士子名字都記了下來，大約是要留待日後報復。

看到韓愈、張署、李方叔三人迅速被貶出京師的結局，人們這才知道當今皇帝未必是真老糊塗了，他很可能早就知道民間大旱實情，不過是想聚斂更多的財物，佯作不知而已。一種恐懼的麻木、一種死亡般的寂然彌漫開去。然而，許多人沒有將平靜當真，沉默中傳達著不祥的隱喻，有遠見的人能感到風暴將至。長安城上彤雲密布，眼看將要電閃雷鳴，舉動稍一不慎，便可能會激起憤怒的騷動。

當夜有黑衣人潛到西市獨柳樹，預備解下懸掛在旗杆上的成輔端人頭，不料正好被巡夜的坊卒撞見。那坊卒見黑衣人手中利刃白光閃爍，也不驚慌叫喊，只「撲通」一聲跪下，連連磕頭道：「賢士，人頭萬萬解不得！小的也知道成都知死得冤枉，可京兆尹新下了連坐之命，一旦人頭丟失，不但小的要受杖責，還有這獨柳樹附近數十家店鋪都要連坐罰一百緡。一百緡哪，宮市已經攪得……」忽覺得有所異樣，小心翼翼地抬起頭來，卻早已不見了黑衣人的蹤影，竟不知他是何時離開。又慌忙爬起來去看旗杆，那成輔端的人頭還在，月光下一雙眼睛瞪得老圓，怒氣如生，乍看之下，嚇得人渾身汗毛倒豎。

次日一早，空空兒逕直出了進奏院，不料崇仁坊南門卻還是緊緊關閉。空空兒上前問坊卒道：「不是早已經過了夜禁麼，為何還不開坊門？」坊卒道：「郎君不知道麼？京兆地區乾旱數月，滴雨未下，聖上命舒王今日在朱雀街上求雨，所有城邑坊里南門都必須關閉一天。」

原來在古代習俗中，南門是關涉陰晴雨雪之門，五行中以南方為火，關閉南門表示拒絕火氣，還要在南門外擺放一大桶水，表示祈水之意。關上南門的同時要大開北門，北方屬水，敞開向北的大門可以壯水氣之勢。同時還要在北門外放置一頭豬，因為豬是亥的生肖，而十二地支中亥屬水，方位北。

空空兒聽說究竟，歎道：「晴雨是天地自然之理，雖皇室之尊，人心之靈，安能挽回造化。」那坊卒笑道：「郎君說的是，求雨不過盡人事以待天而已，聽說是舒王主動向聖上請求的，總比那些什麼事都不做的皇親國戚要好。」空空兒見他一個小小坊卒，竟也有幾分見識，不由慨歎到底還是京師之地，人傑地靈。

無奈之下，只好繞道東門，路過一家樂器鋪時，正好看到裡面有名老樂師正在把弄一面紫檀琵琶，似乎正是當日在翠樓為成輔端取走的那面，當即進去問道：「這是翠樓瑩娘的琵琶麼？」老樂師道：「是呀，郎君原來也認識她。唉，琵琶是好，就是音色有點悶，怎麼也調不好。要是成都知還在……」重重歎了口氣。空空兒一想到成輔端慘死街頭，頭顱猶掛在西市旗杆上示眾，也是鬱鬱滿懷。

忽聽得東門一陣喧譁嘈雜聲，有人高喊道：「求雨了！快去看求雨！」老樂師不滿地道：「求雨求雨，我也想求雨，一求就有雨麼？我還想求那些壞人都死掉，好人都活過來，能應驗麼？」

空空兒一時默然，出來樂鋪，來宣陽坊萬年縣廨找到侯彝，道：「我有件要緊的事要去辦，萬一回不來，還請少府明日代我去樂遊原將這塊玉珮歸還原主。」侯彝接過玉珮，凝視他半晌，才道：「我知道你想去辦什麼事，你一定要這麼做？」空空兒道：「是。少府這就要拿下我麼？」侯彝道：「我怎會拿你？只恨我穿著這身官服，不能跟你一道前去。」又問道，「空兒是魏博的人，萬一敗露，牽扯出朝廷與藩鎮之間的矛盾，豈不麻煩？」空空兒道：「不會，我早有準備。」

侯彝見空空兒隨身不帶那柄浪劍，而是提了一柄普通長劍，猜想他是要學昔日聶政行刺俠累，萬一事敗便要刺面挖眼，自毀容貌，頗感悲壯，當即告道：「他今日下朝後在遞院處理公務，晚上才會回昇平坊住處，正巧也在樂遊原上。」空空兒道：「我知道了，多謝。」

侯彝又問道：「有一件小事，我一直想問空兒，你我初次見面時，你如何會知道竊賊的慣用手段？」空空兒道：「不瞞少府，我少時在峨眉山習藝，有個師弟名叫精精兒，手上功夫不錯，經常瞞著師傅下山做些梁上君子的勾當。我們師兄弟感情很好，他有事從不瞞我，所以我對雞鳴狗盜那一套門路多少知道一些。我自己其實也做過一些偷竊美酒的事。」

侯彝道：「原來如此。既然精精兒是空兒師弟，想來也是位奇男子，有機會一定要認識一下。」空空兒搖了搖頭，道：「少府還是不要見他的好，他最怕官府的人。」侯彝哈哈大笑，道：「怕是精精兒技癢難耐，還在做些梁上君子的勾當。」空空兒歎了口氣，道：「日後少府若遇到他，還望手下留情。」

侯彝道：「這是當然。聽起來，空空兒並不是空兒的真名了。」空空兒道：「是，我本姓姚，空空兒是師傅給取的名字，原是說我性子疏淡懶散。」侯彝道：「空兒並不是天生疏淡懶散，若不是身在藩鎮，當可大有作為。」空空兒歎道：「我也是身不由己。」

辭別侯彝，空空兒逕直來到昇平坊，向一名路人打聽京兆尹李實的住處。那中年男子一聽到「京兆尹」三個字，就氣打不出一處來，不耐煩地道：「怎麼這麼多人打聽他？還用問麼，登上樂遊原一看，最大最好的那處宅子就是他家啦。」

空空兒聽說，便往樂遊原上而來，這還是他第一次來到這塊在京兆一帶最具盛名的遊覽勝地——樂遊原，原來只是一塊高起而上面平坦的長梁狀塬地，約七里長，半里寬，呈東北、西南走向，視野開闊，源遠流長。這裡原是秦代宜春苑的一部分，林木蒼蒼如翠玉，細草茸茸似綠罽[3]，陰晴朝暮，千態萬狀。漢宣帝皇后許平君死後就葬在這裡，所立之廟稱為樂遊廟，久而久之這片塬地也被改稱為樂遊原。唐朝立國後，高宗皇帝與武則天的愛女太平公主在原上大興土木，置亭遊賞，成一時之盛況，京城士女紛紛就此登高遊覽，幄幕雲布，車馬填塞，綺羅耀日，馨香滿路，朝士詞人紛紛賦詩吟詠，隔日則不脛而走，流傳京師。最特別的是這裡的塬地上自然生長一種玫瑰樹，花大如碗，在陽光下如朝霞般豔麗，景色奇異，引人入勝。玫瑰樹下則生長著大片苜蓿草，風拂其間，萋草肅然，所以又被稱為「懷風」。大詩人杜甫曾有詩道：「樂遊古園萃森爽，煙綿碧草萋萋長。」

此時正值十月，雖不見紅花綠草，卻也風情張日，霜氣橫秋。尤其是這裡高踞京東，四望寬敞，俯視京城，瞭若指掌——整個長安城布局井然，規模宏偉，道路街坊區畫均衡對稱，街衢寬廣，街市如棋盤般整齊排列，坊里全部排列入棋局，正如詩人白居易所描述的那樣：「百千家似圍棋局，十二街如種菜畦。」正北面是帝國中樞大明宮，金鑾玉闕，莊嚴氣象。西南方為大慈恩寺，大雁塔如在近前。正南面為曲江芙蓉園，芙蓉園雖已經荒蕪，曲江卻是風采依然，皎晶如練，綺麗妖嬈。這裡甚至可以眺望昭陵，亦即「風塵三尺劍，社稷一戎衣」的太宗文皇帝李世民的陵墓。正所謂滄海桑田，時移景遷，平添幾多惆悵，幾多思緒。

樂遊原的最高點是青龍寺[4]，空空兒到達北門門址時，正遇到萬年縣典獄萬年吏，不免一愣。萬年吏立即認出空空兒來，極為尷尬，不過他既已知道對方身分，有心巴結，上前搭訕道：「空巡官好興致，是到樂遊原秋遊來了麼？還是也跟小吏一樣信佛，來寺裡布施來了？」

空空兒淡淡「嗯」了一聲，也不想理睬這專從獄中犯人身上榨取財物的貪婪小吏，四下一望，果見東南面有一處大宅，紅牆青瓦，庭院錯落有致。萬年吏的目光一直在他身上，見狀忙道：「那是京兆尹的宅邸。」

空空兒心道：「我有意刺殺京兆尹，無論今晚能否得手，京師明日必將天翻地覆。這萬年吏是公門中人，萬一將來有個像侯少府那般精明的官吏來調查此案，聽這小吏提到在樂遊原見過我，少不得要懷疑到我身上，還是儘量不要招惹他為妙。」便假意問道：「這樂遊原哪處風光最好？」萬年吏道：「南面，也就是京兆尹宅邸那邊，那面正對曲江，景色怡人。」空空兒道：「嗯，好，我四下走走。」

他先進青龍寺布施了兩吊錢，隨意逛了逛。這是座古寺，始建於隋文帝開皇初年，至今已有三百餘年的歷史，古木參天，柏影森森，人行寺中，頗有古意。尤其整座寺佇立於樂遊原的最高處，大有捨我其誰的傲岸雄姿。

時值深秋，遊客、香客寥寥，空空兒見左右無人，忙往寺南而來，站在高坡上，細細勘察京兆尹李實的住宅及周圍地形。這片塬地要藏身極為容易，到晚上混進宅子下手也不難，只是退出來時有些麻煩：整片塬地位於昇平坊內，坊區四面封閉，雖然躲過坊卒和衛士的眼睛越牆出去並不難，但只要一出坊區，路兩邊均是高牆，淨是封閉的大道，沒有任何可以隱藏的地方，極容易被街上往來巡邏的金吾衛騎卒發現，這正是長安封閉坊區管理的優勢所在。騎卒們不但馬快，而且都是百步穿楊的神射手，要從他們手裡逃脫，實在難如登天。也不知道當日王景延在翠樓殺人割走首級後，是如何連夜從蝦蟆陵逃回崇仁坊的，想來此婦處心積慮報仇已久，早將每一步都安排得妥妥帖帖。眼下倉促之下，最穩當的計策莫過於待次日清晨夜禁解除後，大搖大擺地自坊門出去才最妥當。可那時說不定早有人發現京兆尹遇刺，趕去示警報官，坊區中定會像篩子般來回搜索，脫身更加困難。他本來並不愛惜性命，可因為他魏博屬官的身分，為避免事態擴大化，當然是要盡可能地置身事外。想來想去，最好的法子是事先找好一個可靠的藏身之處，譬如客棧，譬如這青龍寺。

寺南的高崗上建有一座方形木塔，可以俯瞰整個樂遊原。走近塔前，正見一名二十五六歲的年輕僧人手持掃帚清掃滿地黃葉，不過他心思似乎不在掃地上，一邊胡亂畫來畫去，一邊搖頭晃腦地吟道：「落葉滿長安……落葉滿長安……」反反覆覆只有那一句。

空空兒聽他口音似是河朔幽州一帶人，正是他母親家鄉，頗有親切之感，上前招呼道：「禪師有禮。」那僧人恍若未聞，只道：「落葉滿長安……」忽然大叫道：「有了，秋風吹渭水！對，秋風吹渭水！」喜不自勝之下，揮舞著掃帚就朝空空兒打來。空空兒不明所以，夾手奪過掃帚，順勢一扯，那僧人即仆倒在地。他這才知道對方不會武功，慌忙扶起那僧人，賠禮道：「得罪了。」

那僧人甚是呆氣，不但不惱怒，看也不多看空空兒一眼，一拍雙手，手舞足蹈地道：「哈哈哈，落葉滿長安，秋風吹渭水。對上了！對上了！」空空兒這才明白僧人是在吟詩作對，不過似他這般入迷，倒也罕見。

忽有一名年紀小些的僧人奔過來叫道：「無本，快去大殿，有個江南來的才子正往牆壁上題詩。」

空空兒這才知道吟詩作對的僧人法號無本，想來是取無根無蒂、空虛寂滅之意，又想起師傅給自己取名空空兒的深意，心中頗多感慨。

無本不以為然地答道：「題詩有什麼好瞧的。」年紀小些的僧人道：「他還大力稱讚你那首〈劍客〉呢。」無本道：「是麼？」終究還是有一些虛榮之心，問道：「無可，那人叫什麼名字？」無可道：「張祜。」無本大感驚喜，道：「原來是他，那可得要去瞧瞧了。」旁若無人地去了，竟始終沒有看空空兒一眼。

無可走過去拾起掃帚，賠禮道：「我這堂兄可是冒犯了郎君？小僧代他賠罪了。」空空兒道：「無妨，是我魯莽。小禪師是河北幽州人氏麼？」無可道：「是啊，小僧幽州范陽[5]人氏，聽郎君口音，莫非是同鄉？」空空兒道：「先父是魏州人，先母是易州[6]人。」無可甚是欣喜，道：「那也算得上是同鄉了。」

原來這無可本名賈名，適才那無本是他堂兄，本名賈島，一生不喜與人往來，唯喜作詩苦吟，行坐寢食，都不忘作詩，常走火入魔，惹出麻煩，人稱「詩囚」。

空空兒道：「既然如此，令兄為何不投考科場，求取功名，反而要出家為僧？」無可道：「這可就一言難盡了。郎君也是河北人，該知道那些藩鎮節度使們全是赳赳武夫，只知道招兵買馬、搶奪地盤，哪裡有心思招賢納士？我兄弟二人出身微賤，又手無縛雞之力，在家鄉無法立足，來到長安，也曾想過要在科場上顯露頭角，但朝中無親無故，沒有外援靠山，要想出人頭地，談何容易？最後還不是流落街頭，不得不來這裡出家為僧，才算有了口飯吃。」

空空兒見他談吐不俗，顯是個有見識的人，卻是經歷坎坷，也感心酸，可世道如此，個人又能怎樣呢？就像他師傅所言，即使手中有劍，也不能解決問題。

無可似乎不願意多提這些心酸往事，只道，「走吧，小僧帶郎君到前面大殿去瞧個熱鬧。」空空兒道：「好。」又向無可打聽樂遊原上有什麼客棧、酒肆，無可笑道：「客棧四面坊門都有。不過郎君既是幽州同鄉，若不嫌簡陋，可來本寺借宿，住多久都沒有問題，小僧跟住持說一聲就可以了。」

空空兒心道：「客棧要登記入住，又人多眼雜，一旦出事，官府最先查的就是那裡。尤其我明明在魏博進奏院有住處，非要去住客棧，說遊覽錯過時辰更是可疑，住寺廟確實安穩得多。」當即笑道，「如此可就要多謝了，我只住一夜，原是約了人明日在樂遊原見面，實在懶得跑來跑去。」這原是實話，他確實與那穿著吉莫靴飛簷走壁的女子約好，次日要在樂遊原見面歸還玉珮。

無可道：「舉手之勞，何足掛齒。至於酒肆麼，南面、北面都有，南面的那家更大些，就在京兆尹宅邸附近。若不是官府規定僧人午後不得出寺，小僧倒是願意親自領郎君前去，我跟那裡的店主很熟。」見空空兒疑惑，又慌忙解釋道，「本寺來了位掛單的遊僧圓淨上人[7]，很得住持敬重，他每日都要飲酒，小僧經常替他去酒肆沽酒。」空空兒道：「原來如此。」

二人來到大殿，這大雄寶殿是座面寬五間、進深五間的大方殿，建制極其雄偉。殿堂後壁前聚集了不少僧人、香客，一名年輕文士剛放下毫筆，壁上墨汁淋漓。無本早擠到最前面，念道：「二十年沈滄海間，一遊京國也應閒。人人盡到求名處，獨向青龍寺看山。」念完連連搖頭道：「不妥，不妥。」

那年輕文士名叫張祜，年紀雖輕，卻在江南一帶詩名極盛，聞言笑道：「還請禪師指點一二。」無本道：「賢士此詩雖然沉靜渾厚，有隱逸之氣，但不夠清新，對仗也不工整。」張祜朗聲道：「作詩一道，全在氣勢。說到工整，禪師題在牆壁上的這首五言〈劍客〉，『十年磨一劍，霜刃未曾試；今日把示君，誰有不平事。』慷慨豪邁，英雄氣概十足，不也對仗不工麼？」無本奇道：「郎君如何知道這首〈劍客〉是我所作？」張祜笑道：「作詩的人，看起來就是與常人不同。」

空空兒無心聽那兩人談詩論文，便借機向無可告辭。無可道：「不忙，住持就在那邊，小僧帶郎君過去，提一下借宿一事。」空空兒有心不見，卻不好推辭，只得道：「甚好。」

青龍寺住持法號鑒虛，四十餘歲，在京兆一帶很是有名，所交淨是權貴人物，經常出入皇宮為皇帝、皇太子說經講法。空空兒自是不知道這些，他一眼留意到的也不是鑒虛，而是正與鑒虛交談的一名老邁僧人。那僧人約摸七十餘歲年紀，鬚髮全白，卻是精神矍鑠，紅光滿面，眉目間更有一股難以掩飾的桀驁霸氣。

空空兒問道：「那白鬚老禪師是誰？」無可道：「他就是圓淨上人，原是嵩山中嶽寺高僧，新近來了本寺。」

空空兒待要問那圓淨的來歷，忽見他驀然轉過頭來，一雙眼睛精光暴射，直落到自己身上。空空兒不欲惹人矚目，見狀便低下了頭，但卻暗暗凝神戒備。他也算見過不少奇人、怪人以及所謂的大人物，卻沒有一個人像這名老僧人一樣，有一股凜冽的懾人氣勢。

無可先向鑒虛、圓淨合十行禮，大致說了遇到同鄉空空兒，想留他在寺中住幾日。那鑒虛意氣傲睨，沒有絲毫方外之人的謙和，只略微點點頭，揮手道：「去吧。」無可忙領著空空兒出來，笑道：「成了，郎君請自便吧，只須天黑前回來寺中即可。」

空空兒道過謝，出了青龍寺往南而來。行出幾里，住宅漸多，拐上一條大街時，果有一處樂遊酒肆在街角。正午已過，他早就餓了，進去坐下要了酒菜，慢條斯理地吃了起來。京兆尹李實的宅邸就在前面，不過自酒肆只能遙遙望見高牆的牆角，連大門邊也無法看見。

吃完飯付帳，空空兒預備到李實宅邸周圍轉一圈，雖然有些冒險，但還是不得不做。忽見侯彝帶著幾名差役進來酒肆，四下一掃，看到空空兒佯作不識，叫過店主，厲聲問道：「有人舉報刺殺舒王殿下的刺客王翼來了昇平坊，你可曾見過？」店主驚道：「什麼？刺客？沒有、沒有。如今生意不好做，這一天……」一指蹲在店門口啃餅的一貧苦腳夫道：「就看見了他。」又回頭指著空空兒道，「還有這位郎君。哪裡有什麼刺客喲。」

空空兒一旁聽見不免暗笑，什麼有人舉報，王翼行蹤飄忽詭祕，從來沒有人見過其真面目，他自己兩次與其正面相對，近在咫尺，都只見到兩張不同的假臉，就算真有人見到王翼，也不會知道他就是刺殺舒王的刺客，這不過是侯彝的藉口，肯定是特意來找他。

果見侯彝朝他走來，問道：「你見過刺客麼？」空空兒道：「沒有。」侯彝壓低聲音道：「我今晚會藉口公務留在昇平坊接應空兄，事成後空兄趕快來這裡與我會合，我準備了一套差役的衣服，空兄換上後可隨我大方離去。」空空兒道：「此事非同小可，少府何必為我冒險？」侯彝道：「不單是為你，也是為天下人。」

他果斷剛決，不容空空兒分辯，道：「就這麼定了。」回頭命道：「這裡沒有刺客，再去別處看看。」差役應道：「是。」

空空兒不及說明已在青龍寺有所安排一事，只得眼睜睜地看著侯彝領人離去。他又買了兩瓶酒提在手裡，這裡的酒雖然及不上郎官清酒，不過也比魏博的酒不知道強上多少倍，當然確實如艾小煥所言，這類酒太軟，比不上劍南燒酒。回想起當日艾雪瑩美酒款待的盛情，不免又有些憂心起她的處境來，決意如果今晚能順利脫身，明日一定要去蝦蟆陵瞧瞧他們姊弟兩個。

自樂遊酒肆出來，空空兒裝出閒逛的樣子，在李實宅邸周圍轉了一圈，便迅速離開。回到了青龍寺，入寺前喝乾一瓶酒，將另一瓶酒淋到自己身上。無可見他酒醉歸來，便引他到客房歇息。

青龍寺僧人不多，等到太陽落山，整個寺院便陷入一片深沉的靜穆中，很難相信在繁華的長安城中竟然還有這樣空靈的地方。空空兒一直躺在炕床上一動不動，天黑時無可進來叫他吃晚飯也佯作醉酒不醒，無可便取了一碗粥放在他房中案上，留給他半夜酒醒後吃，又端來一銅盆水放在臉盆架上，這才掩好房門出去。空空兒暗中瞧得真切，他與無可萍水相逢，卻得他細心照顧，很是感懷。一直躺到二更時才起身，脫下外衣扔在床上，只穿早已換好的緊身黑衣，悄悄提劍出門。漆黑的天幕上掛著一彎蛾眉月，寺中靜悄悄的，也無燈火，僧人們因為次日要作早課，均已歇息。

借著一點月光摸出院門，忽聽得有人問道：「是『僧敲月下門』好呢，還是『僧推月下門』好？」空空兒嚇了一跳。卻見桂花樹下站起來一個人影，雙手來回伸縮不止，道：「推……敲……推……敲……嗯，到底是推好，還是敲好？」

空空兒這才知道是那「詩囚」無本在月下作詩，他還沒有見過如此執著於苦吟的人，忍不住要苦笑了。無本一眼看到他，忙問道：「你說是『僧敲月下門』好，還是『僧推月下門』好？」空空兒一怔，隨口答道：

「當然是『僧敲月下門』好。」無本道：「為什麼？」空空兒道：「你不敲門就直接推門進去，誰知道下面會發生什麼？」無本道：「嗯，有理。僧敲月下門……敲確實比推好……」舒了口長氣，自往房中去了。

平白多了這樣一個證人，無疑多了一分危險，不過空空兒顧不上思慮更多，當即自南牆下攀越出寺，取黑布蒙了臉，這才直奔李實宅邸而去。他雖然淡泊名利，但絕非優柔寡斷之輩，也甚有智計，深知此次行刺京兆尹絕不能失手，不然只會牽連害死更多人。自古以來刺客留名青史者不在少數，似荊軻般精心布局籌畫，到最後仍然圖窮匕見，功虧一簣，然聶政不探敵情、不問青紅皂白直奔公堂，卻能在侍衛環伺下將韓相俠累當場刺殺，可見刺客一道，實在有太多不可預計的因素，所以絲毫遲疑不得。

恰在他奔向李實宅邸的途中，一大片濃厚的烏雲遮住了僅有的一點月光，樂遊原上開始起風，淨是潮濕之氣，遠處天邊隱隱有雷聲傳來，似乎有一場大風暴將要到來。空空兒大喜，暗道：「當真是天助我也。」

來到李實宅邸後院高牆外，這院牆比普通民宅要高出三倍，僅憑人力難以翻越。他早有準備，自懷中掏出一根鐵管，一按機關，管端彈出四個尖銳的爪鉤，形狀如錨，再一拉管尾的鐵環，登時拉出長長的鐵絲來。這是他藝成下山時師弟精精兒送給他的禮物，從來沒有用過，想不到今日竟能派上用場。估摸到長度合適時，便將鐵管拋上牆頭，爪鉤鉤住石縫，再拉緊鐵絲俐落地翻進牆去。

剛一落地，只覺得鼻中菊香馥郁，原來落入了菊花叢中。他早聞李實貪圖享受，猜想他必然住在緊挨花園的樓閣中，悄悄摸到小樓外，見樓內燈火通明，樓門口兩名黑衣僕人義手而立，一時不明內中情形，便伏低身子，藏在一處花叢下。過了好一會兒，前院人語喧譁，一陣紛沓的腳步聲傳來，兩名僕人提著燈籠護著一名老者從前院過來。樓門前的僕人慌忙迎上前去叫道：「李相公！」

空空兒看不清那老者的臉，只見到他穿著紫袍[8]，料來正是京兆尹李實本人。

眾人護著李實進樓，過得片刻，僕人盡數退了出來，有人道：「快去尋了夫人來，告訴她李相公剛剛進門，正在小廳飲茶，」一名黑衣僕人應了聲，自往前院去尋找夫人。

空空兒料想樓內應該只有李實一人，外面也不過只有三名僕人，下手並不難，難的是如何悄無聲息，不令眾人知覺。他想了想，決定還是等李實睡下再動手不遲。

忽聽見一名僕人道：「今日聽相公說，聖人對尹君杖殺了那個優人頗為不滿。」另一名僕人道：「怎麼會呢？尹君其實還不是秉承聖人的旨意。」一人道：「聽說是舒王不滿，因為過幾天就是舒王生日，那優人本來準備好了戲目要在宴會上表演。」一人道：「舒王，嘿嘿，怎麼侄子反倒比親生兒子還要寶貝！」一人道：「適才不是遇到萬年縣尉在搜捕刺客麼？你說是誰這麼大膽，敢在金吾衛大將軍眼皮下行刺舒王？」一人笑道：「要我說，最值得懷疑的當然是……」

正說到興頭上，忽聽得「砰」的一聲爆響，僕人們驚嚇得住了嘴，面面相覷，半晌才有人問道：「是打雷了麼？」話音未落，果聽見空中又一聲焦雷炸響，狂風陡起，風沙彌漫，幾名僕人不由自主拿衣袖遮住了眼睛。恰在此時，不知道從何處竄出來一名持刀大漢，飛快地衝上臺階，手起刀落，以迅雷不及掩耳之勢將三名僕人一一砍倒，旋即一腳踢開房門，衝進樓去。

空空兒在一旁暗處瞧得分明，驚訝異常，他注意力一直在小樓及僕人身上，竟不知道另有人在暗中埋伏。不僅如此，這搶在他前面下手之人沒有蒙面，他一眼就認了出來——正是為侯彝放走後、又因為一個道歉而回到京城的劉義！

一時不及思慮更多，空空兒慌忙躍出花叢，奔進樓中。卻見李實側臥在臥榻上，面俯向裡，紫色官服尚未脫下，背上插著一把明晃晃的刀，劉義正恨恨站在一旁，俯身查驗他是否死去。

聽見有人進來，劉義連忙去拔兵刃，卻因適才一刀用力過猛，那刀穿胸而過，正巧卡在骨頭中，一時難以拔出。空空兒忙道：「劉兄別慌，是我，空空兒。」

劉義更是驚訝，問道：「你怎麼也在這裡？」打量空空兒一身夜行緊身衣的打扮，道，「莫非你……你也是來殺李實的？」空空兒道：「此地不宜久留，出去再說。」拉著劉義出來，正遇到幾名僕人、婢女護著一名靚裝婦人過來，見到臺階上突然出現兩名陌生男子，其中一人還蒙著臉，又見三名僕人倒在一旁，愣得一愣，還是那婦人最先反應過來，叫道：「刺客！有刺客！」

劉義罵道：「昏官的婆娘，老子殺了你！」待要上前殺那婦人，空空兒忙扯住他，道：「快走！」照原路奔到菊花叢中，用鐵鉤鐵索翻過院牆。只聽見宅內哭聲、喊叫聲、呼喝聲不斷，一場大風暴眼見就要到來。

劉義驚奇地望著空空兒收起鐵管，問道：「你是不是也做過飛天大盜的行當？」空空兒不及多說，只道：「劉兄，你面容已露，你馬上去樂遊酒肆找侯少府，他自會接應你出去。」劉義更是奇怪，道：「侯少府也在這裡麼？」空空兒不及多解釋，只道：「快去！」劉義道：「那你如何脫身？」空空兒道：「我早已安排好退路。」見劉義還要追問，喝道，「快走，遲一刻大家都有危險！」劉義這才抱拳道：「後會有期。空空兒，這下我當真服你了。」

空空兒生怕他再囉嗦，也不答話，自己朝青龍寺方向而去，奔到半路，豆大的雨點傾盆而下，他便高一腳低一腳地在滂沱大雨中狂奔，只覺得酣暢淋漓，長久以來積鬱在胸中的悶氣一掃而光，自學藝下山後還沒有這麼痛快過。

及近青龍寺時，忽覺腳下踩到什麼軟軟的東西，差點絆了他一跤，停下來俯身一摸，似乎是個昏迷的女子慵臥在泥濘中。忙伸手一探，還有微弱鼻息，一時不明所以，可又不能見死不救，便抱了那女子往寺中而來。他猜想，此刻昇平坊四周必然已經全面戒嚴，不久後就會有大批金吾衛士和官差趕到，此坊里遊覽區占了大半，住戶不多，很快就會搜到青龍寺來，他當然不能帶著這女子入寺，不然他假裝醉酒不醒、睡在客房的苦心可就全泡湯了。

微一思索，決定將那女子放在寺門口，一會兒官兵到來，自然會發現她。剛往山門而去，那女子卻「嚶嚀」一聲醒了過來，問道：「你……你是誰？」

天無半點微光，伸手不見五指。空空兒雖看不清她面孔，卻聽得出她的聲音，問道：「你……是清娘麼？」那女子果然是空空兒幾次遇見的神祕女子玉清，聽他發問，「啊」了一聲，道：「你是空空兒。」剛一掙扎，立即又暈死過去。

她既已認出了空空兒，當真成了個燙手的山芋，只須她輕輕吐露一句話，他就會成為刺殺京兆尹的首要嫌疑犯，被官府抓去備受拷掠，還要牽扯進魏博。到此境地，他實在別無選擇，當即解下腰帶將她背負到背上，仍從南牆下翻入寺廟。

青龍寺仍是一片出奇的寂靜。空空兒悄悄溜回客房，將玉清放到床上，回身閂好門，這才點燈，他未能預計到天降這場大雨，也沒有帶換洗衣裳，只能脫下濕衣服，單穿那件全是酒氣的外衣。深秋的夜晚淋了這樣一場大雨，全身寒透，冷得渾身起了雞皮疙瘩。又見玉清也是渾身濕透，嘴唇烏青，瑟瑟發抖，忙上前叫道：「清娘，快些醒醒。」玉清卻是始終雙目緊閉，不見醒來。

空空兒心道：「她會武功，不會如此不濟，淋場雨就倒下，定然是受了傷。」抱著玉清坐起來仔細察看，果見後腰上有一處刀傷。他身上沒有金創藥，往玉清懷中一搜，除了一柄匕首，還真有一瓶金創藥，瓷瓶上印著個小小「宋」字，大約正是從西市宋清藥鋪買來的藥。忙解開她束在腋下的裙腰，將緊身長裙扯到腰下，再掀起短襦和內衫，卻見那傷口甚深，顯是利刃所傷，倒是不再流血，大約是因為雨水冰冷、及時收縮了傷處血管的緣故，不過卻被雨水浸泡得發白。忙取了銅盆中的水洗淨傷口，再將金創藥倒在上面，又撕下一片衣襟裹好。忽見燈光下她的肌膚若凝脂般細膩光滑，心中不由得一蕩。呆得一呆，忙吹滅油燈，摸索著將她濕衣衫褪下，再拉過被子蓋好，自己坐在一邊凳上閉目養神。

外面的雨越來越大，這也是關中今年以來第一場大雨，旱情終於解除了，可人們心中的旱災呢？

忽然又想起他自雨中回來，勢必在門前臺階上留下了腳印，忙穿著滿是泥巴的靴子出去，往茅房走了一圈，順便將夜行衣裹了塊石頭扔進糞坑。回來後傾聽黑暗中玉清微弱的呼吸聲，不禁想道：「她人在我這裡，天一亮就會被人發現，我做這些還有什麼用呢？我明知道救她就是害了我自己，為什麼還要救她？」

忽聽得玉清喃喃叫道：「玉龍子……玉龍子……」空空兒知道她是昏迷中說夢話，也不理睬。玉清又叫了好一陣子「玉龍子」才沉沉睡去，大概這玉龍子對她是個極為重要的人。

好不容易捱到五更天，三聲鐘響，對面房中的僧人們紛紛起床，摸黑趕去前面大殿做早課。一陣雜亂後，後院僧房又陷入沉寂，只有前院隱隱有誦經木魚聲傳來。空空兒一直在等待這個時刻，趁左右無人，匆忙溜進僧房，胡亂偷取了幾件衣裳。他少年時曾與師弟精精兒一道下山偷竊酒肆美酒，此時重拾舊技，不由得又回想起少年時代的有趣時光，也更加懷念那遠在揚州的師弟精精兒。

再回到房中時，雨已經停了，天色露出些微光來，空空兒見玉清仍是昏迷不醒，便走過去將衣服放在枕邊。不料玉清突然睜眼坐起，一手扯住被子遮住身體，一手拿匕首對準空空兒腹部，喝道：「慢慢轉過身去。」空空兒依言轉過去，玉清又道：「坐在床邊上。」空空兒便背對玉清坐下來。玉清用匕首頂住他背心，道：「我要問你一句話，你若說錯一個字我就殺了你。」

空空兒道：「什麼話？」玉清道：「你那枚仰月哪裡得來的？」空空兒心道：「看來侯少府預料錯了，那榷酒處胥吏唐斯立與這些神祕人並無干係，不過是個普通的中間人而已。」正沉思間，只覺得背心一痛，玉清厲聲喝道：「快說！」空空兒道：「那是我從魏博進奏院櫃坊支取的買酒錢，並不知道其有何特別之處。」玉清冷笑道：「你是藩鎮的人，這話如何叫人相信？」空空兒道：「娘子為了那一枚銅錢三番五次要殺我，可否能告知詳細情形？我死也死得瞑目。」玉清道：「那仰月是我親人所有，自他去了魏博就下落不明，你是魏博巡官，仰月落入你手，還敢說與你無關？」

空空兒道：「你那位親人……是叫玉龍子麼？」清娘道：「什麼？」空空兒道：「我聽你不斷在昏迷中叫這個名字，所以胡亂猜的。不過我實話告訴娘子，我生平總共殺過五個人，都是在二十一歲回去魏博做官前殺的，並不認識什麼姓玉的人。」

他與玉清幾次交道，已經知道她外表清冷，內心卻是剛烈執拗，而他身在惡名昭著的魏博，這番話無論如何都難以令她相信。不料背心處的匕首竟慢慢鬆開了，回頭一望，卻見玉清臉色慘白，搖搖欲墜，拿著匕首的手也無力垂下，忙道：「你受傷很重，別亂動，快些躺下。」玉清極為剛硬，道：「你是藩鎮的人，我不要你救。」空空兒歎了口氣，道：「救都救了，還說這個做什麼。」

忽聽見外面一陣喧譁腳步聲，有人高聲喝道：「圍起來，一間一間地搜，將所有人都帶去大殿。」分明是金吾衛大將軍郭曙的聲音。

空空兒道：「呀，壞了，郭將軍認得你，這可如何是好？」玉清冷笑道：「怎麼，怕連累你麼？」忽然露出了奇怪之極的表情，問道，「你昨晚怎會救了我？可別跟我說是路過。」空空兒既不能說實話，又不願意說謊，只道：「這個實在是……一言難盡。」

話音未落，有人叫道：「這邊有鞋印。」隨即有人一腳踢開房門，衝進來幾名衛士，見房中有一男一女，均感愕然。有人回頭叫道：「大將軍，這裡有一男一女，女的還……還沒穿衣服。」

郭曙聞聲進來，當即冷笑道：「空空兒，當真是哪裡有大事都少不了你。」空空兒無以自辯，只得沉默不語。

郭曙又問道：「清娘怎麼也會在這裡？」玉清道：「我昨日約了人在樂遊原見面，結果那人沒到，我半路遇到凶徒，被刺了一刀……」郭曙道：「原來你受了傷。」回頭命道，「來人，先將空空兒扣押起來帶回去。」

兩名金吾衛士答應一聲，上前拿住空空兒手臂，扯著他往外走去。玉清道：「等一等！大將軍，是他……他救了我。」郭曙皺了皺眉，道：「先帶他出去，你們都退出去。」自己也跟著退出來，走到空空兒面前，命人放開他，問道，「你怎麼會在這裡？」空空兒道：「我約了人今日在樂遊原見面。」郭曙問道：「什麼人？」空空兒道：「我還不知道她姓名。」

郭曙並不相信他的話，只上下打量他，道：「為什麼哪裡有事，你就會出現在哪裡。」空空兒道：「大將軍說的是什麼事？」郭曙道：「你是真不知道麼？昨晚御史中丞李汶在京兆尹宅邸中遇刺身亡。」空空兒大吃一驚，道：「什麼？」他這份驚訝絲毫不是作偽，無論如何也想不到昨晚被劉義一刀殺死的紫袍大官並不是京兆尹李實，而是御史中丞李汶。

郭曙見他看起來滿面愕然，似乎對此事並不知情，又道：「已經有人認出了刺客，正是你們魏博一直在緝拿的殺人犯劉義。不過他還有一個蒙面同黨……」

空空兒聽郭曙這般說，料來劉義已經脫險，心下略覺寬慰。只是始終想不明白李汶如何做了李實的替死鬼，劉義明明曾經因為衝撞京兆尹的儀仗被逮送萬年縣治罪，應該認得李實的樣貌，大概他殺人心切，衝進樓時只看到一個紫袍大官躺在臥榻上，便迅即上前一刀，而自己隨後趕了進去又分散了他的注意力，倉促之間竟來不及發現死者不是李實。

郭曙問道：「你當真不知道麼？」空空兒搖了搖頭。郭曙道：「嗯，想來你也不至於與那惡賊劉義勾結。」空空兒正色道：「劉義雖然殺過人，卻也是條響鐺鐺的好漢，他若是惡賊，那世間一大半人就是更惡更賊的惡賊了。」

郭曙新奇地望著他，或許料不到他會冒著受牽連的危險為劉義聲名辯護。忽聽見房門打開，玉清穿好自己的濕衣裳扶著門檻出來，郭曙忙命衛士上前攙住她。

忽有衛士來稟道：「住持說有一名遊僧圓淨上人住在旁邊精舍，但現在人卻不見了，只在禪房中發現一件帶血的僧衣。」郭曙道：「這可離奇了，該不會又會是什麼無頭命案？」一邊斜眼審視著空空兒，顯然是懷疑他又牽連其中，問道：「你可認識圓淨？」空空兒道：「只昨日在大殿見過一面，談不上認識。」

玉清忽道：「大將軍，請你過來，我有話對你說。」郭曙走過去，玉清低聲說了幾句，郭曙大是驚奇，半晌才道：「我知道了，我先派人送你回去。」命人扶了玉清出寺，也不再理睬空空兒，一干人瞬間走得乾乾淨淨。

空空兒更是驚奇，往前殿趕來，卻見金吾衛士守住了大門，不放人出去，想來是因為刺客尚未捕獲，官府仍在仔細搜索昇平坊的緣故。

等到中午，侯彝突然率差役來到，又搜了一遍青龍寺，順便將空空兒帶了出來，走到僻靜無人處，告道：「昨夜死的並不是京兆尹，而是御史中丞李汶。」空空兒道：「我早上聽郭大將軍說了。」

原來李實的夫人與李汶是表兄妹，李汶時常出入李實家。昨晚李實、李汶二人一道回來昇平坊，大約有事商量，但半道李實被臨時召去宮中，李汶便到二人經常議事的地方等他回來，不料正遇到劉義行刺，被當作李實誤殺。

侯彝道：「京兆尹也知道刺客的目標一定是他，如今正暴跳如雷，發誓要掘地三尺，將刺客找出來。」空空兒道：「劉兄他……」侯彝道：「他現下在一個安全的地方。」又歎道，「這可實在叫人想不到，緝捕劉義的圖形告示滿大街都是，他竟能混入李府，搶在你前面一擊得手，偏偏又讓人認了出來，幸得你行跡未露。這玉珮還你，如今全長安戒嚴，昇平坊不能隨意出入，我猜那女子不會來了。」空空兒道：「我昨夜已經遇到了她的同伴。」當即說了玉清受傷被他救回寺中一事。

侯彝道：「這女子到底是什麼來頭？」空空兒道：「我也不知道，不過郭將軍似乎很看重她，想來也不是普通樂妓。」

二人正說著，一名差役趕來稟道：「新任御史中丞到了縣廨，召少府回去問話。」侯彝奇道：「聖上這麼快就任命了御史臺長官？新任御史中丞是誰？」差役道：「聽說是原比部員外郎武元衡，天后[9]的曾侄孫。」

侯彝道：「原來是他。」不及與空空兒多說，只道：「空兒自己多保重。」空空兒道：「少府有心。」送走侯彝，空空兒也無處可去，只在樂遊原閒逛，始終不見玉清的同伴來找他。到後來實在餓得不行，又不願意回青龍寺，怕回去了再次被金吾衛士攔住不讓出來，只好來到樂遊酒肆。果見附近處處是全副武裝的金吾衛士，他被攔下來喝問了好幾次。

進來酒肆時，又遇見昨日那腳夫蹲在門口啃一張冷餅，想來天氣漸寒，找到活計不容易，忙往懷中掏錢，卻是摸了個空，這才想起昨晚出門前將錢留在客房了，一時苦笑不止：自己都沒有錢吃飯，還談什麼周濟他人。那腳夫見空空兒死盯著自己，以為他不懷好意，狠狠瞪了他一眼，站起來往別處去了。

空空兒餓著肚子再次回到樂遊原，來回逛了一圈。昨夜大雨，塬地上處處泥濘，行走艱難，眼見天色不早，若再不走就又要趕上夜禁了，只好悻悻下來樂遊原。幾近西坊門時，忽聽得背後有人叫道：「喂，空空兒！」聞聲回過頭去，原來是名二十歲出頭的緋衣女子，眉毛修長，臉頰豐腴，大方中透出一股清豔之氣。

空空兒道：「你是……」那女子道：「不認識我了麼？呀，你確實沒有見過我的臉，也是。我姓第五，單名一個郡字。」空空兒道：「第五郡？好奇怪的名字。」第五郡笑道：「彼此彼此。」

空空兒便掏出玉珮遞給她，道：「清娘受了傷，你知道麼？」第五郡道：「嗯，知道，我就是因為要照顧她的傷勢才晚到，多謝你救了她。」又道，「你這人不錯，是個好男人，我再告訴你一個祕密。」空空兒道：「什麼祕密？」第五郡道：「清娘不姓玉，她姓蒼，名叫蒼玉清。你現在知道為什麼我一定要拿回這塊玉珮了吧？因為蒼玉暗合她的名字。」

空空兒道：「這叫什麼祕密。」第五郡笑嘻嘻地道：「你不知道的事，可不就是祕密麼？咱們走吧，晚了可就夜禁了。」空空兒道：「去哪裡？」第五郡道：「當然是回家啦。」上前扯住空空兒來到坊門，卻被金吾衛士攔住。第五郡指著空空兒道：「他是魏博巡官，我們現在有急事要回去崇仁坊進奏院。」

領頭的中郎將一聽空空兒是魏博武官，倒也不敢怠慢，問道：「巡官可有憑證？」空空兒為刺殺京兆尹而來，哪裡會帶什麼憑證，搖了搖頭，道：「沒有。」中郎將道：「那可就對不住了，空口無憑。」

忽見萬遷讓一名差役扶著顫顫巍巍地過來，道：「我認得他。」中郎將知道萬遷是京城有名的老行尊，這次京兆尹特意請他出山來為遇刺的御史中丞李汶驗屍，聽到他為空空兒作證，忙道：「多有得罪。」命人放了空空兒過去。

空空兒問道：「萬老公為何也在此？」萬遷道：「京兆尹命我來為李相公驗屍。」

空空兒聽了不免很是奇怪，城裡自有負責驗屍的行人[10]，為何要特意請出萬遷來？萬遷似不願意多談此事，出了坊門便向空空兒拱手作別。

第五郡道：「真奇怪，不是說刺客一刀刺死李汶，而且已經有人認出刺客了嗎？為什麼京兆尹還要找老行尊出來驗屍？」空空兒見她這年紀輕輕的小娘子一眼就能看出關鍵所在，越發不敢小視。第五郡道：「我問你話，你怎麼不答？」空空兒道：「我也不知道……」第五郡道：「你明明……」忽然臉色一變，冷笑道：「空空兒，我還以為你是個君子，原來是個小人。」

空空兒一愣，道：「什麼？」側頭一看，魏博進奏官曾穆正帶著數名衛士急奔過來，當即會意他是來捉拿蒼玉的主人，忙道：「你快走！」回頭一看，第五郡又再次跑進昇平坊。金吾衛士見她剛出去又進來，以為她有事回坊，並不阻攔。

曾穆一直派人暗中監視空空兒，聽說他昨夜去了樂遊原未歸，料來是跟玉珮主人約好見面，特地召集精幹好手，預備來捕獲這玉珮主人，好調查前任魏博節度使遇刺真相。哪知道昨夜昇平坊中出了大事，金吾衛士把守得如桶般嚴密，更是禁止人出入。曾穆不敢惹事，只好帶人守在坊門外面，竟然真讓他等到第五郡與空空兒一道出來，哪知道第五郡更是機靈，一見到他，便轉身溜回了昇平坊。曾穆追出幾步，見坊門處金吾衛士張弓握刀，人數眾多，不敢輕易亂闖，只得恨恨「呸」了一口，回頭命道：「帶他回去。」

擁著空空兒回來魏博進奏院，曾穆才厲聲問道：「空巡官答應要調查前任魏帥之死，現今人跑了，玉珮也沒了，你要我如何向公主交代？」空空兒道：「嗯，我暫時也沒有什麼話好說。如果進奏官不準備把我關起來嚴刑拷打，我可就要回房吃飯睡覺了。」曾穆道：「空空兒，自你來了京師後，是非不斷，我這就要將你的作為寫成邸報傳回魏博。」空空兒道：「請便吧。」不再理睬曾穆，自到廚下要了飯菜端回房中，風捲殘雲般吃完，喝了幾大杯曾穆送的葡萄酒，倒在床上便睡。

這一覺睡得踏實，直到次日鼓聲響起才驚醒過來。對他這樣懶散的人而言，長安每日清晨響遍全城的晨鼓聲當真是驚醒美夢的惡魔。好不容易等三千鼓聲敲完，翻了個身繼續睡，又睡了一個多時辰，外面早已日上三竿。起床出門時，正遇到一名衛士，順便問起義兄，才知道最近田興忙得很，既要張羅魏博軍費，又有各種宴會應酬，幾乎是分身乏術，一大早又已經被邀出門了。

空空兒心道：「這次義兄怕是難以完成使命，魏博從來不繳賦稅，鎮內大小官吏都由節度使任免，朝廷沒有得到任何好處，哪能平白撥給你五十萬緡軍餉？」也不理會，逕直來櫃坊支取酒錢，那小吏一見他就為難地道：「進奏官有令，不得再給巡官支取金錢財物。」空空兒先是愕然，隨即道：「好。」

小吏見他既不生氣，也似不在意，更是驚奇，又道：「進奏官還要小的轉告說，巡官拿著魏博的俸祿，卻從來不替魏博辦事，所以不能再給巡官一個銅錢。」空空兒道：「嗯，他說得有理。」

出來進奏院，站在繁華街市中，一時頗感茫然，酒肆是不能去了，身上沒錢，又能去哪裡？又想起昨日在樂遊原自己還意圖周濟那貧苦的腳夫，其實他連對方都不如，至少人家賣力氣掙錢，他自己呢？他確實厭惡藩鎮跋扈，不願意為藩鎮出力，可這些年來他還不是一直倚仗魏博生活麼？這可真是令人感歎。

正躊躇間，忽見櫃坊小吏又追了出來，拿出幾吊錢塞到空空兒手中，低聲道：「這是小吏自己的錢，巡官儘管拿去用，不過可別讓進奏官知道。」

空空兒不及推謝，小吏已經跑回院中。他自是知道小吏並不是對自己另眼相看，而是瞧在義兄田興的份上，田興如今兼任魏博兵馬使和節度副使兩職，所謂節度副使，就是下一任的節度使。凝視手中的銅錢，不禁苦笑，也不知道該不該接受。

忽有人叫道：「空兄！」轉頭一看，卻是羅令則，忙道：「羅兄如何在這裡？」羅令則笑道：「空兄莫非忘記了，小弟早已經搬來崇仁坊居住，距離這邊不遠。空兄是要去郎官清酒肆麼？」空空兒道：「是，也想順道去看看瑩娘。」羅令則道：「小弟也有此心，這便一道前去翠樓拜訪如何？」空空兒道：「甚好。」

二人便連袂趕去蝦蟆陵，即到崇仁坊東門時路過趙氏樂器鋪，空空兒隨意一瞟，卻沒有見到那面紫檀琵琶，大約已經為艾雪瑩派人取走，心道：「正好要去看她，可以順便問一下。」

出坊門時正遇到對面勝業坊有人家預備為死者出殯下葬。前夜大雨，街上積水未乾，儘管長安主要道路上都鋪了白沙，依舊泥濘，行走不暢。送葬者又當街設祭，張施帳幙，堵住了整條街道。

等了好大一會兒，才見送葬隊伍出來——最前面的是裝扮成驅儺逐疫之神的方相，以誇張的姿態蹦來跳去，做出種種與惡鬼搏鬥的樣子；後面則是二十多人張舉的靈幡靈旗隊伍；又有數十人端著假花、假果等，中間一座高達八九十尺的祭盤，雕鐫飾畫，窮極技巧，上面擺有各色珍饈美食、饌具牲牢；其後才是一群穿著斬哀[11]的男男女女簇擁著一副金絲楠木。隊伍中有一名中年男子手執喪幡，長放悲歌道：「薤上露，何易晞？露晞明朝更復落，人死一去何時歸？」

曲調哀婉，歌聲清越，聞者無不歎息。這支歌名叫〈薤露〉，西漢初年，田橫不肯稱臣於漢高祖劉邦而自殺，其門下五百壯士為主人送葬時即高唱此歌，歌畢全部自殺於田橫墳前。伴隨著這一段悲壯慘烈的田橫五百壯士故事，〈薤露〉也成為中國歷史上最著名的輓歌，歷代相傳，專在葬送王公貴人時演唱。

不過不要看這男子唱得聲淚俱下、痛不欲生，他其實並非死者親朋好友，而是一名專業的凶肆歌者，戚戚悲歌正是他從事的行當。天寶年間，滎陽世家子弟鄭徽赴京趕考，惑於長安名妓李娃的女色，被李母騙取所有錢財，淪落為街頭乞丐，又無顏回鄉，不得不靠著在凶肆唱輓歌混飯吃，結果某日高唱輓歌時，正巧遇見他那當刺史進京的父親。鄭刺史見愛子玷污門庭，氣得七竅生煙，當場命人將其毒打至半死。幸得李娃得知真相後趕來援救，決心重塑公子。鄭徽也敗子回頭，終於在科舉考試中名列第一，才算圓滿了才子佳人的故事。

即使在京都長安，似眼前這等奢侈豪華的送葬排場也十分罕見，聞訊趕來看熱鬧的人如排山倒海，整個長安都騷動了起來。羅令則向旁人打聽，才知道死者正是權勢赫赫的神策軍中尉[12]楊志廉，冷笑著嘿嘿了兩聲，似對此人極為鄙薄。眼見蕭條已久的京城因為一名大宦官的葬禮而再度喧鬧起來，當真是感慨萬千。

一直等了大半個時辰，送葬隊伍才慢吞吞地走過勝業坊，浩浩蕩蕩地往西去了。空空兒和羅令則逕直來到翠樓，卻見門前停了兩輛牛車，正有幾名腳夫從院中往外抬家具物什。二人交換一下眼色，料想出了什麼變故。羅令則忙上前問道：「瑩娘可還在裡面？」一名腳夫道：「是原來的主人麼？搬走了吧？沒見過。」

再問實際情形，腳夫們一無所知，也說不出所以然來，只知道翠樓已經轉手，他們是受雇於新主人將樓中舊物搬走。羅令則又問道：「新主人是誰？」腳夫道：「這……小人們也不清楚，只知道是皇宮裡的人。」

這宮裡的人自然不會是嬪妃皇子，一定是宦官，而且能在皇宮外置宅的人，一定是極有權勢的大宦官。

一時間，空空兒不免又疑慮起來。前些日子翠樓出事，雖然沒有找到人頭和屍首，命案也未傳開，但王景延殺人報仇的事實早已查明，唯一沒有解開的真相是死者的來歷及屍首的下落：死者身分其實知情之人不少——死者是翠樓恩客，艾雪瑩肯定知道他是誰；王景延是殺人凶手，肯定知道這殺害對象的身分；羅令則既與死者有仇，又在機緣巧合下處理掉了頭顱，當然也認識死者；只是王景延在逃，艾雪瑩和羅令則又因為種種原因不肯透露死者姓名，最奇怪的是竟然一直沒有苦主來報官，這才導致了死者身分成謎。至於屍首更是離奇，它當真是為化骨藥粉化去了麼？誰能有這等奇藥？又怎麼會剛好在空空兒趕去報官時消失不見？艾雪瑩明明在空空兒上樓看見無頭屍首時就已經醒來，不然她如何能知道是他為她披上了衣服，那麼她肯定也看見了屍首化成一灘血水，理所當然也看見化去屍體的人，她為何不說出來？還是……她本人就是那個擁有化骨粉奇藥的人？

這些事空空兒既能想到，以侯彝之精明定然也早已想到，所以他才命坊正派坊卒守在翠樓門前，既是監視，又是軟禁。可現下艾雪瑩又是如何能大大方方將翠樓轉讓，以致人去樓空呢？

空空兒心中頓起一絲不祥之感，道：「會不會是有人要加害瑩娘姊弟？」他想羅令則既然知道死者來歷，還說過「況且此人身分一旦暴露，艾雪瑩一家必死」之類的話，理當猜到艾雪瑩去了哪裡。不料羅令則只是不置可否地「嗯」了一聲，料想他不願意多說，也不再多問。

忽聽得對面郎官清酒肆中傳來「咚咚」幾聲琵琶，二人交換一下眼色，忙奔進店中，卻見堂內空空如也，只有劉太白幼子劉二郎坐在窗下撫弄摩挲一面琵琶。

空空兒認得那正是艾雪瑩的紫檀琵琶，忙上前問道：「小哥如何會有這面琵琶？」劉二郎道：「小煥送給我的啊。」空空兒道：「艾小煥和他姊姊去了哪裡？」劉二郎道：「走了。」

羅令則問道：「是離開京城了麼？去了哪裡？」劉二郎道：「這我可不知道，大概是去南方吧，反正小煥說還要再回來的。」

空空兒聽說，既驚訝又困惑，無論怎樣都想不通艾雪瑩如何能輕鬆脫身離開京師，然則既然她姊弟平安，也總算是一件幸事。又問道：「你阿爹、兄長呢？」劉二郎道：「勝業坊有大戶人家辦喪事，他們都往那裡送酒去了，店裡就我一人在。」也不起身招呼客人，只全神貫注地忙著往那懷中的琵琶上虛彈比畫。空空兒、羅令則見他愛答不理的，只得退了出來。

劉二郎長大成人後便成為京城著名的琵琶手，日本遣唐使準判官藤原貞敏入唐後以黃金二百兩拜他為師，不僅盡得其真傳，且娶劉二郎之女劉小玉為妻，成就了一段國際婚姻的佳話。藤原貞敏攜妻子回到日本後，擔任雅樂助和掃部頭，成為日本皇室宮廷音樂的負責人，這是後話。

剛出酒肆，便見一名萬年縣差役奔過來叫道：「郎君教小人好找，侯少府有事請空郎君過去。」空空兒道：「好。」與羅令則作別，匆忙跟隨差役來到萬年縣廨。

侯彝一見他就問道：「空兒可知道神策軍中尉楊志廉今日下葬？」空空兒道：「早上出來崇仁坊時看見了送葬隊伍。」侯彝道：「楊志廉夫人也是剛剛去世不久。」空空兒道：「夫人？楊志廉不是宦官麼？」隨即想起李輔國的故例來，這才會意，輕輕歎了口氣。侯彝道：「楊志廉夫人的身分也非同小可，是另一名大宦官劉光奇的堂妹，劉光奇的兒子劉漢潤又娶了楊志廉的女兒楊斑。」

空空兒一時弄不清宦官如何還會有子女，料想侯彝找自己來不是為了談這些，問道：「少府可是覺得有什麼不妥之處？」侯彝道：「楊志廉雖是宦官，卻位高權重，按理來說，他去世的消息早該在京師傳開，為何一直沒有聽到動靜，突然今日就出殯下葬了？」空空兒道：「少府是說他死得蹊蹺？」侯彝道：「其實他死得蹊不蹊蹺我並不關心，但這件事很有些奇怪。空兒想一想，距翠樓命案到今日，過了多少天？」空空兒道：「呀，正好是七日[13]。莫非……他就是翠樓那具無名屍首？」

侯彝道：「我也是這麼想，他的年紀、形貌都與空兒見過的屍首符合。只是楊志廉手握神策軍重兵，是聖上身邊最親信的宦官，這等權勢顯赫之人，莫名死在翠樓裡面，他的親屬黨羽為何沒有聲張？」空空兒道：「確實奇怪。如果翠樓無頭屍首真是楊志廉，那麼今日下葬的豈不是一副空棺？」又說了艾雪瑩一家已離開京師之事。侯彝道：「此事蝦蟆陵坊正已向我稟告，說是京兆尹發了話，要她立即離開京師。離開這個是非之地，對她未免不是一件好事。」

正說著，兩名差役進來稟道：「小的是御史臺差役，奉新任御史中丞武相公之命，來召少府前去御史臺問話。」侯彝道：「好。」轉頭對空空兒道：「大概又是為前任御史中丞遇刺一事，空兒，我去去就回，剛才提到的事，晚些再談。」空空兒道：「那好，我回魏博進奏院等你。」

御史臺是監察機構，舉止輕重，「掌以刑法典章，糾正百官之罪惡」，有權彈劾百官，參加重大案件的審判，甚至監督府庫出納。下設三院：侍御史隸臺院，殿中侍御史隸殿院，監察御史隸察院。「臺院」是御史臺的本部，掌握彈劾中央百官、參加大理寺審判和審理皇帝交辦的重大案件。「殿院」執掌糾彈百官在宮殿內違法失禮之事，維護皇帝的威儀和尊嚴。「察院」執掌監察州、縣地方官吏。正因為唐代的御史位高權重，專司推勘詔獄，糾劾百官，號稱「風霜之任」，所以頗令百官聞名喪膽。

臺署位於皇城之中，進朱雀門後往北上承天門街，過了鴻臚寺就是宗正寺，御史臺就在宗正寺西面，官廨相連。

侯彝跟著差役進來大堂內，卻見新任御史中丞武元衡正襟危坐，監察御史劉禹錫、柳宗元分坐兩旁，分明是一副審訊犯人的架勢，心中頓覺不妙，暗道：「昨日武中丞詳細問過李汶遇刺一案，我只推說不知，他倒也沒有再追問，看今日情形，來者不善，莫非他已經懷疑到我身上？」上前見過禮，果聽見武元衡問道：「侯少府，李中丞遇刺當晚，你為何會在昇平坊內？」侯彝道：「回中丞話，下臣當時正率人搜捕刺殺舒王的刺客王翼，湊巧在昇平坊中。」

武元衡道：「你恪盡職守，倒也難得。不過我聽說李中丞遇刺後昇平坊迅即戒嚴，只有你手下兩名差役在案發後不久持你萬年縣尉的權杖離開。」侯彝道：「是，昇平坊是下臣轄區，下臣聽到京兆尹府中出了事後，立即派差役回縣廨召集人手。」武元衡道：「那兩名差役叫什麼？」侯彝道：「這個……當時心急，一時沒有留意。」

一旁劉禹錫道：「侯少府以精明幹練著稱，就連京兆尹都對你多有讚許，你怎麼會記不住身邊差役的名字？」侯彝道：「實在是因為當時天黑心急……」武元衡道：「侯少府，你既不肯說實話，少不得要得罪了，來人，發簽將前晚跟隨侯少府辦事的萬年差役全部拘來。」

侯彝猜想武元衡無非是要將當日跟隨自己辦事的差役捕來嚴刑拷打，威逼自己承認，忙道：「請等一等！武中丞不必如此，刺客是下臣放走的，我承認便是。差役們什麼都不知道，他們不過聽我命令行事。」

堂上眾人見他為庇護下屬爽快承認罪名，均感詫異，本來武元衡只是對侯彝有所懷疑，並無證據，但他親口承認之下，就是鐵證如山了。

武元衡道：「少府倒是個乾脆人，可惜。」言語中對侯彝作為深感惋惜。又問道，「如今長安戒嚴，刺客出不了長安，你將他們藏在何處？」顯然以為當夜案發後離開昇平坊的兩名差役是劉義和他的蒙面同黨。

侯彝搖頭道：「恕下臣難以奉告。」武元衡再三喝問，侯彝始終只是一言不發。武元衡見他強硬，便下令用刑。侯彝的佩刀入皇城時已經交給監門衛，差役上前先剝去官服，將他拖到階下，先打了四十大杖。

劉禹錫見侯彝伏在地上，腿部、臀部血跡斑斑，額上黃豆大的汗珠不住冒出來，背上冷汗濕透了衣衫，卻是兀自不屈，慨然受刑，並不呻吟，連哼也不哼一聲，不由得好生佩服他的傲氣，心想這人究竟也是個人物，不禁起了惺惺相惜之意，道：「劉義是殺人逃犯，又與侯少府有私仇在先，少府何苦為了這樣一個國賊自毀前程？」侯彝道：「我藏匿國賊，自知罪名難逃，也沒有什麼可多說的。」

劉禹錫天性詼諧，愛開玩笑，見侯彝總是用手護著右膝，問道：「刺客是不是藏在你的右膝蓋下面？」侯彝一聽，順手揭下臺階上磚石，自己將右膝蓋砸碎，皮開肉綻，流血不止，又翻開皮肉給眾人看，笑問道：「刺客在哪裡？」

武元衡見他如此硬氣，非要保護逃犯，心道：「這侯彝身為萬年縣尉，專司捕賊捉盜，天子腳下，竟然敢以身試法，窩藏國賊。此風一開，那還了得？聽說他兄長是魏博節度使心腹幕僚，如此強硬頑抗，無非是仗著有後臺。」他生平最惡藩鎮，一念及此，決意要動真格，命人點了一盆火炭，將鏊子放在上面燒得通紅，再剝掉侯彝衣衫，拿鏊子去烙他上身。

火鏊非法定刑具，鐵烙這等酷刑極少使用，受刑的人又是萬年縣尉，掌刑的差役一時難以下手，不過礙於中丞嚴令，勉強將鏊子按往侯彝腹部，「嗤」的一聲，頓時煙火蒸騰，血肉焦焦作響。兩邊環伺的差役都閉上眼睛，不忍心看下去。侯彝強忍疼痛，一聲不吭，等鏊子拿開，強吸一口氣，笑道：「中丞還要多加些炭才好。」[14]

武元衡外貌儒雅清俊，脾氣也溫和可親，內心卻異常剛烈，見侯彝如此泰然自若，戲耍公堂，渾然不將自己放在眼裡，又下令再用刑。劉禹錫卻是極欣賞侯彝的俠義之氣，忙道：「且慢。侯少府為人剛毅，又任縣尉多年，料來刑訊這一套對他全無用處，不如先將他關起來，讓他好好想一想，再好言開導不遲。」武元衡淡淡道：「就是因為他是萬年縣尉，知法犯法，所以才要格外用嚴刑對待。來人，繼續用刑！」

侯彝又被鏊子燙了幾次，胸前、肚腹淨是焦黑爛肉，終於昏死過去。武元衡命人拿涼水潑醒，扶他坐起來，問道：「你可願意說出刺客下落？」侯彝搖了搖頭。武元衡又喝命用刑。

唐代律法對刑訊犯人有明文規定，須得「立案同判」，即刑訊必須由主審長官及同判佐僚連帶立案署名，劉禹錫見武元衡根本不聽同僚意見，不免懷疑對方存了私心。他是個爽直之人，忽地站起身來，不悅地道：「侯少府不過是犯知情藏匿罪犯之罪，按照律法規定，劉義刺殺朝廷命官是死罪，侯少府罪減一等，頂多是流放偏遠之地，罪不至死。況且本朝律法向以仁義為本，恤獄慎刑，務從寬宥，中丞今日用火鏊這等殘忍的酷刑來審訊折磨現任朝廷命官，當真是匪夷所思，令人髮指，內中之慘烈，大概只有昔日天后手下的酷吏周興、來俊臣才能比擬。」

劉禹錫有意加重了「天后」二字，無非暗示武元衡也姓武，正巧又是武則天的曾侄孫。武元衡臉上怒色一閃，瞬間即逝，又恢復了平靜，道：「追捕國賊要緊，本丞如此逼供，也是迫不得已。」

劉禹錫卻是絲毫不給這位新上任的上司留情面，冷笑道：「如果武相公是因為新官上任要殺雞駭猴，請自便吧，劉某可要先告退了。」作了個揖，昂然走出了大堂。

柳宗元出身自著名高姓大族河東柳氏，為人沉穆渾厚，一直不發一言，見劉禹錫公然頂撞上司，雖覺不妥，然而他素與劉禹錫交好，共同進退，見狀也站起來，道：「告退。」匆匆跟了出去。

三名堂官當堂走掉兩名，這一幕極富戲劇性，差役們從未見過這種場面，淨是面面相覷。武元衡也不動怒，命人繼續拷問侯彝。

掌刑的差役不忍再下手，只是遲疑不動，道：「侯少府刑傷極重，怕是捱不下去，萬一……萬一……」一旁作筆錄的令史忙上前低聲稟道：「中丞不如暫時罷手，若是劉、柳二位御史不肯署名，中丞可就落了個違律用刑，按律法要杖責六十。」

武元衡是建中四年進士，詩寫得相當好，藻思綺麗，琢句精妙，尤其精於五言詩，然而及第後仕途不順，一直輾轉於使府之間，十多年來只在藩鎮中擔任低級幕僚之職，直至不惑之年時，才回到朝廷擔任監察御史，沒幹幾天又出任華原[15]縣令，剛一上任就因為跟鎮軍督將不合而憤然辭職，後長期閒居於林泉之下，與文士們詩文唱和，交遊往來，為德宗皇帝起用擔任比部員外郎也是最近之事，而且是因為他詩名太大的緣故，可以說他並無察獄理事的實際經驗，對律法也不熟悉，經令史提醒，也甚覺無趣，萬一侯彝當場死在堂下，不僅再也無法知道刺客下落，而且說不定還會被人乘機以「濫用酷刑」參上一本，便命人先將侯彝下獄關押。

侯彝神智不失，卻無法站立行走，差役便找了一副擔架抬他。出了御史臺，侯彝見左右無人，低聲問道：「差大哥可否幫侯某一個忙？」

押送侯彝的差役親眼見他以堂堂萬年縣尉之尊，為保護屬下差役當場認罪，又為了庇護刺客當堂忍受非人的酷刑，均是佩服之極。況且他所保護的刺客本來是要殺死那人人切齒痛恨的京兆尹李實，雖說誤殺了御史中丞李汶，可那李汶跟李實本來就是一夥，壞事也沒有少幹，死了也沒有什麼人惋惜。眾差役相互交換一下眼色，一名年紀大些的差役道：「少府請說。」侯彝道：「侯某自知難逃此劫，只是我有個朋友名叫空空兒，想在死前見他一面，請差大哥幫忙去魏博進奏院知會他一聲。」

那差役道：「幫少府傳個消息不難，但若要帶人進大獄探望，怕是小人們難以做到。」侯彝道：「這我知道，我自有主張，事情緊急，還請差大哥這就趕去崇仁坊。」

那差役便又問了一遍地址、姓名，自往魏博進奏院而來。衛士聽說他找空空兒，又是一身公服，便帶著他逕直進來大廳。進奏官曾穆正與從事侯臧議事，空空兒也埋頭坐在一旁，一副悶悶不樂的樣子。

衛士上前稟告道：「這位是御史臺差役，說有要緊事找空巡官。」曾穆一聽便冷笑道：「是不是咱們空巡官又惹事了？連御史臺都找上門了。」差役忙道：「不是，是一點私事。」空空兒便站起來道：「我就是空空兒。」差役道：「空巡官，請你跟我出來一下。」

空空兒見他一副藏頭露尾的樣子，神祕兮兮，一時不明就裡，不過料來跟侯彝有關，便跟了出來，問道：「是不是侯少府有事找我？」那差役道：「侯少府剛被逮下了大獄，他有要事，特命小人來請空巡官到獄中探望。」

空空兒吃了一驚，問道：「侯少府犯了什麼罪？」差役道：「他已經承認是他放走了刺殺李中丞的刺客，又不肯招出將刺客藏在哪裡，新上任的御史臺長官很是厲害，立即對他用了大刑。」空空兒驚道：「啊，那我們趕緊走。」

差役道：「侯少府被關在大理寺獄[16]，大獄在皇城內，城門禁衛的監門衛[17]盤查極嚴，空巡官沒有門籍進不去，侯少府說得請京兆尹送你進去。」空空兒道：「什麼？侯少府自承放走刺客，京兆尹恨他還來不及，怎會送我去見他？」差役道：「侯少府特別提到，只要你對京兆尹說，你會說服少府交代出凶手下落，京兆尹定會送你進去。」

空空兒沉吟道：「也好。」忙掏出一吊錢遞給那差役道，「多謝差大哥傳話。」那差役道：「侯少府真是個英雄好漢，小的可不敢要他朋友的錢。」重新將錢塞回空空兒手中，道，「小人告辭了，侯少府刑傷極重，還請空巡官速去探訪。」

空空兒忙來進奏院馬廄取馬，一名衛士為難道：「進奏官有令，不得給空巡官……」空空兒不容他多說，上前牽了一匹馬便走，衛士有心阻攔，卻又畏懼他武功厲害，不敢上前動手。

出來進奏院，飛馳至光德坊。京兆府位於光德坊西南角，建制頗大，又分東、西士曹：東士曹號「念珠廳」，意思是事務極多，判案到一百零八道；西士曹號「莎廳」，只因廳前有株巨大的莎草，周迴達十步。

京兆尹李實正坐在莎廳中，一張臉拉得老長，他剛剛得知自己的下屬萬年縣尉侯彝放走刺客、被新上任御史中丞刑訊之事，既惱怒又痛恨。忽聽說魏博巡官空空兒求見，還以為對方是奉魏博兵馬使田興之命前來，忙命人帶他進來，問道：「是田兵馬使找本尹有事麼？」空空兒道：「不是，是我自己有件事要找尹君幫忙。」李實道：「好說，是什麼事？」空空兒道：「侯少府被關在大理寺獄，我想請尹君帶我進去探望他。」

李實當即虎了臉，道：「侯彝私縱國賊，死罪難逃，空巡官不必再費心了，這就請回吧。」空空兒道：「還請尹君成全。」李實道：「笑話，那刺客要刺殺本尹，侯彝將他藏起來，本尹恨不得這就將他押來京兆府親自嚴刑拷問刺客下落，憑什麼還要送你去探望他？」

空空兒不願意按侯彝之計謊言欺騙李實，道：「我深佩侯少府為人，不忍見他如此受刑罰之苦，若尹君肯帶我見他一面，我一定會為尹君找出真凶。」李實道：「真凶？」空空兒：「是。」

李實道：「你怎麼會知道？」空空兒：「我暫時還不能說。」李實冷笑道：「你能抓到真凶？這話若是你們魏博田兵馬使說出來我還相信，你一個小小巡官能有什麼本事，本尹憑什麼要相信你？」空空兒道：「天道之下，萬物螻蟻，但螻蟻也有自己的力量。尹君若肯如我所請，十日之內，我必將刺客送到尹君面前。」李實凝視他半晌，一拍桌案，道：「好，本尹信你一次也無妨。來人，備馬，去大理寺。」

大理寺在皇城西邊順義門附近，離光德坊只有兩個坊區遠，騎馬瞬間即到。大理寺獄是中央監獄，專門關押犯罪官員及重要囚犯，防守當然非同小可，監房都是一尺見方的條石所壘，四周圍以高牆，牆上巡視的弓手居高臨下，個個佩帶強弓勁弩，犯人稍有異動，即當場射殺。這裡面囚死過不少名人，如天寶名臣陳希烈、張垍、獨孤朗等人均因為曾做過安祿山的偽官而被賜死在大理寺獄。

侯彝被單獨監押在最裡面的一間石牢，獄卒佩服他仗義，沒有給他上械具，即便如此，他刑傷極重，也是動彈不得，只仰臥在地上，大口地喘氣。身下只薄薄一張草席，冰涼如鐵，身上傷口如火炙般疼痛，不得不將衣服敞開，以減輕痛苦。

忽聽得腳步聲近前，有獄卒開了牢門，一人走進來陰惻惻地叫道：「侯少府！」侯彝側過頭來，道：「尹君，請恕下臣身上有傷，難以行禮。」

李實自恃也是個狠角色，但此刻見侯彝遍體鱗傷，上半身皮肉焦黑，疼得連衣服都不能穿上，下半身受過杖刑，鮮血淋漓，臉上的痛楚在這幽暗陰森的牢房裡顯得格外淒涼，恰似地獄裡飽受刀山火海之苦的惡鬼，昔日醉人神采蕩然無存，再無半分萬年縣尉的勃勃英姿，不由得慨歎武元衡下手之毒，忍不住心道：「我跟這姓武的素無往來，想不到他卻是如此厲害的人物，日後可得小心了。」便對侯彝道：「少府要見的人本尹帶來了。帶他進來。」

外面獄卒得令，便領著空空兒進來牢房。李實道：「空空兒，你可要信守諾言，十日之內，你得將刺客送到本尹面前。」空空兒道：「是。」李實又望了侯彝一眼，冷笑一聲，先退了出去。

空空兒忙上前去扶侯彝，道：「少府，你……」侯彝痛得哼了一聲，苦笑道：「你千萬別動我，還是讓我躺著好。」空空兒道：「抱歉，來得匆忙，竟未想到要帶些藥來。」微一沉吟，便將自己身上的夾襖脫下來，輕輕蓋在侯彝身上。

侯彝見獄卒還守在門外，道：「空兄，你……你低下身來。」空空兒知道他有重要話要說，便跪下來，俯身將耳朵湊到他唇邊。侯彝道：「我被捕受刑的事很快就會傳開，劉義還在長安，他一旦聽說，肯定會以向御史臺自首換我出去，你……你要儘快趕去阻止他。」空空兒道：「劉義那樣的脾氣，聽說少府為他受難，拚了命也會出來自首，除非用強，不然如何能阻止得了他？」侯彝道：「劉義慷慨激昂，嫉惡如仇，不過性子卻是粗疏，不夠精細，你只需拿律法來說服他。」空空兒當即會意，道：「我明白了。」

侯彝見他稍加提示便明白自己的意思，頗感愕然，問道：「空兄如何會熟悉律法？」空空兒道：「先父是魏博的司錄參軍，在魏博當然只是個虛職，他常常浩歎藩鎮拿人命當兒戲，武將的權威遠遠凌駕於律法之上。」

侯彝道：「原來如此。」便低聲將劉義藏身之處告訴空空兒，又問道，「你為什麼不按我說的去做，非要承諾京兆尹十日內送刺客給他，你是打算拿自己當交換條件麼？」

空空兒不願意侯彝為此憂心，道：「我已有對策，請少府放心。你私藏刺客罪名太大，就算能挨過刑訊，朝廷當真會放過你麼？」侯彝道：「這我也不知道，按照律法規定罪不當死，可朝官視律法為兒戲也是常有之事，我自己還不是徇私放走王立、劉義。」

空空兒道：「少府那是俠義之舉，與視律法為兒戲有本質分別。」侯彝道：「唉，總之我自己也是以身試法。京兆尹倒不一定要我死，不過新上任的御史中丞武元衡是個極厲害的人物，以前沒怎麼聽說過他的事蹟，想來他這次要借此案立威，我怕是凶多吉少。空兒，你我惺惺相惜，許多話不必多言，家父早亡，家母有長兄奉養，不必操心，我未娶妻室，孤身一人，就算這次死在這裡，也沒有什麼遺憾。不過若侯彝這次有命活著出去，你我一定要痛快喝一場。」語氣雖然慷慨豪邁，並不為自己的處境憂慮，卻隱隱有交代後事之意。

空空兒心中難過，道：「那是當然。」他不敢久留，以免誤了侯彝交代的大事，忙告辭出來。他料想會有人暗中監視跟蹤他，上馬便走，逕直馳到西市東門，又去宋清藥鋪拿馬換了一些藥和包紮傷口用的藥布，果見外面有兩個鬼鬼祟祟的青衣漢子直往藥鋪裡面張望。

空空兒問道：「老公這裡可有後門？」宋清冷冷道：「沒有。」空空兒一愣，心想這藥鋪明明有個大後院，怎麼會沒有後門。卻見一旁那身材短小、容貌醜陋的年輕學徒鄭注仰起頭來，悄悄用手指了指後面，當即會意，忙道：「借用一下，多謝。」不待宋清阻止，飛快地奔去後院，自藥鋪後門出來。

西市占兩坊之地，每邊長六百步，有數千家商鋪，四方珍奇，貨物山集，堪稱天下最繁華的市場，人群熙攘，紫陌紅塵。空空兒專揀人多的地方走，逶迤往北而去。他雖並不熟悉京師地形，然而長安的坊區和道路都是方方正正，不須認路，只要知道大致方向，就決計不會走錯。到北門時，見後面跟蹤的人已經被甩掉，這才加快腳步，去了西市東北面的布政坊。

這布政坊緊挨皇城，是右金吾衛屯營所在之處，裡面駐有重兵，人煙遠不及崇仁坊這樣的坊里稠密繁華。空空兒逕直來到坊內的祆祠[18]，說是找一位不言的人，守門的胡人便領著他來到祠後一座小小的院子，叫道：「有客。」

緊閉的大門「吱呀」一聲打開，露出劉義警覺的半邊臉來，見是空空兒，才鬆了口氣，招手道：「快進來。」

空空兒閃身進去，劉義將門閂好，領他進屋坐下，問道：「是侯少府叫你來的麼？外面情形如何了？」空空兒道：「不好。」當即說了侯彝被捕刑訊的事。

劉義「呀」的大叫一聲，拔腳就往外走，空空兒早有防備，上前扭住他臂膀，道：「你不能出去。」劉義怒道：「空空兒，虧我還敬重你是條是非分明的漢子，你竟然叫我不要出去。」

空空兒道：「你現在如果出去，就是害了侯少府。」劉義更怒，道：「侯少府因為我下獄，備受酷刑拷打，我恨不得以身相代，我這去御史臺投案，換他出來，怎麼會是害他？」

空空兒道：「你一去投案不但自身難保，還坐實了侯少府的罪名，你二人都難逃一死。他只要再能捱過兩次酷刑，就能化險為夷。」劉義一呆，道：「什麼？」空空兒當即詳細解釋，原來唐朝律法規定，拷問囚犯不得超過三次，每次須隔二十日，若三次後當事人仍不認罪，則准許取保釋放。

劉義聽了不免半信半疑，道：「當真？」空空兒道：「當真。侯少府特意讓我來叮囑你，你千萬不能出去，不然既害了你自己，也害了他。」劉義道：「那好，我就聽你一次。」

空空兒又再三叮囑，劉義惱道：「你什麼時候這般婆婆媽媽的了，我答應你不出去便是。」空空兒道：「不論你聽見任何消息，都不能出來，除非等侯少府自己來接你。」劉義道：「知道了，怎麼這麼囉嗦。」

空空兒便離開祆祠，又重新溜回西市轉了一圈，果見之前監視他的青衣漢子正在市集中四下尋找，神色極為焦急，他佯作不知，又用櫃坊小吏早上給的錢買了兩件衣衫，再次走到皇城順義門，託衛士將藥和衣衫轉送去大理寺獄給侯彝。

領頭的監門衛軍官歎道：「侯少府為人如此仗義，寧死不說出朋友下落，若是能做他的朋友，當真是死也值得。我們從來不替人往裡面遞東西，不過郎君放心，只要是給侯少府的，儘管送來，一定替你送到。」空空兒道：「如此多謝了。」

他自知有人監視跟蹤自己，也不方便再四處閒逛，當下怏怏悶悶回到魏博進奏院，去廚下要了些吃的端回房中，只喝酒吃肉睡覺，如此混了一天。

果然如侯彝所料，他在堂上受酷刑逼問的事很快就在長安城中瘋傳開了，甚至連李汶遇刺一事都沒有引發這麼大的轟動。堂堂御史中丞深夜遇刺，大多數人並不怎麼感到悲傷，甚至還有些幸災樂禍，這自然是因為李汶聲名並不怎麼好的緣故。若真有悲傷，也悲傷死的人不是李實。一想到更惡更壞的李實還活得好好的，不免有所遺憾，大家心中都暗暗盼望那大俠客劉義能再次出現，一刀將李實殺死。而侯彝這等寧死不負朋友道義的大義凜然行徑，更是受到狂熱崇拜，人們議論他，景仰他，他瞬間成為長安城中的風雲人物，是百姓們心目中的英雄，聲望之隆，即使昔日名將郭子儀在世時也不過如此。許多人自發帶著衣食趕到皇城西面的順義門，請監門衛士代轉給大理獄中的侯彝。

就連魏博進奏院的衛士談論侯彝時也充滿敬佩之色，次日一早，空空兒出門時聽到既是欣喜又是難過，欣喜的是原來百姓們表面冷漠麻木，其實內心深處的正義和良知未泯，難過的是侯彝在獄中受苦受難，生死難料，自己卻無力救他。

剛要出進奏院，忽有一名衛士奔過來稟道：「侯從事正在到處找空巡官。」空空兒雖不願意去，還是不得不來到議事廳，見侯臧臉色陰沉，也不知道是為了何事。

侯臧道：「空巡官去大理寺獄見過我四弟了？」他四弟便是侯彝，空空兒這才反應過來這位以陰險毒辣著稱的魏博從事是想打聽自己弟弟的事，忙道：「是。」侯臧道：「他怎麼樣？」空空兒道：「他受了重刑，情況不怎麼好。」侯臧沉默許久，才道：「好，我知道了，多謝。」

空空兒正要退出，侯臧突然問道：「劉義藏在哪裡？」空空兒道：「這個……侯從事得親自去問令弟才能知道。」侯臧道：「你當真不肯說？」空空兒只是沉默以對。侯臧臉上黑氣大盛，叫道：「來人，摘了他的劍！」幾名衛士一擁而上，將空空兒圍了起來。

空空兒猜想侯臧無非想擒住自己嚴刑拷問，但他眼前有許多重要的事情要處理，不願意就此束手就擒，冷冷道：「侯從事是文官，我是武官，你我互不統屬，你不能拿我。」侯臧道：「我有節度使金牌在手，空空兒，見金牌如見魏帥本人，還不快快跪下！」空空兒道：「魏帥交付金牌，大概是有特別使命派給侯從事，而不是讓侯從事專以權杖來拿我，恕我不能從命。」

正劍拔弩張、互不相讓之際，忽有一名衛士奔進來道：「進奏院外有位叫羅令則的郎君要見空巡官，說有急事。」侯臧道：「羅令則？」衛士道：「是，他是和波斯公主一道來的。」侯臧奇道：「是薩珊絲麼？怎麼不請他們進來？」衛士道：「他們不願意進來，指名要空巡官出去。」

侯臧冷笑道：「空巡官當真是忙得很。」揮手命衛士退開，瞪著空空兒道：「我會緊緊地盯著你，看你到底玩什麼花招。」

空空兒也不答話。出來進奏院，果見羅令則和薩珊絲率領幾名胡奴站在門口。

羅令則一見空空兒出來，忙將他扯到一邊，低聲道：「空兄，小弟偶然得知了一個重要消息，也許能大大減輕侯少府的罪名，救他出來。」空空兒道：「什麼消息？」羅令則道：「聽說京兆尹懷疑御史中丞李汶並不是死於刀下，而是之前已經被人下毒暗害。如果是真事，那麼劉義就不是真正的刺客，侯少府庇護的也就不是國賊，不過是一個惡意破壞屍首的小賊罷了。」

空空兒頓時驚醒，他這才想起來當時衝進樓的情形，當時李汶背朝大門躺在臥榻上，劉義那一刀自後心插入，這顯然不合情理。當時先是雷聲炸響、狂風乍起，劉義乘機衝上臺階殺掉三名僕人，外面這麼大動靜，李汶不可能充耳不聞，然而劉義闖進去後卻是一刀穿胸而過，只能說明他那時早已經死了。

一念及此，不禁暗罵自己道：「我怎麼這麼糊塗，竟然忽視了如此重要的一點！難怪那京兆尹聽我說『真凶』登時悚然動容，也難怪他到獄中根本不屑向侯少府追問劉義下落，只催我信守找到真凶的諾言，原來他早發現劉義不是凶手。他任京兆尹多年，經手過不少案子，想來也知道殺死活人的刀傷與刀刺死人所形成的傷口有很大分別，他找萬遷這樣的老行尊來驗屍，必然也是這個緣故。」

按照唐朝律法，劉義殺死朝廷命官當然是死罪，侯彝庇護窩藏罪犯，罪減一等，該判流放三千里。但若是劉義殺人時李汶已死，不過是損傷死屍罪，按鬥殺罪減二等，該判徙三年，侯彝依次罪減一等，不過是受杖刑而已。羅令則提供的消息如果查證屬實，確實就能將侯彝自大理寺獄救出來。

羅令則見空空兒沉思不語，以為他不信，道：「這消息千真萬確。京兆尹如今日夜惶惶不安，生怕有人再害他，已經暫時搬離了昇平坊。據說，他懷疑下毒害死李汶的人就是他府中的人。」空空兒不便吐露當晚其實自己也在場，忙道：「我知道了，多謝。」羅令則道：「其實不必謝我，要多謝公主殿下，是她花重金買通了李府的下人，才得到這個祕密消息。」

空空兒一時不及思慮為何薩珊絲要主動捲入此事，只道：「多謝公主殿下。」薩珊絲笑道：「等侯少府脫身歸來，你可得讓他本人親自來謝我。」空空兒見她笑得浪蕩輕浮，也不知道到底懷著什麼目的，不及多想，只道：「那是當然。」

羅令則道：「空兄要如何做？」空空兒道：「事情緊急，我得趕緊去找一個人，多謝二位慷慨相助。」薩珊絲便命手下胡奴牽了一匹馬給他，空空兒道：「多謝。」上馬出了坊門，逕直往南而去。大宛駿馬果真名不虛傳，跑得又快又穩當。到得永寧坊西門，向衛士打聽了萬遷住處，逕直奔到門前喊道：「萬老公在麼？」

萬遷正在院中悶悶不樂地曬太陽，聞聲開門出來，奇道：「怎麼會是空郎？好俊的大馬！」空空兒將馬匹在門前槐樹下拴好，走上臺階，肅色道：「我有很重要的事情要問老公，是關於老公昨日去京兆尹府邸驗屍的事。」

萬遷立即露出了老公門特有的警覺神情來，左右一望，飛快地將空空兒扯進院子，掩好房門，低聲問道：「空郎為何要管這件事？是為了侯少府麼？」空空兒點頭道：「正是。我料想這件事事關重大，老公必然受過京兆尹事先的囑咐，不得洩露任何驗屍詳情，然則侯少府如今被押在大理寺獄中，受盡折磨，命在旦夕，我也是不得已才來找老公，煩請將當日實情相告。老公放心，我決計不會將您牽扯進來。」

萬遷遲疑道：「這件事……」忽見萬年吏打著呵欠從屋裡出來，似剛剛大夢初醒，突然見到空空兒也在，一時愣住。萬遷忙罵道：「你今晚不是當夜班麼？太陽都快要下山了，非要等夜禁前才出門。」

萬年吏頗畏懼父親，喏喏連聲，道：「孩兒去縣廨了。」剛一出門，又退了回來，道：「阿爹，門口有幾個奇奇怪怪的人死盯著咱們家門呢，怕是不懷好意，要不要孩兒去告訴坊正？反正順路。」

空空兒道：「無妨，他們是跟著我來的，我待會兒一走他們自然就跟著走了。」萬年吏訕笑道：「空巡官果然是人到哪裡，麻煩就跟到哪裡。」萬遷道：「還不快去當班？」萬年吏道：「是，是。」似笑非笑地看了空空兒一眼，這才離去。

萬遷道：「京兆尹找小老兒，確實是讓我去驗李中丞的屍首，不過關於這件事小老兒實在不能多說……」空空兒道：「李汶不是死於刀傷，他在被刺殺前已經中了毒，對麼？」萬遷大驚，道：「郎君如何會知道？」空空兒不能明說，只好道：「世上沒有不漏風的牆……」

忽聽見門口有女子叫道：「這是誰的馬？」萬遷無心理會，只隔牆答道：「是我家貴客的。」又低聲問道：「郎君到底是從哪裡得來的消息？」

空空兒不及回答，又聽牆外女子嚷道：「叫馬主人出來！」萬遷道：「咦，你這個小娘子……」正待趕出去，空空兒歎了口氣，道：「老公別動，是來找我的。」開了門出來，果見第五郡站在馬旁。

空空兒上前問道：「第五娘子找我有事麼？」第五郡板著臉道：「什麼第五娘子，難聽死了，倒好像我成了誰家的第五房小妾。」空空兒每次與她鬥嘴都處於下風，只好道：「是我錯了，郡娘子有何見教？」第五郡突然放低聲音，道：「夜禁前到北面的親仁坊來，有人要見你。」

空空兒一愣，問道：「是誰？」第五郡道：「我憑什麼要告訴你？」空空兒知道，她還誤以為當日是他帶曾穆去抓她，卻見她自顧自地解開轡繩，翻身上馬，道：「你這馬太引人注目，還是由我給你騎走的好。」空空兒道：「這是我借來的馬，娘子不能……」第五郡哪裡聽說，雙腳一夾馬肚，那馬便撒開蹄子狂奔，如風馳電掣，瞬間已在數十丈外。

空空兒無可奈何，只好重新進來院子，卻見萬遷不斷搓著一雙老手，在花架下徘徊，神色極為焦慮，見空空兒回來，上前扯住他問道：「這件事連侯少府都不知道，縣廨中看過李中丞屍首的只有我一人，空郎怎麼會知道？莫非……莫非是刺客本人？」空空兒道：「是想救侯少府的人告訴我的。」

萬遷狐疑地審視著他，道：「當真？」空空兒道：「老公也是公門中人，您想想看，刺客若是知道李中丞已死，何必多捅上那一刀？就算是後來才會意過來，為何不將真相散布開去，對他自己、對侯少府不是都有好處麼？」萬遷這才點點頭，道：「有理。」

空空兒道：「還請老公將實情相告。」萬遷思慮良久，才道：「也罷，為了侯少府，小老兒就破回例吧。李中丞被刺前確實已死，他身上刀傷皮肉外捲，並無血萌，一刀穿胸而過，流血卻不是很多。我到京兆尹府邸的時候，京兆尹已經知道這一點，叫我去是因為李中丞喝過的茶水用銀針驗不出毒來，屍首也沒有任何中毒的跡象，他知道我年紀大，見過的屍首多，也許會知道李中丞中了什麼奇毒。不過我仔細驗過屍首後，也沒有任何發現，只是有一點……」正說到關鍵之處，他又遲疑了起來。

空空兒道：「有一點什麼？」萬遷道：「這一點我連京兆尹都沒有敢告訴，空郎可千萬不要說出去。」空空兒道：「好。」萬遷這才道：「許多年前，小老兒從師傅那裡聽說宮中有一種祕藥名叫『美人醉』，無色無味，不但能悄無聲息地置人於死地，而且人死後瞧不出任何跡象。不過只是聽說，從來也沒有人見過，我也不敢告訴京兆尹，怕……怕……」空空兒道：「你是怕京兆尹以為是宮裡有人下毒害他，從而牽扯出更多的人來？」萬遷道：「是，而且這宮廷祕藥從來也只是捕風捉影的傳說，小老兒沒有絲毫把握，怎敢輕易告訴京兆尹？」

恰在此時，夜禁鼓聲響起，空空兒想起與第五郡之約，忙道：「老公放心，你今日所說，我決計不會對旁人說起。」匆忙告辭萬遷出來，便往北而去。走出數十步，果見後面有幾名漢子鬼鬼祟祟跟在後頭，他也不加理會，來到永寧坊北門便站在那裡不動。

永寧坊坊正拿著鑰匙等著鎖門，見空空兒站在一旁不動，問道：「郎君是要出坊里麼？請儘快吧，鼓聲一停，我可就要關門了。」

空空兒點點頭，腳下卻還是不動，心中默默數著每一下鼓聲。坊正以為他又改變主意，預備留在本坊內，也不再理會。幾近八百聲時，坊正揮手示意兩名坊卒拉上大門，空空兒忽然抬腳狂奔，自坊門衝出去。那坊正還好心喊道：「喂，已經夜禁了，快些回來！」

後面跟蹤監視空空兒的幾名漢子見狀，緊跟上來，也要搶出坊門，卻被坊正一把攔住，道：「作死麼？夜禁了！」一邊的武侯鋪衛士見這幾名漢子形跡可疑，過來問道：「你們幾個想做什麼？」幾名漢子只得眼睜睜看著坊門轟隆隆地合上。

空空兒飛快衝過空無一人的街道，奔到對面親仁坊南坊門，恰在坊門閉合的一剎那間閃身進去。唐朝夜禁制度森嚴，關門的坊卒早見多了搶在關門時衝進來的人，也不以為意，只笑道：「郎君好身手！」

空空兒雖然成功擺脫了跟蹤的人，一時也不知道上哪裡去找第五郡，忽想到蒼玉清是郭府樂妓，郭府可不就在這親仁坊麼？忙朝郭府趕去。心中反覆盤念李汶一案，疑雲越來越重：當晚他到達李實府邸時，那小樓內無人，只門外有兩名僕人，後來另有兩名隨從護送李汶進去，隨即四人盡數退出，有一人去前院叫李夫人，不久後雷聲響起，劉義乘機殺死三名僕人，闖將進去，這些都是他親眼所見。如果李汶是中毒身亡，那麼只有極短的時間可以下手，下手的必定是四名僕人中的一個，而三人已死，剩下的一人理所當然嫌疑最大，這些事京兆尹不會想不到，他卻又是找萬遷、又是搬離豪華房舍，除非他已經調查清楚那四名僕人均不是凶手，是早有人在茶水或者茶杯上動了手腳。

正自思索，忽聽見有人叫道：「喂！」回頭一看，第五郡正站在道旁向他招手，忙走過去問道：「到底是誰要見我？」第五郡道：「跟我走吧，我帶你去見她。」

二人一前一後來到一處道觀，門匾上書「咸宜觀」三個鎏金大字，用筆酣暢淋漓。門口有一名女道士正在清掃臺階，第五郡朝她點點頭，領著空空兒逕自進來。

這咸宜觀是昔日玄宗皇帝和武惠妃的愛女咸宜公主的出家之地，內裡的壁畫、塑像全部為名家真跡，如三門兩壁及東西走廊上的壁畫為畫聖吳道子親筆，殿前、殿外神像為名家解倩、楊廷光所塑，窗間寫真及玄宗皇帝、上佛公主等肖像畫為號稱「冠絕當代」的陳閎所繪。空空兒並不知道這些，只覺得這座道觀古意昂然，神祕中自有一種清貴之氣，尤其廊下一大片黃金印菊花，竟與在翠樓艾雪瑩那裡見過的一模一樣。

到了西廂，第五郡輕輕叩了叩門，道：「人來了！」裡面有個女子應道：「請他進來吧。」空空兒又驚又喜，正是蒼玉清的聲音。

進房一看，蒼玉清面色蒼白，半倚在床上，大約是傷勢未癒的緣故。天光已暗，第五郡點燃了一盞燈，給空空兒搬了個凳子放在窗下，便自己退了出去。

空空兒道：「清娘子見召，有何見教？」蒼玉清道：「你就是那刺客劉義的同黨，是麼？」空空兒道：「娘子為何這樣說？」蒼玉清道：「你與郡娘約好次日見面，卻提前一日去了樂遊原，你為人懶散，這不是你的作派。而且李汶遇刺當晚你人不在青龍寺內，形跡極其可疑，萬年尉侯彝被捕後誰也不見，只要求見你一個，可見你早已牽連其中。」

空空兒早知道她早晚要懷疑到他身上，不過她既不直接報官，想來還是有周旋餘地，他不願以謊言欺騙對方，直認道：「是。」蒼玉清道：「你承認得倒是爽快，你可知道刺殺朝廷命官是死罪？」空空兒道：「嗯。」

蒼玉清沉默許久，才問道：「侯少府情形如何？」空空兒道：「怕是凶多吉少。」蒼玉清歎道：「他這等為朋友披肝瀝膽的奇男子當真罕見，或者命不該絕。」空空兒道：「娘子的意思是……」

蒼玉清瞬間又恢復了那副冷冰冰的面孔，道：「你走吧。」空空兒道：「如此，空某告辭了。」走到門口，又回頭問道：「娘子傷勢可曾好些？」蒼玉清雙頰緋紅一片，許久無言，空空兒只得告辭出來。

暮色蒼茫，第五郡正站在院中，似在特意等他，上來低聲問道：「侯彝人關在哪裡？」空空兒道：「大理寺獄。」第五郡道：「這我知道，我是問他實際關在什麼位置？」空空兒愕然問道：「娘子是要穿上吉莫靴去劫獄麼？這主意可不好。」第五郡臉色大變，問道：「你怎麼會知道吉莫靴？」空空兒道：「我聽侯少府說的。」第五郡道：「呀，想不到侯彝既是鐵骨錚錚，還這般博學多識呢，到底是進士出身。」囅然而笑，很是歡喜。

空空兒勸道：「皇城戒備森嚴，大理寺獄非等閒之地，娘子還是別去冒險。」第五郡道：「誰說我要去冒險？」空空兒道：「況且以侯少府之為人，就算娘子找到他，他也未必肯跟娘子走。」第五郡賭氣道：「要你多說，你還不快走。」扯著空空兒往外走。

空空兒忙道：「此時已經夜禁，我回不去進奏院，還請娘子借我一點錢住店。」第五郡道：「不借。」空空兒道：「那麼還請娘子將剛才騎走的那匹馬還給我。」第五郡道：「也不還。」點著空空兒的鼻尖道：「你要是敢透露一個字，或是再敢來這裡，信不信我殺了你。要知道，你有許多許多把柄在我們手裡。」空空兒道：「許多許多把柄？那是什麼？」第五郡卻不由分說，一把將他推出門檻，迅疾關上大門。

空空兒被第五郡趕出咸宜觀，一時不知道該往何處去。此時天幕降下，周遭一片漆黑，忽記得進來親仁坊時路過一家酒肆，也不顧身上沒錢，一路尋來，果見酒肆燈火通明，內中熱氣騰騰，尚有不少酒客。聞聽裡面觥籌交錯聲，更覺腹中饑腸轆轆。

夥計見來了主顧，慌忙前來招呼。空空兒一時猶豫，這等吃白食的事他以前沒有做過，也不知道萬一做了該如何收場，忽聽得東面隱隱有哀樂誦經聲傳來，心念一動，問道：「這是誰家有親人去逝了麼？」夥計道：「哎呀，客官不知道麼？這是前任御史中丞家在辦喪事，李中丞前夜被人刺死在京兆尹府中，可惜，白做了一回冤死鬼，請一堆高僧來做法事超度又有什麼用！客官，您裡面請。」空空兒這才知道李汶就住在親仁坊中，忙道：「我還有點事，回頭再來光顧。」

急忙奔李汶府邸而來，走不多遠，忽然從暗處奔出來幾名金吾衛士。一人喝道：「站住，做什麼的？」空空兒道：「我是前去李府拜祭李中丞的。」一名金吾衛士道：「拜祭需要帶劍麼？」上前奪下空空兒手中浪劍，拔出來看了一看，喝道，「將他綁起來。」空空兒道：「哎，你們怎麼平白無故胡亂綁人？」輕輕一抖，將抓住他手臂的衛士甩開。

幾名衛士見他反抗，頓時如臨大敵，一人大聲呼叫，另幾人更是彎弓搭箭，將箭頭對準空空兒胸前，喝道：「別動，一動就射死你。」

只聽見遠近呼哨聲大作，密密匝匝的腳步聲紛紛往這邊趕來。空空兒心道：「什麼時候坊區內也有這麼多金吾衛士巡視了？莫非……李實本人正在李汶宅內？」

正猜疑間，一隊金吾衛士舉著火炬簇擁著大將軍郭曙到來。郭曙一見空空兒就道：「又是你。」命部屬收起弓箭，問道，「怎麼回事？」一名衛士道：「這人深夜帶劍來到這裡，說是要去拜祭李中丞。屬下見他形跡可疑，命人先綁起他，他還出手抗拒。大將軍，這人會武功……」

郭曙道：「我知道了。」轉頭問空空兒道：「你認識李中丞？」空空兒道：「不認識。」他自知道說是去拜祭李汶難以令對方信服，道，「京兆尹應該也在這裡吧？我有要緊事見他。」郭曙目光炯炯，凝視他片刻，道：「你跟我來。」當真領著空空兒進來李汶宅邸。只見處處素蓋白幢，京兆府差役和金吾衛士更是遍布各個角落。

郭曙忽然頓住腳步，道：「聽說你答應了京兆尹要找出害死李中丞的凶手，對麼？」空空兒心道：「這郭大將軍消息好快！他表面不動聲色，一副事不關己高高掛起的樣子，其實也是個厲害角色。」當即答道：「是。」郭曙道：「那好，你明日一早到郭府來，我有重要事情要問你。」空空兒道：「是。」

進來靈堂，果見穿著孝服的家眷、僕人跪在西首，數名超度的僧人盤坐在東首，京兆尹李實與夫人正陪著李汶夫人站在靈柩前說話，忽見郭曙領著空空兒進來，不由得大為驚訝。郭曙道：「這人深夜帶劍至此，自稱是來拜祭李中丞，後又改口要求見京兆尹。」李實道：「本尹認得他，他是魏博巡官空空兒。」轉頭道，「空空兒，你來得倒是快。」

空空兒原先料不到李實今夜也會在這裡，意外撞上，只得道：「我答應了尹君尋找真凶，一直未能發現線索，所以希望能親眼看看李中丞屍首。」這對他而言實在是一件極諷刺的事情，他想刺殺的人不但好端端地站在眼前，還得為對方尋找出真凶。一剎那間，眼前又浮現成輔端爽朗的面容來。

李實卻只是重重看了郭曙一眼。郭曙忙道：「既然沒什麼事，本將就告辭回家了。」李實道：「大將軍辛苦了。來人，送大將軍回府。」

等郭曙出去走得老遠，李實才道：「你不是已經知道了麼？還需要看什麼屍首？」空空兒道：「我只是知道真凶另有其人，並不知道詳細情形……」忽見京兆尹夫人側頭凝視著他，他曾與她近距離地面對面，雖然當時蒙了面巾，但估計身形已被對方記住，生怕被認出來，忙道：「尹君難道不想知道究竟麼？」李實道：「好。反正靈柩還沒有合上，讓你看一眼也無妨。」

空空兒便走去棺木旁，人還未近，先聞到一股濃郁的芬香，大約是灑了不少用來掩蓋屍臭的香料。只見那棺中的李汶已經換上壽衣，雖然穿戴得齊整，整個面目卻完全扭曲變形，顯見死時十分痛苦。他只略略一看，立即意識到死者絕非中毒而死，試想李汶進樓到身亡時間極短，如果當真是中毒而死，以他這副表情，那毒藥毒性必然劇烈無比，瞬間就能穿腸爛肚，他定會痛得滿地翻滾，怎麼還會死得無聲無息、好端端地躺在臥榻上一動不動呢？而且劉義衡進去之前，樓中一直不見動靜。只是這一點因空空兒當晚人在現場方能知道，萬遷看不出這一點也絕非無能。

李實見空空兒俯身一望，即露凝思之狀，似早有成竹在胸，不禁大為詫異。他原本並未對空空兒抱任何期望，送其去見侯彝只不過是舉手之勞，料來侯彝也有極重要的話要對此人說，說不定正是要告知刺客藏身之處，他再派人暗中跟蹤監視空空兒，豈不可搶在御史臺前頭抓捕到刺客，好好在聖上面前表現一下？即使事不成，對他也沒有任何損失，黑鍋自有御史臺新上任的御史中丞武元衡去背。想不到這空空兒似是當了真，竟然深夜趕來李汶府中驗屍。

空空兒道：「可否借一雙筷子？」李實示意心腹差役取來一雙筷子，問道：「你要筷子做什麼？」空空兒接過筷子，向李汶夫人點頭道：「怕是要對李中丞有所冒犯得罪，抱歉了。」

李汶夫人姓汪名圓，淚眼漣漣，毫無主見，只是扯住李實的夫人汪桐哭泣個不停。汪桐柔聲安慰道：「好啦，好啦。」

空空兒拿筷子撬開李汶嘴唇，仔細察看其中。李實不但不阻撓，還命人舉燈近前，以便空空兒看得更清楚，又忙問道：「是不是中了劇毒？」

空空兒不明白他為何一心認為李汶是中了劇毒而死，問道：「現場可有什麼可疑之處？」他當晚緊隨劉義進樓，倉促之下並無仔細留意四周環境，然而也必定沒有什麼可疑的地方，不然早就一眼看到，他有意這樣問，無非是要慢慢告訴李實事情真相——李汶並非中毒而死。

李實道：「可疑之處?沒有，桌上茶水都是好好的，也絲毫沒有凌亂的痕跡。」他為人雖然殘暴可鄙，到底還是做過多年京兆尹，回答得相當精準。空空兒道：「那麼李中丞就不會是中毒而死。」李實道：「噢，你有何憑據？」空空兒道：「尹君請看李中丞臉上的表情，如此痛苦，若是中毒而死，怎麼可能不打翻任何東西？」

李實恍然大悟，道：「對呀，本尹怎麼沒有想到？」這才長長舒了一口氣，心中一塊大石頭放下，也立即對空空兒刮目相看，過去拍了拍他肩膀，道：「做得好。」又道，「你可有什麼新的發現？」

空空兒道：「我猜李中丞是死於猛然一擊之下。大凡普通人驀然劇痛之下，會本能地咬緊牙關，牙根骨也會相應見傷。尹君請看，李中丞不過五十來歲，遠未到脫齒的年紀，但這二十餘個牙齒竟然大部分都已鬆動。再看這裡，門牙縫間有一根織物，想來凶手事先用布團堵住了李中丞的嘴，令他叫喊不出來，然後才下手殺害，李中丞痛楚難耐之下，咬緊布團，以致牙齒大多鬆動。」

李實本來不信，上前用筷子一撥李汶的牙齒，果然大多鬆動，幾近脫落，一時深為震撼，呆住當場。

空空兒又將屍首翻轉，道：「如果李中丞身上有傷，尹君定然早已經發現，但此處卻極易忽視，不見血也一樣能致人死命。」撥開李汶的髮髻，果見後腦勺上有一處凹陷裂痕，似是被重物擊打過。

李實半晌才道：「空空兒，你當真是個人才。幽燕之地，果然藏龍臥虎。那麼，你覺得誰會是凶手？」空空兒道：「這個就很難判斷了，有些地方我還想不明白，我想再去獄中見一次侯少府，侯少府聰明過人，他也許會知道。」

李實是侯彝的上司，當然知道侯彝精幹，總能辦好別的官吏辦不好的事，便道：「那好，我派人送你去。」

空空兒道：「還有一事，既然李中丞並非死於劉義之手，他不過是惡意損壞了屍首，那麼侯少府庇護他也只當受杖刑，還請京兆尹從中斡旋，能准許將他取保釋放。」李實冷笑道：「想不到你倒精通律法。可惜你忘了劉義本來就是你們魏博通緝的殺人在逃凶犯，數罪並罰，依舊是死罪，侯彝罪減一等，也是流刑，哪能輕易取保釋放？」

空空兒確實沒有想到這一點，一時語塞，竟答不上話來。李實道：「不過，你若是能履行承諾，十日內將真凶捉到，本尹倒是可以為侯少府說個情。若是捉不到真凶，哼哼，當晚侯彝本人逗留在本尹宅邸附近，怕是有意勾結刺客，共同預謀刺殺朝廷命官，那可就不是流刑那麼簡單了，非得處絞刑不可。」

這話中已有拿侯彝性命要脅之意，空空兒不免十分後悔考慮不周，不該性急提起取保釋放侯彝一事，結果反倒為狡猾的李實所挾制。他也知道李實是個不擇手段的人物，說得出也做得到，無奈之下，只得應道：「是，我一定在十日內將真凶捉到。」李實便叫進來一名金吾衛中郎將，命他帶人護送空空兒前去大理寺獄。

李實雖只是京兆尹，然則既是皇親國戚，又封嗣道王，深得當今德宗皇帝寵幸，權勢甚至還在主持朝政的尚書右僕射賈耽、司空杜佑、中書侍郎高郢、門下侍郎鄭珣瑜四位宰相之上。因而這金吾衛中郎將雖非他下屬，卻也不敢違令，請了一道京兆尹令牒，便領著空空兒出去。

京兆尹夫人汪桐十分精明，上前低聲道：「夫君，這空空兒十分可疑。我跟阿圓站在一處，他卻能知道阿圓就是中丞夫人，可見早已經見過我。我瞧他身形，與當日那蒙面刺客倒是有幾分相像。」

李實一怔，道：「夫人怕是多慮了，這空空兒是魏博武官，跟本尹沒有任何利益衝突，為何要冒險行刺？夫人們孝服有別，他見阿圓穿著斬衰，自然一眼就能分辨出她是中丞夫人。況且，他若牽連其中，早該躲得遠遠的，何至於主動送上門來助本尹查找真凶？」汪桐道：「怕是欲擒故縱之計，夫君仇家甚多，不可不防。」李實道：「嗯，夫人說得有理，此人已盡在我掌握之中，我再多派人暗中留意他便是。」

1 武功：唐時隸屬京兆府，今陝西武功。
2 唐代對公事出行每日走多少路有嚴格規定，如「凡陸行之程，馬日七十里」，「自今左降官，日馳十驛以上」。一驛是三十里，十驛就是三百里。
3 罽：用毛做成的毯子一類的東西。
4 青龍寺：又名石佛寺，佛教密宗祖庭，是日本真言宗的發源地，也是日本人心中的聖寺。
5 幽州范陽：今北京及長城一帶。幽州（又稱盧龍、范陽）、魏博、成德（又稱恆冀、鎮冀）即為著名的河北三（藩）鎮，自安史之亂後獨立於中央朝廷，史稱「唐之弱，以河北之強也」。
6 易州：今河北易縣，境內有易水和拒馬河，唐時屬幽州節度使管轄，曾為成德占據，後歸義武節度使統轄。
7 上人：對僧人的尊稱。
8 唐朝制度，三品官員以上穿紫色公服。京兆尹官秩三品，御史中丞官秩四品。皇帝也可以對官秩不到三品的官員賜紫，即允許其穿紫色公服，以示恩寵。

9 天后：唐人對武則天的稱呼。

10 行人：主要指專門從事殯葬業之人，又稱「仵作」，這些人也為官府從事驗屍、勘驗等工作（即今日的法醫）。宋代以後，仵作一詞逐漸演變成官府專業驗屍人員的名稱。

11 斬衰：喪服名，古代五種喪服之中最慎重的一種——用最粗的生麻布製成，左、右和下邊斷處外露不縫，表示毫不修飾以盡哀痛，服制三年。

12 唐玄宗天寶十三年（西元七五四年），時任隴右節度使的哥舒翰在臨洮以西磨環川置神策軍，此「神策軍」為地名，是一處重要的軍事據點，駐軍約千餘人。安史之亂中，駐守神策軍的軍隊由軍將衛伯玉率領入朝平叛，神策軍故地迅速為吐蕃占領，從此再也沒有回到唐朝手中，但衛伯玉所統之軍仍沿用神策軍的名號。後此軍輾轉歸大宦官（時任觀軍容使）魚朝恩統屬。廣德元年（西元七六三年）吐蕃進犯長安，唐代宗出逃，魚朝恩率此軍隨行護衛，神策軍自此成為禁軍，規模建制不斷擴大，逐漸成為唐中央勁旅，設有大將軍、統軍等官職。貞元十二年（西元七九六年），唐德宗認為文武臣僚不可信賴，命宦官分領神策軍，置左、右神策軍護軍中尉。中尉位在左、右神策大將軍之上，只授予宦官。正是由於宦官控制了神策軍，等同於控制了長安城及整個關中地區，從而造成宦官集團長期專權的局面，對唐後期的政治和社會有重大影響。

13 古代即有「做七」的祭奠習俗，人們認為，人死後七天才知道自己已經死了，所以要「做七」，親屬每七天設齋會奠祭一次，前後七次，共七七四十九天。靈柩一般要停七天才下葬，據說是希望死者能復活還陽。

14 侯彝寧死不說出國賊下落之事蹟，見唐人李冗所著《獨異志》。

15 華原：今陝西耀縣，唐時屬京兆府管轄。

16 唐代本有御史臺獄，設置於貞觀末年，有東、西獄之分，武則天當權時重要案犯均關押在御史臺獄，但於唐玄宗開元十四年（西元七二六年）被裁撤。後唐憲宗登基，恢復了御史臺獄。

17 唐代天子禁衛軍系統龐大複雜，分南北衙兵：南衙兵即十六衛，左右威衛、金吾衛、監門衛均屬於這一系，由宰相統帥；北衙兵即北衙十軍，左右羽林軍、神策軍屬於這一系，由皇帝直接指揮，宰相不得參與北衙事務。南北衙兵同時承擔宮禁宿衛之責，職責交疊，互相牽制。

18 祆教為波斯教派，又稱拜火教，為波斯薩珊王朝國教，中亞昭武九姓者國及西域地區也相繼成為崇拜祆教的地區。唐朝為招攬西域，在長安建有多座祆祠。

卷五　天河水

那人頭肌肉已軟，入手即是肉漿，頭頂頭皮早已爛盡，頭髮垂掉在一邊，然而頭骨裡面還真蓄有一汪天河水。空空兒也顧不得許多，趕緊扯下一片衣襟，浸入頭顱中將水吸乾，再奔回李公子處，撬開他嘴唇，將衣襟中的水一點一點擰乾滴入他口中。等了片刻，卻是不見動靜，回頭問道：「這天河水當真能解毒麼？」

金吾衛中郎將奉命將空空兒送來大理寺獄。因皇城天黑即關門落鎖，進去很是費了一番周折，守衛順義門的監門衛士本不欲奉京兆尹命，但聽說要進來的是侯彝的朋友，便破例開了門。獄卒領空空兒來到獄中，卻見牢房裡面布置一新，地上鋪了厚厚的地毯，桌案上有紙有筆，有酒有肉，角落中更是堆滿衣服、棉被、食盒等物，想來是百姓們自發送來的禮物。侯彝正側倚在一張榻上秉燭讀書，那榻上鋪了厚厚的裘皮，看上去又柔軟又溫暖。

空空兒見狀，驚奇萬分。侯彝放下書本，招手讓他近前坐在臥榻上，笑道：「多謝空兄花錢打點這一切，如今這裡竟比我住所還要豪華舒適。」空空兒搖頭道：「不是我。」侯彝聞言也十分驚訝，道：「原來是有人冒你之名送來的。」空空兒不好意思地道：「小弟一向貧寒，哪裡買得起這些？」

侯彝道：「這我知道，不過聽說這裡的獄卒上上下下都得了好處，我還以為是你向魏博進奏院借了錢。」空空兒道：「或許是波斯公主所為。」當即原原本本說了薩珊絲花重金收買京兆尹李實府中下人，得知李汶在遇刺前已經死去，自己由此得到啟發，趕去找了萬遷確認，又去親仁坊檢查屍首，有了重大發現，只是略過與第五郡和蒼玉清見面一節不說。

事情突然起了重大變化，侯彝也深感意外，半晌才道：「原來早已經有人搶先動手。」空空兒道：「而且凶手十分高明，不露痕跡。只是我始終想不明白之前京兆尹為何一心認定李汶是死於中毒。」侯彝道：「這很容易解釋，京兆尹大概也聽說過所謂宮廷祕藥的事，他見屍首驗不出中毒跡象，便以為李汶是死在宮廷祕藥下。當然，他也知道李汶是代他而死，死的人本該是他自己，一想到祕藥涉及宮廷，事態複雜，難免恐慌。聽說太子為人忠厚，很不喜歡京兆尹禍國殃民，宮中反感他的大有人在，他殺了宦官轄屬的教坊都知成輔端，打狗也要看主人，多少得罪了宦官勢力，正因為他不知道是誰要他死，所以才格外恐慌。」

空空兒道：「原來如此。難怪我揭破李汶死因時，京兆尹大大鬆了口氣。」侯彝笑道：「你真不該告訴他，讓他日夜擔憂才好呢。不過那毒藥既然如此厲害，怎麼會有一個如此風雅的名字——美人醉？」空空兒道：「不過是傳說而已，未必真有。」

侯彝道：「你來見我，是因為想不出誰是凶手麼？」空空兒道：「是。我想凶手應該早潛伏在樓中，等僕人退出去後，突然從背後捂住了李汶的嘴，然後用短棒之類的鈍器擊打在他後腦勺上，一棒致命。」侯彝道：「如此，凶手肯定武功不弱，且能殺人後從容將屍首擺好在臥榻上，這可不是普通人能做得到，很可能是江湖人物。」空空兒道：「是，我也這麼認為。小弟倒是認得一人，武功既高，也是以短棒為兵器，只是此人只為錢殺人，殺人後必取首級，李汶死狀，完全不是他的風格。」

侯彝道：「你說的可是王翼？」空空兒道：「是，王翼人稱兀鷹，為人狠毒，卻十分驕傲，這般偷偷摸摸掩飾殺人手法的方式，他是不屑做的。」侯彝道：「嗯，京兆尹仇家不少，民憤極大，希望他死的人成千上萬，要找出真凶，怕是難上加難。就算真的能找到他，我也不希望空兄將他交給京兆尹換我出來。空兄，你可要答應我。」

空空兒明知道如果十日內不交出真凶，李實肯定會不擇手段折磨侯彝，但他卻不能拒絕侯彝的請求，換作是他自己，也一定會這麼做，沉吟片刻，點頭道：「好。」

侯彝這才長舒一口氣，笑道：「別淨顧著說話，這裡有酒有肉，來，咱們好好喝上幾杯。」豪氣干雲，渾然不將自身生死放在心上。空空兒道：「好。」便扶侯彝坐起來，酒杯碗筷都是現成的，倒出來兩杯酒一嘗，竟是上等美味的好酒，一口氣連喝三杯，這才讚道：「好酒！」又道，「少府身上有傷，還是少喝酒為好。」侯彝道：「不過一點皮肉之傷，況且你送來的藥靈驗無比，已經好了許多。」

空空兒道：「今日侯從事特意找我問及少府，少府可有什麼話要小弟轉告？」侯彝連連搖頭，道：「別提我這位長兄，當真是道不同不相為謀。不過將來空兄回去魏博，可代我去見見家母，告訴她老人家，我侯彝可沒有給侯家丟臉。」

空空兒聽他有囑咐後事之意，料來他精明過人，意識到此案複雜，牽涉過多，怕是凶多吉少，心中很是難過，可勉強說些安慰的話對侯彝這樣的人也顯得多餘，只好應道：「好。還有麼？」侯彝道：「自我被關在牢裡來，心緒一下子寧靜了許多，仔細回想以前的事，倒真想起一個人來。」

空空兒見一向豪爽的他突然露出些忸怩之色，便問道：「是女人麼？」侯彝點點頭，道：「我未中進士前，曾經在嵩山苦讀，借住在中嶽寺裡，寺廟附近有家酒肆，只有父女二人，父親名叫唐大，女兒小名阿寶。我常去酒肆飲酒，久而久之，終於與阿寶熱戀，當時私愛纏綿，不能自割，曾齧臂為志。後來我赴京趕考，中進士後又忙於參加吏部的考試，如此過了一年多，終於順利步入仕途，再去嵩山接她父女，酒肆卻已經成了一片焦土。問起附近僧人，才知道是山中山棚所為，這些人以射獵為生，不務農桑，居無定所，驕悍好鬥，連官府也不放在眼裡，時常出山搶劫殺人。唉，我本有意娶阿寶為妻，想不到只一年有餘便天人永隔，這也算是我生平憾事。多年來我沉浮宦場，營營役役，顧不上娶妻，慢慢也淡忘了阿寶，如今靜下心來，往事歷歷在目，誓言猶在耳邊，我才知道，她依舊還在我心底。人生匆匆，不過百年，我如今才算明白，至死不能忘懷的總是情和愛，其他一切悲歡得失只是暫繫心頭。空兄，這番話我從未對旁人說過，你可不要取笑於我。」

空空兒歎道：「怎麼會呢？」他自己也有過同樣的經歷，感情創傷會在很長一段時間裡為紛繁世相在心中的投影所掩蓋，但當人生雜事隨死之將至而化為雲煙，昔日歡愛與痛苦的印跡就如水落石出，讓人最後去忍受和享受。

歎息一回，侯彝又問道：「空兄可有心愛的女子？」空空兒黯然道：「有，不過她早嫁給了旁人。」

侯彝道：「世間不如意之事十之八九，你我都是可憐人。不過侯某能識得空兄這樣的朋友，死而無憾。」空空兒道：「好個死而無憾。」侯彝忽爾靈光一現，笑道：「空兄，你我就此結為異姓兄弟如何？」

空空兒自是喜出望外，當下兩人敘了年歲，空空兒二十六歲，侯彝三十三歲，卻是比空空兒大了七歲有餘，自是侯彝為兄長。侯彝還欲起身，空空兒忙道：「義兄身上有傷，何必拘泥虛禮？你我同飲三杯，就當是向天拜了三拜。」侯彝道：「好極了。」二人一起飲了三杯，就此結為兄弟。

兩人均是喜不自勝，侯彝道：「我在家中排行老四，上面有三位兄長，都不怎麼和睦，想不到今日能有幸與賢弟結為骨肉至親。」空空兒道：「小弟從來就是孤身一人，倒是我高攀了。」侯彝道：「魏博兵馬使田興不也是你義兄麼？」空空兒道：「嗯，他是我母親在世時做主認的義兄，跟你不同。」言下之意，自然是侯彝要比田興更親。

侯彝聽了十分歡喜，道：「賢弟，愚兄有句話勸你，還是儘早離開魏博為好，朝廷與藩鎮戰戰和和多年，早已勢不兩立，只是當今皇帝老邁羸弱，無力應付藩鎮之叛，只好狂徵暴斂，大肆聚集錢財，將來太子即位，便可以利用這些錢做軍費討伐藩鎮。」空空兒道：「義兄是說，皇帝任用李實這樣的貪官其實是有意為之？」侯彝道：「這只是愚兄個人推測。但無論如何，如今府庫充實，將來若有強勢的新皇帝登基，戰爭不可避免。」

二人正傾心交談間，忽有獄卒急奔過來道：「侯少府，宮裡來人提你了！」侯彝莫名其妙，問道：「什麼宮裡來人？」

獄卒不及多說，只匆匆開了牢房，只見一名黃衣宦官領著數名神策軍士攙著擔架進來。那宦官好奇地打量著牢中的陳設，尖聲尖氣地道：「喲，這哪裡是牢房，簡直比客棧的上房還要豪華。」目光一轉，落在空空兒身上，問道：「你是誰？」獄卒忙道：「回中使話，他是京兆尹派來調查案子的人，名叫空空兒。」

那宦官點點頭，問道：「你就是萬年縣尉侯彝？」侯彝勉力坐直身子，道：「是，中使深夜至此，有何見教？」宦官道：「聖上要見你。」侯彝只在群宴中遠遠見過天子，從未被單獨召見，不禁大奇，道：「聖上為何要見我？」

那宦官名叫俱文珍，也是宮中相當有實權的人物，不耐煩地道：「聖上召見你一個小小的萬年縣尉，還需要理由麼？」揮了揮手，幾名神策軍士搶上前來，七手八腳地給侯彝上了手銬腳鐐，將他扶上擔架。

俱文珍斜睨了空空兒一眼，似乎也沒有把這位「京兆尹派來調查案子的人」放在眼裡，冷笑一聲，揮手道：「走吧。」

空空兒久聞當今老皇帝又刻薄又糊塗，且喜怒無常，料到侯彝深夜被五花大綁地帶進大明宮中，必然凶多吉少，卻是無力阻止，只能眼睜睜看著義兄被抬了出去。他一時憂懼難安，對獄卒道：「我想留在這裡等侯少府，可以麼？」獄卒見他謙和有禮，遲疑半晌，最終還是點頭同意，道：「郎官請便。」也不鎖牢門，聽任空空兒留在牢房裡面。

空空兒便坐下來一邊喝酒，一邊翻看侯彝留在臥榻上的書籍，酒倒是喝乾淨了，可書拿在手中連半個字也沒有看進去。也不知道過了多久，忽聽得前面有人低聲叫道：「侯少府！侯少府！」

空空兒聽出是第五郡的聲音，原以為她少女頑皮心性，只是開玩笑，沒想到她真會來到大理寺獄營救侯彝，大吃一驚，忙聞聲尋去。這牢房坐北朝南，東、西、北三面均是石壁，只在南面以鐵柵欄與走廊隔開，走廊的頂部開有一排小窗，原是透氣用的，那聲音便是從氣窗傳來。空空兒料到她是靠吉莫靴攀上了大獄房頂，匆匆走到氣窗下，低聲道：「侯少府被帶去宮中了，你快走！」

第五郡奇道：「咦，怎麼你……」忽聽得背後羽箭破空之聲，倉促之下一個鷂子翻身翻上房頂。行蹤一露，頓時羽箭聲大作，有人高喊道：「有人劫獄！」

空空兒急忙趕出監獄外，卻見一蒙面人已被密密麻麻的羽箭迫下屋頂，院中獄卒及外面巡視的金吾衛士已聞聲圍了上來，高牆上守衛的弓手不敢再隨意放箭，只點燃了火炬照明，整個大獄頓時被照得亮如白晝。

空空兒一見身形就知道那蒙面人是第五郡，眼見她陷入重圍之中，有心援救，但他的浪劍已在入皇城前交給了守門衛士，手無兵刃，情急下忙裝出酒醉的樣子，踉踉蹌蹌衝入圈中，一頭撞向第五郡，低聲道：「挾持我。」第五郡一怔，道：「你又不是王親貴族，挾持你有什麼用？」但別無脫身之計，還是依言反擰住空空兒手臂，將匕首架在他頸間，喝道：「讓開！不然我殺了他！」

當值的獄丞早已趕到，見黑衣人挾持的人質一身便服，並不認識，問道：「他是誰？」獄卒道：「是京兆尹派來調查李中丞遇刺一案的人。」獄丞更是驚訝，道：「他醉得如此厲害，你們還敢放他進來？」獄卒道：「不是，他進來時還是好好的，後來才與侯少府一道喝酒，大概喝得太多了。」

李實指派護送空空兒前來大獄的金吾衛中郎將也在當場，生怕日後被京兆尹追究責任，忙道：「他叫空空兒，是魏博巡官，京兆尹派他來查案。」

獄丞只負責管理獄中犯人，既然來的黑衣盜賊沒能劫走犯人，挾持的人質跟大獄毫無干係，當然樂得趕緊將疏忽職守的責任推給監門衛、金吾衛，忙道：「快些讓開、讓開，快讓他們出去。」

第五郡便推著空空兒往前走，獄卒和衛士自動讓開一條道來。出來高牆，便是大理寺官廨，只見左右兩邊金吾衛士人頭湧動，已經將各處出口堵死。

右金吾衛大將軍袁滋今夜當值布政坊金吾廳，聞訊親自帶兵趕來。忽見一蒙面女子挾持著一男子出來大獄，便下令弓箭手示警。一名金吾衛士射出一箭，正落在空空兒腳尖前一寸之地。第五郡笑道：「哎喲，袁大將軍親自來了，看來這些金吾衛士不願意顧你的死活了。」揚聲叫道，「喂，這醉鬼還給你們！」將空空兒往前一推，急奔幾步，一腳踏上官廨牆壁，竟如壁虎遊牆般在牆上行走，瞬間上到屋頂，沒入黑暗中。在場的人從來沒有見過這種情形，無不驚訝得目瞪口呆。

袁滋年近六旬，雖是金吾衛大將軍，卻是文人出身，因出使南詔有功才累至高官，無尺寸軍功，臨場應急的能力極差，半晌才會意過來，連聲叫道：「放箭！放箭！」然而黑幕魆魆，早不見了黑衣人蹤影，弓箭上弦，又朝哪裡去射？

中郎將忙將空空兒扶起，問道：「空巡官有沒有受傷？」忽聞見他滿身酒氣，不禁皺起了眉頭，道，「空巡官是住在崇仁坊麼？我這就送郎君回去。」空空兒嘟囔道：「我不回去，我要在這裡等侯少府回來。」

中郎將知道盜賊飛簷走壁闖入皇城非同小可，明日一早就會鬧翻天，今晚當值的獄卒、金吾及監門衛士個個脫不了干係，便急於離開這裡，免得受到牽連，忙道：「都醉成這樣了，還等什麼侯少府？」命手下衛士一左一右強行攙住。

袁滋奔過來叫道：「站住！你是左金吾衛郭大將軍的人？」中郎將道：「是。」袁滋盯著空空兒問道，「這人是誰？」中郎將道：「是京兆尹派來的人。」袁滋皺了皺眉，沉吟半晌，才揮手道：「你們去吧。」

中郎將如釋重負，忙出來皇城，扶空空兒上馬，一路牽著奔來崇仁坊，持京兆尹令牒強行叫開坊門，將空空兒送回魏博進奏院。

魏博諸官田興、曾穆、侯臧等人均未歇息，正在議事廳中議事，忽聽見外面喧譁不止，趕出來一看，原來是空空兒醉酒被金吾衛士送了回來。田興忙命人先扶空空兒進去，又向曾穆要了一些錢遞給那中郎將，道：「多謝。」那中郎將哪裡敢要，只道：「空巡官適才被盜賊挾持，摔了一跤，你們最好仔細看一看他有沒有受傷。」也不及說明經過，匆匆帶人趕去親仁坊向大將軍郭曙稟告。

田興聽說，忙趕來檢視空空兒傷勢。空空兒不過是佯裝醉酒，眼下騎虎難下，只好繼續裝下去。又關心侯彝生死安危，喃喃道：「侯少府……侯少府……」侯臧果然搶過來問道：「他怎樣了？」空空兒道：「他被皇帝派人押去了大明宮。」侯臧一愣，問道：「什麼？」空空兒卻不再言語，只裝作閉目不醒。

侯臧忙招手叫過一名衛士，命他速出去打探侯彝消息。那衛士為難地道：「現下正是夜禁，出不了坊門……」侯臧揚手打了他巴掌，怒道：「你不會想辦法出坊門麼？」那衛士不敢分辯，飛一般地跑了出去。田興雖想知道究竟，卻見空空兒一身酒氣，醺醉不醒，只好命人送他回房歇息。聶隱娘笑道：「不如我和存約送空郎吧，正好也是順路。」

趙存約聽妻子這般說，便上前將空空兒負在背上。夫妻二人一前一後來到後院，聶隱娘先進房將油燈挑燃，趙存約忽然側身一甩，使勁將空空兒摜到地上。他一發力便為空空兒察覺，習武之人自然而然有所反應，空中一旋身，消去大半力道，最終屁股著地，還是痛得不輕。

聶隱娘笑道：「這裡又沒有外人，空郎還是別裝了。」空空兒從地上爬起來，道：「原來隱娘早看出來了。」聶隱娘道：「你道別人都看不出來麼？也只有兵馬使才相信你是醉酒。」

空空兒無言以對，半晌才問道：「隱娘找我有事麼？」聶隱娘道：「聽說進奏官下令不准空郎再支取一文錢。」空空兒苦笑道：「當真是好事不出門，惡事傳千里。」聶隱娘道：「進奏官這麼做，實在是有點過頭了。」空空兒道：「其實他也沒錯，我確實沒有替魏博做過什麼事。」聶隱娘笑道：「既然空郎這麼講，我也沒話可說。我知道空郎性子，不願平白受人恩惠。隱娘倒有件事想找空郎幫忙，願以千金酬謝。」

空空兒知她夫妻武藝高強，尤其聶隱娘號稱「江湖第一奇人」，武功到底有多高，從來也沒有人見過。她夫妻二人又極得節度使寵幸，在魏博要風得風，要雨得雨，又有什麼事輪得到他來幫忙？聯想起當日這夫妻二人與殺手王翼及另一名神祕人連袂刺殺舒王一事，刺殺皇族罪名何等重大，等同於謀逆反叛，這幾人如此膽大妄為，事不成還公然出入進奏院，有恃無恐，料來也是受魏博節度使的指使，看來侯彝說得不錯，朝廷與藩鎮之間的戰爭早晚要來臨。

聶隱娘見他不答，道：「怎麼，空郎交上了波斯公主薩珊絲這樣的豪闊朋友，已經不缺錢了？」空空兒道：「沒有。只是隱娘要做的事，定然非同小可，我能力有限，怕是難以幫上忙。」聶隱娘道：「也好。不過如果空郎改變主意，儘管來找我。」空空兒道：「好，多謝。」

趙存約一直沉默不語，突然冷冷道：「可別指望這小子幫忙，他不來搗亂壞事就不錯了。」空空兒知道他尚且記恨那晚無意中干預了刺殺舒王一事，也不分辯，道：「多謝趙巡官適才那醒酒一摔，我可要睡覺了。」聶隱娘忙道：「走吧。」牽了丈夫的手出去，回身將門掩好。

空空兒人是躺下了，心中掛念侯彝，又哪裡睡得著，可要打探消息怎麼也要等到夜禁結束。輾轉反側，難以入眠。他以前最煩長安催人醒的三千晨鼓聲，現下卻是熱切盼望它快點響起。好不容易等到五更二刻，終於聽到鼓聲響起，他忙從床上一躍而起，匆忙到院中井邊提水洗了把臉出來。

天光未明，坊門才剛剛半開，崇仁坊坊正見空空兒趕早出坊里，行色匆匆，難免起疑，上前問道：「郎君可是有什麼急事？」空空兒道：「著急得很。」閃身出了坊門，卻見濛濛晨色中有無數金吾衛士在大街上往來巡弋，刀劍錚錚，戒備森嚴，不由得令人緊張，大約是因為昨晚第五郡大鬧皇城的緣故。

空空兒走不多遠便被衛士攔下喝問，反覆解釋，好不容易到了皇城順義門，天光早就大亮，忙上前向城門衛士打聽侯彝下落。衛士道：「我等是新換防來的，不知道裡面情形。請郎君趕快離開，不要在城門附近盤桓，不然格殺勿論。」

空空兒又想起自己的浪劍還在昨晚當值的監門衛士手中，一問起來，那衛士道：「這我們也不清楚，郎君可去對面布政坊右金吾衛屯營問問看。」空空兒依言往布政坊而來，倒是順利從右金吾衛那兒找金吾廳侍者領回了浪劍，可一樣打聽不出侯彝下落。

空空兒無奈，只得轉身趕去親仁坊見左金吾衛大將軍郭曙，一是應昨晚之約，二來也想請他幫忙打聽侯彝下落。郭府宅邸巨大，占親仁坊坊區近一半，各個院落之間來往須得乘車而行，有人稱之為「堂高憑上望，宅廣乘車行」。空空兒一時也分不清郭曙到底住在哪個院落，便隨意來到最鄰近西坊門的大門前，向門夫道：

「在下空空兒，郭曙大將軍命我今早來見他，他人可在裡面？」那門夫哀歎道：「郎君來得不巧，大將軍昨夜已經過世了。」

空空兒猛然大吃一驚，忙問道：「到底出了什麼事？」門夫道：「大將軍在書房外摔了一跤，磕破了頭……」

忽見十數名矯健騎士疾馳而來，當先的是兩名女子：一名二十五六歲的黃衣女子，頭戴胡帽，遮住了大半邊臉；另一名白衣女子十六七歲年紀，似是那黃衣女子的侍女。

門夫慌忙迎上前去，結結巴巴地道：「王妃……王妃……」

白衣侍女搶先翻身下馬，扶那王妃下來。王妃將侍女的手甩開，看也不看門夫一眼，逕直朝裡走去。她氣派極大，眉目之間有一種難以言說的犀利和威嚴。

那十數名隨從淨是一色黑衣勁服，有人看到空空兒帶劍站在門邊，忙搶上前來，將他推到一旁，喝道：「你想做什麼？」門夫忙跟過來解釋道：「他是來求見郭大將軍的。」

那王妃聞言頓住腳步，回頭凝視空空兒，見他神色泰然，大異常人，命道：「帶他進來。」一名隨從上前奪下空空兒手中浪劍，另有兩人抓住他手臂，一左一右挾持著進來郭府。

卻見大批男女聞訊趕出堂前來迎接王妃。郭氏一族門丁興旺，論地位，以郭子儀第六子郭曖一支最為顯赫，郭曖時已去世，其四子郭鑄、郭釗、郭鏦、郭銛均在朝中為官；郭釗妻沈氏為代宗女長林公主之女；郭鏦和郭銛分別娶了太子李誦的女兒，不但是兄弟，而且有連襟的名分；郭曖之女則嫁給太子李誦的長子李淳，封為正妃，這被門夫稱作「王妃」的年輕女子正是郭曖之女郭念雲。她年紀雖輕，卻因為嫁入皇室為親王正妃，身分顯赫，在郭子儀孫輩中地位最高，連長輩、兄長也要向她下跪行禮。

忽聽見環佩叮鐺，有人叫道：「昇平公主到！」卻見婢女簇擁一名豔裝老婦人到來，郭念雲忙上前行禮，叫道：「母親！」

那老婦人正是代宗皇帝之女昇平公主，泣道：「女兒，你七叔去了。」郭念雲道：「人死不能復生，還請母親節哀。」她甚是鎮定，神色也不見得如何悲傷。

昇平公主先是一愣，隨即道：「你七叔於我郭家有大功，沒有他，就沒有今天的你們，你可得好好記得。」郭念雲道：「是，女兒知道。」

原來昇平公主因與鄭王李邈是親兄妹，並不怎麼得同父異母的兄長德宗皇帝的喜歡，更曾因宮廷密事觸怒德宗，被囚禁在冷宮中，郭曖也被軟禁。幸虧涇陽兵變時，郭曙意外遇到逃難的德宗皇帝，誓死追隨護駕，立下大功，才挽回了郭氏一門恩寵。德宗皇帝不僅親信郭曙，命他輔佐最寵愛的舒王李誼，還主動與昇平公主結親，將她唯一的女兒娶為皇長孫李淳的正妃。若是沒有郭曙，以德宗皇帝為人之猜忌陰刻，郭家的處境當真難以預測。只不過郭曙得寵於皇帝後與舒王李誼交好，而郭念雲卻是太子李誦的兒媳婦，由於舒王和太子在儲君問題上的競爭關係，令郭曙素來與郭念雲疏遠，郭念雲也對這位七叔很是提防，這也是昇平公主今日為何刻意提醒女兒不要忘記郭曙大恩的緣故。

郭念雲不願意當眾多談這些，當即上前攙住母親往堂內走去。郭鏦見妹子背後的隨從攔著一名陌生人，問道：「他是誰？」郭念雲道：「這人一大早來到府前說要見七叔，我見他形跡可疑，命人先將他帶進來。來人，先將這人關起來，回頭再細細審問。」言語中自有一股不容人置疑的凜然氣度。

空空兒心下大奇，暗道：「僅僅因為我清晨求見郭大將軍一句話，他們就要強行扣押我，就算郭門勢大，可這也說不通。莫非……郭大將軍是死於非命？也是，我昨晚見到他時人還好好的，他武將出身，怎麼會摔一跤磕破頭就過世？」一念及此，忙掙扎叫道：「是郭大將軍約我今早來見他。你們不能扣押我，我昨晚人根本不在親仁坊內。」

郭鏦止住隨從，走到空空兒面前，問道：「你這話什麼意思？」空空兒道：「郭大將軍若不是死因可疑，你們也不會如此隨便抓人。不過我昨晚確實不在親仁坊內，郭大將軍屬下的中郎將可以作證。」

郭鏦道：「你叫什麼名字？」空空兒道：「空空兒。」郭鏦道：「呀，空空兒，我還真聽七叔提過你，他說你是人走到哪裡，麻煩就會跟到哪裡。」

郭念雲叫道：「三哥！」郭鏦對這位妹妹甚是畏懼，不敢再多問，揮手命人將空空兒帶走。

空空兒本可出手抗拒，可如此於事無補，只好任憑那些隨從將自己押走。路上正好遇到昨晚的金吾衛中郎將，空空兒忙叫道：「將軍！」那中郎將道：「你是來見大將軍的麼?大將軍已經過世了。」雙眼紅紅，似剛剛哭泣過，顯是很為郭曙之死難過。

空空兒道：「是，可這些人懷疑我，要將我關起來。」中郎將便道：「這人是魏博巡官，確實是大將軍召他今天早上來府中，各位還是放他去吧。」

那郭念雲的隨從甚是倨傲，雙眼一翻，道：「王妃要關押他，誰敢放人？不上綁就已經很客氣了。」也不理會中郎將的說情，將空空兒押進柴房鎖起來，另派了兩人守在門口。空空兒拍門叫道：「喂，你們不能濫用私刑，將我關在這裡。」卻是無人理睬。

過了一個多時辰，跟隨郭念雲的白衣侍女匆匆到來，她名叫郭窈，是王妃的心腹侍女，命人放出空空兒，道：「請跟我來。」言語甚是客氣。

曲曲折折走了許多路，穿過兩個大院落，終於來到一處清幽小院。四下隨從環伺，郭念雲和郭鏦正站在院中一塊大山石旁低聲交談。

郭窈道：「這位是廣陵王妃。」空空兒微微欠身行禮，道：「王妃有禮。」郭念雲道：「你說大將軍要見你，是什麼事？」空空兒道：「這個我也不知道。」當下說了昨晚去李汶府邸途中遇到郭曙一事，道，「是大將軍說有重要事情要問我，但具體什麼事我也不知道。」

郭念雲道：「你跟我進來。」引著空空兒進來房中，道：「這裡是大將軍的書房，昨晚他一直在書房裡，後來不知道什麼原因來到院子，有下人聽見他在院中跟人說話，再進來上茶水時才發現他已經倒在山石下過世了。」

空空兒猜她以堂堂王妃之尊，不會沒來由地跟自己說這些，無非是想讓自己幫助查明郭曙的真正死因，當即點點頭，道：「請王妃准許我四下看一看。」郭念雲道：「郎君請自便，這裡一切都是原樣，沒有動過。若有什麼發現，告訴我三哥即可。」空空兒道：「是。」郭念雲一揮手，便即帶了郭窈、隨從退出書房，只留下空空兒、郭鏦和幾名僕人。

空空兒先走到書案前，卻見案中擺有一張白紙，中間左首的位置寫有一個「雨」字，不禁大奇，暗道：「昨晚大將軍回來府中，有什麼事掛在心間，難以成眠，所以來到書房消磨時光，苦思冥想下，隨手寫出的字也該與這件事有關，說不定正是他次日打算問我的重要事情。『雨』，到底是人名，還是單指李汶遇刺那晚的大雨？莫非他在青龍寺見到客房外的泥鞋印時，就已經懷疑到我？所以他才說有重要事情要問我，而不是有重要事情要告訴我。不過就字的位置來看，他並沒有寫完，應該是聽到外面有動靜，所以才匆匆放下筆出去察看。既然有下人聽到他在院中說話，那麼弄出動靜引他出去的人一定是他認識的熟人，這郭府上上下下起碼有幾千口，這可難找了。」

檢視完書房，見再無可疑之處，便來到院中山石下，果見石下泥地裡有一道腳下滑過的痕跡，山石上齊人高的地方有一處血跡。空空兒問道：「郭大將軍身上可有別的傷口？」郭鏦道：「沒有。七叔死狀並不可疑，確實是撞上山石而死，但你也知道，我七叔是武將，雖然年紀大了些，身手卻依舊敏捷，怎麼可能平白摔一跤？」

空空兒道：「可貴府既大，人口又多，要找出這個推他撞上山石的人實在很難。」郭鏦道：「你認為會不會跟七叔一早要問你的重要事情有關？」空空兒道：「這個……」

忽有一名僕人奔進來叫道：「京兆尹來了，指名要這位空郎君出去。」郭鏦道：「咦，你還真是如七叔所言，人走到哪裡，麻煩就跟到哪裡。不過，還請郎君對我七叔的意外保密。」

空空兒料想李實必是來追問殺死李汶的凶手，自己亦正好要向他打聽侯彝下落，便道：「那是當然，請讓我到郭大將軍靈前拜祭，聊表寸心。」他與郭曙幾次在非常情況下見面，雖無任何深交，卻也對這位沒有架子的大將軍頗有好感。

郭鏦道：「有心。」便領著空空兒來到靈堂。卻見堂中人頭攢動，密密麻麻擠滿了人，都是穿著麻布孝服的郭氏子孫，不過不見昇平公主、郭念雲等人。雖則白花花一片，神態卻是各異，可見郭曙之死也不是人人悲傷難過，這也算是大家族的一大特色。

郭鏦命僕人點了一炷香，空空兒接過來，鞠了三個躬，恭恭敬敬將香奉上。郭鏦取過浪劍還給他，送他出來。李實已經祭奠過郭曙，正在堂前等候，一見面便上前握住郭鏦的手，道：「郡馬爺節哀。」郭鏦道：「尹君有心。」輕輕將手抽了回來，道：「尹君要的人就在這裡。」

李實見郭鏦態度相當生分，似是不願意與自己深交，心道：「郭曙一死，你們郭家再無執掌兵權的人，你以為你娶了太子的女兒就會是天子嬌客麼？將來即位的可未必是太子，若是舒王即位，你們那位老成厲害的廣陵王妃也別想當皇后，還有什麼可倚仗的？」表面卻若無其事，客氣地道了謝，領著空空兒出來郭府，乾笑道：「空巡官昨夜在大理寺獄大鬧了一場，一早又趕來郭府被廣陵王妃親自下令扣押，還真是忙得不可開交呢。」

空空兒料來京兆尹是從那位金吾衛中郎將那裡得知了消息，對方明明是自己痛恨之極的人，恨不得殺之而後快，卻不得不與其周旋，道：「昨夜侯少府被神策軍帶去了皇宮，尹君可有他的消息？」

李實是官場老手，早見空空兒真心關切侯彝，正好要拿此來挾制他，哪裡會輕易告知其下落，只冷冷道：「空巡官尋找真凶一事，可有什麼眉目？」空空兒道：「沒有。其實尹君真該好好感謝刺客。」李實道：「噢？這話怎麼說？」空空兒道：「若不是刺客刀傷在後，李中丞之死怎麼可能引起尹君懷疑？凶手精心布置，沒有留下痕跡，想來是有所圖謀，要讓人以為他只是死於意外。幸好刺客誤打誤撞的一刀揭破了天機，如今尹君日夜警惕，真凶再無機會下手，豈不是該感謝刺客？」李實聽了，並不答話，只是哼哼不已。

空空兒道：「我還有事，先行告退。」李實道：「等一下，你昨日去過永寧坊找萬遷，是也不是？」空空兒道：「是，我只是找萬老公問一些驗屍的事，萬老公也沒有透露什麼，還請尹君不要為難他。」李實冷笑道：「本尹哪裡有功夫去為難他？萬遷如今被人打得下不了床，據說還是你們魏博的人下的手。」

空空兒大為意外，忙辭了李實往永寧坊趕來，到萬家院前正遇到萬年吏。萬年吏一見空空兒就上前作揖懇求道：「空巡官，你怎麼又來了？求求你，你可別再來我們家了！」

空空兒問道：「到底出了什麼事？」萬年吏道：「聽說是一直跟蹤空巡官的人自己跟自己打了起來，打贏的兩人又闖到我家來，向我爹逼問到底跟你說了什麼，我爹不肯告訴他們，他們就開始動手打人。」空空兒道：「萬老公人可好？」待要進去看望萬遷傷勢，萬年吏挺身攔在門口，可憐巴巴地哀告道：「不敢勞空巡官大駕，空巡官只要不再來我家，我們父子就已經非常感恩戴德了。」

空空兒愧疚之極，道：「實在抱歉。」心道：「跟蹤的人確實很可能是魏博的人，他們被我甩掉，遷怒於萬老公，這也說得通，可魏博軍令森嚴，他們怎麼會自己跟自己打起來呢？」百思不得其解，忙問道：「那些人去了哪裡？」萬年吏道：「打人的人麼？都被坊正派人捉去了萬年縣，可惜侯少府人不在，沒人主事，縣令聽他們自稱是魏博的人，又下令放了。空巡官現在回去魏博進奏院，肯定就能看見他們了。」

空空兒道：「吏君，此事因我而起，我一定會給萬老公一個交代。」萬年吏道：「空巡官，你可別嫌我說話不中聽，你想想看，你是魏博武官，被你們自己人監視跟蹤，你怎麼交代？又如何交代？再說了，我爹也不需要交代。求求你，你別再來了。」

空空兒也不答話，匆忙轉身奔回親仁坊，來到昨日第五郡領自己來過的咸宜觀，卻見大門緊閉，甚是蕭然。空空兒心道：「這裡不是道觀麼？怎麼現在道觀都不讓人隨便進了。」上前抓住門環扣了兩下。等了好一會兒，大門才開了一條縫，露出一名女道士的臉來，細聲細氣地問道：「郎君找誰？」空空兒道：「第五郡在麼？」那女道士遲疑了一下，又柔聲問道：「郎君尊姓大名？」空空兒道：「空空兒。」

大門迅疾合上，空空兒只好又乾等著。過得半刻，那溫柔秀美的女道士終於又來開門，低低笑道：「第五郡說她不在。」空空兒見她讓在一旁，忙閃身進去，又問道：「清娘還在這裡麼？」女道士道：「嗯，她倒是不在。」空空兒心道：「看來她傷勢已經好了。」心中略略鬆了口氣。

卻見第五郡虎著臉走出來，道：「我不是叫你不准再來這裡麼？」空空兒道：「是，事情緊急，還請郡娘子見諒。」第五郡道：「是侯彝出事了麼？」空空兒道：「昨夜郡娘子前去大獄之前，侯少府已經被神策軍帶去宮中，生死不明，如今總也打探不到消息。我還有一些別的事要趕去處理，如果娘子偶然知道了侯少府下落，可否通知我一聲？」第五郡道：「我就算能打聽到，為什麼要告訴你？」竟絲毫沒有要感謝空空兒昨夜救命之恩的意思。

空空兒道：「那就當我欠娘子一個人情，如何？」他早知這第五郡非等閒之輩，不但擁有吉莫靴這等異物，而且敢擅闖皇城，陷入重圍後也沒有絲毫慌亂，如今滿大街都是搜捕她的金吾衛士，可她竟似毫不在乎，雖然她昨夜未露面容，但有這份鎮定氣度，也可謂十分了得了。

第五郡想了想，道：「那好，你先回去吧，有消息我去崇仁坊找你。」空空兒勸道：「郡娘子可別再四處去飛簷走壁了，如今這長安城裡危險得很。」第五郡道：「危險？這裡最危險的人就是你了，我可是聽人說你是個大麻煩。」

空空兒也不分辯，只道：「若是娘子不願意讓魏博的人見到，可以去告訴我一個叫羅令則的朋友，他就住在崇仁坊軟禁吐蕃內大相的宅邸旁邊。」第五郡道：「好，我知道了，你走吧。」

空空兒遲疑問道：「清娘可還好？」第五郡道：「你很關心她麼？」

空空兒也不知道怎麼會突然問起蒼玉清來，見第五郡嘲笑地盯著自己，一時無言以對，半晌才道：「告辭了。」

離開咸宜觀後，空空兒逕直趕回崇仁坊，找到進奏官曾穆質問道：「進奏官派人跟蹤監視我也就罷了，為何還讓他們毆打不相干的老人家？」曾穆奇道：「哪裡有這種事？我確實下令不准櫃坊再支錢給空巡官，可沒有派人去跟蹤你，如今這進奏院上上下下都忙得很，哪裡有空餘的人手？」

空空兒早料到曾穆絕不會承認，確實如萬年吏所言，他別無辦法做出交代，只能憤憤回來房中。又覺得待在魏博進奏院實在窩火，便攜劍往羅令則宅邸而來。到了吐蕃內大相宅邸前，卻見守衛的已經不是當日所見的老弱殘兵，而是一隊隊的神策軍士，不知道又發生了什麼變故。

來到羅宅門前，敲了半天門也不見有人來應，正要轉身離開，門「吱呀」一聲開了，羅令則笑道：「原來是空兄。你怎麼不叫喊一聲？我還以為是……」朝隔壁指了指，道，「這些神策軍大爺們來了這裡，總是來借各種東西，有借無還，所以我可不敢再輕易開門。」空空兒道：「隔壁為何突然多了這麼多神策軍士？」

羅令則一邊引他進來院子，一邊迅速將門關上，道：「你不知道麼？道上傳聞，吐蕃贊普出五百萬貫的高價，招徠江湖俠客營救論莽熱回吐蕃。以吐蕃的財力，這五百萬貫可是傾其國力了。」空空兒道：「吐蕃肯出這麼多錢來換回這論莽熱，想來他也是個人物，朝廷何不儘快將他處死，以永絕後患？」羅令則歎道：「這也是我困惑的地方，唉，朝廷官場上的事，我們這些平民百姓是永遠搞不明白的。」

空空兒見那塊大玉石仍在原地，頗為驚奇。羅令則笑道：「倒是有胡人來買，出價二十萬貫，不過我想還是留著它吧，鎮宅。」又問道，「侯少府情形如何了？」空空兒便說了侯彝被神策軍士帶去大明宮一事，道：「目下始終打聽不到侯少府下落，我擔心得很，一度在想他會不會已經被皇帝祕密處死。」羅令則道：「決計不會，當今皇帝苛刻貪婪，但為人卻十分精明，當年這李适雖被立為太子，代宗皇帝鍾愛的卻是鄭王李邈，李适鬧出了許多事，但最終還是他登基即位，沒有極高明的手腕是做不到的。」

空空兒聽他直呼當今皇帝的名字，頗為驚異，羅令則自己卻沒有意識到，似只是順口而出，續道：「侯少府現在是百姓心目中的大英雄，皇帝不敢害他性命，空兄大可放心。」

空空兒如何放心得下，道：「進奏院鬱悶得緊，小弟想來羅兄這裡住幾日，不知道是否叨擾？」羅令則先是一愣，隨即笑道：「空兄不嫌寒舍簡陋，願意來盤桓住下，當然求之不得。不過，我一會兒還要去波斯公主家裡參加晚宴，空兄不如跟我一道前去如何？她那裡美酒既多，也好借酒遣懷。」

主人這麼說，空空兒也只好同意，又問道：「羅兄如何與波斯公主結識？」羅令則道：「說來也是巧得很，小弟一直在江淮一帶遊歷，幾年前正好趕上揚州兵亂，公主當時正在揚州，被平盧節度使李師古派兵拘禁，我看不慣那些平盧兵胡作非為，趁亂救了她出來，後來才知道她原來是波斯公主。」

羅令則所說的揚州兵亂，是指五年前揚州的一次大動亂——當時德宗皇帝任命宋州刺史劉展為江淮都統，劉展率軍趕往揚州時，德宗皇帝又得到密報，說劉展有心謀反，於是密令揚州大都督府長史鄧景山拘捕劉展。不料鄧景山是個草包，接風宴還沒有開風聲就已經走漏，劉展與鄧景山各領軍在揚州城中大戰一場，鄧景山兵敗，請平盧節度使李師古出兵相救，並允許以淮南金帛女子酬謝，李師古果然率軍大敗劉展，進入揚州後大肆搶劫財物女子，因胡商多是巨富，又下令抓捕所有胡人嚴刑拷打，追索金銀財寶，胡商被酷刑折磨致死者多達數千人。

空空兒這才恍然大悟，原來羅令則是薩珊絲的救命恩人，早已相識。羅令則笑道：「不怕空兄笑話，小弟一向貧寒，買這處宅子的錢其實也是公主出的。」空空兒道：「此宅見過血光，羅兄自是不放在心上，只是不知道將那楊志廉的人頭到底如何處理了？」羅令則一驚，隨即泰然笑道：「空兄到底還是知道了。」他這般說，便已經承認翠樓那裡面的無名屍首確實是神策軍中尉楊志廉。

空空兒道：「我自己可想不到，是侯少府看到楊志廉出殯，由時日上推算到的，只是還不及確認，御史臺就派人將他叫去。」羅令則道：「既是如此，我也不再相瞞。空兄和侯少府之前早已猜到是我處理了王家娘子藏在玉石下的首級，也沒有深入追究，二位高義，小弟一直很是感激。當日空兄在翠樓發現的無頭屍首，確實就是楊志廉。我一直不肯聲張，是因為他執掌神策軍兵權，權勢極大，能控制整個關中地區，既然他暴死翠樓，宮中一直沒有動靜，我為何要挑明真相，給艾雪瑩一家帶來無妄之災呢？」

空空兒道：「此事確實甚奇，宮中宦官沒有聲張，大概是因為楊志廉屍骨無存，又找不到人頭，無從對質。」羅令則道：「屍骨無存？莫非空兄以為前日楊家下葬的是空棺？」空空兒道：「難道不是麼？」羅令則道：「當然不是，不過是一具沒有頭顱的屍首而已。」空空兒失聲道：「怎麼會呢？當時我看到屍首後即趕去報官，回來後屍首便即消失不見，前後相隔不過一刻功夫，而當時才剛剛解除夜禁，任誰也難以帶上一具屍首離開，侯少府更曾派人仔細搜過蝦蟆陵，始終沒有任何痕跡。」他猶豫了一下，終於還是沒有說出萬遷所傳的化骨藥粉來。

羅令則道：「你們當然找不到，那具無頭屍首已經被跟隨楊志廉的小太監從地道運走了。」空空兒吃了一驚，道：「什麼？地道？」羅令則道：「昔日玄宗皇帝喜愛到曲江芙蓉園遊玩，但又怕頻繁出行驚擾京城百姓，於是花費鉅資在西城牆內裡修建了一道夾牆密道，從興慶宮一直通到曲江。翠樓本是日嚴寺後院，並非普通民宅，修有什麼暗道也說不準。那日楊志廉來時門口不見任何動靜，肯定是經暗道進來。」

空空兒道：「即便如此，可那楊志廉官任神策軍中尉，身邊如何不帶隨從？這於理不合。」羅令則道：「空兄，你難道沒有看到艾雪瑩身上的那些傷麼？像楊志廉這些宦官，無法再享受男女歡愛，總有些變態的嗜好，他是殘缺之人，肯定不願意旁人見到。瑩娘之前不是說翠樓曾有過僕婦但都死了麼？想來也是因為看見了什麼而被楊志廉殺死，所以瑩娘再也不敢雇請下人。楊志廉既然要在翠樓逗留過夜，肯定會讓手下先退回密道。」空空兒不免疑雲又起，心道：「你既然早看到艾雪瑩赤身裸體，為何不拿件衣衫蓋住她身子？嗯，有可能是因為恐慌的緣故，不過既然是準備進來殺人，後來又斷然處理掉楊志廉的首級，可不像是沒有膽量。」疑惑歸疑惑，這一點卻是不便多問。

羅令則道：「空兄清晨看到無頭屍首趕去報官後，正好楊志廉手下自密道進來接他回去，發現出了事後，一時不知道該如何處理，只好先將屍首從密道抬走。出了這樣的事，艾雪瑩當然不敢對官府說出半個字。至於後來為何宮中一派平靜，無人出面追究楊志廉被殺真相，則不是我所能知道。不過聽說那些大宦官內部也鬥得相當厲害，楊志廉意外被殺，神策軍中尉的位子空了出來，不知道該有多少人拍手叫好呢。」

這件困擾了空空兒多時的無頭屍首案至此才算完全解開，回想起因貪杯去了翠樓飲酒所引發的種種奇遇，一時感慨萬千。

忽聽見外面車馬轔轔，隨即有人在門外叫道：「羅郎在麼？」羅令則忙應聲去開門，卻是個彩衣僕人，道：「我家主人請羅郎前去赴宴，也好聊謝當晚在波斯公主府上郎君挺身鬥賊的義舉。」羅令則又驚又喜，問道：「尊主是舒王殿下麼？」僕人道：「正是。外面已經備好車馬，這就請羅郎隨小人走吧，薩珊絲公主已經到了。」

幾日前天降大雨，許多人都說是舒王誠心求雨，由此感動了上蒼，德宗皇帝也因舒王求雨有功下詔令褒獎，而今舒王恩澤、聲望之隆已經遠遠超過太子，京師再度流傳舒王才是天命所歸的真正太子，羅令則忽得邀請，不免受寵若驚，忙道：「等我跟朋友交代一聲。」一奔回院中低聲道：「空兄，舒王相邀是個好機會，我正好可以打探一下侯少府下落。」空空兒道：「如此，太感謝了。」

羅令則道：「這裡正堂三間，一間是堂屋，東面一間是小弟臥室，西面一間是書房，西廂房一間是茅廁，一間是廚房，另一間堆放了許多雜物，進不得人。我今晚大概是回不來了，空兄不如今晚先在小弟臥室將就一晚，明日再作計畫如何？」

空空兒尚有些躊躇，那彩衣僕人又在外面催道：「好了麼？」羅令則道：「就這麼定了。一會兒路過坊里酒肆，我再讓他們送些酒菜過來。」他如此細心，空空兒甚是感激，也不再推辭，道：「如此便多謝了。」羅令則笑道：「你我酒中知己，何須謝字。」一自出去上車，隨那彩衣僕人去了。

主人突然離去，只留下空空兒一人，好在他也無聊慣了，等了一會兒，當真有酒肆夥計來叫門，一人提著一個大大的食盒，一人一手一罈老酒，拿到屋裡擺滿一桌子。空空兒去摸懷裡錢袋，空空如也，不免有些局促。一名夥計笑道：「郎君不用再掏了，羅郎已經付過錢了。」

送走夥計，空空兒急不可待地奔到桌旁，先揭開泥封，搬起酒罈，倒口便喝，竟然是燒酒而不是甜酒，雖然遠不及劍南春那般清冽香醇，也不及郎官清清冽，但性子夠烈，入口極辣。他一口氣喝下去小半罈，這才坐下來邊吃酒菜邊飲酒，到天黑時，酒菜沒有吃完，兩罈酒倒是喝得精光。外面早已夜禁，無事可做，便摸黑到床上躺下。

夢中，依稀又回到了外祖父家旁的那條易水河，昔日燕太子丹送荊軻刺秦於此作別，他與浣娘一起牽了手，在河邊嬉戲追逐。玩累了兩人便躺在山坡上，浣娘拿出手帕蓋在臉上，好像睡著了。然而等他醒來時，浣娘總是坐在一邊，睜大眼睛看著他，眼光像霧水一樣朦朧。迷離惝恍中彷彿又看見浣娘那雙清澈明亮的眼睛，空空兒笑道：「哎喲，我又睡過了，你怎麼不叫我？」忽聽見鼓聲大作，浣娘臉色一變，難過地道：「我要走了。」

空空兒吃了一驚，就此驚醒，原來是解除夜禁的鼓聲響起。坐起來一看，自己身處於一個陌生的房間，愣了一下，才會意過來是留宿在羅令則家裡。出來將昨日的剩菜吃完權當早飯，也不及收拾，打算先趕去皇城打探侯彝消息。

到西坊門時，見數名萬年縣差役把守在門口，對出去的人一一仔細盤查詢問，似乎是崇仁坊發生了大事，空空兒忙上前問道：「出了什麼事？」

那差役跟隨侯彝辦事時見過空空兒，一見他便高聲道：「他在這裡！他在這裡！」

眾差役立即一擁而上，奪下空空兒手中長劍，將他雙臂扭住。空空兒愕然問道：「你們這是要做什麼？」領頭差役道：「這可不關我們的事，是你們魏博進奏院的人報官拿你。看在你跟侯少府是朋友的份上，就不給你上鎖鏈了，不過郎君自己可得老實些，別給我們惹麻煩。」空空兒道：「到底是什麼事？」

差役們也不與他分說，只押著他往魏博進奏院而來。到進奏院門前，十數名魏博衛士持刀站在門口，如臨大敵。

領頭差役道：「抓到空空兒了，他剛剛要從西坊門逃出去，人交給你們。」兩名魏博衛士忙上前扯住空空兒，將他押進來。卻見院中橫躺著兩具屍首，都是被人一刀割斷了喉嚨。

進奏官曾穆聞聲趕出來，一見空空兒便怒道：「瞧你做的好事！」兩名死者是他最心腹最信任的人，竟然在他自己的地盤上遭人割喉慘死，如何叫他不怒？

空空兒早已認出那兩具屍首正是之前跟蹤過他的人，也大略猜到是怎麼回事，肯定是這二人去打了萬遷，剛好他之前曾就此事質問過曾穆，所以這二人昨晚被人殺死在進奏院後，他理所當然就成了最大的嫌疑人。

曾穆又連聲喝道，「為什麼不綁上他？是想讓他逃走麼？」衛士慌忙去取過繩索，將空空兒反手縛住。

曾穆冷笑道：「兵馬使昨日去宮中參加舒王壽宴，至今未歸，怕是無人能救你了。空空兒，你殺死自家魏博兄弟，等同反叛，還有何話可說？」空空兒搖頭道：「不是我做的，我昨晚人根本不在進奏院。」曾穆道：「那麼你人在哪裡？」空空兒道：「借宿在一個朋友家中。」曾穆道：「你朋友人呢？叫他來作證。」空空兒道：「他去參加宴會，一直沒有回來。」

曾穆連聲冷笑道：「瞧瞧我們空巡官心計有多深，你昨日質問本官不成，心中已經起了殺機，所以假意離開進奏院去你所謂的朋友家，你朋友應該也住在崇仁坊吧？你雖然本領高強，但在夜禁森嚴的京城，隨意出入坊里還是難上加難。半夜你溜進進奏院殺了他們兩個，再溜回你那個所謂的朋友家，神不知鬼不覺。你知道我早晚要懷疑到你，所以一大早就打算溜出坊去，以你性格，逃走不大可能，想來是要忙著去製造昨晚不在崇仁坊的證據。幸好昨夜就有人發現屍首，及時向萬年縣報了官。如今沒有侯少府再護著你，你預備能如何逃掉罪名？」

空空兒道：「我沒有做過。」曾穆道：「想來你也不會承認，我只問你一句，他二人根本不住在一處，為何死的單單是他們兩個？怎麼，答不出來吧，我替你答，因為只有你才知道他們兩個跟蹤過你，只有你才這般熟悉進奏院，可以進出自如。」

空空兒知道一切都對自己不利，辯解無力，也不願意再白費唇舌，道：「進奏官殺我容易，但我沒有殺人，真凶另有其人，進奏官一心認定我是凶手，正中了奸人詭計。請進奏官給我一點時間，我自會查明真相。」

曾穆哼了一聲，道：「你自己就是凶手，還有什麼真相？無非是想拖延時間，等兵馬使回來救你。」他倒也不敢就此處死空空兒，怕將來惹怒田興，當即命道，「來人，將空空兒押下去嚴刑拷問，直到他招認畫押為止。」

忽見聶隱娘急奔過來，叫道：「且慢！」曾穆對聶隱娘頗為忌憚，聞言便命人停下，道：「隱娘是要為空空兒求情麼？」聶隱娘搖頭道：「進奏官秉公處理，空空兒罪名太大，隱娘不敢開口求情。只是有一點，若當真是空郎殺人，適才差役阻止他出崇仁坊時他應該知道事情已經敗露，為何不乘機逃走？他只要使出武功強衝，那些差役如何攔得住他？他卻任憑被帶回來，絲毫不加反抗，可見他並不知道進奏院發生了什麼事。」

曾穆道：「這不過是空空兒的欲擒故縱之計，他知道一旦逃走就坐實了罪名，回來進奏院至少還有兵馬使護著他。」聶隱娘道：「嗯，進奏官說得確實有理。」向衛士要過浪劍，拔出來看了一看，問道：「空空兒身上可還有其他兵刃？」

衛士忙上前往空空兒身上摸索搜了一遍，答道：「沒有。」聶隱娘道：「這就是了，這浪劍已經多日未曾出鞘，更是久不飲血，若是空空兒殺人，當找到他行凶的凶器再刑訊定罪不遲。」曾穆不悅地道：「空空兒機靈狡詐得很，肯定早已經將凶器處理掉，一時間上哪裡去找？」

聶隱娘道：「進奏官受魏帥之命主理京師一切事宜，隱娘不敢再多言，萬一……我是指萬一……其實是有人在中間搗鬼，存心挑撥我們魏博自己內訌，那豈不是正中了奸人詭計麼？」曾穆聞言悚然動容，一時默然不語。

聶隱娘續道：「進奏官再想想看，雖則空空兒來到京師後是非不斷，但他可曾做過一件對魏博不利的事？」附到曾穆耳邊低聲竊語道，「當日我等奉命去綁架舒王，他早已認出我丈夫身形，卻從來沒有提過半個字。」曾穆道：「這可是兩碼事，不瞞隱娘說，這死去的二人昨日剛剛得罪過空空兒，出手打了他的一位年長朋友。」

聶隱娘道：「嗯，既是如此，隱娘也不便再多說什麼。不過進奏官要處置空空兒，最好還是低調行事，萬一事情鬧大了，朝廷借機出面干預，派人來搜查這裡，我魏博許多機密就此洩露，多年心血毀於一旦，日後如何在京師立足？」

這句話切中了曾穆和魏博最忌憚的要害，也令他迅疾對聶隱娘刮目相看，不由得很是後悔昨夜一怒之下報官搜捕空空兒，忙問道：「那隱娘覺得該如何處理這件事才好？」聶隱娘道：「不如先放了空空兒，命他戴罪立功，給他一個期限，讓他找出真凶，如果找不到再處置他不遲，打也好，殺也罷，這樣兵馬使也無話可說，不至於得罪人。」

曾穆沉吟道：「這個……」聶隱娘道：「莫非進奏官擔心空空兒會乘機逃走？隱娘願以魏博名義起誓，若是他敢逃走，無論天涯海角，隱娘當親手割下他的人頭，奉到兵馬使面前。」

曾穆是個極聰明的人，見無論哪種結局都對自己有利，忙道：「好，就依隱娘之言。」命人解開空空兒身上的綁繩，道：「看在隱娘的份上暫且饒你。我給你二十日期限，到時捉不到你所稱的真凶，再唯你是問。」空空兒道：「是。」

聶隱娘走到空空兒面前，道：「你的人頭現在可是攥緊在他人手裡，不能再像以前那樣什麼都無所謂了。」空空兒道：「是，多謝隱娘。」

空空兒隨即走過去檢視那兩具屍首頸間傷口，力道既不重也不輕，剛好致命，當是武藝了得的高手所為。沉思片刻，問道：「進奏官只派了他二人跟蹤我麼？」曾穆道：「當然。」

空空兒心道：「前日萬老公的門外起碼有四五個大漢朝裡面張望，萬年吏也曾經說過他們自己先打了起來，打勝的二人也就是眼前這兩具屍首，又趕去打了萬老公。嗯，原來不只一撥人在監視我，想來另外的那幾人不是御史臺就是京兆尹的人，無非是想從我身上追查到劉義的下落。莫非是打敗的那幾人記仇報復？可他們既然連這二人都打不過，如何進來守衛森嚴的進奏院殺人？」一時難以想通，便道：「我要出去辦事了，進奏官不用再派人跟著我，我自己會回來的。」曾穆冷笑一聲，命人將浪劍還給他，譏諷道：「我可日夜等著空巡官抓到真凶的好消息。」空空兒竟然點點頭，道：「好。」

今日天氣陰沉寒冷，空中飄灑著點點雨絲，四下彌漫著陰霾，人的心思也不由自主跟著沉甸甸起來。

空空兒逕直出了崇仁坊，往西來到皇城向監門衛士打聽侯彝下落。一名衛士道：「已經有好多人來問過了！我們也進去問了獄丞，說是侯少府前夜被神策軍帶走後就再也沒有送回來，怕是凶多吉少。」

空空兒一時怔住，全身冰冷如墜冰窖，忽有人拍了拍他肩頭，轉頭一看，竟是第五郡，結結巴巴地道：「郡……郡娘子……」第五郡道：「我就知道你來了這裡。你站在這裡發什麼呆？我叫了你好幾聲你都沒聽見。這裡是皇城，不可以隨意逗留，快些走吧。」上前牽了空空兒的手，將他拉離了順義門。

空空兒淒涼道：「侯少府他……」第五郡道：「他人很好，放心吧。」空空兒道：「什麼？他……他還活著麼？」第五郡道：「當然啦，活得好好的。只是他不能再留在長安了，聖上下了詔令，要將他調離京師，貶為常州義興[2]縣尉。不過也好，江南我還沒有去過，正好可以去看看他。」

空空兒聽到侯彝還活著時已是喜出望外，又聽說他被貶為外縣縣尉，表明他案子已結，不用再遭受御史臺的酷刑審訊，也不必再被關在不見天日的大理寺獄中，如此峰迴路轉，柳暗花明，不免半信半疑，問道：「你從哪裡得來的消息？」

第五郡道：「怎麼，你不信？那就當我騙你的好了。」抬腳便走。空空兒慌忙追上前去，問道：「是真的麼？侯少府人現在哪裡？」第五郡道：「想知道麼？偏不告訴你。」空空兒幾次叫她，她也不予理睬，無可奈何之下，只好緊跟她後面。

二人一前一後來到城東北面的通化門，通化門有「東來第一門」之稱，往來行旅絡繹不絕。熙熙攘攘的人群中，空空兒一眼就留意到了蒼玉清，她一身白衣，悠然凝視著北方，似在等待什麼人，風韻淡雅，雋麗閒遠，有一種超群曠世的手神，幾乎可以用驚豔來形容。

忽有一輛馬車穩穩當當地停在她面前，車後兩名隨從翻身下馬，自車內扶下來一名青衣公子，雖然面色焦黃，卻是不失英氣俊朗，竟然是侯彝。蒼玉清迎上前去，低聲說著什麼。空空兒從不知道侯彝竟與蒼玉清認識，也想不到會在這樣的局面下再見到，更想不到蒼玉清等的人就是侯彝，一想到侯彝為人、性情、才幹、聲名無不遠在自己之上，不由起了自慚形穢之心，這可是他從來沒有過的感受。

第五郡見空空兒又是歡喜又是驚訝，愣在原地不動，催道：「你發什麼呆？侯少府人不是在那裡麼？」空空兒「噢」了聲，幾步搶過去，叫道：「義兄！」侯彝笑道：「賢弟，想不到會在這裡見到你。」又問道：「這位小娘子該是清娘的朋友吧？多謝你特意帶我義弟來。」

第五郡道：「原來你跟空空兒結成了異姓兄弟。」侯彝點點頭，問道：「請教娘子尊姓大名？」第五郡滿面紅暈，頑皮中露出了幾分少女的羞澀來，道：「我叫第五郡。」

侯彝道：「第五這個姓氏很是少見，算是奇姓中的奇姓。」第五郡笑道：「是麼？」侯彝道：「不過這個姓卻有著千年歷史，據說秦始皇統一中國時，齊國田姓皇族一起逃亡，到郊外清點人數時，只剩下八人。為逃脫秦兵追捕，八人決定就此分道揚鑣，約定各自以第一到第八為姓，可惜的是，只有姓第五的存活繁衍了下來。肅宗年間有一位宰相名叫第五琦，廣德年間也曾任過京兆尹，不知道郡娘子是否知道？」第五郡笑道：「他是我曾祖父。」侯彝道：「原來是名門之後。」

空空兒一直不知道第五郡來歷，這時才知道她是前宰相的曾孫女，但蒼玉清只是郭府樂妓，她不但與其姊妹相稱，而且言聽計從，這在地位等級森嚴的唐代未免於情理不合。

蒼玉清忽道：「郡娘，你可別太囉嗦了，侯少府還要趕著上路。」侯彝當即會意她不願第五郡多談家世來歷，便道：「侯某今日第一次與二位娘子見面，雖不知道二位身分，但既然能預先知道侯某今日奉詔出京經過這裡，想來也不是普通人，定然為侯某獲釋出了不少力，這裡先行謝過。」空空兒這才知道原來侯彝並不認識蒼玉清。

侯彝還欲上前拜謝，蒼玉清忙扶住他，道：「少府身上有傷，切不可如此。少府為人高義，感動了全長安的人，出全力營救的大有人在。我姊妹身分卑微，也只是有心無力，不過是跑個腿傳個消息而已。」淡淡看了空空兒一眼，便側頭叫道，「郡娘，快將送給少府的禮物拿來。」

第五郡從懷中掏出一個精緻的瓷瓶，道：「金銀珠寶少府原也不放在眼中，難以成禮。這是一瓶上好的金創藥，想來對少府的刑傷會有些好處。」侯彝見那瓷瓶玲瓏剔透，已是一件寶物，想來瓶中的藥更是珍貴，忙接過來謝道：「娘子有心。」

蒼玉清知道侯彝有許多話要對空空兒說，便道：「少府，日後再見吧，你自己一路多保重。」侯彝道：「是，『陰天聞斷雁，夜浦送歸人』，多謝二位娘子前來相送。」他所吟誦的「陰天」正是第五琦詩中名句，第五郡顏色大悅，似還有話要說，卻被蒼玉清一把拉走。

侯彝目送二女走遠，這才對空空兒道：「賢弟，我奉詔今日之內必須離開京師，這裡人來人往多有不便，通化門外有個長樂驛，我們去那裡小坐幾刻如何？」空空兒道：「好。」奉命監送侯彝去常州的隨從欲讓出一匹馬來給空空兒，侯彝道：「不必，空弟還是與我一道乘車更方便。」空空兒便扶侯彝上車，自己也跟隨躍了出去，不勝欣喜。

侯彝微笑道：「空弟是不是喜歡那位蒼玉清娘子？」空空兒又是驚奇又是忸怩，他自己都不敢承認這一點，卻不知道如何被侯彝一眼看了出來。侯彝道：「窈窕淑女，君子好逑。不過她不是普通人，空弟若真娶了她，怕是從此要捲入不少紛爭。」

空空兒不敢接口，忙問道：「那晚兄長被神策軍帶走，情形到底如何？」侯彝道：「那晚我先是被抬到大明宮紫宸殿，見到了聖上，聖上已經知道我被御史臺刑訊的事，問我為什麼寧可自己忍受這樣的痛苦，也要為刺客保密。我回答：『確實是我藏匿了刺客，我答應了要保護他，至死也不會說出他藏身之處。還請陛下不要向臣追問刺客下落，不然臣頭上又多加了一條抗旨不遵的罪名，那可就是死罪了。』」

空空兒道：「我在魏博一直聽說當今皇帝陰險多疑，義兄這般說，他還有好臉色麼？」侯彝道：「當今皇帝確實聲名不佳，我當時也是存了必死之心。但聖上聽了，只是歎息一聲，便不再談論此事。隨即問了我對時事的一些看法，我沒有想到會因禍得福，有這樣親近天子的機會，當即稟告了京兆尹隱瞞旱情、橫徵暴斂的事實，請求朝廷免除今年關中百姓租賦。聖上聽說有十多個交不上稅的平民被京兆尹當街杖死，深為震驚，良久無語。後來有內侍來請聖上就寢，聖上便命人去掉手銬腳鐐，先將我留在宮中療傷，後來我就一直被內侍軟禁，直到今日，突然有中使來傳詔令，聖上貶我為常州義興縣尉，限今日出京，且不得回家，不得對外人提起。我本待出了長安城再讓人來請你出城相見，這樣就不算違旨，沒想到那位清娘子搶先一步，將你帶到了城門必經之處。空弟，這幾日外面情形如何？」

空空兒道：「有一件事非告訴義兄不可，當晚你被神策軍帶走後，我留在獄中想等你回來，結果那位膽大美貌的小娘子竟然穿著吉莫靴闖進皇城，打算救兄長出去。」侯彝大為驚訝，道：「我與她素不相識，她竟甘冒奇險，捨命相救，此情此義，不知道何時才能報答？」

長樂驛位於長安城通化門外東七里的長樂坡上，不知不覺說話間便已經到達，空空兒才剛將侯彝扶下車，西面一騎疾馳而來，馬上騎士高聲叫道：「侯少府！侯少府！」

侯彝道：「我就是侯彝，尊駕有何指教？」騎士也不下馬，道：「請少府在這裡稍候，遲些我家主人要來相送。」侯彝道：「有心，尊主是誰？」騎士道：「主人名諱不敢擅稱，務請少府稍候。」圈轉馬頭，自絕塵而去。

侯彝便先進來驛站坐下，他身上刑傷都只是皮肉外傷，經宮中聖藥療治，痛楚已大為緩解。侯彝趁隨從不在近前，低聲道：「劉義的安危就託付給空弟了。」空空兒道：「義兄放心。」侯彝道：「空弟不必再擔心京兆尹就尋找殺死李汶真凶一事逼你，他弄得天怒人怨，瞧聖上神情，未必對他滿意。我有意提了李汶其實並不是死於劉義一刀，死因至今不明，傳說京兆尹認為他是死於宮中祕藥之下。當時聖上聽了臉色大變，嫌隙既生，李實京兆尹的位子也坐不了多久了。」空空兒道：「可我已經答應了李實追查真凶，總要給他個交代。」侯彝歎道：「空弟重信重義，真君子也，只是這樣的性情，實在不適合待在官場。」空空兒笑道：「小弟本來就是山野粗人，從來沒有拿自己當官場中人看待。我在魏博為官，是因為答應了義母要為魏博效力十年，再過五年，小弟卸甲歸田，又是平民一個了。」

忽聽外面馬蹄得得，驛站前來了不少人。片刻後，三名中年文士昂然進來，均是便服打扮，當先一人一身白袍，更襯得面色慘白浮腫，似是長期耽於女色所致，左側一人正是監察御史劉禹錫，右側一人身材矮小，容貌醜陋。

侯彝「啊」了一聲，慌忙站起來，上前就要拜倒，他身上刑傷未癒，這一動立即牽動傷口，差點摔倒。那白袍文士忙扶住他道：「侯少府不必多禮，今日我只是普通人，仰慕少府俠義，特來相送。」侯彝道：「是。」白袍文士道：「我有幾句話要私下對少府說。」侯彝道：「是。」回頭向空空兒使個眼色。

空空兒道：「那小弟先出去了。」他雖不知道這些人身分，但見義兄對白袍文士恭敬異常，料來也是個大官，當即退了出來。院中有數名黑衣騎士，悄立無聲，忽見空空兒攜劍出堂，立生警惕之色，各自手扶刀柄。侯彝的一名隨從忙道：「他是侯少府的結拜兄弟。」還是有人搶進堂中看了一眼，並無異狀，打了個手勢，眾人這才鬆了口氣。

等了半個時辰，才聽見侯彝在裡面叫道：「空弟！」空空兒聞聲進去，侯彝道：「適才沒有來得及為你介紹……」指著白袍文士道，「這位是李公子……」又指著那容貌醜陋的矮小文士道，「這位是王伾王相公，是當今書法大家……」空空兒很是驚奇，暗道：「這倒真是人不可貌相。」

侯彝又道：「這位是御史臺劉禹錫御史，也是聞名天下的大才子、大詩人，多虧他當日在公堂上竭力維護，又及時稟報了聖上，侯彝才沒有多受刑罰苦楚。」空空兒道：「多謝。」劉禹錫道：「你打算拿什麼酬謝？」空空兒道：「御史想要什麼？」劉禹錫道：「嗯，就拿你手中那柄劍酬謝如何？」空空兒道：「好。」這浪劍跟隨他日久，多少還是有些感情，他拿出劍輕輕摩挲了一下，便雙手奉了過去。劉禹錫哈哈大笑道：「你這個人真有趣，我跟你開玩笑的，你還當了真。」伸手將劍擋了回來。

侯彝道：「我義弟為人單純善良，劉御史不要見怪。」劉禹錫道：「哪裡、哪裡，是我這個愛開玩笑的壞毛病改不了，不然侯少府膝蓋何致受傷。」

那李公子道：「我們這就要回城了。這位郎君，不如跟我們一道回去如何？」空空兒明知道對方是個大有來頭的人物，平常人巴結都來不及，但自己卻想再多送義兄一程，不願意理會，只道：「這個……」

侯彝忙道：「空弟，李公子好意，不可推卻。你我兄弟情深似海，來日方長。」空空兒不便當眾忤逆義兄，道：「那好，我明年回峨眉山拜祭完師傅後，就去江南看望義兄。」侯彝道：「好，一言為定。」因李公子身分尊貴，他不能搶行，又道，「請李公子先行一步。」那李公子道：「好。」

出來驛站，李公子命隨從讓出一匹馬給空空兒，一行人上馬西行。空空兒回首張望，侯彝扶著隨從站在驛站門口，正向他揮手，鼻子一酸，幾乎落下淚來。

臨近通化門，人煙越發稠密，道路兩邊有不少小攤小販，吃的、穿的、用的應有盡有，喧鬧中自有一派安詳的寧靜。李公子生怕撞倒了人，帶頭下馬步行。空空兒看在眼中，暗道：「這李公子倒是個惜民的好官，難得。」

忽然前面一陣大亂，有人大聲喊道：「宮市！宮市！」本來平靜的攤販立即大亂，慌忙去搶收自己的物品，手腳快的收拾好了掉頭就跑，手腳慢的越著急越慢，各色果子、物品滾得滿地都是。隨從見人潮洶湧，塵土飛揚，急忙上前將李公子帶到城牆根下。空空兒尚不知道宮市是什麼，見攤販如捅了馬蜂窩來回亂跑，問道：「為什麼會這樣？是官府要來查抄他們麼？」劉禹錫歎道：「這是宮市，就是皇宮所買。」

眨眼間攤販已經跑掉大半，一名青年樵夫趕著一頭馱滿木柴的驢，站在道中央茫然張望，大概是第一次進城，跟空空兒一樣，還不知道宮市的厲害。只見一名黃衣宦官帶著幾名白衣男子自門中出來，四下略略一掃，一揮手，眾白衣男子立即上前圍住那樵夫。一人道：「宮市，宮裡要買你這些柴。」遞了幾尺絹給那樵夫，道：「這是木柴錢，收好了。」樵夫急道：「小的這麼多柴，哪裡只值這點絹？不賣、不賣！」黃衣宦官道：「不賣也得賣，你敢抗旨麼？」

樵夫被宦官那氣勢洶洶的樣子給嚇住了，呆了一呆，才囁嚅道：「那好吧，柴你們拿走。」正要從毛驢背上卸下木柴，黃衣宦官道：「且慢！你得用你這頭驢把柴送到宮內。」樵夫道：「那這幾尺絹小的也不要了，請你們自己拿了柴走吧。」黃衣宦官道：「哪有這麼便宜，就算絹抵了腳價錢，你進宮還要繳納門戶錢呢。」

那樵夫這才知道為什麼剛才那些攤販望風而逃，他一退再退，終於忍無可忍，道：「我有父母妻子兒女，全家人都在等著我賣柴賺錢養活。如今把木柴給了你們，不要錢回家，你們還不肯，我只有死路一條了！」上前一步，一拳打在那黃衣宦官臉上。他以砍柴為生，孔武有力，這一拳又出盡全力，那宦官仰天就倒。白衣隨從嚇得呆了，半晌才會意過來，一擁而上，扯住那樵夫扭打起來。這些人人數雖多，卻個個是繡花枕頭，真打起架來，卻根本不是那樵夫對手。

李公子諸人看得真切，李公子皺眉道：「這成什麼體統？」劉禹錫道：「是，微臣這就去制止他們。」卻見城門湧出數名金吾衛士，連聲喝道：「不准打架！」將一干人拉開，問道，「怎麼回事？」宦官滿面是血，爬起來道：「我是宮市中使，這樵夫不但抗拒宮市，還出手打人。」樵夫名叫于友明，忙辯解道：「是這些人動手強搶木柴，還逼我用毛驢運柴，索要腳價錢、門戶錢。」

那些金吾衛士也厭惡宮市，素與宦官多有衝突，哪裡肯放過這個機會，嚷道：「一起帶走，在城門口打群架，這還了得！有話回頭再說！」一股腦將宦官、樵夫等全部押進了城門。

李公子道：「劉御史，你跟過去看看，可別讓他們為難了那樵夫。」劉禹錫道：「是。」忙追進城去。李公子凝視著遍地狼藉，忍不住搖了搖頭，輕輕歎了口氣，道：「空郎，你……」忽然臉色大變，仰天便倒。

空空兒眼疾手快，一把扶住他，叫道：「李公子！李公子！」那書法大家王相公大驚失色，忙搶上前來，又掐人中又把手脈，卻見李公子口吐白沫，人事不醒，脈搏漸漸微弱。空空兒心道：「莫非李公子有什麼隱疾？」忙道，「快扶李公子上馬，送他去宋清藥鋪救治。」王相公道：「不可以！」空空兒愕然道：「為什麼不可以？」王相公道：「不可以就是不可以！」他說話帶有濃重的江南口音，綿軟親柔。

忽聽得有人道：「這人是中了毒吧？」空空兒抬頭一看，竟是宋清藥鋪的學徒鄭注，不由得驚訝萬分，忙問道：「小哥可帶有解毒藥？」

鄭注本是奉師傅之命來城外買藥材，不料來遲一步，攤販早被宮市驚散，正要回去時，聽牆根下有人提到「宋清藥鋪」，好奇過來一看，見空空兒懷中所抱之人口吐白沫，隨口一說中毒，便被空空兒當了真，忙搖頭道：「沒有，我師傅宋清藥鋪才有。不過這人看起來中毒已深，怕是來不及了。」

旁人聽他一口一個中毒，不免又驚又疑，但聽說他是宋清的弟子，不得不信。再見那李公子果真是只有出氣，沒有進氣，死相已露。王相公道：「完了！完了！」腳下一軟，一跤坐倒在地，再也爬不起來。那些隨從也是面面相覷，個個面如死灰。

鄭注道：「咦，那裡倒有現成的解毒藥。」空空兒問道：「什麼？」鄭注道：「你看那裡。」空空兒抬頭一看，卻見城牆上高高掛著一顆人頭，正是被京兆尹李實杖死的欠稅平民，面目早已腐爛。

鄭注道：「快、快，快上去看看，說不定有天河水！」空空兒道：「什麼天河水？」鄭注道：「就是死人骷髏殼裡接的雨水，能治百病，能解奇毒，可遇不可求。前幾日下過大雨，說不定真有天河水。」

空空兒一心要救李公子，心道：「雖不知道李公子是不是真的中毒，但他此刻奄奄一息，命在旦夕，不如按鄭注說的試一試，反正不過是死人頭中的雨水，不會令他情況更壞。」當即道：「好，你們好好守著李公子。」先拔出浪劍，又向隨從道：「借幾把刀一用。」

隨從也不知道他要做什麼，只是眼下六神無主，慌忙拔出刀倒交給他。空空兒見這些人所佩之刀均是好刀，更料想李公子身分非同一般。當即奔離城牆幾步，先將浪劍擲出，正好插到離地面兩丈高的磚縫間，再依次擲出佩刀，搭成一道刀梯，逐漸靠近城頭那顆人頭處。他這番動靜不小，早驚動了城牆上的衛士，當即彎弓搭箭，居高臨下對準他，喝道：「別動。」一名隨從忙奔到牆下，高高舉起腰牌，叫道：「別射，是自己人。」

衛士尚遲疑間，空空兒已經拔身而起，一腳踏上浪劍，浪劍一墜，又借力一彈，躍上了上面一把佩刀，如此幾下飛躍，終於靠近城頭，伸手取到了人頭，又原路沿刀梯躍回，一氣呵成，乾淨利索。

那人頭肌肉已軟，入手即是肉漿，頭頂頭皮早已爛盡，頭髮垂掉在一邊，然而頭骨裡面還真蓄有一汪天河水。空空兒也顧不得許多，扯下一片衣襟，浸入頭顱中將水吸乾，再奔回李公子處，撬開他嘴唇，將衣襟中的水一點一點擰出滴入他口中。等了片刻，卻是不見動靜，回頭問道：「這天河水當真能解毒麼？」卻早已不見了鄭注人影。

一名隨從哭喪著臉道：「這下咱們個個要被滅九族了。」空空兒道：「什麼？」忽見大隊金吾衛士湧出，將眾人團團圍住。一名衛士指著空空兒道：「就是他剛才飛上城牆。」領頭的中郎將驗過李公子隨從的腰牌，道：「原來是左威衛的人。不過這個人大白天在城牆上飛來飛去，多半就是前夜潛入皇城大理寺獄的飛賊，事關重大，少不得要得罪了。」命人將空空兒拿下。

隨從道：「他不是我們左威衛的人，他是……」忽聽得那李公子哼唧一聲，睜開了眼睛。隨從們大喜過望，慌忙圍上前去，問道：「公子可還好？可是要回去麼？」李公子點點頭，只是哼哼唧唧說不出來話。隨從慌忙抱他上馬，又有人去叫王相公，道：「相公，公子醒了。」那王相公似是嚇得傻了，沒有任何反應，隨從便也扶他上馬，一行人瞬間走得乾乾淨淨，竟無人再理會空空兒。

中郎將一時也不明所以，便命先帶空空兒進城，金吾衛捕獲的罪犯照例要移送大理寺獄關押，因空空兒適才展露了刀梯上飛躍行走的絕技，令人忌憚，手腳均被特意上了重銬重鐐。進來大理寺獄時，獄丞一眼認出了空空兒，奇道：「郎君犯了什麼罪？」中郎將問道：「你認得他？」獄丞道：「認得，他就是那晚被飛賊挾持的魏博武官。」

中郎將這才知道空空兒不是當晚闖入皇城的飛賊。獄丞又將他拉到一邊，低聲道：「聽說這人有些本事，京兆尹也請他幫忙查案呢。」中郎將心道：「這人大白天在城牆上跳來跳去，叫我們金吾衛顏面往哪裡擱？既然他來頭不小，不如將他交給京兆尹處置。」便命人押了空空兒來京兆府，正逢偶日，京兆尹李實人在遞院，便先將他收監下獄，等明日李實來京兆府再做處置。

京兆獄雖是府獄，管理卻十分混亂鬆懈，不但看守遠遠不及大理寺獄那般森嚴，甚至比起井井有條的萬年縣獄也是大有不如。空空兒下午被關進來，直到半夜，也沒有獄卒來派送飯食。同牢房的幾人早餓得有氣無力，還好意告訴他道：「這裡就是這樣，明日有頓飯吃就不錯了。」

常人如空空兒這般際遇，早就怨天尤人、憤憤不平了，不過他本就生性恬淡，隨遇而安，加上他所習武功是道家一派，講究隨屈就伸，尤其如今侯彝已經轉危為安，且離開了京師這個是非之地，著實令他欣慰。若真有什麼不平遺憾之處，就是這獄中沒有酒喝了。

到了半夜，空空兒已靠著牆壁睡著，忽然有獄卒開了牢門，闖進來幾名黑衣人，將他從地上拉起來，用木丸堵住他的嘴，再往他頭上套了一個厚厚的黑布套，扯出來塞入囚車，用枷束住脖頸。

空空兒口不能言，眼不能視，身不能動，那囚車尺寸小於他身材，他只能屈身站在裡面，難受之極。他曾聽說木丸是京師處死罪犯的必備之物，昔日武則天大興詔獄，剷除異己，太子通事舍人郝象賢臨刑前當眾揭露她在宮中的淫亂行為，為天后所忌，此後凡是法司施刑，必先以木丸塞罪人之口，令罪人無法說話，遂成慣例。空空兒心道：「這些人是來殺我的麼？這未免不合情理，之所以要用木丸塞口，無非是害怕罪人臨死當眾揭發執政者醜事，這大半夜的早已經夜禁，街上空無一人，又要押我去哪裡行刑？」

他看不分明周圍情形，只依稀覺得車前有兩名衛士提著燈籠引路，車左車右有不少人押送，卻是屏聲靜氣，不聞絲毫咳嗽聲。出了光德坊後，車馬轉向北面，一路不斷遇到巡街的金吾衛騎卒，卻未聽到任何喝問聲，想來車旁押送他的人之中也有金吾衛士。

走了大約四個坊區，車子終於停下，有人將空空兒拖出車來等在一旁。只聽見前面有人稟道：「大將軍，人帶來了。」有個蒼老的聲音「嗯」了一聲，頗為耳熟，似是曾與空空兒有過一面之緣的右金吾衛大將軍袁滋。一陣人語低聲交談後，終於有一扇極重的門軋軋打開，眾人挾了空空兒進去。他手足間鐐銬叮鐺作響，在這寂靜的黑夜煞是刺耳。

曲曲折折走了不少路，似乎進了一所大宅子，又跨過好幾道高高的門檻，進來一個房間，有人將空空兒按到一張交椅中坐下，用繩索將他連人帶鐐緊緊縛住，再伸手掏出他口中木丸，卻並不取下頭套。房裡早有一人，揮手命眾人退出，問道：「你是魏博巡官空空兒？」

空空兒看不到房中任何情形，只是聽聲音辨出這男子跟他自己差不多年紀，他不知道對方身分，料想自己深夜被大費周章弄來這麼個神祕的地方，應該與白日那李公子莫名中毒有關，當即答道：「是。」

那男子厲聲道：「你為何要謀害太子？是不是受了魏博指使？」

空空兒「啊」了一聲，他這才知道白日那李公子就是太子李誦，他早猜到對方官職必然不小，可李公子的太子身分還是幾乎令他驚掉了下巴，忙問道：「李公子好些了麼？」那男子冷笑一聲，叫道：「來人，點燈，取下他的頭套。」

只覺得四周有燈燭一一點亮，旋即有人扯下了頭套，頓時一陣強光刺得空空兒睜不開眼，他不得不重新閉起眼睛，適應了好一陣子才慢慢睜開，這才發現自己坐在一個空房間的中央，四面都是巨燭。身前燭臺背後的陰影處，影影綽綽站著一人。

那男子又問道：「快說，你為何要謀害太子？」空空兒歎了口氣，道：「我根本不知道李公子就是太子殿下，為何要謀害他？」那男子道：「你是如何下的毒？」空空兒道：「郎君可以去問問太子的隨從，自我跟太子在城外長樂驛遇見，既沒有一起喝過水，也沒有一道吃過飯，哪裡有機會下毒？」

那男子冷笑道：「你還敢狡辯？你給太子喝的那個死……那個什麼天河水，難道不是借機下毒麼？」空空兒聽了不禁苦笑，暗道：「這位公子糊塗得緊，我明明是救人，反倒成了害人。李公子……太子倒下在先，命懸一線，我才冒著被守城衛士射殺的危險去取人頭裡的天河水，你一問那些隨從就能知道，非要在這裡跟我夾雜不清。」他親眼見到太子仁愛，不免很是關心其安危，忙問道，「太子當真是中了毒麼？他現下情形如何？」

那男子道：「怕是要讓你失望了，太子沒死，現下還活得好好的。」空空兒長舒一口氣，道：「那就好。」

那男子道：「到底是誰指使你加害太子？你不說實話，別想活著離開這裡。」空空兒道：「我說的都是實話，郎君在這裡逼問我全是白費唇舌，真凶倒在外面逍遙快活。」

此時有人進來，遞了一件東西給那男子，空空兒一聽那男子撥弄的聲音，就知道他手上拿的是自己的浪劍。卻聽見那男子道：「南詔浪劍！田承嗣！哼哼。」冷笑數聲，轉身出了房間。有人迅即進來，重新將黑布套在空空兒頭上，吹滅了四周燈燭。空空兒以為這些人要接著拷問自己，不料等了許久也不見動靜，才知道所有人都已經退了出去。

他被孤零零地綁在房中一夜，後來忍不住內急，大聲叫喚，才有人進來解開繩索，將他拉出房外，又走了許多路，進來一處陰氣森森的房子。只聽見押送的人交代道：「這是要犯，千萬得看好了，也不能讓他跟別人說話。」有人答道：「是。」

空空兒看不見周圍情形，叫道：「喂，這是什麼地方？你們憑什麼關押我？我犯了哪一條律法？」卻是無人理睬。上來兩人，大約是獄卒，使勁拽著他往裡來到一間囚室，用鐵鉗鎖了他脖子，這才取下布套。

空空兒見獄卒要走，忙道：「你們不能走，這到底是什麼地方？」他料到對方不會主動吐實，預備上前動用武力，剛想用雙手圈住那正在關門的獄卒，不料追上幾步後頸間倏忽一緊，被什麼東西扯住，原來那鐵鉗透過鐵鏈固定在牆壁上，限制他的移動範圍。那獄卒冷笑一聲，鎖上牢門，逕直去了。

空空兒無奈，只得先在房角的便桶方便完，再仔細打量四周。原來他被關在一間幾丈見寬的石室中，四面無窗，只有一扇鐵門，屋頂足足有七八丈高，頂上開了一個三尺左右的方孔，幾點陽光正透過鐵欄杆揮灑下來，倒真有點坐井觀天的味道。他來京城不到一月，已經先後蹲過萬年縣獄、大理寺獄、京兆府獄，但沒有一處像這裡這般嚴密，頂上間或有腳步聲走動，似是有人在屋頂來回巡視，也不知道到底是什麼黑獄。

既無脫身之計，空空兒也只能既來之則安之。不過他始終想不透太子是如何中的毒，莫非是當時太子說要私下與侯彝交談、離開驛廳後飲用了什麼有毒的酒水，一念及此，暗道：「不好，如果太子是那時中的毒，義兒也難逃此厄。」不由得焦急萬分，忙奔到門口，那連接他頸間鐵鉗的鐵鏈限制了他的活動範圍，他剛好只能用手觸到鐵門，便乾脆拿手間的鐵鏈去砸鐵門，叫道：「來人！快來人！」

他自昨日中午便未曾進食，早已餓得是氣力全無，鬧騰了一陣子，始終無人來應，倒是自己氣餒先躺下了。

到黃昏時，突然有人來到門前，「鐺」的一聲，拉開鐵門下一個方孔，慢慢遞進一個木盤，盤中有飯有菜有肉，頗為豐盛，有一隻手伸進來，將木盤往前推了推，又送進來兩個瓦罐。

空空兒一聞便知道瓦罐裡面裝的是酒，大喜過望，見那人正要拉上方孔上的擋板，忙叫道：「等一等，你是誰？」那人木然不應，拉好擋板，腳步聲漸行漸遠。

空空兒先將木盤取過來，又用雙手之間的鐵鏈將瓦罐套住，一個一個拉到自己腳下，隨即放開肚皮大吃大喝，吃飽喝足後天色已黑，他掛念侯彝安危，又大吵大鬧了一陣子，卻還是沒有人理睬。

到半夜時，突然隱隱聽到有女子的哭喊聲、叫罵聲，鬧了好一陣子才逐漸安靜下去。空空兒心道：「看來受冤屈被關在這黑獄裡面的不只我一人。」

次日一早，獄卒來開了牢門，將碗筷、瓦罐、便桶收走，換了一只空便桶進來。他剛欲轉身出去，空空兒忽然起身，將雙手一揚，用鐵鏈套住獄卒脖子，旋即勒緊，喝問道：「這裡是什麼地方？」獄卒高聲叫道：「來人！快來人！」空空兒道：「快說，這裡是什麼地方？不然殺了你。」獄卒掙脫不得，只覺得呼吸越來越緊，再不說就沒有機會說了，忙道：「這裡……這裡是掖庭宮。」空空兒將手上勁道鬆了鬆，問道：「掖庭宮是什麼地方？是皇宮麼？」獄卒道：「是……」

忽見幾名衛士持刀護著一名四十歲出頭的黃衣宦官進來囚室。那宦官釋然道：「你就算殺了他也走不出這囚室。」空空兒並無意為難獄卒，料想此種情形之下也問不出什麼，便鬆開鐵鏈。那獄卒得脫大難，慌忙奔出囚室，撫摸自己頸間勒痕，驚魂未定。

衛士挺刀頂住空空兒胸膛，將他逼到牆邊，將鐵鏈往他脖子上繞了幾圈，令他無法再隨意移動。黃衣宦官冷笑道：「被關在這樣的地方還如此強悍，難怪膽大包天了。空空兒，到底是誰指使你謀害太子？是不是舒王？快說！」

空空兒道：「閣下是誰？」那宦官道：「告訴你也無妨，我是掖庭局博士吐突承璀，你現今被關在掖庭宮中最祕密的監牢裡，不老實招供，休想活著離開這裡。」空空兒心道：「你們一廂情願地逼我承認謀害太子，昨日還問我魏博是不是主謀，今日便成了舒王，我若真承認了，還有命離開這裡麼？」他一心關心侯彝下落，不得不為自己辯解幾句，道：「我哪有謀害太子？中使想知道真相，為何不親自去問問太子本人？不過倒是有一件事很是可疑……」

吐突承璀忙命衛士收起佩刀，問道：「什麼事？」空空兒道：「當時我跟侯少府在長樂驛中一處單獨的驛廳中，廳中只有我二人，後來太子和劉御史、王相公三人到來，我退了出去，在外面等了大概半個時辰，如果太子是在這半個時辰裡中的毒，那麼侯少府肯定也同時中了毒。」吐突承璀道：「是真的麼？」緊緊盯住空空兒不放，見他臉有焦慮之色，這才一揮手道：「走！」

獄卒一直候在門外，等宦官和衛士出了囚室，惴惴鎖好鐵門，奔逃般地跑開。

空空兒本期待這吐突承璀迅疾去查驗，侯彝昨日才離開京師，乘車走不了多快，派快馬追趕，今夜就能趕上，再回來京師，最遲明日晚上就能知道消息。哪知道到了第三日晚上，還不見吐突承璀再來。不但吐突承璀不來，除了每日三餐有獄卒來送飯，再也不見有人來審問他。

這一關就是遙遙無期，空空兒除了行動不得自由，倒也沒有受到虐待，既沒有受到酷刑拷問，每日都有好酒好菜供應，天氣轉冷的時候還送進來兩床厚厚的被褥，這不免讓他懷疑將他弄到這裡關起來的人不僅僅因為太子中毒一案，還有其他的目的，可他怎麼也想不出會是什麼。

眼看時光一日日過去，不僅他對京兆尹、對曾穆許下尋找真凶的承諾均無法實現，甚至他答應侯彝要繼續保護劉義也根本是有心無力。無論他大喊、大叫、大吵、大鬧，總是無人理睬。他也動過心思要越獄出逃，只是這裡對他看管極嚴，手、腳、頸間的鐐銬從不解開，除了有機會挾持那每天送飯的獄卒，他沒有任何其他機會，可制住一個小小獄卒又有什麼用呢？

他常常聽見女子哭聲、嗚咽聲，有時還會有人嘶聲慘叫，卻不知道那是些什麼人。他也終於明白為什麼他叫喊吵嚷始終無人理睬，因為這個地方各種奇怪的聲音實在太多。

有一日，他實在百無聊賴，撥弄腳下的草席，突見地上有字，掀開草席，拂淨塵土，原來是四句詩：「離人無語月無聲，明月有光人有情；別後相思人似月，雲間水上到層城。」[3]

詩中大有幽怨纏綿之意，令人怦然心動，字跡極淺，當是女子所書。也不知道這囚室裡面關押過多少人，而自己將來又會是什麼樣的命運？他雖然生性豁達澹然，也常常醉生夢死地活著，然而最近心中有了牽掛的人，不免格外嚮往外面的自由世界。冷月無聲，離人有情，一時間大生惆悵之意。不過倒正是這種縈繞於心的思念，讓空空兒感到五年來在魏博醉生夢死的生活並沒有把他掠奪一空，夢的翅翼又一次覆上他的面頰，讓他感受到歲月深處鳥鳴般的寧靜。只是當此困境，又怎麼脫身出去？

那詩句旁還有一行小字：「太子用美人醉毒殺鄭王於大曆八年歲次癸丑五月乙亥朔十七日」。「大曆」是代宗皇帝的年號，當時的太子就是當今德宗皇帝，鄭王李邈則是德宗同父異母的弟弟、昇平公主的親哥哥、舒王李誼的生父。空空兒一看之下，心道：「原來世上當真有『美人醉』這種毒藥。」猜想又是牽涉複雜宮廷爭鬥的事，他從無追逐名利之心，也懶得多去關心。

天氣越發寒冷起來，終有一天，高高的天窗上飄下了片片雪花，一夜鵝毛大雪，就連囚室中間的位置也堆起了一層積雪。忽然聽到外面爆竹陣陣，這才意識到已經是新年了。

那一剎那，空空兒突然想起一件重要的事來，「哎喲」一聲，心道：「我也太糊塗，竟然沒有想到這一點。」

前任御史中丞李汶遇刺之前，先是有一聲巨響，當時聽到的人均以為是雷聲，現下想起來那聲音跟狂風起後的焦雷聲完全不同，小而沉悶，更像是爆竹炸響。該不會是兇手掐準時機，有意放了一聲爆竹，引開大家注意力，包括李汶在內，然後趁他發愣之時從背後偷襲棒殺了他，可現場並沒有碎紙屑，小樓裡也沒有硝火氣，這又如何解釋？

耐心等到晚上，等獄卒來送飯時，空空兒懇求道：「大哥，我有重要事情要見京兆尹，能否幫我傳個話給他？」獄卒搖了搖頭，道：「郎君就別為難我了，上頭有交代，不准跟你說話，更別說傳話了。」空空兒道：「我有關於前任御史中丞李汶遇刺案的重要線索。」

獄卒道：「李中丞都下葬那麼久了，誰還管什麼真相線索？再說，京兆尹已經失寵，就算他真想見你，這地方他也進不來。」空空兒道：「什麼？」獄卒卻不再理會，鎖了門自去了。

到次日早晨，獄卒再來送飯，空空兒再問他，他卻已是一個字都不肯說。空空兒只有乾著急，這種被慢慢煎熬的滋味，當真比死還難受。

如此過了四個多月，準確地說，是一百四十天，他是十月初十深夜被帶進掖庭宮，十月十一日被關進這間囚室，每過一天便用小石子往牆上刻一道痕跡。

二月二十七日正午，空空兒照舊聽見了西市開市的鼓聲，只是這次人群喧鬧的聲音格外吵、格外長。不久後，有人來到囚室前，本以為是按時送飯的獄卒，進來的卻是幾名神策軍士。有人開了他頸間鐵鉗，照舊給他套上黑布頭套，將他帶了出來。

空空兒心道：「終於想起來我了，只是這次審問的人不知道是誰。」

來到一間香氣撲鼻的屋子中，神策軍士取下空空兒頭套，拿鑰匙開了他手銬腳鐐，警告道：「別四處亂跑，一會兒自然會有人送你出去。」空空兒一呆，問道：「什麼？」

卻見一名青衣女子上前扶住空空兒手臂，柔聲道：「奴婢鄭瓊羅，奉命服侍郎君沐浴更衣。」將他輕輕拉到熱氣騰騰的浴桶旁邊，伸手去解他衣衫。

空空兒本能地拿住她手腕，問道：「這……這是怎麼回事？」見鄭瓊羅臉露痛楚之色，忙鬆開手，道，「抱歉，我……我不是有意的。這到底是怎麼回事？」鄭瓊羅道：「奴婢不知，奴婢只是奉命服侍郎君沐浴更衣。」

空空兒道：「我得出去問問怎麼回事？」鄭瓊羅忙拉住他，道：「郎君請低頭看看。」

空空兒俯身一望，浴桶水中映出一個人來，頭髮凌亂，滿面油污，不禁「哎喲」一聲，他一直被囚禁，四個月未曾洗臉洗澡，難怪成了這副乞丐模樣。

鄭瓊羅淺淺笑道：「郎君要出去也該先換件衣服。」輕輕解開空空兒上衣。空空兒臉色一紅，道：「我自己來。」

鄭瓊羅跟空空兒差不多年紀，不但柔情似水，而且極善解人意，也不勉強，只道：「那好，汗巾搭在浴桶上，這邊屏風上有一套衣履，是奴婢親手縫製，還請郎君不要嫌棄。」空空兒道：「多謝娘子。」

等鄭瓊羅掩好門出去，空空兒才脫掉衣服，散開頭髮，躍入浴桶中，水溫有些燙，然則熱氣蒸騰，血脈暢流，立即有種令人暈眩的舒適快感。他摸著手腕和頸間為鐐銬磨出的血痂瘀痕，恍然如夢，真難以相信眼前一切。他猜神策軍士既然去掉他手腳的械具，不懼他逃走，當準備放他出去，莫非他們已經抓到毒害太子的凶手？太子到底是如何中的毒？義兒到底有沒有事？他因太子一案被捕後，魏博有沒有受到牽連？這些事情都是他被關在獄中急切想知道的，只是打探無門，不得不強行壓制，此刻突然看到了前方自由的曙光，那種強烈的好奇感再度強烈起來，想解開的謎題實在太多，只略略泡了泡，將身上污垢搓洗乾淨，便即躍出桶來，用汗巾擦乾身子頭髮，走到屏風前取過衣服穿上。這套衣衫有內衣內褲、夾襖、外袍，雖然有些大，然而用料極好，又輕又暖，縫製得也十分精細。

穿好衣服，結好髮髻，空空兒拉開門出來，鄭瓊羅正候在門檻邊，道：「請郎君隨我來。」領著空空兒穿過一道月門，經過一個極大的院子，只見院中有許許多多女子在擣洗衣服，老少胖瘦都有，均是跟鄭瓊羅一樣的打扮。

空空兒見大多人緊鎖眉頭，哀哀戚戚，忽然聯想到半夜時常聽到的女子哭叫聲，問道：「她們是什麼人？」鄭瓊羅道：「郎君不知道麼？這裡是掖庭宮，在這裡的都是犯罪官員的家屬，是這皇城中地位最卑賤的宮奴，除非死，不然永遠不能離開這裡。」空空兒心道：「原來如此。這麼說，這鄭瓊羅也是因家人犯罪受牽連淪為奴婢的麼？她倒是一臉輕鬆。」一時不便再多說什麼，只得默默跟在她背後。

來到一道高大的宮牆前，鄭瓊羅指著前面一扇朱漆大門道：「奴婢只能送郎君到這裡，出了那扇門，自然會有人送郎君出去。」

空空兒見那大門處有全副武裝的衛士把守，料來是宮奴們的禁區，心念一動，問道：「娘子在外面可還有什麼親人？若是需要，空某可以代為傳個話。」鄭瓊羅從容道：「多謝郎君美意。只是瓊娘命苦，親人們要麼已被處死，要麼像我一樣成了官婢，即使勉強聯繫上，也不過徒增哀傷煩惱。若真是有緣，上蒼自會安排親人們再見的。」

空空兒大為稱奇，歎道：「娘子倒是豁達。」鄭瓊羅道：「人生如樹花同發，隨風而散，或指簾幌，附茵席之上，或關籬牆，落糞溷之中。瓊娘只能順人應天，隨世沉浮。」空空兒道：「既是如此，空某告辭了，娘子請回吧。」鄭瓊羅道：「是。」轉身娉娉婷婷地朝裡面走去。

空空兒見她溫柔斯文，談吐不俗，想來也是名宦之後，卻因親屬犯罪而受牽累至此，很是同情，只是自己才剛剛脫困，更談不上幫助她。感慨一回，目送鄭瓊羅走遠，這才往大門而來。

掖庭局博士吐突承璀正等在門口，把玩著空空兒的那柄浪劍，見他出來，道：「幾個月不見，空郎君倒是福態了，看來這獄中的小日子過得不錯。」空空兒問道：「還不是託中使的福。敢問中使，下毒謀害太子的凶手抓住了麼？我義兄侯彝情形如何？」吐突承璀冷笑道：「剛放出來就這麼多話，你自己出去不就什麼都知道了。」

空空兒道：「那好，我再問中使一句，為什麼不經審訊就將我關到這個地方來？」吐突承璀道：「你這麼愛多事，人走到哪裡麻煩就跟到哪裡，不關你關誰？要我說，不放你出來才好呢。」言下之意，竟不似因為太子中毒一案事關重大才將空空兒祕密囚禁，而是嫌他礙事。

空空兒心下大奇，暗道：「莫非跟我四個月前正在調查的案子有關？如果是這樣，關我的人肯定牽涉其中，可能將我弄來皇城掖庭宮這樣的地方關起來，絕非常人，而且一定是皇宮裡的人，會不會是太子？」正揣測間，卻聽見吐突承璀不耐煩地催促道：「快些走吧。」

空空兒疑惑極多，可這吐突承璀幹練機敏，想來問他也不會吐露什麼，只好默默跟隨在他背後。

自皇城西面安福門出來，吐突承璀這才將浪劍還給空空兒，指著城南方向道：「你一直往前走，過了頒政坊和布政坊後再往西，不多久就到你們魏博進奏院了。」不待他回答，領著兩名小黃門匆匆奔進宮城，大約是要趕去覆命。

空空兒急忙南行，路過布政坊時腳步不由自主慢了下來，也不知道躲在坊里祆祠的劉義怎樣了，有沒有再闖出什麼禍事。正思慮要不要先進去打探一下情形，忽見劉義本人正背著個大包袱自西坊門出來，驚奇地睜大了眼睛，慌忙追上前去，叫道：「劉兄！」

劉義乍然見到他，也感意外，問道：「你是趕來找我的麼？」上下打量著空空兒一身華服，道，「幾月不見，你可是貴氣多了，跟你以前可是判若兩人。」又問道，「侯少府情形如何了？」空空兒道：「他已經被貶為外官了。」不及詳細解釋，急道：「你怎麼敢大搖大擺地出來？街上到處貼著你的圖形告示。」

劉義驚奇不已，瞪大眼睛望著他，半晌才道：「你不知道麼？而今新皇帝登基，前幾天宣布大赦天下，我的罪名已經免了。」空空兒大吃一驚，問道：「新皇帝是誰？」劉義道：「還能有誰？當然是原先的太子啦。」他本是個急性子，全是顧念侯彝安危才勉強在祆祠中藏頭縮尾幾個月，現在可以出來拋頭露面，早就有件大事急不可待地要趕去辦，不及與空空兒多說，只匆匆道：「空兒，你和侯少府於我有大恩，來日再圖相報，我眼下有件極為緊急的事情要趕著去辦，辦成後我再來找你們。」

空空兒竟不知道自己被關押四月，外面早換了新天子，一時思潮翻湧，百感交集，連劉義早已走遠都未能察覺。他發了好一陣子呆，決意先就近到光德坊去求見京兆尹李實，來到京兆府，向門前的門吏道：「在下空空兒，有要事想求見京兆尹。」那門吏見他服飾華麗，倒也不敢無禮，只客氣地道：「京兆尹才剛剛上任，忙得很，怕是不得閒會客。」

空空兒一聽「京兆尹才剛剛上任」，忙問道：「新任京兆尹是誰？」門吏道：「李鄘[4]李相公。」見空空兒並不認識李鄘，立即換了一副冰冷的嘴臉，鄙夷地道：「原來郎君要見的是前任京兆尹，他如今可是掉了毛的鳳凰，再沒有以前那般威風了。郎君要找他，請去山南西道吧，他被貶為通州長史[5]，三日前就已經離開京師。」又冷笑著補充道，「郎君可知道李實離京當日，市井雀躍歡呼，長安民眾人人袖藏瓦礫守在通化門一帶，預備等他經過時碎其首級。可惜，李實事先得知消息，從別處逃走了。」

空空兒既意外又驚喜，心道：「這李實殘害人吏，悉不聊生，新皇帝一登基就將他貶謫，倒真是做了件大快人心之事，就怕通州百姓又要遭殃了。」心念忽然一動，「剛才劉義說的有緊急事情要趕著去辦，會不會就是要追出京師去刺殺李實？嗯，李實作惡多端，不得人心，這次失勢，身邊不會有什麼人跟著，他死有餘辜，劉義極容易就能得手，也不用再去理會。」又問道，「大哥可曾聽說過前任萬年縣尉侯少府的消息？」

門吏狐疑問道：「你打聽侯少府做什麼？你是他什麼人？」空空兒道：「我是侯少府的結義兄弟。」那門吏「啊」了一聲，臉上立即充溢蜜桃般的熱情，道：「侯少府四個月前就被過世的老皇帝貶去江南了，不過詔令在侯少府離開後次日才公布，我們大夥想去送也沒能趕上。全靠侯少府冒死進諫，老皇帝才免除了秦川去年未能收齊的三十萬貫租賦，百姓們都感激他呢。郎君，你既是侯少府的結拜兄弟，怎麼會不知道這些？」

空空兒道：「侯少府可曾順利到江南任上？半途有沒有出什麼事？」門吏道：「出事？天下人都以能結識侯少府為榮，恨不得敲鑼打鼓地歡迎，怎麼會出事？你……你真是侯少府的結義兄弟麼？」

空空兒道：「當然。」心道：「看來義兄沒事，不然以他今日的聲望，他若真中毒而死，京師早就傳遍消息了。」當即謝過那門吏。

出來光德坊，沿途見到道路旁都有人歡天喜地在放鞭炮，原以為是慶祝新皇帝登基，走出幾個坊區，不斷聽到人們拍手稱快的議論，才知道是新即位的順宗皇帝罷除了宮市、五坊小兒等苛政，一時很是欣喜，暗道：「當日在長樂一見，我就知道他是個愛民如子的好官，這下大唐該有救了。」

他也不回魏博進奏院，逕自來到親仁坊李汶宅邸。卻見門前冷冷清清，門上出殯辦喪的兩盞白燈籠尚未取下，門夫正坐在門檻上打瞌睡。空空兒上前拍醒門夫，說有要事求見李中丞夫人，請他代為通傳。

門夫問道：「敢問郎君尊姓大名？」空空兒道：「在下空空兒。」門夫竟然知道他，道：「啊，你是幫助過京兆尹調查李相公遇刺案的那位郎君。請進，請進。」領著空空兒進來正堂坐下，自己趕去稟報夫人。

空空兒等了好一會兒，才見李汶夫人汪圓由一名婢女扶著出來。她遭受喪夫之痛，明顯憔悴蒼老了許多，坐下來逕直問道：「空郎有何見教？」空空兒道：「我想到了一條重要線索，希望夫人能允准我再驗一次李中丞的屍首。」汪圓道：「可我夫君早在兩個月前就已經下葬了。」空空兒道：「事關重大，還請夫人允准我開棺驗屍。」

汪圓連連搖頭道：「不行，絕對不行。」空空兒道：「我答應了京兆尹要找出殺死李中丞的真凶。」汪圓驚訝地望著他，道：「你……你不知道京兆尹已經失勢了麼？」空空兒道：「是，可我既然答應了李相公，無論他是不是京兆尹，我都一定要找出真凶來。難道夫人不想知道李中丞到底死在誰手中麼？」

汪圓道：「我夫君已死，李相公又被貶出長安，我兩家再無任何權勢，就算找到真凶又有何用，一樣報不了仇。」空空兒道：「能不能報仇並不重要，重要的是能給死者一個交代。」汪圓道：「不，不行。」

她性情軟弱，毫無主見，但在這件事上卻十分堅定。空空兒還待再勸，汪圓已經站起身來，揮手道：「來人，送客。」

空空兒無奈，只得告辭出來。無法檢驗屍首，便無法驗證他在獄中靈光一現的推斷，可他若私自去挖墳驗屍，便是犯了褻瀆屍體的重罪。苦無計策之下，竟不知不覺來到了咸宜觀前。他料想這座道觀當是蒼玉清和第五郡的棲身之處，他也知道這兩名女子絕非常人，遠遠瞧見觀門緊閉，一時不知道該不該走上前去。

忽然有所警覺，感到背後有一雙眼睛，他是習武之人，本能地回過頭去，卻見數十步處一名腳夫模樣的人迅疾轉身。他登時認出那人的身形來，正是他去刺殺李實當日，在樂遊酒肆見過的那個蹲在門外吃餅的腳夫。

空空兒慌忙追上前去，遠遠見到那腳夫進了一家酒肆，快步搶到酒肆門口，卻見腳夫已經在最角落的方桌坐下。他也不理會夥計的招攬，逕自走到腳夫旁邊，問道：「我能坐這裡麼？」腳夫搖了搖頭，道：「不能。」空空兒照舊在他對面坐下。腳夫道：「你這人好奇怪，那邊那麼多空桌子，你幹麼非要坐這裡？」空空兒道：「難道你不是在跟著我麼？」腳夫道：「就算是吧。」空空兒道：「你倒是爽快。」

腳夫道：「你什麼時候知道的？」空空兒道：「就在剛才回頭看到你的時候。你素來行蹤詭祕，若不是有意引我過來，怎麼還會是這身我上次見過的腳夫打扮？」腳夫笑道：「原來空空兒也不傻，只是比較懶而已。說吧，你想做什麼？是比打架呢，還是比喝酒？」空空兒道：「你冒險現身，就是為了跟我打架喝酒？」腳夫道：「當然不是，是有人出了錢要我來見你。」空空兒道：「能收買堂堂黑刺王翼的人，想來也不是普通人。」腳夫道：「那是自然。」

原來這腳夫就是江湖上大名鼎鼎的殺手王翼。空空兒本來也想不到是他，不過因當日在昇平坊對那腳夫印象頗深，剛才一轉身就立時從背影認了出來。長安城這麼大，這王翼卻幾次出現在跟李汶有關的場合，幾次出現在空空兒眼前，肯定不是巧合，想來他不過裝成腳夫的樣子，好掩飾自己的真實身分；王翼在道上人稱「千面郎君」，幾個月前又在京城出現，空空兒也曾因為李汶腦後的棒傷想到過他，此時再見到，自然而然地聯想到是他。

空空兒道：「你當晚在昇平坊做什麼？」王翼傲然道：「我為什麼要告訴你？」

空空兒知道此人武功既高，又行事怪僻，怕是用武力擒住他也不會吐露實情，不如利用這人貪財的弱點，當即道：「我給你一千金如何？一千金買一句實話。」王翼哈哈大笑道：「你自己窮得要死，魏博早不給你發俸祿，你連酒錢都沒有，哪裡來的一千金？」空空兒頗為難堪，道：「原來你連這個都知道了。」忽想到王翼曾與聶隱娘夫婦一道去刺殺舒王，說不定這些是聶隱娘告訴他的。

王翼道：「不過空空兒一諾千金，我信得過，可以允許先賒帳。說吧，你想聽什麼實話？」空空兒道：「是不是你殺了李汶？」王翼笑道：「你這一千金問得值，是我做的，如何？」

空空兒雖然懷疑王翼當晚在昇平坊別有所圖，但無論如何沒有想到是他殺了李汶，因為殺人後極力掩飾不事張揚決計不是王翼作風。不過是隨口一問，見他毅然承認，也極為吃驚，道：「原來真的是你！你是如何下的手？」王翼道：「想知道？那你得再付一萬一千金。」空空兒吃了一驚，道：「什麼，剛才不是說好一千金一句實話麼？一萬一千金太多了。」王翼怒道：「這還多？你知道我損失有多大麼？」

他一發怒，聲音自然提高了許多，一旁夥計聞聲趕了過來，問道：「什麼事？」王翼指著空空兒道：「這人欠我錢，還想賴帳不還。」夥計見原來是常見的金錢糾紛，只是空空兒衣飾華貴，那腳夫卻一副窮酸相，不免難以相信前者會欠後者錢，只搖了搖頭。

王翼等夥計走開，壓低聲音道：「你和那劉義壞我大事，加收你一萬金還是少的，還連累了侯彝侯少府。」他本是個鐵石心腸的刺客殺手，竟也似極賞識侯彝，很是令人意外。

空空兒道：「你殺人在先，我和劉義落在後頭，怎麼會壞了你大事？」王翼道：「一萬一千金。」空空兒無可奈何，只得道：「好，我答應付給你。」

王翼這才低聲說明經過。原來他當晚早就化裝成僕人混進李宅，一直潛伏在李實所居的小樓，李汶先進來後，他也誤將其當作李實，等僕人退出後，飛快地從背後襲擊打暈李汶，將他抱到臥榻上，然後用事先準備好的毛巾堵住嘴，剝下褲子，將自己的獨門暗器霹靂山鬼使勁插進他糞門，將火藥線點上火，「轟」的一聲，爆竹在李汶腹中爆發，叫也叫不出來，只慘哼一聲而死。他又迅疾給李汶提好褲子，取出嘴裡毛巾，再將屍首擺好姿勢，做出面朝內休息的樣子，自己則又重新躲進內房床下。巧的是當晚正巧有雷雨，外面的人雖然聽見爆竹聲響，只以為是雷聲。片刻後劉義進來，不知道李汶已死，一刀刺穿屍首，空空兒緊隨進來，王翼都在暗中瞧得一清二楚。二人出樓時被人發現後，李府亂翻了天，王翼穿著僕人服飾，從容混在人群中出來，簡直不費吹灰之力。後來李實雖然發現李汶被刀刺之前已經死去，然而古代驗傷秉承「身體髮膚受之父母，不可毀傷」的儒家理念，只驗屍表，不做解剖，殺人者如從竅孔下手，萬難察覺。

空空兒這才恍然大悟，心道：「難怪像萬老公這樣的老行尊也驗不出究竟，這樣傷在糞門之內，無論如何驗屍都無法發現傷口，如果不是兇手親自講述詳細經過，誰能想得到天下竟有如此詭祕的殺人方法？我在獄中時聽見新年爆竹聲時，猜到了當晚第一聲不是雷聲，但也從來沒有聯想到王翼身上，更想不到那是奪命之聲。郭曙大將軍臨死前寫的不是『雨』，要寫的是一個『霹』字，只不過剛寫了一半而已。郭大將軍曾接近過李汶屍首，大概聞到了硝氣，認出那正是王翼刺殺舒王時用過的獨門暗器霹靂山鬼的味道，但不知道什麼緣故他一直隱忍不說，本待次日告訴我此事，哪知道半夜又為人所害，所以才多了這麼多曲折是非。」

空空兒料想王翼並無為民除害之心，問道：「是有人雇請了你殺李實麼？」王翼道：「你倒是我的知己。」

空空兒道：「不過這般殺人，雖無痕跡，到底有些殘忍，不似你的手法。」王翼道：「我也是無奈，雇主要求必須要看起來是遭天譴而死。」空空兒道：「你那位雇主倒是考慮周全，無非是不想牽連到旁人。」王翼道：「而且日子催得急，我都未充分準備，不然何至於認錯人誤殺了李汶？上次殺錯了人，拿不到錢不說，還壞了我王翼名頭。尤其是你和劉義敗露行蹤，弄得滿城風雨，到處是官府的人。那李實更是有如驚弓之鳥，隨時隨地身邊扈從如雲，導致我一個月內難以再次下手，這次任務就算是徹底失敗，所以才說你二人壞我大事。」

空空兒一時沉吟不語。王翼催問道：「你打算怎麼付欠我的一萬二千金？」空空兒道：「等我籌到錢了便會還你。」王翼道：「一萬二千金可不是個小數目，你又是個驕傲的窮人，若是籌不到這麼多錢呢？」空空兒道：「那我只能拿我自己抵給你，你命我為奴為僕，我不敢有怨言，但你若叫我助你殺人，卻是萬萬不能。」

王翼道：「你若是女人我還可以考慮收下，一個大男人，我要來做什麼，我不要你的人。」空空兒道：「那好，我先將這柄浪劍抵給你。」王翼道：「你那兵器雖然是把好劍，可我不想要，它來歷太大，太引人注目。你看見哪個殺手刺客帶劍帶刀了？都是要麼帶匕首，要麼帶短棍，既攜帶方便，又能瞬間致人死命。」空空兒心念一動，暗道：「起初我醉倒在翠樓時，蒼玉清和第五郡用來制住我的兵器不都是匕首麼？莫非她們……」

王翼又道：「三日內你能還清一萬二千金麼？」空空兒躊躇道：「這怕是很難，能否寬容些時日？」王翼道：「如果你答應我一件事，便可抵這一萬二千金。」空空兒搖頭道：「我不想為你殺人。」王翼怒道：「笑話，我自己不會殺人麼？還要你殺？我說的這件事可是跟殺人無關。」

空空兒道：「是什麼事？」王翼道：「如果你將來得到一件叫玉龍子的東西，得把它交給我。」

這是空空兒第二次聽到「玉龍子」，第一次是在青龍寺時蒼玉清於昏迷中不斷呼叫這個名字，他還以為那是她最關愛的人，聽王翼這麼說，他這才知道玉龍子不是一個人，而是一件很重要的東西，忙問道：「玉龍子，那是什麼？」王翼道：「這我不能告訴你。」

空空兒道：「可我既不知道玉龍子是什麼，也不知道它在哪裡，如何能找到它？」王翼道：「世事無常，有些人天生就是走運，說不定有一天玉龍子就自己跑到了你手中，如果你找不到也沒有關係，只要你答應，我就不再追討這一萬二千金。」

空空兒一向貧寒，又與曾穆鬧僵，情知別說三日，就是三年也籌不到這一萬二千金，況且王翼的條件並不苛刻，除了答應他別無他法，只好道：「好，不過可得先說好，不能要我強奪他人之物。」王翼道：「那是當然。」

空空兒忍不住問道：「你要那麼多錢做什麼？」王翼道：「錢多我才能睡得踏實。起碼不會像你，因為錢受制於人，處處窘迫。」空空兒一時無語。

卻見酒菜如流水般端上來，夥計還要再添一副碗筷給空空兒，王翼忙道：「不必了，別看這位郎君穿得光鮮，其實身上沒錢，我可不能讓他吃我的白食。」空空兒無奈，只好起身道：「告辭。」王翼微笑道：「不送。」

出來酒肆，空空兒又忍不住往咸宜觀而來，卻只遠遠站定觀望，不敢走近。忽覺有一股勁風朝他左肩拍來，他右手橫抓，已拿住偷襲之人手腕，正要順勢扯脫對方臂膀，只覺所握住的手腕柔軟滑膩，竟是女子之手，心念一動，沒下重手。這一遲疑間，那人左手間已經多了柄羊角匕首，飛快地抵住他後心上。

空空兒歎了口氣，放開對方手腕。那人奪下他左手中的長劍，附耳上來，低聲道：「空郎，你失信了。我答應過進奏官，無論你逃到天涯海角，都要抓到你，再親手割下你的人頭。」

1 平盧：唐開元七年（西元七一九年）置鎮，治所營州（今遼寧朝陽）。安史之亂時，平盧節度使侯希逸為史朝義部所迫南遷淄青（今山東淄博北），從此淄青有平盧之號，節度使全稱為淄青平盧節度使。安史之亂平定後，平盧為李正己所得，陸續據有淄、青、齊、登、萊、海、沂、密、濮、曹、兗、鄆十二州，治所也從淄州移鎮鄆州（今山東東平）。李正己死，其子李納領軍務。李納死，其子李師古襲領其位。

2 唐時屬於浙西，浙西又名鎮海軍，治所潤州（今江蘇鎮江），下轄潤、蘇（今江蘇蘇州）、常（今江蘇常州）、杭（今浙江杭州）、湖（今浙江吳興）、睦（今浙江建德西）六州，全都是富庶之地，當時的節度使為皇親李錡。

3 此詩為女詩人李冶（字季蘭）作品。李冶生活在玄宗、肅宗、德宗三朝，有「女中詩豪」之稱，是名冠一時的風情女子，與名士陸羽、詩僧皎然、劉長卿等均有交往，陸羽為其終生未娶。後被德宗皇帝召進宮中成為其玩物，傳說涇原兵變時她主動呈詩給叛將朱泚，而為德宗皇帝所殺。

4 李邕：大曆年間進士，北海太守李邕之侄孫。李邕少年成名，是唐代著名書法家，影響深遠，七十歲時因得罪宰相李林甫被酷吏杖殺。同時代大詩人杜甫有詩讚其書法道：「……憶昔李公存，詞林有根柢。聲華當健筆，灑落富清製。風流散金石，追琢山岳銳。情窮造化理，學貫天人際。干謁走其門，碑版照四裔。各滿深望還，森然起凡例。」

5 通州：今四川達州，唐代時屬於山南西道（治所興元，今陝西漢中）。長史：又稱別駕，州刺史佐官，並無實職。但親王府、都護府、都督府的長史地位較高，都督府長史甚至會充任節度使。

卷六　蜀道難

玉簫心道：「薛濤找我，無非是要我替她在太尉面前求情。這女人以前也是太尉身邊的人，明明知道他脾性難測，伴君如伴虎，卻賄賂獄卒公然來節度使府找我，不是有意想拖我下水麼？」不過，她倒極願意看見這個曾在成都風光一時的女人淪為階下囚的樣子，當即道：「前面帶路。」

終於進入了夏天，這是西南一年中最熱、最潮、最悶的時節，也是一年中最難熬的日子。今年恰好是乙酉年，生肖屬雞，湊巧又是盲年[1]，上個立春在本年新年之前，下個立春又在來年新年之後，雞年無春，大不吉利。自從年初正月德宗老皇帝李适突然病死、又癱又啞的太子李誦即位後，人們都悄悄議論，說今年的災難始於天子，年成肯定不會好，怕是天下會有大難。

今年蜀中的雨水也大大少於往年，自入夏以來，成都一直驕陽似火，炎熱無比。城中七八十歲的老人們都說：「活了這麼久，還沒有這般熱過。」晚上倒也罷了，白天烈日當頭時，火辣辣地烤得人渾身冒油，真恨不得直奔到水邊，一頭扎進去，再也不要起來。

成都東接於巴，南接於越，北接於秦，西奄峨嶓，金城石郭，既麗且崇。又是一座水靈靈的城市，內城中有龍堤池、摩訶池[2]，外城郭有天井池、柳池、千秋池，「珍木鬱清池，風荷左右披」。又有兩江一溪三道河流，「蔭簟流光冷，凝簪照影欹」，不過都是人工開鑿，除了秦孝文王時李冰為解決岷江水害而開挖的郫江、流江，又有現任西川節度使韋皋引郫江水穿越外城的解玉溪；之所以取這個名字，據說是水中細沙細膩柔軟，可以用來解玉，也由此促進了當地玉石業的發展。

這韋皋頗為傳奇，他年輕時遊歷蜀中，為西川節度使張延賞之女張恩慈青睞，主動下嫁為妻，卻被岳父、岳母嫌棄，以致三十八歲前還是個默默無名的小人物，最後受不了岳父母的白眼，不得不離開成都，投在隴右節度使張鎰手下做幕僚，很快因為才幹突出得到重用。西元七八三年，長安發生「涇原兵變」，京師長安被亂兵攻占，德宗皇帝李适也不得不倉皇出逃。鳳翔兵馬使李楚琳回應叛軍，殺死了隴右節度使張鎰。另一叛將牛雲光還想邀請韋皋一道投奔叛軍，結果被韋皋果斷殺死，他隨即趕去奉天投奔落難中的德宗皇帝，當即被封為隴州刺史、奉義軍節度使。叛亂平息後，又進封為左金吾衛大將軍，不久更以有功之臣出鎮蜀中，替代他岳父張延賞成為劍南西川節度使。張延賞當年曾當眾羞辱韋皋，而今女婿風光歸來，羞愧難當，不敢面對，連夜收拾細軟從後門溜走。

安史之亂後，中央皇權威令削弱，地方將領跋扈難制，蜀中不斷有兵變發生，史稱「蜀人好亂」，張延賞任西川節度使期間，就曾被部將兵變逼得棄成都逃走。加上蜀地地處西南邊陲，西有吐蕃，南有南詔，自天寶年間南詔與唐朝交惡以來，轉投吐蕃懷抱，兩國便時常聯兵侵犯蜀地；最嚴重的一次，南詔軍隊甚至攻入成都外郭，掠走大批工匠、女子，成為唐朝的心腹大患。可以說，韋皐所接手的西川是一個很亂的攤子，然而他上任後卻大顯身手——到西川之初，即以高壓嚴酷手段平定內亂，加重賦稅，大肆搜刮民間財物，以錢財厚結天子，極討貪財的德宗皇帝歡心；數年後，西川府庫充實，他又提高蜀中將士軍餉，軍中凡有婚配喪葬時，一概供給所需的全部費用，由此得將士死力；在外敵上則採取分化瓦解的措施，南撫南詔，西擊吐蕃，在解決邊患上取得了赫赫戰功；等到地位徹底鞏固後，他開始緩解蜀中百姓的負擔，每隔三年免一次賦稅；又因成都僅西郊繁盛，便花費鉅資修繕城東的大慈寺，人大帶動了東郊經濟繁榮，又在南城外萬里橋一帶創建新南市，大興市井，開拓通衢。一連串恩威並舉措施的成功，為韋皐帶來了巨大的名利和聲望，不僅在朝中地位舉足輕重，更被蜀人比之為「諸葛亮再生」，威望極高，西川兵將也只知道有韋皐，不知道有天子。事實上，當時已經有「一揚二益」的說法，說的是普天之下最富庶最繁華的地方並非帝國京師長安，而是淮南道的揚州和劍南西川道的成都。

蜀人感激韋皐，「錦江春酒肆」[3]的老闆娘卓二娘也是其中之一，只因她家酒肆大大受惠於韋皐開拓的新南市。韋皐鎮蜀之前，成都南郊一帶是處風景優美的遊覽區——萬里橋跨在流江上，是七星橋[4]之一，本身就是處出名的古蹟。相傳三國時費禕出使吳國，諸葛亮送他到這裡上船時，說：「萬里之路，始於此橋。」由此而得名萬里橋，歷代詩人吟詠極多；橋南不遠處就是祭祀劉備、諸葛亮的合廟武侯祠，古柏蒼翠，柏影森森；萬里橋西面則是大名鼎鼎的杜公草堂[5]，坐東向西，背負錦城，面向岷山雪嶺，旁有浣花溪[6]。杜甫〈絕句〉一詩更是生動描繪了草堂周圍婉約旖旎的景色：「兩個黃鸝鳴翠柳，一行白鷺上青天。窗含西嶺千秋雪，門泊東吳萬里船。」雖然僅僅只是幾間低小的茅齋，頹廢已久，卻因為其主人的顯赫詩名而成為勝蹟。女才子薛濤仰慕杜甫詩名，脫樂籍後搬出節度使府，也特意將住處選在杜公草堂附近；西南則有碧綠清幽的百花潭[7]，又有著名的青羊宮——名勝雖多，適合探古訪幽，終究還是人煙清冷。但自新南市建立以來，南郊列市縱橫，商賈如織，人口由此增長數萬，樓閣宏麗，成為一時之盛，再也沒有了昔日「清江一曲抱村流，長夏江村事事幽」的景致。

錦江春酒肆位於萬里橋頭東南，傳說漢代時卓文君正是在此處當壚賣酒。這是家祖傳的老店，偏偏女主人又姓卓，由此引來許多遐想猜議。不過她家賣的是自家釀製的燒酒，與蜀中傳統的醴酒[8]大不相同，當年大詩人杜甫經常來這裡飲酒，特意寫下了「蜀酒濃無敵」的詩句，盛讚「錦江春」酒醇香性烈，甚至有人覺得錦江春比西川著名貢酒劍南春還要好上許多。那時的錦江春酒肆還是家小店，除了賣酒，也兼做客棧生意來勉強填補不景氣的燒酒業。然不過是最下等的雞毛店，只有幾間大通鋪，投宿的也多是鄉下來城中賣力氣找活幹的苦力。但如今再看錦江春，當真是土雞飛上了枝頭，舊房子全部翻新成了酒肆廳堂，又在東面買了一大塊地，後半部分作為釀酒作坊，前半部分則新建了一座庭院式豪華客棧，兩層樓，三十來間房，有長廊與酒肆連通，院子中和長廊兩邊種滿芙蓉，花開時紅豔似火，燦若雲霞，竟成為成都南面最著名的客棧。錦江春能有今日光大門楣的局面，遠遠超越祖輩，除了女店主卓二娘本人精明能幹，更多還是受惠於韋皋的新南市舉措，因而她對這一任節度使是相當感恩戴德的。

卓二娘早已過了不惑之年，露出些勞碌婦人的老態來，然則眉目間還是多少有些年輕時的風情。她梳著蜀中最流行的驚鵠髻，髮髻上插著兩枚翠翹，穿一襲薄薄的襦衫長裙，正倚靠在酒肆門口，手裡拿著一把竹製的蜀扇，張開如滿月，往自己汗津津的臉上猛扇，手腕上的纏臂金釧晃來盪去，發出清脆的撞擊聲。

如此炎熱的夏季，多少會影響酒肆的生意，雖說一大早有人來訂了五十罈燒酒，夥計們都派出去送酒了，然此刻臨近正午，夥計一個沒回來不說，也沒有一位主顧上門，這讓喜歡熱鬧的卓二娘著實有些不快，那張圓臉常掛著的笑容也不見了，替代為一種無可奈何的怨恨。一轉頭，見丈夫魚成正縮在櫃檯後打盹，一腔怒氣正無處可發，立即走過去，將扇子往櫃檯上重重一敲，喝道：「死人，活幹完了嗎？又偷起懶來了！」

魚成瞬間驚醒起來，他是入贅女婿，人本分老實，受妻子的頤指氣使慣了，慌忙應道：「是、是，我這就去酒窖。」卓二娘看見丈夫這副窩囊樣子，更是氣不打一處來，怒道：「我卓二娘怎麼就嫁了你這麼個……」

忽見那住在後院二樓天香號上房的精公子施然出來，一身翻領胡服既華麗又醒目，腰間掛著的承露香囊及玉珮隨著矯健的步子來回晃動，越發顯得風姿瀟灑、玉樹臨風。卓二娘忙捨了丈夫，迎上前笑道：「精郎，今日可起得早。」

這位精公子二十四五歲年紀，名叫精精兒，新來成都沒幾天，據說約了人在萬里橋東面七八里處的合江亭[9]碰面，因而選了錦江春住下，陸路、水路都方便。他孤身一人，似商非商，似士非士，卻是一身貴氣，作派奢侈大方，就連閱人極多的卓二娘也看不出他的來路，只是一力奉承。

精精兒笑道：「二娘又在笑話我了。」他自住進錦江春以來，均是天黑前到酒肆對面的米氏櫃坊拿飛錢兌換大把銅錢，再雇了車馬進內城玩耍，大清早才回來酒肆睡覺，一直睡到下午才起，確實如卓二娘所言，他今日是起得早了。

精精兒雖不明說去了何處，但像他這樣年輕英俊、輕佻風流的貴公子，明眼人一眼就瞧得出他是去尋樂子了。卓二娘暗中問過車夫，果然說他是去了內城找女人，且到的並非聲色雲集的花林坊，而是位於錦浦坊的樂營，足見其人眼光不同一般。

蜀女溫婉美貌，名聞天下，中國有「沉魚落雁、閉月羞花」四大美女，分別為西施、王昭君、貂蟬、楊玉環，唯一的唐人楊玉環[10]就是出生成長在成都。天寶宰相楊國忠的夫人裴柔也是成都的名妓，楊國忠仗著堂妹楊玉環爬上宰相高位後，禍國殃民，人神共憤，但卻從不嫌棄妻子出身，可見裴柔如何的豔麗無雙。錦浦坊樂營裡面住的都是官妓，歸西川節度使直接管轄，這些女子才貌雙全，非大富之人不能染指。蜀中才女薛濤名聞天下，其實也是出身樂營的官妓，十多年前韋皋格外開恩，除了她的樂籍[11]，她才得以搬離節度使府，退居浣花溪節度使別墅。

卓二娘雖早猜到精精兒夜夜流連風月，卻也從不點破，忙引他到窗邊臨江的桌子坐下，問道：「精公子今日想吃點什麼？」精精兒道：「嗯，天兒這麼熱，多了也吃不下，來一壺燒酒，兩盤下酒的冷菜。」卓二娘道：「好咧。」回頭揚聲叫道：「一壺燒酒，兩盤下酒冷菜。」

精精兒笑道：「為何西川的菜總是做得比江南好吃呢？」卓二娘笑道：「這是因為西川食用井鹽，江南習慣吃池鹽，池鹽發苦……」

話音未落，只聽見外面車馬轔轔，卓二娘知道來了客人，忙道：「郎君請稍候。」匆匆迎出門來，只見四名玄衣帶刀隨從正護著一輛精緻的馬車停在酒肆門口的大黃桷樹下。那黃桷樹的年紀比卓二娘祖父的祖父還大，憑江而立，華蓋如雲，根盤河岸，如龍蛇波濤，極為遒勁。

卓二娘認得那輛馬車，「哎喲」一聲，又驚又喜，精神大振，連聲嚷道：「來貴客了！來貴客了！」

車夫大約四十餘歲，顧不上擦去額頭汗水，先搶過去捲起竹簾，先聽見環佩之聲，馬車中鑽出來一名碧衣女子，二十歲出頭，面容清秀姣好，身材嬌弱，肩若削成，腰若約素，極見窈窕，只是金瓚玉珥，珠圍翠繞，華麗得有些俗豔。

女子躍下馬車後，垂首侍立在車旁。車中又出來一位老者，約摸五六十歲年紀，鬢髮花白，穿一身最通行的灰色常服，戴著一副軟角樸頭，慈眉善目，相貌憨厚，看上去甚至有些木訥。他扶住女子的手，一個跨步跳下車來，矯健敏捷，與他的花甲年紀渾然不符。

卓二娘早等在一旁，上前斂衽行了一禮，笑道：「這大熱的天，韋夫子怎麼親自跑來了？若是想喝燒酒，派人來說一聲，我親自給夫子送過去。」那韋夫子笑了一笑，慢吞吞地道：「突然想來這裡看看。」卓二娘當然求之不得，興高采烈地道：「快，快些請進。」

早有兩名隨從搶先進入酒肆，見堂內最好位置的一桌已經有人占著，當即過去喝道：「快些讓開。」

這一桌坐的正是精精兒，轉過頭來，打量了二人一眼，不以為然地道：「莫非這張桌子是你家的不成？」

這兩名隨從是兄弟，分別叫唐棣、唐楓。唐棣道：「不錯，我家主人來錦江春定要坐這張桌子。」精精兒笑道：「凡事抬不過一個理字，明明是我先來的……」唐楓不待他說完，上前一步，右手去按刀柄，武力要脅的意思不言而喻。

卓二娘忙趕過來道：「精郎，正好你點的酒菜還沒有上來，不如就勞你大駕……」話說到這裡就頓住了。她能將一家小小的燒酒店做到今日的規模，除了得益節度使韋皋的商市政策，個人祕訣無非就是「厚道」二字，明知道精精兒有些來歷，眼前是強人所難，可是又不得不如此，不由得露出了難堪的神氣來。

不料那精精兒卻甚是機靈隨和，立即笑道：「二娘說得極對，我讓開便是。」卓二娘忙道：「多謝精郎，今日的酒錢不必記帳，算是我請客。」精精兒微微一笑，眼光往那碧衣女子身上掃得一掃，這才起身挪到堂中坐下。

碧衣女子迅疾從懷中取出一塊錦帕，往精精兒坐過的椅子上抹了幾下，這才扶了韋夫子過去面朝窗口坐下，自己只垂手站立一旁，神態極為謙卑恭敬，似是婢女，只是豐容靚飾，又似是那老者的孫女。唐棣、唐楓一左一右站在老者背後，另兩名隨從分別名叫晉陽、楚原，則分守在酒肆門口，竟似不預備再放酒客進來。

卓二娘慌忙趕去廚房交代幾句，再自己親自服侍韋夫子那一桌。不多時，菜流水般地端上來，擺了滿滿一桌子。碧衣女子忙上前擺碗筷、斟酒，一雙玉手纖若玉蔥，唯右手中指上有一圈肉環凸起，倒似戴著個肉戒指，煞是扎眼。

韋夫子凝視著那肉環在自己眼前來回晃動，一時間回憶起無數往事來，微微歎了口氣，道：「玉簫，你也坐吧。」玉簫道：「奴婢不敢。」聲音又是溫柔又是嬌媚，有一股奇特的魔力，令人怦然心動。韋夫子似是大模大樣慣了，不再多言，也不動碗筷，只是瞇起眼睛，朝窗外的流江望去。

精精兒聽在耳中，這才知道名叫玉簫的碧衣女子是韋夫子的下人，不過看她妝扮如此富態，大約也不是普通婢女，或許是姬妾也說不準。正巧廚子魚三端上來涼菜和燒酒，精精兒忙低聲問道：「那一桌坐的是誰？」

魚三又是搖頭，又是擺手，神態甚是急切，倒不似說不知道，而是讓精精兒不要多問。精精兒更是好奇，一雙眼睛在那玉簫身上溜來溜去。

隨從唐楓從旁瞧得一清二楚，當即朝精精兒怒目而視。精精兒佯作不覺，依舊放肆地打量玉簫。那唐楓雖然生氣，卻不敢擅自發作，便上前朝那老者附耳低語幾句，又朝精精兒指了一指，大約是在訴說精精兒如何對玉簫無禮。韋夫子只是擺了擺手，並不以為意。玉簫聞言側過頭來，望了精精兒一眼。精精兒朝她微微一笑，玉簫慌忙扭轉了頭，看著韋夫子面色越陰越重，心裡越發不安，白皙如玉的鼻梁上登時滲出細密的汗珠來。

精精兒暗道：「這玉簫容貌風姿其實不在秋娘之下，只是不大懂得打扮，定是貧苦人家的女兒，被父母賣給了這年紀足以做她祖父的韋夫子做妾。」他雖然性情風流，想到往日一位舊識也是因為家貧被賣做歌妓，心中不由自主地對這玉簫生出幾分同情來。

忽聞得酒肆外有人高聲叫道：「嬸嬸，我今日在雪嶺上尋到一味好藥！」隨即便有一名身材短小的青年男子欣喜奔進酒肆來，手中舉著一把奇形怪狀的青草。韋夫子的隨從晉陽見他冒冒失失，忙上前攔住，忽望見那男子臉上長滿雀斑、容貌極醜，更是生就一雙鬥雞眼，來回骨碌骨碌轉個不停，越發覺得其人面目可憎，當即將他朝外一推，喝道：「快滾開。」

晉陽身懷武藝，這一推勁道極大，那男子連退數步，方得站定，愕然問道：「你們是誰？憑什麼推我？」他眼睛天生缺陷，無法遠視，個子又矮，只能仰起頭來說話，模樣甚是滑稽。

卓二娘忙趕過去道：「這是我老伴兄弟的兒子鄭注，剛從翼城[12]老家來，沒見過世面。」晉陽卻依舊不肯放鄭注進來，只拿眼去望韋夫子，等他示下。

卓二娘道：「韋夫子，我這侄子年輕不懂事，還請您高抬貴手……」韋夫子緩緩問道：「既是你老伴的侄子，為何不姓魚，卻是姓鄭？」卓二娘道：「這個……」一時也說不清楚。」似乎有難言之隱。

卻聽見那鄭注道：「天下本是一家，姓魚的和姓鄭的又有什麼分別？」韋夫子見他言語機智敏捷，頗為歡喜，示意晉陽放他進來。又問道：「二娘，你侄子可曾讀過書麼？」卓二娘笑道：「鄉下窮人家的孩子，哪裡念得起書？就跟著一個郎中念過幾本醫書，懂得一點皮毛醫術。」韋夫子笑道：「那他該先醫好自己的眼睛才是。」一他一發笑，隨從們也跟著一起笑了起來。

卓二娘不敢接話，只跟著訕笑了兩聲，走過去擰住鄭注的耳朵，拉著往堂後走去，邊走邊罵道：「還不快回房去洗洗，瞧你這身臭汗，可別熏壞了貴客。」她的身材比鄭注足足高出一頭，這一拎當真如老鷹捉小雞般。鄭注大聲呼痛，卻是不敢還手反抗。眾人見狀，無不哈哈大笑。

恰在此時，一個人影閃身進來酒肆，飛快地奔近韋夫子那桌，手腕一翻，刀光閃動中，一柄兩刃匕首閃電般捅向那韋夫子。隨從們的注意力全在卓二娘和鄭注身上，待得驚覺有刺客行刺時，已是上前援救不及。那韋夫子生死關頭，倒是臨危不亂，伸手一拉，頓時將玉簫拉到自己面前。那柄匕首來勢極快，瞬間已到玉簫胸前，玉簫尖叫一聲，動也不敢動，只眼睜睜地望著刺客。

那刺客是名三十六七歲的中年男子，見到玉簫一張俏臉雖因恐懼而扭曲變形，卻是似曾相識，令他想起一位故人來，心下微有遲疑，生生頓住匕首。電光石火間，四名隨從已拔出腰刀，圍住刺客。四人均是武藝精湛之輩，各自舞起一團刀光，攻上前去。刺客順手抄起一張椅子，揮舞成圓圈，只聽見那木椅「嗤啦嗤啦」幾聲脆響，橫木、腿腳均為腰刀斬斷，卻也由此將隨從逼退。

事情發生時，卓二娘正拎著鄭注走到堂口，忽見陡生奇變，「媽呀」叫了一聲，當即癱倒在地，抱著頭，全身抖如篩糠，不敢多望一眼。鄭注卻極為鎮定，飛快地搶到櫃檯後蹲下，從縫隙中偷看堂內爭鬥情形。

那韋夫子得了一個空隙，已經起身拉著玉簫退到牆角，與刺客中間尚隔有唐棣、唐楓兩兄弟。刺客見一時再難以近身，當即揚起匕首，朝韋夫子擲出。那匕首勢道勁猛，畫出一道亮光，直奔牆角。韋夫子卻又故技重施，將玉簫擋在胸前，竟拿她身子當作盾牌般使喚。玉簫見匕首迅若流星，瞬息已到眼前，知道再也無幸，心中一酸，閉目待死。

忽地從旁側飛過來一件物事，正好撞在那柄匕首上，「嘩啦」一聲脆響，燒酒濺了玉簫滿身。她忙睜開眼睛，只見那柄匕首已經釘入牆上，直沒入柄，這才知道自己還活著。往堂內望去，除了四名隨從正圍住刺客狠鬥外，再無旁人，只有那坐在堂中的年輕公子正悠閒地吃菜，桌上卻是少了只酒壺，立即明白是他用酒壺打偏匕首，救了自己。

韋夫子將玉簫推開，見那刺客雖然武藝不弱，以一敵眾，卻是沒有兵刃，明顯處在下風，肩頭已然挨了一刀，正汩汩冒血，當即叫道：「要留活口。」隨從大聲應命。韋夫子這才走到精精兒身邊，道：「想不到郎君年紀輕輕，原來身懷絕技。多謝適才援手。」精精兒不笑道：「夫子不必謝我，我又沒有救你，我救的是你背後的那位玉簫娘子，你讓她來謝我便好。」

那韋夫子吃了個軟釘子，又聽見對方言語輕浮調笑，甚感難堪惱怒，不過他生性陰沉，又見對方身手不凡，有心攬為己用，忍得一忍，回頭喝道：「還不快來謝謝恩公救命之恩？」玉簫忙走過來，朝精精兒跪下，謝道：「多謝恩公救命之恩。敢問郎君高姓大名？」

精精兒不過是不齒韋夫子輕視下人生命、拿女人當盾牌使，隨口說一句戲謔之語，想不到玉簫會向自己下跪，忙上前扶道：「在下精精兒，不過是舉手之勞，娘子何必行此大禮？」攙住她手臂，只覺得她全身又輕又軟，柔若無骨，又聞見她鬢髮上的鬱金油香，不由得心中一蕩。玉簫微微仰首，眼波流轉，似笑非笑地朝他望了一眼，立即又低下頭去，蒼白的兩頰泛出一層紅暈來。

忽聽得「撲哧」一聲，聞聲望去，竟是那刺客寡不敵眾，尋機退到窗口，翻身投入了流江中。四名隨從微一遲疑，唐棣、唐楓兩人旋即跟著躍入江中，晉陽、楚原奔過來稟道：「主人，刺客掉下了流江，不過他挨了兩刀，逃不了多遠。請主人立即回府，以防刺客在周圍還有同黨。」

韋夫子面色如鐵，也不答話，逕直走到窗邊翹望，那刺客已然不見蹤影，只有唐棣、唐楓兩名手下浮在河面，四下茫然搜尋。心中暗罵一聲，叫道：「你們兩個先上來。」當先走出酒肆。

玉簫見韋夫子出了門，慌忙跟上前去，臨到門口，又特意回過頭來，朝精精兒望了一眼，見他正朝自己微笑，回以羞澀一笑，這才碎步追將出去。

外面大黃桷樹下車馬俱在，只有車夫老張俯身仆倒在翳翳樹蔭下，一動不動，也不知道是生是死。晉陽搶過去，將他身子翻過來一搭鼻息，即回頭稟道：「老張只是暈了過去。」

韋夫子走到河邊，唐棣、唐楓正濕漉漉地爬上岸來，河面上波光粼粼，煞是刺眼，依舊不見刺客人影，沉吟片刻，回頭命道：「立即派人封鎖出城道路，務必要尋到刺客，生要見人，死要見屍。」晉陽應道：「是。」上馬飛馳回城傳令。

韋夫子卻不肯就此離去，依舊在樹下徘徊，若有所思。唐棣等人淨是韋夫子心腹隨從，熟知他性情，雖然著急，卻不敢上前相勸。幾人交換一下眼色，楚原遂走近玉簫，低聲道：「此地凶險異常，娘子何不上前勸勸主人，請他儘快回府。」

玉簫只是咬著嘴唇，既不答應，也不拒絕。楚原急道：「娘子……」玉簫搖頭道：「玉簫身分卑賤，太尉[13]豈能聽我所言？」

原來這韋夫子就是西川節度使韋皋，唐代極重視科第，他非科舉正途出身，心中耿耿於懷之餘，尤愛附庸風雅，微服出遊時只命人學孔夫子[14]般稱他為「夫子」。不過他的文章書法也不差，文翰之美冠於一時。雄踞雲南的南詔得其手筆後，曾隆重刻石以榮其國。他生性不喜張揚，出門不愛擺出節度使的儀仗，偶爾也會便服到錦江春酒肆來坐坐，不為享受平常百姓的樂趣，而是想回憶一些以前的舊事。他年輕時寄居丈人張延賞（也就是前任西川節度使）籬下，過了而立之年尚且一事無成，為岳父、岳母所輕視，備受侮辱，幸得妻子張氏還算賢淑，總是暗中安慰他。有一次，韋皋偶然來到錦江春酒肆，見店主卓俊視女婿魚成為親子，親手教他釀酒手藝，魚成忠厚老實，勤勤懇懇，卻為妻子卓二娘所瞧不起，恰好與他自己的情形相反，不由得感慨萬分。回到節度使署後，韋皋向妻子張恩慈講了這件事，張恩慈說：「好男兒志在四方。我父親既然如此輕視你，夫君何必再忍氣吞聲，為血性男兒所恥笑？不如就此離開，我願意辭家事君子，哪怕是住荒野茅屋，炊菽羹藜，簞食瓢飲，也活得舒心快樂。」於是稟明父親，要跟隨韋皋離家出走。張延賞厭惡女婿已久，也不挽留，只給了五十匹絹布當作路費，價值四十貫錢。不過多虧得張恩慈支持韋皋離開成都，不然哪有他後來的飛黃騰達？韋皋回來鎮蜀後，對錦江春酒肆也總有一種特殊的情懷，於是從府庫裡拿錢出來建造新南市，又派人以低價強買進錦江春酒肆東面的一大塊地，再以原價轉手給魚成，有了他的暗中支持，錦江春酒肆自然蒸蒸日上。加上他年老後愛上了燒酒，認為能活血健身，節度使府署中宴飲必用錦江春，上行下效，大小官員也爭相以飲錦江春為榮，以至釀酒反倒成了錦江春的主業。

韋皋適才在酒肆遇刺，雖表面不動聲色，內心著實惱怒，若換作別的酒樓客棧，他一定會派兵立即查封，將所有人都關押起來審訊清楚，偏偏他相當熟悉錦江春，知道這家人上下視他為孔明再世，決計不會與旁人勾結害他。倒是那個出手相助的年輕人來歷頗為可疑，說話帶有江南口音，又身懷絕技，在這個時候來到蜀中做什麼？沉吟片刻，正預備命人去查那年輕人的底細，忽聞見馬蹄得得，一名牙兵[15]疾馳近來，翻身下馬，躬身稟道：「太尉，劉使君回來了，正在府署候命。」

劉使君就是劍南西川支度副使[16]劉闢，他是貞元年間的進士，登宏辭科，被韋皋招為從事，後因才幹出眾，連年升遷，累官至支度副使，已是韋皋身邊最重要、最心腹的謀士。若非如此，這次韋皋也不會派他去京師打探朝廷虛實動向。

自去年年底以來，京師風起雲湧，發生了不少大事：譬如去年十月時神策軍中尉楊志廉莫名身故；御史中丞李汶深夜於京兆尹府邸遇刺；緊接著舒王求雨成功，聲望大著，傳說他得到了至寶玉龍子，即將被德宗皇帝改立為新太子；隨即發生了原太子李誦神祕中風事件，不但腿腳不便，難以下床行走，而且從此再也說不出話來，成了本朝開國以來第一位啞巴太子。

而韋皋兄長韋聿和西川進奏院自京師送來的密信均說，太子其實並不是對外所宣稱的中風，而是中了一種無風無影的奇毒，幸好有人誤打誤撞用所謂的「天河水」緩解了部分毒性，後來又有監察御史李絳用針灸逼毒，才算勉強保住了性命，只是從此半癱在床，而且舌頭僵直，無法再開口說話。不過太子仁厚，不願意張揚，只說中風，不提中毒，以免四下株連無辜。

然而堂堂大唐帝國，將來總不能由一個啞巴皇帝來主政，所以太子雖然未死，地位已是岌岌可危。傳聞把握神策軍兵權的宦官們均支持舒王即位，一是因為太子及東宮集團王叔文、劉禹錫等人素來厭惡宦官，二來太子坐擁名分已久，立舒王才能有擁戴之功。到今年新年正月初一時，皇親國戚們到大明宮向德宗皇帝恭賀新年，老皇帝不見太子，才知道李誦中風癱瘓，康復無望，一時悲慟感傷，憂形於色，當即留下舒王李誼在宮中長談。然而正當德宗皇帝要召翰林學士擬詔改立太子時，忽然患了重病，正月還沒有過完就撒手西去，因死前沒有來得及立下遺詔，大宦官俱文珍、薛盈珍等人緊急召翰林學士衛次公、鄭絪、李程、王涯等人到金鑾殿起草遺詔，提出太子病重，要立舒王為帝。眾翰林學士瞠目結舌，不敢接話。此時，衛次公突然高聲喊道：「太子雖然有病，卻是先皇長子，朝廷內外，早已屬心。就算是萬不得已，也該立太子的長子廣陵王。若不然，朝中會出大亂子。」鄭絪等翰林學士原本畏懼宦官，不敢出聲，忽有衛次公帶頭反對立舒王，立即紛紛附和。宦官們怕事情鬧大不好收場，又想到反正太子疾病纏身，又不能說話，很容易控制，便順勢表示同意。最終，當了二十六年太子的李誦在爭議中即位，但因他無法上朝理政，朝政遂隨落入東宮舊屬王叔文、王伾之手。

王叔文是天下有名的圍棋高手，自小志向遠大，他一掌權，立即借新皇帝順宗之手廢止宦官把持的宮市，懲罰貪官污吏，貶斥了臭名昭著的京兆尹李實，做了一些利國利民的好事，於是市里歡呼，人情大悅。他深感鼓舞，任用名流士子柳宗元、劉禹錫等人，開始了一連串的政治改革措施，並有意剷除長期以來把持神策軍兵權的宦官集團，史稱「永貞革新」。然而唐朝極重視官員門第郡望，王叔文出身寒微，在朝中沒有任何根基，完全靠控制深宮病中的皇帝來頒布政令，行事詭異，不但遭到宦官集團的極力抵制，也引起朝野卿士的反感。尤其是同黨王伾趁掌權之機，廣開受賄大門，收取金錢財物無數，更是為內外憎恨。而王叔文與他本人薦用的新進宰相韋執誼之間也是矛盾重重，政見多有不和。

順宗皇帝久病不癒，雖然有時也被人扶至金鑾殿上朝，然則無法開口說話，群臣只能瞻望，無法奏對，朝野憂懼，希望能夠早日立太子。順宗長年沉溺女色，兒子眾多，其中以長子廣陵王李淳最為英睿，理該立為太子，然而王叔文等人擔心太子一立，大權就此旁落，因此不斷從中阻撓。大宦官俱文珍、薛盈珍等人因為想立舒王一事得罪了順宗皇帝，遂決意投靠廣陵王李淳，以獲得新的恩寵。在宦官們的精心策畫下，某一日，順宗上朝時，翰林學士鄭絪、衛次公、李程、王涯已在金鑾殿等候，奏請草制立太子。王叔文還待反對，鄭絪書寫「立嫡以長」字呈上給皇帝，順宗點點頭，廣陵王李淳遂被立為太子，更名李純。

此後，以王叔文為首的原東宮集團與新太子集團矛盾不斷，宦官也乘機在其中興風作浪。擁兵在外的各藩鎮節度使眼見時局動盪，詭譎難測，紛紛派遣心腹前往京師長安，窺測朝廷動向，想要趁火打劫者大有人在。數日前，劍南西川節度使韋皋也派出得力副手支度副使劉闢以奏事為名，到長安去摸底，這才不過幾天，劉闢竟然就已經從長安回來，他料想應該是京師起了重大變化，大為詫異，再也顧不上理會旁事，忙揮手道：「回府！」

車夫老張猶自昏迷不醒，隨從楚原一時也顧不上他，任他躺在原地，扶韋皋、玉簫先後上車，自己親自趕了馬車，逕往城中駛去。

馬車飛奔如閃電，車內卻是平穩舒適。韋皋示意玉簫打起車窗上的竹簾，依依回望——整個新南市雖不及內城那般繁花似錦、林木蔥鬱，然則在刺眼的豔陽下卻顯得格外輝煌壯麗，而這全靠他一手打造，頓時心頭湧上難以名狀的自豪感和成就感。西川被他治理得如此繁華，若是三川[17]都在他手中，豈不是更添尊榮？他已經位及三公，要錢有錢，要權有權，所求者無非三川而已。

轉眼間，馬車馳入了成都內城。和新建的新南市相比，成都舊城則要顯得古樸得多，大道上的青色條石反覆被車馬人磨礪著，不知道已經經過了多少年頭，大小裂縫條紋多少露出歲月的無情來。不過內城城牆及城中許多建築均是秦代遺物，至今猶堅固異常，因而大詩人岑參有詩道：「傳是秦時樓，巍巍至今在。樓南兩江水，千古長不改。曾聞昔時人，歲月不相待。」

成都城郭的建設，始於秦國張儀，先築大城，周十二里。傳說初建時總是不成功，後有大龜爬行，張儀跟著大龜路線築城，城郭始成，成為西蜀軍事政治中心。張儀繼而又在大城之西築少城，為經濟中心。秦國統一天下後，又在原少城西南方增建新城，稱為南小城。到漢代時，隨著人口的增加和經濟的發展，大城、少城、南小城被連成一片，成為一座完整的大城，又稱為漢城。由於成都織造業發達，蜀錦、蜀繡名聞天下，漢城西南角笮橋[18]一帶又建有錦官城，城中居住著織錦工匠，城周圍以高牆，猶如堡壘，防止他們攜帶錦緞逃亡。錦官城的官署，就在南門外，距離萬里橋不遠。西門又修有車官城，專門管理運送人、貨，及征戰用的車輛、車夫等。到了隋代，隋文帝楊堅封第四子楊秀為蜀王，楊秀性好奢侈，為了滿足個人享受於成都大興土木，修建王宮時因為取土在王宮附近挖出了一個大池，乾脆引水入池，即為摩訶池，成為一道風景。到唐朝初年，成都各城早已連成一片，城區面積亦有所擴大，城西、城北更是人煙繁茂，商業發達。安史之亂發生後，玄宗皇帝李隆基逃難到成都，在城東興建大慈寺，後來破敗。韋皋鎮蜀後，重新修繕，香火極盛，又在萬里橋南創建新南市，輕抽收，廣商賈，一舉改變了東部和南部相對冷清的局面，成都成為天下最富庶的地方。

然而，韋皋並不滿足。劍南西川共轄二十六州、一百一十二縣，劍南東川管十二州、六十九縣，山南西道管十七州、八十八縣，雖說東川和山南西道加起來實力也不及西川，可它們卻恰好擋在西川通向長安的必經要道上，尤其是東川，扼守進出蜀地的咽喉關隘，於經濟利益上大大妨礙了韋皋，他暗結朝臣的一些行為著實難以瞞過這兩道節度使的耳目，所以他一直懷著將三川收歸自己囊中的願望。以前德宗還在時，他已多方暗示想要同時得到三川，但老皇帝飽經藩鎮兵變之苦，無論如何都不肯答應，老皇帝對他有知遇之恩，他索要不成，只能悻悻作罷，然而現今情勢大大不同，老皇帝病死，新皇帝又癱又啞，朝政被一群志大才疏又別有用心的文人把持，或許又是個新的機會。這次他派劉闢進京，正是要向當權者求領三川節度使，也不知道事情辦得如何，這也是他一聽到劉闢回來成都，就急不可待要趕回府署的原因。

劉闢行程比計畫大大提前，而且預先沒有傳遞書信，表明事情必然辦得並不順利，可這不應該呀——王叔文一介書生，僅因為善於弈棋入侍東宮，太子當了皇帝，才得以入翰林院，雖說翰林學士能參予機密，位比宰相，有「內相」之稱，但畢竟他只是個新進，在朝中沒有任何影響力，眼下又因為想奪取神策軍兵權得罪了宦官集團，正是需要藩鎮支援的時候，難道他會不識時務，拒絕自己統領三川的請求？

一時間，韋皋百思不得其解，目光落在一旁的玉簫身上，見她低垂著頭，雙手來回絞著裙裾，露出一副鬱鬱寡歡的樣子來，便問道：「你是不是很喜歡酒肆中那位出手救你的郎君？」玉簫正百無聊賴，聞言大驚失色，慌忙拜伏在韋皋腳下，顫聲道：「玉簫只知道一心一意侍奉太尉，不敢有任何別的念頭。」韋皋道：「嗯，諒你也沒這個膽子，起來吧。」玉簫這才站起，縮緊身子坐在一角。韋皋顧不上再去理會她，喃喃道：「到底是誰派來的刺客？」

玉簫不敢接話，只暗中窺探韋皋顏色，卻見他眉頭緊鎖，前額露出一道道溝壑般的皺紋，一雙眼睛又是困惑又是緊張，自她被當作禮物送給韋皋以來，還從沒見過他這般神色。

西川節度使府署位於城正中心的摩訶池畔，署府即隋代蜀王楊秀的王宮[19]，四周環有城垣，稱為牙城，城牆上淨是全副武裝的牙兵。

先行趕回的侍衛晉陽已將韋皋在錦江春酒肆遇刺的消息稟告邢泚、崔綱二位牙將。這二人統領牙兵，負責節度使府署和節度使本人的護衛，正調動軍隊，一隊隊牙兵從牙城中飛馬馳出，趕往流江一帶搜索圍捕刺客。節度使府署正城門又稱大衙門，兩頭大石獅子各自昂首挺胸，靜默注視著眼前的一切，似乎早已習慣了人仰馬翻的各種情形。

韋皋車馬剛進牙城，劉闢已經聞訊趕出來相迎。他進士出身，登宏辭科，本人書卷氣極濃，恭謹有禮，一副儒雅君子模樣。背後還緊緊跟著一人，三十來歲，年紀比劉闢小一些，渾身上下透露出幹練與成熟，這是支度判官盧文若，不但是劉闢的得力副手，其妹盧若秋還嫁給了韋皋之子韋行式，和韋皋是姻親。見到韋皋扶著玉簫下車，二人慌忙上前行禮。

劉闢問道：「太尉遇刺，可有受傷？」神情極見關切之色。韋皋搖了搖頭，劉闢這才長舒一口氣，道：「萬幸！」韋皋著急問他朝中政事，道：「去百尺樓再說。」

百尺樓位於節度使府腹心，恰在外署與內苑交界處。樓分四層，高達百尺[20]，故稱「百尺樓」。此樓木面不髹漆，通體顯現木材本色，醇黃若琥珀。屋頂用青瓦及彩色琉璃脊，飛逸奇特，宏麗雄偉。一樓設廳[21]寬闊宏大，樓東即是摩訶池，水波粼粼，廣垠千畝。靠近百尺樓的西岸水面上建有水榭，與設廳通連，湖光水色，楊柳依依，風景旖旎，是舉行宴會的理想場所；二樓定奏堂為議事廳；三樓為節度使私人書房，稱芸暉堂，藏有無數奇珍異寶；四樓為穿廊花廳，既能俯瞰成都全城，內中又收藏有許多名人字畫。

然百尺樓又是西川軍機重地，外人不奉節度使之命決計不可擅入，就連韋皋正妻張夫人也不例外，但玉簫卻可以隨意進出，這是因為韋皋一刻也離不開她的緣故。她一言不發地緊跟在韋皋背後，忽有人輕輕扯了扯她的衣袖，轉過頭去，見是支度副使劉闢，不由得十分詫異。劉闢指了指她頭上，玉簫拿手一摸，才發覺髮髻上的步搖歪在一邊，幾近掉下來，忙重新插好，向劉闢一笑，表示感激。劉闢卻神情嚴肅，只微微點了點頭，也不多瞧她一眼。

進來定奏堂坐下，韋皋命玉簫下樓去沏茶，又命心腹侍衛楚原等人退出，只留下劉闢、盧文若二人，這才問道：「事情辦得如何？」劉闢忙謝罪道：「卑官有辱太尉使命……」韋皋擺手道：「到底是怎麼回事？」

劉闢道：「卑官進京後立即按太尉的指示登門拜訪了宰相韋執誼和翰林學士王叔文，奉上厚禮。韋相公雖居宰相高位，人卻是很年輕，也很客氣……」

盧文若道：「韋執誼岳父杜黃裳名望很高，他自己卻只是個繡花枕頭，全靠詩文寫得好才討得了老皇帝的歡心。王叔文多半是看中這草包容易控制。」韋皋道：「嗯。後來呢？」劉闢道：「韋相公收了禮物，只說群臣已經很久見不到聖上，王叔文執掌朝政大權，朝中大事盡由他說了才算。所以卑官又去拜訪王相公，他倒是沒有拒絕禮物，只是態度很倨傲，問道：『你們節度使派你來做什麼？』卑官回答：『太尉命我致微誠於相公，希望能夠兼領三川節度使職，若相公能將三川同與，太尉當出死力相助，不與，太尉亦當有所相酬。』」

韋皋道：「不錯，這是本帥原話，他如何回答？」劉闢道：「王相公當即拍案而起，命人將卑官趕出府外，禮物也盡數扔了出來。他不但堅拒太尉統領三川的要求，還預備殺死卑官立威，我們前腳剛走，他後腳就進宮請詔，若非新任宰相韋執誼事先通知我們逃走，只怕……只怕卑官已經命喪長安了。」

原來西川在朝中所以舉足輕重，固然是因韋皋聲望隆厚，然他的所謂軍功政績如何如何只是很微不足道的一部分，換任何一人來當節度使，西川一樣是朝廷最為重視的地方之一，這是因為蜀中富庶之地占了朝廷賦稅的重頭。但比起魏博等河北藩鎮獨立於朝廷之外不同，西川一直仍在朝廷掌握中，至少在韋皋之前是這樣。在韋皋之前，沒有哪一任節度使能在西川待過十年，韋皋經營蜀地二十年，算是開天闢地頭一遭。他甚至不肯入朝為相，也要想方設法留在西川繼續當節度使，自然是因為能夠獨霸西南一方，是名副其實的西川王。而王叔文執掌朝政後，第一件要做的事就是將國家財政收歸己手，當時兼任度支、鹽鐵轉運副使，掌控國家財政，風頭正勁，氣蓋當時，最厭惡韋皋這等挾公謀私的人，聽到劉闢轉述的這等暗藏威脅的話，更是勃然大怒，立即進宮請詔要殺劉闢，但宰相韋執誼事先得了劉闢許多好處，從中大加阻撓。王叔文大怒之下，發誓要殺死韋執誼以及所有與自己作對的人。韋執誼出身京兆名門望族，岳父杜黃裳又是朝中名望極高的重臣，自然不會束手待斃。一時間，京師驚濤駭浪，人人恟懼。

劉闢講述得甚是簡短流暢，即使提及王叔文要殺他時也只是平靜地一帶而過。倒是盧文若憤然道：「王叔文不過以棋藝得幸天子，卻得志自矜，亢傲弄權。俗話總說打狗還要看主人，他如此囂張，要殺劉使君，分明是不將太尉放在眼中，想來個下馬威，讓藩鎮節度使們瞧瞧他的厲害。」盧又若因精明能幹，又是韋皋的姻親，這次也跟隨劉闢一道前去長安，從旁輔佐監視。

韋皋聽了也不動怒，只問道：「王叔文才是掛名翰林學士，韋執誼雖是宰相，畢竟也是新進之輩，南衙[22]中的其他宰相就任憑他二人胡作非為麼？」劉闢道：「其他幾位宰相，資格最老的賈耽自王叔文掌權以來已經不上朝，並一再稱病上表辭職，杜佑、高郢、鄭珣瑜幾位，也不過是終日伴食而已。」

盧文若又講了一則在長安廣為流傳的故事：不久前的一日正午時，王叔文前去中書省找韋執誼議事，因為正是宰相會食時間，按照慣例不能打擾，門吏當即上前阻止。王叔文勃然大怒，威脅要殺門吏，門吏無奈，被迫進去通傳。韋執誼聽說後，立即起身出去，也不向同僚交代一聲。其他宰相見狀，也只好放下筷子，等了許久，始終不見韋執誼回來，問起來才有人報道：「韋相公已與王學士同食閣中，諸位相公不必再等。」杜佑等人方敢繼續吃飯。這件事後，鄭珣瑜深受刺激，也學賈耽一般稱病不出了。

韋皋聽了，當即露出鄙夷之色來，道：「賈耽這干人只知道食君之祿，不曉得忠君之事。哼，關鍵時刻，南衙從來就指望不上。」又問道：「北司[23]那邊動靜如何？」劉闢道：「北司的左神策軍中尉楊志廉死後，中尉一職一直空缺，由右軍中尉孫榮義暫代其職。聽說當今皇帝登基前，孫榮義就極力贊成立舒王為帝，如今他正積極運籌，預備將舒王從十六宅[24]中接出來。」

韋皋道：「孫榮義雖握有神策軍兵權，可這人怙寵驕恣，沒什麼才幹，況且現任皇帝還在位，太子名分又早已定下，他想立舒王，得先廢去現任太子，而這太子和太子妃都是厲害人物，只怕沒那麼容易。」

韋皋這話說得不疾不緩，神色甚是平靜，劉闢與盧文若斂容靜氣，留意觀察，也瞧不出他是支持還是反對俱文珍，是預備站在太子李純一方，還是要力挺舒王李誼？不過韋皋能有今日風光，全仗死去的德宗老皇帝一手提拔，韋皋也一直感念知遇之恩，舒王李誼雖只是德宗之侄，卻最得寵愛，猶勝親子，德宗甚至數次想改立其為太子，若真要從情感上來選擇，怕是韋皋還是會支持舒王李誼。

劉闢道：「是，太尉見解高明。聽說太子拉攏另一幫以俱文珍為首的宦官，而今俱文珍手中一人兼任右衛大將軍和內侍省內侍監兩處要職，手握禁軍，實力也不在孫榮義之下。」盧文若也道：「這俱文珍雖是閹人，卻在結交文人上很有一手，韓愈曾專門寫文章讚揚他『材雄德茂，榮耀寵光，能俯達人情，仰喻天意』。」

韋皋問道：「是那個專門靠寫墓誌銘收取高額潤筆費的韓愈麼？」盧文若道：「正是他。他去年因上書論天旱人饑狀，請求朝廷減免賦稅，被老皇帝貶為了陽山縣令。」

韋皋冷笑一聲，露出一股奇怪的神情來，他心思高深莫測，即使知他者如劉闢、盧文若，一時也猜不透他此刻心中所想，當下默不作聲，靜立一旁。

忽見玉簫捧著茶盤自側室輕盈出來，為三人一一奉茶。天氣炎熱，她來回忙碌個不停，汗水沁濕了單薄的綾衣，越發露出窈窕纖弱的身段來，就連盧文若也不自覺多看了她一眼。忽聽見韋皋叫道：「來人，去叫符載來。」

厚重的堂門緊緊關閉，門外的侍衛聽不見韋皋的命令，劉闢忙走到門口，又大聲說了一遍，晉陽這才應道：「遵令。」

符載是天下有名的文士，時任西川節度使麾下掌書記，專門負責起草重要文書。盧文若聽韋皋急召符載，問道：「太尉是要上書朝廷麼？」韋皋點點頭，道：「本帥要立即上書彈劾王叔文。」盧文若道：「王叔文確實不識好歹，可是聖上只對他和王伾二人言聽計從，太尉貿然上書，怕是會觸怒當今皇帝。」韋皋森然道：「既然如此，咱們就再立一個皇帝。」

韋皋這句話實是太過大逆不道，劉闢和盧文若聽了卻是絲毫不覺驚訝。他們二人此次進京，為韋皋索取三川不成，還深深得罪了王叔文，也就是得罪了現任皇帝，說不定朝廷很快就有制書下達，要免去韋皋西川節度使之職。雖說一紙文書並不能對韋皋造成實質威脅，可是他岳父張延賞是宰相張嘉貞之子，不僅在朝中任過宰相，又是前任西川節度使，岳母苗氏亦是已故宰相苗晉卿之女，韋皋本人也出生於長安世家大族，極重視名譽，公然與朝廷對抗並非他所樂見的局面，因而要想保長久富貴，確實只有學孫榮義、俱文珍一班支持新皇登基，才是唯一出路。

劉闢忙道：「卑官這次到長安，也去各進奏院轉了一圈，聽說河北的淄青、宣武幾鎮都預備支持孫榮義立舒王為帝，而最關鍵原因還不是因為過世的老皇帝寵愛舒王，而是舒王尋到了寶物玉龍子……」話音未落，忽聽得有人輕輕敲了敲門，有牙兵大聲稟道：「李監軍有急事求見太尉。」

李監軍就是朝廷派駐在西川的監軍使[25]李回，字先壽，是前任神策軍中尉楊志廉心腹，來到成都已有數年，為人謙和恭謹，倒也能與韋皋等人和平相處。幾人均猜到他當是為舒王一事而來。盧文若笑道：「這李回倒來得正是時候。」韋皋點點頭，叫道：「玉簫，去取章服來。」

玉簫忙到側室取來繡著鶻銜綬帶的紫色官服為韋皋穿上，圍好十三銙的金玉帶，再將金飾魚袋[26]掛在右腰上。韋皋近來發福了一些，原先的尺寸有些勒緊，又示意玉簫將玉帶鬆了鬆，這才命道：「請李監軍進來。」

李回年紀與劉闢相仿，因是自幼入宮的宦官，面白無鬚，看上去要比實際年齡年輕許多，一進來就先問道：「太尉在酒肆遇到刺客行刺，可有受驚？」韋皋淡然道：「有勞李監軍掛心，本帥一切安好。」

李回道：「聽說那刺客武藝高強……」劉闢插口道：「太尉身經百戰，面對吐蕃三十萬大軍[27]也巍然不變色，一個小小的刺客又何足掛齒，太尉根本未曾放在心上，李監軍多慮了。」李回慌忙訕訕笑道：「是……是……劉使君說得極是，區區一個毛賊，如何能傷得了太尉，倒是老奴[28]多慮了。」

韋皋聽了這等露骨的阿諛之詞，臉上也不見喜色，只問道：「監軍使有事麼？」李回道：「噢，神策軍中尉孫榮義大將軍有五百里急件送來成都，命老奴向太尉致意。本來孫大將軍是要親自與劉使君晤面，請劉使君轉達敬意，卻被王叔文這廝壞了大事。」

韋皋道：「嗯，本帥正有事要和李監軍商議。」李回道：「太尉但有所命，老奴敢不遵從。」韋皋道：「如今朝中奸臣當道，你我雖不在京師，然則身為朝廷重臣，也該為社稷分憂。本帥正欲上書朝廷，請聖上明辨是非，遠離王叔文等誤國殃民之輩。」

李回正是受神策軍中尉孫榮義指派，想遊說韋皋上書請立舒王李誼，宦官固然在朝中有刀有槍、有權有勢，可上表這等大事還需依賴重臣，若能倚藩鎮為援，中外呼應，大事易成，正好韋皋向王叔文索取三川不成，可謂是天賜良機，聞言大喜，忙道：「太尉明鑒，孫大將軍說，只要太尉上書請立舒王，別說是三川，西南半壁江山盡可付於太尉。」韋皋道：「好，李監軍請先回去，等掌書記到來擬好奏稿，本帥再派人知會監軍使。」

李回早知韋皋為人深沉陰鷙，想不到他會一口答應，料來是王叔文要殺劉闢的事多少驚住了他，忙道：「是。不過還有一事需要稟告太尉，半個月前，吐蕃內大相論莽熱逃出了京師……」

這論莽熱正是昔日被韋皋生擒的吐蕃軍主帥，作為俘虜押送到長安獻給了德宗，皇帝沒有加害，只命軟禁在崇仁坊一處宅邸中。韋皋本來一直不動聲色，聞言也挑了一下眉毛，顯然很是震驚。

盧文若忙問道：「不是有神策軍看守論莽熱麼？」李回道：「是，不過有賊人從隔壁的宅子裡挖了一條地道，一直通到論莽熱居室，神不知鬼不覺將他從地道中救了出去。」

盧文若道：「為何我們在京師沒有聽說此事？」李回道：「唉，只怪那賊人太狡猾，不但挖通地道運走論莽熱，還找了一個相貌、身材跟他差不多的吐蕃人運進了居室，所以眾人都以為論莽熱還在居室裡面，直到幾日前才被人識破發現。」

韋皋道：「即使論莽熱半月前就逃離長安，可中原到吐蕃萬里迢迢，只要飛騎傳書各地關卡，嚴加盤查，他長相異於中原人，早晚要被擒住，何至於驚慌？」李回道：「太尉說得極是。不過聽說那論莽熱恨太尉入骨，發誓要取下太尉人頭才肯回吐蕃，他身邊還招募了不少江湖高手。太尉今日所遇的刺客，莫不是與他有關？」韋皋道：「本帥知道了，監軍使辛苦。來人，送監軍使回營休息。」李回道：「如此，請太尉自己多加小心，老奴告辭。」

盧文若等李回下樓出去，這才問道：「太尉當真要如孫榮義所請，就此上書奏立舒王為帝麼？不如先等其他節度使上書再附議不遲。」韋皋道：「如果立舒王，頭功就算在孫榮義頭上，本帥要第一個上書奏請太子監國。」

盧文若大吃一驚，不由自主地重重看了劉闢一眼。劉闢顯然也預料不到韋皋會支持太子李純，大感意外，半晌才小心翼翼地問道：「卑官處事不慎，得罪了王叔文，也就是得罪了皇帝，太尉為何還要支持太子？」韋皋緩緩道：「你以為他們是親生骨肉，就會父子連心麼？高祖跟太宗皇帝是不是父子？睿宗跟玄宗是不是父子？玄宗跟肅宗是不是父子？代宗跟德宗是不是父子？德宗跟當今皇帝是不是父子？」他所列舉的均是父子在世時互相猜忌防範的例子。劉闢默然良久，才道：「卑官明白了，太尉當真是高瞻遠識。」

忽聽見牙將邢泚在外面大聲稟道：「太尉，屬下已經帶人捕到那刺客，他逃到了浣花溪薛濤住處，正好被遊人看見，報了官。」韋皋道：「好！今日參與搜捕刺客的官兵都重重有賞，報官的遊客賞金加倍。」邢泚道：「是，多謝太尉。是要帶刺客進來節度使府由太尉親自審訊，還是押送去成都府？」

成都自安史之亂玄宗皇帝幸蜀後改為南京，成都府尹素來由西川節度使本人兼任，只不過韋皋極少去那裡辦公，獄訟之事大都由下屬官吏處置。他沉吟片刻道：「先關在節度使府地牢中。」邢泚道：「遵令。」

盧文若道：「林推官[29]去了底下州縣巡獄，不如由文若來審問刺客，看他到底是不是論莽熱的人，說不定可以順藤摸瓜，重新逮到論莽熱本人。」韋臯道：「不，眼下要辦的事情很多，文若，你派人去靈池[30]召段文昌回來。」

盧文若一呆，問道：「太尉是要讓段少府來審訊刺客？」韋臯點點道：「文昌為人精明，辦事妥當，本帥相信他有辦法讓那刺客招供，而不是一味靠刑訊。」

盧文若道：「段少府為人確是機智幹練，不過聽說他被太尉貶去靈池後，心懷怨恨，從來不理政務，成天忙著研究美食，寫什麼《食經》，還親自到酒肆指點廚子做什麼千張肉。」韋臯道：「那好，命段文昌將他所寫的《食經》一併帶來給本帥瞧瞧。嗯，聽說他新收了一名武藝高強的手下，叫他一併帶來。」又轉頭道，「劉副使，本帥也知道你與文昌素來不和，不過當此非常時期，你已經是堂堂支度副使，他不過是一個小小的靈池縣尉，你大人有大量，多包涵些。」劉闢道：「太尉教訓得極是，劉闢不敢不聽。」

韋臯年紀已大，每日有午睡的習慣，談了一會兒軍政之事，頗覺疲倦，便命劉闢、盧文若先退出百尺樓去交代符載草擬奏疏，自己洗了把臉，脫下章服，只單穿著一件薄薄的綢衫，扶著玉簫的手上來三樓芸暉堂。

卻見堂中正立著一塊巨大的石質插屏，一隻老鷹立在樹枝上，雙目斜睨樹下，似正窺測腳下獵物，神氣極為生動，只有黑白二色，紋理純屬天然，這是南詔重新與唐朝結盟以來送給韋臯的禮物，名叫「點蒼雄鷹」。插屏下擺著一張寬大結實的竹榻，那竹子不是圓的，堅實正方，節眼須牙，四面對出，聽說只有西域大宛國才出產這種方竹。

韋臯躺到竹榻上，順手拿起鎮紙摩挲玩弄。這兩方鎮紙也是南詔禮物，長約二寸，寬一寸，厚五六分，一方名為「輕舟出峽」，兩邊懸崖對峙，中有二人乘小舟順流而下；一方名為「松溪印月」，雙松欹立，針鬣[31]分明，松梢上一輪明月，樹下水紋若隱若現，一月印在水中。畫面栩栩如生，淨是天成，令人愛不釋手。

玉簫一直侍立一旁，忽聽得韋皋問道：「你覺得那刺客是誰派來的？」玉簫一愣，道：「奴婢不知。」韋皋道：「他既然受了傷，該往東去，儘快離開成都才是。怎麼會偏偏往西逃去浣花溪薛濤住處？」玉簫曾經聽說過韋皋與薛濤之間的許多故事，不敢輕易接話，只連連搖頭。

韋皋忽然坐起身來，高聲叫道：「來人！」心腹侍衛晉陽、楚原等人一直守在外面，聞聲進來問道：「太尉有何差遣？」韋皋道：「派車馬去浣花溪接薛濤來，越快越好。」晉陽道：「遵令。」

玉簫見韋皋倦意全無，不知道又想起了什麼大事，忙問道：「太尉可是要換上章服？」韋皋道：「不必。」起身在房裡走來走去。

一直到天黑時，牙兵才接到薛濤來節度使府，說是她家中有客，一時走不開。韋皋聞言更是不悅，扶著玉簫下來一樓設廳。卻見一名三十餘歲的麗人站在堂前，姿容美豔，一身雪白道袍極見飄逸。韋皋不由一愣，心道：「許久不見，她竟然改裝道袍了。此女心計深沉，莫不是有意如此？」

那女道士打扮的婦人正是大才女薛濤，字洪度，見韋皋下樓來，忙上前行禮。韋皋道：「如今薛娘子可是越來越忙了，本帥要見你都得從白天等到晚上。」

薛濤雖然才氣名滿天下，卻自知不過是權貴手中的玩物，她未脫樂籍前曾因極小的過錯被韋皋流配到邊關軍營為奴，不僅要做各種髒活，還為軍中將士任意凌辱，嘗盡苦頭，早知道他手段厲害，慌忙跪下告道：「薛濤絲毫不敢怠慢太尉，只是不知道太尉今日見召，下午出去送客，一時未歸，所以才耽誤了時辰。」

韋皋冷笑道：「這裡正有一名貴客需要娘子的款待。」轉頭喝道，「帶刺客上來。」只聽見鐵鏈聲響，數名牙兵簇擁著一名男子進來。那男子手腳均被鐐銬鎖住，肩頭受了刀傷，正是白天在錦江春刺殺韋皋不成的刺客。

韋皋道：「薛娘子仔細看看，是否認得這位貴客？」

那男子被牙兵摁住跪在薛濤旁邊，薛濤略略側頭一掃，忙搖頭道：「不認識。」那男子忽爾抬起頭來，看了她一眼。

韋皋道：「當真？」薛濤道：「當真不認識。」韋皋道：「薛娘子懂得審時度勢固然好，可知道昔日李季蘭的命運？」

薛濤不明究竟，問道：「什麼？」忽然聽到身旁一聲輕微歎息，語氣極其熟悉，「啊」了一聲，再次轉過頭去，死死盯著那刺客。她明知道如此失態可能會給自己帶來巨大的災難，可還是忍不住問道：「你……你是……你是誰？」

韋皋冷笑道：「瞧，本帥早說他是薛娘子的貴客。來人，將刺客和薛娘子押去成都府，交給靈池縣尉段文昌審訊，限他三日內問出刺客背後的主謀，不然三人一同治罪。」牙兵應聲上前，將二人拖起來。

薛濤哭叫道：「太尉……太尉饒命……」她以前曾是節度使極度寵愛的女人，牙兵們倒也不敢放肆，聞聲便停下來，等韋皋示下。

韋皋冷冷道：「薛娘子不必憂懼，聽說段少府一直很傾慕你，由他來審問你和你的貴客最合適不過。」

薛濤只哭叫道：「求太尉饒命。」

那刺客突然怒道：「他是你殺父仇人，你為何還要求他？」薛濤忙道：「不、不，太尉只是秉公處置，是我阿爹自己貪心觸犯律法，他是罪有應得。」那刺客見她為了活命如此卑躬屈膝，不惜詆毀先人，當真跟青樓女子別無二樣，長歎一聲，不再言語。

原來這涉及到二十多年前的一樁公案，當時還是韋皋岳父張延賞任西川節度使。張延賞出自河東范陽張氏世家，是玄宗開元年間著名宰相張嘉貞之子，張嘉貞也曾經短暫任過西川節度使。張延賞本名張寶符，「延賞」之名為玄宗皇帝親賜，出自《尚書》，意為「賞延於世」。張延賞少年早孤，在母親撫育下成人，為宰相苗晉卿賞識，妻以愛女。不過張延賞為人中庸，政尚簡約，他在西川任上時並無多大作為，有一日他偶爾翻閱卷宗，發現一件鉅款貪污案十分可疑，便告訴下屬這肯定是個冤假錯案，應該重新調查。不料次日再到公署時，張延賞發現案頭放著一張帖子，寫明出價三萬貫錢，請節度使不要再過問貪污案。張延賞當即拍案而起，立即召集下屬，限令他們十日內復查結案。第三日，又有一份帖子擺在節度使案頭，這次開價是五萬貫。張延賞暴跳如雷，限期下屬三日內結案。第四日，帖子再次出現，開出的價錢攀升到十萬貫。張延賞看過後沉默許久，隨即召來下屬，命他們停止調查。有人問起原因，張延賞道：「錢至十萬，可通神矣，無不可回之事。吾懼及禍，不得不止。」在他看來，錢到了十萬貫這個份上就能買通鬼神，沒有辦不成的事，他如果堅持調查，難免會逼得賊人狗急跳牆，從而引禍上身，所以不得不停止追查。這件離奇的案子就是後世「錢可通神」典故的來歷。不久後，韋皐接任西川節度使，一上任就大展威風，下令徹查此案，在他雷厲風行地督促下，很快就查出成都府倉曹趙商才是這件案子的主謀，趙商及其同謀佐官薛鄖被處斬，家產充公，家屬男子流配邊關，婦女沒入官中為奴。薛濤即是薛鄖之女，案發時年僅十五歲，受父親牽連被迫入樂籍，淪為官妓。至於後來成為節度使府署的座上客，全是因為她本人容顏美麗，洞曉音律，又善於逢迎，所以常常被韋皐召令賦詩侑酒。

韋皐走到那刺客面前，問道：「這麼說你姓趙？」刺客道：「不錯，我就是趙商之子趙存約。」韋皐冷笑道：「原來是與薛娘子指腹為婚的未婚夫婿。這下可有點意思了。」揮了揮手，牙兵一擁而上，不顧薛濤哭喊求情，將趙存約和薛濤拖了出去。

處置完薛濤，韋皐這才覺得一陣深深的倦意襲來，到底上了年紀，歲月不饒人哪。正巧此時晉陽等四名侍衛一起上前跪下請罪道：「屬下護衛不力，導致太尉今日在酒肆遇刺受驚，請太尉責罰。」

韋皐素來賞罰分明，照理確實要重罰這四人，不過他此刻既沒有心思，又因為監軍使李回提到吐蕃內大相論莽熱會派刺客來行刺，不可不防，晉陽四人武藝高強，都是萬中之選，倚賴之處甚多，因而只擺擺手，道：「這不是你們的錯，起來吧。玉簫！」玉簫忙上前扶住他，問道：「太尉要回後衙用膳歇息麼？」

韋皋一時遲疑起來，他其實並不想回去後衙，他實在不願意見到妻子張氏那張冷漠麻木的臉，這個本是他生命中貴人的女人，曾與他同過患難，卻不能共用富貴，只因為他上任西川節度使後杖殺了所有在他微寒時得罪過他的人，而他們中的大多數是他岳父張延賞的幕僚或僕從，這成為張夫人心中一個解不開的大疙瘩。雖然韋皋從來不曾後悔殺了那麼多人，然而面對妻子的眼光時總還是有一絲愧疚，當即歎了口氣，道：「不必了，今晚就在百尺樓過夜吧。你叫人去弄點吃的來。」

玉簫便在水榭上擺上斑竹桌椅，設了一桌精緻的酒席，席旁點著一盞四尺多高紗罩的九瓣蓮花燈，照得滿地通明，安置妥當，這才扶韋皋過去坐下。

繁星滿天，倒映水中，星星點點，漾漾蕩蕩，一派寧靜安詳。水榭東南北三面環池，以楠木雕欄相圍，周遭種了不少品種荷花，滿塘白的、紅的、粉的，開得正豔，空闊處綠葉清波，湛然無滓。最名貴的要數夜舒荷，一莖四蓮，均是大如大碗公，其葉夜舒晝卷，此刻正競相展開，比起普通一蒂一蓮的荷花，別有一番風情。湖上納涼，何等清爽，夏夜涼風帶著花香時濃時淡地掠過，滿鼻清幽，真是心曠神怡，愜意極了。

韋皋也頗沉醉眼前美景，歎道：「水榭風廊，酒香荷氣，不有佳詠，何為此醉？」

正好支度副使劉闢與掌書記符載一道送來草擬好的奏章，韋皋過目後點點頭，命符載用印後立即以五百里急件發出，又叫住劉闢道：「劉副使此次進京辛苦。玉簫，你去取一根玉帶來賞給劉副使。」

玉帶雖不是什麼價值連城之物，卻是身分的標誌。劉闢忙道：「卑官未能辦好太尉交代的大事，不敢接受太尉賞賜。」韋皋道：「不，你做得很好。」

劉闢不知道他到底是褒獎還是反諷，心中更加忐忑不安，忽見韋皋疲倦地揮手道：「你先退下，跟玉簫去取玉帶。」劉闢不敢再推謝，只道：「是，多謝太尉賞賜。」

玉簫便領著劉闢進來設廳，道：「玉帶在芸暉堂中，請使君在此稍候。」劉闢道：「是，有勞娘子。」

玉簫逕直上樓來，打開書房的隔間，裡面有兩排高大的檀木櫃子，裝的都是韋皋歷年收羅的奇珍異寶。玉簫走到最裡面，剛拉開櫃門，便即目瞪口呆，最下層櫃子中蹲著一名年輕男子，正是白日在錦江春酒肆救過她一命的精精兒，一身黑色勁衣，臉帶怡然之色，正朝她微笑。

玉簫愣得一愣，驚叫一聲，轉身就跑。精精兒一步跨出櫃子，追上去從背後圈住她，一隻手捂緊她嘴唇，低聲笑道：「不過是故人而已，娘子何必驚慌？」玉簫只覺得全身酥軟，連一絲要掙扎的力氣也沒有。

精精兒道：「我早聞出娘子掠鬢用鬱金油，敷面用龍消粉，染衣用沉香水，這些都是極其名貴之物，娘子身分非同一般，卻還是沒有猜到會是西川節度使的女人。」湊到玉簫耳邊聞了一下她的秀髮，道：「嗯，好香，醉客歌金縷，佳人品玉簫，你是叫玉簫吧？」

玉簫與精精兒肌膚相接，甚至可以聞見他身上濃烈的男子氣息，聽他軟語調笑，似夢非夢，竟然有些癡了，真恨不得時光永遠停留在此情此景。

精精兒道：「娘子若是不出聲，我便放開手如何？」玉簫點點頭，精精兒當真放開了手，笑道：「多謝娘子不殺之恩。」他雖有戲謔之意，但也確是實話，這百尺樓周圍戒備森嚴，又位於節度使府署腹心，只要玉簫一聲喊叫，他定會陷入重圍，插翅難飛。

玉簫定了定神，問道：「郎君是如何進來的？」精精兒笑道：「我是飛天大盜，當然有進來的法子。」玉簫奇道：「原來郎君冒險來到這裡是要盜取財物。」不免失笑道：「成都城裡多少有錢的主兒，郎君為何偏偏要來這裡？」精精兒道：「嗯，尋常金銀珠寶我也不放在眼裡，我冒險進來，自然是要取只有節度使府才有的東西。」

原來精精兒早聽說成都節度使府中有一座芸暉堂，牆壁是珍貴難得的芸香所築。芸香是一種植物，產自西域于闐，花大如碗，潔白如玉，從來不會朽爛，達官貴人往往將其擣成屑末塗抹在牆上。芸暉堂裡面更是藏滿奇珍異寶，不過精精兒眼力甚高，所感興趣的東西只有兩樣：一是產自西域烏孫的青天核，聽說是世間奇物，空之盛水，俄而成酒。他不久將與師兄空空兒會面，正好拿此作為見面禮送給嗜酒如命的師兄；另一件則是傳聞中的樂山大佛藏寶圖。樂山大佛位於西川嘉州[32]，初建於玄宗開元元年，由凌雲寺僧人海通向民間募款，意欲借佛力減弱三江[33]匯流處湍急水流，保護過往船隻。然而開工不久後就有當地官吏干涉，用各種名目索要財物。海通不惜自挖一眼明志，這才以鮮血淋漓的代價保住了善款。然而由於工程極其浩大，未及佛像落成，海通便已去世，工程也因此停止。直到韋皋上任劍南西川節度使後，撥出鉅資重新組織開鑿，終於在兩年前完工，前後共歷時九十載。韋皋鎮蜀二十年，手中積累財物不少，傳說他將一筆巨大的寶藏修入了樂山大佛中，以備將來不時之需。

果聽見玉簫好奇問道：「節度使府才有的東西？那是什麼？」精精兒油腔滑調地笑道：「就是玉簫娘子你呀。」

玉簫這才知道他是在與自己調笑，生怕樓下劉闢久候起疑，不及多說，忙道：「這樓裡有不少機關，郎君自己小心。」去櫃子取了玉帶，走出數步，又遲疑道，「郎君若是被擒住，可千萬別說見過玉簫。」精精兒笑道：「這是當然。」

玉簫見他敢深入百尺樓重地，隨時都有性命之憂，卻始終神色自若，與自己談笑風生，極有瀟灑多情公子的派頭，面色一紅，低頭道：「郎君多保重。」碎步下樓，將玉帶奉給劉闢，道：「勞使君久候。」

劉闢接過玉帶，有意無意摸了一下她的手。玉簫也不吭聲，只低下頭去，滿臉紅暈。劉闢早愛極她的溫柔和羞澀，可惜偏偏是節度使的女人，心中輕歎一聲，道：「劉某告辭。」玉簫道：「是，使君慢走。」

忽聽得樓上鈴聲鐺鐺作響，劉闢反應極快，叫道：「有人觸動了機關。」他也不趕往樓上捕賊，只快步走到百尺樓門口，叫道：「來人，有刺客，快去水榭保護太尉！派弓弩手圍住百尺樓，有人闖出立即亂箭射死。」一迭聲地發令，絲毫不亂，不愧是韋皋手下第一能人。

片刻之間，韋皋、玉簫為人擁出樓外，牙兵舉火將百尺樓團團圍住。牙將邢泚這才帶人上樓，一層一層仔細搜索，很快在頂樓發現了精精兒。精精兒見四下淨是弓弩手，難以抗拒，乾脆地束手就擒。邢泚命人將精精兒反剪了雙臂綁好，扯拽下樓，牽到堂前跪下。

韋皋極想知道刺客是何方神聖，一直等在樓外，上前一看，「咦」了一聲，道：「是你。」劉闢更是驚奇，道：「原來太尉認得刺客。」韋皋笑道：「他可不是刺客，他頂多就是個飛賊。」命人搜索精精兒身上，果然有一卷鋼絲、鐵鉤、短棒等飛盜常用的工具，卻並無利刃。

劉闢道：「太尉當真是料事如神。」韋皋道：「嗯，本帥之前在錦江春遇刺時見過他，他曾出手相助。」甚是賞識精精兒的身手和膽識，道，「來人，給這位精精兒大俠鬆綁。」

劉闢忙叫道：「太尉！」上前一步，低聲道：「這小子未必是來刺殺太尉，可如今是非常時期，這百尺樓中機密極多，他竟能自由出入，不為人察覺，怕是來意不善，輕易放不得。」

韋皋一經提醒，登時省悟，便點了點頭，命道：「來人，先將此人押進地牢，明日再細細審問。」牙兵大聲應命，將精精兒帶了下去。精精兒甚是孟浪，目光始終不離玉簫，被牙兵扯出去老遠，還扭過頭來看她。

被精精兒大鬧了一場，韋皋也再無心思於百尺樓中過夜，命劉闢等人退下，扶著玉簫來到西別院。這裡是玉簫住處，小巧而精緻。玉簫服侍韋皋洗漱完畢，到紫檀木床上躺好，放下半邊水紋紗帳，正預備吹燈脫衣，韋皋忽牽住她的手，歎道：「你也辛苦了。今日在酒肆中突然遇刺，有沒有驚嚇到你？」玉簫道：「玉簫確實嚇壞了，不過幸得太尉沒事。」韋皋道：「如今是多事之秋，連薛濤這賤人都要背叛本帥，夫人子女又與我疏遠，我身邊可信賴的人就只有你了。」

玉簫見他說得真切，自入府侍奉他以來，還沒有見過他這般傷懷，一時感動，忍不住道：「太尉怕是要多提防一些劉闢。」韋皋不以為然地道：「他不過是個文人，能有什麼作為？」玉簫道：「他掌管錢財糧物，所有俸祿、賞賜均須經過他的手，早已得軍中將士死力……」忽見韋皋面色不善，慌忙住了口。

韋皋不悅地道：「你一個女流之輩，懂得什麼？可別再學那薛濤妄議政事。」玉簫忙跪下道：「是、是，奴婢該死，玉簫保證再也不多說一個字。」韋皋道：「嗯，起來吧，你也是好心，本帥就不追究了。不過有一件事，本帥要交給你去辦，辦得好，本帥重重有賞，辦得不好，一樣要罰你。」

玉簫顫聲問道：「什麼事？」韋皋道：「你去地牢勸服你的救命恩人精精兒歸順本帥。」玉簫大驚失色，道：「這……這件事……」韋皋道：「本帥看得出來，精精兒很喜歡你，這樣有本事的男子，用強力威逼是難以收服的，只有施以恩惠才能令他俯首貼耳。」

玉簫深知韋皋脾性妄自尊大，雖不願意，也不敢違抗，只得應道：「是。」韋皋道：「嗯，你這就去吧。」

玉簫無奈，只得將紗帳放下掖好，出來內室，到門口向晉陽等四名侍衛說了韋皋之命。唐楓忙道：「不如我陪娘子一道前去地牢。」他惱怒精精兒一再對玉簫無禮，正有心要讓對方吃點苦頭。

玉簫搖搖頭，道：「今日出了這麼多事，又是刺客，又是飛賊，唐侍衛還是留下來保護太尉為好。」她倒不是真心關切韋皋安危，只是唐楓是韋皋的貼身心腹侍衛，他若跟在身邊，她有許多話不便對精精兒說。

唐楓心想眼下確實是非常時機，不可輕易離開太尉身邊，笑道：「也好，娘子自己小心。」

玉簫命婢女提了一盞燈籠引路，往前院地牢而來。地牢建在府署西面的高牆下，一進來就寒氣森森。精精兒被囚禁一間石室中，頸、手、腳均用粗鏈鎖在牆上，忽見玉簫到來，大喜過望，笑道：「想不到這麼快又見面了。娘子是來服侍我的麼？正好我手腳不大方便。」玉簫板起臉道：「我是奉太尉之命，來勸郎君早些歸順。」精精兒道：「歸順？不用勸，我便願意歸順娘子。」

玉簫見他說話不正經，便命婢女先退出，上前低聲道：「郎君私自闖入百尺樓機密重地，已經是殺頭死罪，幸好太尉賞識你，正是個脫身的好機會，萬望郎君三思。」精精兒這才正色道：「韋皋是什麼樣的人，娘子當比我更清楚。他在酒肆拿娘子的身子當盾牌使，如此行徑，非大丈夫所為。我精精兒可不願意投靠這樣的人，更別說為其效力。」

玉簫道：「郎君何不先答應太尉，離開牢獄，再謀脫身之計？」精精兒笑道：「精精兒雖然風流，卻也知道男子漢大丈夫一言九鼎，豈可為了脫身而虛與委蛇，謊言欺人？」

玉簫一時無語，半晌才道：「太尉為人剛毅犀利，郎君若不能為他所用，怕是會有性命之虞。」精精兒笑道：「死就死吧。」又道：「若是我果真被韋皋殺頭，娘子會為我掬一捧同情之淚麼？」

玉簫低下頭，沉默良久，才道：「我不想讓你死。」精精兒道：「有娘子這句話，精精兒死而無憾。」

玉簫知道一時難以勸轉他，只得怏怏出來地牢。忽有一名牙兵上前稟道：「外面有成都府的人求見娘子。」玉簫一猜是因為薛濤下獄一事，出來一看，果見一名獄卒等在石獅旁，見她出來，慌忙上前見禮，又道：「薛家娘子特意託小的前來懇請娘子去獄中見她。」

玉簫問道：「段少府人還沒有到麼？」獄卒道：「沒有，聽說在靈池喝醉了起不來身，明日一早才能到成都。」玉簫心道：「薛濤找我，無非是要我替她在太尉面前求情。這女人以前也是太尉身邊的人，明明知道他脾性難測，伴君如伴虎，卻賄賂獄卒公然來節度使府找我，不是有意想拖我下水麼？」不過，她倒極願意看見這個曾在成都風光一時的女人淪為階下囚的樣子，當即道：「前面帶路。」

成都府就在節度使府署的斜對面，走路一刻功夫即到。薛濤因牽連刺殺節度使一案，被單獨關押在死牢中，手足均上了笨重的械具，一見玉簫到來，就立即掙扎著撲到門前，哀求道：「玉簫，求你瞧在我曾救過你的份上，幫我一次，在太尉面前為我美言幾句。」

玉簫冷冷道：「娘子幾時救過我？」薛濤愕然道：「難道不是麼？幾年前你舅舅要將你賣入青樓，你堅決不從，他便當街毒打你，若不是我偶然撞見，出錢買下了你，你可能早就不在人世了。」玉簫道：「娘子說得好聽，其實還不是為了你自己，若不是我中指上恰好生有一圈肉環，就像當年戴著玉指環的玉簫，你還會救我麼？」薛濤一時沉默無語。

原來韋皋年輕未發跡時，曾在江夏[34]一姜姓官員家為他愛子姜荊寶教授經書，天長日久，與姜府婢女玉簫產生了感情。後來韋皋伯父寫信召他回家，韋皋不得已與玉簫分離，臨別前承諾少則五載、多則七年，一定會前來重聚，並留給玉簫一枚玉指環作信物。五年之後，韋皋已經入蜀中娶西川節度使張延賞愛女張氏，早將玉簫忘在腦後，玉簫卻依舊日日在鸚鵡洲翹首相盼。又過了兩年，玉簫才歎道：「韋家郎君，一別七年，不會再來了！丈夫薄情，令人死生隔矣！」遂絕食而死。姜荊寶憫其節操，將韋皋所送信物玉指環戴在其中指上一同埋葬。許多年後，韋皋已經是西川節度使，威震一方，一日審問舊案時，意外發現故人姜荊寶也在囚犯之列，當場釋放，這才得知玉簫為他殉情的故事，淒歎良久，從此廣修經像，以報夙心。又寫有〈憶玉簫〉一詩：

「黃雀銜來已數春，別時留解贈佳人。長江不見魚書至，爲遣相思夢入秦。」

薛濤一度為韋皋寵愛，自然知道這則故事。她畏懼韋皋陰沉毒辣，有心遠離節度使府署，一日意外見到一男子毒打一名少女，那少女中指上有一圈息肉突出，望去像戴著個指環，當即動了心思，出錢將那名叫三娘的少女買下來，改名為玉簫，再教她學習音律，然後輾轉託人將她送去劍南東川，在韋皋的生日宴會上，由東川節度使李康出面獻上。韋皋一見之下，果然抓住玉簫的中指不放，大是稱奇，一時往事再現，舊情湧起，從此寵愛玉簫，無與倫比，薛濤也由此順利脫身。

玉簫見薛濤默然不答，心中更是忿恨，道：「娘子知書達禮，當日在節度使府風光無比，內心可曾真正快樂過？如此，你當知道推己及人的道理。」她言下之意，無非是指責薛濤為了脫離苦海，便將她拉了進來代替自己。

薛濤無言以對，只叫道：「救救我！玉簫，求你救救我！」玉簫道：「娘子這次與刺客勾結行刺太尉，死罪難逃，怕是神仙也難救你。」冷笑一聲，昂然出來，對那獄卒道：「你們若是再敢私自替死囚傳遞消息，我可是要告訴太尉知道。」那獄卒嚇得慌忙跪下道：「是、是，小人再也不敢了。」

玉簫這才出來成都府，回到節度使府中住處，卻見韋皋已經鼾聲大作，沉沉睡去，他最忌熟睡時有人靠近他身邊，曾有婢女到床邊拾起被角時被他當場提劍斬殺。她不敢上床，只好倚靠在窗下打盹。依稀間，那英俊瀟灑的精精兒走進來牽起自己的手，微笑道：「我們一道遠走高飛吧。」玉簫欣然道：「好，玉簫願意跟郎君生死相隨。」

脖子一歪，就此驚醒，這才知道是南柯一夢。但見明月在窗，樹影晃動，一燈欲盡，四壁悄然。她這才發現自己對那個愛貧嘴的男子魂牽夢繫，已經割捨不下了。一夕更闌人靜，月明如畫，人杳杳，思依依，這一夜，哪裡還有心去睡？

韋皋大約也是真累了，一覺睡到日上三竿才醒來。玉簫忙伺候他起床穿衣，稟道：「外面傳話進來，稟說段少府早已經候在府外了。」韋皋點點頭，道：「昨晚的事辦得如何？」玉簫低頭道：「玉簫沒有辦成。」

韋皋倒也不覺得意外，道：「江湖中的年輕人總是有些傲氣，那精精兒是個好動的性子，先關上他幾個月，他無計脫身，自然就屈服了。」玉簫道：「是，太尉高見。」見韋皋暫時無意對付精精兒，心中竊喜不已。

韋皋卻是目光如炬，一眼瞥見她神情，問道：「你心中很感激精精兒，是麼？」玉簫道：「是，精郎救了奴婢，我總是心存感激的。不過，奴婢適才想的不是這件事，而是薛家娘子她……」韋皋道：「薛濤派人找你了？」

玉簫知道萬事難以瞞過韋皋，便原原本本說了昨晚薛濤賄賂獄卒來找她請託求情一事。韋皋道：「你怎麼說？」玉簫道：「奴婢只說玉簫是太尉的女人，凡事均由太尉做主。」韋皋道：「嗯，說得好。薛濤費盡心思將你獻給本帥，我能得到你，自然很是開心，不過這也是我要處置薛濤的原因。」

玉簫原以為韋皋並不知道她是為薛濤所買一事，至少他從未當面跟她提過，心道：「當年薛濤逼我發下毒誓，絕不洩露她和我之間的祕密，我本來還想趁這個機會挑撥太尉除掉她，原來太尉早知道是她買了我，這下不用我多說，她也是難以活命。薛濤如此恐懼難安，肯定是猜到了這一點。只是不知道太尉是什麼時候知道的，若不是刺客一事，也許還會繼續忍下去。這人真是可怕，難怪他自己的妻子、兒子都要離他遠遠的。」心頭忍不住一陣發冷，見韋皋已經抬腳出門，慌忙跟上前去。

靈池縣尉段文昌正領著一名身材魁梧的大漢等候在節度使府署堂前。他今年三十三歲，是名門之後，其高祖段志玄是唐朝開國大將，跟隨高祖於太原起兵，以勇武著名，一直忠於太宗皇帝李世民，參加了玄武門之變。其人治軍嚴謹，太宗評價為「周亞夫無以加焉」。後封褒國公，死後陪葬昭陵，圖形凌煙閣[35]。祖先雖然顯赫無比，然而到了段文昌這一代，家道早已中落。他出生成長在江陵[36]，少有才名，詩文寫得不錯，韋皋主蜀後聲名昭著，多年前他也慕名前來投靠，被任命為校書郎，但因與支度副使劉闢不和，受到多方壓制，他本想離開蜀中前往長安，尋找新的機會，不料反而更加激怒韋皋。韋皋為人專制霸道，既不能允許朝廷任命西川官吏，也不能容忍在自己幕府任過職的官吏離開西川，據說一是為了防止人才為對頭所用，二是怕幕僚洩露西川祕密，聽說段文昌想走，當即將他貶為靈池縣尉，派人加以監視，不奉召不得離開靈池。這也是當時許多藩鎮節度使慣用的手段，一旦發現人才俊傑，就要千方百計攬為己用，即使不能收歸麾下，也要防止被朝廷或其他藩鎮得到。譬如平盧節度使李師古手下每每有人任使於外，李師古必先派兵拘禁其親屬家人，若外出公幹者敢歸順朝廷不回，或是洩漏任何平盧軍機，全家必被殺得雞犬不留，眾人畏死，不敢有任何異圖。比起李師古之急功近利，韋皋倒是更懂得恩威並舉，也更令下屬畏懼心服。

段文昌人生得儒雅英俊，氣宇不凡，卻是眉頭緊蹙。他被貶靈池已有數年，自是知道韋皋突然召他回來審訊刺客、薛濤不是什麼好意。這位節度使一向喜怒不形於色，心意高深難測，想來早已知道他暗中傾慕薛濤已久一事。

正憂心忡忡之時，忽見韋皋扶著一名豔妝女子出來，節度使帶女人上堂辦公甚是罕見，段文昌料想那女子就是傳說中的轉世玉簫，忙上前見禮。

韋皋安然坐下，這才問道：「這位便是段少府新收的手下麼？」段文昌不及答話，那大漢已經不悅地搶答道：「我可不是官家人，不過是暫時在段少府家裡做客而已。」韋皋道：「嗯，倒是個爽直性子，你叫什麼名字？」大漢道：「劉義。」

這正是幾個月前刺殺前任京兆尹李實不成、將京師鬧得天翻地覆的劉義，順宗皇帝新登基後即大赦天下，他藏在祆祠中消息不通，遲了幾日才知道，聽說京兆尹李實被貶出京師，不顧自己罪名剛剛赦免，便即趕去追殺。哪知道李實心虛，一路未住驛站，而且淨走小道，劉義反而在他之前到達通州。李實還未見到，便整日在州署門外徘徊等待，自己倒先被人認了出來，正是剛補官上任不久的前饒州餘干縣尉王立，現任通州司法參軍。他曾見過劉義在京師的蝦蟆陵郎官清酒肆鬧事，為空空兒驚走，後來到山南西道上任，又見到朝廷通緝追捕劉義的公文告示，說凶手不但在魏博殺了人，還刺殺了御史中丞李汶，罪大惡極。不久即傳來萬年縣尉侯彝忍受酷刑、拚死保護劉義的故事，轟傳一時。王立的情婦王景延殺人埋頭，侯彝明知事實，卻隱瞞不報，已是嚴重觸犯律法，然則侯彝放過了他，於他有大恩，他一直深為感念。此刻王立突然見到劉義，當即猜到他是在等候還未到任的新長史李實，劉義既是侯彝的朋友，他當然不能舉發，但也不能就此眼睜睜看著對方在自己治下殺人，當即上前表明身分，提及侯彝大恩，並請劉義到家中做客，酒酣耳熱之時，懇請劉義不要在通州殺人，並告知李實半路得了重病，行走困難，怕是捱不到通州任上就要一命嗚呼。劉義素來吃軟不吃硬，不願意對方為難，一口答應，表示即使要殺李實，也絕不在通州境內動手。

正當此時，朝廷緝捕劉義的緊急公文下達，說是劉義先後殺死魏博和朝廷重要官員，罪不容赦。可御史中丞李汶已死，其子在朝中掛名任職，順宗皇帝一上任就下令奪職，足見李家早已徹底失勢，誰還有心思去追捕刺客？王立猜想定是魏博在其中使力，新皇帝即位，地位不穩，對藩鎮有所畏懼，不得不從。當即指引劉義避入蜀中，韋皋任西川節度使二十一年，西川如鐵桶般滴水不漏，儼然已是半獨立王國，朝廷的手也伸不進那裡；又特意介紹靈池縣尉段文昌給他，說此人性格疏爽，極講義氣，而且精通美食。劉義見朝廷追捕甚急，便真的來到蜀中投奔段文昌，二人一見如故，就此結為好友，日日好酒好菜，倒也逍遙快活。

段文昌深知韋皋精明，早晚要發現劉義的通緝犯身分，當即上前稟道：「這位劉郎原是魏博人，因見不慣豪門公子強搶民女，一怒之下誤殺了人，現下正被通緝。」韋皋道：「劉郎之前刺殺御史中丞李汶的罪名都被赦免，為何殺個小小的魏博從事之子還被人死死揪住不放？」

劉義這才知道韋皋早聽說過自己的事，奇道：「你是太尉節度使，竟然還知道這些？」韋皋微微一笑，道：「劉郎大可放心，魏博田氏雖跋扈難制，可以要脅朝廷，卻無力威脅本帥，你暫時留在成都無妨，不過也別太張揚。」

唐朝自安史之亂後，藩鎮強盛，連兵可使朝廷流亡，許多地方節度使雖外奉朝命，其實暗蓄侵軼之謀，大量招集亡命之徒，如平盧節度使李師古專門收留朝廷的通緝要犯等，朝廷也不敢問。韋皋默認段文昌收留劉義，卻命他不得張揚，表面還算是對朝廷恭敬。

劉義心思簡單，哪裡知道韋皋深謀遠慮，反倒是對這位沒有傲慢架子的西川節度使很有好感，忙道：「是，多謝太尉。」

韋皋這才交代段文昌道：「你已經知道本帥召你回來的用意，這就去成都府辦事吧，限你三日內結案。」段文昌不敢多言，只躬身道：「遵令。」

等段文昌退了出去，韋皋又命人去叫劉闢、盧文若等心腹來百尺樓議事。昨晚請太子李純代替當今順宗皇帝監國的奏章已經發出，引發的轟動效應將無與倫比，朝中重臣、宦官、各地藩鎮各有各的立場，會起什麼樣的連鎖反應難以預料，他需要想好各種應對措施。轉頭見玉簫倦怠不堪，知她昨夜未能安睡，甚是憐惜，道：「你先回去休息一會兒，中午再來百尺樓伺候。」玉簫道：「是。」

這一日，韋皋與眾心腹在定秦堂內密議，從上午到天黑，不曾出過百尺樓半步。其實直到次日，六月初四一早，西川節度使的奏表才遞到門下省，隨即轉送到中書省政事堂。在奏表中，韋皋公然指斥王叔文、王伾是奸惡之徒，「賞罰任情，墮紀紊綱，散府庫之積以賂權門。樹置心腹，遍於貴位，潛結左右，憂在蕭牆」，是說這些小人專權，導致朋黨勾結，綱常紊亂，又說皇太子李純「睿質已長，淑問日彰，四海之心，實所倚賴」，力勸順宗皇帝先退位養病，由太子暫時監國。

劍南西川是唐朝賦稅重地，有「天府之國」之稱，韋皋是德宗一朝的大功臣，統領蜀中二十一年，向來重加賦斂，以財物厚結百官，如今更是封王入相，位極人臣，在朝中影響巨大。這份言辭犀利、語氣嚴厲的奏表遞上後，當即引發軒然大波，隨後迅疾擴散到朝中。

幾日後，荊南節度使裴均、河東節度使嚴綬緊隨韋皋上書，內容與韋皋奏表如出一轍，均是請求太子李純監國，掀起了一場幾大藩鎮聯合反擊王叔文的大浪潮，部分掌握禁軍實權的宦官也乘機在其中興風作浪。王叔文等人手無兵權，人情不附，面對宦官、藩鎮的內外夾擊，除了想方設法影響深宮中的順宗皇帝、阻止太子李純監國，別無其他良策，李純為此恨王叔文入骨。一時間，京師局勢再度緊張，大有山雨欲來之勢。

韋皋密切關注著朝中局勢，也對自己上表引發的波瀾很是滿意。這一日，盧文若喜孜孜地進來官署稟告，說王叔文已經不足為患，他母親突然病死，按照慣例，官員遭逢父母喪事必須丁憂去職，他被迫辭職回家奔母喪了。

韋皋「嘿嘿」兩聲，道：「太子這邊的人也沒有閒著啊，王老夫人倒死得正是時候。」盧文若心領神會，笑道：「誰說不是呢？聽說六月十八當晚，王母突然病倒，事先毫無任何徵兆。王叔文大概也猜到是怎麼回事，卻不敢追查下毒之人，反倒是次日在翰林院備辦了豐盛的酒食，請各位翰林學士以及北司各實權宦官如孫榮義、俱文珍、劉光琦、薛盈珍等人飲酒。酒過三巡後，王叔文當眾淚灑酒席，懇求道：『叔文母親患了重病，過去我因為身任國事，無法在老人家身邊伺候，現在我準備請假回家侍奉母親。叔文近來比竭心力，不避危難，都是為了報答朝廷的恩典。只是我一旦離去，各種誹謗必然紛至沓來，各位誰肯體察我的隱衷，幫我說一句話呢？』說得極為可憐，再無昔日半分囂張氣焰。眾人卻默然不應，只有俱文珍出言譏諷搶白，王叔文無法對答，宴席不歡而散。結果到了二十日一早，王母就過世了。」

韋皋冷笑道：「早知如此，又何必當初。這王叔文器小易盈，氣浮不守，成不了大事，真不知道當今皇帝為何將他倚為心腹？」盧文若道：「王叔文是以棋藝得幸，王伾是以書法得幸。」

韋皋道：「朝政就敗在這幫文人手裡。」見盧文若四下張望，皺眉問道，「你在找什麼？」盧文若道：「玉簫似乎不在。」韋皋道：「她在後衙，你有事找她麼？」

盧文若道：「不是。卑官聽說玉簫時常去地牢探望那擅闖百尺樓的精精兒，二人經常在裡面一談就是半個時辰以上，歡笑晏晏。雖說她是奉了太尉之命去勸降精精兒，可節度使府署乃重大之地，那精精兒又是個飛賊，不如將他押去成都府獄關押更為妥當。」韋皋略一沉吟，道：「此事本帥自有主張。」盧文若道：「是，卑官告退。」

韋皋命人去叫玉簫來，侍衛唐楓搶先答道：「遵令。」飛奔到後衙別院找到玉簫，低聲道：「娘子怕是要小心些，太尉多半要問你精精兒的事情。」

玉簫又驚又怕，不得已來到前院官署，果聽見韋皋不動聲色地問道：「精精兒被關在地牢已有二十來日，你可曾勸得他回心轉意？」玉簫道：「奴婢無能，未能完成太尉交代的使命。不過，還請太尉多給些時日。」

韋皋道：「多給些時日好讓你們談情說愛麼？」玉簫大驚失色，慌忙跪下道：「玉簫不敢。」一時驚恐不已，眼淚不自覺地流了出來。

韋皋道：「那麼你們到底說了些什麼？」玉簫道：「也不過是聊了些家常。精郎……精精兒說他原本是個劇盜，冒險來百尺樓是想偷那件西域青天核，因為他師兄空空兒嗜酒如命，還說他師兄人稱『妙手空空』，本領高強，武藝了得，很快就會來成都，一定會想方設法救他出去。」

韋皋道：「這些話你為何不回稟本帥？」玉簫道：「那個精精兒說話常常不正經，奴婢也沒有太當真。況且奴婢心想這節度使府戒備森嚴，他師兄空空兒再厲害，又如何能從刀林箭雨中將他救走？」韋皋道：「精精兒能闖入百尺樓，他師兄闖入地牢又有何稀奇？」玉簫道：「是，奴婢該死，奴婢這就將所有精精兒說過的話一五一十稟告太尉。」

韋皋道：「你當日去樓上取玉帶，是不是已經見過精精兒，因為感激他救命之恩，所以有意不出聲叫喊？」玉簫哭道：「沒有，決計沒有，奴婢真的不知道他藏在樓上。」

一旁唐楓見玉簫伏在地上，渾身顫抖，眼淚一滴一滴落到青磚上，極為可憐，有心替她求情，正欲開言，兄長唐棣忽然伸手往他腰間重重掐了一下，示意他不可多事，只好強行忍住。

韋皋命人叫來牙將邢泚，特意當著玉簫的面交代道：「你帶人將那劇盜精精兒押去成都府，好好問一下他師兄空空兒的事，看看這位能有本事將他救走的妙手空空兒到底是何方神聖。」邢泚道：「得令。」自出去帶人將精精兒提出地牢，轉押去對面成都府大獄拷問。

玉簫知道精精兒即將面臨各種酷刑拷掠的命運，又是驚懼，又是擔心，眼淚更如掉了線的珍珠撲簌簌掉落。韋皋以為她心中委屈，道：「好啦，你起來，本帥也沒有深怪你，那薛濤如此背叛本帥，我都沒有殺她，你不過是感激精精兒救過你，沒有出聲示警，如此有情有義，反倒讓本帥更加喜歡。」

原來，靈池縣尉段文昌早已審清前成都府倉曹趙商之子趙存約刺殺韋皋一案，趙存約不過是為報父仇，受傷後料來逃不出成都，所以避去了浣花溪，藏入薛濤住處全是偶然。薛濤事先毫不知情，而且自她二十年前入樂籍、趙存約發配西南邊關軍營為奴後，她再也沒有見過他，所以一時才認不出他來。韋皋卻並不滿意這個結果，趙存約自軍營逃走已有多年，為何獨獨在這個時候回蜀中報仇？他認為趙存約背後一定還有人，便將段文昌遣回靈池，另派獄卒訊問，每隔五日同時提出趙存約和薛濤，卻只拷打其中一人，令另一人從旁觀看，到下個五日，二人再輪換過來。趙存約不論是被打還是輪到薛濤受刑，始終不發一言，任憑薛濤苦苦哀求也不動聲色。他是薛濤指腹為婚的未婚夫婿，眼見自己的未婚妻被酷刑折磨卻無動於衷，如此剛冷心腸大別常人，韋皋更是覺得他來歷不簡單。

玉簫聽韋皋這般說，心中暗道：「你雖沒有殺薛濤，她卻比死還難受。」一想到自己日後的命運還不知道是什麼樣，也許還不如薛濤，不禁心下更悲。忽見韋皋招手道：「過來，咱們去百尺樓水榭吃午飯。」她不敢再哭，忙上前扶住韋皋。

剛到水榭坐下，便見邢泚飛奔進來跪下請罪，道：「末將該死，剛剛將犯人弄丟了。」

原來邢泚適才奉命押送精精兒前去成都府獄，剛到半道，忽然有兩匹逸馬一前一後驚道而來，將牙兵隊伍衝亂，有名灰衣蒙面男子自一旁搶出，躍上後一匹逸馬，順手將精精兒也提了上去。事情發生得太快，兔起鶻落，只是瞬息間之事，等邢泚驚覺過來，調動騎兵前去追趕時，早已不見了那灰衣人和精精兒的影子。

侍衛晉陽聞言忙道：「那精精兒身上戴有重銬，救他的人必定想方設法除去鐐銬才得逃走，所以一時半刻他們出不了城。」邢泚道：「是，我也是這麼想，所以已經派兵封鎖全城。」

韋皋正有意要折辱精精兒，忽然聽到有人從節度使府門前救走了他，勃然大怒，一拍案桌，命道：「挨家挨戶地搜索！再飛騎通報各關卡，一定要抓到這精精兒和空空兒！」邢泚道：「是，末將這就親自帶人去辦，好將功折罪。」

唐楓甚是不解，問道：「太尉如何知道救走精精兒的人就是空空兒？」韋皋冷笑道：「這正是精精兒的詭計，他的同黨早在外面準備妥當，他有意透過玉簫的嘴來傳話，好引得本帥將他轉押到府獄，不然事情哪會這般湊巧？玉簫，你現在可成了精精兒的幫凶了。」

玉簫無以自辯，只垂手站在一旁，玉容寂寞，涕淚縱橫，飲泣不止。心頭卻是一陣狂喜，她本來以為自己的話為精精兒惹來了禍端，哪知道他竟然能由此脫身而去。回想起那多情郎君的綿綿情話，胸口一陣暖意，她甚至忍不住盼望他會來救她，將她救出這比牢籠還要可怕的節度使府署，帶她遠走高飛。

正想到甜蜜情濃之處，抬頭望見韋皋正瞪視著她，臉色陰森冰冷，極其可怕……

1 盲年是指無「立春」。中國歷史上先後使用過陽曆、陰曆和陰陽合曆等曆法，盲年是陰陽合曆中「設閏」及「置正」所導致，設閏即設置閏月，置正是指以某月新年起點，比如秦朝以十月為正月、漢武帝時又改為以寅月為正月等。

2 摩訶：梵語譯音，有大、多、勝三意。宋代詩人陸游有〈摩訶池〉詩：「摩訶古池苑，一過一消魂。」

3 錦江即流江，因其中一段穿過錦官城而得名。

4 秦人李冰治水時，在郫江、流江上共建七座橋，形狀似星斗，所以統稱七星橋。萬里橋又名篤泉橋，即今四川成都南門大橋。

5 杜公草堂即杜甫草堂，杜甫寓居四川時即住在此處。

6 浣花溪即流江自成都西南到杜甫草堂的一段，因水質好，許多造紙人在此取水造彩箋用，所以稱浣花。

7 杜甫有「萬里橋西宅，百花潭北莊」的詩句。但明代以後，百花潭逐漸下徙，現在的百花潭已不在唐朝時的故址。

8 醴酒：一種濃度很低的甜酒，可以「傾盂覆斗」而飲。

9 合江亭：位於郫江和流江的交會之處，為西川節度使韋皋出資修建，是成都迎客、送別的經典場所。

10 楊玉環本為蒲州永樂（今山西永濟）人，由於其父擔任過蜀州司戶，因而她自小生長在蜀地。

11 樂籍制度始於北魏，終於清雍正元年，是將罪人、戰俘等這類人的妻女及後代籍入專門的賤民名冊，迫使他們世世代代從樂從妓，備受社會歧視和壓制。

12 翼城：唐時屬絳州，今山西翼城。

13 太尉：指劍南西川節度使韋皋。韋皋在唐德宗一朝累進爵檢校司徒兼中書令、南康郡王，唐順宗即位後進爵檢校太尉。唐代宰相或藩鎮帶三公之職者，以太尉最重。

14 孔夫子：孔子曾經任魯國大夫，所以孔子弟子習慣稱孔子為夫子。

15 牙兵：充當藩鎮節度使衛隊的軍隊。

16 節度使往往同時兼任支度使、營田使、招討使、經略使，下設副使、判官各一人。支度副使主管軍需，負責支付財用、調撥物資等，地位極為重要。

17 三川：即今四川，古稱巴蜀，漢代稱益州，晉代分為梁、益二州。唐朝立國後，地方上實行州縣兩級制，但其轄區較小，唐太宗又在州之上設道，作為監察區，將全國分為十道，改益州為劍南道，梁州為山南道。唐肅宗時，分劍南道為東、西兩川，分置劍南東川（治所梓州，今四川三臺）和劍南西川（治所成都，今四川成都）兩川節度使。唐代宗時，又將劍南東道、劍南西道和山南西道（轄今陝西、川北，治所興元，今陝西漢中）置三道節度使，合稱三川節度使。

18 笮橋：字面意思為竹索橋，又名夷里橋，為七星橋之一，跨流江，在萬里橋西，即今四川成都西南。

19 蜀王宮：今四川成都電訊大樓一帶。

20 唐代一尺約等於現在的三十公分。
21 設廳：唐代官衙中專門用來宴會的場所。
22 南衙：指宰相辦公的中書省和門下省，因位於大明宮宣政殿之南，在宮城之外，因而稱「南衙」。此外，唐代實行多宰相制。
23 北司，指宮禁以北、宦官所掌握的各種機構。
24 十六宅：唐中期以後京師諸王集中共居的宅第，為的是有效控制諸王，防止他們與外臣結交謀變。
25 監軍使：安史之亂後，唐中央朝廷以宦官為監軍使，派往藩鎮長駐，類似中央特派員的角色。
26 紫色章服、玉帶、魚袋均為官員職級標誌。其中魚袋中裝有魚符，上面刻了所有者的姓名和官職，是五品以上官員出入宮禁的憑證；三品以上用金，四品用銀，五品用銅。武則天時曾改魚袋為龜袋，即為「金龜婿」的由來。
27 指貞元十七年（西元八〇一年）吐蕃傾全國之兵力進攻劍南道，韋臯先發制人，主動進攻，以少勝多，以不足四萬唐軍先擊潰吐蕃軍十六萬人，隨即全殲趕來援助的十萬吐蕃軍，吐蕃統帥論莽熱也被生擒，韋臯因此功進封為南康郡王。
28 老奴：宦官名義上是皇帝家奴，「老奴」為自稱謙詞。
29 推官：官職名，唐朝始置，節度使、觀察使、團練使、防禦使、採訪處置使下皆設一員，掌推勾獄訟之事，相當於今地方法院院長。
30 靈池：在成都府東五十里，今四川成都龍泉。
31 鬣：馬、獅子等頸上的長毛。石質插屏及鎮紙，即後世所稱大理石。
32 嘉州：今四川樂山。
33 三江：指岷江、青衣江、大渡河。
34 江夏：今湖北武昌。
35 凌煙閣原是皇宮內三清殿旁一座不起眼的小樓，貞觀十七年（西元六四三年）二月，唐太宗李世民為懷念當初一同打天下的眾位功臣（當時已有數位辭世，還活著的也多已老邁），命閻立本在凌煙閣內描繪了二十四位功臣的圖像，褚遂良題字，皆真人大小，時常前往懷舊。廣德二年（西元七六四年），代宗皇帝在凌煙閣為郭子儀畫像，以表彰他的興唐之功。
36 江陵：今湖北荊州。

卷七　韋皋之死

楚原勉力睜開眼睛，卻真的發現自己身處在空中，無處依託，還沒有反應過來，眼前一黑，「撲通」一聲落入水中。過得片刻，水中浮力將他托了上來，幾大口水嗆入喉中，他竟然又醒了過來，略一仰頭，才發覺身在百尺樓下的摩訶池中。正不明所以時，卻見眼前不知道從哪裡浮起一具屍首來。

韋臯歷來深藏不露，這次卻出人意料地為精精兒的神奇遁走大發脾氣，負責轉移押送的牙將邢泚被責打了五十杖，罰俸三月；當日所有在場的牙兵各被打二十杖，罰俸一月。牙兵們驚惶之下四下搜捕，不辭勞苦，然而卻始終沒有尋到精精兒的下落。成都府甚至懸出三十萬貫的重賞，鼓勵百姓們舉報，也沒有任何線索。那精精兒和傳說中神祕的空空兒就像清晨的露水一樣，消散在晨曦的霧氣中，無影無蹤。

局勢變化得極快，日日不斷有驛馬往節度使府中飛傳消息。王叔文因母親病死去職後，其同黨王伾頓感孤掌難鳴，四處奔走，想為王叔文破例請官延爵。然而之前王叔文當權時大有小人得志之態，得罪的人太多，沒有人願意在這個節骨眼上替他出頭說話。王伾感到大勢已去，惶惶不可終日。有一天，他在翰林院中當值，從白天坐到晚上，寢食難安，到了半夜，突然大叫一聲，說：「王伾中風了。」倒地不起，被人抬回家中，外人也不知道他是真的中風還是假裝病重，一直為二王控制的順宗皇帝終於就此落入反對王氏集團的宦官之手。

當年七月二十八日，在大宦官俱文珍等人的操縱下，順宗皇帝下詔書命太子李純監國。八月初四，又下詔書令李純繼位，改貞元二十一年為永貞元年，自己退位為太上皇，在位僅六個月，是唐朝歷史上在位時間最短的皇帝。至於這是不是順宗的真實心願不得而知，反正皇帝久病深宮，行動不得自由，又無法開口說話，誰也不知道他到底是怎麼想的。

八月初九，太子李純即皇帝位於宣政殿，是為憲宗皇帝。在眾多武力勢力的支持下，朝政大權終於順利轉移到新登基的年輕皇帝手中。太上皇一黨的王叔文集團立即遭到了全面清算，王叔文貶為劍南東川道渝州[1]司戶，王伾為山南西道開州[2]司馬，餘黨劉禹錫、柳宗元等人則分別貶往南方邊遠蠻荒之地。原宰相鄭珣瑜和高郢雖未公開依附王叔文，然因無所作為，也被分別降為吏部尚書和刑部尚書。受王叔文一手提攜的宰相韋執誼因岳父杜黃裳剛被新皇帝拜為宰相，暫時未被免官，於是出現了岳父、女婿同時為相的罕見異事。最令人大掉眼珠的是右金吾衛大將軍袁滋竟然升任宰相，風傳他在支持李純即位上大有其功。而一直支持舒王的神策軍中尉孫榮義被免職，改由李純的親信吐突承璀出任神策軍中尉。一些被順宗皇帝貶斥的大臣也重新被起用，譬如因刑訊侯彝與劉禹錫不和、被貶為太子右庶子的武元衡，重新出任御史中丞要職，前任京兆尹李實早已病死通州任上，甚至連遭德宗皇帝貶斥的韓愈也被重新召回京師任國子監博士。

消息傳來蜀中，官民人人稱頌節度使韋皋高瞻遠矚，雖然太子李純尚未正式登基，然而韋皋首倡太子監國意義重大，將來必然要得到豐厚的賞賜，三川定是他囊中之物。相應的也有不開心的人，譬如現任劍南東川節度使李康和山南西道節度使嚴礪等，不得不擔心以後的出路。

這一日，中秋剛過，韋皋心情舒暢，突然要再去錦江春酒肆飲酒。劉闢聞訊忙趕來勸道：「那吐蕃論莽熱逃出京師後一直下落不明，太尉還是小心些，不如派人去買些酒來，在府署裡面暢飲也是一樣的。」

韋皋沉吟片刻，道：「也好。」又問道，「聽說你新收了一名絕色女子，可是真的？」劉闢道：「是，她名叫麗娘，是個寡婦。卑官上次自京師回蜀中時在劍門遇到她，傷了腿走不動路，因夫君新喪，無依無靠，蓬頭垢面，卑官見她可憐，就帶她一道回了成都。哪知道她竟願意留下來執箕帚伺候夫人，夫人見她賢淑知禮，便讓我收了她做侍妾。」

韋皋道：「嗯，儻來豔福，予而不取。你那麗娘的姿色，比起我的玉簫如何？」劉闢望了一眼玉簫，道：「麗娘年逾三旬，已經是殘花敗柳，哪裡能與玉簫娘子相提並論。」韋皋笑道：「那好，明晚你帶上你的殘花敗柳來給本帥瞧瞧，咱們幾個一道到百尺樓頂上飲酒賞月，看看到底是景美還是人美。」劉闢不敢拒絕，只得應道：「遵令。」

次日晚上，劉闢果然帶著麗娘來到百尺樓拜見韋皋。那麗娘一身淡黃衣衫，略施脂粉，風韻楚楚，嫵媚動人，韋皋細細品度之下，玉簫竟是大大不及，不免有些不快。

宴席設在四樓的穿廊花廳，這裡能居高臨下俯瞰成都全城，月色皎然，亮如白晝。酒是新從錦江春酒肆運來的燒酒，正是韋皋喜好的那一口。劉闢使了個眼色，麗娘便盈盈站起來，往一只文杯[3]中斟滿酒，雙手奉到韋皋面前，嬌聲道：「西南百姓盡盼太尉早得三川，好同沐恩澤。」

韋皋料想是劉闢教她這麼說，心中仍是大悅，接過酒來一飲而盡，笑道：「好，麗娘也坐下來飲一杯。」幾杯酒下肚，暖意漸生，豪氣更旺，轉頭卻見玉簫面色不善，正拿手扶住額頭，不禁一愣，問道：「你怎麼了？」玉簫道：「回太尉話，玉簫好頭暈。」韋皋皺眉道：「頭暈？是畏高麼？」

忽聽得麗娘道：「我也是。」搖晃了兩下身子，仰天就倒，劉闢眼疾手快，忙將她抱住，慢慢放倒在地上。韋皋尚不明所以，忽然用手捧住小腹，一頭俯在酒桌，道：「酒……酒……」聲音暗啞，始終說不出「酒」下面的字來。忽聽見劉闢也道：「酒裡有毒。」軟倒在一旁。玉簫身子一歪，連同凳子「咕咚」一聲摔倒在地上。

百尺樓是禁地，無論官民不奉召絕不可擅進，牙兵也只在樓外戒備。此刻隨侍韋皋身邊的只有晉陽、楚原兩名侍衛，唐棣、唐楓兄弟因母親病重，又是中秋，被韋皋特准假三天，歸家還未返回。楚原見突發狀況，忙搶過來抱住韋皋，道：「晉陽，你快去叫人來！」

忽聽得「哧」的一聲輕響，背心劇痛，背後有人用利刃刺中了自己，刀刃冰涼，卻又如火般熾熱，他身上的每一寸似乎都開始劇烈燃燒了。天黃地蒼，碧血丹青，利劍像一條饑渴的蛇，噬吸著他的每一滴熱血，他漸漸失去了神智……

只聽見耳邊呼呼風響，身子綿軟酥麻，如在半空。楚原勉力睜開眼睛，卻真的發現自己身處在空中，無處依託，還沒有反應過來，眼前一黑，「撲通」一聲落入水中。過得片刻，水中浮力將他托了上來，幾大口水嗆入喉中，他竟然又醒了過來，略一仰頭，才發覺身在百尺樓下的摩訶池中。忽有什麼物事自空中飄落，蓋在他頭上，兩下扯開，卻是一件衣衫。正不明所以時，卻見眼前不知道從哪裡浮起一具屍首來，衣衫穿著正是韋皋，只是沒有了腦袋，斷頸處只有一個血窟窿。他氣血翻湧，大叫一聲，立時又暈了過去。

也不知道過了多久，耳邊有人大叫他的名字，楚原睜開眼睛，發現自己已經從水中被救了上來，正躺在水榭上，牙將邢洮率數名牙兵圍在四周。楚原道：「太尉……太尉……」邢洮咬牙切齒地道：「太尉已經被精精兒殺了，他正要帶著玉簫從水路逃走，幸得被我等及時發現捕獲。」

楚原道：「精精兒？」邢洮道：「他人就在那邊。」命人扶著楚原坐起來，果見那逃走多日的精精兒手足戴了重銬重鐐，正歪倒在一旁大口吐水，似是剛被從水裡撈上來。玉簫斜背著一個大包袱，渾身濕透，正倚靠在一旁欄杆上，六神無主地望著韋皋的無頭屍首。

一名牙兵托著一柄匕首奔過來稟道：「這是在精精兒身上發現的兇器，刃上還有血跡。」楚原大怒，道：「扶我起來。」勉強站起身來，奪過牙兵手中匕首，跌跌撞撞走到精精兒身邊，命道：「拉他起來。」兩名牙兵一左一右挾起精精兒。楚原忿然道：「太尉待我恩重如山，我今日剜出你心尖為他報仇。」舉刀便向精精兒心口捅去。只是他身受重傷，手臂剛一舉起，牽動背心創口，「啊」了一聲，幾欲跌倒。

邢洮大吃一驚，急忙搶過來扶住，奪下楚原手中匕首，勸道：「楚侍衛切切不可魯莽，太尉的首級被人割走，不在精精兒身上，他一定還有同黨，必須從他身上問出同黨下落。」楚原恨恨道：「他殺的可是太尉，……」忽扭頭發現同伴晉陽、支度副使劉闢也都濕漉漉地躺在一旁，雙目緊閉，也不知道是生是死，急怒攻心，立即暈了過去。

邢洮忙道：「來人，快找人來救治劉使君他們幾個，將精精兒押去成都府獄囚禁，玉簫先關在節度使府署中，等稟明太尉夫人再做處置。」

精精兒腹中嗆水吐盡，這才回過神來，問道：「我怎麼會在這裡？」卻是無人應聲，扭頭看見牙兵拖走了渾身滴水不止的玉簫，更是詫異，還待詢問究竟，只見牙將邢洮揮揮手，牙兵一哄而上，連推帶攘將他扯來成都府大獄。

牙兵特意交代當值的典獄道：「這人是要犯，兩次闖入百尺樓，外面還有同黨要救他，可得看緊了。」典獄笑道：「放心，自太尉上任西川節度使以來，這大獄還沒有犯人逃脫過。」牙兵上前低聲囑咐了幾句，典獄道：「原來如此。」當即親自押著精精兒進來重獄。

路過一間牢房時，卻見一名女囚正坐在裡面嚶嚶哭泣，一身赤褐色的囚衣，手足均戴了刑具。精精兒素來愛憐女子，當即問道：「娘子是誰？」那女子聞聲抬起頭來，精精兒見她雖蓬頭垢面，眉眼之間卻有幾分麗色，忍不住調笑道：「娘子當真是個梨花帶雨的美人。」

典獄自背後大力一推，罵道：「死到臨頭，還有心情說笑。」命獄卒將精精兒押到最裡間牢房。

那牢房不大，裡面有一具粗厚的腳枷，雖是木製，卻重逾幾十斤，極其笨重，是武則天「大開詔獄，重設嚴刑」時，手下的酷吏揣時希旨借古人的木桎基礎所改進發明的刑具，可以有效防止犯人自殺。犯人雙腳被禁錮其中後，無法站立，更無法走動，基本上就是畫地為牢的滋味了。典獄命人開了腳枷，將精精兒拖翻在地，雙腳塞入兩個孔中，再合上枷板，一旁用銅鎖鎖住。

精精兒有一次在杭州[4]盜竊富戶財物時失手被官府捕獲，蹲過大獄，知道腳枷是死囚的待遇，這才會意自己已是身陷死牢，忙叫道：「我之前不過是盜竊財物未遂，按律法頂多是杖刑，為何要將我關進死牢？」典獄冷笑道：「在我們西川，得罪了太尉就是死罪，管它什麼律法不律法。」不再理會，命獄卒鎖了牢門出去。

精精兒雙手被反銬在背後，腳鎖在腳枷中，只能原地坐臥，不得絲毫行動自由，叫道：「喂，我想撒尿，你們鬆開我的手腳。」卻只聽見獄門相繼重重拉上，無人應聲。他這才意識到自己大約是陷入了什麼巨大陰謀中，不然為何有人在一個多月前將他劫走，卻又不去掉械具，反而將他帶到一個不見天日的地方繼續關押？今日他被人強灌迷藥暈了過去，再醒來時已經身在百尺樓外的摩訶池中。玉簫是韋皋心愛的女人，竟然也同落在水裡，這豈不是怪哉？

想了一想，也不明白其中究竟。他天性樂觀，既無脫身之計，就忍不住要找些現成的樂子，想起適才路過的牢房中那女囚來，當即揚聲叫道：「喂，娘子你在那邊麼？」哪知道他叫喊了幾聲，也不見那女囚回應，只得悻悻作罷。

次日天剛一亮，數名牙兵跟著獄卒進來，獄卒拿鑰匙開了腳枷，牙兵上前將精精兒拖起來。精精兒問道：「要帶我去哪裡？」一名牙兵道：「提你過堂。」倒轉腰刀，用刀柄狠狠砸在精精兒腰間，他痛得大叫一聲，怒道：「無緣無故地打人做什麼？」

那牙兵道：「你害死太尉，你的同黨還割走太尉首級，我們人人恨不得將你碎屍萬段，打你一下算什麼？」精精兒大吃一驚，道：「什麼，韋皋死了？」

牙兵見他竟然敢直呼節度使名字，勃然大怒，又舉起刀柄狠狠擊打，直到打得他直不起身來，這才扯來府署大堂前跪下。卻見支度副使劉闢一臉肅色，正在堂上與判官盧文若交談。

盧文若指著精精兒問道：「使君看到的凶手可是他？」劉闢仔細打量著精精兒，半晌才點點頭，道：「就是他。」盧文若道：「使君請回節度使府主持大事，這裡一切交給文若處置。」劉闢道：「有勞。」狠狠瞪了精精兒一眼，帶人揚長而去。

盧文若一拍桌案，問道：「堂下跪的可是精精兒？」精精兒道：「是。」盧文若道：「你是不是論莽熱派來的刺客？」精精兒道：「誰是論莽熱？」盧文若道：「你的同黨在哪裡？」精精兒更是莫名其妙，問道：「什麼同黨？」

盧文若道：「你與玉簫勾結，讓玉簫昨晚往酒中下毒，迷倒太尉、劉使君、麗娘三人，再由你和你的同黨刺倒侍衛晉陽和楚原，殺死太尉，將太尉首級割去，你同黨帶首級先走，你留下來善後，將太尉屍首、劉使君、麗娘、晉陽、楚原幾人一一扔入摩訶池中，麗娘屍首至今沒有撈到，只找到衣衫。你卻不知道你搬起劉使君時他已有知覺，看見了你的臉。」

精精兒這才恍然大悟，原來當日從地牢轉押成都府獄時，半道有人將他劫走後祕密關押，為的就是要在昨晚嫁禍自己，忙道：「我沒有殺人，我這些日子一直被人拘禁在一個黑牢裡面。」盧文若冷笑道：「一個多月前你同黨將你當街救走，許多人親眼所見，邢將軍等人更是因為你逃走受到太尉重罰，你還說什麼被人拘禁在一個黑牢裡，誰會相信你的鬼話？帶證人上來。」

卻見韋皋心腹侍衛晉陽被兩名牙兵扶著走進堂來，他腰間受了重傷，只能一步一挪地慢慢趨近。盧文若道：「晉侍衛，你看到的凶手可是堂下下跪之人？」晉陽略略一望，便道：「正是他，精精兒。」

盧文若道：「那好，請晉侍衛詳述一遍事情經過。」晉陽道：「是。昨晚太尉在百尺樓樓頂宴請劉使君，玉簫和劉使君的侍妾麗娘也在場，當時我和楚原守衛在門邊，忽見麗娘、劉使君先後倒在地上，太尉捂住腹部伏在桌上，我二人忙搶過去查看究竟，卻背後遭人襲擊，我腰間中了一刀，倒下地時，見精精兒正從楚原背心拔出刀來。」

精精兒道：「喂，你是不是眼花了，當真看清是我下的手麼？我昨晚被人灌了迷藥，根本就不知道發生了什麼事。」盧文若重重一拍桌子，厲聲道：「本官正在問案，囚犯不得隨意插口。來人，掌嘴。」一旁差役搶上前來，兩人按緊精精兒肩頭，一人站到他面前，左右開弓，往臉上狂掄了十幾個巴掌，直扇得他頭暈腦脹，再也說不出話來。

盧文若這才道：「晉侍衛請繼續說。」晉陽道：「後來我就看見刺我的人和精精兒一起去割太尉的首級，我想叫人，一著急就暈了過去。再醒來時，人已經落在摩訶池中，幸虧邢將軍已經聞聲趕到，將我救了上來。」

盧文若見他精神萎靡，說話上氣不接下氣，知他受傷極重，便道：「晉侍衛請先回去養傷。」晉陽指著精精兒恨恨道：「他是害死太尉的凶手，盧判官可千萬要拷問出他同黨下落。」

盧文若道：「晉侍衛放心。」送走晉陽，這才向精精兒喝問道：「快說，你的同黨在哪裡？」精精兒臉頰紅腫，痛如火炙，嘟囔叫道：「我沒有同黨，也沒有殺死太尉。當初我在錦江春酒肆遇到刺客刺殺太尉，我還曾出手相助，若是有心殺死太尉，何不當日動手？」盧文若道：「這正是你的詭計。況且你救的是玉簫，並不是太尉。來人，犯人嘴硬，給我打。」

兩旁差役一聲吆喝，將精精兒掀翻在地，剝去他上身衣服，一五一十直往背脊打下，打了五六十下，已是皮開肉綻，鮮血直流，喊叫不止。

盧文若見精精兒幾近昏死，便讓人停手，又喝問道：「快說，你同黨帶著太尉首級藏去了哪裡？」精精兒卻是不肯招承罪名，只道：「我哪裡知道？這是有人嫁禍給我，我自二月前失手被擒，一直被關押，哪裡有什麼同黨？」

盧文若道：「你同黨是不是你師兄空空兒？」精精兒嚇了一跳，隨即搖了搖頭，道：「我師兄人還沒有到成都，你們誣陷不了他。」

盧文若道：「好，我讓你見一個人。」揮了揮手，牙兵們拉進來一人，卻是玉簫，鬢髮散亂，面容憔悴，也是鐐銬加身，被拉到堂下跪下。

精精兒奇道：「玉簫你怎麼會……」盧文若道：「玉簫，是不是你下藥迷倒太尉和劉使君？」玉簫顫聲道：「奴婢沒有，奴婢哪敢謀害太尉？」

盧文若便下令用刑，才打了幾下，玉簫已是承受不住，哭叫道：「我招……奴婢招了……」劉闢問道：「是不是你勾結姦夫精精兒，害死了太尉？」玉簫哭道：「是……是……」

精精兒大驚失色，道：「生死事小，名節事大，娘子切不可胡亂招認。」盧文若冷笑道：「你一個梁上君子，還知道什麼叫名節麼？來人，將犯人用大刑夾起來，不怕他不招。」

差役們得令，一哄而上，讓精精兒坐在地上，兩邊各有人扶住他肩頭，又有人扯去他靴襪，將雙足套在夾幫之中，用力一收，精精兒只覺得眼冒金星，狂叫一聲。這些差役是刑訊老手，見他將要昏死過去，便又將手勁鬆一鬆。豆大的汗珠從精精兒額頭涔涔而下，全身更是汗如雨下，剛喘一口氣，腳上又是一緊，痛得雙目昏花。雙腿鮮血流出，淌滿腳面。

玉簫跪在一邊，聽到精精兒嘶聲慘叫不止，又驚又懼，冷汗直冒。盧文若命人遞過來寫好的供狀，令她畫押，她舉起手來，知道這一按下去就是死罪，不僅自己丟了性命，還要牽累親屬家人，一時淚如雨下，手抖簌個不停，無論如何都按不下去。一旁差役早不耐煩，上前握了她的手，往供狀上按上了指印。當即有人取過來重逾三十五斤的死囚盤枷將她套住。玉簫身子柔弱，一背大枷，立即歪倒一旁，慵臥地下，連掙扎的氣力也沒有。

精精兒終於吃不住夾幫酷刑，兩眼一黑，暈厥了過去。差役還預備拿涼水噴醒他繼續拷訊，盧文若擺手道：「不必費事，將他按了手印，與這謀害太尉的賤人一道打入死牢，等上報朝廷後再凌遲處死。」

精精兒清醒過來時人已在大獄中，心道：「我不是在堂上受刑麼？怎生又到了這裡。」稍微一動，才發覺自己歪倒在地，身上已經換上赭色囚衣，頸中套了一面五尺餘長的楓木大枷，雙手也被木杻固定在大枷上，沒有絲毫活動餘地，全身疼痛難忍，上過夾幫的雙腿更如火炙一般。過了許久，他積蓄了些體力，勉強掙扎著坐起，才發覺雙腳不但釘了重鐐，還依舊被套在腳枷之中。

一時之間，悲從心起。他本在江南過著風流快活的日子，這次因師傅十年忌日回來拜祭，因久聞百尺樓中奇物甚多，有意染指，非但沒有得手，還平白遭此牢獄之災。他已經猜到自己被引入了一個精心預構的圈套中，命運的繩索將被勒緊，漸漸透不過氣來，他將會死無葬身之地，死後冤屈也無人知道，這才深切體會到人生的悲涼和殘酷。

忽隱隱聽到隔壁傳來嚶嚶哭泣聲，忙揚聲問道：「是梨花娘子，還是玉簫麼？」只聽見玉簫道：「是我，玉簫。」精精兒道：「你還好麼？」不問則已，一問玉簫悲苦難言，當即放聲大哭。精精兒哄來哄去，總也哄她不好。

玉簫忽嗚嗚哭道：「精郎，是我害了你。」精精兒歎了口氣，道：「棰楚之下，何求而不得？你被迫招供承認罪名，不過是不能忍受嚴刑荼毒之苦，我不會怪你。」玉簫道：「不僅如此，當日你在百尺樓被擒，其實是我有意放了一截蠟燭在機關上，等我下樓時蠟油滴到暗線上，才觸發了警鈴。」

精精兒不僅輕功極高，且精通機關構造，罕有失手，一直為自己上次莫名其妙觸發了百尺樓警鈴懊惱不已，聞言才知道並非是自己過失，既寬慰又吃驚，問道：「娘子為何要這麼做？」玉簫哭道：「玉簫不是有意要害郎君，我是怕精郎得手後遠走高飛，從此再也見不到了，玉簫只想留住精郎，我知道太尉愛惜人才，一定不會殺你。」

精精兒在酒肆出手救玉簫不過是瞧不起韋皋拿女人當盾牌使，多次與她調笑也只是出於風流本性，並非真對她有情，哪知她竟一往情深，只為能常常見面，便不惜陷自己入牢獄，一時心中滋味複雜，百感交集。

玉簫見他不應，道：「精郎還是在怪玉簫。」精精兒忙道：「沒有，我哪裡有怪娘子？」玉簫喜道：「當真？」精精兒道：「嗯，只是精精兒是個風流浪子……」

玉簫問道：「秋娘是誰？」精精兒當即怔住，問道：「娘子怎麼會知道秋娘？」玉簫道：「我聽到你在昏迷時總叫這個名字。」精精兒歎道：「是我第一個女人，她的名字叫杜秋。我在金陵秦淮河邊遇見她……」一時回憶起無數往事來，喃喃道，「勸君莫惜金縷衣，勸君惜取少年時。花開堪折直須折，莫待無花空折枝！

這首〈金縷衣〉便是她為我所作。」

玉簫道：「杜秋娘子對郎君期望很高。」精精兒道：「可我性子散漫，雖有武藝，卻也不願意投軍為人驅使。秋娘發現了我原來是劇盜後，斷然與我絕交，離我而去。」玉簫道：「大盜竊國，小盜竊財，精郎若真如秋娘所求投軍，也只是為那些竊國大盜們效力，倒不如自己做個小盜，逍遙自在。」

精精兒聽她聰慧靈秀，善解人意，又與自己志趣相投，極為高興，歎道：「我若是早識得娘子就好了。」玉簫沉默許久，輕輕道：「現在也不遲。」又道：「可惜你我命不久矣。」言從淚出，腸斷心酸，又添幾分悲楚，忍不住嗚嗚哭了起來。

精精兒忙道：「天無絕人之路，娘子不必太過傷懷，我師兄即將來成都與我相會，他若是知道我被人誣陷關在這裡，一定會來救我們。」玉簫道：「當真？」精精兒道：「放心，我一定會帶你離開這裡。」玉簫喜不自勝，低聲道：「玉簫早日日夜夜盼精郎帶我遠走高飛。」精精兒心中有事，一時沒有聽清，只隨口漫應道：「好。」

二人雖然能隔著鐵柵欄說話，但卻均動彈不得。直到黃昏時，才有獄卒提著飯食進來，先開了腳枷。精精兒雙腳、小腿受過重刑，即使去了腳枷也無力行走。那獄卒歎了口氣，提過便桶，攙他起身，慢慢挪到便桶上方便。

忽聽到隔壁玉簫驚叫道：「你要做什麼？」有人笑道：「我們這裡是死牢，犯死罪的女人實在太少見，所以一直沒有禁婆，只好由小的我來伺候娘子了。你被鎖了大半日不能動彈，難道不想要撒尿拉屎麼？」玉簫早羞紅了臉，哭道：「你別碰我，別碰我。」

精精兒忙叫道：「喂，她好歹也是太尉的女人，你可別亂來。」隔壁那獄卒其實也不敢輕薄玉簫，不過是嘴上討些便宜罷了，聽見精精兒叫喊，當即走過來道：「你倒是有情有義，難怪是一對姦夫淫婦。」用腳勾住精精兒腳上鐐鏈一帶，登時將他摔翻在地。木枷先磕到地上，幾乎將精精兒的脖子擰斷，當即暈了過去。

過了好大一會兒，精精兒才悠悠醒轉，只覺得全身骨頭如散架般疼痛，卻見適才那獄卒上前騎到自己身上，笑道：「聽說你原本是個劇盜，武藝高強。老張，你說咱們這裡來了這樣一位了不得的人物，可得好好想個法子消遣消遣才好。」

那老張即是扶住精精兒方便的人，他心地頗好，勸道：「老武，你還是當心點。他是重犯，萬一弄死了，你我都脫不了干係。」精精兒喘了口氣，道：「大哥既知道我是劇盜出身，難道不想發筆大財麼？」

那老武極為精明，聽話外有音，忙從精精兒身上溜了下來，扶他坐起，道：「咱們有言在先，你若想我哥倆行方便鬆了你枷鎖，那可是門都沒有，這是上頭特意交代下來的，要日日夜夜鎖得你不能動彈。但如果你想花點錢吃香喝辣，這倒不難辦到。」精精兒道：「獄卒大哥這麼說，足見是位有誠信的君子。我自知是死囚，不敢求生，只想請你到錦江春酒肆給店主帶句話，請她來見我一面，事成後酬謝二位每人四百貫。」

四百貫不是個小數目，當時普通官員月俸也就是一二十貫錢。老武怦然心動，問道：「你說的可是卓二娘？」精精兒道：「是，我住在她店中，多蒙她照顧，還欠下她不少酒錢。我精精兒生平從不欠人恩情，所以想特別酬謝她。」老武道：「這個不難。不過你當真有錢酬謝我們麼？」精精兒道：「當然。二位去錦江春酒肆，尋到我住過的房間，床下正中有塊木板是鬆的，夾縫裡面有一張飛錢，價值一千貫，二位提現後每人可分四百，再給卓二娘二百。」

老武大喜道：「好、好，不過現在天黑，城門關閉，到不了新南城，明日吧，明日一早我就去為郎君辦這件事。」老張遲疑道：「老武，這件事……」老武道：「你老婆不是馬上要生第三個了麼？你不缺錢用？」老張道：「可是……」

正說著，忽見唐棣、唐楓兩兄弟闖將進來，喝道：「獄卒出去！」老武知道他二人是韋皋貼身侍衛，遲疑問道：「唐侍衛可有提審犯人的監牌？」唐楓將他往外一推，罵道：「去你媽的監牌。」老武、老張二人不敢再多問，又怕承擔責任，飛一般地趕出去稟告典獄。

唐棣上前一步，將腳踩在精精兒腿上傷處，森然問道：「你同黨藏在哪裡？」精精兒不及回答，對方已腳上加勁，他慘叫一聲，仰天便倒，枷背先磕上牆壁，頸中劇烈一撞，幾近窒息。唐楓蹲下身來，扶住枷身，將精精兒拉直身子坐好，道：「你若不肯說出同黨下落，受的罪還要更多。只要你說出來，我保證親手給你一個痛快，你不必再受酷刑折磨。」

精精兒在堂上受刑套供時，盧文若雖然也追問同黨的下落，但更多的是逼迫他承認勾結玉簫謀害韋皋的罪名，他知道這對兄弟是韋皋心腹侍衛，顯然只關心如何為韋皋復仇，當即喘了幾口大氣，道：「你們想知道真相麼？」唐棣道：「說！」

精精兒被他踩在腿上受刑處，痛入骨髓，冷汗直冒，忙道：「你的腳……」唐棣抬起腳來，冷冷道：「我還以為你是條好漢，原來不過如此。快說，你同黨將太尉首級帶到哪裡去了？」精精兒道：「我沒有殺太尉。當日太尉在錦江春酒肆遇刺，二位人也在場，我若要有意行刺，用得著等到昨晚麼?你們說我勾結玉簫，她人在節度使府署中，你們日夜跟在太尉身邊，可曾發現她與我有勾結？」

唐棣又一腳踩到精精兒腿上，道：「哼，我就知道你沒這麼容易屈服。」精精兒痛得大叫一聲，道：「我是看你們兄弟真心為太尉復仇，才告訴你們實話。你們想想，以玉簫柔弱性格，畏懼太尉如天神，她敢下毒謀害太尉麼？」

唐楓道：「大哥，他說得有幾分道理……」忽聽見隔壁有女子嚶嚶叫道：「唐侍衛，精郎說的是實話，玉簫真的沒有下毒。」唐楓早知道玉簫就囚禁在旁邊牢房中，只是佯作不見，怕自己一見到她的臉就心軟，聽她叫喊自己，一時遲疑，只望著兄長，等他示下。

唐棣道：「玉簫一直暗中對你傾心，你道旁人看不出來麼？太尉早就知道，只不過隱忍不發而已，不然何至於你逃走後大發脾氣，一大群人受牽連被打了軍棍？」精精兒道：「既然你們一心認定我和玉簫是兇手，多說無益。我死不要緊，只是太尉從此含冤地下，真相不明。」

唐棣道：「你不說出同黨下落，想死可沒那麼容易。阿楓，拿刀挑斷他的手筋、腳筋。」唐楓道：「是。」當即拔出佩刀來。精精兒生平最活潑愛動，以自己是飛天大盜為傲，可一旦手筋腳筋被挑斷，以後可就成了永久的廢人，大驚失色，忙道：「我說、我說。」唐棣道：「你同黨叫什麼名字？藏在哪裡？」精精兒道：「他叫林空，我們約好在武擔山上見面。」

武擔山即在成都府署之北，是昔日三國時劉備稱帝即位之處，說是山，其實類似關中的塬地，高僅七丈許，上有立石瑩潔，名為「石鏡」。

唐楓知道武擔山雖生有密林，卻是地方不大，不便藏身，聽了不免半信半疑，問道：「當真在武擔山？」精精兒道：「是，我不敢欺瞞二位。」唐棣道：「那好，我們先去武擔山看看，如果找不到林空再回來找你算帳。阿楓，挑了他手筋腳筋。」

精精兒大驚道：「我已經告知二位林空下落，為何還要挑我手筋腳筋？」唐棣道：「我可沒說你說出同黨下落就饒過你，你害死太尉，我恨不得現在就將你千刀萬剮。」

唐楓不顧精精兒苦苦哀求，將腰刀比在他腳上經脈處，正要動手，忽有人大聲叫道：「奉命提精精兒上堂。」唐楓便站起身來，插刀入鞘，讓到一邊。數名差役湧了進來，一人手持監牌，問道：「二位侍衛在這裡做什麼？」唐棣道：「沒什麼。」打了個眼色，與唐楓一道退了出去。

獄卒老張一直等在一旁，忙進來開了腳枷。差役一擁而上，將精精兒拉了出去。

經過玉簫牢房時，精精兒見她如同自己亦上了大枷，雙腳鎖在腳枷中，披頭散髮地半坐在地上，動彈不得，飽受折磨下，神情有些恍惚，一雙眼睛因為流淚過多而紅腫，然而恐懼、屈辱、無助從她的眼神中一覽無遺。他是男子，又身懷武藝，戴了這些戒具已是毫無行動自由，難受之極，更不要說她是弱女子了，心頭不由得大起憐惜之意。正待安慰她幾句，卻被差役不由分說地拖走。

精精兒被拉扯到大堂跪下，微聞酒氣，似正是錦江春的味道，正詫異之時，聽見堂上問道：「你就是精精兒？」精精兒抬頭一看，卻不是白日審訊他的盧文若，而是一位四十來歲的中年官員。精精兒道：「是。閣下是誰？」那人道：「本官是西川節度使麾下推官林蘊，專掌獄訟之事。」

這林蘊字復夢，泉州蒲田[5]人，精通經學，為韋皋倚重，辟為推官。然而他為人剛直，不滿韋皋專制霸道，總要凌駕在律法之上，有心離去，可韋皋又不准他辭官，他只好到西川州縣去巡獄，好離得韋皋遠一些。昨日剛好到靈池，聽說了韋皋借刺客趙存約一案迫害薛濤一事，很是氣憤，今日正要與靈池縣尉段文昌一道回來成都時，驚聞韋皋昨夜被害，急忙快馬加鞭，趕回城中。他是推官，主管獄訟之事，一回來聽說盧文若代行府尹事，已經審結謀害太尉一案，速度之快，令人驚奇，立即調閱卷宗，緊急提審凶手。

林蘊又指著身旁一人道：「這位是靈池縣尉段文昌。」精精兒道：「林推官和段少府有何指教？」

差役見他言語桀驁無禮，全無囚犯該有的謙卑，上前就要打罵。林蘊忙止住差役，道：「本官看過了這件案子的卷宗，與段少府反覆研討，覺得有幾處疑點，想問問你。」

精精兒道：「什麼疑點？」林蘊道：「卷宗上說，你和你的同黨被吐蕃收買，前來成都謀害太尉，要為論莽熱復仇，又處心積慮與玉簫勾結，由玉簫下藥迷倒太尉、劉闢和劉闢侍妾麗娘，然後你和你的同黨潛進來刺倒侍衛晉陽和楚原，割走太尉首級，事後在你和玉簫的衣服上發現了血跡，罪證確鑿。不過本官不明白的是，你既已經得手，為什麼還要將太尉屍首、劉闢、麗娘、晉陽、楚原幾人丟入水中？百尺樓防範森嚴，你弄出這樣大的動靜豈不是自曝行蹤？」

精精兒早已從盧文若口中得知此處細節，不過他被過度刑訊，全身傷痛難忍，難以集中精力來思索其中究竟，自然也不明白嫁禍給自己的凶手為什麼要這麼做，只哈哈一笑，道：「推官認為呢？」

林蘊道：「嗯，這還只是其一。第二，我聽說你兩個多月前曾闖入百尺樓被牙兵擒住，後又被同黨救走，之後西川遍貼緝拿你的圖形告示，你又是如何出面與節度使府中的玉簫聯絡，將迷藥交到她手中？你的供狀中沒有提到這一點。」

精精兒道：「推官倒是細心人，不像先前那個盧判官，一心只會用酷刑讓我認罪。我可得說清楚了，我根本就沒有認罪，就算有手印畫押，也是他們趁我暈死過去時偷偷做的。況且若真是我利用玉簫害人，我給她毒藥不是更好，幹麼還要迷藥？」

一旁段文昌道：「或許你只是想救走玉簫，而你同黨卻想要太尉的人頭。」精精兒道：「少府既這麼說，何不帶玉簫來當堂對質？」

段文昌見他受過重刑，卻是神色坦然，從容安逸，毫無愁苦之色，大異常人，心中暗暗稱奇，便向林蘊點點頭，林蘊道：「也好。」發了一張監牌，命人去獄中提玉簫。

林蘊又問道：「你昨晚是如何混入節度使府中？供狀上你說是和同黨從水路潛入，可本官聽說你被從摩訶池中捕獲時，許多牙兵親耳聽見你喊『不會游水』。既然你同黨已經帶著太尉首級先從水路逃走，你和玉簫為何不大大方方從大門離開，以玉簫的身分，誰敢攔她？」

精精兒見這林蘊是個明白人，比適才那對糊塗兄弟強上千倍，不但卷宗看得極為仔細，而且一發現問題就提他出來問個清楚，料來確實是想查明韋皋之死真相，當即道：「何止不會游水，這兩個多月我一直被人囚禁，根本就沒有脫身的機會，別說玉簫，就是活人都很少見到，二位可以看看我手腕、腳腕，有長期被鐐銬鎖住磨出來的痕跡，這可是做不得假的。」

段文昌走上前幾步來查看精精兒手腕，不過他雙手套鎖在重枷木杻中，看得並不分明，便俯身去檢視他腳腕，果見各有一圈黑紫色瘀痕，結了好幾處血痂，顯不是近日之傷，當即問道：「那麼一月前救你逃脫的人是誰？」精精兒道：「我並不認識他，他將我提上馬後便打暈了我，我再醒來時已經被鎖在一間黑牢中，只有人按時送飯送水。」

段文昌走回林蘊身邊，附耳低語了幾句，林蘊點點頭，二人均是神色凝重，眉頭緊蹙，大約已經意識到害死韋皋的凶手另有其人，精精兒不過是被真凶找來的替罪羊而已。在戒備森嚴的百尺樓中謀害太尉，又及時運進來早已準備妥當的替罪羊，這等大事普通人難以謀畫，一定是節度使府署內部人所為。

只聽見鐐銬聲響，玉簫被差役扶了進來。林蘊見她瘦弱身形被重枷壓得直不起身來，便命人開了刑具。玉簫曾在韋皋壽宴上見過林蘊，她又極善察言觀色，心中登時浮出一線希望，跪下來連連磕頭道：「林推官可要為玉簫做主，玉簫沒有謀害太尉，全是盧判官用酷刑逼迫我招供。」

林蘊道：「那你說說經過情形到底如何？」玉簫便說了昨夜韋皋約劉闢和他的愛妾麗娘，到百尺樓飲酒賞月一事，又道：「玉簫當時頭暈，就昏了過去，醒來時人已經在摩訶池中，被人救了上來，全然不知道怎麼回事。」

段文昌問道：「你暈倒前可有什麼異常情況？」玉簫道：「沒有什麼異常。麗娘子人美言巧，很討太尉歡喜，我忽然覺得頭暈，見太尉興致很高，不敢表露，忽然麗娘就倒下了，太尉說『酒……酒……』，劉使君緊跟著倒在麗娘身邊，然後我就什麼都不知道了。」

林蘊道：「這麼說你根本不知道精精兒也在？」玉簫道：「自從精郎一個多月前被人救走後，玉簫再也沒有見過他。」精精兒道：「我哪裡是被人救走，是被神祕人弄到一個地方關了起來。」玉簫吃了一驚，道：「什麼？」

林蘊見再也問不出更多，便命人帶精精兒、玉簫回去監禁，道：「別難為了他們。」差役道：「是。」將犯人押了下去。

林蘊問道：「段少府怎麼看這件案子？」段文昌道：「這件案子太過奇怪，誰是真凶暫且不論，凶手為何要冒險將屍首從百尺樓上丟下摩訶池？這……這……」林蘊道：「這只能說明精精兒講的是實話，他對一切毫不知情，是事先有人將他帶進節度使府署，藏在摩訶池旁，丟下屍首不過是故意引人發現他，這樣才能將一切嫁禍到他身上。」段文昌道：「確實只有這般解釋才合情合理。」

林蘊微一沉吟，發了一道權杖，命差役去帶楚原來府衙。段文昌道：「嗯，這事還得問楚原才能明白，只是最好不要張揚。」林蘊心領神會，便特意交代差役趁天黑悄悄行事。

這二人一人是推官，一人是縣尉，久歷刑獄，經手的案子不計其數，警覺心要比普通官員敏銳許多，均想到昨晚案發現場只有韋皋、劉闢、麗娘、玉簫、晉陽、楚原五人，韋皋已死，麗娘沉屍水中，屍首到現在都沒有撈到，晉陽、楚原各自受了刀傷，玉簫被指為幫凶，只有劉闢一人安然無事，不過是在摩訶池中嗆了幾口水而已，恰恰是他力指親眼看見精精兒搬他丟入水中，如果精精兒並不是凶手，那麼他的言行就相當可疑了。試想，節度使府署為西川中樞之地，百尺樓更是重中之重，防衛森嚴，進出何等不易，若不是府署中有人暗中安排接應，這世上當無一人能潛入百尺樓殺死韋皋。更何況還事先將精精兒帶入府署，安排好其人來當替罪羊，這等周密大事，別說平民老百姓，就是像林蘊這樣的官員也做不到，除非是被韋皋視為心腹之人，出入無禁忌，才有機會下手。從這一點上而言，劉闢的嫌疑可算是不輕。晉陽既然也說看見精精兒刀刺楚原，說明他是站在劉闢一邊，那麼剩下的證人只有楚原一人，他的證詞至關重要，然而卷宗中卻沒有任何紀錄。不過如果真是劉闢事先安排好一切，可韋皋首級又去了哪裡？

二人疑雲極重，始終想不通其中關節，枯坐了大約半個時辰，終於等到差役將楚原用擔架抬來。林蘊忙上前問道：「楚侍衛傷勢如何？」楚原極其虛弱，無力坐起，只道：「這次大難不死，已是萬幸。林推官見召，是要問我案發經過麼？」林蘊道：「是，有勞楚侍衛將昨晚情形詳細述說一遍。」

楚原便斷斷續續講了一遍經過，所言情形與玉簫大致類似。段文昌問道：「你之前之後都沒有發現任何異常麼？」楚原道：「之前沒有，等到發現異常時，我立即去抱太尉，不料有人從背後刺了我一刀，事先毫無任何徵兆，我當即便昏死了過去。不過有一點……也說不上異樣，只是覺得有點奇怪，我落入水中後人又清醒了過來，頭上正巧落下一件衣衫，現在想來，似乎正是麗娘當晚所穿。」

林蘊道：「你是說你只見到麗娘衣衫落下，沒有見到她的人？」楚原道：「沒有。」又道，「林推官為何要問這些？聽說精精兒和玉簫都已經招認了，是他二人合夥加上精精兒的同黨一起謀害太尉。真想不到玉簫她……」林蘊道：「楚侍衛是證人，卷宗中卻沒有你的證詞，所以特意召你來補錄。有勞，我這就派人送你回去。」楚原道：「日後處決精精兒，林推官一定要讓我親手行刑。」

林蘊道：「楚侍衛先養好傷，這個日後再說。」命人抬走楚原，回頭問道，「段少府可聽出了什麼眉目？」段文昌搖頭道：「沒有，事情是越來越複雜了。」

林蘊道：「楚原所提及的衣衫一事是個極小的細節，他不至於撒謊。」段文昌道：「奇就奇在這裡。想來麗娘當時跟劉使君一樣，中了酒中的迷藥，凶手拋她身體下樓即可，又何須多此一舉脫下她衣衫？若說有輕薄不軌之心，可當時那種局面，又怎麼可能有心思？而且還有一點，若真是有人拋下屍首引牙兵去發現事先藏好的精精兒，只扔下一人即可，他又何必要費盡心思將眾人一一拋下窗口，就連劉使君自己也被拋入了水中？」

林蘊道：「這麼說，劉闢也許並不知情？」段文昌道：「但凶手昨晚一定在百尺樓中，即使他事先能往酒中下毒，可他必定要在現場操縱這一切。」

可昨晚百尺樓頂只有韋皋、劉闢、麗娘、玉簫、晉陽、楚原五人，晉陽、楚原二人是侍衛，只守在門口，沒有靠近過酒桌，韋皋當然不會自己下毒，剩下的只有劉闢、麗娘、玉簫三人。若是劉闢下毒，他當是為了西川節度使的位子，用的一定是能當場毒死韋皋的劇毒，絕不會是迷藥。麗娘是劉闢侍妾，昨晚一直跟在劉闢身邊，既沒有機會也沒有動機下毒。剩下的就只有玉簫了，她掌管韋皋飲食，負責置辦酒菜，是最有機會下毒的人。難不成當真是她有心跟精精兒逃離節度使府署？以她的身分，白天趁韋皋辦公時堂而皇之從大門逃走豈不是更容易？況且她下的只是迷藥，韋皋一旦清醒過來，又豈能放過她？

二人百思不得其解，低聲商議幾句，林蘊命人叫負責百尺樓警戒的牙將邢泚來問案。差役素來不敢招惹牙兵，更不要說邢泚這樣的牙將，稟道：「天已經晚了，不如明天再召邢將軍不遲。」林蘊道：「也好，你們再去提精精兒和玉簫出來，我有話要問他們。」差役忙取了監牌，連夜趕去大獄提取犯人。

不大一會兒，犯人被重新帶到堂前跪下。林蘊問道：「玉簫，你昨晚可有留意過麗娘？」玉簫道：「她容顏美麗，又善解人意，我看得出劉使君和太尉都很喜歡她。」段文昌道：「她身上有沒有什麼特別之處？」玉簫道：「沒有。」

林蘊道：「你們昨晚在百尺樓宴飲的人都落入了水中，包括玉簫你，唯獨麗娘的屍首沒有找到，你難道不覺得奇怪麼？」玉簫低頭想了半刻，道：「不知道。」精精兒忽道：「也許她人根本就沒有死，你們當然找不到她屍首。」

段文昌眼前一亮，問道：「娘子可知道麗娘的來歷？」玉簫道：「嗯，聽說是劉使君這次去京師公幹，回來時在路上遇到的寡婦。」

段文昌與林蘊交換一下眼色，均是一般的心思：這麗娘來歷不明，莫非是有意混到劉闢身邊別有所圖？她與劉闢一日夫妻百日恩，不忍下手加害，所以只往酒中下了迷藥而不是毒藥，迷倒眾人後，又襲擊了毫無防備的晉陽和楚原，再從容割下韋皋首級。為了掩飾她是真凶的事實，她將樓頂所有人都扔下百尺樓去，再脫下衣衫扔下水中，造成自己已經沉屍池底的假象，以在眾人發現真相前有機會逃出西川。這麼說起來，她很可能就是傳說中論莽熱派來的殺手。

可嫁禍給精精兒和玉簫一事又怎麼解釋？這些事侍妾身分的麗娘根本做不到。莫非是劉闢發現了麗娘謀殺韋皋的真相，因為她是其侍妾，擔心受到牽連，所以費盡心機掩蓋事實。可他自己不也早中了迷藥麼？又如何有意識有機會有時間來安排這一切？

疑雲剛散，迷霧又起。林蘊想起一事，正要訊問精精兒，卻聽見外面一陣喧譁腳步聲，大批牙兵簇擁著劉闢和盧文若闖了進來。林蘊官任推官，地位尚在劉闢的官職支度副使之上，怒道：「劉使君，本官正在審案，你帶這麼多人闖進來大堂，想要做什麼？」

盧文若道：「這是我們大夥推舉的新任留後[6]，只等朝廷任命下來，就是新一任西川節度使。林推官，還請你對劉相公客氣些。」

林蘊吃了一驚，道：「什麼？就算推舉留後也該是太尉之子韋行式，如何輪得到劉闢？」盧文若道：「林推官此言差矣！劉相公熟悉西川軍政，眾望所歸，大家都贊成由他出任留後最是合適。行式體弱多病，自己也自願謙讓，太尉夫人都沒有意見，林推官久不在成都，如何一回來就如此質疑？」

韋行式素來羸弱，不為父親韋皋喜歡，他的妻子正是盧文若親妹，美貌有名，盧文若既然這麼說，想來確實是韋行式自己不願意做留後。

劉闢也不多言，做了個手勢，一名牙兵搶上前去，將一旁書吏記錄下來的訊問文書一把扯爛。林蘊懷疑麗娘就是真凶後，本來還認為劉闢也許並不知情，此刻見他指使手下銷毀犯人筆錄，心中才肯定他與麗娘勾結，氣得全身發抖，道：「劉闢，我本來還不敢想像會是你，現在我可知道了，你這分明是欲蓋彌彰。」

盧文若道：「林蘊誹謗新任留後，來人，將他拿下了。」林蘊大怒，道：「劉闢，你目無國法，公然犯上……」不及說完，已被牙兵捂住嘴，反剪雙臂，押了出去。

劉闢這才走到段文昌面前，問道：「段少府為何不奉召就私自回來成都？」

段文昌正是因為與劉闢不和，被其讒言貶去靈池任縣尉多年，他親眼看見林蘊猜到真相、頂撞劉闢的下場，知道今晚自己也難逃大劫，低聲道：「是下官的不是，下官甘領責罰。」

劉闢道：「聽說段少府前陣子收留了一名朝廷通緝重犯，名叫劉義，可是真的？」段文昌道：「是，不過此事已經稟告太尉知曉。」劉闢道：「太尉現在人不在了，你當然可以隨便說。」

段文昌料來他要用劉義這件事來對付自己，昂然道：「我敬慕劉義是條好漢，別說太尉知道，就是太尉反對，我也一樣會收留他。」他表面不願意向劉闢服輸，心中卻著實擔憂，生怕對方立即派人到靈池圍捕劉義，眼下自己已是泥菩薩過河自身難保，唯有盼劉義能仗恃武功和機警逃過大難了。

劉闢道：「好，段少府快人快語，不過，我並不打算追究這件事。少府可知道薛濤薛洪度此刻正在成都府大牢中？」

段文昌當即會意過來，對方是要拿薛濤來要脅他。果聽見劉闢道：「聽說太尉生前下令對她五日一拷訊，可憐一代才女，嬌嬌弱弱，哪裡吃得了這個苦？段少府在節度使府任校書郎的時候，不是常常與薛家娘子一道校正古籍、編定詩箋麼？想來交情匪淺。」

段文昌憶起往事，不免惆悵萬分，又想起奉韋臯命審理趙存約行刺一案時，薛濤握住自己的手悲戚地道：「段郎，我怕是捱不過這次了，我若死了，請你來為我寫墓誌銘[7]。」心頭歎息，再無疑慮，低聲問道：「劉相公想要我怎樣做？」

劉闢見他終於肯向自己屈服低頭，又及時乖巧地改了稱呼，心中大悅，笑道：「我就知道段少府是個聰明人。少府，精精兒和玉簫勾結謀害太尉一案已經了結，你既然受命林推官參與了覆審，也請你在結案陳述上簽字畫押吧，然後你就可以去獄中接出薛家娘子，送她回浣花溪去。」

段文昌知道憑他一個小小縣尉之力絕無能力對抗已經有留後名分的劉闢，真相既難以大白天下，不如救得一人是一人，當即點點頭，道：「好。」上前翻過文書，簽上了自己的名字。

劉闢哈哈大笑，命人送段文昌去大獄接薛濤出去。又命人搬來各種刑具擺在玉簫、精精兒面前，冷笑道：「來人，讓這兩個死不改悔的死囚好好嘗嘗隨意翻供的滋味。」玉簫臉如白紙，連連磕頭道：「不要……我再也不敢翻供了……奴婢再也不敢了……」

牙兵卻不由分說，將她左手手指一根根套入夾指中。那是一種專門用來夾手指的刑具，源自上古，由十一根圓木組成，各長七寸，徑圍各四分五厘，用繩子穿連小圓木套入手指，用力收緊繩子，圓木就會緊夾手指，十指連心，使人痛苦不堪。玉簫一想到接下來將是無窮無盡的非人折磨，忍不住放聲大哭起來。

精精兒怒道：「欺負女人算什麼英雄，有本事衝著我來。」劉闢一心要折磨玉簫，不及理會精精兒，命道：「來人，將這囚犯帶去獄中嚴刑拷打。」牙兵不顧精精兒大聲叫罵，將他拖了出去。

玉簫哭道：「使君……不……相公……劉相公不是喜歡玉簫麼？玉簫願意做牛做馬，侍奉相公。」劉闢罵道：「你看看你這副醜樣子，還有哪個男人會要你？劉某當日巴結你，不過因為你是太尉寵幸的女人，你竟敢背地裡向太尉告狀。」

玉簫這才知道劉闢為何恨自己入骨，一定要誣陷是自己與精精兒通姦謀害太尉，背上黑鍋，原來是韋皋將當日好心要他提防戒備的話告訴了劉闢，事已至此，知道再無任何僥倖，便哭道：「殺了我……求相公開恩殺了我吧……」

劉闢冷笑道：「你想死可沒那麼容易，你與精精兒勾搭成奸，謀害太尉，既害死朝廷重臣，又犯了姦淫之罪，照例要凌遲處死，在死之前還得騎木驢遊街。只等回批下來，便要明正典刑。來人，讓這賤人好好嘗嘗刑罰的滋味。」

原來正是劉闢暗中策畫了謀害韋皋的陰謀，只不過並非與麗娘同謀。

昨晚麗娘和玉簫迷藥發作倒下後，劉闢也佯裝倒地，其實他早服了解藥。等到侍衛楚原趕過來抱起韋皋時，被晉陽從背後給了他一刀，至於他後來人難不死，可全是他自己的造化了。劉闢見楚原倒地，這才爬起身來，上前將韋皋扶到地上躺好，忽轉頭見晉陽怔在一旁呆望著，他雖然收買了晉陽，畢竟不是親信，不能完全放心，便命其下樓等候。等晉陽出去，這才掀起韋皋衣衫，從袖中取出一根鋼針，往肚臍上方一寸處狠狠扎了下去。那位置有一處穴位名叫水分穴，是任脈上的重要穴位，決計不能扎針。韋皋本已為藥迷暈，痛極之下竟然驚醒，道：「來……來……」聲音嘶啞，始終叫不出下面的「人」字來。

劉闢道：「太尉別白費力氣了，酒中摻有迷藥和啞藥，況且你的心腹不都被你施恩放回家與家人過中秋去了麼？」韋皋道：「是你……預謀……為……為什……」

劉闢道：「太尉莫怪卑官心狠，卑官也只是奉旨行事。」韋皋斷斷續續道：「旨……皇帝……」

劉闢知道，韋皋想問是哪個皇帝要殺他，笑道：「太尉素來精明，如何不知道當今皇帝是誰？太尉志在得到三川，成為真正的三川王，其實這也沒什麼錯，男人總該有點野心，卑官一樣也有這個心思。怪只怪太尉自己威望太高，蜀中只知道有太尉，不知道有皇帝，這跟河北魏博田氏又有什麼分別？況且蜀中是國之根本，財賦重地，朝廷能不忌憚你麼？」

韋皋道：「到底……是……是誰？」劉闢便俯身下去，低聲說了一句話，韋皋低低「啊」了一聲，眼睛瞪得老大，露出全然不能相信的樣子。

劉闢不再多言，手起針落，往水分穴上連扎三下。韋皋大力挺身而起，隨即摔落地上，不再動彈。劉闢又等了一會兒，探得韋皋鼻息全無，這才收好鋼針，重新為他理好衣服，迅疾下樓到設廳，牙將邢泚早率領數名牙兵等在那裡。

劉闢道：「人帶來了麼？」邢泚道：「帶來了。」命牙兵拖過一個黑布袋解開繫繩，裡面裝的卻是一個活人——竟然是二月前就已經逃逸失蹤的精精兒，一身黑色勁衣，只是手腳均被鐐銬緊緊鎖住，人兀自昏迷不醒。原來他並未被師兄空空兒救走，而是劉闢半途派人劫走了他，之後一直被關押在一個極其祕密的地方，為的就是今日派上用場。

劉闢便命人將精精兒抬上樓去，扶他倚靠著牆，搬動機關，牆上彈出兩個鐵環將他胸口、雙腿圈住，再開了他手銬腳鐐。布置妥當，又帶人上樓來抬玉簫，卻是大吃一驚——玉簫人還倒在地上昏迷不醒，但一旁韋皋的人頭卻是不見了，斷頸之處猶有鮮血冒出。

邢泚結結巴巴地問道：「這……這是怎麼回事？」甚至不能相信那斷頭之人就是令無數人膽寒畏懼的韋太尉。

劉闢更是瞠目結舌，無法回答。他剛剛用鋼針扎死韋皋，離開時一切都好好的，怎麼忽而之間人頭就不見了？這百尺樓四周遍布牙兵，均是他的心腹親信，比以往任何時候都要防範森嚴，什麼人能在這麼短的時間內悄無聲息地闖進來割走韋皋的人頭？莫非是風傳了許久也不見蹤影、為吐蕃論莽熱收買的刺客？

正驚疑間，轉頭一看，麗娘卻是不在，原地只有一件她今晚所穿的淡黃衣衫，更是吃驚，問道：「麗娘呢？她怎麼不見了？」邢泚道：「啊，快，快派人去找。」劉闢道：「找什麼？她喝了藥酒，能自己走麼？」

一言既出，頓時恍然大悟——問題肯定出在麗娘身上！他和韋皋、玉簫、麗娘四人均喝了混有迷藥和啞藥的錦江春酒，只有他自己事先服了解藥，所以沒有暈倒。麗娘現在人不見了，一個大活人怎麼可能憑空消失在一座圍得如鐵桶般嚴密的樓？她要麼根本就沒有飲下藥酒，要麼也跟他一樣，早已服了解藥，如此居心叵測，可見早有計畫。這才後悔不迭，暗罵自己道：「原來她在劍門與自己邂逅是早有圖謀，說不定她正是吐蕃派來的刺客，割走首級才好向論莽熱邀功請賞。我本來一直想不必自己動手，等論莽熱的人來殺韋皋，坐收漁翁之利。難怪等了這麼久也不見動靜，哪知道刺客就在自己身邊。」劉闢一時間脊梁冷汗直冒。尤其是麗娘割走韋皋首級，完全打亂了他的計畫，沒有了首級，他難以嫁禍給精精兒和玉簫。

在場眾人為今晚之事已經籌謀多時，早已算好各種可能的突發事件，唯獨沒有想到竟出了這樣的變故。邢泚道：「不如順勢嫁禍給麗娘，城門早已經關閉，她就算能出節度使府，也出不了成都城，咱們這就派人去搜捕。」劉闢道：「不行！」

劉闢原來的計畫是：玉簫早與精精兒勾搭成奸，有心離開節度使府，所以她在酒中下了藥，迷倒了其他人，等精精兒進來，二人正要一起逃走時，韋皋突然醒來扯住了她裙角，精精兒情急之下，順手捅死了韋皋。二人下到三樓芸暉堂時，玉簫去取內間奇珍異寶，精精兒誤中機關被扣住，外面牙兵聽到動靜後衝了進來，玉簫料想難以逃脫，便從三樓窗口跳下摩訶池。而劉闢自己則假裝一直昏迷不醒，自然毫無干係。這計畫只要把握好時機，本來天衣無縫，本來一會兒就該餵精精兒和玉簫服下解藥，再弄響警鈴，將玉簫扔進水中，一切罪過自有他二人承擔，不料突然臨時冒出個麗娘，割走了韋皋人頭，完全打亂了他的計畫，精心布置安排的一切眼見全要泡湯。

劉闢謀殺對他有知遇之恩的長官，無論律法、道義上都說不過去，韋皋在蜀中威名赫赫，萬一走漏一點風聲，他再也無法在西川立足，還如何繼任當新一任的西川節度使？嫁禍給麗娘再容易不過，可她明明已是劉闢侍妾，他自己親自將她帶進節度使府中，若她是謀殺太尉的真凶，他又如何能脫去干係？尤其麗娘假裝暈倒，一定看見了他用針扎死韋皋的情形，此婦深藏不露，心機深遠，絕非普通人，想抓到她，也絕不是一件簡單的事。萬一她被追捕得狗急跳牆，逢人講出他針刺韋皋致死的經過，僅是流言已足以毀滅他謀畫的一切。她要的是韋皋人頭，她有他的把柄，他也有她的把柄，也許暫時可以互不揭發、相安無事，等他坐穩西川後再來想辦法對付這個可怕的女人。

邢泚卻沒有劉闢這般深謀遠慮，見他沉吟不語，忍不住又催促道：「使君，到底要怎麼辦？」一名站近西面窗口的牙兵忽指著窗道：「這裡有人繫了根繩子。」

劉闢搶過去一看，卻是麗娘腰間的黑絲條，結在窗框上，極細極韌，肉眼一時難以發現，推開窗戶往下一望，那絲條幾近百尺，一直垂落至水中，越發肯定是麗娘螳螂捕蟬黃雀在後，趁他下樓時割走了人頭，再由絲條縋下摩訶池，自水路逃走。

邢泚跺腳道：「使君，再遲可就來不及了！」劉闢到底還是進士出身，沉斷有謀，想了一想，道：「嗯，事已至此，只好隨機應變，將絲條取下來，你去將精精兒帶上來，弄些血到他和玉簫身上，再將他們帶下樓去，餵他們服下解藥。我一會兒從樓上拿件東西扔進摩訶池中，假裝是人頭被精精兒的同黨先帶走了，我正好醒過來，等我一出聲叫喊，你們先將他二人推入水中，假裝是精精兒正要帶玉簫從水中逃走，你們再捕他二人上來。」

邢泚道：「可是已經有許多人看到麗娘進來節度使府，她現下人不見了，旁人問起來要怎麼說？」劉闢道：「這確實是件麻煩事。這樣吧，你先把血弄到他二人身上，然後將楚原、太尉屍首和麗娘的衣衫也扔進摩訶池中，這樣可以說麗娘也被精精兒殺了，沉入水中，找不到屍首。一會兒我自己從窗口跳下，假裝也是被人扔下，你們再救我上來。可別再出差錯。」

邢泚道：「遵令。」急忙帶人下去，扳開機括，鬆開精精兒，拖上樓來，將他雙手按在韋皋斷頸處，又往他衣衫抹了幾下，照貓畫虎拖過玉簫如法炮製一番。

劉闢走到窗口一看，見腳下深不見底，一陣暈眩，不免有些畏懼，忙道：「我還是跟你們下到一樓再跳。你們留個人在這裡，等我們到一樓了，先扔太尉屍首，再將那銅燭臺扔下去，假裝是麗娘落水。」

安排妥當，當即來到一樓設廳，先餵精精兒和玉簫服下解藥。等了一會兒，果然聽見「砰砰」兩聲巨響，有重物自樓上墜下，落入水中。外面牙兵已然驚覺，喝道：「是誰？」劉闢便爬上窗口，叮囑道：「千萬要快些救我上來。」邢泚道：「遵令。」劉闢一咬牙，躍入摩訶池中。晉陽早往腰間自刺了一刀，也跟著躍入池中。

此刻精精兒正好清醒過來，茫然睜開眼睛，邢泚一揮手，牙兵們一擁而上，將他和玉簫抬起來扔入水中。外面有牙兵稟道：「邢將軍在麼？樓上似乎出了事情。」邢泚拉開門，皺眉道：「本將也聽見了，可太尉交代過，不得他命令，誰也不准上樓。」忽聽見窗口一名牙兵道：「水裡有人！」

眾人慌忙趕來水榭，果見水中有兩個人正在掙扎，卻是迷藥已解的精精兒和玉簫。邢泚故作驚訝地叫道：「咦，這不是被通緝許久的精精兒麼？來人，快抓住他，弓弩手上來，可別再讓他逃走了。」牙兵轟然答應，當即有數人躍入池中去拿精精兒，另有數人彎弓搭箭，對準了精精兒。精精兒忙叫道：「別射、別射，我不會游水。」

一名牙兵叫道：「劉使君也在那邊，好像還有幾個人，」邢泚道：「快、快，都救上來。」

片刻之間，大批牙兵趕來水榭。精精兒藥勁剛過，手腳酸軟，又根本不會游泳，嗆了一肚子水，很快被人扯上來，重新上了手銬腳鐐。他自兩個多月前在百尺樓誤觸機關被韋皋擒住後，一直被囚禁，其間雖有變故，但從來是鐐銬加身，手足不得半分自由，根本不知道眼前發生了什麼事。忽見玉簫也被從水裡撈了上來，濕漉漉的極為狼狽，更加不明究竟。

至於後來林蘊和段文昌從卷宗中發現蛛絲馬跡，多方訊問求證，推斷出麗娘才是凶手，劉闢與她合謀，卻還是距離真相甚遠。劉闢早知林蘊為人執拗，段文昌聰明過人，聽說這二人一回到成都就提審精精兒和玉簫，後來又召了重傷中的楚原問話，知道二人起了疑心，急忙率兵趕來成都府署，不惜撕破臉皮將林蘊囚禁，又拿薛濤威逼段文昌就範，這才算緩解了危機，長舒了一口氣。

本來按照新任支度副使盧文若的意思，既然已經有玉簫和精精兒的供狀畫押，找個機會將二人當堂杖死，然後對外公布是病死獄中，從此一了百了，永絕後患，再也無人知道真相，這也是原先早已安排好的計畫。然而自出了麗娘橫空冒出、割走韋皋首級的意外後，劉闢便改變了主意，雖則他嚴令不得外洩韋皋人頭被割走一事，但畢竟許多牙兵親眼看見無頭屍首被撈上岸來，韋皋尚有不少心腹，這些人一心要為太尉報仇，不光是要精精兒和玉簫性命那麼簡單，追索同謀、尋回首級才是最要緊的事，這當然要從精精兒身上找出線索，從他口中拷問出同黨下落。獄中祕密處死極容易落人口實，尤其今日出了林蘊意外趕回問案的事，之後更需小心行事，不然惹起軍中騷動可就前功盡棄。

另有一則，劉闢威望遠遠不及韋皋，想要擁護韋皋之子韋行式為下任西川節度使的人不在少數，若他能漂漂亮亮辦好這件案子，將精精兒和玉簫公開行刑，不僅可以立威揚名，還可以贏取人心。韋皋夫人張氏已經幾次詢問案情，似乎並不相信玉簫有膽量勾結外人謀害韋皋，她祖父、外祖父、父親均是宰相，顯歷臺閣，家族勢力在朝中根深蒂固，其兄長張弘靖是朝中名臣，風傳即將拜相，這樣的人劉闢當然要儘量籠絡，若能讓她親眼看見殺害她夫君的凶手被處死，自然會深深感激他，說不定日後還會提攜他。況且已經過了秋分[8]，只要朝廷批覆即可執行死刑，少則數日，多則半月，也不在乎多等幾天。

不過眼下的麻煩事是，不能公然追捕帶走首級的麗娘，因為她已經「溺死」，屍骨無存，必須得再找一個人做精精兒的同黨抓起來，到時與精精兒、玉簫一起處死，案子方能圓滿結案，至於找不找得到首級倒不那麼重要。精精兒根本不明白事情究竟，也不瞭解是誰帶走了首級，劉闢下令刑訊，不過是惱恨他與玉簫眉來眼去，存心要讓他多受痛苦而已。

可憐精精兒和玉簫無辜捲入一場大陰謀，各受過一遍酷刑，昏死過去，又被重新拖回死牢囚禁。也不知道過了多少時候，精精兒隱隱聽到有人呼喚自己，勉力睜開眼睛，卻是卓二娘，心頭一喜，便要坐起來，哪知道百骸俱散，根本動彈不得。

卓二娘見他面如金紙，氣息昏昏，忙道：「精郎還是不要動的好，你……找我來有事麼？」

她一直對精精兒很有好感，不料他兩個月前離開後再也沒有回來，只在次日有牙兵來搜了他住的房間，將行囊全部拿走，才知道他因擅闖節度使府重地被捕，已經駭異得嘴巴歪了。昨日又聽侄子鄭注說他是一個劇盜，而且還與太尉侍妾玉簫勾結害死韋皋，更是匪夷所思。一早成都府獄卒老武來請她，她本不願意惹禍上身，老武找到了精精兒藏在房中的飛錢，得了大好處，當然極力遊說，說這是犯人死前最後一個願望。卓二娘被勸不過，只得勉強來到府獄，但見到精精兒如此淒慘狀況，跟兩月前的翩翩公子判若兩人，又大生同情，忍不住問道：「精郎，你當真是劇盜，害死了韋太尉麼？」

精精兒道：「我是劇盜不假，可二娘真相信我會勾結玉簫殺死韋太尉麼？」

卓二娘當日親眼見到刺客在酒肆行刺韋皋，是精精兒從旁出手相助，他若要害人，當時才是大好時機，何須再費盡心思闖入節度使府中？不過她一個小小老百姓，怎敢去妄談這些涉及大人物的事？也不敢接話，只問道：「精郎有什麼事？」精精兒道：「我想請二娘幫個小忙。」

卓二娘早猜到他找自己是因為信不過獄卒，這「小忙」一定非同小可，她敬慕韋皋有如天神，實在不願意跟害死他的人再有任何瓜葛。精精兒看出她的不情願，忙道：「精精兒是個孤兒，並無父母親人，自師傅去世，所掛念者唯有我師兄一人，我只求二娘能幫忙帶給口信給他。」

卓二娘畢竟是婦道人家，一聽「孤兒」二字，心中頓時軟了下來，咬咬牙，道：「好，你想讓我怎麼幫你？」精精兒道：「九月初二是我師傅忌日，我與師兄約好在八月二十日——也就是明日在合江亭相會，再同去峨眉山拜祭師傅。二娘只須當日代我去合江亭見我師兄空空兒，告知他我如今身陷牢獄，無法再和他一道回師門，請他自己去峨眉，也代我在師傅墳前上一炷香。」

卓二娘聞言大大鬆了口氣，道：「這麼簡單？」精精兒道：「就這麼簡單。當然不會讓二娘白跑，精精兒自有酬謝。我在我房裡房梁上藏了一包東西，二娘搭個梯子爬上去就能找到。」

卓二娘已經知道獄卒老武從房中床下木板裡找出一張飛錢，而且順利到酒肆對面的米氏櫃坊兌成了現錢，忽聽說房梁上還有東西，大為驚奇，問道：「是什麼東西？」精精兒笑道：「二娘自己去看就知道了。傳話給我師兄的事，就拜託二娘了。」卓二娘道：「行，這事不難。那我先走了。」精精兒道：「是，多謝。」

卓二娘出來大獄，卻見盧文若帶著數名牙兵守在門口，笑道：「二娘今日怎麼有空來到大獄這種地方？」

卓二娘精明伶俐，當即猜到有人暗中在監視精精兒的一舉一動，不敢謊言欺騙，忙上前將精精兒的話據實稟告，甚至連房梁上藏東西的事也沒有隱瞞。

盧文若道：「二娘是個聰明人，這樣吧，梁上的東西就歸二娘所有，當是獎賞給你，至於代精精兒跑腿給空空兒送口信一事，就由本官派人替你去辦吧。你放心，口信我一定帶到。」卓二娘不敢違抗，道：「是。」

她一路小跑回來南城，趕路太急，在萬里橋上迎頭撞上一名白衣女子，將對方手中的幾枝桂花撞得脫手飛出，掉下水中。虧得那女子看上去也是心事重重，沒有心思計較。

卓二娘回來店裡，低聲對丈夫說了精精兒託付帶話一事，她倒不是想要和魚成商量，而是本能地覺得今日之事不會這麼容易解決，想找個人說說心中顧慮。魚成遲疑道：「不管精郎在外面是什麼人，但在咱們店裡，他是貴客，他所求之事是人之常情，二娘好心答應了他，也算是做了一件大大的好事。」卓二娘道：

「嗯，我也是這麼想。不過盧使君從中作梗，非不要咱們再管這事，聽說他那人沒什麼本事，全靠將漂亮妹子嫁給了太尉兒子才得以為官，你說他會這麼好心去派人幫精郎傳話麼？」魚成吞吞吐吐地道：「怕是黃鼠狼給雞拜年……」

忽見侄子鄭注飛快地奔進來，低聲道：「咱店裡進來了幾名官兵，穿得都很光鮮，不怎麼說話，可就是賴著不走，怕是來打秋風白吃白喝的。」魚成道：「我去招呼他們……」卓二娘一把拉住他，道：「打什麼秋風，他們是節度使府的人，一定是盧使君派來監視咱們的。」所謂「監視」，自然是要防止卓二娘再去合江亭給空空兒帶話。

鄭注不明所以，問道：「什麼監視？是跟住過咱們這裡的精精兒有關麼？」卓二娘也不回答，心中卻道：「明日才是八月二十，這些人做事如此周密，即使是代傳口信這樣的小事也要大力阻止，莫非……莫非精精兒當真是被冤枉的不成？」

然而眼下的局面，她還能有什麼法子？自古以來民不與官鬥，就算她想幫精精兒一把，怕也是有心無力。

次日便是八月二十，合江園一帶一大早已熱鬧非凡——這裡既是碼頭渡口，無數舟楫停泊來往於此；又是集市，時值金秋八月，正有桂市開張，商旅遊客穿梭不絕。合江園則是鬧中取靜的遊覽之地，主亭合江亭恰好位於郫江和流江的交會之處，四周又有芳華樓等閣樓臺榭，遍植花草，珍木周庇，奇花中縟，尤以梅花居多。這裡號稱「一郡之勝地」，歷來是文人墨客宴飲娛樂、吟詩作賦的首選之處，流風所及，蔚然成景，無論迎來送往，還是賞景休憩，成都官民都愛選在此地進行。

合江亭為連體雙亭，壘基高達數尺，由十根亭柱支撐，構建巧妙，意味雋永。拾級而上，綠野平林，煙水清遠，二江風物，盡收眼底。

合江園的管界巡檢呂大早早就守候在亭側的臺階前，仔細觀察著每一個登級合江亭的遊客，但一直到中午，始終沒有等到他要找的人。忍不住心急，登上亭子一望，卻見有一名年輕男子靠著亭柱坐在地上，正在悶聲拿著酒袋喝酒，不覺一愣。他不記得見過這樣一個落魄的男子上亭，懷疑此人是昨晚便在此等候，忙上前問道：「郎君可是空空兒？」

那男子果然放下酒袋，起身應道：「正是，你是……」呂大道：「小的是這裡的管界巡檢，有人託我來給郎君帶句話。郎君可認識精精兒？」空空兒道：「精精兒是我師弟，巡檢怎會知道他？」

呂大道：「郎君師弟精精兒因為謀害太尉身陷牢獄之中，不方便見你，特託小的來給郎君傳話。」空空兒一呆，道：「什麼謀害太尉？太尉是西川節度使韋皋麼？」呂大道：「是，不過這裡不方便說話，不如到小的官署再談，就在前面市集中。」空空兒道：「好，多謝。」

二人一前一後出來合江園，迎面走過來一名戴著帷帽的白衣女子，雖看不清面孔，卻極盡飄逸之姿。空空兒停下腳步，怔怔望著那女子發呆，一種闊別已久的感覺像潮水般覆蓋住他。

那白衣女子正是蒼玉清，卻是看也不看空空兒一眼，仿若根本不認識他這個人，唯在擦肩而過時低聲道：「有詐！」

空空兒一愣，正不解其意之時，忽然自集市人群中搶過來一條大漢，高聲嚷道：「空空兒，你怎麼在這裡？」

這彪形大漢正是劉義，他本一直盤桓在靈池縣尉段文昌住處，因不見段文昌回來，又聽說西川節度使韋皋新近暴斃，擔心有事，所以趕來成都瞧瞧究竟。靈池在成都東五十里，合江園是入城必經之路，不過他剛好能在這裡遇上空空兒，也真是再湊巧不過。

空空兒乍然見到劉義，也是驚奇萬分，問道：「劉兄如何也在這裡？」劉義道：「說來話長，你來成都做什麼？」空空兒道：「與我師弟精精兒相會，他……」一旁呂大忙道：「二位久別重逢，不如到官署坐下來再敘舊不遲。」

空空兒朝蒼玉清望去，卻見她雖然走出老遠，卻停下腳步，似在等待自己，便道：「多謝巡檢傳話，不過我還有要事……」呂大慌忙上前扯住他衣袖，道：「你走不得！」回頭大嚷道，「他在這裡，空空兒在這裡！快來人，快來人！」

劉義上前一把將呂大扯開，推倒在地，喝道：「你做什麼？」空空兒見前面一陣騷動，有人大聲呼喝，知道有大隊人正朝這邊趕來，忙道：「快走。」忙拉住劉義，趕上蒼玉清，問道，「清娘，你……」蒼玉清道：「先離開這裡再說。」領著二人下來渡口，登上一條烏篷小船，艄公旋即操槳划水，慢慢往西而去。

卻見岸上市集大亂，人群來往奔跑，塵土飛揚，大隊牙兵湧出，四下張望搜索。劉義道：「空空兒，這些官兵到底是要抓你，還是要抓我？」空空兒苦笑道：「我哪裡知道？清娘，還請告知究竟，這些官兵為何突然出現？你怎麼也會在這裡？」蒼玉清道：「你師弟精精兒因為殺死前任西川節度使韋皋被捕下獄，這些人拿你是因為懷疑你是精精兒的同黨。」

空空兒道：「清娘說我師弟殺人？不會，他雖然愛做些梁上君子的勾當，但決計不會殺人，更別說是西川節度使這樣的大官了。」蒼玉清道：「聽說他是為了一個女人。」空空兒道：「女人？是不是叫杜秋娘？」蒼玉清道：「不，叫玉簫，不過聽說是後來才改的名字，原先叫什麼名字我可不知道。」

空空兒道：「我師弟現下情形怎樣？」蒼玉清道：「還能怎樣？他在酷刑下認了罪、招了供，只等朝廷批覆下來就執行死刑。」空空兒道：「那好，請娘子讓船靠岸，讓那些牙兵抓到我帶我去官府，我想見見我師弟。」蒼玉清道：「你去就是送死。」

空空兒道：「我昨日剛到成都，又沒有犯法，他們憑什麼拿我？我去官府只想見見我師弟。船家，請將船靠邊停一下。」蒼玉清怒道：「我說了不准去，你自己去送死容易，你還想救出精精兒麼？」

空空兒一呆，道：「什麼？」蒼玉清道：「我知道精精兒不是真凶，但具體情形經過我也不清楚。從成都到京師路途遙遠，韋皋死訊至今還沒有傳到京師，就算執行精精兒死刑的批文回覆下來，那也是半個月後的事了，眼下最要緊的是要先查出真相。」

空空兒道：「娘子為何要救我？」蒼玉清道：「我不是要救你，我自己也想要查明韋皋死因。」

空空兒悶了半天，實在無話可說，半晌才問道：「怎麼不見第五郡娘子？」蒼玉清道：「她私自去江南找你義兄侯彝了。」

劉義奇道：「原來你和侯少府結拜成兄弟了。」空空兒點點頭，這才問道：「劉兄如何也在這裡？」劉義便大致說了經過。

蒼玉清道：「劉郎竟與段文昌熟識？那再好不過，他和推官林蘊一道重審過精精兒的案子，但林蘊很快地被捕下獄，段文昌卻被放了出來，他一定知道些底細，咱們先躲一躲，晚上再去找他。」

劉義道：「段少府現今人在哪裡？」蒼玉清道：「在浣花溪薛濤居處。」劉義道：「段少府到底還是跟心愛的女人在一起了。」他與段文昌在一起廝混幾月，酒酣之時互相吐露心聲，早知段文昌心底一直愛慕薛濤，只是畏懼韋皋，不敢流露。現下韋皋既死，障礙已去，檀郎謝女當可終生廝守。

小舟划過萬里橋，來到米氏櫃坊後院旁的渡口停下，這後院淨是一間間倉庫，專門租給行商存儲貨物用。三人下船來，蒼玉清拿鑰匙開了一間倉庫，閃身進去，裡面堆了一些貨包，也不知道是什麼東西，角落邊有桌椅、食物、水、被褥等物，顯是早有準備。

劉義道：「娘子就住這裡麼？這也太不像閨房了。」蒼玉清道：「你們先住在這裡，我住在對面的錦江春酒肆。」指著牆角道，「這兒有幾罈酒，你們先喝著，不夠再告訴我。」

空空兒關懷精精兒下獄一事，破天荒地沒有立刻被酒迷住，只問道：「娘子是如何知道我師弟並非真凶？」蒼玉清道：「想要韋皋死的人很多，輪不到你師弟來動手。」她似不願意多談這個話題，道，「你可知道，你們魏博武官趙存約行刺韋皋不成被擒住，一直被關在獄中，不過他沒有露出身分，韋皋至死也不知道他是魏博的人。」

空空兒大奇，心道：「趙存約何以會刺殺西川節度使？不過無論如何他是隱娘的夫君，隱娘於我有恩，我總要想辦法救他出來。」忙問道：「趙存約人關在哪裡？」蒼玉清冷笑道：「你眼下自身難保，既想救這個又想救那個，還是先解決眼下的難題再說。」不再理睬空空兒，自己開了門出去，回身將門鎖上。

劉義道：「空兄很忌憚這位娘子麼？她到底是什麼人？」空空兒搖搖頭，道：「我也不知道她的來歷。」劉義道：「那你為什麼總是聽她的話？」

空空兒一愣，無言以對，無可奈何之下，只好大吃大喝。蒼玉清留下的酒是燒酒，又醇又烈，正對空空兒性子，當即飲了個痛快。外面不斷有馬蹄聲、呼叫聲傳來，大約是官兵正在四處搜捕，酒肆、客棧肯定是重點搜查目標。

到了晚上三更時分，蒼玉清果然來開了門，領著空空兒、劉義二人摸黑出來，重新上了小船，依舊是那名艄公，悄悄往上游划來。河水輕緩，無邊的寧靜中自有一派詩情畫意。兩岸間或幾盞昏黃的燈光，無精打采地在黑暗中掙扎。

划出三四里路，艄公停在北岸邊，道：「到了。」聽聲音甚是年輕，渾然不像他外表那般蒼老。

蒼玉清道：「前面半里處的精舍就是薛濤住處，原本是節度使別墅，韋皋特意畫了一處別院給她。這件事我們不便出面，你二人自己去找段文昌問個清楚。」劉義奇道：「我們？娘子說的還有誰？」蒼玉清也不理睬，只道：「我在這裡等著，小心有劉闢的人在暗中監視段文昌。」空空兒道：「多謝。」拉著劉義跳上岸來，往前趕去。

劉義問道：「你的劍呢？」空空兒道：「被魏帥收了。」劉義聽說魏博節度使收了浪劍，不免很是驚奇。

原來空空兒被放出掖庭宮後不久即被聶隱娘制住，押回魏博進奏院，他義兄田興已經返回魏博，進奏官曾穆倒也沒有殺他，只將他囚禁在檻車中送回魏州，請魏博節度使田季安發落。田季安命推官邱絳審訊空空兒，邱絳也查不出他殺死曾穆心腹的實證，又加上田興從旁求情，只以屢次違令為由將他重責了一百軍棍。不過他的浪劍卻被田季安收去，不予發還。那劍原是田承嗣賜給田興之物，田興為此頗生芥蒂，好在空空兒全不在意。

劉義道：「你跟田興是結拜兄弟，論起輩分，不還是魏帥的叔叔麼？」空空兒苦笑道：「我算哪門子的叔叔？」

二人摸索行到薛濤精舍外，燈火朦朧，大門微掩，門口果有兩名監視的牙兵，正倚靠在門檻上打盹。劉義道：「我去殺掉他們。」空空兒道：「何必多殺人？咱們翻牆進去。」

正要離開，忽見兩名跨刀男子奔近大門，牙兵登時驚醒，急忙上前攔住，道：「唐侍衛，你們不能進去。」

這兩名男子正是唐棣、唐楓兄弟，他二人昨夜聽信精精兒信口胡言，連夜到武擔山搜索，一直忙到今日中午，卻始終沒有發現什麼林空，這才知道是上了精精兒的當，忙回來大獄，欲再向精精兒逼問，卻被牙將邢泚率兵擋住，說留後劉闢有命，任何人不得靠近殺害太尉的凶手，以防萬一。二人悻悻出來，意外聽到府中差役談及推官林蘊昨夜審問精精兒後被莫名下獄，這才覺得事情蹊蹺。唐楓道：「該不會真如精精兒所言，真凶另有其人？」二人急忙去找晉陽和楚原問案發情形，雖然與官方說法並沒有什麼不同，然而唐棣卻發現晉陽腰間的傷口在左前側，刀刃分明是自前面刺入，這可與他所稱讓人從背後襲擊大不相同。晉陽忙聲稱記不清了。唐氏兄弟越發起了疑心，從楚原那裡聽到段文昌也參與了覆審，便欲來找他問明究竟，只是一直有人暗中跟蹤，好不容易到晚上才甩掉監視的牙兵，摸黑趕來浣花溪。

唐棣見薛濤住處也派了牙兵，越發起疑，正要往裡強闖，忽聽得背後馬蹄得得，牙將邢泚率大隊騎兵趕到。兄弟二人交換一下眼色，當即拔出刀來，制住兩名牙兵。邢泚命人圍住二人，怒道：「你們這是要做什麼？太尉屍骨未寒，你們就要反叛麼？弓弩手！」騎兵一起張開弓弩，對準唐氏兄弟。

唐棣道：「我們兄弟只想見見段少府，問幾句話就走。」邢泚道：「留後有急事召你們回府，速速放下兵器跟我回去，不然我可要不念舊情、下令放箭了。」唐楓冷笑道：「你試試看！」邢泚當真一揮手，數支羽箭飛出，射到唐氏兄弟腳下。

唐棣道：「好。」放開牙兵，拋下腰刀。唐楓道：「大哥，你……」唐棣厲聲道：「放手。」唐楓無奈，只得鬆手丟了兵刃。邢泚命人收了腰刀，讓出兩匹馬來，道：「這就走吧。」帶人擁了唐氏兄弟飛騎離去。那兩名牙兵面面相覷一陣子，照舊回來門檻守衛。

劉義瞧見情形，咋舌道：「這劉闢當真是要一手遮天了。」空空兒低聲道：「走吧。」繞到後院，輕鬆攀過院牆，往燈火處摸去。

只見院中寂寂，段文昌正在月下徘徊，低低吟道：「西風忽報雁雙雙，人世心形兩自降。不爲魚腸有眞訣，誰能夜夜立清江。」絲毫不為適才門前的吵鬧介懷。劉義一見之下大喜過望，從花叢中現身叫道：「段少府！」

段文昌先是嚇了一跳，待看清來人，慌忙往前院看了一眼，問道：「劉兄如何來了這裡？」劉義道：「我帶了一位朋友來看你。」招手叫空空兒出來。段文昌道：「呀，你是精精兒的師兄空空兒麼？」空空兒大奇，問道：「段少府如何知道是空某？」段文昌道：「我聽劉兄講過你許多事，心下早仰慕已久。如今這成都城裡怕是少有人不認得你，就連薛家娘子的大門上都貼有你的圖形告示呢。快，二位跟我進來。」

領著二人進來房中，掩好門窗，將燈光挑得弱些，這才道：「抱歉，這裡一直有人監視，薛娘子又已經歇息，怕是要怠慢了。空郎冒險前來找段某，是想知道你師弟精精兒的案子麼？」空空兒道：「是，還望少府將實情相告。」

段文昌當即說了精精兒的供狀及卷宗上描述的殺人經過。空空兒道：「這不可能，我師弟再笨，也不會笨到殺人後將屍首丟進水中，那不是有意要暴露自己麼？況且他以偷盜為生，向來獨來獨往，不會有什麼同黨。」段文昌道：「屍首落水是最大的疑點，我和林推官也一眼就發現了。詢問你師弟時，他說自從他兩個多月前入百尺樓盜竊不成被擒後，一直受到囚禁，不得自由。他本來被關押在節度使府地牢中，一個多月前轉押到府獄時半路為人救走，當時已經風傳是你空空兒所為，韋太尉為此大發雷霆，下令全城搜捕，這一節我倒是早就聽過。」

空空兒道：「可是我明明昨日才到成都。」段文昌道：「嗯，我猜可能是有人故意劫走你師弟，然後將他祕密關押在某處，為的就是後來將太尉之死嫁禍給他。不過既然你師弟無辜，也沒有同黨，可太尉首級又去了哪裡？這是我一直未能想通的一點。」

空空兒吃了一驚，立即想起蒼玉清來，那塊神祕的蒼玉早已歸還於她，每每那塊蒼玉出現，不都有一具無頭屍首出現麼？這似乎已經成了一種魔咒。韋皋暴死，她剛好出現在成都，這絕不會是巧合。若真是她所為，她又為什麼要救他，還指引他來找段文昌問明真相？

段文昌道：「劉闢現在派人搜捕你，就是因為找不到所謂帶走太尉首級的精精兒同黨，沒有辦法結案交代，你正好適時出現，又是精精兒師兄，實在是最合適不過的替罪羊。」劉義怒道：「奶奶的，這些官員為了名利，不惜陷害無辜，空空兒，不如我跟你一道去劫獄，將你師弟救出來。」

段文昌道：「如今西川盡在劉闢掌握，劫獄只是白白送死。空郎，我猜劉闢並不知道你魏博巡官的身分，你不如以魏博名義堂堂正正地去拜訪他。劉闢意在得到西川節度使的位子，他雖得將士死力，但在朝中沒有任何名望地位，正需要外援，只要你亮出魏博的名字，他肯定不敢再對你下手。」

劉義道：「可既然精精兒沒有殺人，劉闢肯定怕空兒從旁相救，他自己送上門去，豈不是正好自投羅網？」段文昌道：「正因為如此，劉闢才可以拿精精兒來要脅利用空郎。他是進士出身，絕非一般赳赳武夫。」

空空兒不願意拿出魏博的名頭，不過段文昌提議直接去見劉闢也許是個沒辦法中的辦法，當即道：「好，我明日就去找劉闢。段少府，你已經猜到謀害韋皋的真凶就是劉闢本人，對麼？」段文昌沉默不應。

劉義卻是不能相信，道：「怎麼會是劉闢？他不是韋太尉最信任的心腹麼？」空空兒道：「他們四個人在百尺樓頂飲酒，機密重地，旁人誰也不准上去，結果韋皋被殺，麗娘沉水，玉簫成了勾結我師弟的殺人凶手，唯有劉闢一人安然無恙，而且成為韋皋之死的最大受益者，我實在想不出誰比他更像凶手。」

段文昌道：「這只是推測，即便如此，也無法解釋太尉首級失蹤一事。另外麗娘甚是可疑，我和林推官都懷疑她……」忽聽得隔壁有女子低聲叫喚一聲，忙道，「薛娘子醒了，我得去看看。」

劉義和空空兒便起身告辭。空空兒道：「段少府冒著生命危險告知我真相，空某感激不盡，大恩來日再報。」段文昌道：「何足掛齒，段某幫你們其實也是幫我自己。韋太尉風雲西川二十年，心機、謀略、膽識無不是上上之選，何等英雄人物，卻能被人殺死於無形間，對手不可小覷，二位千萬要小心。」

空空兒、劉義二人謝過段文昌，依舊照原路翻牆出來，回到江邊，蒼玉清果然還等在那裡。幾人一道乘船回來倉庫，進來後也不點燈，摸黑坐下。蒼玉清問道：「問到了麼？」劉義道：「段少府是個爽快人，人也夠仗義，當然問到了，真凶就是劉闢，精精兒是被嫁禍的。」

黑暗中看不清對方臉色，但蒼玉清的聲音聽起來毫不驚奇，只問道：「具體情形如何？」空空兒便將段文昌所言詳細轉述了一遍，道：「娘子對那無頭屍首如何解釋？」蒼玉清沒有理會他話中背後深意，只道：「這個不難解釋，韋皋人頭是被麗娘帶走了。」

空空兒大吃了一驚，他聽段文昌提到麗娘被拋下樓後溺水而死，還微微奇怪了一下，為何獨有她的屍首沒有找到，不過並未多想，哪知道蒼玉清一語點破關鍵，雖然匪夷所思，但如此解釋確實最為合理。所有人想不到這一點，一是因為麗娘是劉闢侍妾，二是一個弱質女流難以有此膽識和心機。麗娘帶走了首級，現場少了一個人，所以不得不將韋皋屍首及其他人拋入摩訶池中，只有這樣才能掩飾麗娘失蹤的事實。而劉闢之所以不敢明目張膽追捕麗娘，而另外需要一個替罪羊，是因為麗娘親眼看見了他殺死韋皋，有他把柄在手。

這些關節他一瞬間即想得明白，只是唯一不能理解的是，蒼玉清為何能一語道破天機？她在這個時候出現在成都到底有什麼目的？正待發問，忽聽兒蒼玉清厲聲道：「空空兒，有件事我要問你，你得老老實實地回答。」

劉義忍不住失笑道：「娘子，你何必用這種口氣？空空兒素來吃軟不吃硬，你好言好語問他，他準保什麼都告訴你。」蒼玉清喝道：「空空兒！」空空兒歎了口氣，道：「是。」

蒼玉清道：「你與羅令則一度走得極近，是麼？」空空兒道：「是，我們是酒中知己。」蒼玉清道：「你可知道，正是你這位酒中知己挖地道救走了吐蕃內大相論莽熱？」

「什麼？」空空兒此番驚訝更是遠在剛才得知麗娘帶走韋皋首級之上，他這才知道羅令則為何要買下崇仁坊王景延的故宅，原來正是因為它恰好在論莽熱被軟禁的宅邸旁邊，就算不是湊巧因為王景延殺人逃走、王立著急出手，羅令則多半也要另想辦法弄到手——他早有圖謀，要營救吐蕃內大相論莽熱出去，若強行闖入營救，必然滿城風雨，從長安到吐蕃萬里迢迢，關卡無數，如何能出長安城就是個大問題，自王宅下挖地道確實是最省事最安全的法子。當日，羅令則即曾親口告訴空空兒吐蕃贊普出五百萬貫的高價，招徠江湖俠客營救論莽熱回吐蕃，莫非他也是為了五百萬貫錢？這確實是令人想不到的一點，空空兒回想起當日與羅令則曾一道在翠樓豪飲闊談，而今不到一年功夫，已經是物是人非，就算將來遇到，還不知道是友是敵，不由得很是心酸。

忽聽得劉義也詫異道：「我在靈池聽段少府提過，據說論莽熱被人救出後並沒有回吐蕃，而是來了西川刺殺韋太尉。莫非……麗娘是論莽熱派來的殺手？」蒼玉清道：「我去打聽過，麗娘是劉闢本年五月自京師回成都時半路收的，恰好是在論莽熱逃走後，你說，怎麼會這麼巧？」又喝問道：「空空兒，這事你可參與其中了麼？」

吐蕃是唐朝大患，曾一度攻陷長安，代宗皇帝被迫出逃，而今又盡占西域、河西之地，唐軍無還手之力。空空兒知道這件事太過重大，必須得說個明白，忙道：「我確實不知此事，也不知道羅兄會為了錢財營救論莽熱出去。娘子認識我空空兒已非一日，當知道我為人，這等背叛朝廷之事，我是決計不會做的。若是我當日知道羅兄心懷叵測，也一定會加以阻止。」蒼玉清道：「好，這是你說的，背叛朝廷之事，你是決計不會做的。」空空兒道：「是。」

劉義道：「到底是劉闢是兇手，還是麗娘是兇手？」蒼玉清道：「我猜是劉闢，如果是麗娘，他不需要再找精精兒做替罪羊，之前精精兒轉獄時被人救走，也定是他暗中派人所為，不然時機哪能拿捏得剛剛好？可見他處心積慮，早有預謀。」

劉義道：「那我們乾脆將劉闢的惡行公布於眾，這樣大夥都知道他才是真兇。」蒼玉清道：「這可不行，咱們既沒有真憑實據，精精兒、玉簫也已經招供畫押。」

劉義道：「難道咱們就眼睜睜看著劉闢隻手遮天？」蒼玉清道：「雖則在你我看來，劉闢這些人隻手遮天，玩弄權勢，草菅人命，胡作非為，但西川老百姓卻未必這麼認為，百姓們只在意衣食溫飽，蜀中富庶，只要局勢平穩就能人人生活無憂。現在韋皋暴死，蜀中無主，再次面臨動盪局面，這是西川士民最不願意看到的。韋皋之子韋行式不成器，劉闢出來主持大局，正是大勢所趨，說他眾望所歸也不為過，起碼他在西川十幾年，是個熟面孔，總比朝廷新派一個不知道什麼樣的節度使要好。劉闢既得軍心，又得民心，至於他用了什麼手段，剷除多少異己，沒有多少人會在意。」

她這番黑暗中的迂談闊論，不僅劉義聽得目瞪口呆，就連空空兒也是歎為觀止，自他認識她以來，她一直隱身在神祕的陰翳中，他暗中揣度她的身分，只以為是個身分神祕的女俠，類似王景延一般，或許背後有什麼權勢顯赫的人物在支持也說不準，然則此刻聽到她一番話，才知道她高見遠識，不比朝中那些重臣差多少，一時間，心下更是自慚起來。

隔了好半晌，劉義才訕訕問道：「那要如何才能救出精精兒？」蒼玉清道：「我倒有個主意，就看你們二人敢不敢做。」劉義道：「有什麼不敢做的？空兄，不如你我今晚一起去劫獄，殺他個落花流水，片甲不留。」蒼玉清道：「我說的可不是劫獄。你二人武藝再高，終究寡不敵眾，況且劉闢早有防備，大獄四周埋伏了許多弓弩手，你二人冒險前去，只能白白送死。」

空空兒問道：「娘子有什麼主意？」蒼玉清道：「劉闢現下唯一畏懼的人，不是你空空兒，而是那帶走韋皋首級的麗娘。我猜她應該是江湖刺客，麗娘也不是她的真名，她混到劉闢身邊，一定是想要刺殺韋皋，只是被劉闢搶先下了手，她坐收漁人之利，乘機取走韋皋首級，給劉闢留下了一個難以收拾的亂攤子，所以卷宗上才會有那麼多漏洞。我打算冒充麗娘，去引劉闢出來，他一心要除去這個心腹大患，肯定會調動大批人馬伏擊，因而節度使府防範大不如平常嚴密，你二人乘機闖入後署，綁走韋皋夫人張氏和兒子韋行式，用他二人的性命來交換玉簫和精精兒，這是唯一的辦法。」

劉義失聲笑道：「既然劉闢都敢下手殺死韋皋，如何還會在意他妻兒性命？」蒼玉清道：「這可未必，韋皋聲望卓著，劉闢若能救得他妻兒性命，那可是大大提高了他的形象，再也無人懷疑他是謀害韋皋的真凶。」劉義搖頭道：「即便如此，這等綁架婦女的行徑非大丈夫所為，我劉義也是不屑去做。空兒，你說呢？」

空空兒心中好生矛盾，他確實不願意去綁架無辜的韋皋妻兒，可除此之外，還真沒有別的辦法能救出師弟。正躊躇間，又聽見蒼玉清道：「這也不是什麼丟人的事，況且你們綁架他們母子後，可以借機將真相告知，還韋皋一個公道。張夫人是名宦之女，眼光見識非尋常婦人可比，定然一聽就能判斷誰真誰假，說不定她還會主動幫助你們。」

空空兒便不再猶豫，道：「好，我願意去做。劉兄，你本與這件事無干，不如趁早離去，到南方去避一避風頭。」劉義道：「你要我臨陣脫逃、置身事外，那可不行。好吧，綁人就綁人，反正都是為了救人。」

空空兒道：「不過劉闢一定會佈下天羅地網捕捉麗娘，清娘你有把握能脫險麼？」蒼玉清道：「只要謀畫得當，脫身不難。」

空空兒心中很是感激她為幫助自己孤身涉險，道：「不如由我裝成麗娘引劉闢出來，清娘和劉兄去節度使府綁人。」蒼玉清道：「不好，萬一你被劉闢捉住，只有死路一條，我若是被捉，因與此事無干，還可以再謀脫身之計。此事就這麼定了，你二人既想救人，就聽我號令，不得再囉嗦。」空空兒無奈，只得道：「是。」

當下三人在黑暗中密密謀畫一番，預備次日黃昏動手，那時正是商販收攤、庶民歸家之時，更容易混入人群中趁亂逃脫。

次日中午，空空兒和劉義化裝成貧苦腳夫的樣子，各自拖了一輛偷來的雞公車，來到城中。一路有無數巡查的牙兵，不過那些人正在搜索客棧、酒肆、民居等易藏身之處，倒也沒有遇到麻煩。劉義到一家雜貨店鋪買了兩條大麻布口袋、擀麵杖、麻繩等物，二人來到節度使府後院外等候。

後院外是一片小小的樹林，樹林南面則是一座寺廟，白日進香拜佛的遊客倒是不少，日落西山時人漸稀少。到暮色蒼茫時，忽聽到北面人喊馬嘶，有大批人馬來回奔走之聲。劉義道：「成了！」

按照計畫，蒼玉清該在此時將劉闢引往北面的武擔山。空空兒又等了一會兒，聽見人馬聲漸行漸弱，這才道：「走吧。」二人帶好家什，空空兒依舊拿出精精兒送他的攀牆鐵棒，與劉義先後攀進府署。走過花園，來到樓榭最多處，裡面燈燭已經掌起，依稀見到有僕婦來回忙碌。

空空兒道：「劉兄，你我分頭行事，你去綁張夫人，我去綁韋行式，一會兒後牆下會合。」劉義道：「好。」他嗓門甚大，話音未落，便聽見有人笑道：「這下你們跑不掉了。」

卻見無數牙兵高舉火把自廊中湧出，空空兒大驚失色，正要往回退，卻見牆頭也是伏兵四起，弓弩手彎弓搭箭，成百支箭頭一起對準了二人。哈哈大笑聲中，西川留後劉闢和牙將邢泚排開牙兵走了出來。劉闢上下打量著空空兒，見他極其落魄，全無精精兒的瀟灑風姿，問道：「你就是空空兒？」空空兒道：「是。」劉闢又道：「這不是劉義麼？我見過你的圖形告示。空空兒，你明明是魏博巡官，為何跟你們魏博通緝的殺人犯在一起？」

空空兒大感愕然，不知道劉闢如何知道了自己身分，想來這也是對方手下留情、沒有下令立即放箭的原因。他生性沉靜，當此處境，也絲毫不亂，問道：「閣下想要怎樣？」劉闢道：「你若肯束手就擒，我就放劉義走，而且派人送他去南方，保管你們魏博的人找不到他，如何？」空空兒微一沉吟，道：「好。」

劉義大怒，道：「你們都當我是死人麼？劉闢，老子今日……」腳下剛動，幾支羽箭呼嘯飛來。空空兒手裡只有一根擀麵杖做兵器，伸杖一撥，打偏兩支箭，另一支卻射穿了劉義右腿，他腳下一個趔趄，當即摔倒在地。

劉義怒道：「你最好射死老子，射老子大腿算什麼準頭！」

邢泚一揮手，又飛來兩支箭，一支射中劉義肩頭，一支射穿他左腳，將他釘在地上。雖非致命傷，卻都是關節要害處，劉義痛入骨髓，冷汗直冒，忍不住破口大罵。

劉闢也不生氣，笑道：「久聞魏博田氏善於治軍，兵馬天下最強，我西川將士跟魏博比起來如何？」

空空兒別無選擇，只好道：「好，你們放了劉義，來拿我吧。」拋下了手中木棒，不再抵抗。數名牙兵奔過來，拿鐐銬鎖了他手腳，仔細搜他全身，摸出一根鐵管來。劉闢一見便笑道：「你還真是精精兒的師兄，本帥在他身上也見過類似的工具。」

空空兒不知道對方如何能算到自己要來綁架韋皋的妻兒，心中很是不甘，問道：「你怎麼知道我會來這裡？」劉闢笑道：「本帥帶你去見一個人。」空空兒頓時心底一沉，暗道：「糟了，一定是清娘已經為對方所擒住。」

劉闢倒也真是守信，回頭指著劉義命道：「將這個人送去南方。」劉義道：「老子不去！」劉闢道：「那可由不得你了。」命人將劉義抬走。

到了前院官署，天早已黑定，堂上燈火通明，亮如白晝。只是在堂中等候的卻不是蒼玉清，而是聶隱娘，她雖無鐐銬加身，四周卻是牙兵環伺，手扶刀柄，虎視眈眈。空空兒大吃一驚，當即猜到聶隱娘是為營救夫君趙存約而來，想來她公然表露了身分，劉闢由此知道她夫婦均是魏博的人。

聶隱娘乍然見到空空兒更是驚訝，問道：「空郎，怎麼會是你？」又道，「原來那要以麗娘名義引劉相公出去的人是你。」空空兒不明究竟，問道：「隱娘如何會知道？」聶隱娘歉然道：「抱歉，隱娘不知道這一切，壞了你的大事。我本來已看到通緝你的圖形告示，可四下找不到你，又著急救存約出來……」

空空兒道：「這到底是怎麼回事？」劉闢道：「今日能順順當當地擒住你，真要多謝這位聶隱娘通風報信呢。」

原來今日下午聶隱娘忽然來到節度使府署外，表明魏博武官的身分，自稱有要事求見留後劉闢。牙兵見她一介女流，如何能信她是魏博武官。聶隱娘當即告知她有麗娘在手，劉闢聽說後立即火速召見。聶隱娘稱已經擒住了麗娘，想用她來交換夫君趙存約。劉闢不免半信半疑，聶隱娘拿出了一根髮簪，倒真是韋皋被殺當晚麗娘所戴的首飾。可即便聶隱娘真有麗娘在手，她定然也知道了事情真相，劉闢又如何能輕易放她離開？

聶隱娘又詢問正被通緝的空空兒到底犯了何事，並告知他也是魏博武官，而且是節度副使田興的結拜兄弟，更是讓劉闢吃驚。二人正交鋒僵持之時，忽有飛騎自節度使府門飆過，馬上騎士射出一封書信到牙城上，牙兵送進來一看，是麗娘所寫，要脅劉闢到武擔山相會。劉闢有意將書信拿給聶隱娘看，聶隱娘一見便笑道：「這是賊人調虎離山之計，他們肯定是要到後衙去綁架太尉夫人。」劉闢道：「娘子如何知道？」聶隱娘道：「不瞞相公，這法子我也曾想過。」劉闢這才恍然大悟，一邊假意派兵往武擔山而去，一邊親自帶人到後衙埋伏，果然等到了空空兒、劉義二人。他既忌憚魏博田氏威名，不願意空空兒拚死相搏，所以拿劉義性命要脅他束手就擒，反正劉義留在西川早得韋皋許可，又不過是一介莽夫，成不了氣候。

空空兒聽說經過情形，長歎一聲，當真是人算不如天算，事已至此，又能有什麼法子？唯有盼望蒼玉清能逃過此劫，不要再來救他了。

劉闢道：「你們二位既是魏博的人，劉某倒也不敢怠慢，只是事情到了這個地步，要怎樣解決，還想聽聽二位的建議。」聶隱娘道：「我用麗娘換我夫君，再用論莽熱的人頭換取空空兒，如何？」

劉闢大奇，問道：「隱娘知道論莽熱在哪裡？」聶隱娘道：「當然，不然隱娘如何能捕到麗娘？」言下之意，已經確認麗娘就是論莽熱所派來的殺手。又道，「她的名字也不叫麗娘，而叫王景延。」

一旁空空兒聽見，不免驚奇萬分，那個在翠樓殺了神策軍中尉楊志廉並割走首級的女商人，不正是叫王景延麼？該不會跟聶隱娘所稱的王景延正是同一人？她在京城崇仁坊的舊居被情夫王立轉手賣給了羅令則，羅令則又從那處宅子下挖地道救走論莽熱，論莽熱脫身後轉瞬派來一個名叫王景延的女刺客，這其中莫非有什麼關聯不成？

劉闢尚在沉吟，聶隱娘又道：「劉相公若是有了論莽熱的人頭，居功至偉，不僅是在西川聲望倍增，就連朝廷也要對你刮目相看，這難道不是相公眼下最需要的麼？」劉闢笑道：「隱娘真是我的知己。好，咱們一言為定。」

聶隱娘道：「不過這件事還望相公保密，事成後一切功勞都歸相公所有，論莽熱也是相公手下所殺，與隱娘無干。」劉闢心道：「這女人可真奇怪，她明明知道我不敢輕易殺魏博的人，包括她夫君和空空兒，為何還要將這場大功勞白白送給我？魏博為何不乘機拿論莽熱的人頭向朝廷邀功，雖說以魏博實力毋須如此，可嘉誠公主不是還在世麼，她不倚靠朝廷，何以在魏博立足？除非……魏博本身就捲入了論莽熱這件事，而嘉誠公主並不知情。可魏博與吐蕃並不接壤，距離極遠，捲入這件事能有什麼好處？」一時間也想不通魏博為何要如此，只笑道：「這是當然，娘子放心，我劉某進士出身，絕對是個守信之人。」

空空兒道：「那我師弟精精兒怎麼辦？」劉闢道：「你師弟是待決死囚，怕是神仙也救不了他。不過若是空郎能說服你義兄田興上奏朝廷，請立劉某為三川節度使，我倒可以考慮網開一面。」空空兒搖頭道：「這我辦不到。」劉闢道：「那就抱歉了。」

聶隱娘道：「蜀道艱難，還望相公寬限些時日，咱們以半年為限。這之前，我想見一見我夫君。」

劉闢聽她以半年為限，猜想麗娘和論莽熱均不在西川，當即笑道：「隱娘既是魏博的人，久聞燕趙之地多俠義之輩，一言九鼎，我信得過娘子，這就先將尊夫交還給你。不過空空兒麼，可要你同時拿麗娘和論莽熱的人頭來換。」聶隱娘道：「既然相公如此慷慨，隱娘想冒昧請相公先放空空兒，將我夫君扣作人質。」

劉闢深感意外，隨即笑道：「好，先人後己，隱娘果然是女中豪傑。來人……」空空兒忽道：「多謝隱娘美意，我願意以自己換我師弟精精兒出來。」劉闢道：「可令師弟已經畫押招供承認謀害太尉，如今是待決死囚，朝廷欽犯，豈能輕易說換就換？」空空兒道：「我師弟對一切都不知情，整個事情經過我甚且比他更清楚，劉相公殺我比殺他更有益處，你們只須拿我當精精兒，我絕不會反抗，你們加給精精兒的一切罪名，我也都會承認。」

劉闢心道：「這人明明知道前面是條死路，卻因顧念師兄弟情義不肯逃生，倒也真是條好漢。他既是魏博田興的義弟，當然比精精兒更有價值，說不定日後能派上大用場。」當即應允道，「好。」招手叫過邢泚，命他帶聶隱娘和空空兒去成都府獄，讓聶隱娘跟趙存約見上一面，再用空空兒換精精兒出來。

空空兒被押來成都府，果見燈火明處站有牙兵，暗處埋伏有弓弩手，防守極為森嚴，如臨大敵，無懈可擊。進來重獄牢房，見精精兒刑具纏身，坐臥不得，只能勉強靠在牆上，悲從心來，叫道：「師弟！」

精精兒這兩日未被刑訊，又得獄卒暗中照顧，精神好了許多，聞聲抬起頭來，大喜道：「師兄，我就知道你會來救我。」忽見空空兒也是鐐銬鐺鐺，道：「師兄也失手被擒住了麼？」空空兒點點頭，道：「你出去後跟聶隱娘走，她是我的朋友，會照顧好你。」精精兒一呆道：「什麼？」

邢泚揮了揮手，示意獄卒上前開了腳枷，又去掉精精兒頸間長枷，兩名牙兵上前將他拉起來。精精兒當即會意，道：「不，我不要你用自己換我出去。」牙兵哪裡管他情不情願，將他大力拖了出去。

精精兒手足間鐐銬未去，無力掙脫，只不斷叫道：「師兄！師兄！」又聽見隔壁牢房有女子叫道：「精郎！精郎！」卻是玉簫的聲音。精精兒叫道：「玉簫！」叫喊聲漸行漸遠。

邢泚道：「空巡官，這可要得罪了。」空空兒點點頭，獄卒上前將他拖坐在地上，如同對待精精兒般，戴上長枷，套住雙腳，這才鎖了牢門去了。

空空兒再次陷入牢獄之災，知道此次遠比前一次在京師時凶險，正如蒼玉清所言，這西川獨立於中原之外，當權者翻雲覆雨，視國法為兒戲，就連韋皋這樣的人物死後真相都被掩蓋，他一個小小的百姓又能怎樣？現在唯有期盼蒼玉清和精精兒儘快離開這裡，越遠越好，只是不明白聶隱娘如何會知道論莽熱和麗娘的下落。

忽聞見腳步聲，抬頭一看，聶隱娘正來到牢門前，扶著欄杆道：「空郎，隱娘能力有限，只能做到這些。我猜劉相公未必會殺你，你自己多保重。」空空兒道：「是，我師弟就暫且託付給隱娘照顧，千萬別讓他再來救我，空空兒若逃不過這一次，來世再報隱娘大恩。」聶隱娘淒涼一笑，道：「好，那我去了。」

空空兒本想請聶隱娘到萬里橋知會蒼玉清，請她千萬不要再來相救，然則邢泚始終率領牙兵從旁監視，不得絲毫機會，只好作罷。

等到獄卒、牙兵盡數退出，大牢重新陷入一片死寂。空空兒勉強挪了挪身子，好讓頸上的重壓減輕些。忽聽得隔壁有女子問道：「郎君是精郎的師兄空空兒麼？」空空兒心念一動，道：「是我。你……是玉簫？」玉簫道：「是。空郎，你是用自己換走精郎麼？」空空兒道：「是，其實也不是，是剛才那位聶家娘子答應幫劉闢做一件大事。」

玉簫忽然「嗚嗚」哭了起來，道：「可我該怎麼辦？你們都是大有來頭，外面都有人拚命營救，我別無親人，該怎麼辦？」空空兒聽她哭得甚是淒涼，又說「別無親人」，心中一軟，安慰道：「你別哭，我若能脫此牢獄，一定救你出去。」玉簫喜道：「當真？你不會騙我？」空空兒道：「當真，絕不騙你。」

玉簫道：「精郎原先說空郎會來救我們，現下他走了，空郎自己又被關了進來，他……精郎會來救我們麼？」空空兒道：「他一定想來的，不過卻不一定來得了。」

精精兒被帶出成都府後押在一旁。邢泚陪著聶隱娘出來大門，笑道：「娘子可要記得遵守諾言，尊夫還在大獄中等娘子回來相救。」聶隱娘道：「這是當然。」邢泚道：「眼下城門已閉，娘子得等明日一早才能出城，前面就有客棧，請自便吧。」命人開了鐐銬，將精精兒交給她。

聶隱娘道：「咱們走吧。」精精兒道：「我不要師兄換我出來，我要回大獄去。」不料聶隱娘雖是婦道人家，卻是力氣奇大，攙住他的手臂宛如鐵箍一般，他竟掙脫不開。

聶隱娘道：「我還有許多正事要辦，可沒有功夫跟你小孩子過家家胡鬧，你自己安靜些，也好讓我省點心。」精精兒怒道：「什麼小孩子過家家，我師兄身陷險境，你這般說，還算是他的朋友麼？」聶隱娘道：「你師兄吉人天相，不會有事。」精精兒道：「我要回去救他。」聶隱娘道：「你一身是傷，回去只會白白送命。」精精兒道：「這用不著娘子多費心。」聶隱娘道：「我既答應了空空兒要照顧你，就該費心管你。」挾持著精精兒來到客棧。

有一名年輕男子正等在門內，見狀迎上前來笑道：「二位的客房已經訂好了。」聶隱娘見對方雖是一身夥計打扮，卻戴著一頂胡帽，壓得老低，頗為詭異，不知什麼來路，料來是跟空空兒一夥白天飛騎射書的人，當即道：「請前面帶路。」

那男子便領著二人來到後院一間上房，敲了敲門，有一白衣女子舉燈來開了門，道：「請進。」

聶隱娘將精精兒扔在椅子中，回身道：「我是魏博聶隱娘，他是精精兒，空空兒的師弟。二位尊姓大名？空空兒的朋友我可是都知道。」白衣女子道：「我叫蒼玉清，這位是大郎，我們也許算不上是空空兒的朋友，可一樣想救他出來。」

聶隱娘道：「是二位想出綁架韋皋妻兒以交換精精兒的計策麼？這種主意空空兒可是想不出來。」蒼玉清道：「是，可惜功虧一簣。」

精精兒道：「喂，你們都是些什麼人？為什麼要救我？」蒼玉清冷冷道：「不是我們要救你，是空空兒要救你，我們只是幫忙。」

聶隱娘道：「如今打草驚蛇，要想再救人難上加難。抱歉的是，我明日一早要離開成都，怕是幫不上什麼忙。不過，劉闢已經知道空空兒魏博武官的身分，應當不會輕易加害。」

蒼玉清道：「救人我們自有辦法，不過，我們想請隱娘幫個忙。」聶隱娘道：「什麼忙？」蒼玉清道：「精精兒身上有傷，隱娘要帶他走只能乘坐馬車，我想借你們的馬車帶一個人出城。」

聶隱娘心道：「如今因為韋皋暴死的關係，成都進出城搜索極嚴，她獨請我帶人出去，自是知道劉闢會暗中派人監視我，相應地，進出西川一路也會暢通無阻。這蒼玉清到底是什麼人？她是真心要救空空兒，還是別有所圖？」尚在沉吟間，忽聽得精精兒笑道：「誰說我要走了？我要留下來跟這位美貌的小娘子一起救我師兄。」他一脫困，立即又恢復了嬉皮笑臉的浪蕩子本色。

蒼玉清根本不睬他，只問聶隱娘道：「如何？」聶隱娘道：「好。」也不多問對方要送走的人是誰。

蒼玉清道：「那就這樣吧，這房間給你們用。我會去跟店家說好你要雇一輛大車，明早自有馬車趕到門外來接你們。」聶隱娘道：「客棧外面有人在暗中監視我，你們小心些。」蒼玉清道：「多謝。」開了門與那大郎一道出去。

片刻後，大郎又折返回來，帶來一身衣服給精精兒，好讓他換下囚衣。精精兒道：「多謝，不過這身衣服也太寒磣了。」大郎白了他一眼，道：「那你還是穿你的囚衣好了。」精精兒笑道：「那倒也不必。」

聶隱娘送走大郎，閂好房門，道：「這裡有金創藥，你抹了傷口，換好衣服，這就到床上去睡吧，明日一早還要趕路。」精精兒道：「那娘子睡在哪裡？」聶隱娘不搭理他，吹了燈，搬了一張椅子坐到窗下，似在凝思，又似在打盹。

精精兒是風月老手，素來極得女人歡心，今日卻一再碰壁，一時不敢再鬧，乖乖自己塗了藥，換了乾淨衣裳，慢慢爬到床上。他被囚禁兩個多月，不但被禁錮得手足不得自由，也一直無法躺下睡覺，這時往床上一倒，才知道自由真好，雖則全身刑傷依舊疼痛不已，但比起被鎖在牢中動彈不得的情形，無異於天上地下。可轉念想到師兄空空兒此刻正代自己受苦，不由得又是心急如焚。好不容易等到半夜，見聶隱娘頭歪到一旁，似已經睡著，便悄悄從床上躍了下來。他被禁錮日久，身手不及從前十分之一，雙腿又受過重刑，剛一落地便觸動傷口，忍不住「哎喲」一聲。聶隱娘立即驚醒，點燃燈燭，見精精兒扶著腿歪倒在床邊，當即上前將他抱上床，解下腰帶，縛了他手腳。

精精兒無力反抗，驚道：「娘子這是做什麼？我不過是想下床方便而已。」聶隱娘道：「你再鬧我就將你的嘴也堵上。」精精兒無奈，只好道：「我怕了娘子啦，娘子預備帶我去哪裡？」聶隱娘道：「京師。」精精兒還待再問，聶隱娘當真撕下一片衣襟，塞入了他口中。

次日一早，精精兒從昏睡中醒來，鼻尖、額頭微有汗珠滲出。明明已經過了秋分，成都卻還殘留著濃濃淡淡的夏季餘溫。他見聶隱娘已經打好行囊，掙扎著「嗚嗚」叫了兩聲。聶隱娘便過來掏出他口中衣襟，解開手腳束縛，道：「車子也該到了，咱們走吧。」精精兒道：「你綁了我一夜，我得先去方便方便。」

聶隱娘從床下拖出一個瓦罐，道：「就在這裡解決吧。」精精兒道：「這裡？娘子不是開玩笑吧？」聶隱娘道：「你既是空空兒師弟，想來本事也不小，又詭計多端，我可不能讓你離開我的視線。」精精兒道：「多謝娘子誇讚，那麼請娘子先出去一下。」聶隱娘道：「我歷來視你師兄空空兒為幼弟，你是他師弟，更是小弟弟了，有什麼不好意思？」竟不肯出去，只背過身子。

精精兒這才知道這女人精明厲害，做事滴水不漏，要從她手上逃脫怕是難如登天，只得背轉過去，往那瓦罐中解了手，穿好衣褲，老老實實地讓聶隱娘扶了出來。

客棧門口早停有一輛馬車，趕車的正是昨晚見過的大郎。幾人相見，佯作不識，大郎問道：「是娘子要的馬車麼？」聶隱娘道：「是。」

大郎便跳下車來，幫忙扶了精精兒上車，聶隱娘自己一躍跳上來。精精兒讚道：「娘子好身手。」聶隱娘見那馬車座位寬大，當即猜到位子下面是空的，蒼玉清要送走的人應該就藏在裡面，也不點破，只坐在精精兒身邊。大郎道：「這就走麼？」聶隱娘道：「嗯，先出蜀中再說。」

一路來到北城門，果見牙兵盤查極嚴，牙將邢泚正率人等在那裡，聶隱娘命大郎將車停下來，掀開車簾問道：「將軍還有事麼？」

邢泚上前往車裡一望，見精精兒歪倒在車座上，頭倚靠著板壁，雙目緊閉，似是已經昏了過去，不禁一愣，問道：「他怎麼了？」聶隱娘道：「他吵著要回去救他師兄，所以我打暈了他。」邢泚哈哈大笑，道：「娘子帶著他，一路可有得麻煩了。」揮手命人放行。

馬車出來成都城，聶隱娘道：「好啦，別再裝了。」精精兒從車座上爬起來，笑道：「姊姊，我演得如何？」聶隱娘一愣，問道：「你叫我什麼？」精精兒道：「姊姊啊，你不是說一直拿空空兒當弟弟麼？我是他師弟，當然也是你弟弟了。」聶隱娘道：「嗯，不管你叫我什麼，我都不會放你回去救你師兄的。」

不過她長年累月奔波勞碌於魏博軍政大事間，對這一聲突如其來的「姊姊」頗感溫情親切，又補充道，「你師兄是我魏博兵馬使的結拜兄弟，劉闢野心極大，志在三川，他絕不會就這麼殺了空空兒，一定會有所要脅。你放心，等我們回到京師進奏院，再慢慢想辦法救他。」

精精兒笑道：「姊姊這麼說，我就放心多了。」又拍了拍座位，道：「也不知道下面藏的到底是什麼人，這麼久都不吭一聲。」

馬車往北行了七八里地，大郎忽將馬車停在一處僻靜林邊。聶隱娘扶著精精兒下車，大郎跳進車去，掀開座褥，取下座板，從裡面抱出了個人來。卻是一名靚裝年輕女子，手腳均被綁住，口中塞了衣襟，人已經暈了過去。

精精兒道：「呀，想不到我屁股下面坐的是個絕色美女，她是誰？」大郎道：「盧文若的妹子盧若秋，也是韋皋的兒媳婦。」聶隱娘道：「你們要拿她換空空兒麼？怕是極難。」大郎道：「嗯。」聶隱娘見他不願意多談，便道：「那好，我們這就告辭了。」大郎道：「多謝。」

精精兒還戀戀不捨地望著那昏迷中的盧若秋，頗垂涎她的美色。聶隱娘狠狠將他塞入車中，自己趕了馬車，繼續往北馳去。

大郎則負了盧若秋穿過樹林。林子盡頭是一條小小的溪流。兩岸怪石嶙峋，不可名狀，清流觸石，洄漩激注，極見山野之趣。

蒼玉清早牽了兩匹馬等在那裡，問道：「還順利麼？」大郎先將盧若秋放到一塊大石上，道：「一切如清娘所料，劉闢派人守在城門口，我猜他已經連夜派人知會各驛站、關卡，沿途均會有人嚴密監視聶隱娘。不過一旦出了西川，局面就不是劉闢所能控制。」又問道，「清娘當真認為聶隱娘手中有麗娘麼？」蒼玉清道：「嗯。」

大郎道：「可她為何不直接帶來西川，跟劉闢交換趙存約出去？」蒼玉清道：「韋皋剛死不到五天，路途遙遙，京師都尚未得到消息，聶隱娘竟能在這麼短的時間內找到麗娘，她再有本事，也難以憑藉人力辦到，這實在太不可思議。」

大郎道：「清娘是說聶隱娘與麗娘是一夥子？」蒼玉清道：「至少她知道麗娘在哪裡，說不定也知道論莽熱藏身之處。」大郎道：「那咱們還等什麼？眼下最要緊的，無非是要除掉論莽熱，以免他逃回吐蕃後又再次領軍犯我大唐領土。」蒼玉清望著地上的盧若秋，一時沉吟不語。

大郎續道：「眼下有不少大事要辦，除了論莽熱，北方好幾個藩鎮都蠢蠢欲動，平盧節度使李師古正打算趁新皇帝登基、朝中不穩之時，發兵攻打義成軍節度使李元素[10]以爭奪地盤。我們不該為了一個空空兒耗在這裡。雖然他在青龍寺救過清娘，可他畢竟是魏博武官，就憑他上次在京師惹出那麼多事情，將來總有一天會成為我們的敵人。」

蒼玉清道：「這樣吧，大郎先跟著聶隱娘，儘量超在她前頭，免得她起疑。我留下來處理盧若秋，多則兩日，少則一日，無論能不能救出空空兒，都會立即動身去追你，我們在東川節度使李康那裡會合。你到梓州後，請李相公立即派人去江南召第五郡回來。」大郎道：「也好，娘子自己多保重。」牽了一匹馬，自上馬而去。

蒼玉清目送大郎遠去，這才轉頭凝視地上的盧若秋。她依舊昏迷未醒，胸脯有節奏地起伏著，恍若沉睡中的嬰孩。現在，成都城中該有人發現這位又美麗又嬌氣的韋公子夫人，已經失蹤一夜了吧？

實際上，直到當日中午才有人發現盧若秋失蹤。盧若秋自恃美貌，驕縱傲氣，經常與丈夫韋行式爭吵，之後便賭氣離開節度使府署回去兄長盧文若家，韋皋在世時已是如此。節度使府的人不見她，以為她回去了兄長家。盧文若不見妹子，以為她在節度使府署中。直到客棧夥計意外發現被綁在房間、不得動彈不能出聲的侍女阿曼，才知道出了大事。

盧文若得知消息後，急忙拿著賊人留在阿曼身上的書信來找節度使府蜀劉闢。盧若秋被人劫走，他當然是天下最著急的人，倒不是如何關愛妹子，而是盧若秋是他盧家攀上韋太尉的唯一紐帶，他之所以能得到劉闢著意籠絡，妹子是韋皋兒媳婦身分這一因素占了很大比重。

不料劉闢看信後只是一言不發，要他拿空空兒去換回盧若秋，這買賣並不划算。況且綁走盧若秋的肯定就是昨日假冒麗娘想誘騙他去武擔山的人，既被聶隱娘意外破壞好事，應該不會是魏博一方的人，那麼對方到底是什麼來頭，又為什麼一定要救空空兒出去？本來，聶隱娘肯拿論莽熱人頭來換這個貌不驚人的空空兒已經足夠令人驚奇，現下卻還有另一撥人一定要救他出去，莫非他身上當真有什麼大祕密不成？

盧文若見劉闢若有所思，並無焦慮擔憂之色，知道他不願意幫忙，忙道：「現下我妹子是咱們唯一與韋太尉有親屬關係的人，韋行式是個銀樣蠟槍頭，不足為慮，這倒也罷了，太尉夫人那邊還是要放個自己人才好。」

劉闢歷來視盧文若為心腹，這次能成功除掉韋皋，平穩接掌西川大權，他功不可沒，不願意令其心存芥蒂，道：「你放心，本帥一定會救你妹子出來，不過這件事還須從長計議，得先弄清對方是些什麼人。」

當即派兵去搜索盧若秋下落，自己和盧文若領人來到成都府大堂，命人自獄中提出空空兒，問道：「空巡官在獄中過得可還好？」空空兒道：「甚好。」劉闢道：「你朋友綁走了這位盧使君的妹子，也就是太尉的兒媳婦，你可知道此事？」空空兒搖了搖頭，心中暗道：「原來清娘還沒有走，唉，她還留在這裡做什麼？為我孤身涉險，我當真不值得她這麼做。」

盧文若厲聲道：「你肯定早就知道你的同黨還會來救你，所以才拿自己先換走精精兒，是也不是？」空空兒道：「我確實不知道。」盧文若道：「快說，你同黨將我妹子藏在哪裡？」見空空兒不應，便要命人用大刑逼供。

劉闢道：「慢著！盧家娘子被賊人綁走，是在空空兒被捕後，他應該真的不知道。」盧文若急道：「相公，賊人要求今日黃昏前送他出北城門，不然就要割下我妹子一隻耳朵來。」

劉闢沉吟片刻，道：「盧使君，你先出去帶人搜尋你妹子下落，本帥有幾句要緊話要問空空兒。」盧文若大感愕然，可又不敢強行留下，只得躬身道：「遵令。」瞪了空空兒一眼，恨恨退了出去。

劉闢走到空空兒面前，道：「本帥本來敬慕你們魏博威名，所以特意網開一面，答應了聶隱娘這交換條件，你既願意拿自己換出師弟，這分高義也足令人感動，這可是你自己心甘情願要進來這裡。眼下你同黨綁走一個無辜的女人，用她來要脅本帥交你出去，你說我該怎麼做？」空空兒道：「原來相公也知道有無辜一說。」言下之意，無非是暗諷劉闢謀害長官，卻嫁禍無辜。

劉闢搖了搖頭，道：「政治的事你不懂，你以為本帥願意麼？我也是迫不得已。我敬你是條好漢，不願意對你酷刑加身，可太陽一落山，盧家娘子就要性命難保，你說該如何是好？」空空兒道：「我說什麼相公就會照做麼？」劉闢道：「不妨先說出來聽聽。」空空兒道：「好，我要你放了我和玉簫，我們就此離開西川，你還照舊當你的留後節度使。」

劉闢奇道：「玉簫當真有本事，你被關進來還不到一日，她便能說服你與其共進退。郎君這個條件開得太高，你雖有朋友在外面接應，你自己拿什麼做討價還價的籌碼？」空空兒道：「什麼？」劉闢道：「你身上肯定有什麼大祕密，所以才有這麼多人趕著來救你，你若肯說出這個祕密，我可以考慮放你走，但是玉簫不行。」空空兒道：「我不知道什麼祕密。」

劉闢道：「你也知道我不會殺你，但我會一直關住你，當著你的面反覆拷打玉簫，你這般憐香惜玉之人，豈不是比死還難受？至於你的同黨也逃不出西川，等本帥抓住你的同黨，一樣要嚴刑拷問，你早晚要被迫吐露口實，何不現在說出來，這樣大家都好。」

空空兒見劉闢先是令盧文若退出，後來才說這番話，並不見得如何愛惜盧若秋性命，也知道他所言是實，若他一定要弄得魚死網破，早晚會捕到蒼玉清，便問道：「相公想知道什麼祕密？」劉闢道：「是你們魏博勾結吐蕃，救走了吐蕃內大相論莽熱麼？」空空兒道：「不是。救走論莽熱的人名叫羅令則，住處就在崇仁坊論莽熱宅邸隔壁，我曾去過他家幾次，竟絲毫沒有留意到蛛絲馬跡。」

劉闢道：「羅令則人現在在哪裡？」空空兒搖頭道：「我在他家住過一晚後不久就被人囚禁，以後再也沒有機會見過他，至於他挖地道救走論莽熱也是後來才聽說，我根本不知道他人去了哪裡。」

劉闢道：「噢，你被人囚禁？什麼人敢囚禁魏博武官？」空空兒道：「是……」一時也回答不出到底是誰囚禁了他，實際上他自己也不知道。忽然心念一動，想起被關在掖庭宮那間天井囚室時看過的那行小字，當即道，「倒真有一個涉及宮廷的大祕密，不過是我無意中看到的，並不知道真假，相公若是想知道，我想用它來交換玉簫出去。」

劉闢是官場中人，深知往往就是無意中看到不知真假的東西，才是真正的祕密，忙道：「換你本人出去可以，換玉簫絕對不行。」

空空兒不明白劉闢為什麼一定要扣住玉簫這樣一個弱女子，想來她跟在韋皋身邊時深深得罪過他，一時無奈，只能等自己先出去後再想辦法救她了，道：「那好。我被關在掖庭宮時，曾看到過一行字……」劉闢大奇，問道：「你又不是罪人女眷，如何會被關進掖庭宮？」空空兒道：「這個說來話長。」

劉闢越發相信他捲入了什麼見不得人的宮廷祕密中，忙問道：「是什麼字？」空空兒道：「太子用美人醉毒殺鄭王於大曆八年歲次癸丑五月乙亥朔十七日。」

劉闢道：「美人醉？那是什麼？」空空兒道：「傳說是一種殺人於無形的毒藥。」忽而想到當日太子李誦，也就是當今太上皇中毒時不也是毫無徵兆麼，莫非中的正是美人醉劇毒？這等宮廷奇藥常人不易得到，想來李誦在趕出宮相送侯彝前就已經中毒。那些將空空兒深夜捆進掖庭宮的人之所以沒有再刑訊拷問他，也沒有殺他，大概已經查明了真相，知道他不是下毒凶手。

劉闢哈哈大笑道：「好，本帥已經明白了，果然是個天大的祕密。」

他進士出身，既熟知朝中各種掌故，又朝夕閱覽西川進奏院刺探得來的種種朝廷密報，見聞博識遠非空空兒所能比擬。當年，德宗皇帝李适還是太子時與弟弟鄭王李邈爭寵不已，皇宮曾經失火，危及四方，唯獨李适寢宮沒事，代宗皇帝懷疑是太子派人所為，準備改立李邈為儲君，關鍵時刻，李邈突然病故，改立太子一事才就此擱置。難怪德宗皇帝會對李邈之子舒王李誼多方寵愛，想來就是因為殺弟奪位、心中多有愧疚的緣故。至於當今太上皇李誦仍是太子時竟離奇中風，肯定也是舒王李誼派人下毒，若不是被人湊巧用天河水解毒，早就命殞當場，當時德宗皇帝還在位，李誦一死，肯定會立舒王為新太子。偏偏李誦半死不活，拖了幾個月病情還不見好轉，老皇帝正召集舒王進宮時，卻又突然去世，李誦才得以以太子名分登基，現任憲宗皇帝才由此撿漏即位，誰在其中作梗搗鬼一目了然。

劉闢雖不知道空空兒就是用天河水解了李誦奇毒的人，但這句在外人看起來沒由頭的話對他而言確實是個大祕密，他已經有了當今皇帝一件大把柄，西川節度使必是囊中之物，若再多一件，三川豈不是唾手可得？連韋皋都沒有達成的心願，就要在他手中實現。越想越是得意，揮手命道：「來人，開了空空兒枷鎖，放他去吧。」

牙將邢泚大為吃驚，上前一步，低聲問道：「相公真要放走空空兒麼？須知縱虎容易捉虎難，況且盧家娘子還沒有回來。」劉闢擺擺手，道：「本帥信得過他。空空兒，你這就去吧，讓你朋友將盧家娘子放回來。不過你若再與本帥為敵，下次見面絕不輕饒。」

空空兒想不到一行字竟能果真換到自己的自由，撫摸手腕上被鐐銬磨破的傷處，一時難以相信。忽聽見邢泚厲聲道：「還不快去讓你同黨放盧家娘子回來？」空空兒道：「那好，告辭了。」

邢泚目送空空兒出去，又安排人手前去跟蹤監視，以接應盧若秋回來。轉頭見劉闢滿面喜色，更是不解，問道：「相公就此放了空空兒，豈不是太便宜他了麼？」劉闢道：「反正留住他也暫時用不上，不如放他去吧。」

邢泚道：「那相公為何要放空空兒而不是玉簫？他是魏博田興的義弟，不是更有利用價值麼？」劉闢道：「你不懂，你看空空兒一張口就要換玉簫出去，全然不顧及他自身，肯定是承諾了那賤人要救她出去，他這般重情重義，一定會守信再來，到時咱們再設陷阱捕住他，豈不又有籌碼在手？」

邢泚這才恍然大悟，道：「相公遠見卓識，屬下不及萬一。」劉闢「嘿嘿」一笑，道：「你去獄中叫人開了玉簫身上的大枷，讓她過得舒服點，活得長命點，好幫咱們釣到大魚。」邢泚道：「遵令。」

空空兒出來成都府，深感僥倖，他擔心蒼玉清到了時辰不見他，真的會傷害盧若秋，便逕直望北城門而來。幾近城門時，忽見蒼玉清正在前面，忙跟了上去。正想如何擺脫後面跟蹤的牙兵時，橫地裡奔過來一名七八歲的孩子，拿著一封信交給為首的牙兵。牙兵拆開一看，對同伴道：「是賊人寫來的，盧家娘子在新南城米氏櫃坊貨倉中。」一邊派人回去報信，預備自己繼續跟蹤，以防有詐，抬頭一看，卻早不見了空空兒的蹤影。

蒼玉清騙開牙兵，接到空空兒，領著他疾步出城來，問道：「你有沒有受傷？」空空兒道：「沒有。」蒼玉清便不再多問，到城門處茶博士那裡取了寄存的馬匹，道：「我們先離開這裡再說。」

二人飛身上馬，往東北馳出十幾里，暮色漸趨蒼茫，依稀見到前面竹木蔚阜，一座半坍塌的小廟掩映其中。進來小廟，拴好馬匹，到殘垣下坐下，蒼玉清問道：「劉闢為何如此乾脆放了你？」空空兒道：「我自己也覺得匪夷所思。」當即說了與劉闢用所謂的大祕密交換一事。

蒼玉清深感意外，半晌不言。空空兒道：「娘子也覺得奇怪麼？」蒼玉清道：「嗯，劉闢當真是精明之極，我們原本以為他比韋皋容易對付，看來看走眼了，這下可要糟了。」

空空兒道：「娘子說什麼？」蒼玉清意識到自己失言，忙道：「換你出來的祕密是你在掖庭宮黑獄中看到的字麼？」空空兒道：「嗯，我當時根本沒有當回事，今日劉闢非逼著我講出什麼祕密，我隨便想到這個說了出來，他竟然真放了我，我自己都不相信天下會有這樣的便宜事。」

蒼玉清遲疑半晌，終於說道：「你被關進掖庭宮後，有人來問過我你的事，是我告訴來人你是個大麻煩，應該將你先關上幾個月再說。」空空兒吃了一驚，問道：「娘子為什麼要這麼做？」蒼玉清道：「你是在怪我麼？」空空兒道：「不是，娘子行事高深難測，我只想知道為什麼。」蒼玉清咬咬嘴唇，低聲道：「我不想我們那麼快就成為敵人。」

空空兒奇道：「娘子幾次三番救我，怎麼會成為敵人？」蒼玉清道：「你忘了，你被金吾衛士捉走之前正在追查的事麼？」

空空兒微一回憶，他當時迫於形勢追查的，無非是前任御史中丞李汶遇刺、及進奏官曾穆兩名心腹在魏博進奏院中遭人割喉慘死兩件案子，按照蒼玉清的說法，她應該跟這兩件事有關——李汶遇刺案早已真相大白，是江湖有名的黑刺殺手王翼所為；剩下的就是魏博衛士被殺一案，兇手不及查到，他也因此被押送回魏博審訊，幸好審案的推官邱絳認為沒有找到兇器，查無實證，最終只將他打了一百軍棍了事。蒼玉清不惜將他關在黑獄中也要阻止他調查，莫非……莫非殺死魏博衛士的人正是第五郡或是蒼玉清本人？第五郡有奇物吉莫靴，飛簷走壁，如履平地，曾出入進奏院，極熟悉地貌。當日空空兒在萬遷家時，她還去找過他，騎走了波斯公主借他的馬，肯定也見到了在萬遷家外跟蹤監視的人。

一念及此，忙問道：「是娘子殺了進奏院的兩名衛士麼？」蒼玉清道：「不是我，可也差不多。」空空兒心道：「果然是第五郡。那兩名衛士毆打萬老公，死不足惜，只是清娘她對我……」心中激蕩，一時說不清什麼滋味。

忽聽得蒼玉清歎了口氣，道：「這裡有餅，吃了就早些歇息吧，明早還要趕路。」空空兒道：「娘子是要回京師麼？我想留下來救玉簫，然後還要回峨眉拜祭師傅。」蒼玉清道：「玉簫？是韋皋的侍妾麼？」空空兒道：「是，她也是無辜被牽連進來的，我答應了要救她出來。」

蒼玉清道：「你去救她就等於再投羅網，你自己想想看，明明扣住你用處更大，那劉闢為何偏偏要扣住玉簫？他知道你這個人死腦筋，答應了人家一定會去做，正留著玉簫再等你上鉤呢。」空空兒沉吟道：「話雖如此，可是我答應了玉簫。」

蒼玉清忽然惱怒起來，道：「這件事你別再管了，我自有辦法救她出來。」空空兒不知道她為何突然發怒，想問卻又不敢問。

隔了半晌，蒼玉清怒氣平息，才道：「西川也許即將有戰事發生，劉闢肯定會派兵封鎖蜀道，將所有人扣作人質，你還是儘快離開這裡的好。拜祭師傅一事，可以暫時請人代去照料，等日後蜀中平息，你再與精精兒同去不遲。你師傅地下有知，一定也不希望你留下來冒險。」

空空兒知道她關心自己安危，不願意自己留下來再陷險境，不敢忤逆她，只好道：「是。」這才想起清娘擄來的人質盧若秋來，問道：「盧若秋人呢？」蒼玉清道：「她在城外，我留了封信在你待過的那間倉庫裡，他們自會找到她。」

空空兒見她辦事周密，很是感激，道：「多謝娘子搭救之恩。」蒼玉清冷冷道：「你救過我，我也救過你，如今咱們扯平了，以後互不相欠。」

空空兒道：「我當日救娘子不過是湊巧路過，娘子幾次救我，卻是冒著生命危險，還是我欠娘子的多些。」蒼玉清道：「那好，我有件事要請你幫忙，你願意去做麼？」空空兒道：「敢不為娘子效力。」蒼玉清道：「我要你追上聶隱娘，一路跟著她，從她身上追查到麗娘和論莽熱的下落，然後殺了這二人。」空空兒道：「就是這件事麼？不用我動手，隱娘自己也要去取麗娘和論莽熱的人頭。」當即說了聶隱娘拿論莽熱和麗娘的人頭，向劉闢換取自己和趙存約一事。

蒼玉清大為意外，半晌才幽幽道：「聶隱娘對你可真是不錯，寧可她夫君在牢裡受苦，也要先換你出來。」空空兒道：「我也沒有料到隱娘會這樣做。」蒼玉清道：「你難道不覺得奇怪麼？」空空兒臉一紅，道：「隱娘素來視我為弟弟……」

蒼玉清道：「不是這件事，我說的是聶隱娘怎麼會事先知道是麗娘取走了韋皋首級？韋皋八月十七暴死，我們是二十日晚上問過靈池縣尉段文昌才推算到事情經過，今日二十二日，蜀道艱險難行，驛馬飛傳，最快今日消息才能傳到京師。按馬力來說，麗娘現在人應該才剛剛逃出東川，聶隱娘如何就能知道她的下落，並要拿她的人頭來換趙存約？」

空空兒當即會意，心中暗道：「不好，這只能說明隱娘早就知道論莽熱派了麗娘來西川取韋皋首級，她既知道麗娘就是王景延，肯定見過本人，說不定也見過論莽熱，她是節度使心腹，向來只辦機密大事，看來魏博早就參與其中，有大圖謀。若果真如此，隱娘取麗娘和論莽熱的人頭，不等於是公然反叛魏博麼？」

蒼玉清見他不答，知道他多少猜到了究竟，緩緩道：「你前日當面承諾過我，背叛朝廷之事，你是決計不會做的，是也不是？」空空兒道：「是。」蒼玉清道：「如果魏博背叛了朝廷，你要站在哪一邊？」

空空兒一時難以回答，問道：「娘子是朝廷的人，對麼？」蒼玉清道：「對。」沉默良久，忽然悲切起來，道：「我不該救你的，我最親的親人在魏博失蹤多年，多半已經遇害，我曾發誓要為他復仇，眼下我卻救了一個魏博武官。」

她掩住臉，身子輕輕地顫抖著，恍若冬日梧桐樹上的最後一片枯葉。空空兒挪坐過去，扶住她肩頭，溫言道：「我的命是清娘救的，你想要，隨時可以拿走。你肯救我，我很感激。即便你不來救我，你在我心中，也照舊是我的親人，那些被關在掖庭宮黑獄的日子裡，我總是會想到你。」

蒼玉清聽了他這番鼓足勇氣說出來的話，半晌無言。空空兒雖看不到她滿臉紅暈，但見她低下頭去，嬌柔羞澀，大異尋常清高冷峻之姿態，不覺又愛又憐，既想將她攬入懷中，卻又生怕褻瀆了她。其實去年深秋那晚在青龍寺時，蒼玉清的衣衫為大雨濕透，空空兒怕她著涼，曾摸黑幫她褪下全部衣衫，當時一心救人，別無雜念，與此刻心境大不相同。遲疑許久，最終還是放開了手，歎道：「你放心，我寧可死，也絕不會與你為敵。」

一輪弦月升上了天空，微光乘著無形的羽翼，輕盈地灑落大地。山河寂寂，流露出清透、空靈、澄淨、安寧的況味。草尖上星星點點，閃露著螢光，恰如繽紛的綺麗夢想。清新的香氣四處蕩漾，將人的思緒帶到悠遠。這是一年中最好的季節，沒有夏日浮躁的炎熱，沒有冬夜孤寂的寒冷，有的只是溫和與親切。

月色溫柔似水，輕輕觸動著情感，撫摩著心靈，蕩漾起一圈又一圈的漣漪。在等待大地甦醒的那一刻，這一男一女終於倚靠在一起。

也許，多年以後，又是這樣一個秋風乍起的夜晚，月亮還那麼慵懶散漫地掛在天上，離人有所感懷，輕輕地抬頭仰望，會不由自主懷念起現在的某些人、某些事來。輕紗朦朦，似女子溢滿淚珠的眼眸裡淡起的翳霧，迷濛而惆悵。

---

1 渝州：今四川重慶。
2 開州：今四川開縣。
3 文杯：木製的漆杯，古蜀中名產。司馬遷曾說：「家有漆器千枚，可比千乘之家。」
4 杭州：唐時屬鎮海軍節度使管轄，今浙江杭州。
5 泉州蒲田：今福建泉州。
6 留後：唐代節度使缺位時設置的代理職稱，只需朝廷之後下詔書認可，便可成為正式的節度使。

7 後來段文昌離開西川到長安，娶御史中丞武元衡之女為妻，從此官運亨通，一直做到宰相，並出任劍南西川節度使。薛濤卒於大和六年夏，段文昌果如約為她撰寫墓誌銘。

8 唐代的〈獄官令〉規定，立春之後、秋分之前不得執行死刑，違者判一年徒刑。另每月有十個禁殺日：初一、初八、十四、十五、十八、二十三、二十四、二十八、二十九、三十，即這些日子不能處決死刑犯。

9 雞公車：一種獨輪小推車，相傳三國時由諸葛亮所創，結構相當簡單：以木頭製成，兩個扶手，一個輪子，車身微翹，形似雞頭。因獨輪著地，小巧方便，無論平原、山地、小道皆可暢行無阻，更勝畜力馱載，在民間十分流行。

10 義成軍，又名鄭滑，領滑、鄭、濮三州（今河南滑縣至鄭縣及山東東臨道南部之地），毗鄰平盧鎮和魏博鎮。李元素，傳奇宰相李泌族弟。

卷八　牢刺長安心

皇帝語氣雖然客氣，空空兒一聽就情知不妙，皇帝叫他辦的事定然與魏博有關。他雖厭惡藩鎮，名義上畢竟還是魏博武官。河北諸藩鎮有個不成文規定，暗通朝廷者處死。他當然不是懼死，可是他多年來食魏博俸祿，要他公然背叛魏博、為朝廷做事，確實為難。不過話說回來，他究竟還是大唐子民，難道要當面拒絕皇帝麼？

永貞元年八月二十二日，韋皋已死的消息終於傳到京師，同時送達的有西川將士請立留後劉闢為西川節度使的奏表，奏表上只說韋皋是「暴斃」，未說明經過情形。憲宗皇帝李純大為震驚，認為韋皋之死不同尋常。偏偏此時又接到西川監軍使李回送來的表書，竟然是聯合西川諸將士為留後劉闢請封劍南西川節度使一職。監軍使向來為朝廷耳目，為什麼會不奏報事實，而是先為他人請封？李純越發感到事情可疑，緊急召集宰相在延英殿議事。

二十三日，詔令下達，憲宗皇帝堅決拒絕了西川請任劉闢為新任劍南西川節度使的聯名奏請，任命袁滋為劍南東、西川及山南西道安撫大使，即刻動身前往西川，名為撫慰，實則要去成都調查韋皋之死真相。

袁滋字德深，陳郡汝南[1]人，其外兄即為大名士元結。袁滋以處士薦授試校書郎，後因代表唐朝出使雲南、冊封南詔王異牟尋而一舉揚名[2]。德宗時任右金吾衛大將軍，憲宗即位後才剛剛拜相，皇帝選中他前往蜀中，是因為他本人不但老成持重，與韋皋關係密切，且熟悉蜀中風物，兄長袁峰也正巧在西川為經略副使。

關中自八月初四順宗皇帝退位為太上皇以來，雨水不絕，道路泥濘難行，袁滋受命後不敢耽誤，還是冒著風雨上路。

八月二十九日，連綿陰雨多日的長安突然轉晴，憲宗皇帝視為吉日，在大明宮宣諭群臣，意氣風發，溢於言表。年輕的皇帝才二十八歲，胸懷扭轉乾坤大志，一心要親手解決令朝廷頭疼多年的藩鎮跋扈、擁兵自重的問題。

接受百官賀拜後，憲宗志得意滿，首先將目光投向了西南方——蜀中是京師外室，朝廷根本所在，因而兩千里外的西川將是他著手解決的第一個目標，他刻意將王叔文、王伾貶往東川、山南西道，正蘊有不為外人知的深意。心中正盤算沉吟，忽聽得背後有人問道：「陛下莫非是在思慮西川之事？」

憲宗驚然回頭，卻見他那出身顯赫、論輩分比他還高出一輩的妃子郭念雲，不知何時已悄然站到他背後。他雖登基為皇帝，卻並未同時立皇后，郭念雲以正妃之尊，也只是冊封為貴妃。他猜想他這位精明強悍的妻子多少會有些不高興，然則此刻從她臉上卻見不到任何不快，似乎只有真切的關懷，他一時猜不透她的真實心意，越發忐忑起來。

天氣放晴後的數日，空空兒與聶隱娘、精精兒三人到達長安城西面的延平門，正遇到一大隊神策軍士護送百餘名打扮怪異的番人進城，中間還夾有一名光頭和尚及一輛囚車，煞是扎眼。囚車裡坐的也是個胡服打扮的人，雙手反結繫頸，他不得不仰起頭，好讓繩索勒得不是那麼緊。[3]

此刻太陽即將落山，幾近夜禁時分，許多人趕著進城，卻被神策軍喝住為番人讓路，趕到一旁，難免怨聲載道。

空空兒見城門壅堵了不少人，便早早勒住馬韁，將馬車靠邊停下。精精兒傷勢未癒，照舊乘坐馬車，掀開簾子朝前望瞭望，不滿地道：「為何朝廷對這些胡人反倒比對自家百姓好？」聶隱娘道：「這些不是胡人，是吐蕃人。」

空空兒坐在車夫的位子，正好可以越過攢動的人頭看到吐蕃人進城的情形，忽然覺得那囚車中的人有些眼熟，心下大奇。忽聽見聶隱娘叫道：「空郎！」卻見她已經翻身下馬走到一邊，正朝自己招手，似有話要說。

空空兒忙躍下車來，過來先低聲問道：「這些人會不會是為論莽熱而來？」聶隱娘道：「這正是我所擔心的。空郎，刺殺論莽熱事不宜遲，要儘快動手，你當真決意要與我一道麼？」空空兒道：「隱娘本可置身事外，是為了換我出獄才答應劉闢去殺論莽熱，如今尊夫還被關在成都府獄，我怎可袖手旁觀？」

聶隱娘笑道：「其實也不全為了你，我自己也想殺論莽熱，除掉這個隱患。魏帥年輕不懂事，容易被人攛掇，我可不希望他一步走錯，就此葬送了魏博。」

原來吐蕃自內大相論莽熱被韋皋生擒後，國內無帥，軍心浮動，有投降吐蕃的漢人向吐蕃贊普獻計，說中原人多貪婪之輩，不如懸以重賞，招募江湖亡命之徒營救論莽熱出來。然則懸賞五百萬貫營救論莽熱的消息放出後，並未有多大動靜，這是因為論莽熱雖只是被軟禁崇仁坊宅邸中，但長安坊區實行封閉管理，城防極其嚴密，要營救人質著實太難，就算能用強將論莽熱帶出宅邸，也帶不出崇仁坊，更不要說出長安城了。五百萬貫錢確實夠榮華富貴個幾輩子，可一想到沒那福分也就沒那麼大誘惑力了。

又有人獻計不如以利益聯合藩鎮，吐蕃已占盡河西隴右，西北與吐蕃毗鄰的無非是靈鹽、涇原、鳳翔幾鎮，然因靠近京畿，所任節度使均為唐朝廷信重之人，難以有機可乘，選來選去，最終挑中了河北魏博——所謂「長安天子，魏府牙兵」，魏博在天下藩鎮中兵馬最強，地盤卻是極小，在倒數之列，土地有限，人口和財力自然遠遠及不上鄰近的平盧、幽州、河東等鎮，這是魏博幾任節度使最為鬱結的一點。田承嗣在世時，多次預謀用武力奪取昭義鎮領土，昭義節度使薛嵩派心腹高手紅線潛入魏州，盜走節度使金印，田承嗣有所畏懼，這才按兵不動，並與薛嵩結為兒女親家。然而薛嵩一死，紅線不知所終，田承嗣立即故態重萌，不但發兵奪取昭義鎮轄下相、衛等四州之地，還殺死了朝廷剛剛任命的相州刺史，惹得代宗皇帝大怒。在高人指點下，唐朝廷利用藩鎮之間的矛盾，發詔調動八大藩鎮兵力征討魏博，戰事持續一年，魏博在南北兩線的圍困下，幾遭滅頂之災。虧得田承嗣狡猾多謀，用詭計挑撥分化八大藩鎮，令他們自己內鬥，這才逃過大劫。朝廷本無力征討，全靠以藩制藩，見田承嗣肯主動認錯，就此作罷，到德宗皇帝時，魏博益強，不得不以新都公主再嫁田承嗣子田華，又以嘉誠公主下嫁魏博節度使田緒，極盡籠絡。魏博雖不敢再輕易過界，但勃勃野心不滅，吐蕃正是看中這一點，遊說現任魏博節度使田季安，許諾若能營救論莽熱，吐蕃將發兵打下河東、河中之地後盡歸魏博所有。田季安倒真動心了，瞞著嘉誠公主，指派心腹侯臧專門去辦這件事。侯臧認為兵馬使田興正在京師向朝廷討要軍餉，人多易引人注目，僅帶著聶隱娘和趙存約二人，連同吐蕃派來的使者老郭一道來到京師。

空空兒這才知道當晚舒王遇刺時在堂內見到的兩名黑衣人，除了江湖殺手王翼，另一人正是吐蕃使者，問道：「老郭既是吐蕃使者，如何不多帶些自己人？」聶隱娘道：「老郭是漢人，並非吐蕃人，可能是以前鎮守隴右的軍將，隴右失陷後投降了吐蕃。」她雖是藩鎮武官，卻也相當鄙薄這類賣身投敵的漢人，不由露出了輕蔑的神情來。又道，「至於他為何自己不帶親信，反而花重金雇請江湖殺手王翼，我也很是費解，也許是因為吐蕃人容貌、口音異於中原漢人的緣故。不過，我們當日去波斯公主宅邸，並不是要刺殺舒王，而是打算綁走他，因為他是老皇帝最愛的皇子，預備拿他作人質交換論莽熱出來。這是老郭出的主意，他對中原局勢極其熟悉，到長安後更是如入家門，所以我才說他應該是朝廷前任軍將。」

空空兒心念一動，忽想起當晚舒王李誼在波斯公主薩珊絲家遇襲的情形：左金吾衛大將軍郭曙一刀向那老郭背上斬去，卻被老郭回身擋住，動作極其嫻熟，倒是像二人事先操練好了一般，郭曙自己當時也相當意外，特意停手問了那老郭一句什麼話。這吐蕃使者既叫老郭，想來是因為姓郭的緣故，莫非他跟郭家有什麼干係？可既是郭家的人，又如何能背叛朝廷、投靠吐蕃？一時間也想不明白究竟，只可惜郭曙已經意外亡故，不然還可以直接去問個清楚。

聶隱娘續道：「不過自那次綁架舒王失敗後，不但京師警戒極嚴，舒王身邊護衛大大增強，就連論莽熱的住處也換了神策軍把守，我們再沒有機會下手，只好一直等待。至於後來羅令則半路殺出，買下隔壁宅邸，花數月時間挖了一條地道，成功從神策軍眼皮底下救走了論莽熱，確實高明，相當令人佩服。空郎，你與他有所交往，可知道此人來歷？」

空空兒搖了搖頭。聶隱娘道：「此人謀畫深遠，一定是非常人，空郎以後再見到他可要多加小心了。」

空空兒卻還是不解，問道：「若說羅令則是為了五百萬貫賞金費盡心力營救論莽熱出來，那波斯公主薩珊絲富可敵國，又為什麼要捲入其中？」聶隱娘道：「薩珊絲雖然有錢，卻只是寄人籬下，上次揚州兵亂，死在平盧節度使李師古手中的波斯富商多達數千人，財產全部被平盧奪走，薩珊絲自己也差點被殺。以前的德宗老皇帝打仗錢不夠用時，也向她借過錢充作軍費，名義是借，其實就是強徵。說白了，薩珊絲的錢再多，也不是她自己的，朝廷隨時可以找個藉口拿走，這種為人所制的滋味並不好受。她祖先曾矢志光復波斯國，到了她這一輩，未必還有這個雄心，但揚州兵亂也給了她一個教訓，我想她肯定是希望擺脫寄人籬下的生活，至少能像她祖輩俾路斯和泥涅師師那樣，在西域吐火羅占據一塊故地，建立一個小小的獨立王國，由此徹底擺脫大唐的控制，而這個計畫吐蕃很容易就能幫她實現。不過，我見過薩珊絲本人，我猜她並沒有這等遠見卓識，她手下也無此能人，當是羅令則向她遊說，只要救了論莽熱出來，就能拿他為籌碼與吐蕃交涉。」

空空兒道：「隱娘意思，是羅令則的主意？」聶隱娘點點頭，道：「所以我說羅令則一定不是普通人，他應該不會是為了吐蕃開出的五百萬貫賞錢才冒死營救論莽熱，當然也不會是為了幫助薩珊絲，一定另有大圖謀。」

當日，吐蕃使者老郭重金聘請江湖著名黑刺王翼，與聶隱娘和趙存約一道化裝成金吾衛士，去宣陽坊的薩珊絲宅邸綁架舒王，不料竟意外發現空空兒也在夜宴上，聶隱娘擔心被認出，只好和丈夫負責周邊接應，結果功敗垂成，那以後再無機會。老郭又一定要從舒王身上下手，由此與聶隱娘等人起了爭執，遂不歡而散。侯臧聽到聶隱娘回報後，推斷老郭一心要綁架舒王可能不只是交換論莽熱那麼簡單，但後來老郭再無聯絡，侯臧也不得而知究竟，反覆思慮後，還是決定繼續派人監視論莽熱宅邸。後來御史中丞李汶遇刺，劉義被通緝，空空兒捲入其中，侯臧正命人逮捕空空兒以審問與自己有殺子之仇的劉義下落時，羅令則與波斯公主薩珊絲突然出現，叫走了空空兒，當時羅令則已經引起侯臧留意，只是萬萬沒想到這個人竟然能從所有人的眼皮底下挖地道救走了論莽熱。之後雖羅令則和論莽熱被廣發圖形告示通緝，但朝中卻沒有人懷疑過波斯公主薩珊絲。只有侯臧料到僅憑羅令則一人之力難以完成如此浩大工程，而這薩珊絲財大氣粗，手下眾多，一定牽涉進來，遂派聶隱娘暗中調查。聶隱娘某夜潛入宣陽坊薩珊絲宅邸時，正遇到薩珊絲交代一婦人到成都割下西川節度使韋皋人頭，聶隱娘一眼就認出那美貌婦人是早先被萬年縣通緝過的女商人王景延，她本欲繼續跟蹤薩珊絲追查論莽熱下落，但很快就得知丈夫趙存約刺殺韋皋不成失陷在成都府獄的消息，只好先趕來蜀中營救丈夫，但那成都大獄看管極嚴，一直不得機會，只能望洋興嘆。

韋皋被殺當晚，月光皎潔，亮如白晝，聶隱娘正在摩訶池邊徘徊，思忖要不要學習老郭的法子，綁架韋皋妻兒交換丈夫出來，忽遠遠見到百尺樓上有重物墜下，一會兒後就有牙兵騷動呼喝聲，正驚愕間，水中忽有異響，忙藏身一旁。只見摩訶池中爬出來一人，嘴裡咬著蘆管，一身黑色勁衣，背負革囊，正是王景延。聶隱娘當即猜到她背後革囊所盛即為韋皋人頭，一時猜不透對方如何能孤身在如此戒備森嚴的節度使府署中刺殺了韋皋，料來一定身負蓋世武功，一時遲疑，不敢上前阻攔，只任憑她去，並在岸邊撿到一根髮簪。至於後來盛傳有劇盜與韋皋愛妾玉簫勾結謀害太尉一事，聶隱娘微有耳聞，只是事不關己，也不知道所傳飛天大盜就是空空兒的師弟，未去留意。她本以為韋皋遇刺暴死，成都定然大亂，她有機可乘，自獄中救出丈夫來，哪知道支度副使迅疾被眾人推為留後，掌控了局面，成都府獄因為關押了謀害韋皋的「凶手」緣故，防守比以往更嚴密百倍，根本沒有任何希望。她去打探了韋皋遇刺情形，這才明白劉闢新收的愛妾麗娘就是王景延，所謂麗娘被刺客拋入摩訶池中，屍骨無存，其實是因為她割走了韋皋人頭，劉闢怕受牽連，不敢聲張而已。聶隱娘反覆思慮後，決意拿麗娘人頭換丈夫出來，哪知道事不湊巧，空空兒正預備當日綁架韋皋妻兒，壞了好事不說，還被劉闢擒住。聶隱娘深感歉疚，遂提出拿論莽熱的人頭來換空空兒出去。至於後來劉闢故示大度、有意先放一人，空空兒又願意以自己先換他師弟精精兒，神祕女子蒼玉清綁架了韋皋兒媳盧若秋以交換空空兒出獄等種種情形，就非她所能預料。空空兒與蒼玉清在成都城外過了一夜後即分道揚鑣，空空兒自己先騎馬去追趕聶隱娘，以免劉闢悔之不及派人來追捕自己又牽累了蒼玉清。聶隱娘車馬走得不快，第三日即行追上，精精兒見師兄安然無恙，大喜過望。聶隱娘卻因為自己丈夫還在劉闢手中的緣故，必須得找到王景延或是論莽熱其中一人。她猜想王景延既是刺客，收錢殺人，成事後定然遠走高飛，難以尋覓，但論莽熱的行蹤卻不難追查，遂往京師而來。

空空兒道：「羅令則救出論莽熱後，當會儘快離開長安逃回吐蕃，隱娘何以猜到他們一定還會藏在這裡？」聶隱娘道：「若放在平時，肯定是要逃得越快越好，可你也看到今年正月以來京師的局面，三個皇帝，兩個年號，如此動盪，他們留下來說不定大有可為。」

空空兒道：「莫非吐蕃要趁火打劫？」聶隱娘道：「趁火打劫未必，吐蕃幾年前為西川節度使韋皋所敗，元氣未復，但我朝新皇登基，寶座不穩，吐蕃很可能乘機要脅皇帝放回論莽熱之類。有一件事……空郎認出適才囚車中的吐蕃人了麼？」空空兒道：「似乎有些眼熟。」聶隱娘道：「他正是我所提過的漢人老郭。」空空兒道：「呀，難怪！不知道吐蕃人為何將他囚禁起來？」聶隱娘道：「他是中原叛將，也許吐蕃預備將他交回朝廷，以表示求和誠意。」

空空兒當即會意，這更說明進城的吐蕃使者是來與新皇帝談判講和，所以聶隱娘才說刺殺論莽熱要儘快動手，萬一皇帝擔心內外交困，同意放走論莽熱，那就真正是縱虎歸山了。只是薩珊絲的宅邸遍布京師，手下胡人多不勝數，她會將論莽熱藏在哪裡呢？

聶隱娘道：「最有可能的還是她在宣陽坊新買的那處楊國忠故宅，那座宅子緊挨萬年縣，表面最危險，實則最安全。」

空空兒想起當初劉義藏身在祆祠中，正在右金吾衛屯營的眼皮底下，卻始終沒有被發現，確實是這個道理，當即道：「那好，我們先去宣陽坊找家客棧住下，安頓好我師弟，夜禁後我們便一起去薩珊絲府中打探。」

忽聽得精精兒掀開車簾叫道：「喂，可以走了，你們還在嘀咕些什麼？不能讓我聽聽麼？」

二人見前面城門處果然已經放行，遂重新上了車馬，往城裡趕去。剛剛走出牆洞，忽聽得城樓上有人叫道：「攔住他！快攔住那輛車！」一旁衛士一擁而上，將空空兒馬車攔住，喝道：「下來！」空空兒愕然問道：「這是要做什麼？」

一名精壯剽悍的軍官上前將空空兒一把扯下車來，道：「叫你下來就下來！」空空兒暗中打了個眼色，示意聶隱娘先走。聶隱娘便提馬前行，走出百餘步後下馬等在一旁。

那軍官還要上車去扯精精兒下來，空空兒道：「他身上有傷，行不得路。」輕輕一托，登時將那軍官甩在一旁。那軍官大怒，便要去拔兵刃，城樓上飛奔下來一名中年男子，叫道：「別動手！別動手！」氣喘吁吁地跑到空空兒面前，道：「郎君……可教我好等！」

空空兒見他一身黃衣，面白無鬚，分明是個宦官，問道：「你是……」那宦官道：「空郎不認識我了麼？」空空兒頗覺面熟，卻想不起來在哪裡見過。那宦官道：「上次侯彝侯少府左遷出京，我家主人前去長樂驛相送，我們不是見過麼？」

空空兒恍然大悟，這人是太子——不，應該說是太上皇李誦身邊的心腹宦官。那宦官果然道：「我叫李忠言，是太上皇身邊的人。太上皇一直想見郎君一面，派人去魏博相召，卻說去了蜀中，又派人去蜀中，得到東川節度使李康的飛報，說郎君回來了京城。」

空空兒心下大奇，暗道：「東川節度使如何知道我的名字和蹤跡？莫非……是清娘？她既是朝廷的人，命人沿途監視我和隱娘也不足為奇。」又聽見李忠言笑道：「這裡是西來必經之處，太上皇便讓我日日在此相候，還真等到了郎君。空郎，這就請隨我一道去興慶宮，太上皇見到你，一定十分驚喜。」空空兒為難地道：「我才新到京師，我師弟又受了傷……」精精兒掀開簾子笑道：「不如也帶我一起去吧，我長這麼大，還沒有進過皇宮呢。」

李忠言卻不理睬，只道：「我這就派人送你師弟去西市宋清藥鋪。」空空兒料來無法拒絕對方，不然剛回來長安就又落下抗旨不遵的大罪，當即道：「不必。」招手叫過聶隱娘來，低聲交代幾句。聶隱娘點點頭，將馬交給空空兒，自己上車將馬車趕走。

李忠言早翻身上馬，道：「咱們走吧。」空空兒遂上馬跟在背後，見那李忠言體態肥胖，騎馬甚是吃力，想來是一貫跟在李誦身邊，養尊處優慣了，而今李誦退位為太上皇，行動言談不便，身邊沒有什麼親信之人，不得不派他出來。

一路東行，到新昌坊時夜禁鼓聲響起，二人快馬加鞭，剛好在夜禁時趕到興慶宮通陽門。

興慶宮位於長安城東門通化門和春明門之間，這裡原名叫隆慶坊，因坊區內有隆慶池而得名。這個隆慶池大有來歷，原來只是百姓家中一口普通的水井，後來竟天然擴至占地數十頃的大池。一口井變成一個大湖，不費絲毫人力，成為當時轟動一時的奇事。朝廷也認為這池是吉祥之物，特地賜名「隆慶」。玄宗皇帝李隆基未當皇帝之前，與兄弟五人住在隆慶池北面，號稱五王宅。唐中宗李顯在位時，有個會望氣的方士奏道：「隆慶坊五王子宅中，有帝王之氣。」一度引起中宗對李隆基兄弟的疑忌。中宗曾經借遊幸隆慶池為名，駕幸五王子宅，名為遊樂，實為祭天消災，想以自己真龍天子的身分，壓住這裡所謂的「帝王之氣」。可歎的是幾個月後中宗即暴病身亡，不過並非隆慶坊的「帝王之氣」把他壓死，而是他的結髮妻子韋皇后與女兒安樂公主聯合下手將其毒死。後來玄宗當上了皇帝，他的兄弟們認識到自己繼續住在聖人曾經居住過的地方不大合適，於是將他們的住所獻出建興慶宮。開元十六年，興慶宮建成，玄宗正式遷到興慶宮起居辦公。因興慶宮在大明宮之南，因而被稱作南內，同西內太極宮、東內大明宮並立為三內。雖不及太極宮、大明宮建制宏大，但卻吸取了兩處宮殿建築的有益經驗，兼之內有興慶池的美麗風光，所以具有宮殿和園林兩種特色，顯得格外綺麗典雅。

宮內各殿的布局十分和諧，其中包括勤政務本樓、花蕚相輝樓、興慶殿、沉香亭、南薰殿、新射殿、大同殿、長慶殿和金花落等許多著名建築。自從大明宮建成，大明宮一直是唐朝廷的政治中樞，直到玄宗皇帝時，才改中樞到興慶宮。這也是見證歷史興衰與命運無常的一處最典型宮殿——「安史之亂」後，玄宗皇帝傳位給兒子肅宗，自己退位為太上皇，備受冷落，興慶宮遂和它的主人一樣，失去了最高的中心地位，淪為閒宮，成為太上皇、皇太后們養老送終的地方。

把守通陽門的都是全副武裝的神策軍士，態度倨傲，虎視眈眈。李忠言低聲下氣解釋了老半天，神策軍士仔細搜過空空兒全身，才肯放他進去。這大概也是一種象徵——太上皇已經失勢，他已經極難見到他想見的人，即便是空空兒這樣的非朝廷官員。

進來通陽門往北不遠，就是興慶宮最重要的建築勤政務本樓。天光已暗，樓裡早點起了燈火，忽閃忽閃，在這幽深的皇宮中格外顯得落寞。李忠言領著空空兒來到樓前，先命他等在階下，自己進去稟告。樓四周佳木異竹，垂陰相蔭，風景奇佳，只是不斷有巡邏的神策軍士穿梭經過，那種警惕審視之色頗煞風景。

過了大約半個時辰，才見李忠言奔出來叫道：「太上皇命你進去。」帶著空空兒穿過正堂、設廳，往東拐入一間精緻的雅室，上首一名中年男子半躺在臥榻上，正是空空兒在長樂驛見過的李公子李誦。他身旁站著一名二十五六歲的標緻婦人，粉腮紅潤，芳菲嫵媚，數名小黃門、宮女立在兩邊。

空空兒忙上前下跪參拜，道：「空空兒見過太上皇。之前在長樂驛時不知陛下身分，多有冒犯，還請恕罪。」李誦喜形於色，口中「霍霍」連聲，做了兩下虛扶的姿勢，他身旁那婦人道：「太上皇見到你很是高興，命你起來說話。」空空兒道：「是。」當即起身，垂首站在一旁。

李忠言道：「這位是牛昭容，最知道太上皇心意。」空空兒道：「是，昭容娘子有禮。」他生平頭一次進宮，也不知道規矩禮儀，不過隨口一叫，一旁宮女聽見他稱呼昭容牛氏為「昭容娘子」，不禁暗暗好笑。

李誦又「呀呀」一陣，牛昭容似乎也不大明白，便取了紙筆捧上前去，李誦抖抖簌簌地寫了幾個字，牛昭容這才恍然大悟，轉身道：「太上皇說很感謝你當初用天河水救他，只是一直沒有機會報答。你想要什麼賞賜，不妨現在提出來，太上皇會盡力滿足。」她自己說到「太上皇會盡力滿足」一句時，臉色黯然，大有淒涼之意，顯然也不相信太上皇還有能力報答空空兒。

空空兒心道：「看來太上皇並不知道他中毒後，我被囚禁在掖庭宮一事。」他親眼見到李誦愛惜民力，是以剛剛得知他太子身分時對他抱了很大期望，然而此刻見他無法坐立，恍若嬰孩般嘴角不斷有涎水流出，毫無皇帝尊嚴，心中很是難過，當即道：「其實我也不知道天河水能解毒，不過是聽旁人指點誤打誤撞，多有莽撞之處，哪裡再敢要太上皇賞賜。請陛下安心養病，勿以當日之事為念。」

李誦勉力點點頭，頗有欣慰之色。忽然外面有腳步聲雜沓紛至，夾有兵甲之聲。一名小黃門奔進來道：「神策軍中尉吐突承璀到了，說有重要事情要馬上見太上皇。」牛昭容冷笑一聲，道：「每次太上皇一見外人，他就要帶兵求見，倒真是來得快。」

李誦噓了一口氣，揮了揮手。牛昭容便道：「空郎請退下吧，來日有機會再談。」空空兒道：「是。」欠身行了一禮，道：「陛下多保重龍體。」正欲轉身時，忽見李誦眼眶有眼淚潸然流下，一時怔住。

房門「吱呀」一聲被推開，吐突承璀帶著數名衛士闖了進來，一見空空兒就愣住，道：「是你。」空空兒點點頭，又向李誦行了一禮，道：「空空兒告退。」轉身走出雅室。卻聽見背後牛昭容正怒聲喝道：「吐突承璀，太上皇正會見客人，你帶兵闖進來，有何用意？」吐突承璀笑道：「昭容息怒……」

一名小黃門領著空空兒出來勤政務本樓，剛下臺階，便見一名黃衣宦官端著幾色果子自林中出來。小黃門忙道：「快些送進去，說太上皇夜宵時間到了，將那吐突承璀趕出來。」那宦官只點點頭，卻不應聲。

天色本黑，空空兒心有所感，未多留意四周情形，待到與那宦官擦肩而過時，才覺得他身形十分熟悉，立時省悟過來，當即回身追上幾步，去抓他肩頭，道：「羅兄，好久不見了。」

那人正是假扮成宦官的羅令則，無論如何也想不到會在這裡遇上空空兒，見身分被識破，將托盤一扔，伸手便格，卻被空空兒趁勢擰住，反別到背後，低聲喝問道：「論莽熱在哪裡？」羅令則笑道：「空郎不是素來不關心軍政之事麼，為什麼要打聽這個？你我原是酒中知己，見面只該談酒才對。」

空空兒手上加勁，喝道：「快說，論莽熱人在哪裡？是不是在宣陽坊薩珊絲那裡？」羅令則手腕被扭得咯咯作響，幾欲斷掉，他倒也真強硬，猶自笑道：「怎麼，空郎是要學武元衡拷打侯少府一般，對我嚴刑拷問麼？」

一旁小黃門早驚得目瞪口呆，一時不知道該如何應對。四周警戒的神策軍衛士聽到動靜，趕將過來，見空空兒制住一名宦官，以為他有異圖，忙挺出兵刃，喝道：「快些放手！不然別怪弓箭無情！」

羅令則笑道：「你看，你明明是好人，卻被他們當作壞人，這世道就是這樣黑白顛倒，即便你一身武功，也是無能為力。」

空空兒恨恨鬆開了手，神策軍衛士搶上前來，將他雙臂擰住，拖到一旁。小黃門這才如大夢初醒，結結巴巴地道：「他……他是太上皇的客人，你們不能拿他。」又指著羅令則道：「這個人……我從來沒見過。」

神策軍衛士這才知道抓錯了人，發一聲喊，上前圍住羅令則，他也不反抗，任憑被拿住，只道：「帶我去見太上皇。」

吐突承璀聞聲出樓，喝道：「出了什麼事？」聽神策軍衛士稟明了經過，皺眉道，「先將這兩人都帶回去再說。」衛士押了二人欲走，羅令則掙扎叫道：「我要見太上皇。」吐突承璀冷笑道：「太上皇是你想見就能見的麼？全部押回神策軍大獄拷問。」

忽見牛昭容怒氣滿面地趕出樓來，喝道：「吐突承璀，你這是要造反作亂麼？你可別忘了，血濃於水，太上皇怎麼說也是當今天子的親生父親！」她清喉嬌囀，在黑暗中凜凜喊出這句話，頗具威懾。

吐突承璀是憲宗皇帝心腹，新任神策軍中尉，兵權在握，奉命嚴密監視太上皇，聞言也是悚然一驚，暗道：「說的也是，他父子為爭權反目，但終究還是父子，萬一將來太上皇拚死要皇帝給我安個不尊不敬的罪名，那可就死無葬身之地了。」一念及此，忙笑著賠禮道：「昭容這是哪裡的話，聖上命老奴來服侍太上皇，原是怕下人粗笨。我也是著急侍奉好太上皇，有不周之處，還請昭容從中圓緩。」

牛昭容道：「那好，太上皇要見他們兩個。」吐突承璀道：「遵旨。」命人押了空空兒和羅令則進來雅室。李誦勉強扶著小黃門坐起來，擺了擺手。牛昭容道：「太上皇命你和你的人退出去。」吐突承璀遲疑道：「這個……」

牛昭容道：「難不成你還想從旁監視太上皇會客不成？」吐突承璀道：「不敢，老奴是怕這二人傷了太上皇。」牛昭容道：「太上皇若被他們刺死，不正趁了你心意麼？」

吐突承璀冷汗直冒，尷尬萬分，道：「老奴不敢有違太上皇聖意。」揮手帶人退了出去。他因天黑未能認出羅令則就是因營救論莽熱被通緝之人，不然無論如何都不會留下他來。

李誦指了指羅令則，牛昭容道：「太上皇問你是什麼人？」羅令則剛上前兩步，空空兒便攔在他面前，道：「這個人很危險，太上皇要多加小心。」羅令則冷笑道：「空郎以為我是來刺殺太上皇的麼？不，他是我姊夫，我怎會殺他？」

房裡所有人都呆住了，最驚訝的當然是李誦自己，他呆呆地望著羅令則，彷彿要從他臉上挖出什麼祕密一般。羅令則道：「陛下不認得我，難道連自己的結髮妻子也忘記了麼？」李誦道：「你……你……你是……蕭……蕭……」指著羅令則的手指顫抖不止，顯見心中激動之極。

一旁牛昭容和李忠言更是詫異不已，李誦自神祕中毒以來，一直不能開口說話，他適才竟然喊出了好幾個字，當真是奇蹟，一時驚喜交加。牛昭容長居宮中，甚是機敏，忙上前道：「空郎請先離開，日後有機會太上皇自會召見。」叫過一名小黃門，命他送空空兒出去。

空空兒見李誦神色大變，猜想羅令則所言不虛，只是料不到他如此年輕，竟然是太上皇的小舅子，一時更不明白他為什麼要冒險救走論莽熱，心中疑問雖多，卻是沒有機會多問，只得躬身道：「告退。」

出來勤政務本樓，卻見吐突承璀正率領一大群神策軍衛士守在門口，一見空空兒便上前攔住，道：「你不能走，聖上要見你。」

空空兒心道：「興慶宮距離大明宮不算近，皇帝如何知道我來了這裡？嗯，定是我進宮時就已經有人飛奔去通知他。唉，他們本為血肉至親的父子，竟到了兒子監視父親一舉一動的地步，難道權勢真有那麼重要麼？」感歎一回，問道：「聖上為何要見我？」吐突承璀道：「聖上召見是莫大恩澤，還需要給你交代麼？這就走吧，不過得委屈你一下。」

空空兒道：「是要綁我麼？」吐突承璀道：「不是，你是聖上指名召見的人，說不定一步登天，誰敢綁你？」揮了揮手，一名神策軍士從背後搶上來，拿一個黑布袋子套到空空兒頭上，另有兩人一左一右挾住他手臂。吐突承璀道：「這是慣例，得罪了。走！」

空空兒被人拉扯著往前走，曲曲折折、七拐八彎地走了不少路，忽然一陣涼意襲來，腳步聲也變得空曠起來，隱隱有回音來回傳遞。他這才恍然大悟，以前羅令則曾經告訴他玄宗皇帝為方便出行，修建了一條祕密通道，即所謂的夾城複道，從大明宮開始，沿長安城的東城垣到達興慶宮，再由興慶宮通向曲江芙蓉園，他現在走的這條陰森森、空蕩蕩的路正是傳聞中的夾城。吐突承璀命人蒙住他的眼睛，是不想讓他知道出口位置。忽然又想到今晚遇到羅令則的情形，他如何能避開森嚴的守衛進入興慶宮，莫非走的也是夾城？他既是太上皇的小舅子，又如何要花費心力營救論莽熱，與朝廷作對？實在難以想通。

走了小半個時辰，回音忽然消失，呼吸也為之一爽，似是出了夾城。吐突承璀帶著空空兒一路來到紫宸殿外，才命人取下他頭罩，道：「你先等在這裡。」自己先進去稟報，過了一刻，重新出來，領著空空兒進到便殿。

憲宗李純正捉筆批覽奏章，聞聲放下毫筆，森然問道：「空空兒，太上皇派人找你什麼事？」皇帝一開口說話，空空兒立時辨認出對方就是當晚在掖庭宮裡點了許多燈燭審問他的人，想來將自己關押在宮中黑獄中也是出於李純的授意，一時不知道今晚被召進大明宮是福還是禍。

不過在空空兒內心深處，卻是對這位與自己年紀差不多的年輕皇帝相當反感，這是因為他一直以來對太上皇李誦極有好感，得知李誦當了二十六年太子終於登基為帝後很是欣喜，知道他會成為一個好皇帝。哪知道政局風雲詭譎難測，李誦很快退位為太上皇，沒有死在政敵之手，而是淪為兒子的囚徒，可謂莫大的諷刺。不過大唐多產不孝皇帝，如太宗李世民武力威脅父親高祖退位，玄宗李隆基逼迫父親睿宗交權，但這二位反倒成了大唐乃至中國歷史上著名的英主。

一旁吐突承璀低聲喝道：「聖上問你話，還不快答？」空空兒道：「也沒有什麼事，太上皇不能說話，全靠那位昭容轉達，說是太上皇感激我當日用天河水救了他，問我想要什麼賞賜。」

李純道：「你怎麼回答？」空空兒道：「我不過誤打誤撞，不敢索要賞賜。」李純道：「嗯，很好。」重新拿過筆，往奏章上批了幾字。又取過一件奏章，聚精會神地看了起來。

過了許久，空空兒懷疑皇帝已經忘了自己還在殿內，忍不住問道：「聖上還有其他事麼？沒有的話……」吐突承璀斥道：「放肆，聖上沒有發問，你不得隨便開口說話。」

空空兒心中越發不以為然起來，這種忽視、踐踏他人的存在，就是寧可父子相殘也要死命爭奪的皇帝權威麼？

忽聽得李純緩緩道：「朕有件事要你去辦，你可願意？」

皇帝語氣雖然客氣，空空兒一聽就情知不妙，皇帝叫他辦的事定然與魏博有關。他雖厭惡藩鎮，可畢竟名義上還是魏博武官。河北諸藩鎮有個不成文的規定，暗通朝廷者不僅本人要被處死，家屬親族也一併誅殺，可謂十分殘酷。他當然不是懼死，可是他多年來食魏博俸祿，幾次遇險都是靠魏博威名才得以脫身，要他公然背叛魏博、為朝廷做事，確實是件為難之事。不過話說回來，他自己究竟還是大唐子民，難道要當面拒絕皇帝麼？

李純見他遲疑不答，果然面色一沉，很是不快。吐突承璀喝道：「空空兒，你敢當面抗旨麼？這可是殺頭的大罪。」空空兒道：「不敢。只是陛下交代的事一定非同小可，我在魏博官小職微，又得罪了不少魏帥心腹之人，怕是難以完成使命。」李純道：「你都不知道使命是什麼，怎麼就知道會完不成？還是早有心要抗旨不遵？」

空空兒道：「我跟陛下一樣，希望天下一家，所有藩鎮都聽朝廷的話，這樣魏博既不用謀畫去攻打別的藩鎮，也不用日夜防著被別的藩鎮奪走地盤；男人不用當兵，女人不必守寡，百姓安居樂業，再不受兵燹之苦。可事實並非如此，眼下割據分裂的局面非一朝一夕所能挽回，我一介村夫，更不能從中幫到什麼。我生在魏博，答應要為魏博效力十年，這十年內，我始終是魏博的人，陛下要我對付魏博，我做不到，魏博若是要我對付朝廷，我一樣也做不到。還請陛下體諒。」

他這番話雖然平實，卻是真實情感流露，飽含複雜深沉的矛盾。李純聞言悚然動容，半晌才道：「聽說你和侯彝是結拜兄弟，對麼？」空空兒道：「是。」李純道：「朕已經派人召他回京，預備擢升他為御史臺監察御史，幾日後就該到京師。你既不肯替朕辦這件事，朕只好指派侯彝去魏州調查嘉誠公主過世真相。」

空空兒驚得呆了，一是皇帝如此精明厲害，竟然能想到用侯彝來要脅他；二是嘉誠公主過世著實讓他吃了一驚。他上次被進奏官押回魏博，曾穆在邸報中說了他不少壞話，節度使田季安不顧田興求情，有心殺他，是嘉誠公主出面，說既然空空兒犯了錯，就該以國法制裁。田季安本是前任節度使田緒第三子，親生母親地位卑賤，全靠嘉誠公主收他為嗣子才得以繼承節度使的位子，因此對養母頗為敬畏，才同意將空空兒交給主管刑獄的推官邱絳審問。偏偏邱絳是個認真的人，認為空空兒殺人證據不足，空空兒由此才逃過一劫，說起來嘉誠公主也是對他有大恩的人，心道：「嘉誠公主還不到四十歲，我離開時還好好的，別說朝廷懷疑她死因可疑，就連我也覺得非比尋常，只是萬一公主真是被魏博自己人害死，朝廷與魏博發展至兵戎相見，那可如何是好？」

李純見他不答，揮手命道：「吐突承璀，空空兒既不肯應命，你這就送他出宮去吧。」吐突承璀躬身道：「遵旨。」轉頭道，「走吧。」

空空兒再無遲疑，上前單膝跪下，俯首道：「我願意領命回魏州調查嘉誠公主之死，請陛下恩准。」李純道：「你當真願意？」空空兒道：「是。」李純這才展露出一絲笑容，道：「好。你先留在京師幾日，等與侯彝團聚後再啟程回去魏州不遲，到時自然會有人跟你聯絡。」空空兒道：「是。」

李純道：「吐突承璀，你這就送空空兒回去魏博進奏院。」吐突承璀道：「遵旨。」領著空空兒出來紫宸殿。

一名十二三歲的明媚少女不知道從哪裡鑽了出來，一頭撞在走在最前面的吐突承璀身上。吐突承璀以為只是普通宮女，正待喝罵，忽聽見那少女咯咯直笑，登時認出她來，忙笑道：「公主殿下，你怎麼玩到這裡來了？」

那少女正是憲宗皇帝長女普寧公主，淘氣頑皮異常，最為皇帝鍾愛。普寧公主也不理睬吐突承璀，眼珠一轉，落在一身布衣的空空兒身上，問道：「你是誰？」吐突承璀道：「他是……」普寧公主道：「我又沒問你，他難道不會自己說麼？」吐突承璀道：「是、是。」空空兒道：「我叫空空兒，公主有禮。」普寧公主道：「呀，原來你就是空空兒，我聽過你。」

空空兒更是驚奇，不知道公主在深宮中如何知道自己的名字。吐突承璀知道公主天真無忌，生怕她隨口吐露什麼祕密，忙道：「公主，聖上正在便殿，老奴這就派人送你去。」普寧公主道：「嗯。」腳下卻是不動，好奇打量著空空兒，問道，「你看起來倒是面善得很，果真如大娘娘所言……」

她生母寒微，口中的「大娘娘」自是指憲宗貴妃郭念雲。吐突承璀大是著急，不待公主說完，上前一把拉住她，招手叫過一名小黃門，命他送公主去皇帝身邊。普寧公主笑道：「那我去找父皇啦。空空兒，再見啦。」空空兒道：「是，公主走好。」吐突承璀生怕再出意外，催道：「快些走吧。」

因為大明宮到夜晚各城門均落鎖封閉，即使是緊急開啟也需要極為複雜的手續，且歸素來與神策軍不和的金吾衛士把守，吐突承璀便命人將空空兒蒙了頭，依舊從夾城中帶出。

再出來時已經是長樂坊附近，空中傳來淡淡的酒香，夾雜著桂花的味道，當是長樂坊徐氏所釀造的黃桂稠酒了，此酒名列十大名酒，果真名不虛傳。空空兒許久不曾暢飲，一聞見酒香不免垂涎欲滴，加上不願意回去魏博進奏院，道：「現下已是夜禁，不如我到最近的坊區找家客棧將就一晚再說。」吐突承璀道：「聖上命我送你回去魏博進奏院，你想要我抗旨麼？快些走吧，反正崇仁坊也不遠。」空空兒道：「不瞞將軍，我跟進奏官曾穆素來不和，他早有意殺我，我實在不願意回去那裡。」吐突承璀道：「聖上有旨，這可不是你願不願意的事。」

神策軍衛士強行簇擁空空兒來到魏博進奏院門前，吐突承璀命手下拍開大門，道：「我是神策軍中尉吐突承璀，有事要見你們進奏官。」魏博衛士聽說是神策軍中尉大駕光臨，慌忙去叫曾穆。曾穆一邊披衣一邊趕出來，見吐突承璀攜著空空兒站在門前，不明所以，笑道：「將軍大駕光臨，如何不叫人先知會一聲？」

吐突承璀道：「嗯，這不是來了麼。」自背後衛士中取過一柄長長的物事，剝掉外面的錦袋，卻是一柄南詔浪劍，只是比空空兒原先那柄要新上許多。眾人正不知所措時，吐突承璀道：「空空兒，這是聖上賜給你的兵刃，是十幾年前南詔與我大唐重新結盟時進貢的方物。」

空空兒猜想這肯定是憲宗的意思，一時想不明白，皇帝既要自己辦事，為何又故意在魏博諸人面前示恩於己？這不是公然讓魏博猜忌他、防範他麼？當此情形，實在無奈，只得上前接劍謝恩。

吐突承璀指著空空兒笑道：「他是聖上點過名的人，我可是毫髮無損地送他回來，進奏官別再輕易喊打喊殺了。」

吐突承璀如今是這京師僅次於皇帝最有權勢的人，旁人巴結尚且不及，曾穆今晚意外得以結識，自是要把握機會，忙道：「將軍辛苦，這就請進去喝杯水酒吧。」吐突承璀笑道：「下次吧，聖上命我將人交給你，還等我進宮覆命呢。」曾穆道：「是、是。」送走吐突承璀，這才回身冷笑道：「原來空巡官巴結上了新皇帝，難怪氣勢都不一樣呢。」

空空兒只是不睬，曾穆便叫人預備好房間，送他去歇息。當此情形，又怎能安心入睡？一夜無眠。一大清早晨鼓響時，空空兒匆忙出門，趕到宣陽坊東門客棧，卻只有精精兒一人在房裡，聶隱娘昨晚就已經出去打探消息，至今未歸。空空兒料想聶隱娘武藝高強，心思縝密，當不會有事，忙道：「你先留在這裡，我去波斯公主門前看看。」

他昨晚在興慶宮離奇撞見羅令則後，有意問過論莽熱是不是藏身在宣陽坊薩珊絲府邸，料來昨夜羅令則無法輕易脫身，就算趕回來報信也是今早之事，若論莽熱當真藏身在薩珊絲那裡，肯定會有所動靜，所以他得趕快去監視。

精精兒道：「師兄，不如我跟你一道出去，總待在房裡，悶也悶死了。」空空兒道：「你腿上受過重刑，傷勢最重，不完全好怎能走遠路？萬一留下什麼隱疾，成了瘸子，你以後不但再也不能飛簷走壁，怕是也沒有女人會喜歡了。」

精精兒吐了吐舌頭，笑道：「瞧，還是師兄最瞭解我，知道我最怕什麼。那好吧，師兄請先去辦事，回來再跟我說說昨晚進宮有沒有看見什麼稀奇的寶貝，將來等我的傷完全好了，也可以溜進宮去大偷一把。」

空空兒搖了搖頭，逕直出來客棧。剛到波斯公主宅邸門前，便看見薩珊絲帶著數名胡奴出來，上馬往西而去。他心念一動，急忙跟上前去，只是薩珊絲等人所乘均為神駿，瞬間便不見了蹤跡。追到西坊門處，向武侯鋪的衛士打探道：「小哥可見到波斯公主一行出坊？」衛士道：「沒有啊。」回頭問同伴道，「你看見了麼？」同伴笑道：「波斯公主那些好馬誰都認得，從咱們眼前經過哪能不知道？她肯定是去了她自家開的薩氏酒樓吃早飯。」

空空兒忙問了薩氏酒樓地址趕過來，果見門前大槐樹下拴著數匹高頭人馬，兩名胡奴站在一旁嘰哩咕嚕地說著些什麼。空空兒裝出食客的樣子，正要往裡闖，一名胡奴早在去年舒王夜宴時就見過他，登時認了出來，上前扯住他大嚷道：「空郎來了。」倒像債主抓到欠錢不還的人一般。

空空兒正感難堪之時，酒樓裡迅疾搶出數人，有胡人有漢人，將他扯進樓內，摁在椅子上坐下，然後環伺一圈，死死瞪著他，距離之近，連對方呼吸都聽得見。

空空兒心道：「這些人個個身懷武藝，想來是薩珊絲暗中招募的高手。隱娘說得果然沒錯，薩珊絲並非安心當她的富足翁。」他倒也真沉得住氣，既不跟這些人動手，也始終緘默不語，任憑他們在一旁虎視眈眈。過了好大一會兒，有名胡奴下樓來，叫道：「公主請空郎上樓去。」圍著空空兒的人這才閃身，讓出一條路來。空空兒跟著胡奴上來三樓一間雅室，卻見門外有四條彪形大漢執刀守衛，如臨大敵一般。空空兒更是大奇，暗道：「該不會論莽熱就藏在這裡？薩珊絲又如何要命人帶我來這裡？莫非她怕論莽熱行蹤已經暴露，要殺我滅口？」心中暗生警惕，他未帶兵刃，當下凝神戒備。

忽聽得薩珊絲在房裡道：「是空郎到了麼？請進來吧。」空空兒應道：「是。」推門進去，卻見房中席地坐著三人，薩珊絲坐在上首，右手坐著一名四十餘歲的落腮男子，左手則是一名灰衣僧人，正是昨日傍晚見過、與吐蕃使者一道進城的和尚。

薩珊絲命胡奴掩門退出，這才道：「空郎請坐，我來為你介紹，這位是吐蕃使者徐舍人，這位是蜀中高僧延素上人，如今是朝廷貴客，住在鴻臚寺[4]。二位，這位就是我適才提過的魏博巡官空空兒。」

空空兒驚愕異常，那徐舍人已站起身來，拱手道：「空巡官有禮。」空空兒問道：「你是吐蕃使者？」徐舍人笑道：「是。你是看我一身漢人衣服麼？我是早上出來時臨時換的，不過其實我自己也確實是漢人血統。」

不僅空空兒，就連薩珊絲也才第一次聽說，失聲問道：「尊使原來是漢人。」徐舍人道：「是，不過卻是被大唐追殺不得不流落異域的漢人。先祖徐敬業起兵反抗武太后失敗後，我徐家被滿門抄斬，曾高祖雖僥倖逃脫，卻在中原無法立足，只好逃到高原，以此為家，落地生根。」空空兒驚道：「你是徐茂公的後人？」徐舍人哈哈大笑，道：「原來還有人知道我祖先初出江湖的字號。」

空空兒口中的徐茂公本名徐世勣，字茂公，是隋末唐初風雲一時的人物，以足智多謀著稱，後投在李世民麾下，成為大唐開國功臣，因賜姓李，又避唐太宗李世民名諱，改名為李勣，封英國公，是凌煙閣二十四功臣之一。其人傳奇事蹟極多，如王世充降唐後，其部下單雄信勇健有名，李世民勢必要殺之而後快。李勣以自己官爵和全部家產替單雄信求情，李世民堅執不允。與單雄信訣別時，李勣用刀從腿上割下一塊肉，交給單雄信說：「我本來想隨兄一起死，但既以此身許國，事無兩遂。何況我死了，誰來照顧你的家人呢？此肉隨兄入地下，以表我拳拳真情。」單雄信死後，李勣果然如家人般照顧他的妻子兒女，成為千古義氣的典範，也更得太宗皇帝李世民器重。有一次李勣得了暴病，藥方須用鬍鬚灰，儒家禮儀認為身體髮膚受之父母，不可輕易損傷。李世民聽說後毫不猶豫地剪下自己的龍鬚作為藥，成為千古美談。

徐敬業為李勣長孫，從小善於騎射、有才智，襲爵英國公，歷官太僕少卿、眉州刺史。高宗皇帝死後，皇后武則天以太后身分臨朝稱制，廢中宗立睿宗，把持了全部朝政大權，引來朝野不滿。剛好徐敬業因事被貶為柳州司馬，赴任時途經揚州時同被貶官南方的唐之奇、駱賓王等一起策畫起兵反對武則天。徐敬業自稱匡復府大將軍，領揚州大都督，組織囚犯、工匠、役丁數百人，占有揚州，隨即招集民眾，以扶助中宗復位為號召，發布了由駱賓王撰作的〈討武曌檄〉[5]。檄其中稱武則天「洎乎晚節，穢亂春宮。潛隱先帝之私，陰圖後房之嬖。入門見嫉，蛾眉不肯讓人；掩袖工讒，狐媚偏能惑主。踐元后於翬翟，陷吾君於聚麀。加以虺蜴為心，豺狼成性。近狎邪僻，殘害忠良。殺姊屠兄，弒君鴆母。人神之所同嫉，天地之所不容」，言語犀利，文采斐然。據說武則天曾親自閱讀這篇罵詈自己的檄文，讀到「一抔之土未乾，六尺之孤何託」一句時，十分感慨，歎息說：「失去駱賓王這樣的人才，是宰相的過失。」徐敬業起兵後，應者如雲，軍隊飛快增至十餘萬人。武則天派左玉鈐衛大將軍李孝逸統兵三十萬人鎮壓。當時徐敬業的謀士有北上進攻洛陽和南下先取常州、潤州兩種主張，徐敬業聽取了南進意見，先南渡長江攻陷潤州。此時，李孝逸大軍逼近揚州，徐敬業只得北還迎戰，被李孝逸以火攻打敗，徐敬業逃往潤州途中被部下所殺。武則天睚眥必報，自然不會輕易放過，不僅誅戮徐氏全族殆盡，還下詔追削李勣父子官爵，創墳斫棺，復本姓徐氏。可憐李勣歷事高祖、太宗、高宗三朝，出將入相，位列三公，極盡人間榮華，做夢也想不到會被孫子徐敬業牽累，落了個家族傾覆、家破人亡的下場。

最令空空兒吃驚的還不是徐舍人的身分，而是昔日李勣被朝廷倚之為「長城」，戎馬半世，至死都在與夷狄羌狄交戰，卻不料後人已混跡其中，並在吐蕃出任高官，實在是莫大的諷刺。那僧人延素便是四年前吐蕃大舉進犯大唐時掠獲的人口，本要當作俘虜押回吐蕃作為奴隸役使，到鹽州時，碰巧遇到換防此地的吐蕃將領徐舍人，遂將幾千漢人俘虜召集一處，道：「大家不要怕，我本漢人五代孫，從前武太后殺唐宗室，我祖先建義不果，子孫流落絕域，至今已經三代。雖然我們幾代居此，有兵有地，然思本之心，無忘於國，我這就放你們回去。」有機智之人乘機遊說徐舍人歸義返唐，徐舍人歎道：「我徐氏在吐蕃日久，旌屬繁衍已多，無由自拔歸漢了。」於是命延素帶領眾人返回唐境。

空空兒問道：「那麼徐將軍這次來長安，為的是什麼？」徐舍人道：「當然是來與你們皇帝講和。吐蕃、大唐戰爭連年，各有損傷，我勸過贊普，他也不想看到這種局面繼續下去，有意求娶漢家公主，從此結為親家，永息兵戈。」延素合十道：「善哉善哉，徐將軍此行，實乃大大造福蒼生之舉。」

空空兒聽說，不由得驚奇地望了薩珊絲一眼，她之前與羅令則合謀營救論莽熱，又雇請王景延刺殺西川節度使韋皋，無非是應論莽熱所求，要施恩於他，以求更大回報，可果如徐舍人所言，一旦和談成功，論莽熱自可大方離開中原，毋須再借她之勢力，還會如她所願麼？

卻見薩珊絲神色無異，彷彿並不在意此事，又似乎跟此事毫無關係，可若是她手中沒有論莽熱，徐舍人又何須一大早來宣陽坊見她？

果聽見徐舍人道：「公主之前為內大相一事出力甚多，我吐蕃自會知恩圖報，以後凡是打有公主獅子印記的商人經過西域，我們不但不抽稅，還會派兵沿途護送。」空空兒心道：「這回報未免與薩珊絲的期待差得太遠。」

不料薩珊絲卻笑道：「甚好。不過到眼下，內大相仍是朝廷通緝重犯，我無法將他公然交出。」徐舍人道：「這是自然，這件事要做得乾淨利索，不能跟公主有任何干係。不過我想先見一見論莽熱，不知道是否方便？」

薩珊絲重重看了空空兒一眼，道：「徐將軍很快就會得到皇帝召見，請先回去鴻臚客館，以免有人起疑。稍後我再派人與將軍聯絡。」徐舍人倒也乾脆，當即站起身來，道：「如此，我等先告辭。」薩珊絲道：「空郎請稍候，我去送送將軍和上人。」空空兒道：「是。」

徐舍人似還有話要對空空兒說，想了一想，又將到嘴邊的話咽了回去，只抱拳道：「空巡官，有機會再見吧。之前贊普聽信奸人讒言，許諾與你們魏帥聯兵，怕是無法成行了。而今中原四分五裂，你們魏帥即便真能奪去河東等地，必會被藩鎮群起而攻之，不如安心守護魏博，孜孜求治，兵精糧足，百姓安覺樂業，自是一方樂土。這些話都是我肺腑之言，還望空巡官轉達給魏帥。」

空空兒道：「是。也望將軍多勸貴國贊普，不要再發兵侵擾我西北、西南邊境。」徐舍人道：「這是自然。」

空空兒又問道：「還有一事，不知道將軍是否方便告知，昨日進城時那囚車裡的人是誰？」徐舍人道：「噢，他是貴朝郭令公的孫子郭鋼，當今皇帝貴妃的堂兄。」空空兒道：「是他，我早該猜到的。」

郭鋼是唐朝名將郭子儀第三子郭晞長子。郭晞卻自幼善於騎射，年輕時常隨父親參加征戰，因勇敢善戰而被授於左贊善大夫官職。其子郭鋼一直在朔方節度使杜希全幕府為官，杜希全因其是名將之後，信任有加，任其為豐州刺史。但不知道什麼原因郭晞卻從中大肆阻撓，說兒子弱不任事，不堪大用。不久後，德宗皇帝派使者到朔方召郭鋼回朝，郭鋼就此逃奔吐蕃。因其是郭子儀之孫，此事曾轟動一時，郭晞也受牽連被罷官。

徐舍人道：「郭鋼前次擅來京師，處事不當，綁架舒王，驚嚇公主，引起滿城風雨，又失手殺死左金吾衛大將軍郭曙，贊普命我將他捆送中原，獻給皇帝，略表心意。」

空空兒這才知道當晚與大將軍郭曙爭吵的人就是郭鋼，他大約是怕刺殺舒王時已被叔父認出，暴露身分，所以連夜來找郭曙，結果失手將叔父推在大石上撞死。

徐舍人道：「空巡官，眼下多有不便，咱們找個時間再好好談上一談。」空空兒道：「是，將軍好走。」遂拱手作別。

薩珊絲送徐舍人和延素出去，門口四條大漢卻不跟走，依舊守在兩邊，顯是留下來看守空空兒。空空兒本無乘機逃走之意，他雖然不知道薩珊絲為何絲毫不加忌憚，讓自己參與這次與徐舍人的機密談話，但料來她有恃無恐，一早已洞悉魏博也有過營救論莽熱的行蹤，預備拿此來要脅自己。

只聽見外面馬蹄得得，大約是徐舍人等騎馬去了。又過了好一會兒，才見薩珊絲進來，笑道：「空郎是何時回長安的？」空空兒道：「昨日。」薩珊絲道：「你一回來就趕著來跟蹤我，是想找到論莽熱麼？你也聽到了，徐將軍奉贊普之命來向皇帝談和，眼下這種局面，還能談不成麼？所以論莽熱對你們魏博已經沒有用處了。無論如何，吐蕃都不會發兵襄助你們魏博奪取河東之地。」

空空兒心道：「原來她以為我是奉魏博之命來尋找論莽熱。」當下不動聲色，問道：「公主如何知道這些？」薩珊絲「咯咯」笑道：「我知道的事可比空郎想得多多了。當初侯少府將劉義藏在祆祠中，不也是我在暗中幫忙麼？」空空兒道：「原來是公主仗義相助，這可要多謝了。」

他適才聽了徐舍人一番話，已經息了要殺論莽熱之心，眼下最要緊的是吐蕃與憲宗皇帝和談成功，這樣不但是幫朝廷、幫邊關百姓，也是在幫魏博，再去刺殺論莽熱只會節外生枝，只是如此一來，要救出陷在蜀中的趙存約就得另想辦法。只是他尚不知道薩珊絲的真實心意，問道：「那麼公主是要將論莽熱交給吐蕃使者一行了？」

薩珊絲道：「嗯，這件事我不便出面，空郎當然也不便出面，還是讓旁人去辦比較合適。」空空兒道：「如此，我就告辭了。」薩珊絲笑道：「嗯，空郎是個聰明人，我可不希望跟你成為敵人。」空空兒道：「公主有恩於我義兄侯彝，空空兒不敢忘記。」薩珊絲道：「好，羅郎果然沒有看錯空郎。」

空空兒心道：「原來羅令則早有預謀，讓她事先施恩於我和義兄，為的就是日後索要回報。」猜想她還不知道昨晚羅令則已經失陷在興慶宮一事，也不多提，告辭出來。

回來客棧中，聶隱娘亦剛好回來，空空兒聞聲到她房間。聶隱娘臉有疲倦之色，道：「論莽熱不在宣陽坊中。」空空兒道：「隱娘如何知道的？」聶隱娘道：「我昨夜擒住了一名薩珊絲的心腹侍女，拷打了她一夜，她說從來沒有見過論莽熱，而且也已經有三個月沒見過羅令則。我猜這一切都是羅令則策畫，他人既然從來沒有出現過，論莽熱也應該不在那裡。」

空空兒道：「我昨晚在興慶宮遇到了羅令則。」聶隱娘大吃一驚，道：「他怎麼會在興慶宮？」空空兒道：「我也不知道。」大致說了昨晚經過。

聶隱娘聽說嘉誠公主去世，沉默許久，才問道：「你昨晚回進奏院可聽說此事？」空空兒道：「沒有。」聶隱娘道：「若是嘉誠公主當真死於意外，你要如實稟報皇帝麼？」空空兒自是明白她話中深意，一時遲疑不答。

聶隱娘道：「空郎，我不希望你那麼做，不然我為了魏博著想，一定會殺了你。」空空兒苦笑道：「當日我失信於進奏官，未能按時查出割喉凶手，隱娘就該殺了我。」聶隱娘道：「你自然是看輕生死，可知道活著的人還要忍受多少痛苦。」

空空兒無言以對，半晌才道：「論莽熱現下不能殺了，吐蕃使者此行是來議和的。」簡略說了一下適才見到薩珊絲和徐舍人的情形。又道，「當日隱娘本來就是說要拿王景延換尊夫，拿論莽熱換我，不如我們立即去追查王景延下落，劉闢恨她入骨，一樣可以拿她人頭換回尊夫。」聶隱娘道：「這件事我得好好想想。空郎，你行蹤已露，不能再住客棧，不然只會令人起疑，你先帶著精精兒搬回進奏院。」

空空兒見她神色似不願就此放過論莽熱，還待再說，聶隱娘道：「我忙了一夜，確實累了，先歇息一下，午飯後我去進奏院找你商量。」

空空兒只得道：「是。」掩門出來，回房對精精兒說得搬去魏博進奏院。精精兒本就喜歡熱鬧，一想到進奏院中肯定有婢女服侍，當然更加樂意。曾穆見空空兒帶著師弟搬回進奏院，也無話可說，倒真撥了兩名婢女專門來照顧精精兒。

空空兒一夜未睡，安頓好精精兒便自己回房躺下，隱隱聽到隔壁傳來精精兒笑聲，知道他又與婢女調笑上了，不禁苦笑。

一覺睡到下午，有人來敲房門，問道：「空郎在麼？」空空兒聽出是聶隱娘的聲音，慌忙起床去開門。聶隱娘進來逕直道：「我大約猜到論莽熱藏在什麼地方了，一定在十六王宅的舒王府邸。」空空兒道：「舒王府邸？這怎麼可能？」

聶隱娘道：「你可記得當晚我們去綁架舒王時，羅令則從旁出手纏住王翼，救了舒王？」空空兒道：「記得，可那不過是個意外。」聶隱娘道：「你覺得是意外，這卻是羅令則結識舒王的好機會。」

空空兒記起那晚去羅令則家借宿時，正好遇到舒王派人來請羅令則去參加宴會，道：「可舒王貴為皇子，為何要冒險收留論莽熱呢？」

聶隱娘道：「按照之前的情形，論莽熱逃回吐蕃，必然要發兵報仇，對朝廷不利，在這件事上，能得好處的只有舒王。他本來是儲君最熱門的人選，只是左金吾衛大將軍郭曙意外身死後，他失去強援，偏偏太子中毒未死，終於失去了機會。我猜，一定是羅令則說服他與論莽熱結盟。不過，十六王宅有宦官和神策軍嚴密監視，舒王失勢後更是如此，他們要互相聯絡，一定要有條通道，說不定羅令則故技重施，也挖了一條地道通到舒王宅邸下面。」

空空兒知道她一心想殺論莽熱換回趙存約，勸道：「十六王宅戒備森嚴，論莽熱未必就在其中。隱娘，我還是那句話，論莽熱眼下有益和談，輕易殺不得。不如我先去成都，換尊夫出來。」聶隱娘道：「這麼說，若是我堅持要去殺論莽熱，你是要阻止我了？」空空兒道：「隱娘是最明事理的人，應該知道留著論莽熱，對朝廷和魏博都好。」

忽聽門外有人道：「你還會心向魏博麼？」曾穆推門走了進來。空空兒道：「隱娘你……」聶隱娘道：「抱歉了，空郎，你得暫時受點委屈。」

空空兒料來聶隱娘一心要殺論莽熱，要關押住自己防止意外，退後幾步，抓起皇帝新賜的那柄浪劍，正欲強闖出去。曾穆拍了拍手，鐐銬聲響，幾名衛士架著精精兒拖了進來。

曾穆握住精精兒下巴，道：「空空兒，你敢動一下，我就在你師弟臉上畫上一刀，如此俊美一張臉，畫傷可就再沒有女人喜歡了。」精精兒笑道：「就算我精精兒破了相，一樣有女人喜歡。師兄，你不用管我。」空空兒搖了搖頭，放下劍來。曾穆道：「到底是師兄弟情深。」命衛士拿鐐銬上前鎖了空空兒手腳。

聶隱娘道：「進奏官先將他二人關起來，等我取下論莽熱人頭再放他們出來。」曾穆笑道：「隱娘盡可放心去辦事。」命人押空空兒、精精兒去地牢囚禁。

一行人剛出院子，便有一名衛士飛奔進來稟道：「朝廷跟吐蕃的和談成了，皇帝今晚在麟德殿宴請吐蕃使者和百官。據說不但要赦免論莽熱，就連之前所有被發配江淮為奴的俘虜也要一併放回吐蕃。」

空空兒忙道：「隱娘，你不可輕易去行刺，不然事情敗露後會牽累魏博。」他知道聶隱娘最在意的就是魏博，想以此來打動她，不料她睬也不睬，只昂首朝前走去。

精精兒叫道：「姊姊！」聶隱娘當即頓了一頓。空空兒忙道：「論莽熱剛剛被皇帝赦免，他的首級對劉闢來說已經失去意義，隱娘你……」還想再勸，卻被衛士強行拖走。

地牢陰濕，又不見天日，只有一盞昏暗的油燈照明。空空兒扶精精兒坐在地上，道：「抱歉，師弟，這次是我連累了你。」精精兒笑道：「我們師兄弟同時坐牢，這也是破天荒頭一遭，有什麼可抱歉的。」空空兒道：「你忘記了，當年咱們在峨眉山學藝，你我下山偷酒被師傅發現，不也一起被罰面壁三天麼？」精精兒道：「是啊。」二人回憶起舊日時光，一起大笑了起來。

精精兒問道：「你那位朋友，當真能救出玉簫麼？」空空兒道：「嗯，她本事比我大得多，她說她有辦法，就一定能做得到。」精精兒道：「嗯，那我就放心了。」

空空兒道：「你很喜歡玉簫麼？」精精兒失笑道：「她？怎麼會呢？我只是同情她，好端端的一個小娘子，依附在韋皋那樣的人身邊，成天擔驚受怕。不過現下韋皋死了，希望你那位朋友救出她後，她能過上舒心的日子。喂，師兄，你這些年過得怎樣？」空空兒道：「嗯，還好。」精精兒道：「有沒有遇上喜歡的女子？」空空兒道：「這個麼……」

他二人均對政事淡漠，既無力阻止事情發生，也只能隨遇而安，好在有師兄弟作伴，終於可以將各自分別多年的事情好好說上一說。

到了次日，數名衛士湧進地牢，將空空兒拉了出去。空空兒道：「我師弟呢？」領頭衛士道：「進奏官只命帶空巡官一人。」便將空空兒押來議事廳。聶隱娘和曾穆正在議事，空空兒見他們神色，似乎還沒有動手刺殺論莽熱，心下略略舒了一口氣。

曾穆轉頭冷笑道：「空巡官果然了得，前日回京，晚上即見到了皇帝，神策軍中尉親自送回進奏院。昨日吐蕃與朝廷和談剛成，今日就有吐蕃使者徐舍人派人來邀請你赴宴。」

空空兒這才知道為何帶自己出來，論莽熱多半也會出現在此宴會上，聶隱娘一定想利用這個機會。

聶隱娘道：「進奏官，請你下令開了空郎鐐銬，我想單獨跟他談上幾句。」曾穆道：「好。」命人去了空空兒手足禁錮，帶人退了出去。

空空兒道：「隱娘應該知道我不贊成你去刺殺論莽熱，你們若放了我，我一定會阻止。」聶隱娘道：

「我知道。」空空兒道：「如今論莽熱已經是朝廷座上賓，隱娘殺他又有何用？不如我與隱娘一道去追查王景延下落。」

聶隱娘道：「你道我是為了自己麼？聽說，論莽熱被軟禁在崇仁坊時，日日夜夜咬牙切齒、怒罵大唐，他逃脫後立即收買王景延去西川刺殺俘獲過他的韋皋，這樣的人一旦回到吐蕃，必會興兵殺回來報仇。說不定要重提與魏帥聯兵一事，我可不願意魏博因為這樣一個瘋子窮兵黷武，大興戰事，所以我非殺了他不可。」

空空兒道：「即便論莽熱一心復仇，可如今吐蕃與朝廷和談已成，論莽熱身為臣子，怎敢不聽贊普號令？」聶隱娘道：「且不說論莽熱家族勢力雄厚，把持吐蕃朝政，單說吐蕃贊普多是反覆無常之輩，昔日文成、金城兩位公主先後下嫁絕域，帶去大量書籍、醫藥、技工，吐蕃強大後的回報則是奪取了大唐河西、隴右、西域之地。貞元三年，吐蕃贊普詭稱與大唐結盟，朝廷派出使者往平涼會盟時，吐蕃突然發兵劫盟，副元帥判官路泌、會盟判官鄭叔矩均被俘去，至今陷在絕域未歸。你又怎麼說？」

空空兒道：「可你若殺了論莽熱，破壞和談，吐蕃不一樣要興兵向朝廷報復？」聶隱娘道：「不對，殺了論莽熱恰恰有利於和談，等於為吐蕃國內的主和派清除了一個大大的障礙。況且我本來就不是朝廷的人，論莽熱即使死在長安，也算不到朝廷頭上。」

空空兒聽了她這番高談闊論，一時呆住，半晌才道：「進奏官為何也贊成隱娘殺論莽熱？」言下之意無非是，魏博節度使田季安希望和吐蕃聯兵奪取河東之地，應該是不主張論莽熱死的。

聶隱娘道：「進奏官認為殺死論莽熱能破壞和談，令長安大亂，對魏博有益，所以極力贊成。空郎，確實如你所言，論莽熱的人頭已經對劉闢無用，我不顧夫君陷在西川，執意冒險行刺，你該明白我的一番苦心。我也不需要你從旁幫我，你只要裝作若無其事赴宴就好。」

空空兒自覺虧欠聶隱娘良多，也深信她跟曾穆不是一路人，當即道：「那好，請隱娘讓進奏官放我師弟

應

出來，他身上有傷，受不了地牢寒濕。」聶隱娘道：「這是自然。」到門口喚曾穆進來，道：「空郎已經答應要從旁協助刺殺論莽熱，進奏官這就派人放了精精兒吧。」曾穆笑道：「總是隱娘有辦法對付空空兒。」揮手命人去地牢放精精兒出來。

空空兒道：「宴會是什麼時候？」聶隱娘道：「今日中午，在宣陽坊的薩氏酒樓。」空空兒道：「那是波斯公主薩珊絲所開，我去過那裡。」當即根據記憶詳細說了四周地形以及樓內情形。聶隱娘道：「多謝空郎。」

空空兒道：「可為何是在中午，而不是晚上？」曾穆道：「人家吐蕃使者現今是朝廷貴賓，可是忙得很，晚上鴻臚寺有招待宴會。」空空兒道：「中午更好，不然晚上夜禁後坊門關閉，隱娘得手後也只能藏在宣陽坊里等待天明，萬一金吾衛士連夜派兵封鎖坊區，那就不容易逃脫了。」聶隱娘道：「嗯，我也是這麼想。空郎，你先回房梳洗，換身衣服，略作歇息，再動身去宣陽坊。」

空空兒回來院子，卻見院中樹下有數名衛士徘徊顧望，猜到他們是曾穆派來監視自己和精精兒的，也不說破，進來精精兒房間，卻見他正半躺在臥榻上，四名婢女環伺周圍，正餵他飲酒吃食。

空空兒道：「師弟！」精精兒坐了起來，笑道：「瞧，剛剛還在地牢，轉瞬又是溫香軟玉，真像做夢一般。師兄，你是不是答應了要為他們做事？」空空兒道：「不是，只是有人來邀我赴宴，他們不得不放我出來。你在這裡安心養傷，我去去就回。不過你的傷沒好，酒色傷身，可別太過了。」精精兒道：「是。」嘴裡應著，手上卻是不停，攬住一名婢女的纖腰，往臥榻上倒了下去。

空空兒回到房中，見房中已經有婢女準備好熱水，見他進來，便欲上前服侍他沐浴。空空兒忙道：「我自己來，你們先出去。」脫下衣裳，到浴桶中泡了一刻功夫，穿好衣服出來。曾穆正守在進院奏大門口，問道：「空巡官不帶兵刃麼？今日要赴的可是鴻門宴。」空空兒也不答話。

曾穆便命人牽了一匹馬給他，道：「你即使不為魏博著想，也該多想想隱娘，她可是幾次為你說情救你性命。」空空兒道：「進奏官放心，隱娘於我仿若姊姊一般，我絕不會令她身陷險境。」曾穆道：「好，我已經安排了人手到宣陽坊接應隱娘，就安心等你們的好消息。」

空空兒不緊不慢地來到宣陽坊。薩氏酒樓並不在繁華之地，周遭林木翳如，甚是僻靜，可見薩珊絲開此酒樓不過是有個自己的地方宴請賓客，並不是要經營賺錢。樓門前有數名華服胡奴侍立，見空空兒到來，一人慌忙迎上來笑道：「空郎可是來得早了，徐將軍人還沒到，不過公主和幾名貴客已經到了。」空空兒點點頭，將馬韁交給那胡奴，道：「有勞。」

上來二樓大堂，卻見堂中站有不少胡奴婢女，個個盛裝打扮，波斯公主薩珊絲正陪坐一名胡人身邊，與他密密低語。一旁窗下站有兩名僧人，一人是昨日見過的延素，另一人空空兒也認得，竟是青龍寺住持鑒虛。空空兒一時不知道他如何也在宴會上，但見他與延素交談甚歡，料來也是舊相識。

薩珊絲見空空兒進來，忙起身迎上前來，笑道：「空郎來得正好，我來為你介紹貴客，這位是吐蕃內大相論莽熱。」空空兒吃了一驚，見那論莽熱凶神惡煞，滿臉飲恨陰毒之色，確如聶隱娘所言，一看就是個極不好惹的角色。

卻聽見論莽熱問道：「你是魏博的人？」語氣極其倨傲，桀驁不恭。空空兒道：「是。」論莽熱道：「你們魏帥好麼？」空空兒道：「大相有心，魏帥安好無恙。」論莽熱道：「那就好。」

薩珊絲又引見鑒虛，空空兒道：「我在青龍寺見過住持。」鑒虛卻已經不記得他，道：「空巡官何時到過青龍寺？」空空兒道：「去年，不過隨意遊覽罷了。貴寺無本、無可兩位師傅可還好？」鑒虛道：「無本？你是說賈島麼？他已經還俗了。無可還在寺中，很好。」

正說著，樓下有人叫道：「將軍到了。」隨即有一群人上樓來，眾人忙迎上前去，只有論莽熱坐在原地，動也不動。

數名吐蕃衛士簇擁著徐舍人上來。一見面，徐舍人就抱拳道：「抱歉了，來得遲了，鴻臚寺裡有不少事情，好不容易才脫身出來。」薩珊絲道：「吐蕃與朝廷和約談成，將軍少不得要忙碌一番。」徐舍人道：「今日我做東，只宴請你們這幾位朋友，大夥別客氣。」走到論莽熱身邊，躬身行禮道：「徐舍人參見內大相。多年不見，內大相可還安好？」論莽熱陰沉著臉，神態冷漠，也不答話，只是擺了擺手。

空空兒一旁看見，心道：「隱娘說得果然沒錯，這論莽熱在吐蕃位高權重，若是他回國後堅持興兵侵唐，怕是徐舍人也無力阻止。」不由得對聶隱娘的遠見卓識佩服得五體投地，可一想到將來有朝一日也許真會因為魏博背叛朝廷而與她為敵，不免又惴惴不安。

桌案早已擺好，薩珊絲忙命人上酒上菜。徐舍人和論莽熱並排坐了上首，薩珊絲和空空兒依次坐在左首，延素與鑒虛則坐了右首。酒菜如流水端上來，每人的桌案前都擺得滿滿當當。一隊靚裝樂妓各執樂器，魚貫進來坐在右面牆邊。絲竹聲一響，便有另一隊女子翩翩舞了進來，一色白色紗衣，酥胸半露，各自用綠色流蘇瓔珞蒙著臉，取「蘇幕遮」之意。白衣綠面，宛若清水芙蓉，極為養眼。

徐舍人本是個粗豪之人，只想借接回論莽熱之機宴請幾個新結識的朋友，想不到薩珊絲如此有心，安排了歌舞助興，很是欣喜，忙舉杯道：「我生於邊荒，不識大唐音樂，昨晚在麟德殿已大開眼界。公主精心安排，我深以為幸。今日雖然我做東，卻算不上真正的東道主，而今大唐、吐蕃一家，各位以後有機會也要去我們邏娑[6]看看。來，我們一起乾一杯。」

眾人便一起舉杯，只有論莽熱一動不動，局面煞是尷尬。忽聽見樓外有人大叫道：「神策軍追捕逃犯，快些讓開。」又有人叫道：「快，快攔住他們！」只聽見腳步聲紛紛沓沓，似有不少人正朝這邊趕來。

徐舍人皺眉道：「你們去看看怎麼回事？」幾名吐蕃衛士應聲奔下樓去。薩珊絲使了個眼色，又有幾名胡奴奔了下去。

忽聽見樓外金刃交接聲大起，似有人正在搏鬥，絲竹聲戛然而止。正愕然間，一名舞妓忽然亮出一柄白刃，朝堂中上首直奔過去。

空空兒乃習武之人，反應要比尋常人敏捷許多，況且他知道聶隱娘今日要來行刺，一直處在極度的警惕當中，那舞妓袖中一甩出短刀，他便已察覺，心道：「這是隱娘麼？她怎麼會想出假扮舞妓的法子？我倒是真不知道她原來還會跳舞。」

遲疑間，白光已經如流星般閃過眼前，不過她要刺的卻不是論莽熱，而是論莽熱身邊的徐舍人。空空兒「哎喲」一聲，這才省悟過來這白衣舞妓不是聶隱娘。他與徐舍人之間隔了薩珊絲和論莽熱，距離甚遠，不及相救，匆忙間抓起面前的羊腿擲出。那舞妓白刃已近徐舍人胸前，被羊腿一打，刀尖一偏，登時在徐舍人胸口上畫出一個大口子。徐舍人「啊」了一聲，仰天便倒。

空空兒急忙要衝過去相救，卻被薩珊絲一把扯住手臂，叫道：「空郎，我好怕。」空空兒跺腳道：「公主快些放手。」薩珊絲乾脆死死抱住空空兒腰間，說什麼也不放手。

卻見那舞妓躍過桌案，一腳踩住徐舍人大腿，舉刀狠狠朝他心口刺下。一旁忽撲過一人，正巧擋在刀尖上，短刀直沒入背，卻是延素捨命相護。舞妓拔出短刀，一腳踢開延素屍首，後面兩名吐蕃衛士已經拔出刀來，刀光霍霍，朝那舞妓攻去。

堂內早已大亂，樂妓、舞妓、婢女、胡奴爭相往樓梯口湧去。空空兒見情形危急，道：「公主，得罪了。」一扯脫薩珊絲雙手，將她甩倒在一旁。薩珊絲見論莽熱尚坐在一旁，忙爬起來，上前扶起他拉到一旁，問道：「大相可還好？」論莽熱點了點頭，只是目不轉睛地看著那舞妓與吐蕃衛士相鬥。那舞妓武藝極為高強，兩刀就了結了一名衛士，又一腳將另一衛士踢翻在地，舉刀追上勉強爬起的徐舍人，正待刺下，空空兒已經幾個箭步趕到，伸手抓住她髮髻往後一帶，登時將她滿頭的步搖、珠釵一同扯了下來。那舞妓披頭散髮，面上的瓔珞也脫落一地，側過頭來，空空兒登時認出她來，竟然就是王景延。

忽聽見房頂「嗤啦」一聲，房瓦被揭開一大片，破洞中又有一蒙面人垂繩而下，正巧落在論莽熱背後，舉起匕首就朝他後心一刀扎下。論莽熱猝不及防，慘叫一聲，只緊緊握住薩珊絲的手。薩珊絲嚇得魂飛天外，忙叫道：「來人！快來人！」忽覺得背心一陣刺痛，一時不知道是誰在後面暗算自己，想要回過頭去，卻是無力扭動身子，「啊啊」兩聲，終於朝前仆倒在地。她是波斯公主，還沒有結婚生子，如果就此死去，薩珊王朝在世上將再無傳人，一時間，心中百般不甘，身子卻逐漸冷了下去。

卻聽見鑒虛道：「哎呀，不好了，快來人！快來人！」

樓外也是刀光劍影，亂成一團，神策軍正在圍捕幾名逃犯，那幾人舉刀抗拒，勇猛無比，與神策軍衛士打作一團。奉命趕出來查看情形的吐蕃衛士見神策軍明明人多勢眾，卻始終拿不下幾名逃犯，不但不濟，還被逃犯衝破包圍，向酒樓裡面衝來，忙拔出刀來，加入戰團。領頭的神策軍軍官忙叫道：「吐蕃使者退下！快退下！來人，快些將吐蕃使者拉開，以免被逃犯誤傷！」

外面驚天動地，根本聽不到酒樓上的動靜。鑒虛走到窗口又喊了幾聲，還是無人理睬，急中生智，搬起一張桌案連酒帶肉自窗口丟了下去，叫道：「出事了，快來人。」

王景延與空空兒鬥過幾招，見他功夫了得，怕是今日再難以得手，又見薩珊絲也倒在血泊中，一時不明究竟，當即且戰且走，朝窗口退去。空空兒急忙叫道：「王景延！」

那刺死論莽熱的黑衣人正是聶隱娘，聞聲果然回過身來，從旁側夾攻王景延，一個側滾，一刀將她左腿畫中，旋即向空空兒使了個眼色，自攀了那條繩子，先從破洞中爬上屋頂。

空空兒雖不解聶隱娘為何要自己退開，但也依言不再出手阻攔，忙趕過去扶住徐舍人，問道：「將軍要緊麼？」見他傷口並不致命，雖不斷有鮮血湧出，然顏色鮮紅，王景延短刀上並沒有下毒，這才鬆了口氣，當下用手按住他傷口，助他止血。

卻見大批人擁上樓來，有胡奴，有吐蕃衛士，也有神策軍衛士，見樓上一片狼藉，數人倒在血泊中，一名白衣女子裙裾上染了鮮血，正援繩攀上屋頂，盡皆呆住。鑒虛見大援來到，忙指著王景延道：「刺客！她是刺客！」

神策軍衛士反應最快，執刀衝上去，卻是遲了一步，王景延已經爬上屋頂，回身割斷繩索。

幾名胡奴搶過來扶起薩珊絲，卻見她已經氣絕身亡，登時放聲大哭了起來。他們事先被薩珊絲授意纏住吐蕃衛士，無論樓上發生什麼動靜也不准他們上樓，但此刻上來，死的卻是公主而不是吐蕃使者，不免又悲又驚，全然不知所措。

樓外的打鬥早已歇止，逃犯盡被神策軍捕走。神策軍一邊派兵去追捕王景延，一邊將薩氏酒樓封鎖，任誰也不准進出。過了好大一會兒，神策軍中尉吐突承璀才帶人到來，命人立即送徐舍人去治傷，道：「實在抱歉，真想不到會發生這樣的事。」徐舍人搖了搖頭，道：「將軍不必道歉，是論莽熱要殺我，剛才那刺客是他派來的。」

除了胡奴預先知情，餘人都吃了一驚。吐突承璀奇道：「尊使何以知道刺客是內大相所派？」徐舍人道：「適才刺客要殺我，論莽熱坐在一旁相觀，露出得意之色，他是要看著我死。我知道他不想與大唐和談，殺了我，他回吐蕃去會向贊普說是大唐殺了我，這樣就有理由再次興兵開戰。」

吐突承璀心道：「這徐舍人倒是個難得的明白人，這樣的解釋最好不過。」忙道，「如此，還要勞煩尊使向贊普解釋清楚。」徐舍人道：「這是當然。不過刺客是論莽熱所派，他自己和薩珊絲公主又是被誰所殺，還望將軍調查清楚。」

吐突承璀道：「尊使也在場，沒有看清楚麼？」徐舍人道：「沒有，適才情形太亂，還要多虧空巡官出手相救。」轉頭望著延素屍體，想到他本是方外之人，為促成和談跟隨自己來到京師，又為保護自己而死，心中備感淒涼。

吐突承璀道：「尊使放心，我一定會給尊使一個交代。請先回鴻臚寺療傷，我自會派兵護送。」徐舍人道：「好。」朝空空兒拱手道：「多謝空巡官援手。」空空兒道：「將軍何須客氣？只可惜援救不及，徒令將軍受傷、延素上人喪命。」徐舍人深深歎了口氣，帶了自己人先下樓去了。

吐突承璀急急走到空空兒面前，問道：「你剛才人就在這裡，是誰殺了論莽熱？」空空兒搖了搖頭。吐突承璀道：「你是不願意說，還是不知道？」空空兒道：「適才那女刺客名叫王景延，一年前萬年縣尉侯少府曾因翠樓命案發過她的圖形告示，她腿上受了傷，走不了多遠，將軍不如儘快調派人手往四周搜捕。」吐突承璀道：「用得著你來教我怎麼做事麼？快說，是誰殺了論莽熱？」見空空兒不答，當即叫道：「來人！」

忽聽得鑒虛招手叫道：「將軍！」吐突承璀應了一聲，忙過去道：「上人在此！老奴一心急，多有怠慢，實在抱歉。」竟對鑒虛自稱「老奴」，極為恭敬客氣。空空兒不知道鑒虛是皇宮常客，經常為皇帝、后妃說法講經，見狀更是驚疑。鑒虛低聲對吐突承璀耳語了一番，吐突承璀連連點頭，鑒虛重重看了空空兒一眼，這才揚長而去。

吐突承璀一直送到樓梯口，等鑒虛下樓出門，這才回過身來，道：「空空兒，我本來可以將你拘回神策軍大獄關押，看在你救了吐蕃使者的份上，今日暫且放過你。你去吧。」空空兒道：「是，多謝將軍手下留情。」

他口中應著，腳下卻並不直接離開，而是走到論莽熱和薩珊絲的屍首前。他本來以為是聶隱娘先殺了論莽熱，又因為什麼別的緣故殺了薩珊絲，可適才他聽吐突承璀只追問殺論莽熱的凶手，一句不提波斯公主，似乎已經知道誰是殺死薩珊絲的凶手，不免起了疑心。只見論、薩二人均是背心中刀，向前仆倒在地，只是論莽熱流出的是黑血，薩珊絲流出的是紅血。空空兒這才明白為何適才聶隱娘一刀刺傷王景延便即退開，原來她為保萬全，早已往匕首淬了毒藥。那麼現在的問題就是——論莽熱是聶隱娘所殺，薩珊絲又是讓誰從背後一刀殺死呢？

正思忖間，忽聽得吐突承璀厲聲喝道：「你還在這裡做什麼？」空空兒當然不能指出屍首傷口疑點，不然只會暴露聶隱娘，只好道：「我這就走。」

宣陽坊已經戒嚴，到處是全副武裝的神策軍和金吾衛士，進出坊門之人都被反覆盤查。一直快到夜禁時，空空兒才得以離開宣陽坊，回到進奏院。門口早有衛士在等候，一見便笑道：「空巡官可算回來了。」空空兒猜到聶隱娘有曾穆派人暗中接應，早已脫險，還是問道：「隱娘回來了麼？」衛士道：「早回來了，正在議事廳等著空巡官呢。」

空空兒忙趕來議事廳。聶隱娘果在議事廳與曾穆商議著什麼，見空空兒進來，忙起身道：「空郎，我正等你回來去看一個人。」空空兒道：「是誰？」聶隱娘道：「你跟我來就知道了。」領著空空兒下來地牢，卻見石室裡的橫梁下高高吊著一名白衣女子，面色灰白，不失秀麗，正是王景延。

空空兒這才知道聶隱娘為什麼一刀得手便即爬出屋頂去——她料到王景延無路可退，只能跟隨爬繩逃走，所以早早守在一邊將她捕獲，負責接應的人早準備好車馬，順利得從另一端的坊門逃出。

聶隱娘道：「空郎一定還有許多疑問想要問她，快些問吧，她中了毒，活不過今夜了。」空空兒點點頭，問道：「娘子可還記得我麼？一年前你往翠樓送綢緞，我們在門前見過一面。」王景延道：「當然記得，是你發現了屏風上的血指印，追查到我身上。」空空兒道：「那麼前任神策軍中尉楊志廉當真是娘子所殺？」

王景延道：「是。」空空兒道：「是薩珊絲收買你去西川刺殺韋皋麼？」王景延道：「是。不過，我想不到劉闢竟然也有殺韋皋之心，倒讓我撿了個便宜。」

空空兒道：「娘子又為何要殺徐舍人？他不是已經應承波斯公主要為她開一條西域商路麼？」王景延道：「公主跟論莽熱已有協議，只要她派人殺了徐舍人，論莽熱回吐蕃後即在西域給她一塊土地，然後一起興兵向朝廷報復。」

空空兒心道：「難怪薩珊絲突然抱住我，原來是要阻止我去救徐舍人。」又道：「你明明是漢人，為何要幫助外番侵我大唐？」王景延道：「我只是為錢殺人，倒是你們兩個，自問有資格來質問我麼？你們魏博名義上是大唐子民，可幾度反叛朝廷，甚至在魏州公然為大唐罪人安祿山、史思明父子立祠堂，號為四聖，這又怎麼說？」空空兒一時無言以對。

聶隱娘道：「你說的是魏博，我跟空空兒可是無愧於心。」王景延冷笑道：「當真無愧於心麼？我是江湖刺客，你是藩鎮豢養的殺手。你不當場殺我，抓我回來，不也是想將今日之事都嫁禍到我頭上，好死無對證麼？」

聶隱娘道：「你說得不錯，我們其實並無本質分別，不過我夫君陷在蜀中，我須得拿你人頭向劉闢換他出來，這可要對不住了。娘子還有什麼未了心願麼？」王景延知道大限已到，也不求饒，只道：「我攢了一些錢，想求娘子幫我轉交給王立。」聶隱娘道：「王立是誰？」王景延道：「是我以前的情郎，在山南西道為官，空郎認得他。」聶隱娘道：「好，我答應你。」

空空兒見她念念不忘舊情，臨死只求將餘財轉給昔日情夫，心下難過，不願意見她橫屍眼前，當即轉身往外走去。剛到樓梯口，只聽見背後一聲慘叫，聶隱娘已將匕首刺入王景延胸口，又命衛士道：「放她下來，割下她的首級。」

外面夜幕一片漆黑，空空兒的心頭也頗見沉重。他站在地牢口，等聶隱娘出來，說了薩珊絲死於非命一事。聶隱娘道：「我只殺了論莽熱，誰耐煩去理那波斯公主。不過，當時有個和尚也在附近，莫非是他下的手？」空空兒道：「鑒虛？他是青龍寺住持，不知道如何會在今日宴會上。而且後來神策軍中尉吐突承璀領兵到來，對他極為恭敬。」

聶隱娘道：「今日之事很是奇怪，事發前，大批神策軍追捕逃犯，追到酒樓門前大打出手，我在房頂上看得真切，雖然打得熱鬧，卻都是虛架子，倒像有人事先操練好一般。若不是吐蕃人出手阻止，那幾名逃犯乾脆就衝進酒樓了。而且事發後趕來的也是神策軍，而不是金吾衛。」

空空兒道：「隱娘是說神策軍是故意到薩氏酒樓鬧事，好引開眾人視線？」聶隱娘點點頭，道：「他們要對付的肯定是薩珊絲，這波斯公主興風作浪，唯恐天下不亂，朝廷一定有所察覺，只是抓不到把柄。她有錢有勢，手下胡人眾多，最好的法子就是暗中派人殺掉她，沒想到她也派了王景延在宴會上行刺徐舍人。若不是這兩方事先有所安排，我今日怕是沒有這般容易得手。」

正說著，衛士自地牢出來，將王景延首級奉給聶隱娘，道：「王景延屍首已經扔進水洞裡，過幾天就會爛掉，再也無人能找到她。」

空空兒第一次聽說進奏院中還有水洞這種地方，也不知道裡面爛過多少屍首，死過多少冤魂，脊背登時有些嗖嗖發涼起來。

聶隱娘命衛士退下，這才道：「空郎，這裡的事已了，我明日就要趕去蜀中接存約出來。進奏官已經將皇帝召見賜劍的事寫成邸報傳回魏博，怕是很快就有魏帥召你回去的命令傳來，你還是主動些，自己先回魏州吧。」空空兒道：「是，多謝隱娘。」

聶隱娘走出幾步，又回頭道：「空郎，我還是那句話，你如果敢背叛魏博，我一定會殺了你，你可要記住了。」

她手中王景延的人頭映著地牢燈火的微光，面頰上流露出慘澹的煞白，一雙眼睛瞪得老大，凜凜如有生氣，彷彿正被死亡的恐懼深深震撼籠罩著。

與聶隱娘分手後，空空兒逕直回來住處，卻見精精兒房間燈火通明，不斷有女子嬉笑聲傳出，不便進去驚擾，只好自己去廚下要了些酒肉，端回房中悶悶吃了，和衣躺下。腦海中一直回想今日薩氏酒樓驚心動魄的劇鬥場面，尤其對鑒虛大感困惑——他到底是什麼來頭？為何有神策軍暗中相助，一刀殺死了薩珊絲？忽想到那一晚蒼玉清受傷，不就是在青龍寺外麼？他已經知道她是朝廷的人，莫非這裡面有什麼關聯不成？難不成鑒虛這樣的得道高僧也在為朝廷效力？

越想越是疑慮，忽有衛士在門外叫道：「空巡官睡了麼？你有個朋友羅令則在門外求見。」空空兒一聽「羅令則」三個字，從床上一躍而起，趕到前院，卻見進奏院大門緊閉，外面有兵刃交接聲，幾名衛士正擁在門口從門縫往外探看究竟。

空空兒狐疑問道：「你們在做什麼？」衛士道：「有人在門外打架。」空空兒回身問道：「羅令則人呢？」衛士道：「他人在外面，進奏官不讓他進來。」

空空兒「哎呀」一聲，急忙將衛士排開，拉開大門衝了出去，正見一名黑衣男子舉刀斬在羅令則背上，羅令則慘叫一聲，手中長劍脫手掉下，仆倒在地。那男子踏上一步，還待補上一刀，忽見空空兒疾奔過來，急忙轉身就跑，迅即消失在黑暗中。

空空兒脫下外袍，捲成一團，堵在羅令則背後傷口上，將他翻轉過來，叫道：「羅郎！羅郎！」羅令則道：「空兒……」

空空兒心道：「無論他是什麼人，做過什麼壞事，我終究做不到見死不救。」當即道，「我先帶你進去止血治傷。」正要抱起羅令則，卻聽見曾穆在背後冷冷道：「你不能帶他到進奏院。他適才來找的是我，不是你，是我不肯見他，他才不得不找你。空空兒，這個羅令則曾挖地道救走論莽熱，弄得滿城風雨，而今論莽熱既死，他找上門來，多半不懷好意，長安城裡想要他死的人可是不少，他們連薩珊絲都敢殺，更何況他一介平民，你可別惹這檔子事，不但禍及自身，還要牽連魏博。」

空空兒道：「那好，我帶他走。」曾穆怒道：「空空兒，我是好言相勸，你是逼我下令攔你麼？」空空兒道：「救人要緊，等我回來，任憑進奏官處置。」不顧曾穆阻撓，抱起羅令則往南門的藥鋪趕來，半路遇到巡邏的街卒，見有人受傷，急忙一路護送來到藥鋪。

醫師檢視背上刀傷，見那口子足有一尺餘長，深及寸餘，搖了搖頭，表示沒得救了。羅令則神智倒還清醒，道：「空兄，你扶我起來，我有話要說。」從懷中摸出一塊金牌，道，「我有太上皇御賜金牌在手，你們其他人先退出去。」

醫師和街卒們嚇了一跳，面面相覷，一時難以相信。羅令則怒道：「你們要抗旨麼？這可是殺頭的大罪。」旁人被他一嚇，雖然真假難辨，還是遵命退了出去。

羅令則這才道：「空兄，我有許多話要對你說，不過怕是來不及，先揀要緊的說。我……我想求你一件事……」空空兒道：「你是要我替你報仇麼？你可看清要殺你的人是誰？」羅令則道：「不，要殺我的是遊俠，你是鬥不過他們的。」空空兒大奇，問道：「遊俠？」

羅令則道：「自代宗皇帝起，朝廷豢養了一個祕密殺手組織，取名遊俠，專門刺殺皇帝無法公開處理的頭疼人物，比如大宦官李輔國等。當今皇帝貴妃郭念雲之母昇平公主曾一度被德宗皇帝囚禁宮中，家母郜國公主是德宗的姑姑，很是好奇原因，暗中調查此事，結果發現了遊俠的祕密——原來是德宗皇帝指使遊俠毒死了與他爭奪儲君之位的鄭王，昇平公主所以被囚就是因為無意中發現了一些蛛絲馬跡。家母深為駭異，還沒有反應過來，就被老皇帝安了個淫蕩的罪名在宮中祕密處死……」

當年郜國公主一案甚是蹊蹺，朝野均認為不過是因為郜國公主之女為太子李誦正妃，德宗皇帝借所謂公主淫亂的醜聞大興獄事，是想找藉口廢除親子李誦的太子位，改立舒王李誼為太子。但聽羅令則（即蕭佩）一說經過，空空兒這才知道郜國公主無意中知道了德宗為太子時，親手下毒害死親弟弟鄭王李邈；料來德宗後來一直想立李邈之子李誼為太子，大約是心中有愧的緣故。

羅令則又道：「我姊姊蕭妃……就是當今太上皇的妻子，當時是太子妃，也被縊殺，說是宮中有鬼祟作怪，須得殺太子妃厭災……」

羅令則呼吸陡然急促起來，胸口劇烈起伏，喘了數口大氣，才繼續道：「空兄，你是個大大的好人，我……我就快要死了，我求你……求你一件事。」

空空兒知道他心計既深，又一心報仇，臨死之前所求之事必然極難，一時沉吟不答。羅令則道：「我未婚愛妻身陷宮中，淪為奴婢，如果你有機會，我是說如果你有機會，希望你……你能救她出來。」空空兒想不到會是這件事，見他抓緊自己雙手，目光流露懇切之色，再也無法拒絕，慨然道：「好，我盡力而為。你未婚妻叫什麼名字？」羅令則道：「鄭瓊羅。」

空空兒一時呆住，當日他被放出掖庭宮獄時，那服侍他洗浴穿衣的宮奴不正是叫鄭瓊羅麼？

羅令則又道：「空兄，我留了一件禮物給你，是個大酒窖，藏有天下好酒。」空空兒道：「你為什麼要這麼做？」羅令則道：「你忘了麼？你我可是酒中知己。還有……還有一件你想不到的寶物……玉……玉龍子……」空空兒道：「玉龍子？那是什麼？」羅令則嘴角浮起一個奇怪的微笑，慢慢鬆開了手，就此倒在空空兒懷中死去。

一陣空蕩蕩的感覺遍襲空空兒全身。今日之內，他親眼見到了多起死亡，延素、論莽熱、王景延，還有眼前的羅令則。其實仔細想想，每一個人的生命最終都要歸結為死亡，即使是權勢顯赫的帝王，功名卓著的英雄，到了死亡面前，也不得不屈服在它的權威之下。昔日太宗皇帝驚才絕豔，名震海內，被尊為「天可汗」，號令天下，莫敢不從，如此豐功偉業，一遇見死亡，也立即化為了塵土。那麼，這樣的人生，有什麼趣味？縱然追求到了世間最大的權力、最高的地位，又有什麼用處？又有什麼結果？到頭也不過是歸於虛空，不但人是虛空，萬物也是虛空。

他只是木然坐著不動。也不知道過了多久，一群人踢門闖了進來，將羅令則自他懷中抱走。有人將他拉了起來，厲聲問道：「你是誰？死者是你什麼人？」

空空兒回過神來，一時不知道該如何回答，領頭的金吾中郎將便下令先將他扣起來。一名金吾衛士從羅令則身上搜出金牌，奉給中郎將道：「當真是太上皇的御賜金牌。」

自年初德宗老皇帝病死以來，關於其祖父孫三代爭奪皇位的傳聞頗多，中郎將雖是武官，卻深知捲入宮廷漩渦的麻煩，不敢再多問，當即命人抬了羅令則屍首、押著空空兒回去永興坊的左金吾衛屯營。一名金吾衛士問道：「事關命案，不要將犯人和屍體送去大理寺麼？」中郎將罵道：「你懂個屁！」

永興坊就在崇仁坊正北，還未到坊門，便見一隊神策軍飛騎而至，領頭的正是神策軍中尉吐突承璀，拿馬鞭一指空空兒道：「這個人本將要帶走。」

中郎將不免得意自己的先見之明，忙命人將空空兒和屍首一併交給神策軍。吐突承璀也不多說，帶著空空兒逕直來到左神策軍廳。

左神策軍廳位於大明宮太和門東，已經深入皇宮腹地。進來廳中，吐突承璀倒也客氣，請空空兒坐下，道：「麻煩空巡官將今晚羅令則對你說過的話，一字不漏地交代出來。」

空空兒心道：「羅令則與那黑衣人交手時早已經夜禁，坊區內外消息隔絕，適才金吾衛士也不知道死者就是羅令則，還一度向我追問，神策軍怎麼這麼快就知道他已經死在崇仁坊里？看來果如羅令則所言，殺他的遊俠是朝廷的人。適才那黑衣人是遊俠，鑒虛也該是遊俠，難不成蒼玉清和第五郡也是遊俠？」

吐突承璀見他沉吟不答，冷笑道：「空巡官不肯說也沒關係，本將只好像上次一樣將你監禁起來，不准任何人跟你交談。」空空兒道：「也好，這樣我就不必去辦聖上交代的事了。」吐突承璀道：「你是在要脅我麼？」空空兒道：「不敢。」

吐突承璀大是生氣，重重一拍桌子，叫道：「來人！」兩名神策軍衛士應聲奔過來，粗暴地將空空兒從座椅上扯了起來。

空空兒也不抗拒，卻妙手一探，輕輕巧巧地從一名衛士腰帶上取下腰牌，籠入袖中。他既然答應了羅令則要營救鄭瓊羅出來，皇城掖庭宮非等閒之地，這神策軍腰牌也許將來能派上用場。

忽有一名小黃門急急進來，低聲對吐突承璀耳語了幾句，他點點頭，道：「你還真是個炙手可熱的人物，聖上又要召見你，走吧。」打了個眼色，有衛士取了一個黑布袋套到空空兒頭上，挾著他往外走去。

空空兒心道：「神策軍這裡竟然也有夾城入口，如此一來，宦官豈不是隨時可以帶兵出入宮廷重地？萬一有異心，皇帝也要落入他掌握之中？」不免深為駭然。這才明白為什麼順宗皇帝李誦登基後立即授意王叔文削奪宦官兵權，想來也是察覺宦官位重、已經威脅到皇權的隱患。可當今憲宗皇帝即位過程中驚濤駭浪無數，宦官擁戴立下大功勞，因而他不但沒有延續父親削弱宦官的政策，還如同祖父德宗一般，重新重用宦官執掌禁軍兵權。一想到順宗之前目下的種種境遇，不禁要慨歎天意弄人。

走出一段，果然又聽見空曠的腳步回音，確是進了夾城。走了大約一刻功夫，出來夾城，有人從神策軍衛士手中接過他，繼續挾持著他往前走去。跨過幾道門檻後站定，吐突承璀取下頭套，空空兒這才發現已經身處在一處古香古色的便殿中，面前坐著的正是憲宗皇帝李純。

吐突承璀躬身稟道：「陛下，空空兒帶到。」從旁側推了空空兒一下。空空兒只得上前跪下參拜。李純道：「你起來。」空空兒道：「是，謝陛下。」

李純問道：「羅令則為什麼會到進奏院找你？你是前晚在興慶宮太上皇那裡認識他的麼？」言下之意，竟似暗指——太上皇指派羅令則，去魏博進奏院找空空兒。

空空兒知道其中利害關係重大，必須得說明清楚，忙道：「不是，我去年在郎官清酒肆飲酒時就已經結識羅令則，不過一直不知道他的來歷。他適才去進奏院，也並非是找我，是進奏官不肯見他，他因為跟我是舊識，才改口說要找我。」

李純道：「嗯，薩珊絲既死，羅令則失去強力依託，吐蕃也不能倚靠，只能另謀出路，那就只有投靠藩鎮。你們魏博的進奏官倒是個聰明人，他叫什麼名字？」空空兒道：「曾穆。」李純道：「吐突承璀，將曾穆這個人記下來。」吐突承璀道：「遵旨。」

空空兒心道：「記下曾穆的名字是什麼意思？莫不是皇帝有個什麼名單？」

又聽見李純問道：「羅令則找你有事麼？」空空兒道：「他說要我幫他一個忙，他的未婚妻子鄭瓊羅在掖庭宮中為奴，想讓我設法救她出來。」李純大奇，笑道：「你自覺有本事從皇城中救人麼？」空空兒道：「沒有。不過我既然答應了羅令則，少不得要試上一試。」

李純哈哈大笑，道：「你倒是老實。」頓了頓，又道，「你剛才說羅令則的未婚妻子叫什麼名字？」空空兒道：「鄭瓊羅。」

他明知道希望渺茫，可好不容易有面聖機會，還是忍不住要試上一試，道：「陛下能否開恩，將羅令則的未婚妻子赦免出來？」李純面色一沉，道：「掖庭宮中都是重罪犯人的親屬，豈能你一句話就赦免？吐突承璀，這就派人送空空兒回去。」

吐突承璀忙道：「陛下，羅令則一案尚未審理清楚，空空兒輕易放不得，萬一他跟太上皇之間……」忽見李純臉色大變，忙住了口，道，「是老奴多嘴，老奴這就遵旨送空空兒出宮。」

空空兒道：「等一等，陛下，我有一句話……」正遲疑著該不該說出來。李純道：「什麼話？」

空空兒看了吐突承璀一眼，道：「這位中使官任神策軍中尉，不但手握重兵，還可以隨意出入皇宮，不受宮禁限制，這個……萬一……陛下安危……」一時想不到合適的措詞。

吐突承璀卻已經明白過來，勃然大怒，漲紅了臉，喝道：「空空兒，你好大膽子，竟敢在聖上面前挑撥誣陷。」空空兒道：「我不是指將軍本人，無論哪位中使任神策軍中尉，都是一樣。」

吐突承璀道：「陛下，老奴一直對陛下忠心耿耿，還請陛下為老奴做主，還老奴一個清白。」

李純擺了擺手，道：「放心，朕知道你的忠心。空空兒，你敢當著吐突承璀的面說出這番話，足見有忠君愛國之心。不過朕要告訴你，在削宦官和平藩鎮之間，朕會毫不猶豫地選擇平藩鎮。你們魏博不是號稱『長安天子，魏府牙兵』麼？朕幼時曾立下重誓，如果將來當上皇帝，一定要削掉魏博，你可聽清楚了？」空空兒悚然而驚，不得不應道：「是。」

李純道：「那麼，你打算是忠於朕，還是忠於你們魏博節度使？」空空兒道：「我曾答應要為魏博效力十年，還有四年，期滿後我就要辭官還鄉。」李純道：「你是想就此置身事外？」空空兒道：「是，還望陛下體諒恩准。」

李純冷笑道：「你以為歸隱山林，眼裡看不見戰爭，就真的沒有戰爭發生嗎？」空空兒低下頭去，緘默不語。

李純道：「不過你為人忠勇，有情有義，羅令則今日這種情形，你都肯出面救他，比那些避之不及的牆頭草強上百倍千倍。吐突承璀，朕下旨你不可尋機報復空空兒，他有什麼需要，你盡力滿足。」吐突承璀躬身道：「是，老奴不敢有違聖意。」

李純揮了揮手，吐突承璀便領著空空兒退了出去。李純等他們出殿，招手叫過一名小黃門，道：「你去掖庭宮，查找一名名叫鄭瓊羅的宮奴，悄悄帶她到後宮，然後再來這裡稟報。」小黃門道：「遵旨。」飛一般地跑去辦事。

鄭瓊羅日後得幸於憲宗皇帝，封為昭容，寵冠後宮，生下一子，取名為李忱。貴妃郭念雲嫉恨交加，對鄭瓊羅母子多有輕慢侮辱之舉。憲宗迫於某種壓力，被逼疏遠了鄭瓊羅母子，鄭瓊羅在悵恨中鬱鬱而終，李忱也被囚禁在十六王宅。許多年後，在一場宮廷兵變後，李忱意外被宦官扶上皇位，即為宣宗皇帝。他終於有機會為母親鄭瓊羅復仇，對歷經憲、穆、敬、文、武宗五朝的老太后郭念雲很是怠慢。唐宣宗大中二年，被軟禁在興慶宮的郭念雲忽然翻越勤政務本樓欄杆，試圖從樓上跳下，幸被宮女及時拉住。宣宗聞訊，面色如鐵，認為郭太后有意跳樓自殺給自己難堪。當晚，興慶宮中即傳出郭太后的死訊，引來朝野無數猜議。這是後話。

吐突承璀派人送空空兒回來崇仁坊時，已經是後半夜。曾穆見他只穿著單衣，一身是血，竟然還平安歸來，一時無語。空空兒折騰了一天一夜，進房倒在床上就睡了過去。沉沉昏睡中，忽覺得面上有什麼東西閃過，本能地橫手一抓，是一隻軟綿綿的女子之手，當即驚醒，坐起身來，卻是第五郡正站在自己床前。忙鬆了手，左右望了一下，問道：「這裡是我房間麼？」第五郡笑道：「你睡傻了？當然是你房間啦。」空空兒道：「既然是我房間，你無聲無息地闖進來，又要幹麼？」第五郡道：「咱們老久不見了，你怎麼也不噓寒問暖一聲？瞧你這樣子，怎能討得玉清姊姊的喜歡？」

她一提蒼玉清，空空兒便無話可說，半晌才問道：「我義兄侯彝可好？」第五郡道：「咦，你知道我去江南找侯彝了？他很好，我給他介紹了一個好女子認識，他已經娶了她做妻子。」

空空兒大奇，隔了好大一會兒，才訕訕問道：「你……你不是……」第五郡咬著嘴唇道：「你是想說我不是喜歡侯彝麼？我是真心喜歡他，可我不能總跟他在一起，無法時時刻刻照顧他，只能把他讓給別人，這是為了他好。」

她雖然說得輕鬆，然而要將自己喜歡的人讓給別人何嘗是一件容易的事？自古以來，女子為爭奪男人寵愛各使心機手段的故事不絕於書，倒是第五郡這樣為了讓心愛的男子時時刻刻有人照顧，甘願將其讓出，這又是一種怎樣的愛？

空空兒默然，暗道：「看來她果然是朝廷的殺手，是羅令則所稱的遊俠之一，所以才說不能總跟義兄在一起。」

第五郡道：「好啦，不說這個了。我今日來找你，是要問你白日在薩氏酒樓的混亂到底是怎麼回事？論莽熱是誰殺的？」空空兒心道：「她誰也不問，只問論莽熱一人，可見確實跟鑒虛是一夥子。」當即道：「今日死的人不少，你為什麼只關心論莽熱？一句不問薩珊絲公主？」第五郡先是一愣，隨即面色一沉，道：「你不肯說，是也不是？」空空兒道：「是。」第五郡道：「那好，你可別後悔。」推開窗子，輕輕躍了出去。

空空兒搖了搖頭，下床關好窗戶，重新躺回床上。忽聽得遠遠有人喝道：「是誰在哪裡？站住！」大約是有人發現了第五郡蹤跡，不過她穿有吉莫靴，出入進奏院如履平地，又是朝廷的人，不必為她憂慮。空空兒也不出去查看究竟，繼續睡覺，果然聽外面吵嚷了一陣便安靜了下去。不久後晨鼓聲響，外面嘈雜聲又起。空空兒只是不理，一直睡到日正午，才起床到精精兒房中為他換好藥，剛要一道出門，便見進奏官曾穆率幾名衛士氣急敗壞地衝進房來，道：「精精兒，你做的好事！快將你偷走的財物交出來！」

原來昨夜進奏院大鬧飛賊，人人床頭財物被偷得精光，曾穆曾聽聶隱娘提過精精兒是名飛天大盜，當即猜想是他所為。

精精兒道：「笑話，我腿傷未好，身邊又有這麼多美女相伴，哪裡有空去偷什麼財物！再說進奏官經常派人來院中監視我們師兄弟，請問你們哪隻眼睛看見是我偷了財物？」空空兒道：「昨夜不是鬧過一陣子麼？是不是有人闖進了進奏院？」曾穆道：「確實是有人闖進了進奏院，可難保精精兒不會趁火打劫。」精精兒道：「那好，我這裡任進奏官搜個遍，不過若找不到財物，你可得出我們兄弟的酒錢。」

曾穆也不客氣，命人在房中仔細搜查，連空空兒的房間也搜了，卻沒有找到丟失的財物。他甚是沒趣，只好取了幾吊錢遞給精精兒。精精兒笑道：「謝了啊。師兄，咱們喝酒去。」

空空兒出門雇了輛大車，這才扶精精兒出來。精精兒笑道：「師兄，你別當我是病秧子，我的腿傷其實早好啦，你那位朋友送的可是難得的良藥。」空空兒卻是不依，道：「還是多養幾天好。」又問道：「當真不是你偷了進奏院財物？」精精兒笑道：「這我可不能告訴你。」空空兒不再多問。二人上車，往蝦蟆陵郎官清酒肆而來。

相比於去年的冷清，郎官清酒肆已經熱鬧了許多，笑語喧譁，人人都在談論昇平公主的笑話，說是她女兒郭念雲失寵於憲宗皇帝，只封貴妃，未能進封皇后，昇平公主為了討侄孫兼女婿的李純歡心，精選了十五名美女進獻，卻被憲宗嚴辭拒絕，碰了個大大的釘子，沒趣得緊，一氣之下病倒在床。那被吐蕃綁送回朝的外侄郭鋼也被皇帝下令斬首。又有人說，憲宗鍾愛宮人紀氏所生的長子李寧，不喜歡郭念雲生的第三子李宥，為了避免郭氏一門勢力過於強大，預備要立李寧為太子。

空空兒倒不驚訝於這些流言蜚語，奇的是酒肆中不見了原先的店主劉太白，坐下後召來夥計一問。夥計道：「劉店主的大兒子劉大郎跟人跑了，二兒子又去了教坊學琵琶，劉店主一氣之下生了病，不得不將生意轉讓出去，不過清酒還是他家釀的，只是酒肆改由旁人經營。」又壓低道，「郎君該知道吧，劉店主的老婆也是九年前跟野漢子私奔跑了。」

精精兒問道：「店主夫人跟男人私奔還有話說，這劉大郎又是為什麼跟人跑了？」夥計道：「這小的可就不清楚了，反正人家都說蝦蟆陵這裡青樓女子太多，風水不好。」

空空兒腦海中靈光一閃，心道：「呀，當日在成都，跟清娘在一起的船夫可不是就是劉大郎麼？難怪，我當初就覺得他眼熟，原來是認識的人。」

他這才知道這些遊俠背後是朝廷殺手，表面卻都有一個公開的身分做掩飾，如蒼玉清是郭府樂妓，鑒虛是青龍寺住持，劉大郎是酒肆店主的兒子，一時間頗感毛骨悚然，不知道身邊還有多少個這樣的遊俠。薩珊絲、羅令則這些對朝廷有威脅的人都被刺殺，下一個該輪到誰？又想起昨晚憲宗信誓旦旦要削平魏博的話，別說目前朝廷根本賦稅之地西川和淮南動盪不穩，天下藩鎮各自為政，皇帝手中能調動的只有一支神策軍而已，神策軍有禁軍地位，養尊處優，驕恣已久，與魏博精兵相差太遠，怕是數年之內都難以討平魏博，皇帝不會不知道這一點。如此，他會不會想要走捷徑，派遊俠直接刺殺節度使，令魏博先自亂陣腳？

正沉吟間，卻聽見夥計道：「店主來了！」空空兒聞聲轉過頭去，新店主不是旁人，正是之前拿走他所支付的「仰月」銅錢、從而引發一連串風波的榷酒處胥吏唐斯立。

唐斯立還記得空空兒，過來打了聲招呼，交代夥計道：「這位是老主顧，好酒好菜儘管端上來。」空空兒道：「多謝。」唐斯立點點頭，逕直進了內堂。

精精兒低聲笑道：「師兄，這店主是個會家子，他肩頭新近受了刀傷，我都能聞見那股子混雜有金創藥的血腥氣。」

空空兒料想唐斯立也是遊俠的人，不願精精兒捲入這些亂七八糟的事，道：「別惹事。師弟，我打算近日回去魏博，你要跟我一道去北方麼？」精精兒道：「不去，你們那裡窮山惡水，有什麼好？」

空空兒自知回去魏博吉凶難料，道：「也好，你先回去江南，等我忙完魏博的事再去找你。」精精兒道：「師兄，你還是別當這個勞什子魏博巡官了，又窩囊又受氣。不如跟我一起去江南，我攢了很多錢，足夠我們師兄弟逍遙快活一輩子。」

空空兒搖頭道：「我也是身不由己。」忽見大門處一人正望著自己微笑，「啊」了一聲，忙起身迎上前去，握住那人雙手，道：「義兄！」

那男子正是侯彝，他奉召進京，昨晚已經到了長安，今日到吏部遞上公文後便去進奏院找空空兒，聽說他午飯前出了門，一猜便是來了郎官清酒肆，果然在此尋到了他。

空空兒欣喜萬分，忙領著侯彝過來坐下，為精精兒引見。侯彝笑道：「久仰精精郎大名，也要多謝精郎手下留情，沒去侯某的地盤上妙手空空。」精精兒見他爽朗豪放，又是師兄的義兄，很是高興，道：「侯大哥言重了。我聽過你的事，你如今俠義之名天下共傳，誰敢到你的地盤鬧事，我精精兒第一個不放過他。」

正好酒菜上來，三人久別重逢，把酒言歡，心情極為舒暢。侯彝道：「我離開京師後，有人追上來詢問當日在長樂驛面見太子，也就是當今太上皇一事，我當時還很納悶，不知道出了什麼事，一直走到江南任上才得知太子中風的消息。我猜想，應該是我離開長安當日太子出了事，你湊巧跟太子一道回城，不知你是否牽連其中，心急如焚，我又被放為外官，不奉召不能回來京師，只好託人到京師打探，魏博進奏院說你殺了人逃走了，我無論如何都難以相信。不過，後來第五郡來江南找到我，說你沒事，已經回去魏博了。」

空空兒心道：「她說得倒輕鬆，她來魏博進奏院殺了人，旁人都懷疑是我下的手，若不是邱推官秉公審案，怕是我早就被魏帥殺了。」不願意再提這些往事，笑道，「我沒事。義兄一直可還好？」

忽見一名素服女子走了過來，柔聲叫道：「夫君。」侯彝忙站起來，握住那女子的手，道：「我為二位賢弟引見，這是我夫人卞素雲。」精精兒道：「大嫂好，大嫂人好漂亮。」卞素雲淺淺一笑，道：「二位郎君有禮。」

空空兒早驚得目瞪口呆，這卞素雲他竟也認得，正是他以前在咸宜觀見過的那名溫柔秀美的女道士。

侯彝道：「怎麼，賢弟認識素雲？」空空兒道：「她……」他料想咸宜觀是蒼玉清、第五郡的落腳之處，此二女行蹤詭異，卞素雲與她們住在一起，很難不知情，說不定她也個遊俠之一，一時間不知道該不該說出來。

卞素雲笑道：「我以前在咸宜觀做女道士的時候，見過空郎幾次。」侯彝笑道：「這樣更好，介紹都免了。來，素雲，你坐在我旁邊。」空空兒見他夫妻恩愛，羨煞旁人，決意不提此事。

卞素雲道：「不坐了，我來是告訴夫君，宅子已經租好了，就在常樂坊北門，我雇了車馬，還要去東市買些日用東西。」又道，「夫君與空郎久別重逢，何不請空郎、精郎二位今晚到舍下一敘，我回去買些酒菜。」侯彝道：「好，二位賢弟，咱們今日就學古人之風，來個秉燭夜談，一醉方休，如何？」空空兒道：「甚好，只是有勞嫂夫人。」卞素雲道：「不過做妻子的分內之事，何勞之有？」

精精兒最愛巴結討好女人，忙道：「師兄，不如我陪大嫂一起去逛市集，正好還沒有去過天下聞名的東市呢。」空空兒遲疑道：「你的傷……」精精兒道：「我的傷早好了。」空空兒料來也阻擋不住，道：「那好吧，不過可別惹事。」精精兒道：「我跟大嫂一起，怎敢惹事？大嫂，咱們走吧。」

侯彝目送二人出去，笑道：「精師弟倒是個極會討女人喜歡的浪蕩公子，跟賢弟完全判若兩人。」空空兒尷尬一笑。侯彝便迅速轉了話題，問道：「賢弟聽到過吐蕃內大相論莽熱和薩珊絲公主遇刺一事麼？我今日去了萬年縣，聽說刺客竟是那女商人王景延。當日我未能及時捕獲她，才致有今日局面。當日，那薩珊絲公主曾助我將劉義藏到祆祠內，想不到那一面竟是永訣。」言中頗為感歎。

空空兒心道：「果然所有的罪過都推到王景延身上了，偏偏不是她殺了論莽熱和薩珊絲。」他生怕卞素雲也是遊俠成員，不願侯彝捲入這些事情，以免徒然引來橫禍，只道：「昨日薩珊絲公主被刺時我人正在當場，不過內中情形複雜，義兄還是不知道為好。」侯彝聞言先是一愣，隨即笑道：「也好。」果然不再多問。

空空兒問道：「朝廷這次召義兄進京，可有新的任命？」侯彝道：「任命要隔幾日才會下達，不過我猜我在京師待不長久。」

空空兒一驚，問道：「義兄如何知曉？」侯彝道：「當初御史中丞武相公因李汶一案刑訊過我，結果我被老皇帝親自釋放，他徒然落了個惡人的名聲。如今他重掌御史臺大權，深得新皇帝倚重，拜相是早晚之事。」

空空兒道：「義兄是說武元衡會記恨當日之事，加以報復？」侯彝道：「此公恰好是個凡事要較死理的人，絕不會公報私仇。我當初身為京畿縣尉要職，公然藏匿逃犯，也是以身試法，觸犯律條，他必定會以這一條向皇帝據理力爭，不容我再待在京師。」

空空兒一呆，心道：「皇帝該不會借機將義兄派往魏博？」卻聽見侯彝道：「我猜想朝廷多半要指派我去東都洛陽。也好，自我中進士後，已經近十年未回過嵩山，正好要去看看。」

空空兒知道侯彝見識過人，他既這麼說，肯定是有所預見，這才放下心來，道：「我很快就要離開長安回去魏博，有一件事想要向義兄請教。」侯彝道：「什麼事？」空空兒壓低聲音，問道：「義兄可知道玉龍子是什麼？」

空空兒幾次聽過玉龍子，一是蒼玉清昏迷在青龍寺時；二是江湖黑刺王翼逼迫他答應如果得到玉龍子，必須得交出來；三是昨晚羅令則臨死說留給他一件難得的寶物玉龍子。可是他至今不知道這玉龍子到底是什麼，也不敢輕易詢問旁人，想來侯彝進士出身，博學多識，也許會知道。

果聽見侯彝道：「玉龍子，那可是本朝鎮國之寶。」空空兒大吃一驚，道：「鎮國之寶？」

侯彝便詳細說明究竟，原來玉龍子是一件長寬五六寸的玉器，形狀似龍，溫潤精巧，最初由太宗皇帝李世民得自晉陽宮[7]。傳說此寶有王者之氣，擁有者當雄霸天下。唐高祖李淵建立唐朝後，李世民因是第三子，未被立為太子，卻順利發動玄武門兵變登基為帝，成就了「天可汗」的千秋偉業，據稱與玉龍子的庇護不無關係。玉龍子之後一直為太宗皇后長孫無垢收藏，皇子李治誕生後第三天，長孫皇后將玉龍子賜給尚在襁褓中的愛子，後來太宗皇帝為選皇位繼承人一事傷透腦筋，反反覆覆多次，但皇位最後還是落在不為父皇喜歡的李治手中，玉龍子庇護的神奇傳說再次不脛而走。後來武則天掌權，召集皇孫們到殿上嬉鬧玩耍，將西域國家進貢的玉環、釧、杯、盤等拿出來擺放在地上，讓孩子們隨意爭奪拿取，她自己則從旁觀察。皇孫們爭先恐後，各有所獲，只有孫子李隆基坐在一旁，不為眼前情形所動。武則天大奇，歎道：「這個孩子會成為一個太平天子。」於是命人從內府中取出玉龍子，賞賜給李隆基。這位意外得到稀世之寶的皇孫，就是後來的玄宗皇帝。玄宗先後殺死伯母中宗皇后韋氏、堂妹安樂公主以及姑母太平公主，在血雨腥風即位之後，也感恩於玉龍子的庇護，親自收藏於寢宮中。每當京城久旱不雨，他必定要虔誠地向玉龍子祈禱，不日後便有大雨傾盆而下。最奇特的是，每每即將霖雨時，玉龍子的鱗角及鬃毛翕合張動，凜凜如生。開元年間，三輔大旱，玄宗皇帝又向玉龍子祈禱，但十多天後也沒下雨，他將玉龍子悄悄投到南內興慶宮的龍池[8]中，頃刻之間，雲狀的東西驟然而起，緊接著風雨大作。乾旱雖由此而解，但玉龍子也從此不復見到。失去了寶物，大唐的是非也多了起來，宰相專權誤國，邊將包藏禍心。不久後安史之亂爆發，叛軍所過州縣，唐軍望風瓦解，如入無人之境，隨即潼關失守，洛陽、長安兩京迅速淪陷，整個帝國陷入極大的混亂之中。玄宗皇帝被迫出逃蜀中，路過渭水時，一名到河邊洗臉的侍衛無意間從河沙中撈出一件玉器，正是那件失蹤已久的玉龍子。玄宗皇帝萬分驚喜，泫然流泣，從此日夜不離半步，每每到夜晚，玉龍子都把屋裡照得通亮，如光彩輝燭。人們都說：「這是大唐氣數未盡、還要東山再起的徵兆啊。」後來唐軍果然收復長安。玄宗皇帝將皇位傳給了兒子肅宗皇帝，自己帶著玉龍子退居興慶宮中。

空空兒心道：「如此，玉龍子應該一直收藏在興慶宮中。莫非是太上皇召見我的那晚，得知羅令則是他亡妻的弟弟之後，親手將玉龍子交給了他？」

卻聽見侯彝深深歎了口氣，續道：「玄宗皇帝雖然退位為太上皇，但卻依舊迷戀權力，經常在興慶宮長慶殿宴請賓客，如劍南道奏事吏、名將郭子儀等，賞賜禮物給他們。這些事雖然不大，卻引起了肅宗皇帝的顧慮，加上玄宗手中還有玉龍子，很是擔心太上皇會復位。從此父子二人開始互相猜忌警惕，興慶宮成了肅宗無法排遣的一塊心病。肅宗身邊的親信大宦官李輔國猜出皇帝的心思，便買通太上皇玄宗身邊的小黃門，將玉龍子偷了出來。又向肅宗獻計將玄宗遷往西內太極宮，徹底隔絕太上皇與外界的聯繫。肅宗一時還下不了決心，當時沒有接受李輔國的這個建議，卻將興慶宮原有的三百匹馬減去二百九十匹，只留了十匹馬。不久，李輔國率五百射生手，強行將玄宗遷居到太極宮甘露殿，又貶黜了玄宗身邊幾個僅有的親信：如高力士被流放，陳玄禮被勒令致仕，玉真公主也出居玉真觀，只剩下玄宗皇單身一人，煢煢獨處，形隻影單，極為淒涼，不久就在極度鬱悶中溘然去世，臨死前還在吟誦詩人梁鍠所作的〈傀儡吟〉：『刻木牽絲作老翁，雞皮鶴髮與真同。須臾弄罷寂無事，還似人生一夢中。』」

空空兒聽到這裡，不知怎的又想起順宗與憲宗皇帝父子來，心中有所感懷。

侯彝道：「這李輔國雖然諂媚肅宗皇帝，逼死了玄宗，但卻隱瞞玉龍子落入已手的事實，暗中截留下玉龍子。傳說得玉龍子者得天下，天下有多少豪傑人物覬覦這玉龍子，李輔國不過是個陰陽人，竟然野心勃勃，膽敢將鎮國之寶據有已有，也難怪會身敗了。不過據說早在他被神祕暗殺前，玉龍子已經被高人竊走。但也有人說，是李輔國自己主動交出玉龍子給新任禁軍首領程元振，以換取活命機會，此後玉龍子就在執掌禁軍兵權的大宦官手中流傳。去年不是有流言說玉龍子已經落入舒王手中，所以他才求雨成功麼？」

空空兒道：「不，玉龍子不在舒王手中。」侯彝道：「賢弟如何知道？」空空兒道：「嗯，義兄，我們一道去趙氏樂器鋪看看。」

摸出一吊錢扔在桌上，與侯彝一道出來酒肆，乘坐來時所雇的車馬來到崇仁坊東門附近的趙氏樂器鋪，依舊是那名老樂師在撫弄一面琵琶。

空空兒問道：「老公可還記得我麼？」老樂師抬頭看了他一眼，搖了搖頭。空空兒道：「去年，教坊都知成輔端曾替翠樓艾雪瑩送來一面紫檀琵琶，老公說那琵琶音色有點悶，怎麼也調不好……」老樂師道：「是呀，有這麼回事。」

空空兒道：「那面紫檀琵琶後來去了哪裡？」老樂師忽然露出了警惕之色，問道，「郎君打聽這個做什麼？」空空兒道：「是不是被羅令則取走了？老公後來看見朝廷通緝他的圖形告示，認出他來，才知道他是救走吐蕃內大相論莽熱的人，所以不敢告訴旁人？」老樂師道：「郎君什麼都知道了，還來問我做什麼？不過他當時來取琵琶時，可沒有說他叫羅令則，只說他是瑩娘的好朋友。」

空空兒謝過老樂師，拉著侯彝出來，道：「我總算知道事情究竟了，唉……」

他到此刻才算明白，為什麼羅令則總在郎官清酒肆中流連。原來吸引他的並非美酒，而是對面的翠樓；而翠樓吸引他的也並不是艾雪瑩的美貌和琵琶技藝，而是經常神祕光顧翠樓的神策軍中尉楊志廉；他也並非想刺殺楊志廉，或是從其身上撈到什麼好處；正如侯彝所言，天下至寶玉龍子只在執掌禁軍兵權的大宦官手中，他的目標正是楊志廉手中的玉龍子。玉龍子既是歷任神策軍中尉保命立身之寶物，楊志廉當然不會收藏在神策軍或是自己在勝業坊的私宅中，這些地方都是顯而易見的目標，太容易被人猜到。

宮廷內鬥厲害，一旦為人所制，他楊志廉有玉龍子在手，起碼還有保身的籌碼。羅令則肯定認為楊志廉將玉龍子藏在了翠樓中，那裡有祕道通往夾城，來去方便自如，又是煙花之地，決計沒有人想到鎮國之寶會在那裡。楊志廉被殺後，翠樓現場一片凌亂，不是凶手王景延所造成，而是後來趕到的羅令則在尋找玉龍子。至於後來為什麼宮裡有大宦官出面買下翠樓，將所有的家具、物品都運走，原因也不言而喻。所謂舒王求雨成功，不過是個巧合。楊志廉死後，玉龍子下落不明，知情人都找不到它，其實它正巧在楊志廉被殺當天被教坊都知成輔端帶出了翠樓——玉龍子正藏在艾雪瑩新得的那面紫檀琵琶內，因內中藏有異物，所以才會音色沉悶，總也調不好。而知道紫檀琵琶送去樂器鋪調校的只有艾雪瑩、羅令則、空空兒、成輔端四人，成輔端後來被京兆尹李實杖殺，艾雪瑩被驅逐出京，羅令則後來終於想到玉龍子就藏在楊志廉送給艾雪瑩的紫檀琵琶中，所以用謊言騙走琵琶，取到了玉龍子。只不過他有這件寶物在手，也還是未能保住自己的性命，至於他臨死前說將玉龍子留給了空空兒，卻沒能來得及說出地址，到底在哪裡，就只有天知道了。

這些事空空兒瞬間就已經想得明白，大致對侯彝說了經過。侯彝肅色道：「義弟千萬不可再將這件事告訴旁人，所謂『匹夫無罪，懷璧其罪』，雖然你並不知道玉龍子下落，可別人一旦知道羅令則臨死將寶物留給了你，定會窮盡一切手段從你身上逼問。」空空兒道：「是。」

侯彝忽然眉頭一挑，問道：「你們魏博死了什麼重要人物麼？」他所站位置，正好可以遠遠望見魏博進奏院大門。

空空兒回頭一看，卻見正有衛士掌掛素蓋靈幡，大為愕然，心中暗想：「莫非是嘉誠公主死訊傳到？」忙對侯彝道，「義兄稍候，我去問一問。」

到得大門，正遇見一身孝服的曾穆，空空兒問道：「進奏官，出了什麼事？」曾穆道：「嘉誠公主新近過世了。空空兒，魏帥有令，召你速回魏博，不得遲疑有誤。你這就去收拾收拾，準備上路吧。」

他嘴角浮現出一絲得意而冷酷的微笑，絲毫不為嘉誠公主的去世傷痛，而是為空空兒回魏博後即將面臨的可怕命運幸災樂禍。

1 汝南：今河南汝南。

2 袁滋入滇時於豆沙關（今雲南鹽津）路邊岩壁上刊石記事，題文八行，共一百二十二字，除「袁滋題」三字為篆書外，其餘均為楷書，字形古拙淳厚，即為著名的「袁滋摩崖」，至今猶存，字跡清晰可辨。

3 聶隱娘、空空兒、精精兒的事蹟均取自唐人裴鉶所著《傳奇》小說。另，本小說略微提及的「紅線」（昭義節度使薛嵩心腹），事蹟則取材自袁郊所著《甘澤謠》。

4 鴻臚寺：唐代主管民族、外交事務的機構。凡外國或少數民族的皇帝、使者到長安朝見皇帝或進貢，鴻臚寺要按等級招待與供給飲食。下設有禮賓院、鴻臚客館等，位於皇城內，在朱雀門西北。

5 曌檄：武則天特意為自己名字創造的新字，意思是「日月當空，普照大地」。當時長安有打油詩道：「日月當空曌，則天長安笑；一朝作皇帝，世間我最傲。」

6 邏娑：今西藏拉薩。

7 晉陽宮（位於今山西太原）為東魏丞相高歡所建，後代屢有興建，宏偉壯麗，李淵在此起兵反隋，史稱「晉陽宮兵變」。

8 龍池：長安城中的水域均是引自圍繞長安的涇、渭等八水，並非死水。

9 射生手：至德二年（西元七五七年），唐肅宗選拔擅長騎射者千人成立衙前射生手，也稱供奉射生官、殿前射生手，分為左、右廂，號為左右英武軍。德宗時改為左右神威軍。憲宗時先改為天威軍，後歸入神策軍。

卷九　易水寒

她本是出身名門的富家娘子，擁有任何女子夢寐以求的東西——名望、地位、財富、美貌。在民風嬌化的京師，達官貴人都在忙著享樂，她卻有不同尋常的追求和理想。在戰爭一觸即發的關頭，她甘願付出青春、身體，乃至生命代價，以阻止平盧侵道，多少將士將因此不必血染他鄉，多少百姓將因此不必受兵禍之苦。而他身為男子，又做過些什麼呢？

魏博位於黃河之北，下轄魏、博、貝、衛、澶、相六州，府城魏州。第一任節度使田承嗣出身軍人世家，以豪俠聞名，玄宗開元年間在幽州節度使安祿山手下任前鋒兵馬使，驍勇善戰，在與奚、契丹人的戰鬥中屢立戰功，升至武衛將軍。他極善治軍，號令森嚴。安祿山曾在一個大雪紛飛的日子巡視各軍營，剛走進田承嗣軍營時，寂靜無聲，若無一人，但進入營內檢閱士籍，又無一人不在，安祿山由此對田承嗣刮目相看，深為倚重。魏博北面即為成德，東面是平盧，此兩大藩鎮的土地、人口均遠勝魏博，魏博卻能以六州之地成為天下兵馬最強的藩鎮，治軍嚴整即是最重要的法寶。

永貞元年十月初，寒風初起時，空空兒終於進入魏博衛州。剛過邊卡，便有牙將史憲誠率牙兵攔住去路，喝道：「魏帥有鈞命，空空兒上前聽令。」空空兒料來這些人一直在這裡等待自己，絕不會是什麼好事，只得跪了下來。

史憲誠展開一個卷軸，念道：「著魏博幕府巡官空空兒改任為鎮將，駐守博州高唐，即刻上任，不得有誤。不奉本帥召令，不得擅自離開博州，否則視為謀叛，立斬無赦。」空空兒心道：「這是魏帥怕我為朝廷辦事，要將我弄去東面邊境軍營圈禁起來。」當此情形，也無可奈何，應道：「遵令。」

史憲誠一揮手，四名牙兵上前站到空空兒前後左右，將他圍了起來，竟似押送犯人般要將他立即押往博州高唐。

博州是魏博最東面的一州，州治王城，下轄聊城、博平、武水、清平、高唐、堂邑六縣。這一帶地平土沃，無大川名山之阻，而轉輸所經常為南北孔道，且西連相、魏，居天下之胸腹，可謂咽喉要地，戰國時期，諸侯往往爭衡於此。唐藩鎮稱兵，魏博最為強橫，與博州之地形四通不無關係。

高唐距離魏州四百里，位於博州最東北處，與平盧、成德兩大藩鎮接壤，縣城東距平盧鎮邊境、北距成德鎮邊境僅數十里之遙，為魏博津途之要，自古以來是用兵者之先資。

雖說魏博與平盧、成德同為藩鎮，氣味相投，兼以婚姻關係，然各自利益才是最要緊之事，歷任多有失和兵戈相向之事。昔日成德節度使李寶臣之弟李寶正娶魏博節度使田承嗣之女為妻，在魏州打馬球時發生意外撞死了田承嗣之子田維，田承嗣當場杖殺李寶正，兩鎮關係惡化。後來田承嗣悍然用武力劫奪他道州郡，成德與平盧聯合起來，一起加入了討伐魏博的行列。不過這兩大藩鎮也是各懷鬼胎，被田承嗣鑽了空子各個擊破。此後三鎮之間雖無大的戰事，但小摩擦不斷，關係相當微妙，正因為如此，扼守三大藩鎮交界處的高唐才被稱為是魏博最艱險之地。空空兒既沒有帶過兵，也沒有打過仗，卻被派到這樣一個地方來當鎮將，也可謂十分離奇。

自到高唐上任，空空兒自知軍中有節度使田季安派來的心腹牙兵監視，也不理事，將大小軍務交給副將，自己半步不離開軍營，日日飲酒，喝得酩酊大醉才肯甘休。只是這種日子並沒有持續多久，一個月後，魏州有牙兵來傳田季安之命，指斥空空兒酗酒，怠忽職守，將其貶為佐將，調任魏州莘縣[1]。空空兒猜想魏帥依舊不放心他，要將他調到更靠近魏州的地方，利於監視。

莘縣為魏州下轄十縣之一，西至魏博府城魏州九十里，東面與平盧接壤，至平盧府城鄆州[2]才八十里，戰國時，齊國孫臏與魏國龐涓之間的馬陵之戰就發生在該縣境內。

空空兒到莘縣後的第一天，意外發現魏博推官邱絳也被貶來這裡做了縣尉，不免大是驚奇。問起緣由，邱絳卻是不肯明說。空空兒心念一動，問道：「莫非是因為嘉誠公主之死？」邱絳歎道：「空將軍久未回魏州，竟能猜中，看來朝廷早已經知道嘉誠公主之死不同尋常了，唉。」又勸道，「公主一死，魏帥失去約束，行事詭異，空將軍可要多加小心。萬一觸怒魏帥，兵馬使也救不了你，說不定還會牽累兵馬使。」

言下之意竟暗示，節度使田季安早有意尋找兵馬使田興的過錯。空空兒悚然而驚，道：「是，多謝推官提醒。」

邱絳連連搖頭道：「我早已經不是推官，不過是個下縣縣尉。」又道：「聽說空將軍跟前任萬年縣尉侯彝是結拜兄弟。」空空兒道：「是。」

邱絳道：「我的同年劉禹錫、柳宗元任監察御史時，曾寫信給我，信中均對尊兄侯彝人品高義讚不絕口呢。他目下可還好？」空空兒道：「義兄已經被皇帝召回了京師，預備委以重任，偏偏御史中丞武元衡從中阻撓，耽擱了下來，現在仍然滯留在長安。」

邱絳微一沉吟，道：「我與武元衡從弟武儒衡也是同年，交情匪淺，也許可以寫信託他從中圓緩一下。」空空兒遲疑道：「這怕是不合適吧？」邱絳道：「正好我也要寫信於武儒衡，不過順便提上一句。」空空兒心想人家一片好意，對侯彝並無壞處，便道：「如此，多謝。郎君若是有事，盡可派人來軍營找我，我當盡力去辦。」邱絳道：「好，陽谷軍營的酒在這一帶可是大大的有名，日後少不得要多去叨擾。」

空空兒到莘縣上任，並不駐守莘縣縣城，而是奉命管轄魏博陽谷邊卡，軍營對面即是平盧陽谷邊卡，甚至可以清楚看到對方守關兵士的臉。軍營生活極其單調艱苦，不過老天爺當真眷顧他，陽谷軍營營廚善釀美酒，味道竟與京城郎官清酒有幾分相似。空空兒大喜過望，忍不住故態重萌，時常飲酒醺醉，只不過比在高唐時有所收斂。

偶爾也會有訪客到來，比如聶隱娘，她早已拿王景延人頭換回夫君趙存約，並告知玉簫也被放出大獄，與韋皋夫人張氏等人一起被劉闢軟禁在節度使府署中，雖然依舊是籠中鳥，卻至少不必再忍受刑罰之苦。

空空兒猜想是蒼玉清出面救了玉簫，卻不知道她用了什麼法子。每每一想到清娘，他都會感到一些莫名的悲傷，也許是因為寂寞，也許是因為思念，也許是他們二人永遠沒有希望在一起。這個時候，只有淡淡清香的美酒才是他唯一的安慰，他甚至不再顧及邱絳的警告，成斗成斗地飲酒，當真有醉生夢死的念頭。

秋去冬來，空空兒在沉醉中度日如年，就像一隻折斷羽翼的老鷹，站在巨大的黑色天幕下，再也無法展開翅膀飛上天去。而此刻京師的局勢正發生著翻天覆地的變化——

入冬時，舒王李誼突然死在十六王宅中，事先毫無徵兆。宮廷事密，外人也不知實際情形到底如何，但都懷疑他是被憲宗皇帝祕密處死，因為自德宗一朝以來，舒王一直是最強有力的皇位競爭者。本來一年前因為舒王求雨成功，不少人以為其手中握有鎮國之寶玉龍子，此刻方知玉龍子並不在舒王手中，不然他何以爭奪皇位失敗、落個「暴薨」的結局？

然而憲宗皇帝雖然勉強坐穩了皇位，日子也並不好過，他先是擺出強勢姿態，正式拒絕任命西川留後劉闢為新一任的節度使，以宰相袁滋暫代西川節度使，徵劉闢入朝為官。劉闢不但不受詔命，還命人拘捕袁滋兄長袁峰全家。袁滋本奉命前往成都接手西川，聞聽兄長一家盡在劉闢掌握中，有所顧慮，遂停在半路，不敢進川。憲宗大怒，當即貶袁滋為吉州刺史，袁滋遂成為第一個還在上任途中即遭貶斥的西川節度使。

劉闢見新皇帝不肯就範，便乾脆預備兵戎相見，派重兵封鎖了所有進川要道。出兵前命人將被囚禁多日的推官林蘊押出，威脅要殺他祭旗。不過劉闢到底進士出身，是個文人，不願意當真殺死林蘊，暗中囑咐軍士行刑的時候虛砍幾刀，逼迫林蘊討饒即可。不料林蘊臨死不肯屈服，大罵劉闢不止。劉闢無可奈何，藉口林蘊精通刑名，只將他貶為下縣縣尉。

年輕氣盛的憲宗聽說劉闢耀武揚兵，氣得暴跳如雷，然而他剛剛即位，根基未穩，根本無力派兵討伐西川，朝中重臣大多贊成順勢任命劉闢為西川節度使，暫行姑息政策。憲宗無奈，只得下詔任命劉闢為西川節度副使、知節度事、成都尹，雖然被迫承認了劉闢的地位合法，但是預留下節度使一職，預備作為伏筆。

詔命發出三日後，右諫議大夫韋丹奮然上疏，道：「如果劉闢不討，則朝廷無以令天下。日後藩鎮都會以他為榜樣，朝廷的旨意怕是出不了兩京。」一句話正點在憲宗的憂慮之處。考慮到劉闢已經有武力叛亂的苗頭，西川作亂，東川首當其衝，當即任命韋丹為新任東川節度使，接替現任節度使李康，以預防劉闢造反。

可笑的是，此刻憲宗皇帝任命劉闢為西川節度副使的詔命正傳到成都，劉闢見朝廷軟弱可欺，越發驕橫起來，竟又接著上表朝廷，請求統兼劍南三川。憲宗見此人得寸進尺，當然不許。劉闢遂決定用武力奪取三川，發兵攻打東川，新任東川節度使韋丹還未到任上，東川已經落入劉闢手中，就連前任東川節度使李康也成了俘虜。

劉闢又上表請求封心腹盧文若為東川節度使。憲宗忍無可忍，決定發兵征討西川，然而朝議時，公卿大臣均認為蜀中山路崎嶇，蜀地險固難取，反對出兵之聲不絕於耳，只有宰相杜黃裳和翰林學士李吉甫二人贊同討伐。杜黃裳道：「劉闢不過一狂戇書生，取之如拾草芥。臣知神策軍使高崇文勇略可用，願陛下專以軍事委之，不要置監軍[3]，一定能敗劉闢。」憲宗由此下定了決心。

轉眼又是新的一年，新年伊始，憲宗宣布改年號為元和，大赦天下。恰在正月十九日，太上皇被宣稱崩於興慶宮，時年四十六歲。自太上皇莫名其妙中風後，一直不能行走說話，癱瘓在床已經一年有餘，本來他的去世也不在人們意料之外，可疑的是，太上皇死前一天，憲宗李純突然下了一道制書，宣稱太上皇「舊恙愆和」，自己要「親侍藥膳」，所以暫時不能上朝聽政。自去年年初王叔文執政後，關於順宗與長子李純不和的傳聞不絕於耳，後來順宗立李純為太子，傳說也是因為宦官武力要脅。順宗很快傳位給太子，自己退位為太上皇，許多大臣都認為這不是順宗的真實心意，直到看到憲宗因為太上皇久病推延上朝的制書，才知道順宗父子關係也許並非傳聞中那樣冷漠。然而，正當眾人為憲宗的孝順感動慶幸時，第二天就傳出太上皇死於興慶宮的消息。因而有人認為太上皇其實早就死了，憲宗先下制書，就是想要掩蓋真相，卻不料起了欲蓋彌彰的相反效果。太上皇死後次日，憲宗特下詔書賜死已經被貶渝州的王叔文。傳說早有密使奉太上皇旨意去渝州聯繫王叔文，不過為地方官員檢舉告發，這才是太上皇和王叔文死的根本原因。

然而捕風捉影的宮廷祕聞遠沒有西川那般吸引人的視線，元和元年正月二十三日，憲宗任命左神策行營節度使高崇文為主帥，率兵討伐西川劉闢，不過卻沒有「專以軍事委之」，依舊派出心腹宦官俱文珍為監軍。

蜀中烽火狼煙，其他藩鎮也不平靜，不少人蠢蠢欲動，意圖渾水摸魚，乘機謀取私利。夏綏節度使韓全義被宰相杜黃裳召入朝中後免職，韓全義外甥楊惠琳遂自任為節度使，發兵趕走了朝廷新任命的節度使。憲宗詔令河東節度使嚴綬發兵討伐楊惠琳，嚴綬大軍未發，楊惠琳即遭人暗殺，首級被割走，夏綏由此不戰而定。

西川未平，東面風雲又起。平盧節度使李師古據有十二州之地，是藩鎮中地盤最大者，猶自不滿足，有意趁亂撈一把，詭稱鄰道義成節度使李元素有意謀反，便往西面邊境調集重兵，預備武力奪取義成土地。憲宗下詔阻止，李師古素來專橫暴戾，驕蹇不遜，當然不肯聽從。他唯一畏憚之人是朝中宰相杜黃裳，杜黃裳特意寫信勸他退兵。李師古表示終身不敢失節，但義成謀逆在先，他須得為朝廷討平。言下之意，平盧不會背叛朝廷，但義成的地盤他是奪定了。

與劉闢資歷名望尚淺不同的是，李師古從父親手中世襲節度使已經十三年，歷來用高官厚祿招納亡命之徒、失意文人等，手下能人極多。他最欣賞韓愈的弟子張籍，曾贈以明珠，命人千方百計挾持來平盧，欲辟為幕僚。張籍為此作〈節婦吟〉一首：「君知妾有夫，贈妾雙明珠。感君纏綿意，繫在紅羅襦。妾家高樓連苑起，良人執戟明光裡。知君用心如日月，事夫誓擬同生死。還君明珠雙淚垂，恨不相逢未嫁時。」表明自己已經先投效朝廷，須得當一名「節婦」。李師古竟沒有殺他，反而贈金放還。

雖然兵精糧足，不把朝廷和義成放在眼中，李師古對於出兵還是有所忌憚——義成北面就是魏博，萬一魏博斜插一腿，那可就有腹背受敵的危險。他聽從幕僚高沐、李公度的建議，派使者與魏博節度使田季安通好，獻上厚禮，請他發兵相助，承諾取下義成後，兩鎮共分領土。

田季安幼守父業，畏懼嗣母嘉誠公主嚴厲，一直粗修禮法，頗為規矩。然而自從去年嘉誠公主暴死後，他再無拘束，恣意玩樂，成天沉湎於擊鞠、打獵、美酒、女色當中，軍中政務也大多任徇情意，毫無章法，賓僚將校有進言者，輕則杖責，重則處死，由此殺了不少人。就連在河北聲望很高的田興也因為從旁相勸，被免去節度副使和兵馬使的職務，被奪走兵權，改任行軍司馬，魏博遂無人再敢多言，任憑田季安胡作非為。

之前魏博與吐蕃合謀興兵不成，田季安一直鬱鬱滿懷，甚至為此重責了經辦此事的侯臧、聶隱娘等人，聽到李師古使者的遊說後，當即心動，應允由平盧先發兵西進，魏博自北面包抄，隨即往魏博南面邊境調集重兵。因向與成德不和，怕成德節度使王士真趁火打劫，嚴令邊關戒備。又因莘縣首當要衝，特傳書空空兒，命他不得再酗酒，須得日夜巡防，以防備東面的平盧。

空空兒接書後很是詫異，魏博不是正預備與平盧聯兵侵奪義成麼？魏帥所擔心的是怕成德從背後來一下子，為何又特意傳令交代要防備平盧？一時也想不通究竟。莘縣縣令芮惠卻不斷從旁求懇催促，他只好分派兵馬加緊防守，自己日日帶了人馬往關卡南北來回巡視。

如此過了幾日，並不見對面平盧有何動靜。這一日，莘縣縣令芮惠忽然派人來請空空兒，說是來了貴客。空空兒料來是魏州有官員到來，雖厭惡這種應酬，還是不得已回到縣城。到縣衙一看，貴客是一名三十來歲的武將，並不認識。

芮惠忙介紹道：「這位是幽州牙將譚忠，正奉幽州節度使劉濟劉相公之命出使魏博。」空空兒心道：「既出使魏博，不去魏州，如何來了莘縣？」

譚忠上來笑道：「我雖在幽州為官，其實是易州人，與空將軍尊母是同鄉。久慕空將軍大名，趁這次公幹來魏博，特意來莘縣拜訪。」空空兒道：「慚愧，空某賤名不足掛齒。」究竟是同鄉，談及家鄉風物，極感親切。

芮惠當即安排酒席，任憑他同鄉二人大談易州風土人情。空空兒因魏博南面即將有大戰事，終不敢多飲，只道：「譚將軍既無他事，不如多留幾日，我軍營中有好酒，得閒時送來與將軍暢飲。」因對方幽州牙將的身分，終究不敢邀請對方到軍營盤桓逗留。

譚忠道：「求之不得。」芮惠也道：「譚將軍住在城中驛站，莘縣一帶古蹟甚多，空將軍沒空時，不如由本縣帶著譚將軍四下看一看。」譚忠笑道：「甚好，有勞。」

空空兒回來陽谷軍營已是日落時分，只見數名衛士正按著一名四十餘歲的婦人跪在營門前。那婦人穿著赭色囚衣，頸項和雙足均戴了粗笨的鐐銬，一根長長的鐵鏈連住她脖子上的鐵環和腳鐐。

魏博軍中向來役使罪犯和俘虜為奴，從事最低賤最下等的粗活。空空兒依稀記得在軍營中見過這婦人，上前問道：「她犯了什麼錯？」一名小將道：「稟將軍，這女奴剛剛逃出軍營，被人抓了回來。按照慣例，當在軍前處死。」

空空兒皺眉道：「當下是非常時機，軍中需要人手，先暫且饒過她性命。」小將道：「空將軍寬宏大量，可這樣不合規矩，如果不處罰她，營中奴隸都要以她為榜樣，人人想著逃跑，那還了得？既然將軍說饒她性命，不如砍掉她一隻手，以儆效尤。」空空兒道：「砍掉她一隻手她還能幹活麼？算了，打她五十杖。」小將不敢再說，只得道：「遵令。」

那婦人始終一言不發，被拉起來押到一旁行杖時，森然望了空空兒一眼，目光中充滿了仇恨憤懣，空空兒也不以為意。

剛回到營廳坐下，便有兵士稟告營廚老范求見。空空兒命他進來，道：「老范，你來得正好，我這裡的酒喝得差不多了，你去多釀一些，再送一些去莘縣驛站。」老范也不答話，跪下來連連磕頭道：「空將軍，求求你高抬貴手，放過玉娘，你若讓人打死她，軍營裡就再也沒有人會釀美酒了。」

空空兒大奇，問道：「玉娘是剛剛要逃走的那名女奴麼？」老範道：「是。其實小人並不大會釀酒，一直是玉娘暗中指點。空將軍，你為人向來和氣，求你念在玉娘初犯的份上，饒了她這一次吧。」

空空兒忙命人去帶玉娘來。她已經挨了一多半軍棍，魏博軍紀森嚴，軍棍都是五彩粗棍，又重又實，號稱「殺威棍」，玉娘才挨了三十來下，下半身衣褲已經血跡斑斑，再也無力行走，兵士將她拖進來逕直扔到地上。空空兒示意老范扶她起來到一旁坐下，溫言問道：「玉娘在何處學的釀酒之法？」玉娘狠狠瞪了他一眼，卻是不答話。

空空兒見狀，只好命老范扶她回去休息治傷，又召來軍中書記，問道：「這玉娘犯了什麼罪？」書記道：「下官不知。營中奴隸都是自魏州隨意撥配，軍中只有在籍名冊，不知來歷。不過玉娘應該在營中很久了，下官四年前來莘縣軍中任書記時，她就已經在這裡了。」

空空兒正欲找幾名老兵來聞明究竟，忽有兵士奔進來稟道：「關卡出了大事，請將軍速速趕去！」原來有一幫平盧牙兵湧至陽谷關下，說有刺客逃入魏博境內，氣勢洶洶地欲闖過邊卡搜查，被魏博兵士攔住，平盧卻不肯就此甘休，雙方正劍拔弩張地對峙著。

空空兒一聽「刺客」二字，心中咯噔一下，這不正是他之前所思慮過的事情麼？朝廷豢養遊俠殺手組織用來應變危機，既然皇帝正忙於討伐西川劉闢，根本無力應付平盧和魏博聯兵，派出遊俠行刺藩鎮節度使正是上上之策，那麼她……蒼玉清會不會來了平盧？一念及此，慌忙領了一隊人馬奔出軍營，往邊境趕去。

天色已黑，兩邊關卡都點起了無數火炬，亮如白晝。雙方弓弩手均彎弓搭箭，指向對方。空空兒忙叫道：「收箭！」魏博軍紀森嚴，即使是空空兒這樣帶兵無術的佐將一聲令下，「嘩啦」一響，瞬間弓弩手盡收好弓箭，肅然靜立。

對面也有人叫道：「收箭！」又問道：「來者何人？」關將秦定道：「這位是我們佐將空將軍。」對面一名牙兵擠出人群，道：「咦，你不是空空兒麼？」

空空兒聽他口音是京兆一帶，不過面孔卻甚是陌生，問道：「你是誰？如何認得我？」那名牙兵冷笑道：「你自然不認識我，我卻認得你。你忘了，兩年前你在京師蝦蟆陵郎官清酒肆破了一件無頭案子麼？我就是那殺死同伴的王昭。全是因為你，才害得我被萬年差役捕去。」空空兒道：「原來是你。你不是早被判了死刑麼？」王昭道：「這可要感謝老皇帝死得快，新皇帝即位後大赦天下。不過，你害得我無法在京兆立足，只得來了平盧投靠鄆帥。」

領頭的平盧牙將早不耐煩聽他二人敘舊，喝道：「王昭退下。」轉頭道，「空將軍，我們自鄆州一路追捕刺客過來，有人親眼看見他們逃進了魏博境內。他二人均中了箭，逃不了多遠，還請將軍准許我等過境搜捕，我們絕不越權行事。」

空空兒之前早得魏博節度使書信，信中再三叮囑要防備平盧，怎敢輕易放對方大隊人馬過境，搖頭道：「此事我得請示魏帥。」平盧牙將道：「那好，事情緊急，請將軍即刻派人回魏州請示魏帥，我們就在這裡候著。」

空空兒便命人連夜趕去莘縣驛站，命驛長派快馬回魏州。他覺得那平盧牙將極為面熟，卻想不起來在哪裡見過，忍不住問道：「將軍是京兆人麼？」平盧牙將道：「是。」空空兒道：「將軍也是跟王昭一起到的平盧？」無非是想問對方是不是也跟王昭一般是亡命之徒。

平盧牙將冷笑道：「我可不是什麼犯法逃亡之輩，我是被宦官逼來了這裡。兩年前我趕驢運柴進城售賣，遇到宮市，不堪忍受宦官欺凌，與他們打了一架，被官府抓去。幸虧監察御史劉禹錫劉相公將事實稟告上去，我才被無罪釋放。結果我回到家中時，就有宦官指使爪牙趕來丟了一袋毒蛇進門，我父母妻兒均被毒蛇咬死，我也被迫逃亡，幸得平盧李帥不棄，收留了我。」

空空兒這才想起這平盧牙將就是侯彝被貶出京師當日，他在通化門外見過的那個不堪忍受宮市之苦而毆打宦官的樵夫于友明，一時料不到世間會有這等奇事，竟會在這樣的局面再見到他。

又聽見于友明道：「空將軍，鄆帥待我恩重如山，你若敢私縱刺客，我定不會與你善罷甘休。」空空兒道：「是貴鎮節度使鄆帥遇刺了麼？將軍何以肯定我會縱放刺客？」于友明道：「空將軍不肯放我們過境倒也罷了，卻也不立即派人搜索刺客，這不是很奇怪麼？」空空兒道：「我性子粗疏，新上任不久，多有怠慢，還請見諒。」忙命兵士帶人往南北密林細細搜索，再派人去莘縣通傳縣尉邱絳派人全城搜捕。

折騰了大半夜，也未發現可疑人影。空空兒見對方于友明一行當真守在邊卡一動不動，甚感無奈，只得交代了關將秦定幾句，自己回來軍營。

天剛濛濛亮，有兵士闖進營中，將空空兒從睡夢中叫醒，道：「平盧那邊指名叫將軍出去。」空空兒不知道又出了什麼事，只得趕來陽谷關卡，卻見對面一群牙兵簇擁著一名年老的白鬚僧人，那僧人竟是他曾在青龍寺見過的掛單遊僧圓淨。

當日空空兒初見圓淨時，此僧人正與青龍寺住持鑒虛密密交談，身上一股凜人氣勢不由自主吸引了空空兒的注意。當晚李汶遇刺，空空兒於大雨中救了重傷的蒼玉清回到青龍寺，次日左金吾衛大將軍郭曙搜寺時，有衛士稟告在圓淨居住的禪房發現了一件帶血的僧衣，但人卻是不見了。想不到會在這裡再次見到，看來他表面是得道僧人，背地卻是平盧的眼線。

圓淨也還記得空空兒，一見他便打了個哈哈，道：「想不到京師一別，空郎被派來陽谷當了一個小小的守關將軍，你們魏帥可真是大材小用了。空將軍，不如你改投我們平盧，鄆帥知人善任，決計不會讓你做這些巡關守邊的雜事。」

空空兒心道：「他這般說，平盧節度使李師古當是安然無恙了。」其實他內心深處，倒是真切希望刺客能行刺得手，如此不但可以消弭平盧與義成之間的大戰禍，魏博也可以不再捲入其中。

正自沉吟，一旁親隨已經出聲喝道：「老和尚信口胡說些什麼？」空空兒身邊四名親隨淨是魏州派來的牙兵，名為保護，實為看管的獄卒。

圓淨道：「空將軍昨夜派兵協助我平盧搜索兩名逃犯，可有結果？」空空兒心道：「不是刺客麼？怎麼又改口成逃犯了？呀，定然是李師古已經遇刺身死，平盧一方生怕軍心動搖，為外敵有機可趁，所以密不宣示。不然何至於這麼多牙兵湧來邊關，非要捉到刺客不可？刺客當真是遊俠麼？她……她……」

圓淨見空空兒不答，冷笑道：「貧僧早知道魏博難脫干係，說不定你們魏博正是刺客幕後指使。」

空空兒不及與圓淨辯說，低聲交代一名親隨道：「你速回魏州向魏帥稟告，說平盧節度使李師古很可能已經遇刺身亡，請魏帥自己一定多加小心。」他如此做，自然是希望節度使田季安知道李師古遇刺後有所顧慮，停止發兵增援平盧。

那親隨大吃一驚，道：「什麼？」空空兒厲聲道：「還不快去！魏帥有事，你擔待得起麼？」那親隨一聽事關魏帥安危，忙招了一名同伴，飛奔上馬去了。

圓淨見空空兒甚是詭祕，始終不理睬自己，勃然大怒，道：「來人，將空將軍的舊相識帶上來。」空空兒聞言一愣，道：「什麼舊相識？」

卻見對面牙兵推出一輛狹小的囚車來，內中跪著一名女子，正是第五郡，只是蓬頭垢面，滿臉血污，再無昔日明媚之色。空空兒「啊」了一聲，雖然驚訝，卻也並不意外，心中越發肯定是遊俠刺殺了平盧節度使李師古，不過第五郡失手被對方擒住。

卻見牙兵將第五郡從囚車中扯出來，拖到關前。圓淨一把抓住她的頭髮，將她提了起來，笑吟吟地道：「空將軍不會說不認識她麼？貧僧在京師時可是親眼看見你們一道走在街上。」

空空兒見第五郡渾身是傷，料來已經受過不少拷打，想起她昔日的嬌俏可人，心中難過不已。忽見第五郡張開嘴唇，雖然沒有出聲，卻分明說的是「殺我」兩個字，不禁呆住，心道：「她是叫我殺了她，好讓她少受些苦，可是……」

圓淨見空空兒不肯相認，便鬆開手，第五郡的手筋腳筋均已經被挑斷，當即軟癱在地。圓淨命道：「將這女人吊起來！」

平盧牙兵便在對面豎了根木架，將第五郡吊在上面，生了一堆火，將刀尖放在火上烤熱，然後往她身上燙去。第五郡不住聲地慘叫，淒厲之極，身子扭來扭去，彷彿已經不是一個活生生的女子，而是掛在鉤子上待宰的牲畜，徒然掙扎哀號著。到最後她力氣耗盡，刀尖燙到身上只微微顫抖，連動都動不了一下，只是一時不得昏死，還要繼續忍受酷刑煎熬，承受非人的痛苦。

空空兒見第五郡在自己眼前飽受折磨，胸口躁熱，血脈賁張，又見平盧牙兵扯去她身上衣衫，再也忍不住，回頭命道：「拿弓弩來。」兵士道：「稟將軍，對方剛好在弩箭射程之外。」空空兒道：「取兩張強弓來。」

他既決意射殺第五郡，生怕為對方所阻，因而弓箭上手，毫不遲疑，拉滿如圓月。那箭疾若流星，正中第五郡胸口，沒入數寸，幾近穿背而出，她哼也未哼一聲，便即垂頭死去。

那一刻，空空兒心痛不止，不僅是因為他迫不得已親手射殺了第五郡，還想出一些以前從沒有考慮過的道理來——第五郡本是出身名門的富家娘子，擁有任何女子夢寐以求的東西——名望、地位、財富、美貌。在民風嬌化的京師長安，達官貴人們都在忙著享樂，她卻有著自己不同尋常的追求和理想，在這戰爭一觸即發的緊急關頭，甘願付出青春、身體，乃至生命的代價，捨身取義，來阻止平盧侵道，多少將士將因此不必再血染他鄉，多少百姓將因此不必再受兵禍之苦。而他自己身為男子，又做過些什麼呢？看到她所受的苦難，死前就連作為一名女子僅有的尊嚴都未能保住，他的隨波逐流、他的滿足於自保看起來是多麼貧乏與蒼白，多麼冷漠與自私。

郤見對面圓淨暴跳如雷，指著空空兒綮道：「你竟敢當面殺了我平盧要犯。」

空空兒心中激蕩不已，對方喊叫些什麼也未聽進去，只是默不作聲。關將秦定毫不客氣地回敬道：「你們不是說我魏博是刺客同黨麼？現下空將軍親手殺了她，你們再無疑心了。」圓淨一時無話可說，只得恨恨命人將第五郡屍首肢解，分掛各處示眾。

空空兒鬱鬱離開陽谷，回來軍營時正遇到縣尉邱絳的手下差役，稟道：「邱少府剛剛在城裡捕到一名悍匪，很可能就是平盧所稱的刺客，請將軍速去接手。」

空空兒尚未從巨大的悲痛中清醒過來，差役又說了一遍，他才吃了一驚，問道：「對方是男是女？」差役道：「是個男的，二十來歲，他早受了箭傷，武藝卻還是十分了得，傷了我們好幾個人，是邱少府調來守城的弓弩手射穿他大腿才捕到他。」

空空兒料到這人必是第五郡同伴，忙帶人趕來城裡。邱絳正在縣衙等候，神色焦慮，一見空空兒就道：「將軍可算到了。」命人押過囚犯。

那囚犯披枷帶鎖，被拖來空空兒面前跪下。空空兒心中一沉，這人正是郎官清酒肆店主劉太白的長子劉大郎。他頓感不妙，上次在成都，他已經見過蒼玉清與劉大郎一道，莫非于友明口中一男一女的刺客正是劉大郎與蒼玉清？他又驚又急，卻不敢表露，又因為身邊親隨是魏州派來的牙兵，無法私下訊問審訊劉大郎。只得命人將劉大郎裝入囚車，先押回陽谷軍營。

邱絳將空空兒拉到一旁，低聲道：「這人怕還有同黨。」空空兒道：「少府如何知道？」邱絳道：「他去藥鋪買了一大包金創藥，足夠好幾個人用。」空空兒道：「少府是在哪裡捕到他的？」邱絳道：「北門附近。他從東門藥鋪出來，被巡視的差役發現，見他形跡可疑，上前喝問，他掉頭就跑，到北門惡戰一場，才受傷力盡被擒。空將軍，平盧既稱是刺客，是平盧節度使遇刺了麼？」空空兒道：「這我還不能肯定。」他擔心蒼玉清安危，當即拱手告辭。

到東門附近時，空空兒命親隨先押著囚車回營，自己要去驛站找一趟幽州牙將譚忠。一名親隨遲疑道：「不如小的跟著將軍。」空空兒指著劉大郎道：「押送看管此人要緊。不過先別讓平盧知道，等魏帥的指令到了再說。」

他素來親和，無所作為，今日忽然在陽谷關下一箭射死射程之外的平盧女犯人，臂力之強，令人側目。親隨頗為畏懼，只得應命。

空空兒等囚車走遠，當即往南面而來。劉大郎在東門被人發現後轉身往北跑，他的同伴一定藏在南面。莘縣南面淨是民居，邊關之地百姓警覺機敏，藏身不易，如果要選藏身之地，廢墟當是最妥當之處。往南走了二里，居民漸稀，果見前面有一座破敗荒蕪的土地廟。空空兒見左右無人，大踏步奔進來，忽然門外一人閃出，舉刀朝他後心扎來。他轉身托住那人手臂，歎道：「清娘，是我。」

那自背後襲擊他之人果是蒼玉清，她受了重傷，全仗一口氣強撐，忽見到空空兒意外出現在面前，又驚又喜，當即暈倒在他懷中。空空兒身上攜有金創藥，當即將她身子放平，細心檢視創口，為她敷好藥。

蒼玉清呻吟一聲，悠悠醒轉，道：「我不是做夢麼？空郎……你怎麼來了？」空空兒道：「我被魏帥派在莘縣當邊將。」遲疑了一下，又道，「劉大郎已經被本地縣尉擒住，押在我的軍營中。第五郡……她被平盧牙兵擒住，我……我剛剛一箭射死了她。」

蒼玉清道：「什麼，你殺了郡娘？」空空兒淒然道：「是，我救不了她，只好殺了她。」蒼玉清道：「你……你……」又急又怒，當即暈了過去。

空空兒不便多留，忙將她重新搖醒。蒼玉清咬牙切齒地道：「我要殺了你。」空空兒道：「日後有機會吧。你先留在這裡別動，我今晚會設法救劉大郎出來，再送你二人離開這裡。」蒼玉清道：「你怎麼不殺了我？」空空兒道：「我怎會殺你？請清娘一定留在這裡，你還有許多大事要辦，可別再輕易出去冒險。天黑時我會帶劉大郎再來找你。」蒼玉清怒道：「你別再來了，我再也不想見到你。」

空空兒歎了口氣，走出破廟，有心去找同鄉譚忠相助，請他幫忙帶蒼玉清出城，可畢竟與他相識不久，未能深交，還是有所顧及。躊躇半晌，還是決意先回軍營救出劉大郎再謀出城之計。

回來軍營時，正見劉大郎被枷鎖在旗杆下的木籠中。這枷籠是昔日田承嗣從契丹人那裡學來的，專門對付軍中不服管束的將士。據說一關進了枷籠，不出一天，鐵打的人也會變成一灘爛泥。尤其是日頭極毒的時候，站在太陽下一天，再桀驁不馴的人也會被曬化。田承嗣素以陰狠聞名，軍中對他十分畏懼，這枷籠便是原因之一。

時值閏五月，天氣炎熱，日正當中，太陽照在劉大郎臉上，神色顯得極為灰白憔悴，鼻尖、額頭有密密汗珠滲出。他的頭頸被木枷牢牢枷住，半分也不能移動，只能向前仰著臉，微閉著雙眼，大約是不願意痛苦不堪的表情流露出來。

空空兒走近木籠，命守衛兵士取些食物和水來，等兵士走開，才低聲問道：「你還認得我麼？」劉大郎睜開眼來，道：「當然認得。」他一直裝作不認識空空兒，沒有流露出絲毫異樣。

空空兒道：「我見到了清娘，晚上我會設法救你出去，再送你二人出城。」劉大郎卻甚是冷漠，仿若事不關己，根本就不關心是否能獲得自由。空空兒料來因為自己魏博武將身分的緣故，對方並不信任自己，也不多言，自回到營帳中飲酒。

到了晚飯時分，魏州有牙兵來傳節度使田季安之令，命空空兒不得放平盧牙兵過境，但須得全力搜捕刺客，一旦捕獲，先暫留魏博軍營審問清楚，再等候處置。空空兒心道：「天助我也。」忙命人將劉大郎提出木籠，帶來營帳，問道：「你就是刺客吧？你叫什麼名字？平盧那邊說你還有一個同黨，他人在哪裡？」劉大郎只垂首不答。

一名親隨道：「空將軍何須跟他客氣？這人不吃點苦頭是不會招供的，不如我們也學平盧拷打那個小娘子一般，拿刀尖燙他全身。」空空兒大怒，一拍桌案道：「是你問案，還是我問案？」那親隨是田季安心腹牙兵，有恃無恐，只冷冷道：「莫不成真如那平盧老和尚所言，空將軍是認得那小娘子的？」空空兒道：「認得又如何？是不是我認識的所有人都要向你事先交代？」親隨道：「既然是將軍舊識，將軍又為何親手射死她？」

劉大郎全身一震，問道：「你射死了第五郡？」空空兒哼了一聲，怒道：「你們都給我出去，我要單獨審問刺客。」

劉大郎忽然大叫一聲，直朝空空兒奔來，他手足戴了鐐銬，奔出幾步即被背後牙兵追上，強行按在地上跪下，兀自掙扎不已，道：「我要殺了你！殺了你！」空空兒道：「好……」話音未落，忽覺一陣暈眩，晃了兩晃，往後倒在椅子中坐下。兩旁的親隨、牙兵也紛紛倒地。

空空兒不能動彈，無法言語，卻是神智不失，知道眾人是中了極厲害的蒙汗藥，一時不明究竟，心道：「是清娘下的藥麼？她又如何混進了軍營？」

卻見劉大郎從地上爬起來，一瘸一拐地奔近案桌，取了空空兒那柄浪劍，幾劍斬開雙足間的鐐銬，只是雙手被銬在一起，一時難以自己弄開，當即舉劍對準空空兒心口，道：「今日要為第五郡報仇。」空空兒心頭微歎，只能閉目待死。

劉大郎正要遞出長劍，忽聞見背後鐐銬聲響，有人叫道：「不要殺他。」聞聲回過頭去，簡直無法相信自己的眼睛，竟是數年來只有在夢中見過的娘親，一時不知道是夢是幻，叫道：「娘親！」

空空兒這才知道軍營中的女奴玉娘就是劉太白的妻子、劉大郎的母親，難怪她會釀酒，指點營廚釀出來的酒很有幾分郎官清酒肆的味道。不是聽說她數年前跟酒客私奔逃走了麼？又如何陷在魏博軍中為奴多年？

玉娘上前奪過浪劍，舉劍將劉大郎手銬削斷，她雖頸間、雙足戴了笨重的鐐銬，又新挨了軍棍，依舊身手敏捷，一看便是習武之人，又回劍斬斷自己身上的鐐銬，從帳中兩名親隨身上各掏出一個黃色權杖，這才道：「我往他們飯食下了迷藥，咱們快些走吧。」劉大郎猶自發呆，問道：「娘親怎麼會在這裡？」

玉娘牽了他的手，一面走出帳外，一面低聲道：「多年前，娘親和海無言奉命行刺前任魏博節度使田緒，雖然得手，海無言卻受了傷，逃出魏府後不久就傷重死去。當時魏州全城戒嚴，娘親知道難以逃脫，用藥水化掉了田緒首級和海無言屍首，不久後還是被魏府牙兵捕到，押來這裡為奴已有多年。前幾日娘親有所感應，總覺得有親人來到我身邊，娘親想找機會逃走，結果又被他們抓了回來。幸得如此，不然如何能遇到我的大郎？娘親今日看到你被押回軍營，恨不得立即上前與你相認。」

只見外面營中橫七豎八倒了不少兵士，劉大郎道：「娘親一直被囚禁在軍營，哪裡來的蒙汗藥？」玉娘道：「娘親一直藉口想逃脫粗活雜役，哀求營廚幫我弄些蒙汗藥裝病，這些藥是歷年辛苦所積。大郎，你們這次是來行刺平盧節度使李師古麼？」劉大郎道：「嗯，我們原本計畫殺了李師古，再逃入魏博境內，嫁禍給魏博，挑起兩大藩鎮自己內鬥，義成之危自然解除。當時我負責在外面接應，清娘和郡娘早扮成樂妓混入帥府，結果當晚她們氣急敗壞地逃了出來，說是有人搶先下手，躲在茅廁中伏擊了李師古，並割下首級，而且將追捕的牙兵引向她二人。我們不得已，只得一路往西逃來，平盧牙兵窮追不捨，我們幾個都受了傷，第五郡也被追兵捕去。」

玉娘一時不及說更多，道：「大郎，這權杖是魏博節度使頒給身邊親信之物，在魏博通行無阻。這裡有馬，你牽上幾匹馬，速速去吧。」

劉大郎大吃一驚，道：「娘親不跟孩兒一起走麼？」玉娘道：「不，娘親新挨了軍棍，身上有傷，騎不得馬。」劉大郎道：「孩兒去找一輛馬車來。」玉娘厲聲道：「你再不走，娘親立即死在你面前。」當即舉起浪劍，橫在脖子上。

劉大郎知道母親性情剛烈無比，只得流淚上馬，他自是知道這一次分離便是永別，再也無緣相見，胸口尚有千言萬語要說，一時間逡巡左右，不忍離開。

玉娘道：「大郎，你該知道我們都有自己的使命，自加入遊俠那一天起，性命就已經不是自己的了。你還有許多大事要辦，等將來朝廷平定魏博的那一天，記得往娘親墳頭灑一杯清酒，娘親也就含笑九泉了。」劉大郎早已淚流滿面，道：「是。」一咬牙，攏了幾匹馬飛奔出營。

玉娘目送劉大郎消逝在黑暗中，歎道：「好孩子。」一想到十年苦苦等待，歷經磨難屈辱，與愛子瞬間團聚即成永訣，淚水忍不住潸然而下。

她佇立片刻，抹了抹眼淚，尋到一名暈倒的魏博兵士，剝下軍服穿在自己身上，又舉火點燃軍營轅門及柵欄，這才騎馬往關卡而去。她不能坐直，只能伏在馬背上，到了關卡，取出黃色權杖，命道：「魏帥有令，平盧再敢挑釁滋事，一律用刀劍說話。」

關將秦定聽出她是女子，又依稀覺得她面熟，上前問道：「娘子是什麼人，我怎麼覺得面熟得很？」玉娘道：「我是魏帥心腹，輪得到你來盤問麼？」揚聲朝平盧一方喊道：「喂，你們平盧節度使在茅廁中被人殺死，割走了首級，你們知道麼？」

不僅平盧大嘩，就連魏博一方也極為驚奇，一片躁動之聲。秦定問道：「娘子此話當真？」忽有兵士稟道：「將軍，軍營那邊有火光，好像起火了。」秦定道：「派人去看看。」

忽見玉娘舉劍喊道：「平盧派人放火燒了陽谷軍營，搶走刺客，殺他們報仇。」竟策馬朝平盧一方衝了過去。秦定大驚失色，叫道：「娘子，萬萬不可衝關！」認出她手中的劍正是空空兒隨身所佩的浪劍，忙叫道：「攔住她！攔住她！」

玉娘揮劍一晃，砍倒兩名魏博兵士，衝出關卡，朝平盧奔去，到得半途，平盧一排弩箭放出，將她連人帶馬射成刺蝟一般。那馬中箭後悲聲嘶鳴，高高揚起前蹄，將玉娘掀了下來，這才頹然倒地。平盧又放出一排箭，玉娘卻是動也不動，早死得透了。

魏博雖不知道玉娘到底是何人，又為何來邊關搗亂，畢竟她穿著己方的軍服，見平盧射死了她，登時大嘩，立即回以弩箭，雖然箭力不及平盧關卡，總要出一口惡氣。平盧也毫不示弱，以弩箭回擊。魏博驍騎天下無雙，可平盧土地、人口是魏博數倍，兵多將廣，雙方各有忌憚，均不敢強力闖關，這一場互射才沒有由鬧劇演變為戰火。玉娘臨死惡意挑撥雙方相鬥，終未能如願。

陽關軍營雖然失火，卻沒有燒及營帳，火勢並不大，空空兒等人均被救了出來。只是那蒙汗藥十分厲害，幾個時辰過去，手腳依舊酸軟無力。

一直到天明時，藥力剛過的空空兒才帶人趕到邊關，見玉娘倒在在兩處關卡的中間位置，全身插滿箭矢，頗為悲壯，又見對面高高挑掛著第五郡的人頭，一時氣結，道：「將她拉回來葬了。」

秦定道：「這婦人手中有將軍的浪劍，又有魏帥權杖，到底是什麼人？」空空兒搖了搖頭。他身邊親隨生怕承擔丟失金牌之罪名，忙道：「就是軍營中一名發瘋的女奴。」秦定便派出幾名盾牌兵，邊舉盾邊將玉娘屍首拖了回來。

空空兒心中沮喪難過，不願意再多逗留陽谷，領人回莘縣縣城，卻沒聽說有人持節度使權杖連夜出城，料想劉大郎和蒼玉清還陷在城中。因他自己被親隨監視，難以脫身，不得已來到驛站，預備請同鄉譚忠幫忙去土地廟看看，不料譚忠一早得幽州節度使劉濟急召，已經率部下趕早出城回幽州去了。一時慨歎天意弄人，只能聽天由命。

幸得過了數日，除了已死的刺客第五郡，始終沒有聽到逃走的劉大郎及其同夥的任何消息，沒有消息就是好消息。反倒是魏州有牙兵趕來，宣達魏博節度使之命，委派了新的佐將。空空兒因領軍無方，導致軍營被燒，刺客逃走，女奴發瘋下毒、奪劍衝關，而被當場免職，勒令速回魏州。空空兒雖日夜憂慮蒼玉清安危，卻不得不奉命即刻動身。

離開莘縣之日，只有縣尉邱絳不避嫌疑，趕來相送。空空兒見邱絳鬱鬱滿懷，極有怨言，知他親屬均被扣在魏州，不得團聚，安慰道：「這次我回魏州，怕是再也不會有機會回到這裡，少府若有家書，我可以代為轉送給尊夫人。」邱絳道：「甚好。」向城門守吏索取紙筆，匆匆寫了一封家信，又告知家屬地址姓名。空空兒道：「放心，一定送到。」

行到城門處，門邊忽有一人搶上來叫道：「空將軍！」親隨上前喝道：「什麼人擋道？」那人道：「賤名不足掛齒，不過是故人想求見空將軍一面，還有一場大功勞要送給將軍。」

空空兒見他面生，卻是神色詭異，面無表情，當即想起一個人來，暗道：「莫非他是王翼，正是他殺了平盧節度使？他擅長易容裝扮，武功又高，確實有這個本事能搶在清娘他們幾個前面下手。他是江湖刺客，收錢才會殺人，不知道是誰雇他來殺李師古？他所謂的大功勞又是什麼？該不會是他擒住了劉大郎和蒼玉清，所以這二人到現在還沒有消息？」忙上前問道：「你有什麼事麼？」

王翼招手道：「請將軍下馬過來，我有一件大機密，只能講給將軍一個人聽。」空空兒依言走近他，問道：「是什麼大機密？」王翼忽然向前一步，挺出一柄匕首，抵住他胸口，笑道：「抱歉了，我出不了城，只能用這個法子請將軍帶我出城。」

自從平盧聲稱有刺客進入魏博境內以來，莘縣已戒嚴多日，只許進不許出，這也是空空兒認為劉大郎和蒼玉清還陷在城中的緣故。

空空兒道：「你制住我也未必出得了城，我眼下已經不是什麼將軍，正要被押回魏州受審。」王翼低聲道：「那你為什麼還故意讓我制住？」空空兒道：「我想知道你說的大功勞是什麼。」王翼笑道：「我現在還不能告訴你，除非你帶我出城。」

一旁親隨早覺有異，上前喝道：「你在做什麼？」王翼反擰過空空兒手臂，將匕首橫在他後頸上，笑道：「你們都別動。我知道你們奉命押送空空兒回魏州，魏帥有重要事情要審問他，他若死了，你們都脫不了干係。」

親隨面面相覷，一人問道：「你待如何？」王翼道：「我只想出城，出城後不但將空將軍完璧奉還，還有一場大功勞要送給各位。」親隨見他並不是從軍營逃脫的劉大郎，想來不過是著急出城而已，當即應承道：「好。」

王翼道：「走！」押著空空兒往前走去。空空兒大是後悔適才未加抗拒，萬一王翼所說的大功勞就是蒼玉清、劉大郎的下落，那可如何是好？只是眼下有一柄匕首頂住他背心，後悔也是遲了。

王翼問道：「你之前因欠我鉅款答應我玉龍子一事，你可還記得？」空空兒道：「當然記得。」王翼道：「那麼你找到玉龍子下落了麼？」空空兒一時遲疑，玉龍子如此重要，王翼為人飄忽邪氣，若將羅令則的遺言告訴他，誰知道會發生什麼事，當即道：「這件事我確實無法辦到，請你再提一件別的事。」王翼道：「嗯，我暫時想不出來，以後想到再說。你別動，不然別怪我手下無情。」

出來西城門幾里，王翼逼眾人下馬站到遠處，將數匹馬趕走，只留下一匹，這才笑道：「有人將平盧節度使李師古的首級藏在了東門客棧裡，這是不是一場大功勞？」將空空兒往前一推，自己飛身上馬，哈哈大笑而去。

親隨如大夢初醒，忙趕回莘縣，持節度使權杖，調兵往東門客棧搜索，果然在一間房裡發現一個革囊，打開一看，真有一顆血淋淋的人頭，用石灰醃著，因天氣炎熱，已經略見潰爛，但面目清晰可辨，是名四十來歲的男子，雙目圓睜，鬚髯盡張，極有桀驁梟雄之氣。

只是誰也沒有見過平盧節度使，也不知道這到底是不是李師古的人頭，又不敢拿去邊關給平盧一方確認，自從上次玉娘冒充魏博兵士喊話闖關後，兩大藩鎮關係已是緊張之極，平盧甚至正將自義成撤回的兵馬盡數調往魏博邊境。萬一平盧認定刺客是魏博所派，那可就麻煩大了。

空空兒卻有些疑心那首級並不是李師古人頭，王翼是黑刺，須憑首級向雇主收取餘下的一半賞金，他愛財如命，怎麼會這麼輕易將首級交出來？可如果不是李師古，死的是誰？王翼又為何要指引空空兒等人去客棧尋到？

親隨向空空兒追問王翼來歷，聽說是江湖殺手後也懷疑有詐，最終只得帶著人頭與空空兒一起快馬趕回魏州。當日半夜才進魏州城。

魏州一地西峙太行，東連河濟，形強勢固，不但是河北根本，且能襟帶河南。又正好是河北與江淮之間水運交通樞紐，船舶輻輳，物資薈萃，為河北平原南部一大都會。著名宰相狄仁傑曾經擔任過魏州刺史，因施政仁愛寬厚，魏州百姓感激之下為他建造了生祠。然而後來狄仁傑之子狄景暉擔任魏州司功參軍，貪婪殘暴，反而成了地方的禍害，百姓憤怒之下，又搗毀了狄仁傑的塑像。

進城後，空空兒被臨時安置在魏州驛站中候命。他本以為節度使見了李師古人頭會連夜召見，哪知道次日正午才有牙兵來帶他入節度使府署。

到牙城大門繳了浪劍，進來府署大堂中，田季安正仰靠在座椅上。他才二十來歲，年紀比空空兒還小，卻似大病初癒，倦怠不堪。空空兒忙上前參拜。田季安只懶洋洋地道：「空空兒，你這次功過相抵，本帥也不追究了，以後還是留在府署做巡官吧。」空空兒道：「遵令。」也不明白自己功在哪裡，過又是哪些。

剛出來官署，便有侍女追上來叫道：「空郎請留步。」空空兒問道：「娘子有事麼？」侍女道：「夫人要見你。」這夫人是指魏博節度使夫人元浣。

空空兒一時遲疑，道：「我是武官，進後署怕是多有不便。」侍女面色一沉，道：「夫人召見，你敢抗命麼？」

空空兒無奈，只得跟隨侍女進來後署花廳。元浣正在慢吞吞悠悠地品茶，空空兒許久未見過她，乍看之下，只覺得她還是原來那副樣子，一點都沒有變。

元浣放下茶盞，問道：「空郎近來可好？」空空兒道：「回夫人話，還好。」元浣道：「嗯，我聽說……」忽有一名五六歲的孩子衝進來，一把抱住元浣的腿，嚷道：「娘親、娘親，我要出去買糖果。」元浣忙道：「乖，娘親這就叫人出去給你買。家僮呢？」

一名十五六歲的家僮聞聲進來，元浣道：「蔣士則，你出去買些糖果回來。」那家僮蔣士則唇紅齒白，長相俊美，一雙眼睛滴溜溜異常靈活，躬身道：「遵命。」

那孩子正是魏博節度使田季安的獨生愛子田懷諫，其實是貪圖集市熱鬧，想出去玩耍，吵道：「不，我要自己出去買。」元浣道：「外面世道亂得很，你是魏帥獨子，可不能隨便出去。」田懷諫道：「我就要出去，就要出去。」元浣無奈，只得道：「來人，去叫牙將史憲誠來，說我們母子要出去。」

田懷諫最厭惡一堆牙兵前呼後擁，每次出門都恨不得要將滿街道的人清空，道：「我不要牙兵，我要他陪我去！」元浣見愛子正指著空空兒，忙道：「他不能陪你去，他是……」田懷諫道：「我就要他！就要他！」

元浣深深歎了口氣，道：「我實在拿這孩子沒辦法，空郎，這就請你帶懷諫去買糖果吧。」空空兒躬身道：「遵命。」又道，「夫人有錢麼？屬下……身上一文錢都沒有。」

元浣啞然失笑，忙命侍女取了一袋錢過來，又問道：「空郎還住在原來的住處麼？我回頭叫人送些錢去。」空空兒道：「不敢勞煩夫人。」上前攜了田懷諫的手，道：「小公子，咱們走吧。」

田懷諫見他和藹可親，渾然不似牙兵下人對自己恭敬畏懼之極，很是欣喜，連聲道：「抱我！抱我！」空空兒便彎腰抱起他來，往外走去。蔣士則忙跟了上去，田懷諫道：「你站住，不准動。」蔣士則當真站在原地，動也不敢動。

出來牙城，空空兒問道：「小公子想去哪裡？」田懷諫笑道：「當然是集市啦，那裡最熱鬧。」空空兒便抱著他往集市來，田懷諫見人煙繁密，市井百態有趣，看得眉開眼笑，胡亂買了不少小玩意兒。

一直逛到太陽落山，空空兒道：「小公子，該回去啦，一會兒集市就該收攤了。」田懷諫正興致勃勃，哪裡肯走，道：「不是魏州城中還有夜市麼？我也要看。」空空兒連連搖頭，道：「不行，再不回去，魏帥和夫人該著急了。」忽見前面有一條極熟悉的身影，正是蒼玉清朝他招手，不覺呆住。田懷諫道：「那個漂亮姊姊在叫你呢。」

空空兒自是知道蒼玉清的遊俠刺客身分，雖為她已順利脫險歡喜，可自己手中抱的卻是魏博節度使之子，如何敢輕易過去？

正猶豫間，蒼玉清已經走過來，冷冷問道：「這是你的孩子麼？」空空兒道：「不是。」只覺得背後有兩條人影一左一右逼近身來，腳下剛動，蒼玉清喝道：「別動，你今日可走不掉。」空空兒道：「你們要殺我為第五郡報仇，請先放了孩子，我任憑你們處置，絕不反抗。」

蒼玉清道：「你的性命比魏博節度使獨生愛子更重要麼？」空空兒心道：「原來她早知道小公子的身分，適才招手不過是要引我過去。」心下極冷，只道：「各位若想要取我性命，我不敢抵擋，可若是想打小公子的主意，空空兒拚死也要保護他周全。這裡可是魏州，你們若是暴露了行蹤，再也難以逃出河北。況且，他不過是個小孩子，你們當真以為抓了一個五歲的孩子就能平定魏博麼？未免太天真了。」

話音未落，便疾速朝前奔去。他早已察覺背後兩人是男子，目下情勢當以面前的蒼玉清最弱，也最容易突破，他不願意與她動手，只緊緊環抱住田懷諫往前強衝。蒼玉清伸手便擋，他側過肩頭，大力撞開。她手中利刃畫過他肩側，拉開一道大口，頓時血流如注，若不是她急忙收手，只怕以匕首之利，要斬下他臂膀來。空空兒強吸一口氣，腳下絲毫不停，衝過街口，見到前面正有一大隊巡城的牙兵，這才略微鬆了口氣，回身卻不見蒼玉清等人追來，一時不明究竟。

田懷諫拍手叫道：「好玩，好玩，再來一次！」空空兒心道：「你當這是玩笑麼？」他臂膀傷口極深，心中更痛，往前走了幾步，腳下一個趔趄，差點摔倒，料到無法支撐到節度使府署，忙招手叫過牙兵，命他們護送田懷諫回去。

領頭的小將驚道：「空巡官，你受傷了麼？」空空兒道：「我沒事。快些帶人送小公子回去，一定要親手交到夫人手中。」小將道：「是。」忙接了田懷諫過去。

田懷諫猶自吵鬧道：「我要空空兒抱！我要空空兒！」空空兒道：「小公子先回家去，我過幾日再去找小公子玩。快些走吧。」

小將見他鮮血淋漓，料來出了大事，小公子的安危自然最為重要，忙抱了田懷諫，領軍往牙城奔去。

空空兒強撐一口氣，跌跌撞撞往醫鋪而去，忽有一人自後面趕來攙住他，扭頭一看，竟是蒼玉清，一時情懷不能自已，半晌才道：「你別管我，快些在天黑前出城，不然……不然……」終於一口氣接不上來，暈了過去。

再醒來時，空空兒人已經在義兄田興府中，不斷有人來追問他到底出了什麼事，甚至連節度使夫人元浣也趕來詢問，他卻始終一言不發。數日後，節度使田季安將他召去，命他說出經過，他只說與人起了口角，被對方誤傷，事情遂不了了之。只是，從莘縣帶回來的所謂李師古人頭一事再也沒有聽人說起，仿若沒有發生過這件事一樣。

過了好幾個月，空空兒右臂的傷口才完全癒合，遂又恢復了以前在魏州時的日子，整日出入市井酒肆之間，以酗酒為務。

平盧節度使李師古被宣布說是病逝，平盧與魏博聯兵侵犯義成一事隨之瓦解，不過繼承平盧節度使位子的並非李師古之子，而是其異母弟李師道。傳說平盧有意復仇，李師古之子年幼不能擔當大事，而李師道正當盛年，是個厲害老辣的人物，李師古生前也對他的才幹相當忌憚，讓他作為密州[5]刺史。憲宗最反感藩鎮不經朝廷任命即由子弟世襲節度使之位，只是此刻正忙於應付西川戰事，無力對付平盧，只得借坡下驢，任命李師道為平盧節度使。

西川劉闢支撐數月，終於在皇帝強大的決心和朝廷重兵壓境下土崩瓦解，劉闢、盧文若率數十名心腹西奔吐蕃，在邊境被唐軍騎兵追及。唐軍統帥高崇文入成都後休息士卒，秋毫不犯。之前，韋皋的心腹侍衛唐棣、唐楓發現韋皋之死可疑，唐棣尋機行刺劉闢，結果被劉闢心腹牙將邢泚當場殺死，劉闢乾脆撕破臉皮，將另兩名侍衛唐楓、楚原逮捕下獄，此刻方重獲自由，向高崇文稟明真相。高崇文遂命人押來盧文若和邢泚、晉陽幾人，交給唐楓、楚原親手殺死，劉闢其餘同黨皆不問罪，軍府事無巨細，命遵韋皋故事。

高崇文被任命為西川節度使後，敬重蜀中才女薛濤，尊為座上客，又上表朝廷，舉薦韋皋昔日幕僚獨孤密、符載等才識之士，唯獨不肯推舉段文昌，只道：「閣下他日必定官拜將相，我不敢貿然舉薦。」

劉闢被囚入檻車押往京師。令人稱奇的是，他一路大吃大喝，怡然自得，絲毫不為自己的命運擔憂，似是有恃無恐。到了長安城外，神策軍前來接替押送，將他反綁了雙手，用繩子拴住脖頸，拖拽進皇城。劉闢這才意識到處境不妙，還待喊叫，卻已經無法出聲。

平定西川是憲宗即位以來打的第一個大勝仗，他異常高興，親自到興安樓接受獻俘。劉闢眼巴巴地望著皇帝，「嗯嗯」出聲，似有許多話要說，卻是一個字也說不出來。憲宗遂命將其押去西市獨柳樹下斬首示眾。劉闢、盧文若家屬親族均受牽連被殺。盧文若之妹盧若秋本該按例沒入掖庭宮為奴，因夫君是韋皋之子韋行式，特旨赦免。

劉闢為權位謀害韋皋一案也被公告天下。後來，蜀中民間有人自稱是劉闢心腹，說劉闢殺死韋皋其實是奉當時的太子妃、也就是當今貴妃郭念雲之命，這本是一個大祕密，只可惜劉闢被殺前已經不能開口說話，遂無法當著憲宗皇帝辨明真相。然而，這等匪夷所思的流言又有誰會相信？到後來連散布流言的人也不知去向，彷若一粒微塵被風捲走，沒有留下一點痕跡。

劉闢因拒朝命被討平後，各藩鎮畏懼憲宗皇帝英威，皆有畏懼之心，不少節度使主動請求入朝為官。鎮海節度使李錡是淮安王李神通[6]後裔，亦隨風而動，上表表示願意放棄節度使的位子，入朝為官。憲宗正力主削藩，當即應允。李錡其實並不想到京師做官，上表不過是想刺探朝廷動向，見弄巧成拙，便乾脆上表稱病。憲宗因鎮海所領潤、蘇、常、杭、湖、睦六州均富庶之地，尤其潤州一帶的弓弩挽強手精良強悍，與魏博驍騎並稱為天下兩大精兵，早是朝廷背上芒刺，堅持下詔徵召李錡入朝，又任命判官王澹為留後。李錡無計可施下，遂鋌而走險，舉兵謀反，結果為部將擒獲，械送京師。憲宗因其人言而無信，反覆無常，深為厭惡，特下詔將李錡與獨子李師回二人腰斬處死。

腰斬是一種極為殘酷的刑罰，受刑者從腰部中間被截為兩段，因上身重要部位未受損傷，受刑者一時不得速死，往往要在地上掙扎滾動許久才會在極度痛苦中死去。據說，李錡被腰斬後又拖著半個身子往前爬了數十步，背後留下長長一道血跡，場面恐怖血腥，怵目驚心。

李錡被腰斬大大震撼了眾藩鎮，山南東道節度使于頔主動上書為兒子求娶公主，想試探朝廷對山南東道的態度。于頔出身官宦世族大家，為北周重臣于謹七世孫，自出任節度使以來，儼然專有漢南之地，凌上威下，驕橫不法，朝廷姑息，無可如何，從此凡有節度使不法者，均被稱為「襄樣節度」[7]。憲宗因于頔是藩鎮節度使中最驕蹇橫暴者，有意籠絡，決意將最寵愛的長女普寧公主下嫁于頔第四子于季友。于頔先祖為鮮卑族，是漢人所輕視的虜族，于季友更是于頔姬妾所生，非嫡子身分，憲宗竟肯以帝女下嫁，于頔喜出望外，應召入朝謝恩，卻順勢被憲宗免去山南東道節度使官職，只尊以宰相虛位，不久即捲入一起莫名其妙的殺人命案，被逮捕下獄，交給三司使[8]審訊。據說憲宗本想借機殺掉于頔父子，只因為于頔昔日善待士人，對上門求助者多方予以照顧，如著名文士符載想隱居廬山，需要百萬錢來買山，向于頔求助，于頔毫不猶豫拿錢資助了他。又如大文豪韓愈未顯名時，也曾經奉書求于頔援引。符載、韓愈當時均在朝中為官，感激昔日提攜之恩，出面為于頔說情，憲宗才只將于頔貶官，就連自己女婿于季友也沒有放過。皇帝終以普寧公主的婚姻為代價，換來了山南東道的和平收復。

憲宗威肅四方，藩鎮戒懼，一時不敢妄動，生怕讓朝廷找到發兵的藉口。然而世上終有一些東西無法靠人力謀取，譬如生老病死。元和四年三月，成德[9]節度使王士真病死，其子王承宗自任為留後。

自安史之亂後，河北道分立為幽州、成德、魏博三鎮，史稱「河北三鎮」。這三鎮各握強兵數萬，表面服從唐朝，實則自己署置將吏官員，租賦不上供，形成地方割據勢力，唐朝廷無力過問，一直採取姑息政策。三鎮父死子襲，父在時，以嫡長子為副大使，父死則代領軍務，已成習慣。王承宗自任為成德留後，無非是遵奉故例，但其叔父王士則卻看出憲宗皇帝英武，有心對付藩鎮，猜想朝廷定會派兵討伐成德，遂率幕客劉棲楚等人逃往京師。憲宗正欲用兵，發愁不知成德內幕，聞聽王士則投靠朝廷，立即親自召見，當場任命其為神策大將軍。

憲宗擬興兵討王承宗，打算就此革除河北藩鎮世襲之弊，朝中重臣並不贊同，宰相裴垍、翰林學士李絳等都認為河北藩鎮割據一方，已根深蒂固，如果討一鎮，其餘幾鎮必定暗中勾結，難以討平。只有左神策軍中尉吐突承璀迎合憲宗之意，自請領兵討伐成德。憲宗疑而不決。

成德留後王承宗聞聽朝廷有興兵之意，聯想到之前西川劉闢、鎮海李錡、山南東道于頔或殺或貶的下場，心中憂懼不安，多次上表自訴，還主動割出德、棣二州獻給朝廷，以明懇款。他對朝廷的卑躬屈膝引來河北藩鎮的廣泛不滿，卻暫時換來了皇帝的歡心。元和四年九月，距離前任成德節度使王士真死後半年，憲宗終於下詔正式任命王承宗為成德節度使，將王氏獻出的德、棣二州取名為保信軍，任命薛昌朝為保信軍節度使。薛昌朝為前任昭義節度使薛嵩之子，薛嵩去世後昭義轄下州縣被魏博武力奪取，薛昌朝入成德，娶王士真之女為妻，名義上是王承宗的姊夫。憲宗任命他為保信軍節度使，無非是因為河北割據日久，王氏勢力非一朝一夕能剷除，薛昌朝出身將門，示恩於他，可以籠絡其心，令其為朝廷效力。

正當眾人以為成德之事已經圓滿解決時，魏博節度使田季安忽然派心腹聶隱娘來到成德府治恆州，奉上於魏博境內截獲、朝廷寫給保信軍節度使薛昌朝的密信。王承宗這才得知薛昌朝早與朝廷暗中相通，勃然大怒，立即派出數百騎兵到德州[10]，出其不意捕獲了薛昌朝，押回恆州囚禁。

消息傳到京師，憲宗立即派中使到成德告諭王承宗，命他釋放薛昌朝。王承宗是契丹人，最重信義，之前再三奉承朝廷，甚至不惜割出兩州之地，在河北眾藩鎮面前丟盡顏面，最終發現朝廷還是命薛昌朝暗中制衡自己，認定皇帝背信棄義，堅決不肯奉詔。昭義[11]節度使盧從史上書朝廷，建議討伐王承宗，並表示願意領昭義軍為前鋒。憲宗遂下定決心，下制書削奪王承宗官爵，以神策軍中尉吐突承璀為統帥，率兵出征成德。

元和四年十月二十七日，吐突承璀率神策軍兵發長安，並命成德四面藩鎮魏博、昭義、河東、振武、義武、平盧、幽州各進兵討王承宗。魏博、平盧、幽州向來與成德朋比為奸，自然不會奉朝廷命，就連首倡討伐成德的昭義節度使盧從史也按兵不動，且大量囤積糧食以求謀利，實際遵令發兵的只有河中、河東、振武、義武四軍。

彤雲密布，大戰即將爆發，整個河北形勢為之緊張了起來。引發這一切的魏博節度使田季安自然不會只從旁觀望，他心中早有一把如意算盤。

這一日，寒風凜冽，大雪紛飛，空空兒犯了酒癮，正要冒雪出門，家中忽然來了個不速之客，卻是幾年前在莘縣有過一面之緣的幽州牙將譚忠。空空兒大為意外，問道：「譚將軍是奉幽帥之命來魏州公幹麼？」譚忠道：「正是。如今大戰在即，魏博、幽州均難以置身事外，幽帥命我前來與魏帥一起商討大計。空兒，我需要你的幫助。」

空空兒道：「過了新年就是我為魏博效力十年期滿，而今只剩下十餘日，我已經向魏帥請求辭去官職。況且將軍是幽帥特使，魏帥敬重還來不及，又有什麼事我能幫上忙？」譚忠從懷中取出一件極小的物事，問道：「你可認得這個？」

空空兒哪會不認得，譚忠手裡拿的正是一枚仰月銅錢，他早知道這是遊俠信物，因為這個才與蒼玉清、第五郡認識。這才想通當日劉大郎和蒼玉清是如何從莘縣脫險，原來是譚忠將他們冒充自己部下帶出城去，當日譚忠趕去莘縣，假託仰慕空空兒之名，其實正是要去接應蒼玉清他們。誰又能想得到，出使魏博的堂堂幽州牙將竟是朝廷的人！

譚忠道：「當初你答應聖上要調查嘉誠公主之死真相，事情辦得如何？」空空兒道：「慚愧，空某有負聖意。」

四年前他從京師被召回魏博，一入境就被節度使田季安發往邊關軍營，那時嘉誠公主已經下葬。等他從莘縣回來魏州時，幾年過去，公主早化作塵土，公主親信也早被以各種名義處死，即使他有心調查，也是無能為力。他其實已經明白，當日憲宗交代他調查嘉誠公主之死不過是玩弄帝王權術，不然何至於有意命吐突承璀當著魏博諸人賜劍，引來魏帥猜疑他，將他召回魏博後即貶到邊關為將？

信於人。」

譚忠道：「可聖上念你情有可原，不但不予追究，還將你想要營救的宮奴放出了掖庭宮，好讓你不會失

空空兒早知憲宗皇帝已將羅令則的未婚妻鄭瓊羅收入後宮，封為昭容，極為寵幸，心道：「當真是不讓我失信於人麼，怕是皇帝自己垂涎美色。」這種話他當然不能公然說出口，只是默不作聲。

譚忠又道：「你師弟精精兒擅闖皇城重地被金吾衛士捕獲，本該處死，聖上特准開恩放了他，只將他逐出京師，這可全是看你的面子。」

空空兒歎了口氣，道：「將軍想要我做些什麼？」譚忠道：「我想請你設法取一張加蓋了魏帥大印的空白公文給我。另外，聖上有件事特別交代要你去辦，去潞州殺了昭義節度使盧從史。」

空空兒早猜到譚忠此刻找上門來表明真實身分，必定有天大難處，果然對方一開口就是極難辦到之事。他自知無力拒絕，不然不知道對方又有什麼花樣來要脅對付他。加上自從他親手射死第五郡後，總有深重的負疚感，一直想做點什麼來彌補，她若還活著，遊俠一定會派她來，剎那間，又想起第五郡的嬌憨容顏、晏晏笑語來，心頭一酸，當即應道：「好，我會盡力而為。」

譚忠道：「事情緊急，空兒這就請去節度使府署取公文吧。」空空兒吃了一驚，道：「牙城戒備森嚴，大白天的怎好下手？」譚忠冷笑道：「誰讓你去硬闖了？魏帥夫人是你同鄉舊識，小公子也一直很喜歡你，你不會利用他二人巧取麼？公文我晚上就要用，遲了可就來不及了，你這就動身吧。」

空空兒只得往牙城而來，請牙兵往裡通傳，說想見見小公子。等了好大一會兒，有侍女出來，領著他進來後署園苑，笑道：「空郎老久不來了，小公子總是吵著要見你呢。」

田懷諫正與家僮、侍女在雪地裡捉迷藏、打雪仗，忽見空空兒進來，大喜過望，奔過來就要抱，用手勾

住他脖子，笑道：「你可算來了，我跟娘親吵過許多次要見你，她總說你很忙。」空空兒微感苦澀，心道：「是我忙麼？是你不放心再將兒子交給我而已。」

田懷諫道：「我們再出去逛集市好不好？」空空兒道：「那可不行，不過我帶你去別的好玩的地方。」當即抱著田懷諫往外走去。家僮蔣士則追上來道：「空巡官，你不能帶小公子……」田懷諫喝道：「放肆！退下！」蔣士則無奈，只好垂手站在一旁。

空空兒道：「放心，我就帶小公子在牙城裡轉轉，不會出去。」抱著田懷諫出來後院，逕直登上牙城城牆，將他頂在頭上，笑道：「小公子沒有看過這般雪景吧？」

但見四面白雪皚皚，瓊枝玉宇，碎玉飄絮，晶瑩可愛。田懷諫果然興高采烈，環城一周才肯甘休。

空空兒道：「雪景也看過了，咱們現在玩捉迷藏好不好？」田懷諫拍手道：「好，不過要我追你跑。」空空兒道：「好。」幾步跨下城樓，田懷諫急忙來追，空空兒便有意無意地往府署大堂而來，牙兵都認得他，見他與魏帥公子嬉戲玩鬧，也不在意。

在階下迎面撞見侯臧，他如今已是判官，因是兩任魏帥心腹，出入節度使府毫無禁忌。侯臧見空空兒乍然出現府署重地，不免有些起疑，問道：「空巡官，你在這裡做什麼？」空空兒道：「我……」侯臧冷笑道：「魏帥今日不在府中。你不得魏帥之命，私自擅闖禁地，有何居心？」空空兒道：「呀，小公子來了！」一把推開侯臧，往堂內奔去。

侯臧大怒，叫道：「來人！」卻見田懷諫從迴廊急急追來，叫道：「空空兒！空空兒！」侯臧一愣，問道：「小公子來這裡做什麼？」田懷諫「噓」了聲，低聲問道：「你們看見空空兒了麼？」一名牙兵道：「空巡官適才闖進大堂中去了。」

田懷諫十分得意，道：「這下他可跑不掉了。」侯臧道：「小公子……」田懷諫不耐煩地道：「你們快些走開，我不需要你們幫手。」登上臺階，小跑進大堂內，見堂首案桌布下露出一隻腳來，忍不住大笑道：「你這哪叫捉迷藏，一眼就讓人發現了！桌子底下的那位，快出來，我看見你了！」

空空兒鑽出案桌，拍了拍身上塵土，道：「小公子贏了。」田懷諫笑道：「輪到我跑你追了。」空空兒道：「好。」二人一前一後追出了大堂，正遇到節度使夫人元湲帶著一堆侍女、家僮急急趕來。空空兒忙站到一旁，躬身道：「夫人。」元湲也不起理睬，上前抱田懷諫，柔聲道：「你怎麼不帶上家僮侍女就跑了？好教娘親擔心。」

家僮蔣士則道：「是空空兒強行奪了小公子。」田懷諫時年七歲，早已懂事，嚷道：「你胡說，是我自己要空空兒陪我玩。」元湲道：「好啦，玩了老半天，都出汗了，咱們回去吧。」

田懷諫也確實有些累了，道：「那好，空空兒，你明天再來陪我玩打雪仗。」空空兒道：「我怕是不能陪小公子玩了，我已經向魏帥辭官，近日就要回去易州鄉下。」元湲身子一震，問道：「你要辭官？」空空兒道：「是。」

元湲一時無語，田懷諫卻是吵鬧不止，道：「娘親，我不要空空兒辭官，我要他當我的牙將，時刻留在我身邊。」元湲板起了臉，道：「你自己跟阿爹說去，看阿爹允不允准。」田懷諫道：「說就說，娘親怕阿爹，我可不怕他。」賭氣往後署跑去。元湲微微歎了口氣，急忙去追兒子。

空空兒出來牙城，逕直來到魏州驛站找譚忠。譚忠擯退左右，掩好房門，問道：「到手了麼？」空空兒點點頭，拿出空白公文，回想起當日憲宗親口告知要平定魏博的誓言，不由得猶豫起來，問道：「將軍要用來做什麼？」譚忠自他手中奪過公文，道：「放心，我決計不會用來對付魏博。你們魏帥與成德王承宗、昭義盧從史以及我們幽帥預備四方連兵，共抗官軍，我不過是要勸魏帥按兵不動、不要捲入這場戰事。兵禍一起，生靈塗炭，空兄的作為其實有益魏博軍民。」

空空兒道：「為什麼不直接去殺王承宗？」譚忠深深歎了口氣，道：「自從上次刺殺平盧李師古失手，第五郡她……」他當時人在莘縣，親耳聽到魏博兵士描述第五郡臨死受刑及死後還被肢解懸屍的種種慘烈，心頭惻然，再也說不下去。

空空兒胸口更痛，道：「好，我替你們去潞州殺昭義節度使盧從史。」譚忠道：「盧從史貪財好色，這一次，你跟清娘一道去吧。」

空空兒已經許久沒有聽到清娘這個名字，神思一時惘然起來。那日她用匕首傷了他，又追上來扶住他，令他感懷激動，後來才知道扶他到醫鋪的只是路邊一位素不相識的娘子，是他自己一廂情願將她幻想成蒼玉清的樣子。他很清楚清娘再也不會原諒他——他不但殺了第五郡，還破壞了遊俠綁架田懷諫的計畫。這兩年多來，他在清醒的時候也會想起她的樣子，他是想再見到她的，可他也知道每次她一出現，都帶著她的殺人使命。以前萬老公說那塊李輔國故玉蒼玉不吉利，每每出現就會伴隨無頭屍首，是玉不吉利麼？分明是殺手帶來了死亡的氣息，而她就是朝廷的殺手，類似江湖的黑刺。憲宗即位近五年，不計手段，全力對付藩鎮，成效斐然，他知道皇帝最大的心腹之患就是魏博，從這點上來看，他又不希望看到蒼玉清現身在魏州，她若出現，意味著朝廷將要對魏博下手。這種矛盾反反覆覆地折磨了他許久，至今還令他困惑不已，譚忠忽然讓他跟清娘一道去潞州行刺，這是真的麼？

卻聽見譚忠道：「你不能在這裡久留，清娘在潞州等你，快走。」不容他遲疑，拉門將他推了出去。

外面大雪紛紛揚揚，還在下個不停。冷風一吹，空空兒清醒了許多，他急忙回到家中取了兵器、衣服，開了月門到隔壁院中。他所住的院子實際上是義兄田興宅邸的一處偏院，正遇到一名掃雪的僕人，忙請他轉告田興，他要出門幾天，不回來過新年。僕人問道：「這般大雪的天，又是兵荒馬亂的，郎君要去哪裡？」空空兒聽他提到「兵荒馬亂」，不由得暗暗慨歎，心道：「果真如譚忠所言，魏博、成德、幽州、昭義四鎮連兵與朝廷對戰，那才真會血流成河，處處枯骨。」也不回答僕人，逕自牽馬出了門。

魏州到潞州近三百里，一條大道逕直往西就是，只是一路風雪，走得並不快。五日後才到兩鎮邊境，魏博素來與昭義相結，又幾近新年，進出邊關、來來往往的人極多，空空兒輕鬆雜在人群中混進了昭義。到潞州東面門戶壺關時，一眼就看見蒼玉清正站在城門邊，冷漠地望著他。

一路除了公事，二人極少交談。到達潞州時，風雪忽停，天氣大晴，空空兒依計直接來到昭義節度使府署，自稱是神策軍中尉吐突承璀的使者，來獻上明珠和美女。當日正是新年正月初一，節度使盧從史正在家中歡宴，一聽是吐突承璀派來的使者，不敢怠慢，急忙召見。一見面，空空兒便獻上一雙明珠和扮成樂妓的蒼玉清。盧從史見那明珠有桂圓大小，圓潤光滑，知是異物，欣喜異常。又見蒼玉清身姿窈窕，不過披著羃䍦，看不清面目，便招手命她上前。蒼玉清走近盧從史，忽然甩掉羃䍦，袖出匕首，狠狠擊在他後頸，將他打暈。事出突然，堂上堂下不明究竟，一時呆住。

空空兒忙上前與蒼玉清一左一右挾住盧從史，喝道：「都讓開，不然殺了你們潞帥。」牙兵們這才反應過來，哄然拔出兵刃，上前將三人團團圍住。空空兒道：「想要他死麼？這很容易。」右手一甩，亮出半截劍身，當即割下盧從史一隻耳朵來，隨即回劍入鞘，手法漂亮之極。

牙兵們面面相覷，一時不知道該如何是好。忽見昭義牙將烏重胤率兵進來，大手一揮，背後搶出數人，拔刀就砍，瞬間砍倒數名牙兵。不僅昭義牙兵盡皆呆住，就連空空兒也大為意外。卻聽見蒼玉清道：「烏將軍來得正好，這裡就交給你了，你現在是昭義留後，等聖上詔命下來，你就是新一任的昭義節度使。」

空空兒這才知道朝廷早已收買了烏重胤，許諾他只要除掉盧從史，就委任他為昭義節度使。既然如此，憲宗又何須多此一舉，指名要他來協助蒼玉清行刺呢？他隱隱覺得有所不妙，不知道皇帝還有什麼計策。

卻見烏重胤道：「大門口已經為娘子備好人手和馬匹。」蒼玉清點點頭，道：「走！」與空空兒攜了盧從史，昂然出去。

堂中牙兵淨是盧從史親信，還欲追出，烏重胤大聲喝道：「天子有詔，從者有賞，敢違者斬。」手扶刀柄，威風凜凜。牙兵知他勇猛，心有畏懼，又見事已至此，難以挽回，終於一起跪下道：「願聽將軍號令。」

昭義節度使府署門前早等有數人數騎，見烏重胤親信護著蒼玉清、空空兒出來，忙上前接過盧從史，取繩索綁了他手腳，拿一塊大黑布將他頭部完全包住，這才抱上馬去。馬上一人道：「我們去了。」呼嘯一聲，即策馬飛奔而去。

一切發生得極快，仿若只是南柯一夢。空空兒滿腹疑雲，想問蒼玉清到底是怎麼回事，料來她也不肯明說，只道：「娘子還有事麼？沒有的話，我可就要回去魏博了。」蒼玉清沉默了一會兒，才幽幽道：「天色不早，空郎明日再動身不遲。」

潞州發生巨變，二人雖有烏重胤庇護，還是不便留在城中，以免徒生事端，當即騎馬出城，來到城東十里一家小客棧，進來坐下，點了滿桌酒菜對飲，只是默默不語。

忽聽得蒼玉清低聲吟道：「步出城東門，遙望江南路。前日風雪中，故人從此去。我欲渡河水，河水深無梁。願爲雙黃鵠，高飛還故鄉。」兩行清淚慢慢滑落面頰，容顏極見淒涼之色。

空空兒見她玉容落寞、黯然神傷，心中痛極，有心安慰，卻不知她所感何事，只叫道：「清娘！」蒼玉清道：「我醉了！空郎，你扶我去房裡歇息。」

空空兒便依言抱了她進來房中，放在床上，為她拉上被子蓋好。正要起身走開，卻被蒼玉清一把扯住，道：「不要走！她們都離我而去，你……你不要再離開我！」

空空兒猜她所說的「她們」應該是第五郡、玉娘這些人，難怪她酒後會如此傷感，原來是憶起舊日夥伴。一想到她不過是一介弱女子，卻要承擔常人難以想像的使命和痛苦，胸口激蕩不已，坐下來握緊她的手，道：「你放心，我不會離開你。」蒼玉清道：「我好冷，你……你睡到我身邊來。」

連日風雪，天氣確實寒冷，空空兒見那棉被雖厚，卻是乾硬如鐵，不知道被多少人蓋過，便和衣鑽進被子，躺在蒼玉清身邊。蒼玉清忽然側身緊緊抱住他，柔聲叫道：「空郎……空郎……」嘴唇便往空空兒臉上湊了過來。

空空兒剛過而立之年，雖未娶妻室，卻正是血氣方剛的年紀，忽然有女子投懷送抱，柔情密意，又是自己日日夜夜惦念的心上人，再也難以把持，回過手臂，將蒼玉清緊緊抱住……

再醒來時已是次日清晨。陽光逼仄進來，將土牆上成積多年的青苔照成濃淡深淺的大寫意畫。蒼玉清人已經不在。空空兒慢慢起身穿好衣服，一眼就發現自己的浪劍不見了。他微感愕然，卻並不意外，只是不知道蒼玉清取走他的劍有什麼用處。難不成是皇帝要以弄丟御賜之物捉拿他或是處死他？可是他死了對朝廷又有什麼好處？只有可能蒼玉清要去殺什麼人，要用他的浪劍嫁禍給他。

一念及此，忍不住「哎喲」一聲，這才想到遊俠一干人費盡心機將他弄來昭義，也許正是要對付魏帥，可他並不負責保護田季安安危，而且所任巡官也不過是個白拿俸祿的虛職，誆他離開魏博又有什麼用處？

實在難以想通究竟，所幸蒼玉清沒有順帶取走錢物、馬匹，急忙結帳出來，往魏博方向趕去。因為新任昭義留後烏重胤倒戈投向朝廷，兩方邊關檢查也嚴厲了許多。空空兒在進魏博時被邊將一眼留意到，命兵士上前攔住，檢視出他衣服上有血跡，當即扣押起來反覆盤問。空空兒難以脫身，不得不表明自己魏博巡官的身分。邊將這才知道他就是河北大名鼎鼎的空空兒，慌忙賠罪放行。

回魏州去的途中，空空兒才意外得知魏博節度使田季安已經決意兩不相幫，坐觀朝廷吐突承璀和成德王承宗相鬥。最令人驚訝的是幽州節度使劉濟不知為何被王承宗觸怒，突然發兵七萬南下攻打成德，克其饒陽、束鹿二城。空空兒猜想魏博、幽州二鎮對待成德的態度驀然劇變，當是譚忠在其中使力，也不知道他用了什麼法子，竟能說服幽州節度使劉濟主動發兵討伐成德。

到達魏州城西門時，正見有人往城牆上張貼告示，那被懸賞緝拿的逃犯看上去十分眼熟，分明是空空兒自己。空空兒心道：「難怪要將我誆去昭義，原來又有什麼壞事要栽贓到我頭上。」

他雖不願意坐以待斃，但他目下還是魏博武官，料來難以逃脫相抗，上前問兵士道：「出了什麼事？」兵士道：「空空兒勾結朝廷，意圖行刺魏帥，現已畏罪潛逃。」空空兒道：「你們怎麼知道是空空兒？」兵士道：「有許多人親眼看見他背著那柄浪劍逃入了田興將軍府中。」

空空兒這才知道為什麼蒼玉清要取走自己的浪劍，一定是有兩把一模一樣的浪劍，譚忠將他騙去昭義，再派人帶著另一把浪劍假意去行刺魏博節度使，有意暴露行蹤。當日憲宗皇帝命神策軍中尉吐突承璀當眾在魏博進奏院賜予他浪劍，已經是有所布局。朝廷要對付的也不是他，而是田興，準確地說，是要挑撥田興與田季安叔侄互相猜忌內鬥。他雖然極讚許憲宗平定藩鎮的遠大志向和堅定決心，但一想到皇帝的不擇手段，還是心寒不止。

空空兒歎了口氣，問道：「田興將軍被魏帥逮捕下獄了麼？」兵士道：「下獄倒沒有聽說，不過田將軍被牙兵帶去牙城後，再也沒有出來，想來是被軟禁在節度使府署中了。說實話，我們都認為田將軍並不知情，他為人向來很好……咦，你……你不是……」空空兒道：「我就是空空兒，來拿我吧。」

兵士愣了一愣，這才「呀」了一聲，退後兩步，拔出兵刃，大叫道：「空空兒在這裡！」城門兵士聞聲蜂擁而出，空空兒也不抗拒，任憑他們將自己捆縛，押來牙城。

牙將史憲誠趕將出來，問道：「你們在哪裡捕到了他？」那最先認出空空兒的兵士倒也老實，照實答道：「是他自己送上門來，就站在西門告示底下。」史憲誠點點頭，道：「你們自己去採訪使衙門領賞吧。」那群兵士平白發了一筆橫財，歡聲雷動。

史憲誠命牙兵押了空空兒進來，到節度使府署堂前等了許久，手腳都凍得發麻，才見有牙兵出來叫道：「魏帥有命，押空空兒上堂。」

卻見田季安歪倒在軟榻上，面目浮腫，虛喘不止。他昨夜正與侍妾交歡，忽然有刺客自房頂拋下房瓦，他長期沉溺酒色，奢靡無度，早有隱疾在身，受驚之下，當即中風癱瘓在床，一想到從此再也不能任意漁獵，怒火萬丈，雖一時捕不到刺客空空兒，也不敢輕易殺了田興，卻也殺了身邊數名侍女洩憤。此刻見空空兒被押到堂下跪下，一時沉吟不語，想著要找個什麼惡毒的法子來折磨他，好好出口胸中惡氣。

牙將史憲誠見節度使一直不發話，忙上前稟道：「相公，空空兒已經押到，請問該如何處置？」田季安想到自己不能行走，怒道：「先砍了他雙腿。」史憲誠道：「遵令。」命牙兵將空空兒掀倒在地，拔出腰刀，道：「空巡官，魏帥有命，我也是遵命行事，你莫怪我。」

空空兒雙手被牢牢反縛，雙肩、雙腳均被牙兵按住，無力掙扎，只好叫道：「我這些日子根本不在魏州，是有人要栽贓陷害我，挑撥魏帥叔侄相鬥，請相公調查清楚再砍我不遲。」

史憲誠知道空空兒是田興義弟，田興在河北威望極高，深得魏博軍心，這一刀下去，從此就會與田興結下難解之怨，雖說田興已經失勢被軟禁，然而河北藩鎮多有武力更換節度使之事，前任魏帥田緒不就是殺了上任魏帥田悅才坐上節度使的位子麼？田悅可是首任節度使田承嗣親自指定的繼承人。田興為田承嗣生前鍾愛，親自取名「興」，斷言他將來必興其宗，得罪了他，終究是福禍難料。一時遲疑，便停手不發，等田季安示下。

田季安怒道：「砍，砍了他雙腳！」史憲誠道：「遵令。」微一猶豫，便舉起刀來。

忽見小公子田懷諫疾跑進來，一把推開史憲誠，嚷道：「不准砍空空兒！」他是個小小孩童，力氣甚弱，史憲誠卻畏懼他魏帥之子的身分，見他小手伸來，當即往後退開。

田季安見愛子突然闖進來，雖然氣惱，卻不便發作，忙道：「你來這裡做什麼？快些回去，阿爹正在審問犯人。」田懷諫奔上來抱住他，嬌聲道：「空空兒是孩兒的救命恩人，阿爹不要殺他。」

田季安愕然問道：「什麼救命恩人？」田懷諫道：「那次空空兒受傷是為了保護孩兒，那些壞人要抓我，是他拚死救了孩兒。」他當日不省事，後來被母親反覆盤問，猜到事情經過，方才告訴他真相。

田季安怒氣漸消，哼了一聲，命牙兵放開空空兒，問道：「空空兒，有這麼回事麼？當日本帥問你究竟，你為什麼不說是有刺客要綁架小公子？」空空兒道：「小公子當時年幼，以為是有人在鬧著玩，屬下怕驚嚇了小公子，所以不敢輕易說出真相。」

田季安道：「你倒是有功不居。你這些日子當真不在魏州？去了哪裡？」空空兒自是知道一旦說出去向，遲早有人猜到他與昭義兵變有關，可如果不說清楚，不但自己性命不保，還要牽累田興，只得道：「我去了昭義，途經相州邊關時曾被邊將扣住，相公自可派人去核實清楚。」

田季安道：「你去昭義做什麼？」空空兒道：「一位朋友請我去幫個小忙。」田季安道：「小忙？說出來聽聽。」空空兒道：「是。朋友託我去殺一個人，不過到了那裡才知道朋友早有安排，人沒殺成，浪劍也被人偷走，屬下只好回來了。不過屬下不能奉告姓名，請相公恕罪。」

田季安怒氣又生，道：「你一再抗命，本帥已饒過你多次，這次……」田懷諫忽然挽住他手臂，叫道：「阿爹，我肚子好餓。我都忘了，娘親燉了蓮子湯，讓我來請阿爹回去。肚子好餓……」田季安心疼獨子，只好道：「好，咱們這就回去。」轉頭命道，「將空空兒先關起來。」舉了舉手，背後四名牙兵上前抬起軟榻。

空空兒正被牙兵從地上拉起來，看到眼前情形，這才知道田季安已經癱瘓，吃驚問道：「相公，你……」田季安恨恨道：「你現在知道為什麼本帥要砍你雙腿了吧？若是查明你根本沒有去過昭義，不但要砍掉雙腳，連雙手一併砍掉，看你怎麼再叫妙手空空。」

空空兒被押來牙城大獄，鬆了綁索，換上鐐銬，被推進牢房時意外發現田興也被關在裡面，不過手足未上械具，沒有吃什麼苦頭。田興驚道：「空弟，你……你去了哪裡？」空空兒歉然道：「是我連累義兄了。」當即說了為人所逼去昭義行刺節度使盧從史一事，道，「我已經將行蹤稟明魏帥，他只要派人去邊關核查，就會知道我人不在魏州，義兄也不會被牽連。」

田興搖頭道：「牙兵在我府中搜出了你的浪劍，我仍然有與刺客通謀的嫌疑。這次魏帥受驚中風，怕不會輕易放過我。」

空空兒這才知道遊俠精明厲害，若不是他湊巧在邊關為邊將扣押，有了現成的目擊證人，他肯定要被迫說出參與昭義兵變之事，以證明自己不是刺客、田興更是無辜，但即使他交代出自己與朝廷的人有來往，陷自己於死地，於田興府中找到了浪劍，義兄還是難脫干係。不過既然朝廷目的是要挑撥田興和田季安相鬥，田興早被奪去兵權，目下又被囚禁，處在大大的劣勢，想來遊俠還有後招救其出去。一念及此，忙安慰道：「天無絕人之路，義兄不必過於憂慮。」田興道：「但願如此。」

如此過了數日，牙將史憲誠領兵到來，將田興請了出去。空空兒見他態度客氣有禮，想來節度使已經查明真相，不會對義兄怎樣。果然一直不見田興被押回牢房，這才鬆了口氣。只是這真相也意味著他的死期，魏博早晚要知道他去昭義是為了盧從史，與朝廷相通顯而易見。

到了傍晚，史憲誠將空空兒提出監牢，押來府堂。田季安歪坐在堂首，一旁還有判官侯臧、聶隱娘、趙存約等人。田季安面色一沉，問道：「空空兒，你與朝廷勾結，參與昭義兵變，可知道本鎮素來如何處置暗通朝廷之人？」空空兒道：「極刑處死。」

田季安問道：「你還為朝廷做過些什麼事？快從實招來。本帥也讓你死得乾脆些。」空空兒道：「只有這一件，而且朝廷早有安排，我無尺寸之功。」

聶隱娘道：「外面的人都知道是昭義牙將烏重胤篡位奪權，想來是早被朝廷買通。這些人有意逼空郎去昭義，不過是要借機盜取浪劍，行刺魏帥，再嫁禍給田將軍。」侯臧冷笑道：「隱娘總是為空空兒說話。他有頭有腦，有手有腳，是被逼去的麼？我看他是自己心甘情願去的。」聶隱娘道：「空郎師弟精精兒擅闖皇城被金吾衛士捕獲，皇帝拿這個來要脅空郎，他也是迫不得已。」

眾人頭一次聽說此事，很是驚訝，空空兒也不知道聶隱娘如何會得知此事。田季安問道：「你師弟膽子可真不小，為何要擅闖皇城？」他雖是一鎮統帥，畢竟年輕，好奇之心極重。

空空兒只好說明經過。原來精精兒一直在京兆一帶遊蕩，兩年前鎮海節度使李錡謀反被擒送京師時，他意外在俘虜隊伍中看到了苦苦尋找多年的愛人杜秋娘，多方打聽，才知道她早嫁給了李錡為侍妾。李錡被憲宗腰斬處死，杜秋娘受牽累沒入掖庭宮為奴。精精兒曾在送空空兒離京時，順手摸去了他當日從吐突承璀手下身上盜得的神策軍腰牌，竟拿著那面腰牌闖入掖庭宮救人，結果還沒有見到杜秋娘的面就被金吾衛士識破擒獲。

田季安聞言笑道：「想不到精精兒倒是個多情郎君。」

侯臧見節度使面色有鬆緩之意，忙道：「即使如此，也不能輕饒過空空兒。皇帝賜他浪劍，早有安排，誰知道他有沒有為朝廷做過別的事。」田季安便道：「空空兒死罪可免，活罪難逃，罰去邊關為奴。嗯，你曾在莘縣為將，就罰去陽谷軍營吧。」

牙兵上前將空空兒拖了出去，塞入牙城門前的囚車，那囚車本是預備將他押赴刑場用的。聶隱娘匆匆追了出來，叫道：「空郎！」空空兒忙道：「我義兄田興如何？」聶隱娘道：「田將軍被魏帥任命為貝州臨清[12]鎮將，已經被遣出魏州。」

空空兒道：「多謝隱娘又救了我一次。」聶隱娘道：「你與朝廷勾結，我本不想為你說話，是蒼玉清再三懇求，說你確實是不知情，只是為她所逼。」空空兒道：「她……她又來了這裡麼？」

聶隱娘道：「空郎，這些人處心積慮，你心腸太軟，處處受制於他們，你最好從此與他們斷絕來往，不然早晚要被他們害死。你這次可是大大的錯了，真不該去昭義。」空空兒道：「難道隱娘願意看到魏博捲入成德之戰？」聶隱娘道：「危巢之下，安有完卵，成德覆滅，魏博還能保全麼？」歎了口氣，道，「而今四鎮聯盟既破，只剩成德獨力抗拒朝廷大兵，說這些也無益了。」又叮囑押送的兵士道：「你們可得將空空兒看牢了，到軍營後拿最粗最重的鐐銬鎖了他，不准他出軍營一步，不准跟旁人說話，總之要當作重囚對待，知道麼？」她是節度使心腹，兵士如何敢不聽從，躬身道：「遵令。」

聶隱娘道：「空郎，你別怪我，我可是為了你好。你今日僥倖逃得性命，下次不會再有這麼好的運氣了。」揮手命兵士將囚車押走。

空空兒被送來莘縣陽谷軍營，果然享以重囚待遇，頸、手、足均被重銬鎖住。他本來在魏博為官十年期滿，正要辭官，被譚忠這一番安排，丟官不說，還被圈禁在軍營中，不知道何時才得自由。昔日邊關佐將，轉眼淪為階下囚徒，頗為諷刺。好在眾人知道節度使田季安近來賞罰無度，任意處置身邊將校，以為他不過是得罪了魏帥暫時被貶，雖不去掉械具，看管嚴密，卻並不指派他幹活，且好酒好肉地伺候。

聶隱娘關於成德覆滅會危及魏博的擔心並未實現。雖然幽州節度使主動出軍攻打成德，吐突承璀一軍卻因為統帥是宦官，威令不振，屢戰屢敗，連左神策大將軍酈定進也戰死沙場。因久戰無功，公私困竭，耗費軍費七百萬貫，翰林學士白居易上書勸憲宗早罷兵。成德王承宗亦派使者入朝，自稱之前與朝廷對抗是為前任昭義節度使盧從史離間所致。之前盧從史被神奇捕獲後立即馳送京師，憲宗倒沒有殺他，只貶其為歡州[13]司馬，立下大功的烏重胤被調離昭義，任命為河陽節度使，原河陽節度使孟元陽則調任昭義節度使。王承宗再三表示要改過自新，從此向朝廷輸貢賦稅，屬下官吏也聽任朝廷任命。平盧節度使李師道也上表為王承宗開脫，憲宗見吐突承璀一軍無能，只得就此下臺，下制書赦免王承宗，不僅恢復他成德節度使的官職，還將德州、棣州還給了成德。被王承宗囚禁的薛昌朝早已讓高人從獄中救走，不知所終，只在牢獄中留下一根紅線。

然而河北並沒有就此平靜。成德之事剛剛平息，幽州節度使劉濟受次子劉總挑撥，誤信長子劉緄與朝廷相通欲代之為節度使，殺劉緄身邊大將數十人，將劉緄囚禁。劉總乘機毒死生父劉濟，杖殺兄長劉緄，自任為幽州留後。不久，憲宗下詔授劉總幽州節度使之位，賜斧鉞。傳聞與朝廷相通的並非劉緄，而是劉總本人。不過他弒父殺兄即位，大逆天道，常常夢見父兄鬼魂作祟，只得在官署後招納僧人數百名，晝夜乞恩謝罪。到後來實在無法忍受這種精神上的痛苦，在大將譚忠的勸說下，決意落髮為僧，上表請求歸朝，結果在赴京師途中暴卒。朝廷禮遇極厚，不但贈太尉一職，還為其輟朝五日。

還有比幽州劉總結納朝廷弒父即位更令人震驚的事情，義武[14]節度使張茂昭不知出於什麼原因，忽然決定舉族入朝，上表請朝廷委派新的義武節度使。消息傳出，河北藩鎮均派出專使趕赴定州勸阻。張茂昭不聽，在重兵護送下舉家離開河北。憲宗任命左庶子任迪簡為義武節度使。

易州是空空兒母親的故鄉，他得知朝廷掌管義武的消息後，也不知道是喜是悲——義武北接幽州，南接成德，此後必將成為皇帝遏制河北藩鎮割據的橋頭堡，還不知道要經歷多少狼煙烽火。

轉眼到了元和七年，空空兒被囚禁在陽谷軍營已達兩年之久，這兩年中，他唯一的訪客以及唯一可以說話的人就是莘縣縣尉邱絳。邱絳早有投奔朝廷之心，同年武儒衡在朝中任戶部尚書，多次寫信相邀，只是他家人親屬盡在魏州，難以逃脫，一時下不了決心。

這一日，二人正在營中漫談飲酒，忽見兵士一陣騷動，爭相往轅門趕去。有人嚷道：「魏帥到了！」

莘縣是邊關之地，從未有過魏帥到訪。邱絳面色一變，道：「不好，怕是為我而來。」自懷中掏出一疊書信，交到空空兒手中，道：「麻煩空郎速將書信燒毀，我去擋上一擋。」

空空兒也不多問，拿了書信往廚下奔來。他身上鐐銬鐺鐺，只能碎步挪動，行走不快，剛到門口就聽見侯臧在背後叫道：「空空兒，站住！」

空空兒佯作不聞，疾步衝入廚下，將書信丟入火灶中。營廚一旁望見，好奇問道：「空郎在燒什麼？」話音未落，侯臧領牙兵進來，奔到火灶前，卻是遲了一步，那一疊信件瞬間化作了灰燼。

侯臧面色鐵青，道：「來人，將空空兒拿下。」空空兒無法抗拒，只問道：「我犯了什麼錯？」侯臧冷笑一聲，道：「還用問麼？今日看誰救得了你。」命人將他扯來營廳跪下。

田季安半躺在軟榻上，臉腫脹得厲害，眼睛似乎也睜不開。莘縣縣令、縣尉邱絳等大小官員及軍中將校侍立兩旁，噤若寒蟬，大氣也不敢出。

侯臧上前低聲對田季安稟告了幾句，田季安倏地睜大眼睛，喝道：「空空兒，你可知罪？」空空兒道：「我在軍營已有兩年，不知犯了何罪，請相公明示。」田季安道：「空空兒被罰來軍營後不思悔過，冥頑不靈，私自燒毀軍中物品，來人，重打一百軍棍。」

牙兵當即取來大棒，將空空兒拖倒在地行刑，打一下便有人高聲報數。空空兒也不求饒，只咬牙強忍。執杖的是田季安親信牙兵，到六十棒的時候，空空兒已血肉橫飛，幾近昏死。邱絳久掌刑獄，見牙兵下手極狠，有意將空空兒立斃於杖下，忍不住上前求情道：「空空兒就算有錯，也罪不該死，請魏帥暫且饒過他。」田季安冷笑道：「還沒有輪到你，你反倒為旁人求情了。來人，將莘縣縣尉邱絳拿下。邱絳任縣尉多年，怠忽職守，捕盜不力，立即處死。」

邱絳早猜到田季安是為自己而來，神色坦然，也不加辯駁。空空兒伏在地上受刑，昏昏沉沉中聽到田季安下令處死邱絳，當即一驚，掙扎著仰起頭來，道：「邱少府罪不該死，請相公手下留情。」

田季安道：「你自身難保，還敢為他人求情？嗯，一刀殺死確實太過便宜。」當即命人抬了自己出來營廳，止住正舉刀欲斬的牙兵，道：「就在這門前挖個大坑，請邱少府進去躺下。來人，暫且先放過空空兒，別打得他昏死過去，錯過了觀刑的大好機會。」

空空兒被拖到外面，見節度使竟打算生瘞活埋邱絳，忙哀求道：「邱少府在魏博任推官多年，多有功勞，求相公饒他一命。」邱絳道：「空郎不必為我求情，自我發現田相公親手殺死嗣母嘉誠公主起，早料到會有今日。」

田季安久癱在床，胡亂用藥，性情日益暴躁，被邱絳當眾揭穿惡行，勃然大怒，打個眼色。侯臧忙命牙兵將邱絳嘴巴撬開，強行扯出舌頭，一刀割下。邱絳嘴中鮮血如泉水般汩汩冒出，當即昏死過去。

大坑瞬間挖好，空空兒被拉到一旁跪下，眼睜睜望著邱絳被縛住手腳推了進去，心中充滿難以言說的悲涼和寒意，再也不忍看下去，轉過了臉，偏偏侯臧命牙兵扳過他的頭，強迫他觀看行刑場面，道：「空空兒，你可得看清楚了，這就是暗通朝廷的下場。」

空空兒心道：「原來捕盜不力只是藉口。」忙掙扎叫道：「邱少府並沒有暗通朝廷，他不過是有同年在朝中為官，多有書信來往，求相公明察後再論罪不遲。」

田季安冷冷一笑，揮了揮手，牙兵們便一起舉鍬，鏟土將大坑填平，又縱馬在上面來回奔馳踐踏，將浮土夯實。

後劉禹錫聽到同年邱絳死訊，有詩〈傷邱中丞〉[15]道：「鄴下殺才子，蒼茫冤氣凝。枯楊映漳水，野火上西陵。馬鬣今無所，龍門昔共登。何人爲弔客？唯是有青蠅。」空空兒親眼看著邱絳在自己眼前被坑殺，無力相救，胸口痛不可言，只恨不得自己立刻死去。

忽聽得田季安道：「空空兒，本帥細細查你，尚無謀反之心，今日暫時放過你，你可看清楚了，若是再敢私結朝廷的人，邱絳就是你的下場。」空空兒全身被恐懼和悲憤籠罩，一個字也說不出來。田季安道：「來人，將一百軍棍打完。」

棍棒一下一下打在空空兒的臀上、大腿上，他卻絲毫不覺得疼痛，身體似乎早已不是他自己的了，但那種難以言說的冰冷和憂憤還是令他全身僵硬。他又挺了數下，終於失去了知覺。

也不知道過了多久，隱約聽到有人在叫「空郎」，遙遠得好像天籟之音。空空兒不願意就此醒來，只是死死閉著眼睛。又不知道過了多久，有人在他耳邊大叫「賢弟」，他呻吟了一聲，睜開眼睛，果見侯彝正俯視著他，面上淨是關切之色，喃喃問道：「義兄，我……我是在做夢麼？」侯彝道：「不是做夢，賢弟，確實是我，侯彝。家母新近去世，我趕來魏州奔喪，聽家兄說你挨了棍棒，幾近垂死，所以趕來探望。你可是已經昏迷幾天幾夜了。」

空空兒這才知道自己已經被帶回魏州，舉起手來，果見鐐銬已去，一時不明所以，問道：「我不是被關在莘縣軍營中麼？」侯彝道：「聽說是魏帥的公子為你求了情。」放低了聲音，道：「這幾日魏博節度使狂性大發，莫名其妙殺了許多人，有醫師，有侍女，有牙兵，還有不少人是軍中將領，罪名均是暗通朝廷，連帶家屬也沒有放過。聽說莘縣縣尉邱絳老母七十歲，幼子才十歲，也被斬首示眾。眼下魏博軍心浮動，人人自危，就連我兄長侯臧極得魏帥信任，也有危懼之心，賢弟不如找機會儘快離開這裡。」

空空兒道：「我不能離開魏博，我還有很重要的事情要做。義兄，我有一件事要告訴你，我忍了很久，我……我殺了第五郡。」侯彝大吃一驚，道：「你為什麼殺她？是魏博節度使逼你麼？」空空兒道：「不是。」大致說了事情經過，這是他第一次向人談起這件事，他那長久壓抑的悲慟情感終於徹底爆發，不待講完，淚水汩汩而出，濕遍了衣襟。

侯彝一時冷然不語。在他心中，第五郡是個難得的奇女子，他知道她熱戀自己，曾千里迢迢追來常州，主動投懷送抱，一夜風流，極盡纏綿，卻又將溫婉善良的卞素雲介紹給自己做妻子，僅此胸襟，世間罕見，只是想不到她死在空空兒箭下已有五年，五年之間，世事巨變，陵谷滄桑，多少威名遠揚的人已經在地下埋葬，更多無名之輩血灑他鄉。那般可親可愛的女郎，當真就再也見不到了麼？一陣秋風颳開窗戶，穿堂而過，他身子打了一個寒噤，眼睛裡有種霧樣的東西彌漫，漸而遮掩了雙眼。

空空兒抹了抹眼淚，道：「我親手殺了第五郡，那時本該驚醒，可我依舊渾渾噩噩地過了五年。義兄，我……」哀慟之下，再也說不下去。

侯彝道：「這不能怪你，只怪你生在魏博，天意弄人。來，我扶你坐起來，先吃點粥。」空空兒道：「這裡不是我家麼？哪來的米？」侯彝道：「這是魏帥公子派人送來的。他一個小小孩童，倒是有心。」

話音未落，只聽見院門「嘩啦」一聲被人推開，有孩子聲音叫道：「空空兒！空空兒！」空空兒忙道：「小公子，我在房裡。」

田懷諫推門進來，氣急敗壞地嚷道：「空空兒，你快去救救我娘親！」忽見有外人在場，立即露出警惕之色，問道：「你是誰？」空空兒道：「這是我義兄侯彝。你娘親怎麼了？」

田懷諫道：「阿爹正拿鞭子抽打娘親，我怎麼也勸不住，你快去救救她。之前我求阿爹放你，其實是娘親教我的。不過我自己也不希望你被阿爹砍了手腳，那樣你就再也不能陪我玩了。你……你快去……」忽見空空兒頭一歪，人已暈了過去，忙問道：「空空兒怎麼了？」

侯彝道：「他被你阿爹打了軍棍，重傷在身，聽了你的話急怒攻心，所以暈了過去。不過就算他醒來也沒用，他自己生死都在你阿爹掌握之中，哪裡能救得了你娘親？不如我教你一個法子，你回家去試試看。」田懷諫道：「快說，快說。」侯彝便附耳低語了幾句。

田懷諫關切母親安危，也不問方法行不行得通，點頭道：「好，我這就趕回去。」轉身跑了出去。卻聽見外面有人氣喘吁吁地叫道：「找到了，小公子在這裡。」大約是追來保護田懷諫的牙兵。

一會兒又有人來門外喊道：「四郎在裡面麼？大郎有事請郎君回府商議。」侯彝知是兄長侯臧的家僕，便出來道：「你先回府叫個能幹細心的婢女來，我義弟空空兒受了傷，行動不便，需要人照顧。」僕人道：「是。」

一直等到侯府婢女到來，侯彝交代清楚，這才離開空空兒家。回來長兄府中，侯臧正在堂上搓手徘徊不止，上前叫道：「大哥！」侯臧命僕從盡皆退出，才道：「四弟，我有話就明白說了，明日是慈母下葬之日，安葬好母親後，請你立刻離開魏州。弟妹臨盆在即，需要你在她身邊。」侯彝道：「好，還有呢？」侯臧道：「我的兩個孩子，請四弟一起帶走。若是……若是我有什麼不測，他們今後就託付給四弟了。」他一共有三子，長子早已成年，在魏博軍中任職，卻因姦污民女被劉義所殺，次子和三子都才十餘歲。

侯彝道：「大哥放心，你我兄弟雖然道不同，終究是血肉至親，你託付的事我一定辦到。不過也請你善待我義弟空空兒，別再輕易加害。」侯臧道：「好，大哥答應你。」

侯彝道：「大哥既然知道當下是立於危牆之下，何不趨利避害？」侯臧遲疑道：「四弟的意思是……」侯彝道：「田季安中風癱瘓，殺戮無度，田興性情謙恭，深得軍心，孰高孰下，大哥自有判斷。」侯臧喝道：「四弟，這種話切不可再說。」

忽聽見階下有人稟道：「外面有牙兵來召判官到節度使府議事。」侯臧應道：「知道了。」狠狠瞪了侯彝一眼，自去換了衣裳，往牙城趕去。

侯彝見天色不早，便出門買了一些物品，送來空空兒家中。空空兒人已經清醒，侯府婢女正站在床邊服侍他進食，見侯彝進來，慌忙上前行禮。侯彝道：「你先回去，這裡交給我。」

婢女應了一聲，接過他手中食盒，取出酒菜在桌上擺放好，挑亮燈燭，這才出去，回身將房門、院門一一掩好。

侯彝見空空兒只默默吃粥，面色極為難看，歎了口氣，上前坐到床邊，低聲道：「我知道賢弟想做什麼大事，你既已下定決心，我也不會攔你。明日家母下葬後，我就要離開魏州。賢弟自己多加小心，切記在你傷好前不可輕舉妄動。內子即將生產，我們一家三口在洛陽日夜盼你前來團聚。」空空兒道：「是。恭喜義兄，原來我就要當叔父了。」

侯彝道：「我買了一些酒菜，不過我有重孝在身，不能飲酒吃肉，賢弟正好獨享。」空空兒強笑道：「甚好，我正需要酒肉養好身子。」

他兄弟二人一人放不下邱絳及第五郡慘死，一人也不斷緬懷第五郡的音容笑貌，心頭各見沉重。呆坐了一會兒，侯彝替空空兒換了敷藥，便就此散了。

到次日一早，侯府婢女又帶了酒肉來服侍空空兒。這婢女確實能幹，將一切安排得井井有條，又細心將空空兒脖頸、手腕、腳腕被鐐銬磨出的幾圈瘀傷血斑抹藥包紮好，買了一些化瘀散熱的湯藥餵他服下。

空空兒見她忙前忙後，很是過意不去，問道：「你叫什麼名字？」婢女道：「回空郎話，奴婢叫鏡兒。」

空空兒一時愕然，多年前在波斯公主薩珊絲府中做客時，不是聽過郭府有一名樂妓叫鏡兒麼？

到晚上時，侯彝再次到來，命鏡兒先退下，告訴空空兒道：「昨日傍晚節度使府大大鬧了一場——節度使田季安服藥後忽然狂暴起來，拔刀殺了身邊兩名牙兵，又舉杯向當時侍衛在一旁的趙存約扔去，卻被趙存約接住。田季安勃然大怒，命人砍掉趙存約雙手。趙存約卻不肯坐以待斃，拔出兵刃衝出堂去，田季安命牙兵出盡全力追殺圍捕，終將他射殺在牙城下。」空空兒驚道：「那隱娘人呢？」侯彝道：「聽說她昨日不當值，人不在牙城中，節度使也沒有派人去捕她，大約怒火已然平息。」

空空兒一時默然，趙存約沉默少言，為人陰狠，極少與旁人來往，但他妻子聶隱娘卻是魏博鼎鼎大名的人物，卻落了個這樣的下場，實在令人歎息。

侯彝又道：「昨晚節度使夫人連夜召見眾將，已經立小公子田懷諫為節度副大使。這位元夫人可不簡單，賢弟既跟她是舊識，可要當心。」空空兒愕然道：「元夫人素來嬌弱，眾將的名字她都未必知道，如何能主持大事？」侯彝道：「若不是元夫人自己，她身邊一定有能人指點。」空空兒搖搖頭，道：「元夫人素來不予政事，她身邊不過是些侍女僕人而已。」侯彝道：「嗯，也許是我多慮了。總之，義弟萬事小心。」空空兒道：「是。」

侯彝叫鏡兒進來，道：「我大哥已經將你送給空郎，你從此就跟在他身邊，好好服侍他。」空空兒驚道：「這怎麼可以？」

侯彝自懷中掏出一張紙，卻是鏡兒的賣身契，道：「你有傷在身，需要一個人照顧。等你傷好了，遣她也好，賣她也好，隨你，總之，她現下是你的人了。」不由分說塞到空空兒手中，拱手道，「賢弟，我有急事，今晚要連夜離開魏州，你我就此作別，記得我在洛陽等你。」空空兒還欲起身相送，侯彝卻已經大踏步地離開。

空空兒歎了口氣，當著鏡兒的面將那張賣身契望火上燒了，道：「你已經不再是奴婢了，這就走吧。」鏡兒大驚，哭道：「鏡兒做錯什麼，郎君不要我了？」空空兒忙道：「不是我不要你，而是我總是麻煩纏身，你也看見我身上的傷了，這些還是輕的，你跟著我，只會害了你。」鏡兒道：「就算要走，也得等郎君傷好。」一去院中拖了一塊門板放在窗下，自櫃中抱了被子鋪在上面，道：「郎君放心，等你傷好了，鏡兒自己會走。」空空兒行動不便，也只得由她。

過了幾日，空空兒傷勢好了許多，已經能起來在院中活動。這日節度使府家僮蔣士則忽然闖了進來。空空兒奇道：「你來做什麼？」蔣士則道：「夫人牽掛空郎傷勢，命小的找機會來探望。」遞過來一個白色瓷瓶，道，「這是西域龍膏，治療外傷有奇效，是夫人叮囑小的拿給空郎的。」空空兒命鏡兒接了藥，道：「夫人有心，多謝。」

蔣士則左右望了一眼，低聲道：「魏帥脾氣越來越古怪，動輒發狂發怒，殺死了許多侍女、牙兵，還總是鞭打夫人，夫人日日以淚洗面，小公子總想來見空郎，魏帥也不允准，命人將她母子二人關了起來，小的是偷偷跑出來的。」空空兒默然無語，半晌才道：「我知道了，你先回去。」

蔣士則還待再說，忽聽見門外有人朗聲問道：「空郎在麼？」鏡兒忙去開門，卻是聶隱娘。蔣士則忙道：「小的告退。」

聶隱娘狐疑望著蔣士則的背影，問道：「他不是節度使府的家僮麼?來這裡做什麼？」空空兒道：「他來送藥。隱娘請裡面坐，鏡兒，沏茶。」鏡兒道：「是。」聶隱娘笑道：「幾天不見，空郎這裡就多了位乖巧的小娘子。」空空兒道：「她原來是侯判官家的婢女，我義兄侯彝將她要來送給了我，不過等我傷好了，她就會走。」

二人進來坐下，鏡兒上了茶，侍立一旁，聶隱娘望著她，只不說話。鏡兒便道：「家裡湯藥沒有了，我再去買一些。」空空兒點點頭。聶隱娘等鏡兒出去，道：「她原來是侯臧的人，你敢將她留在身邊麼？」空空兒道：「有什麼不敢，反正也不會太久。」

聶隱娘道：「我有件極重要的事要和空郎商量。眼下魏博的情形你也看到了，魏帥自得了瘋病以來，不理軍政，喜怒無常，尤其最近殺了這麼多領兵將領，軍心動搖。我知道一些人在暗中謀畫迎你義兄田興回來主持大局，我自己也是極贊成這件事的。」

空空兒道：「隱娘想要我做什麼？」聶隱娘道：「田將軍為人寬厚，歷來不肯與魏帥爭權，他本早有機會當節度使，卻主動讓位給當今魏帥，我猜就算大夥迎他回來，他也決計不肯。我希望空郎能出面勸勸他，以大局為重。朝廷新近任命左龍武大將軍薛平為義成節度使。薛平是薛嵩長子，以前曾經任過相州、衛州刺史，雖然相州、衛州為魏博占據多年，可他在當地還是有一些影響力。皇帝任命他到義成，可謂居心叵測。昭義節度使孟元陽也正往魏博西面邊境集結重兵，而今魏博西面、南面淨是朝廷控制的地盤，北面成德、東面平盧又與魏帥不睦，若是魏博自己再這樣內耗下去，正好給朝廷有機可乘。」空空兒搖頭道：「義兄他不會聽我的。」

聶隱娘道：「為了魏博，空郎都不肯試上一試麼？」空空兒搖了搖頭。聶隱娘極為失望不快，起身道：「我真看錯了空郎。」

聶隱娘剛憤憤離去，鏡兒便回來了，欣欣然笑道：「我拿了那位家僮送來的藥到醫鋪問過，確實是難得的奇藥，我還生怕是毒藥呢。」空空兒大奇，道：「毒藥？你怎麼會這麼想？」鏡兒道：「那個人眼睛滴溜轉個不停，看著好像沒安什麼好心。」空空兒笑道：「孩子話。來，既然是奇藥，快些給我塗上，我巴不得傷勢趕快好呢。」鏡兒道：「是。」

那西域龍膏當真有奇效，非尋常金創藥可比，塗上僅一日，便覺得傷處不再疼痛，反而麻麻癢癢似有新肌生出。五六日後，空空兒自覺已經痊癒，還在院子中練了一套拳法，鏡兒卻非逼著他繼續塗藥，非將那瓶藥膏塗完才肯了事。

這天傍晚，空空兒正在院中練劍，他浪劍已失，只用一根木棍代劍。蔣士則忽又風風火火地闖了進來，臉色煞白，嚷道：「不好了！魏帥要殺夫人母子，小公子請你趕快去救他和夫人。」

空空兒忙問道：「出了什麼事？」蔣士則道：「夫人勸魏帥召田興田將軍回來，重任兵馬使，以壓軍心，魏帥不聽，還認定夫人與田將軍勾結，提劍要殺夫人，小公子從旁勸阻，魏帥連小公子也要殺。」

空空兒聽多了太多因爭奪權勢父親猜忌兒了、兒子弒殺父親的故事，當即拔腳就往外走去。鏡兒上前挽住他臂膀，低聲懇求道：「郎君不要去。」

空空兒沉吟片刻，附到她耳邊，低聲道：「你收拾一下東西，去西門外十里的客棧等我。」鏡兒道：「做什麼？」空空兒道：「你照做就是了。記住了，無論發生什麼事，都不要回城。」鏡兒道：「是。」

空空兒忙跟著蔣士則進來到牙城，牙兵見他跟家僮在一起，以為又是小公子要找他玩耍，也不阻攔。進來後署苑中，正見侍女扶著節度使夫人元浣從房裡出來，元夫人披頭散髮，衣裳凌亂，極為狼狽。

田季安正在房中狂摔東西，又厲聲叫道：「來人，快來人！速持本帥金牌令箭到臨清取下田興人頭！」

空空兒再無遲疑，上前攔住正要進去奉令的牙兵，拔出他腰間長刀，逕直闖入房中。田季安正倚靠在軟榻上大口喘氣，他適才毆打元夫人，牙兵生怕被遷怒，盡躲了出去，忽見空空兒持刀闖入，吃了一驚，喝道：

「空空兒，你不得傳喚，怎敢闖進後衙……」一語未畢，驚訝地望著自己胸口，那上面插著一柄明晃晃的刀。空空兒手上加勁一推，長刀穿胸而過，田季安「嗯」了一聲，便即垂頭死去。

忽聽見背後元夫人顫聲道：「你……你殺了他？」空空兒道：「是，夫人盡可以殺了我為魏帥報仇。」拔出長刀，倒轉刀柄，上前奉給元夫人。

元浣見那長刀鮮血淋漓，血正一滴一滴地掉落地上，一時心亂如麻，心道：「這是我夫君的血。」一咬牙，接過長刀，對準空空兒心口扎了下去。

空空兒不避不閃，心道：「想不到我最終會死在青梅竹馬的玩伴手裡。」

門邊忽然搶過一人，上來扯住元浣手腕，叫道：「娘親不要殺他，是我叫空空兒來救娘親的。」元浣轉頭一看，正是愛子田懷諫，她手中本無力，手中長刀當即掉在地上，抱住兒子大哭了起來。

室中遽變，門口早擠滿一大堆牙兵，牙將史憲誠也在其中，見魏帥遇害，節度使夫人抱著小公子痛哭不止，面面相覷，一時不知道該如何是好。

蔣士則忙擠過人群，扶起元浣坐到一旁，回頭道：「夫人有令，空空兒謀害魏帥，將他拿下了。」

史憲誠正不知所措，一聽是夫人之命，忙喝道：「將空空兒綁了。」牙兵們遂一擁而上，將空空兒捆縛拖了出去。

史憲誠上前稟道：「請問夫人要如何處置空空兒？」蔣士則道：「當然是要押下去嚴刑拷問，問出他幕後主使。」史憲誠道：「我問的是夫人，你一個家僮插什麼嘴？」蔣士則便問道：「夫人，空空兒該如何處置？」

元浣六神無主，完全聽不進旁人在說什麼，她夫君田季安近來性情大變，總對她暴力相向，滿屋子僕人婢女嚇得跪下，只有蔣士則撲上來用身子遮住她，她心中不由自主地信任他、依賴他，便道：「按他說的去做。」史憲誠只得應道：「遵命。」命人押了空空兒到獄中拷問。

節度使被殺非同小可，按照慣例，節度使死後由節度副使繼任，那麼該輪到小公子田懷諫來當魏帥。可眼下魏博危機深重，四面強敵環伺，朝廷虎視眈眈，魏博內部將士怨言四起，田懷諫不過是個十歲的孩子，元夫人又柔弱沒有主見，如何能擔當處置軍務？誰指使空空兒殺死節度使並不重要，重要的是誰來當下一任節度使，史憲誠根本無心拷問空空兒，只命人將他鎖了交給獄卒監禁。

空空兒早為今日之事謀畫許久，想不到如此容易得手，他早存了必死之心，也絲毫不為自己安危憂慮。到了晚上，牙兵將他提出來吊在獄廳梁下，蔣十則進來大聲喝問道：「是誰指使你謀害魏帥？」

空空兒料不到會是一個家僮來拷問自己，也不吭聲。蔣士則問道：「是不是你義兄田興想當節度使，所以指使你殺了魏帥？快說，是不是？」竟要逼迫空空兒招認是受田興指使。空空兒只一言不發，蔣士則便下令用刑，日夜拷打，逼迫空空兒承認殺害田季安是受臨清鎮將田興指使。

次日中午，聶隱娘忽然到來，命獄卒停手，將空空兒放下來。聶隱娘俯身扶起他，低聲道：「空郎，之前我錯怪了你，你做了我正預備做的事，除掉魏帥，田興將軍自然不得不出來主持大局。可當真是人算不及天算，眼下事情起了變化，家僮蔣士則掌控了夫人和小公子，挾天子以令諸侯，魏博軍政大權盡在其手。」

空空兒渾身是血，神智不失，聽說蔣士則目下執掌魏博軍政大權，深感愕然，回想之前他的種種行徑，這才恍然大悟，原來一切都是這個家僮在滋事搗鬼，他早知道自己與元滍有舊，有心挑撥自己去殺田季安，想來之前田季安忽然與夫人、兒子交惡，也是他從中興風作浪的緣故。

聶隱娘又道：「蔣士則已經派人扣押了田興將軍在魏州的一家妻兒老小，正以新任節度使的名義召他回魏州來，預備加害。我在軍中聯絡了一批將帥，等田將軍回來自會行事，你再忍耐幾日。」放下空空兒，起身喝道：「空空兒可是救過小公子，又是田興將軍的義兄，你們若將他打死了，嘿嘿，看你們自己有什麼下場。」獄卒道：「可是蔣郎說……」

聶隱娘聲色俱厲，怒道：「哪個蔣郎，魏博是姓田還是姓蔣？」獄卒不敢再辯，忙道：「娘子放心，我們會好好對待空郎，即便是不得不用刑，也是做個樣子給人看。」聶隱娘道：「這還差不多。」

果然等聶隱娘一走，獄卒只將空空兒綁在長凳上，好讓他舒服些，一望見蔣士則來，便將鞭子甩得山響，其實落到空空兒身上已經收力，並未打實，等蔣氏走了，再鬆開綁繩。

如此過了幾日，一日清晨，忽聽得外面歡聲雷動，地動山搖，竟似有萬人在齊聲鼓噪歡呼，獄卒急忙拋下空空兒，湧出去查看究竟。

過了一會兒，牙將史憲誠率領牙兵進來，親自解開空空兒賠罪道：「之前多有得罪，還望空郎莫怪。」空空兒猜想田興已經掌控大局，點點頭道：「將軍也只是奉命行事。」史憲誠便命人扶他出去治傷。

外面果然是田興自臨清奉召回來魏州，剛到牙城前便為成千上萬名兵士圍住，一起下拜，訴說蔣士則挾持小公子干預軍政，請求他出任留後。田興見群情洶洶，難以抑止，聶隱娘等人又一再曉以利害，從旁勸阻，只好道：「你們若是一定要推舉我任留後，我有兩個條件，一是不得傷害懷諫母子……」兵士紛紛道：「相公有命，不敢不從。」田興道：「二是魏博從此須得遵守朝廷法令，申報版籍，貢獻賦稅，請任官吏。」

眾人一起呆住，魏博自安史之亂以來割據一方，五十餘年不向朝廷申報戶口，不納賦稅，境內官吏任命均由田氏一語決定。田興這般說法，豈不是魏博從此要聽命於朝廷？

忽聽得聶隱娘大聲道：「田相公顧全大局，決意效仿義武、昭義投效朝廷，從此魏博凡事有朝廷撐腰，皇帝必有重賞，這不是天大的好事麼？」兵士遂紛紛應道：「願聽相公鈞令。」

田興遂在兵士簇擁下入節度使府署，只殺了家僮蔣士則及其結納的心腹十餘人，又召來掌書記，擬好奏表，派使者馳赴長安。

一直忙到深夜，田興才有空問起空空兒。牙將史憲誠忙上前稟道：「空郎被蔣士則下令拘禁拷打多日，末將早已將他救了出來，安置在一處空房中。」田興道：「你先派人送他回家養傷，等忙完這一陣子我再去看他。」

他新即留後之位，有許多大事要先處理，暫時難以顧及兄弟之情。尤其空空兒殺死田季安，旁人難免會猜疑是他貪圖節度使位子，所以特意指使義弟動手，外面已經有這類流言，他雖然問心無愧，但終究還是有所顧忌，不知道該如何面對。

遣走史憲誠，田興這才起身道：「走，我們去後衙拜見夫人和小公子。」

空空兒被連夜送回家中時已經猜到了田興的難處，聶隱娘趕來勸他不如先暫時離開魏州。空空兒道：「我不能沒有任何交代，就此不告而別。」聶隱娘狐疑道：「你莫非想在軍前自盡？」空空兒確實有過這個念頭，一時不答。

聶隱娘道：「你真是傻得厲害。空郎，你不是在為朝廷效力，而是在為魏博做事，魏帥濫殺無辜，屠害忠良，已經淪為魏博的罪人，你不殺魏帥，我也會殺他，我不殺他，旁人也會殺他，你做了有益魏博的事，新任留後和軍中將士心中有數。你若是一心求死，你自己倒是解脫了，你讓田相公良心何安？魏博好不容易安穩下來，你可不要胡來，又生枝節。你不是一直想辭官為民麼？眼下豈不是最好的機會。」

空空兒素來佩服她的見識，心下也覺得她的話大有道理，便道：「好，等我向義兄交代一聲，我自會離開魏博。」又遲疑道，「隱娘，尊夫之死……」聶隱娘沉默了許久才道：「我替夫君多謝你，謝謝你為他報了仇。」

魏博主動歸順朝廷震動天下，朝中使者還沒有到來，成德、平盧、淮西[16]幾鎮特使已經紛沓而至，均是勸說田興不要倒戈朝廷，由此將先人辛苦打下的江山拱手送給別人。田興心意已決，無論如何都不肯聽從。

半月後，朝廷特使知制誥裴度趕至魏州，當眾取出白麻紙詔書。到場軍民多達數萬人，軍府前擠得水洩不通，卻寂靜無聲，連一句咳嗽都聽不到。裴度朗聲宣讀皇帝詔書，當場任命田興為魏博節度使，撥出一百五十萬緡犒賞魏博軍士，魏博所統全部州縣給復一年，即免除百姓賦稅一年。

當時軍中擁立田興，多少有些迫於形勢，至於田興提出歸順朝廷的要求，也是不得已才答應，聽到裴度宣諭完憲宗旨意，朝廷賞賜豐厚，所與甚多，魏州全城頓時一片歡呼沸騰，軍民這才死心塌地地敬服田興。成德、平盧、淮西使者望見眼前眾人歡欣雀躍的情形，驚惶變色，知道田興既得朝廷任命，又得魏博上下死力，再無挽回可能，只得各自怏怏離去。

這裴度字中立，河東聞喜[17]人氏。他少年貧寒，曾拾到一條價值千金的玉帶，卻能拾金不昧，苦等在原地直到失主尋來，傳為當地佳話。貞元五年進士及第，頗有文名。他已年近五旬，身材矮小，卻是一臉凜然剛毅，令人不敢鄙視。

讀完詔書，裴度又向田興極陳君臣之義。田興答道：「尊使教誨，田某不敢不從，日後自當忠心奉上，絕不反悔。尊使這就請到驛館歇息，晚上田某再安排宴會為尊使接風洗塵。」裴度擺手道：「接風就不必了，本使奉天子之命宣諭魏博，魏博所轄州縣都要親自走上一遍，時間緊急，還請相公早做安排，最好明日就能啟程。」

田興愕然問道：「尊使是要不辭勞苦、親自到各州縣宣讀天子詔書麼？」裴度道：「正是，如此方才不負天子重託。」田興當即肅然起敬，道：「是，田某這就親自陪尊使前往所有州縣，好讓魏博百姓感悅皇恩浩蕩。」

裴度見他恭謹有禮，很是欣喜，又道：「另外，聖上特別交代了一件事，請相公即刻派人將空空兒押去京師。」田興道：「遵旨。尊使遠道而來，請先去驛館安置，我這就去準備尊使宣諭州縣一事，好讓魏博四方百姓早沐天恩。」裴度道：「有勞相公。」

田興便命人護送裴度一行前去驛館，自己帶人匆匆來到空空兒家中。空空兒聞聽新任節度使親自到來，慌忙迎出門，上前跪下謝罪道：「我以下犯上，親手殺死前任魏帥，不配再做田氏義弟，這就請相公與我斷絕兄弟名分。相公可將我在軍前處死，以正軍紀。若是相公大度不殺我，我這就離開魏博，永遠不再回來。」

田興上前扶起他，道：「聖上指名要將你立即押去京師，空弟，你這就走吧。」空空兒先是愕然，隨即道：「既然聖上下了旨，相公不可徇私放我，這就綁我去長安吧。」

田興深知他為人，一旦拿定主意，萬難勸回，歎了口氣，回頭命道：「來人，將空空兒拿下，立即解往京師。」

牙兵遂上前縛了空空兒，先暫時將他帶到對面不遠處的採訪使衙門監禁。過了大半個時辰，聶隱娘率領百名兵士到來，押空空兒出來，解了綁縛，不上械具，只裝入檻車，又在車四周圍以幔布，頗為優待。動身南行，眾人一路默默無語，氣氛甚是肅穆。

當晚到達魏縣，聶隱娘命兵士開了檻車，道：「這裡有馬，空郎連夜走吧。」空空兒卻是坐在檻車中不肯出來，道：「我不走。」聶隱娘道：「這是魏帥鈞令，你敢抗命麼？」空空兒道：「是，無論如何，我都要去長安，我不能再陷魏帥於不義。隱娘大可放心，皇帝不會拿我怎樣。」

聶隱娘聽過天子曾兩次召見空空兒，一直存心籠絡，忽而心念一動，問道：「你是不是受天子之命才殺了前任魏帥？」空空兒不願意辯解，道：「隨隱娘怎麼說。」聶隱娘便不再多問。既然空空兒堅持要去長安，她也只能派人回去告知田興，自己帶人押送空空兒繼續朝京師進發。

這一日出了魏博，進入河南府[18]境內，聶隱娘道：「空郎的義兄侯彝不是在洛陽為官麼？要不要順道去看看他？」

之前侯彝被憲宗自鎮海常州召回京師後一直晾在一旁，直到後來鎮海節度使李錡舉兵謀反，侯彝出力甚多——是他潛到鎮海，向李錡幕僚李紳曉以利害，與其一道策反了李錡身邊部將，因功被授為洛陽令，很得皇帝倚重，連遭遇母喪也特旨不准他去職。洛陽正在去長安的路上，空空兒卻只是搖搖頭，他早見識過憲宗的種種權術和手段，心跡可畏，知道這次皇帝命田興押自己進京必然凶多吉少，他不願意侯彝知道後為此憂慮煩惱。

聶隱娘這才會意過來，道：「原來空郎從未替皇帝辦事，皇帝這次召你進京，怕是不懷好意。空郎，你……」空空兒道：「隱娘不必多說，這是皇帝在試探新任魏帥，無論如何，我都不會走。繼續上路吧。」聶隱娘沉默許久，才道：「好。」

一進關中，就有神策軍前來接手押運，掀開幔布，見空空兒手足沒有任何束縛，奇道：「聖上親自點名的要犯，如何不鎖住，不怕犯人逃走麼？」聶隱娘道：「他不會逃走的。」

神策軍兵士卻是不聽，重新拿重銬鎖了空空兒，聶隱娘就是有心再私縱他逃走，也是無能為力。

到了長安，空空兒被逕直帶到神策軍大獄，關了半個多月後，神策軍中尉吐突承璀才帶人提他出來。吐突承璀之前因征討成德失敗，為朝中御史彈劾，憲宗被迫免其神策軍職，任命為淮南監軍，不過時隔不久又召回京師，官復原職，且兼任弓箭庫使，比以前更為風光。

進來神策軍廳，卻見廳首站著一人，正是當今憲宗皇帝李純。七年不見，皇帝老了許多，雙鬢頗見風霜之色，想來是日夜操勞國事的緣故。然則眉眼威嚴，比多年前不知道犀利鋒銳了多少倍。七年前在驚濤駭浪中即位的皇帝，如今早坐穩了皇位，傲視天下，正一步一步地實現他平定的志向。

李純先道：「空空兒，多年不見，你可是老了不少。」空空兒道：「是。」

他見皇帝不命人帶自己進大明宮，而是降尊紆貴，親自來到神策軍廳，料來是要立即處死自己。果然下跪參拜後，李純也不命他起來，只森然問道：「七年前，朕當面交代的事情，你辦了麼？」空空兒道：「沒有。我自知有負聖望，任憑陛下處置。只求陛下殺了我後，不要將我傳首魏博。」

李純冷笑道：「你憑什麼求朕？」空空兒一時無言以對。不料李純又道：「朕不會殺你。」頓了頓，又道，「無論你犯了什麼錯，朕都不會殺你，朕要留著你看到天下一家的局面。」

那一日，空空兒親口對皇帝道：「我跟陛下一樣，希望天下一家，所有藩鎮都聽朝廷的話，這樣魏博既不用謀畫去攻打別的藩鎮，也不用日夜防著被別的藩鎮奪走地盤，男人不用當兵，女人不必守寡，百姓安居樂業，再不受兵燹之苦。可事實並非如此，眼下割據分裂的局面非一朝一夕所能挽回，我一介村夫，更不能從中幫到什麼。」他想不到當日隨口一句話，竟然成為免死金牌，救得自己性命，一時怔住。

李純見空空兒極為意外，很是亢奮得意，命道：「吐突承璀，放空空兒出去，先留他在魏博進奏院中，若他敢私自離開京師，進奏院中所有人立即處死。」吐突承璀道：「遵旨。」命人開了枷鎖，親自送空空兒出來，取出一柄劍交給他道：「這是聖上御賜之物，若是你再弄丟了，可是大大的殺頭之罪。」

空空兒接過來一看，正是皇帝之前賜給自己的那柄浪劍，卻又略有不同，劍柄上一圈一圈纏上了黑色的絲條，極見綿密精細，鐶首刻著個小小的「空」字，也是原來所沒有。

一時間，情思潮湧，莫非蒼玉清盜走浪劍當晚的纏綿溫柔，並非全是虛情假意？刀藏裙底，劍隱床笫，世事難測，莫過人心。然而他卻能肯定，離開劍南西川時那個縹緲虛幻的月夜，她一定是流露了真情。

忽然不知道從哪裡冒出來一名青衣女子，衝上前來緊緊抱住他，哭叫道：「空郎、空郎，我找得你好苦！」

1 莘縣：今山東莘縣。
2 鄆州：今山東東平東北。
3 安史之亂時，玄宗皇帝生怕大將再起異心，特意派宦官作為監軍，宦官監軍的歷史自此而開。由於宦官不懂軍事，卻凌駕在軍隊主帥之上，多有因監軍而導致唐軍大敗的例子。但在大將和宦官之間，皇帝總是毫不猶豫地支持宦官，如玄宗、肅宗、代宗、德宗等，均認為宦官親信可靠，不會背叛朝廷。
4 夏綏：即銀夏軍鎮，今內蒙古烏審旗白城子、陝西綏德一帶。
5 密州：今山東諸城。
6 李神通：名壽，字神通，唐高祖從弟，佐義有大功。
7 襄樣：山南東道治所襄陽（今湖北襄樊），襄陽有特產髹器（漆器）名聞天下，被稱為「襄樣」。
8 按唐朝制度，凡遇重大案件，由大理寺卿與刑部尚書、侍郎會同御史中丞會審，稱三司使。
9 成德：河北三鎮之一，府治恆州（今河北正定），統恆、冀、趙、深州，另先後統領過定、易、滄、德、棣幾州，大致範圍為今河北省中部。

10 德州：今山東陵縣。

11 昭義：又稱澤潞，府治潞州（今山西長治），領澤州、潞州、邢州、洺州、磁州五州。

12 臨清：今山東臨清，取臨近清河之意。自古為戰守要地，境內河流縱橫，明清時依靠運河漕運成為江北五大商埠之一，繁榮興盛達五百年之久，有「繁華壓兩京」「富庶甲齊郡」之美譽。

13 歡州：今越南榮市。

14 義武：又稱易定，下轄定州（今河北定州）、易州（今河北易縣），府治定州。

15 邱絳被魏博節度使田季安坑殺為歷史真事。鄴下：相州鄴縣，在魏博境內，今河北臨漳西南，借指魏博。漳水：流經鄴縣的河流。西陵：即著名的曹操墓，又稱魏武帝陵、高陵，位於今河北臨漳西。馬鬣：墳上的封土。青蠅弔客：死後只有青蠅來吊，比喻生前沒有知己朋友的人，出自《三國志・吳書・虞翻傳》裴松之注引《虞翻別傳》：「自恨疏節，骨體不媚，犯上獲罪，當長沒海隅，生無可與語，死以青蠅為弔客，使天下一人知己者，足以不恨。」

16 淮西：又名蔡州，轄申（今河南信陽）、光（今河南潢川）、蔡（今河南汝南）三州，府治蔡州。

17 聞喜：今山西聞喜。

18 河南府：府治洛陽（今河南洛陽）。唐朝實行兩京制度，分別為西京長安和東都洛陽，因而河南府跟京兆府一樣屬於「都畿」，其下屬的洛陽、河南二縣，和京兆府下轄的萬年、長安，均是京縣（等級最高的縣，縣令為正五品以上）。

卷十　驚天大刺殺

裴府果然混亂無比，他一個陌生人在府裡轉來轉去，撞見數名僕人、婢女，竟無人上前問他身分。空空兒想既然王翼受了傷，必然要先設法止血，因而只能選僻靜的地方去。果然在西面下人住處附近發現點點血跡，一路灑入一間房中。忙踢門進去，當真有一人倚靠在房內床上，一邊大口喘氣，一邊往斷臂處塗抹金創藥。

魏博首改河北藩鎮世襲慣例，舉六州之地歸順朝廷，剖河朔之腹心，傾叛亂之巢穴，影響極其深遠。憲宗讚賞田興不貪專地之利，不顧四鄰之患，毅然歸命聖朝，特賜名弘正。又將田懷諫召到朝中為官，極盡籠絡之事。田懷諫才十一歲年紀就當上了右監門衛將軍，賜第新昌坊，風光無限，若不是他年紀還小，怕是皇帝還要以公主下嫁，此即宰相李絳所言「重賞過其所望，使四鄰勸慕」。

魏博東鄰平盧節度使李師道恨田興開此先例，有意與成德聯兵攻打魏博。憲宗詔命宣武[1]節度使韓弘寫信警告李師道：「若兵北渡河，我將奉詔以兵東取曹州。」

李師道見西川劉闢、鎮海李錡、昭義盧從史、魏博田季安等皆憑險割據，以為根深蒂固，朝廷無力制裁，然最終卻皆被削平，身死家亡，懼怕皇帝果敢剛毅，傾朝廷之力對付平盧，果然不敢再妄動。

至此，天下強藩要麼歸順，要麼束手，再也不敢公然抗命朝廷，這是唐朝自安史之亂以來從來沒有過的局面。憲宗皇帝登基僅七年，便在削藩上取得了輝煌的成就。天子繼續養兵蓄銳，必欲平定天下。

然則到了元和九年九月，隨著淮西節度使吳少陽的病死，削藩風雲再起。

淮西統領申、光、蔡三州，府治蔡州，地盤雖不大，但地理位置卻十分重要——倚荊楚之雄，走陳、許之道，山川險塞，田野平舒，戰守有資，耕屯足恃。自首任淮西節度使吳少誠開始的三十多年間，淮西屢叛屢降，反覆無常，共謀反叛變十多次。淮西若往西北推進，一日之內就能逼近東都洛陽，往東北一旦控制汴州，就能切斷運河交通，威脅帝國的漕運，唐朝廷深為頭疼，不得不往淮西四周囤積重兵，常以數十萬大軍防遏。

憲宗平定西川劉闢後，本欲立即對淮西用兵，將腹心之地的大患首先拔出，但後來成德戰事先起，淮西一事反倒耽擱了下來。吳少陽之子吳元濟早知皇帝有心平定淮西，若是公然自任留後，必然會像上次成德一樣引來朝廷大軍討伐，因而有意隱瞞父喪，只說父親病重，由他暫領淮西軍務。

當時淮西判官楊元卿在長安奏事，宰相李吉甫召他入中書省政事堂，曉以君臣大義，楊元卿便盡以淮西虛實告知。李吉甫立即上書皇帝，請求討伐淮西。因淮西與河朔不同，四鄰均是朝廷直接控制的藩鎮，孤立一地，只要下定決心，定能圖取。

偏巧李吉甫在這個時候病逝，憲宗便聽從另一宰相張弘靖的建議，先派工部員外郎李君何赴淮西為吳少陽弔喪，吳元濟下令緊閉城門，不但不放李君何進來，還在城頭當面殺死淮西判官楊元卿之妻及其四個兒子，拿五人鮮血染塗箭靶射堋。李君何回朝據實稟告，憲宗遂決意出兵征討。

轉眼過了新年，朝廷大軍未發，吳元濟派兵四出，殺人放火，劫掠州縣，小隊精銳騎兵甚至闖入河南府境內，一路侵掠至東都洛陽。幸被東都留守呂元膺和洛陽縣令侯彝發兵打敗。憲宗聞報大怒，特下制書削奪吳元濟官爵，命招撫使嚴綬率十六道兵馬進討。只是朝廷軍令不嚴，再次上演了之前官軍征討成德的僵持局面，屢戰屢敗。

吳元濟之父吳少陽未發跡前曾經是魏博軍將，歷來聽命於魏博田氏，憲宗遂下令魏博出兵，魏博節度使田興派長子田布率領三千兵馬前去增援嚴綬。魏博驍騎名聞天下，吳元濟深為驚恐，急忙派使者向成德王承宗和平盧李師道求救，二人遂上表請求赦免吳元濟，此二人也是朝廷心腹大患，憲宗怎肯聽從。李師道遂表示支持朝廷，派二千人南下，聲稱要跟魏博一樣，前去幫助官軍討伐吳元濟。

自淮西公然與朝廷對抗以來，首當其衝的河南府一直處於高度緊張戒備狀態。古語有云：「得中原者得天下。」所以才有以「逐鹿中原」寓意爭奪天下的說法。自三皇五帝以來，「居天下之中」的河南就是中原腹地，是中國長期的政治、經濟和文化中心。洛陽號為天下之咽喉，又是帝國東都，自然是重中之重。

元和十年四月底，洛陽縣令侯彝帶了一批差役、弓手巡視全城，到洛水河邊時，正遇到五名穿著孝服的大漢護著一具靈車過新中橋。侯彝遠遠一望就起了疑心，暗道：「這些人的葬禮似有不妥，若是預備遠葬，過分排場了，若說近葬，又未免太儉省了。」便帶人疾步追趕過去。

那五人見侯彝一行過來，神色開始緊張起來，一人更是低下了頭。侯彝心中有數，也不露聲色，上前問道：「你們這是要出安喜門下葬麼？」領頭的大漢道：「是啊。」

侯彝道：「棺中所躺是你們何人？」那大漢道：「小人們的父親。」侯彝道：「原來你們五個是親兄弟？」大漢道：「是。」神情呆板，始終不肯多說一句話。侯彝點點頭，道：「你們這就去吧，別耽誤了事。」五人如釋重負，忙一起推著靈車上橋。

新中橋位於中橋東面，是武則天執政時宰相李昭德統領新修的石拱橋，南對外郭城長夏門，北近漕渠。當年安史之亂，常山太守顏杲卿拚死反抗安祿山，結果城破被擒送洛陽，因不肯投降，全家三十多人均被綁在橋上的柱子一刀一刀肢解處死。

這座橋雖有上坡，卻因為橋長三百步，坡度還不算特別陡峭，五人卻推得十分吃力。侯彝一旁觀看，疑慮更深：照理一副棺材加一個人並沒多大分量，又放在車上，可這幾個壯漢卻如此吃力，棺材裡面肯定裝有別的什麼東西。他向差役使了個眼色，幾名差役會意，上前道：「我們哥幾個來幫你們一把。」搶上前將在後面頂住靈車推手的兩名大漢拉開。眾人「哎喲」一聲，那靈車骨碌骨碌往後就滑，餘下三名大漢扯也扯不住，靈車滾下斜橋，正撞在一塊突出青石板上，車子一頓一抖，棺材登時飛出，一頭栽下，擋在車子前面，又連棺材帶車子滑了一段才停下來，棺材蓋板也被掀至一邊。

侯彝假意罵道：「你們是怎麼幫忙的，這可對不住了。」上前一看，棺內並無死人，而是整整一棺兵器。轉頭一看，那五人正要過橋逃走，大喝道：「拿下了！」差役急忙衝上前拿人，那些大漢手無兵刃，四人束手就擒，一人逃到對岸橋頭即被弓手射死。

差役將四人捆縛停當，押到侯彝面前跪成一排。侯彝指著棺材中的兵刃問道：「你們要拿這些兵器做什麼？」四人均是默不作聲。侯彝一指適才答話的領頭大漢，命道：「將他砍了，斬下首級來。」

那大漢破口大罵，卻被差役背後一刀砍在後頸上，鮮血四濺。他向前仆倒在地，抽搐了幾下死去。差役也不是專職的劊子手，又上前補砍了好幾刀，才將首級斬下來，擺在餘下的三名大漢面前。

侯彝又指著適才那一見他就低下頭的大漢問道：「你叫什麼名字？」那人顫聲道：「楊……楊進。」侯彝道：「是淮西吳元濟派你們來的麼？」楊進臉有懼色，卻只是猶豫地望著身邊同伴。

侯彝道：「來人，將中間這人砍了。」中間大漢驚道：「你明明問的是楊進……」卻被差役自後一刀砍倒，如法炮製割下首級擺在前面。

侯彝厲聲問道：「是不是淮西吳元濟派你們來的？」楊進不及回答，唯一剩下的同伴已經搶著答道：「是，是蔡帥派我們來的。」侯彝便指著楊進道：「將他也砍了。」楊進面如土色，連連搗蒜磕頭道：「小人願說，是鄆帥派我們來的，不是淮西節度使。」他同伴怒道：「楊進你……」一語未畢，已被差役一刀砍倒在地。

侯彝叫過一名差役，低聲吩咐幾句，那差役飛一般地奔過橋頭去了。

侯彝問道：「當真是平盧節度使李師道派你們來的麼？」楊進見他瞬間號令下屬連殺三人，還一副若無其事的樣子，心中一陣發冷，忙道：「是。鄆帥說要救淮西，最好是擾亂朝廷後方。我們一批人奉命來洛陽，計畫焚毀東都宮闕，好讓官軍撤離淮西前線，回師相救。」

侯彝道：「你們一批人？還有其他人麼？」楊進道：「鄆帥一共派了三批人出來，小的一批來洛陽，一批去了長安，還有一批去了河陰[2]。」

河陰有轉運院，囤積了大批布帛錢糧，均是上年江淮租賦，憲宗特命不轉運兩都而留在河陰，好方便供給淮西前線諸軍。侯彝一聽李師道派人去河陰，當即明白他們是要焚毀河陰糧儲，忙命人速去稟告東都留守呂元膺，發出飛騎馳赴河陰示警。

侯彝問道：「到長安的那批人也是要去燒殺搶掠、擾亂腹心麼？」楊進道：「那倒不是，帶隊去長安的可是圓淨上人……」

侯彝吃了一驚，空空兒之前曾提過這個圓淨，正是第五郡慘死的始作俑者，忙問道：「圓淨是名年紀極老的僧人麼？」楊進點頭道：「已經有八十餘歲了，可還是身手敏捷，一般人靠近不了他身邊三步，三任鄆帥均視他為心腹。」

侯彝問道：「圓淨去京師做什麼？」楊進道：「聽說是要去尋一件寶物玉龍子。」

侯彝聞言不敢怠慢，忙命差役押了楊進和棺木回去縣廨，自己率弓手朝平盧東都進奏院趕來。洛陽守將蔣良已得侯彝手下通報，正發兵要去包圍進奏院，兩隊合作一路，趕去城北敦厚坊。洛陽也跟長安一樣實行坊區封閉管理，只是洛陽水系縱橫，多條河流穿城而過，地形更為複雜。

還沒有到敦厚坊坊門，遠遠就聽見有刀劍相擊，鏗鏘作響。侯彝知道定然是平盧東都進奏院出了變故，忙請蔣良率輕騎先行趕去彈壓。然而還是遲了一步，平盧東都進奏官訾嘉珍不知道如何得知風聲已經走漏，率領進奏院中近千名兵士闖出坊門，強力奪取倉城馬匹、武器，再殺死徽安門數十名衛士，逃出洛陽，往嵩山方向去了。蔣良生怕城中有變，不敢出城追擊，只命封閉城門，大索平盧餘黨。

東都留守呂元膺得知消息後趕來洛陽縣廨，侯彝稟明情況，又說多少知道一些玉龍子的事情，主動請命押送楊進進京。呂元膺遂寫好奏表，以八百里急件發出，命侯彝立即押運囚車啟程。

侯彝不敢延誤，匆匆回家跟妻子兒女交代了一聲，點了五十名兵士，將楊進鎖入囚車即刻出發。剛到城門，便見數名兵士正在捆縛一名彪形大漢。侯彝見那漢子極為眼熟，分明是已有多年不見的劉義，忙上前喝住兵士，命人解開綁索，問道：「劉郎，你不是在長安韓愈韓夫子門下麼？」

原來劉義當年在西川被劉闢伏兵擒住後立即捆送到南方。他本受了箭傷，因性情執拗倔強，動輒怒罵不止，一路沒少吃押送兵士的拳打腳踢，傷勢更重。押送兵士到達目的地後只將他隨意扔在道旁，他昏厥中為正奉召入京為官的韓愈所救，韓愈之前貶官正是因為上書揭露前京兆尹李實罪惡，極讚賞劉義刺殺李實的勇氣，遂將他帶回京師，曉以書義，劉義從此折節讀書，投在韓愈門下。他本是草莽遊俠，幾年浸濡下來，竟然能寫得一手好詩，如有〈偶書〉：「日出扶桑一丈高，人間萬事細如毛。野夫怒見不平處，磨損胸中萬古刀。」詩風峻怪，粗曠豪放，才氣縱橫，獨樹一幟。

侯彝早從空空兒書信中得知劉義已經一改故態，成為韓愈門客，韓愈此時正在朝中任禮部郎中，極得御史中丞裴度賞識，卻不知道劉義何時來了洛陽，又如何為洛陽兵士所擒，忙詢問究竟。兵士道：「這人身懷巨金，形跡可疑，小的生怕他是淮西細作[3]，剛攔下來盤問，他就要拒捕，只得捆拿起來細細審問。」將劉義的行囊奉上來，果見裡面金光湛然，竟有近十斤黃澄澄的金子。

侯彝道：「劉郎攜帶這麼多財寶，是要離開京師回魏博麼？」劉義雖然經歷了很多，也改變了許多，卻還是保持有昔日的爽朗，笑道：「是。不過不瞞明府[4]，這些金子不是我本人的，是韓夫子給人寫墓誌銘的潤筆。我實在見不得他阿諛墓中人攬財，所以擅取了十金，當作回魏博去的盤纏。」

原來韓愈文名日盛，因善寫墓誌銘，長安中爭為碑誌，若市賈然。他亦來者不拒，收取高額潤筆費，最少一篇要收四百貫錢，而他的月俸才二十五貫錢，當官反而稱了副業，頗為士林所輕。

侯彝聞言哈哈大笑，只是他有要務在身，不及多談，命人送劉義出洛陽，以免再為兵士懷疑。劉義攜重金回魏博後，從此聲名不顯，不知所終。

雖說侯彝神奇破獲棺材兵器案，然而純粹是機緣巧合，不及平盧謀畫多時。他派往河陰的飛騎尚在半道，已有數十名武藝高強的盜賊持兵器攻打河陰轉運院，殺傷十餘名守衛兵士，縱火焚毀了部分倉庫，雖有大批官軍及時趕到努力撲火，還是燒毀了錢帛三十餘萬緡匹，穀三萬餘斛。民間洶洶難安，群臣紛紛奏請罷兵，憲宗李純堅決不肯。

等侯彝一到京師，李純立即召見，也不問他不奉召私自進京之罪，逕直問道：「你知道玉龍子的下落？」侯彝道：「臣曾經聽人提過。」李純道：「是誰？」

侯彝一時猶豫，不知道該不該說出義弟的名字，他知道皇帝利用空空兒做了不少事，但也只是當作一件工具使用，事前呼來騙去，事後打罵關押，從來沒有好聲好氣過，至今還將空空兒羈留在京師，不肯放走。

李純見他躊躇，卻已經猜到究竟，冷笑道：「一定是空空兒，不然有誰能值得你冒著丟官的危險匆忙趕來京師？侯彝，你好大膽，身為朝廷重臣，竟然隱瞞鎮國之寶玉龍子下落。」侯彝忙道：「空弟他也不知道玉龍子下落，是羅令則死前告知說將玉龍子留給了他，至於在哪裡，根本提也沒提。陛下瞭解空弟的為人，從無名利之心，別說他壓根沒去找過玉龍子，就是有人當面遞給他，他也不會要。臣願意請命，請陛下准許臣暫留長安圍捕平盧亡命之徒，追查玉龍子下落。」

李純這才顏色稍緩，道：「你此次發現平盧陰謀，立下大功，不過擅離東都，功過相低，朕就不追究了。朕准你暫時留在長安，專門追查這件事，准你任意調動神策軍，方便行事。」侯彝躬身道：「多謝陛下。」

李純道：「不過事情決計不可對外張揚，也不可帶兵搜查平盧進奏院。」侯彝知道皇帝欲全力對付淮西，暫時不想與平盧撕破臉皮，道：「遵旨。只是神策軍素來驕恣，臣怕反而將動靜弄大，請陛下改調左金吾衛士歸臣節制。」

李純道：「准奏。」卻不命侯彝退出，神思了一會兒，忽然問道：「你如何看待淮西戰事？」侯彝道：「淮西不過申、光、蔡三個小州，殘弊困劇，此刻正當天下之全力，破敗可立而待。」

李純這兩天耳朵裡灌的淨是朝臣要求從淮西撤兵的話，聽侯彝說淮西毀滅指日可待，心下大悅，問道：

「諸軍久討淮西，毫無建樹，人心浮動，為何獨你看好官軍？」侯彝道：「官軍遲遲攻不下淮西，是因為陛下所遣派的是諸道兵，各道一般只派出二三千人，勢力單弱，羈旅異鄉，不熟悉敵軍情況。而官軍統帥威名不盛，只靠朝廷名義壓服各道，待之既薄，使之又苦，如此兵將相失，心孤意怯，難以有功。」李純道：「照你說來，平定淮西豈不難上加難？」侯彝道：「只要陛下有決心，一點都不難。聽說與淮西交界的許多州縣村落百姓為保護鄉里，均有兵器，且習於戰鬥，曉得敵軍虛實，不如朝廷出錢招募這些人，當可組成一支出奇制勝的奇軍。」李純深受鼓舞，心中激蕩，半晌才揮手道：「好，你去吧。」

侯彝退出大明宮，與中使一道來到永興坊的左金吾衛屯營。中使傳達了皇帝旨意，當值的金吾將軍武厲笑道：「久仰明府大名，有什麼需要儘管吩咐。」侯彝道：「將軍請選一百名兵士給我，不過須得換上便服。再請找一位善畫面貌的畫師來。」又派人到宣陽坊將暫押在萬年縣獄的楊進祕密押來金吾廳，請畫師根據楊進的描述畫出圓淨畫像，安排妥當，這才得閒來找空空兒。

空空兒正住在永興坊中，這是神策軍中尉吐突承璀借給他的一處宅子，他如今在神策軍中掛職，也成了被迫食朝廷俸祿的武官。

隨從正欲上前叩門，侯彝見院門虛掩，道：「你們等在這裡。」上前推門輕入，但見院子裡遍種芭蕉，綠蔭匝地，極見幽靜。侯彝朗聲叫道：「有故人來訪。」

只見堂間簾子一掀，出來一名二十來歲的女子，驚叫道：「四郎，怎麼是你！」

那女子正是鏡兒，原是侯彝兄長侯臧家的奴婢，後來被侯彝轉送給了空空兒。空空兒被逮來京城後，她居然千里迢迢地跟來，在神策軍廳附近皇城外苦候幾日，終於等到空空兒被釋放出來，欣喜無限。空空兒見她如此情深，也極為感動，在長安生活了一段時間後，遂與她成親，不過只能娶她為妾——他雖然燒毀了鏡兒的賣身契，但因為她父母均是奴婢，她沒有戶籍，依舊是賤民身分。唐律等級森嚴，賤民不可與士民通婚。昔日武后時名士喬知之愛慕家中美婢窈娘，因條律限制無法娶其為妻，只得為之終身不娶，結果上演了一齣〈綠珠怨〉的悲劇——不過鏡兒全不在意，總說郎君該配上更好的主婦。此刻她忽然見到大恩人大媒人侯彝出現在眼前，又驚又喜，忙回頭叫道：「郎君，侯四郎來了。」

空空兒昨夜喝多了酒，宿醉未醒，只哼了一聲。鏡兒歉然道：「空郎昨晚又喝醉了酒……」侯彝笑道：「無妨。不過我可是預備來住下叨擾一段日子。」鏡兒笑道：「空郎定要歡喜死了，我這就去準備，一間給四郎，一間給四郎的隨從。」侯彝道：「好，我先去辦事，晚上再來。」

重新回來金吾廳，楊進還沒有押到，侯彝遂帶著幾名精幹手下來到崇仁坊。崇仁坊和平康坊是藩鎮進奏院最集中的地方，尤其是崇仁坊為最，東都、魏博、平盧、幽州均在這裡。他是東都官吏，來京師公幹照例該住在東都進奏院，不過他既與空空兒兄弟情深，又需要其協助追查玉龍子下落，還是住在永興坊更方便些。東都進奏官慌忙迎接出來，侯彝交代他一定要日夜留意對面平盧進奏院的情形。

直到晚上夜禁後，金吾衛找來的畫師才根據楊進的口述畫好圓淨畫像。侯彝帶著畫像來到空空兒家，正見他站在暮色中翹首探望，忙下馬叫道：「空弟！」空空兒大喜，道：「我生怕夜禁阻了義兄行程。」

兄弟相見，欣喜無限。空空兒攜侯彝進來，鏡兒早準備好酒菜，遂把酒言歡，一敘離別之情。暢談至深夜，侯彝道：「鏡兒，你先去歇息，我跟空弟有一些話要談。」鏡兒依言退下。侯彝這才說了近日在洛陽與河陰發生的事，道：「圓淨這人折磨害死第五郡，我誓必要殺了他報仇。」取出畫像遞給空空兒，問道：「你看是不是他？」空空兒道：「雖然畫得不是很像，不過確實是他。既然平盧李師道派去洛陽及河陰的人都已經動手，想來圓淨一夥也已潛入京師多日。這人年紀雖高，卻是目帶凶光，一看就是個厲害人物，要找到他應該不難。大哥，我明日先陪你去青龍寺看看。我曾經見過鑒虛跟圓淨交談甚歡，他們倆是舊識，圓淨一夥子可能就藏在那裡。」

侯彝笑道：「空弟沒有聽說『僧敲月下門』的典故麼？」

空空兒一愣，想起那晚前去刺殺京兆尹李實曾經遇到傻氣的苦吟詩人賈島，問自己到底是「僧敲月下門」好還是「僧推月下門」好，自己隨口敷衍說了「僧敲月下門」為好，這如何又成了典故？

侯彝知道自己義弟雖然人在京師，卻從來不問外事，便解釋道：「這是以前在青龍寺出過家的賈島寫的一句詩，眼下卻被人拿來形容青龍寺住持鑒虛。此人大肆交結朝中權貴宦官，收受賄賂，橫行不法，之前平定西川時，多少老成宿將可以出任統帥，宰相杜黃裳偏偏推薦了默默無名的高崇文，原因就是高崇文向杜黃裳賄賂了四萬貫錢。後來高崇文死前說出一切，才知道原來鑒虛是牽線人，還收取了五千貫的中間費，杜黃裳被免去宰相，鑒虛卻被皇帝特旨赦免。所以人們才說『僧敲月下門』，要想做大官成就大業，非得向鑒虛行賄、去敲他的門不可。」

空空兒道：「大哥是說鑒虛不可能與圓淨勾結？」侯彝點點頭：「此人橫行京師多年，屹立不倒，比宰相還厲害，全賴皇權，他怎麼可能捨棄眼前的榮華富貴，去勾結平盧呢？」

空空兒想起當初鑒虛殺波斯公主薩珊絲一事，暗道：「鑒虛當時應該是受皇帝所託，伺機除去波斯公主。立下這樣的大功，皇帝怎麼可能因為受賄就處置他呢？他有高僧的身分，殺人於無形，正是最好的掩護，誰也不會去懷疑他。只是他這般胡作非為，公開納賄，未必就是遊俠。」

二人計議一番，侯彝決意先派人到各處寺廟察看。只是長安寺廟眾多，大大小小有一百餘座，分布在各個坊區，找尋起來極費時日，頗有大海撈針的感覺。

空空兒道：「這些人既是為玉龍子而來，雖然我不知道玉龍子在哪裡，不如我們弄個假的引圓淨出來。」侯彝道：「此計太過危險，關鍵是天下覬覦玉龍子的非平盧一家，萬一我們全力對付平盧時被人螳螂捕蟬黃雀在後，不但空弟有性命之憂，之後我們可就完全受制於人了。」空空兒道：「那好，全聽大哥安排。」

次日侯彝果然派出便裝衛士到城內寺廟及附近暗暗打聽，有否見過一個八十餘歲、目露凶光的白鬚老和尚。如此找了幾日，竟沒有打探到任何消息。

這一日，空空兒牽馬出門，欲去青龍寺看看。雖然侯彝已經派手下查過那裡，沒有可疑之處，但他始終覺得那個地方發生過一些奇怪的事，頗為詭異，如蒼玉清曾倒在寺外、圓淨所住僧房找到血衣。既然蒼玉清是朝廷的人，圓淨是平盧節度使的人，當晚襲擊她差點殺死她的人會不會就是他？圓淨這次是來京師尋找玉龍子，而蒼玉清當晚在昏迷中不也一直喃喃叫著「玉龍子」麼？

剛到坊門，便有一名玄衣僕人騎馬追上來，叫道：「空郎！空郎！」空空兒勒馬頓住，問道：「我是空空兒，是找我麼？」那僕人舉袖揩了一把額頭的汗，道：「是，小的剛去過郎君家裡，你家娘子說郎君剛剛出門，幸好追上了。」

空空兒道：「你找我有事麼？」僕人道：「普寧公主命小人來請郎君去府上。」

空空兒大詫，普寧公主是當今皇帝長女，許多年前他曾在大明宮見過一面，當時公主不過十二三歲，天真明媚，隔了兩年，就聽說皇帝將他下嫁山南東道節度使于頔第四子于季友，由此平定山南東道。後來于氏父子捲入殺人案，于頔長子于敏被處死，于頔、于季友均貶官，禁錮在長樂坊私邸，想來公主嫁入了這樣的人家，並不會怎麼幸福。

空空兒一時猜不透普寧公主為何派人來找自己，僕人又不斷催促，只得跟隨來到長樂坊的普寧公主賜第。穿堂繞室走了不少路，來到一間香氣繚繞的臥室，有女子聲音命道：「拉起帷幔。」侍女左右攏開紗幔。卻見床榻上躺著一名女子，臉白如紙，顰眉蹙宇，兩頰深陷，形如枯槁，正是普寧，只是再無昔日半分嬌媚公主的影子。

空空兒忙上前見禮，普寧公主甚是虛弱，只道：「免禮。」又道，「空空兒，你可老多了，我也老了，我們大家都老了。」空空兒問道：「公主突然見召，不知所為何事？」

普寧公主道：「你認得鄭瓊羅麼？」空空兒道：「她是我一位朋友的未婚妻子，談不上認識，只見過一面。」普寧公主道：「她死啦，父皇雖然寵她，封她為昭容，可她還是病死啦。」

空空兒雖然歎惋，但畢竟與鄭瓊羅只有一面之緣，且事隔多年，早已記不起她的樣子，問道：「公主召我來，就是要告訴我這個麼？是聖上讓你轉告我的麼？」普寧公主道：「不是。我上次進宮時看過鄭昭容，她有一句話請我轉告給你。」

空空兒更是驚異，問道：「是什麼？」普寧公主道：「花開花落不長久，落紅滿地歸寂中。」空空兒道：「是什麼意思？」普寧公主道：「我也不知道，反正就只有這麼一句。話我可是帶到了。」空空兒道：「是，多謝公主。」正要告退，忽聽得普寧公主叫道：「空空兒，你過來。」

空空兒依言走上兩步，普寧公主道：「你走到我面前來。」空空兒不知公主有何用意，又上前數步，走到床邊。

普寧公主道：「你坐下來。」空空兒道：「臣不敢。」普寧公主卻甚是固執，命道：「坐下來。」

空空兒只得坐到床棱上，問道：「公主是有什麼事要我去辦麼？只要公主吩咐，我一定盡力。」普寧公主微笑道：「你心中在可憐我，是也不是？」

空空兒心中確實憐憫她本是花樣少女，只因生在帝王家，不得不犧牲個人幸福，小小年紀就淪為政治工具，到如今更是成了這副骷髏模樣。可他卻不能明說，只能違心地答道：「不是。」普寧公主道：「空空兒也會撒謊啦。不過，我確實有件事要你辦。」空空兒道：「公主請講。」

普寧公主忽然揚起頭來，蒼白的臉上露出幾絲血色，道：「我要你抱抱我。」空空兒道：「臣不敢。」普寧公主道：「有什麼敢不敢的，你不要當我是公主。」歎了口氣，幽幽道，「我倒寧可自己不是公主。」

空空兒只是不應，也不肯動。普寧公主道：「我就要死啦，你都不肯抱我一下麼？」

空空兒心腸本軟，見她全無公主的架子，滿臉懇求之色，便俯身將她抱入懷中。普寧公主歡喜無限，問道：「你喜歡我麼？」空空兒道：「喜歡。」普寧公主滿面通紅，頭一歪就暈了過去。

空空兒道：「公主！公主暈過去了！」一旁侍女忙過來拉開空空兒，讓普寧公主平躺放好，見她氣息微弱，慌忙奔出去請御醫。

空空兒不便留在公主閨房，怏怏出來，頗為傷懷，信步來到徐氏酒肆，要了一瓶黃桂稠酒。他不敢再去郎官清酒肆，現已成為徐氏酒肆的常客，徐店主一見他就嚷道：「空郎好幾天沒來了！長安城中出了件了不得的大事，空郎知道麼？」

空空兒心念一動，莫非跟玉龍子有關，忙問道：「什麼大事？」徐店主答道：「平康坊有位韋夫人手裡有件稀罕寶貝，聽說只要將水倒進去，再倒出來時就變成了美酒。哎，我可沒有騙郎君，好多人都不信，跑去一看，都說是真的。」

空空兒心道：「莫非那寶貝就是師弟曾經提過的西域烏孫奇物青天核？不是收藏在西川百尺樓中麼？這韋夫人是什麼來頭，跟韋臯又有什麼關係？」徐店主卻叨叨個不停，道：「空郎，你幫個忙，去看看到底是不是真的，我只信得過你的話。」

空空兒知道店主是擔心那奇物會搶走他主顧，經不住反覆求懇，道：「好，我這就去。」徐店主頓時喜笑顏開，道：「好、好，我等空郎消息。那韋夫人就住在東門進去右拐第三家。」

空空兒當真騎馬來到平康坊，按徐店主告知的地址找到韋夫人家，大門緊閉，門前一片修竹茂林，青翠欲滴。空空兒上前叩門，等了片刻，有名男子開門問道：「閣下有事麼？」

空空兒吃了一驚，那男子卻是他曾在浣花溪薛濤住處門前見過的韋臯心腹侍衛唐楓，後被牙將邢泚強行帶走，看來這宅子主人韋夫人就是韋皋正妻張氏了。

唐楓卻是不認識空空兒，又問道：「閣下到底找誰？」空空兒道：「我想求見韋夫人，見識一下青天核。」唐楓道：「閣下尊姓大名？」空空兒道：「空空兒。」

唐楓立即將門拉開，道：「久聞空郎大名，這就請進來吧。」領著空空兒走進院子。轉過朱紅屏門，是條五色石砌成的羊腸小徑，彎彎曲曲，兩邊植滿蒼松、碧梧等樹。又穿過一個月亮門，經過一片花苑，才到一座朝南正屋，旁邊幾處精緻亭榭。四名彪形大漢站在堂前，甚是威武。

唐楓請空空兒進客廳坐下，道：「空郎稍候，夫人就來。」空空兒道：「多謝。」唐楓便往堂內去了。等了一盞茶功夫，只聽見有人道：「韋夫人到！」環佩聲響，四名婢女簇擁著一名女子出來，那女子並非韋皋正妻張氏，而是侍妾玉簫。

空空兒驚訝極了，道：「玉簫，怎麼是你？」玉簫微笑道：「空郎，我們終於見面了。」

她雖然與空空兒在成都大獄中隔牆說過話，也見過空空兒從自己牢房前被人來回帶出，但卻沒有真正看見過面孔。空空兒更是沒有機會見過她廬山真面目，忙問道：「娘子向來可好？」玉簫道：「有心。」神態怡然，態度不卑不亢，與之前那個只知道哭泣求懇的軟弱玉簫簡直判若兩人。

不待空空兒開口，玉簫主動道：「玉簫知道空郎是想來看青天核，不巧的是，昨日剛好有朋友宴會借走了，空郎不如改日再來。」空空兒道：「好。」便起身告辭。

玉簫親自送出門來，問道：「精郎可還好？」空空兒搖頭道：「自從師弟大鬧皇城被逐出京師後，我們就失去聯絡，我再也找不到他。」玉簫道：「嗯，精郎是個多情郎君，想來杜秋娘被皇帝封為妃子一事對他打擊甚大。」空空兒心道：「原來你連這些都知道了。」不便多談，道：「娘子請留步，改日再來拜訪。」

正要上馬，忽見一旁竹林後方正有一名灰衣僧人在向這邊窺探，那僧人身形面貌再熟悉不過，正是他師弟精精兒。空空兒「啊」了一聲，丟開韁繩，一邊急奔過去，一邊叫道：「師弟，你怎麼出家了？」精精兒卻是一言不發，轉身就走。空空兒道：「師弟！師弟！」精精兒始終不肯回頭。空空兒大為愕然，暗道：「師弟怎麼會不理我？莫非是我認錯人了？」加快腳步，卻始終追不上那僧人，越發肯定對方就是精精兒。

二人一前一後來到平康坊內的清國寺前，精精兒幾個箭步躍了進去，不但敏捷，而且落地無聲，正是他的獨門身法。空空兒剛踏上臺階，一旁打掃的僧人上前攔住道：「今日寺裡有事，請施主……」

空空兒急忙將他推開，追進寺裡，卻見好幾名灰衣僧人正在清理甬道，早不見了精精兒身影。在寺中尋了好幾遍，始終找不到人，僧人說寺中根本沒有精精兒這個人。一直守到幾近夜禁，才被僧人們連勸帶推請出清國寺。

空空兒重新回來玉簫宅邸前，馬卻早已不在，他不得不在夜鼓聲中一路奔回永興坊。若是以前他孤身一個人時，錯過夜禁不能回去住處也無所謂，然而他現今有了鏡兒，他若不及時回家，她一定會殷殷牽掛，他可不願意她這一晚寢食難安，這大概就是家的意義。好在平康坊與永興坊僅一坊之隔，剛好在坊門關閉前進了坊里。

回到家中，鏡兒告知侯彝今晚有事不回來這裡，空空兒淡淡「嗯」了一聲。鏡兒見他面色有異，馬也沒有騎回來，問道：「出了什麼事？」空空兒遂說了遇到精精兒一事。鏡兒道：「這可奇怪了，郎君每每提及精郎為人，分明是個風流瀟灑的多情公子，他怎麼會去當和尚？」空空兒道：「這也是我想不通的地方。我打算明日再去清國寺看看。」

鏡兒道：「長安百餘座寺廟，精郎未必就在清國寺中。他那麼聰明一個人，既然存心躲避郎君，怎麼會暴露自己棲身之處呢？」空空兒道：「平康坊就清國寺一座寺廟，如果他不在那裡，為何會出現在玉簫府前？」鏡兒道：「郎君是為青天核去找韋夫人，精郎說不定也是為它而去。」空空兒道：「對呀，師弟知道我嗜酒如命，當年曾冒險潛入西川百尺樓，就是想竊取青天核送我做禮物。」鏡兒笑道：「如此，郎君就不必費心去找精郎了，他肯定也是聽到青天核的風聲趕去打探，想弄到手後送給郎君，這說明他心中惦記著郎君，遲早會來與你相會。眼下他不肯相認，保不齊是有什麼難言之隱。」

空空兒心覺有理，這才釋懷，笑道：「鏡兒，你快趕上侯大哥那般聰明了。」鏡兒道：「鏡兒不過是旁觀者清，哪裡敢跟侯大哥相提並論。」

忽聽見外面有人大聲叫道：「空空兒，出來！」

鏡兒驚道：「莫非是精郎到了？」空空兒搖頭道：「不是師弟的聲音。我出去看看，你先將飯菜擺上桌，忙了一天，我可是早餓了。」鏡兒抿嘴笑道：「正好預備了侯大哥的飯，郎君可以將他那份一併吃了。」

空空兒微微一笑，出來堂屋，外面天光已暗，暮色正濃。他走過去拉開院門，問道：「哪位……」一語未畢，便即目瞪口呆，門前正橫躺著一個渾身是血的人。準確地說，那已經不能說是一個完整的人，他的右手右腿均被齊根斬去。

空空兒大驚，忙上前扶起那人，問道：「出了什麼事？你是誰？」那人神智不失，只哼哼唧唧地說不出話來。空空兒回頭叫道：「鏡兒，點個燈籠出來。」忽又想到不能讓她見到這等血淋淋的場面，忙先放下那人，回來院中。鏡兒聞聲出來，問道：「出了什麼事？」空空兒道：「有個男子受了傷，被人扔在咱們家門口，你千萬別出來。」鏡兒道：「是。」

空空兒提了燈籠出來，往那人臉上一照，登時愣住，問道：「你……你不是王昭麼？」

這王昭正是十餘年前空空兒初到長安時，所破獲的郎官清洒肆無頭命案的凶手，後來被赦免去了平盧當牙兵，空空兒在莘縣為將時曾在邊關遇見過。

王昭哼了一聲，卻是不答。正巧巡邏的街卒發現有異，趕過來查看究竟。空空兒道：「你們來得正好，這就跟我一起送這人去金吾衛屯營。」街卒知道他在神策軍中掛名，不敢怠慢，忙去找了扇門板，將王昭放上去。

空空兒回身叫道：「鏡兒，我去趟金吾衛那兒，怕是晚上不能回來了。你吃了飯先睡吧。」鏡兒隔牆應道：「是。」

侯彝正在金吾廳中聽取屬下稟報，忽聽說空空兒送了一個斷手斷腳的血人到堂下，極為驚異，趕出來問道：「空弟，這人是誰？」他曾派人逮捕過王昭，卻未見過本人，因而並不認識。

空空兒道：「他就是跟隨圓淨來京師的平盧兵王昭。」侯彝大喜，問道：「空弟是如何捕到他的？」空空兒道：「不是我。」大致說了經過。

侯彝道：「這可奇了，是誰知道我們暗中在查平盧？又為何要將他扔在空弟家門前？」空空兒道：「這件事我倒是知道究竟，不過日後再找機會告訴大哥。」

他已經猜到定然是王昭這次回到京師後自以為有平盧撐腰，要再去郎官清酒肆搗亂報昔日之仇，可他不知道原店主劉太白之子劉大郎並不是普通人，劉大郎、唐斯立等人出手捕到了他，砍去一手一腳，之所以運來空空兒門前，是因為只有空空兒知道王昭當了平盧牙兵。

侯彝不再多問，命人抬王昭進堂審訊，逼問圓淨等人藏身之處。審了一夜，手段用盡，王昭無論如何都不肯開口。侯彝料想這人斷去手腳，已成廢人，生無可戀，無論威逼利誘都不會奏效，只得命人將他跟楊進一道祕密囚禁在金吾衛中，等捕到圓淨一併處決。

折騰一天一夜，侯彝頗為疲倦。空空兒道：「不如大哥先去家裡稍作歇息。」侯彝正有事要私下問他，道：「好。」也不帶隨從，兄弟二人直朝空空兒住處行來。

侯彝問道：「空弟知道捕到王昭的人是誰麼？或許我們可以從他如何捕到王昭入手，追蹤到圓淨下落。」空空兒歎道：「這怕是不可能了。」當即詳述了全部經過情形，包括知道的所有遊俠之事。又道，「我一直不告訴大哥這些，是怕大哥惹上麻煩。」

侯彝沉吟許久，才道：「這確實是朝廷的大機密，知情者怕是難以有好下場。難怪聖上非要將空弟留在京師，你知道的確實太多了。」又道：「其實我早已猜到蒼玉清和第五郡是朝廷的人，當日我在魏州時見你有意出手刺殺前任魏博節度使田季安，知道難以阻止，可又幫不上忙，只得匆匆離開魏州，原是想透過內子找到蒼玉清，請她來設法助你一臂之力，這本是有利朝廷的事，想來她一定會欣然參與。哪知道內子也不知蒼玉清下落，甚至也不知道第五郡已死多年。」

空空兒道：「我一直不敢將這些事情告訴大哥，就是怕大哥知道後以為大嫂也是遊俠的人。」侯彝道：「嗯，她確實對一切毫不知情。空弟，你處境堪憂，除非你也加入遊俠，為朝廷效力，不然終有一天會被聖上找藉口處死。」空空兒道：「嗯，我心裡早有準備。大哥，你切不可露出半點知情的樣子。」侯彝道：「這是當然，不然也會害了你。只是想不到第五郡如此年輕美麗，又是名門之後，居然能捨棄一切榮華富貴，出生入死，只為幫助朝廷削平藩鎮，唉，空弟，你我身為男子漢，比起她和那位玉娘來，也該汗顏了。」

回到家中，二人吃了些飯，各自睡下。到正午東市開市鼓聲響時，忽有神策軍兵士來送還空空兒昨日丟失的馬。空空兒聽到鏡兒站在門口跟那兵士說話，急忙披衣起床出來，問道：「小哥如何尋到我的馬？」

那兵士笑道：「小的可不敢居功，是昇平坊的街卒昨晚發現有一匹馬在坊區遊蕩，看到馬身上的烙印編號，知道是神策軍的馬，所以今日一大早送來了神策軍中。有人認出這馬是中尉送給郎君的，所以特命小的給郎君送回來。」

鏡兒掏出一吊錢，塞給那兵士道：「兵大哥辛苦，有勞。」兵士笑道：「多謝娘子，多謝空郎。」歡天喜地地去了。

空空兒大感不解，道：「我的馬怎麼會自己從平康坊跑去了昇平坊？」忽聽侯彝在背後道：「馬是不會自己跑那麼遠的，頂多也就是自己跑回家，是有人騎著你的馬去了昇平坊，情急之下沒有拴馬便趕去辦事，所以馬才會自己在昇平坊中遊蕩。咦，昇平坊不正是青龍寺所在麼？」

空空兒「哎喲」一聲，道：「是精精兒吧？莫非他正在青龍寺出家？」侯彝莫名其妙，道：「什麼？精精兒又回來京師了麼？」空空兒不及多說，道：「鏡兒，你將詳細情形告訴侯大哥，我先趕去青龍寺看看。」

空空兒忙騎馬朝昇平坊青龍寺而來。到山門前，正遇到住持鑒虛匆匆出來。鑒虛一見他就頓住腳步，問道：「空郎大駕光臨，有何貴幹？」空空兒道：「我來找個人。」鑒虛道：「是誰？」空空兒道：「我師……」忽想到精精兒重新潛入京師，一定不會用真名，既已出家，更是要以法號相稱，便改口道：「我同鄉無可。」鑒虛道：「嗯，他人在裡面。」

空空兒逕直到禪房尋到正在打坐的無可。十年不見，無可竟沒有太大變化，想來是清心寡欲、潛心修行的緣故。無可乍然見到空空兒，既意外，又驚喜。空空兒不及寒暄，道：「我來貴寺找我師弟，請禪師幫個忙。」一大致描述了精精兒的年紀和外貌。

無可道：「有一位同修相貌倒是與空郎描述得很像，他一年前來青龍寺出家，法號無根，是貧僧親手為他剃度。不過寺裡的僧人都不大喜歡他，他不打坐修行，成天只跟在住持背後拍馬屁。他……會是空郎的師弟麼？」空空兒道：「無根本名是叫什麼？」無可道：「金縷。」

空空兒心道：「師弟不是常說杜秋娘作過一首〈金縷衣〉送給他麼？定然就是他了。」忙問道：「我想見見這位無根師傅。」

無可便帶著空空兒來到後院無根房外，道：「他如果不是跟在住持背後，就一定在自己房裡。」空空兒道：「這裡甚是荒蕪，只有無根一人住麼？」無可點點頭，道：「這裡原先是柴房，無根睡覺呼嚕打得山響，吵擾了同房僧人，他乾脆賭氣自己一人搬來這裡。」上前敲了兩下門，叫道：「無根，有客！」卻是無人應聲。

空空兒生怕師弟又要從眼前溜走，急忙推門而入，卻見桌倒椅翻，滿地狼藉，已是空無一人。無可愕然問道：「這……這是怎麼回事？」

空空兒一眼看見地上有血跡，心中一緊，問道：「昨夜寺裡可有什麼動靜？」無可道：「有倒是有，不過是有竊賊進寺偷了住持財物，住持發怒，搜捕了一遍，也沒有結果。」

空空兒心道：「莫非是師弟又犯了老毛病，他到青龍寺出家就是為了竊取鑒虛貪贓枉法得來的那些財寶，結果昨晚下手時被鑒虛發現，追來房中？適才見到鑒虛人好好的，這地上的血一定是精精兒的，他人分明受了傷，不知道逃去了哪裡？」問道：「住持可有說誰是竊賊？」無可道：「沒有。住持嚴令我們不准出自己的房門，他親自搜索，但最後還是讓竊賊逃了。」

這可就奇了，既然有血跡，房內又一片凌亂，有劇烈打鬥的痕跡，說明精精兒行蹤已經敗露，鑒虛早該猜到他入寺為僧是為了竊取財物，為何不公開告誡眾僧人無根就是竊賊，再去報官搜捕？莫非鑒虛已經捕獲精精兒，要處以私刑報復？

空空兒急忙辭別無可出來，卻早已尋不到鑒虛蹤影。他既已知道了鑒虛「僧敲月下門」的典故，知道僅憑自己絕難對付此人，只得來到萬年縣廨報官，說在青龍寺一間僧房中發現血跡，僧人無根失蹤。萬年縣尉韓晤一聽是青龍寺出事，說不定有機會巴結上住持鑒虛，極為重視，便親自帶著大隊人馬，令空空兒帶路，趕來青龍寺。

鑒虛人剛好回來，只說昨夜有黑衣蒙面客闖入寺中，盜取財物時被他發現，他當即上前攔截，結果那人武藝了得，從容逃走，至於無根失蹤、房中有血跡之事，他根本毫不知情。

空空兒道：「既是寺裡有財物失竊，住持為何不報官？」萬年縣尉韓晤也是貪污撈錢的好手，心道：「你真是糊塗，他是靠『僧敲月下門』得來的不義之財，丟了就丟了，還要報官，那不是自曝其醜麼？」果聽見鑒虛道：「丟了就丟了，不過是身外之物，何須驚動官府？」

韓晤便領人去無根房中查看，又往寺中仔細尋了一遍，確實找不到無根人影，也不見屍首，這才道：「看來人確是失蹤了。無根為何要一人住在後院這樣一個偏僻的地方？」鑒虛道：「這可是無根自己要求的。韓少府，貧僧素來喜愛這名弟子，這就請你廣派人手，搜尋其下落。」韓晤道：「是。」

空空兒見鑒虛平靜中略現焦慮之色，不似作偽，心道：「看來師弟並沒有落入鑒虛手中。如果住持確實不知情，應該是有人故意扮成竊賊引開眾人視線，另有殺手趁亂趕來師弟房中殺他，會是誰呢？師弟是生還是死？」

越想越是著急，忽想到若精精兒當真受傷，他在京師無處可藏，定然會去自己家裡求助。忙捨了眾人，離開青龍寺往家中趕來。推門一開，家中一切如故，鏡兒也只說他走後不久就有人來接走了侯彝，再無旁人來過。

空空兒越發肯定精精兒已遭遇不測，可未能發現屍首，只能當作失蹤處理。他心急如焚，也不敢告訴侯彝知道，以免兄長分心，只自己每日騎馬往城中尋找，可長安城這麼大，即使有萬年縣尉韓晤幫忙搜索，也是大海撈針。

轉眼已是六月，這日侯彝臨出門前特意對空空兒交代道：「空弟別再盲目去找精精兒，我已經派人通知長安、萬年縣各坊里坊正，一旦有消息，會有人來通知我。」空空兒料來是鏡兒暗中告知了侯彝，只得應道：「是。」

忽聞見門前車馬轔轔，鏡兒忙去開門，問道：「是來接四郎的麼？」

卻見一名豔裝女子正讓一名男子扶著下馬車，那男子一身華麗衣裳，卻是光頭，分明是個僧人。鏡兒大為愕然，忙回頭叫道：「郎君，他……精郎……」

話音未落，只聽見一排弩箭破空之聲，空空兒已搶上前來將她和侯彝扯到牆根下貼牆站好。只聽見外面數聲慘叫，箭弩呼嘯不止。空空兒手無兵刃，不敢貿然衝去，等了一等，再無弓箭聲響，這才道：「你們別動，我先出去看看。」

剛到門前，又有兩支弩箭飛來，他急忙閃在門後。那箭一直射到廊下檻柱上，插入數寸，猶不住晃動。卻聽見外面車馬聲響，有人趕了車馬離去。空空兒趕出門一看，門前橫七豎八倒著數人，數名青衣騎士手執弩箭，正護著馬車逃走。

空空兒不及追趕，慌忙上前扶起那光頭男子，叫道：「師弟！師弟！」

那男子正是他師弟精精兒，胸口中了三支弩箭，早已氣絕身亡。師兄弟十年未見，一見面即是天人永隔，一時間，空空兒悲憤莫名，淚水涔涔而下。

侯彝趕出來見出了大變故，急忙招手叫過一名街卒，命他速去金吾衛召金吾將軍武厲領兵趕來。數了一數，被射死在門前的共有七人，除了精精兒，一名是女子，另一人是車大，餘下四人似是隨從。

忽聽見鏡兒道：「這人還活著。」侯彝聞聲過去扶起那名男子，問道：「你是誰？是誰要殺你？」那男子道：「我叫……楚原……精精兒……精精兒……」侯彝道：「你是說這些人要殺的是精精兒？」楚原道：「是……」

空空兒驀然扭過頭來，喝道：「是誰要殺我師弟？是誰？」楚原道：「我不知道，不過……他說他知道了一個大祕密……」侯彝當即會意是有人要殺精精兒滅口，楚原的口供將至關重要，忙命鏡兒去請大夫來。

過了一會兒，金吾衛大批衛士趕來，侯彝遂請金吾將軍武厲去追捕凶手，命人守住空空兒住處，將楚原抬進房中，道：「大夫要過一會兒才到，不過你未傷要害，性命當是無礙。毋須我多說，你也知道其中利害，大祕密是什麼？」楚原問道：「你是誰？」侯彝道：「我是空空兒義兄侯彝。」楚原「啊」了一聲，道：「久仰大名。」

侯彝道：「外面死的都是什麼人？你們又如何跟精精兒在一起？」楚原道：「外面一人是韋夫人玉簫，一人是我同伴唐楓，我們之前是韋太尉的心腹侍衛。另一人是車夫，餘下兩人是韋夫人新收的隨從。」

他知道事情緊急，不待侯彝發問，大致說了事情經過。原來西川劉闢敗亡後，玉簫因得韋皋夫人張氏推薦，朝廷賜「夫人」封號，張氏憐她孤苦，平白受了許多冤屈，送她大批財物，好讓她後半生生活無憂。玉簫籠絡了楚原、唐楓二人，一起來到長安。楚原、唐楓二人原以為她是貪慕京師繁華，後來才知道她是來尋找精精兒。有一日終於聽到精精兒的消息，竟是他大鬧皇城被官府捕獲，被逐出京師，永遠不准再回來。玉簫又追到江南，往揚州、蘇州、杭州一帶繁華之地打聽精精兒下落，但始終沒有結果。

幾年前，玉簫聽到空空兒殺死魏博節度使田季安被押送京師，認為精精兒與空空兒師兄弟情深，他一定會去京師設法營救，於是又千里迢迢來到長安，空空兒卻已經被皇帝釋放，也並未發現精精兒蹤跡。玉簫想了很久，終於想到一個主動誘精精兒出來的法子，花費重金命人回西川尋找青天核，終於在不久前尋到，有意放出消息，果然同時引出了空空兒、精精兒師兄弟。

侯彝心念一動，問道：「是你們中一人騎了空空兒的馬，只是因為追蹤精精兒到青龍寺？」楚原道：「是。當時空空兒去追精精兒後，玉簫娘子命唐楓也去追蹤精精兒，命我騎馬到清國寺後門等候。玉簫娘子料事如神，果然一會兒就見到精精兒從清國寺後門出來，我一路騎馬跟著他來到昇平坊，見他上了樂遊原，猜想他是要去青龍寺，忙捨馬跟上去叫住他。他以前在西川潛入百尺樓時被太尉擒住，認得我是誰。我告訴他玉簫娘子一直在苦苦尋他，請他跟我去平康坊見玉簫娘子。精精兒卻是死活不肯，我很是生氣，決意將他強行帶走，但他武功甚高，我一個人不是他對手。精精兒見我被打倒幾次依然一路跟隨，不肯離開，只好道：『我眼下有要事要辦，等有空自然會去看玉簫。』我表示不相信他的話，他被逼無奈，只得答應次日跟我去見玉簫娘子。一番耽擱，已經是夜禁，我便要求到寺中與他同睡。他無可奈何，悄悄帶我進入後院房中，交代我不可隨意走動，他還要趕去服侍住持。我問道：『你不會乘機逃走吧？』精精兒道：『已經夜禁，我能逃去哪裡？』等他出去，我便自己躺下。過了很久，他忽然踢門進來，還不及說話，就有好幾名大漢追進來舉刀砍他。」

侯彝道：「你看到追殺精精兒的是僧人麼？」楚原道：「當時房中沒有點燈，那幾人一聲不吭，進來就砍，混亂中我看得不是很清楚，應該不是僧人。我跟一人交手時曾擦過他的頭髮。」

侯彝道：「嗯，我知道了。你先等一下。」匆忙出來，召過一名中郎將，命他速速帶兵去封鎖青龍寺，不准任何人進出，再將所有僧人集中拘禁在一處，按寺中籍冊一一核對，不在籍冊上的人立即捆拿到金吾衛屯營拷問來歷。

中郎將遲疑道：「青龍寺住持可是鑒虛上人。」侯彝肅色道：「你是軍將，當知道軍令如山，我既下令，你全力執行便是，出事自然有我頂罪。若是青龍寺走脫一人，你即刻提頭來見。」中郎將見他說得嚴厲，心生懼意，忙躬身道：「領命。」忙帶人去查封青龍寺。

侯彝這才重新進來，鏡兒已請來大夫。大夫原是軍醫，一口氣拔出楚原肩頭、左胸上的弩箭，敷上傷藥，動作嫻熟，瞬間立即完成，令人歎為觀止。侯彝謝過他，命鏡兒送他出去，又問楚原道：「你後來與精精兒一道逃出了青龍寺麼？」

楚原點點頭道：「對方人多勢眾，而且武藝不低，我和精精兒都沒有兵器，被死死堵在房中。後來我肩頭中了一刀，精精兒掏出一件東西，按開機簧，不知道放出什麼暗器，當即有兩人倒下，他乘機拉著我從窗口逃出。他住在後院，翻牆便即出寺。我們一路狂奔下樂遊原，躲進一處民居住宅。我本來還擔心被主人發現，精精兒道：『放心，這房子是我的，我出家前就買下來了。』我這才知道他潛入青龍寺另有目的。他又道：『眼下要出大事，我知道了一個大祕密，明日得去找我師兄，不能跟你去見玉簫了。』我問他是什麼大祕密，他不肯說，只反覆在房裡踱來踱去，說什麼『六月初六』。」

侯彝道：「六月初六，今日是六月初二，還有四天。精精兒還說了些什麼？」楚原道：「沒有。他反反覆覆就說那一句。我當時認為他又在謊言騙人，就跟他當初騙玉簫娘子說要帶她遠走高飛一樣，很是生氣，趁他不備，抓起茶壺，悄悄上前將他打暈，找繩索綁了手腳。次日一早，我出門雇好一輛車，重新進來打暈精精兒，脫下外衫包住他，抱他出來上車，對車夫謊稱他病重，要送去平康坊的妹妹家。如此順利回來。玉簫娘子見我一夜不歸，竟然帶回精精兒，很是意外。精精兒正好醒來，從榻上坐起，笑道：『玉簫，多年不見，你可是越來越漂亮了。』玉簫娘子想到多年來的輾轉奔波、苦苦追尋，滿腔怨懟，上前就給了他兩巴掌，命人拿出早已準備好的鐐銬鎖了精精兒。精精兒手腳被綁，無法反抗，只得軟語相求，道：『玉簫，你放了我吧，我再也不敢不聽你的話了。』玉簫娘子道：『你以為我還會相信你的話麼？你當日說要帶我遠走高飛，結果自己逃出牢籠後就將我拋下不理不睬。』回想起所受的無限苦楚，上前又給了精精兒兩巴掌。精精兒這才知道玉簫娘子是在記恨當日西川之事，忙道：『是我錯了。不過我眼下有急事要見我師兄，玉簫，你放我去見他一面，我再回來任憑你處置。』玉簫娘子無論如何都不肯相信，冷笑道：『你昨日見了你師兄還扭頭就跑，今日就有急事了。精郎，我發過重誓，這輩子一定要找到你，將你鎖在我身邊。你身上這些精巧的鎖鏈，不會損傷肌膚，卻能牢牢禁錮，是我請高手匠人為你做的，這次你可別再想逃走了。』將鑰匙交給唐楓保管，自己牽著精精兒進了內室。」

侯彝心道：「這玉簫對精精兒可謂是愛恨交織，只不過就算將男人用鎖鏈強綁在身邊，還是得不到對方的心。」又問道，「後來精精兒又如何說服玉簫送他來這裡？」

楚原道：「具體情形我也不知道。精精兒一直被關在內室中，他身上的鎖鏈連著銅床上的銬環，站起來走不出五步，吃喝拉撒都由玉簫娘子親自侍候，我們見不到他的人。本來過了兩日，玉簫娘子顏色漸緩，開始露出笑容，不過到晚上時內室忽然傳來怒罵聲，我和唐楓聞聲衝進去，精精兒赤身裸體倒在床上，玉簫娘子正拿鞭子死命抽打他。她力氣弱，打了幾下就打不動了。唐楓上前道：『娘子，不如由屬下來代勞。』唐楓心中一直愛慕玉簫娘子，可她心中只有精精兒一人，早就恨不得殺了他。不料玉簫娘子怒道：『出去，你們兩個出去！』我們只好悻悻出來，唐楓很是氣憤，跟我商量說想就此離開。一會兒玉簫娘子也出來了，哭個不停。唐楓立即將剛才的話放到耳後，上前勸慰。我們才知道原來精精兒潛入青龍寺是為了他的舊相好杜秋娘，也就是當今皇帝的秋妃。」

侯彝這才恍然大悟，精精兒之前擅闖掖庭宮正是為了營救昔日戀人杜秋娘，結果人沒有救到，自己被金吾衛士捕獲，遣送出京，杜秋娘倒是因此引起皇帝注意，由宮奴一躍成為受寵的嬪妃。想來精精兒思念杜秋娘之心不減，但他也知道皇城戒備森嚴，再硬闖只是送死，所以將寶押在可以隨意出入皇宮的青龍寺住持鑒虛身上，這一招借水行舟可謂十分高明，也十分可行。只是人算不及天算，偏偏讓他撞見了青龍寺中的什麼祕密，遭人追殺，若不是湊巧楚原在他房中，多了一個幫手，怕是已遭暗算。那些追殺者猜到精精兒在京師無處可去，只會來永興坊找他師兄空空兒，所以早派弓弩手埋伏在四周，等精精兒一出現立即殺人滅口。這些人能瞬間調動弓弩手，埋伏在金吾衛眼皮下多日不被人察覺，適才更是將精精兒、玉簫等六人一舉射殺，訓練有素，一定是軍隊的人。

楚原續道：「今日一早，不知道精精兒又用什麼花言巧語說服了玉簫娘子，玉簫娘子命唐楓拿鑰匙開鎖放了他。唐楓有所遲疑，玉簫娘子道：『他服下了我給的毒藥，武功盡失，逃不掉的。』唐楓見精精兒臉色蒼白，手足酸軟無力，這才上前打開鎖鏈。玉簫娘子細心為他穿上衣服，扶他上了馬車，我們幾個騎馬跟在後面，來到這裡……後來……後來發生的事郎君已經知道，不必我再多言。」

侯彝道：「那好，我這就派人送你去金吾衛屯營，先暫時將你拘禁關押，你該知道，這是為了保護你。」楚原道：「是，多謝。」

侯彝遂命人將楚原帶走，出來一看，空空兒猶自抱著精精兒的屍首呆坐在外面，任鏡兒怎麼勸也不肯放手。

萬年縣尉韓晤已帶人趕到，他治下出了這麼大的事，這麼多人被當街用弓弩射殺，早嚇得面色蒼白。侯彝便將處理屍首等善後事宜交給他，自己帶人來到青龍寺。中郎將已經按名單清點人頭，除了失蹤的無根也就是精精兒，餘人非但一個不少，還多了五名伙夫、七名掛單遊僧以及借住在寺裡的三名香客。侯彝親自驗過不在籍冊的人員，並沒有發現圓淨，便命將這十五人全部捆回金吾衛。又命人帶出鑒虛來，問道：「那些要殺精精兒的平盧牙兵藏在哪裡？」

鑒虛卻不回答，只冷冷望著他，道：「你不過是個小小的洛陽縣令，憑什麼到京師問案？」侯彝道：「很好，我這就給上人一個很好的理由。」命人將鑒虛鎖拿回金吾衛，當堂行杖。

鑒虛大怒，道：「你可知道貧僧身分？天子見我也要禮讓三分。快些放了我，不然教你死無葬身之地。」侯彝道：「只要上人交出圓淨一夥人，自可免受杖刑之苦。」鑒虛道：「貧僧已經十年沒有見過圓淨。」侯彝命道：「行刑。」

金吾衛士卻是不敢動手，侯彝便換上自己的心腹隨從執杖，特意交代道：「他若不肯說，就一直打。」

鑒虛倒也強硬，堅持不肯承認窩藏平盧圓淨一夥，打滿一百下時，他人已經暈了過去，伏在地上一動不動。

隨從停下手道：「明府，犯人暈過去了。」侯彝斥道：「犯人是裝暈，想逃避刑罰，你們看不出來麼？」

他早知稍後鑒虛被捕消息傳開，必有權貴上書營救，皇帝多半要下詔書釋放。且不說此人是否與平盧勾結，單憑他貪贓枉法無數足以死無數次，不如將他就此杖斃，一了百了。

隨從當即會意，又打了數十下，伸手一探，鼻息全無，即報道：「犯人體弱，受不住刑罰，已經氣絕身亡了。」侯彝道：「先將屍首拖到一邊。將今日帶回的十五人全部押上來。」

金吾衛士將那十五個人押到堂前跪下，侯彝先隨意提出一人，問道：「圓淨一夥人藏在哪裡？」那人閉口不答。侯彝便命人將他拖到一邊行杖，再提出一人，問道：「圓淨藏在哪裡？」見他不答，便又命人拖到一旁行杖。又提審下一人。

那人見鑒虛渾身是血，躺在一邊，不知是生是死，又聽見兩名同伴大聲慘叫，嚇得全身發抖，不待侯彝發問，即道：「圓淨……圓淨上人前幾日已經離開青龍寺，不知道去了哪裡。」

侯彝道：「殺死精精兒的是誰？」那人道：「是于友明將軍。」侯彝道：「他人在哪裡？」那人道：「不知道。自從精精兒發現我們藏在佛像中後，于將軍率人出寺追蹤，再也沒有回來。」侯彝道：「嗯，你們六月初六有什麼陰謀？」那人道：「這個小人可不知道，我們這次來京師，是來找玉龍子的。」

侯彝便下令拖到一旁杖打，那人苦苦求饒，侯彝卻是不睬，又提下一人。那人甚是桀驁，冷笑道：「看你們朝廷還能囂張到幾時。」侯彝道：「原來你也是平盧的人。」那人傲然道：「當然。」侯彝道：「好。」命人拖到一旁拷打。

如此將十五人輪審一遍，大多數不肯說話，少數幾個招認均跟第一個招供的差不多說法，不過這十五人竟無一人否認自己平盧兵的身分，金吾衛士大為稱奇。中郎將問道：「明府何以知道這些伙夫、遊僧、香客不是平民？」侯彝道：「這些人都是軍人，看他們的眼睛就知道。」命人停止拷打，全部押下去監禁。前面幾人挨的棍棒最多，早已奄奄一息，動也不能動，被拖了出去。

正在這個時候，神策軍中尉吐突承璀率兵趕來，傳皇帝口諭，說聖上要親自提審鑒虛。侯彝一攤手道：「實在抱歉，鑒虛不肯招認平盧圓淨藏身之處，受刑不過，已經死在堂上。將軍，請你代我向聖上請罪。」

吐突承璀自上次征討成德失敗、被宰相李絳彈劾免過一次官職後，深知結納朝臣的重要，已經收斂許多傲氣，望了一眼鑒虛屍首，笑道：「明府，還是你厲害，昔日御史中丞都搞不定鑒虛上人，你卻敢立斃杖下。」

侯彝上前一步，低聲道：「將軍現下有空麼？何不立即帶人去青龍寺，搜出平盧藏在那裡的贓款贓物，上繳府庫，既解淮西軍餉燃眉之急，又是一場大大的功勞。」

吐突承璀先是一愣，隨即哈哈大笑，道：「明府提點得極是。明府放心，那些想救鑒虛的人其實是怕他當堂抖出醜事，受到牽連，現下人既然死了，大夥都放心了。明府做了件大大的好事，這京城裡多少好人壞人都感激你呢。」自帶人去搜索青龍寺，果然搜出三百萬貫財物，金如山，銀如海，全部上繳府庫，充作軍餉。一時全城轟動，尋常百姓只以為鑒虛是受賄被杖殺，絲毫不聞平盧之事。

一直忙到傍晚，侯彝心中惦記著空空兒，匆忙趕回住處，空空兒竟還抱著精精兒坐在門前。其他屍首早已被抬走，萬年縣尉韓晤不敢走開，只帶人守在一旁。鏡兒見侯彝回來，忙道：「四郎快勸勸空郎，旁人怎麼說他也不肯放手。」

侯彝命隨從上前將空空兒拉走。空空兒還要掙扎，不過餓了一整天，滴水未進，抵不過幾名隨從大力，被強行拖進院中。侯彝道：「少府請先將精精兒抬回縣廨備案，再為今日所有死者各準備一副上好的棺木，錢由我本人來出。」韓晤道：「是。」慌忙帶人抬了屍首去了。

侯彝進堂見空空兒呆坐一旁，神色木然，上前勸道：「空弟，人死不能復生，眼下最要緊的是找到殺死精精兒的平盧牙兵。」鏡兒問道：「四郎已經查到凶手了麼？」侯彝點點頭，道：「是平盧牙將于友明。」空空兒咬牙切齒地插口道：「我認得他。」侯彝道：「那好，空弟明日跟我一起到金吾廳，我請畫師來畫出凶手的面貌。」

空空兒更加難過，道：「當日要是我跑得快些，追上師弟，就不會發生這些。是我害了他。」侯彝道：「這不能怪你。說起來我的過錯更大，這些弓弩手一直埋伏在附近，已有數日，我竟未能察覺。尤其空郎早懷疑到鑒虛，我卻沒有派人仔細搜查青龍寺，以致貽害今日。」鏡兒忙道：「這怎麼能怪你們呢？害死精郎的是那些平盧兵。」

正說著，門外有人大力拍門，隨從趕去開門，卻是神策將軍王士則，進來即道：「空郎，聖上召你進宮。」空空兒滿腦子全是精精兒之死，根本未聽進去。

王士則是現任成德節度使王承宗的叔父，在上次皇帝征討成德前投靠了朝廷，頗見信任，脾氣也很好，從來沒有神策軍將軍的架子，當即又說了一遍。空空兒搖了搖頭，卻是不答。

王士則滿臉愕然，問道：「空郎是要抗旨麼？」侯彝上前附耳低語幾句，王士則道：「我知道了。」叫進來兩名神策軍士，命一左一右地架了空空兒拉出去。

空空兒問道：「你們要帶我去哪裡？」王士則見他魂不守舍，勸道：「空郎，你還是看開些，聖上召見非同小可，你打起精神來。」簇擁他出來上馬，先來到左神策軍，從夾城帶空空兒來到延英殿，因皇帝還在殿中與重臣商討淮西戰事，便站在殿外廊下等候。

過了大半個時辰，才見宰相武元衡、御史中丞裴度、兵部侍郎許孟容等人魚貫而出。武元衡氣度嫻雅，在群臣中如鶴立雞群，極引人矚目。

裴度因三年前撫慰魏博田興有功才得以升任中樞高位，一直關注魏博在朝中的官員，認得空空兒，特意停下來打了聲招呼，道：「我有個門客是空郎故人，常常讚賞空郎為人很好。」空空兒傷痛精精兒之死，昏昏沉沉，竟也不問故人姓名，只隨意點點頭。

裴度察覺到空空兒神色有異，又見他被神策軍士挾住手臂，問道：「出了什麼事？」王士則道：「空郎……」尚不及回答，一名小黃門奔出來叫道：「聖上召空空兒進殿。」王士則忙帶空空兒進來，稟道：「陛下，空空兒帶到。」憲宗李純道：「你們先退下。」王士則道：「遵旨。」躬身退了出去。

李純又命道：「你們帶上他跟朕來。」兩名小黃門便上前攙了空空兒，跟在李純背後。曲曲折折，穿廊過院，也不知道走過些什麼地方，來到一處臨水涼亭，四周掌以紗燈，亮如白晝。清風拂過水面，粼粼光影漾動，既恬靜又柔美。

早有宮女往亭中白玉圓桌上擺好酒菜。李純坐下來，招手叫空空兒道：「你也坐下來，陪朕喝一杯。來人，給空空兒換上大杯。」

空空兒每次被憲宗召見，都面臨腦袋落地的危險，還從來未見過皇帝這般和顏悅色過，也不推謝，一屁股坐下，頗感茫然。一旁宮女往酒杯中斟滿酒，他不待皇帝舉杯，自己先一飲而盡。

李純知道他傷痛精精兒之死，也不怪罪，歎了口氣，道：「其實朕很感激你和精精兒，若不是你用天河水救了父皇，怕是難以有朕日後的登基。而且因為你，我得到了瓊羅，因為精精兒，朕得到了秋娘。這兩個女人，都是上天在朕最困頓時賜給朕的安慰，你明白朕的意思麼？」

前面的話空空兒倒是聽明白了，至於皇帝為何將他救順宗一事與鄭瓊羅、杜秋娘相提並論，他卻是糊裡糊塗，也無心詢問，只應道：「是。」又舉杯一口喝了個見底。

李純道：「朕一直對你不怎麼好，不是朕不信任你，恰恰相反，朕很賞識你，所以一直想收服你，留你在朕身邊。不過侯彝說得對，你從無名利之心，難以在官場為官。朕不會再強逼你留在京師，你去你想去的地方吧。」空空兒連飲三杯，這才道：「不，我不會走，我要找出害死我師弟的凶手。」

李純道：「朕准你跟侯彝一道追查凶手，不過有一點，凶手不是平盧李師道所派，而是成德王承宗所派，你聽清楚了麼？」空空兒道：「為什麼？凶手明明是平盧牙兵，陛下為何要替真凶掩蓋真相？」李純重重一拍桌子，道：「大膽，你敢當面頂撞朕！」

空空兒生平嗜酒，幾大杯酒下肚，思緒大大平復，腦子也清醒了許多，見皇帝發火，當即起身，垂手站在一旁。

李純怒氣稍平，道：「你將朕的原話轉給侯彝聽，他自會明白。」空空兒道：「陛下不忘上次兵敗成德之恨，一直想再找藉口對成德用兵，對麼？若被殺的是別人，我原可置之不理，可死的是我師弟，我們一道從藝，一起長大，比親兄弟還要親。陛下想放過真凶，嫁禍成德，恕我不能從命。除非陛下殺我關我，不然我一定會親手殺死凶手。」

李純竟沒有再發怒，只道：「你坐下，再陪朕喝幾杯。」他卻不似空空兒那般大口大口飲酒，只舉杯淺酌，似有無數煩惱心事。

籠罩在朦朧夜色中的大明宮，彌漫著無限的寥落與空虛。

跟皇帝對飲一番，空空兒倒也沒有喝得大醉，不過那酒後勁厲害，他都不記得自己是怎麼回家的。晨鼓聲響時醒過來，才發現早已躺在自家床上。鏡兒正睡在旁邊，呼吸均勻。她從來不會被晨鼓驚醒，這點很讓空空兒羨慕。一直等到晨鼓停歇，他才輕輕披衣起床，出來院中，在朦朧晨光中佇立良久，想著要如何去找到那于友明。

忽聽見院前有人輕輕拍了兩下門，這麼早有人上門，只可能是來找侯彝稟事的，忙走過去開門。卻見門前站著一名玄衣女子，正是蒼玉清。自上次在昭義她盜走浪劍後，空空兒再也沒有見過她，沒想到她會突然在夏日清晨再次神祕出現在自己面前。他雖然從來未曾忘懷過她，但自從浪劍失竊事後，他對她只是遠遠地愛，近近地怕。

空空兒道：「清娘……」蒼玉清道：「我……我……」忽然撲到空空兒懷中。

空空兒既不敢抱她，也不敢推開她，只是一動不動，卻見懷中的她慢慢軟倒下去，這才恍然明白，抱住她身子一看，果見腹部受了重傷，鮮血淋漓，只不過她穿著黑色衣服，形跡不明顯。

空空兒大吃一驚，忙抱了蒼玉清進屋，叫道：「鏡兒、鏡兒，快起來。」將她放在窗前榻上。鏡兒早已驚醒，忽見丈夫抱了個血淋淋的女子進來，也不多問，忙去取金創藥。

空空兒問道：「是誰下的手？」蒼玉清道：「我求你……我求你件事……」空空兒道：「你說。」蒼玉清道：「你可願意為第五郡報仇？」空空兒道：「當然。」蒼玉清道：「你……你去殺了王翼。」空空兒道：「清娘如何認得王翼？」蒼玉清道：「我曾雇請他去殺京兆尹李實。我們早想殺了李實，只是身為朝廷的人，不能自己動手。」

空空兒這才知道，當時蒼玉清雖從旁提醒，卻並不說破王翼才是殺死李汶的真凶，原來她就是那個雇主。怪不得李汶遇刺當日她人在青龍寺外，只因那裡是昇平坊的制高點，她要從旁觀察李實府中動靜。

鏡兒取來藥瓶，打好一盆清水，要為蒼玉清清洗傷口。蒼玉清道：「不……不必，多謝……你先出去，我有重要的話要對你夫君交代。」鏡兒遲疑地望著丈夫。空空兒知道蒼玉清性情剛烈，便點點頭，示意鏡兒退出。

蒼玉清道：「王翼……王翼受薩珊絲雇請，去平盧殺李師古，他為了逃脫，故意暴露我和郡娘……他……他才是害死郡娘的真凶。」

原來王翼是受波斯公主薩珊絲所請，去平盧刺殺前任節度使李師古。當年揚州兵亂，李師古出兵平亂後殺死數千胡商，奪取財物，薩珊絲本人也險些遇害。她早有心報仇，只是李師古盤踞山左多年，連老皇帝德宗都甚為忌憚，不得不封他侍妾為國夫人以示恩寵。薩珊絲寄人籬下，無兵無權，又能拿李師古怎樣？之前一直隱忍不發，既準備救出論莽熱後離開中原，當然要除掉李師古這個大仇人，所以花重金雇請了大名鼎鼎的黑刺王翼。只是李師古身邊高手環伺，王翼也等了許久才等到機會，雖然得手後成功逃脫，卻跟蒼玉清等人一樣被困在魏博莘縣，他那個時候才得知薩珊絲已死的消息，雇主已死，收不到餘下的錢，遂決意丟棄首級脫身。

蒼玉清緊緊抓住空空兒的手，道：「你一定要為清娘報仇。我……我求你……這是我死前求你的最後一件事，也是替第五郡求你。」

空空兒知道蒼玉清突然身負重傷出現在自己面前，必有重大情由，無非是要利用他，可他不能拒絕她，他以前多次被她利用，卻也是心甘情願，思及雖偶有心痛，卻是從來沒有後悔過。此刻她命懸一線，命在旦夕，又關及第五郡，他無論如何都要實現她的心願，他知道她一定不是為了她自己，當即應允道：「好，我答應你。」

蒼玉清道：「他人在安興坊御史中丞府，你……你現在就去，遲了就來不及了。」空空兒大驚失色，忙問道：「王翼是要去刺殺裴度裴相公麼？」蒼玉清道：「是。他被我和大郎圍攻，受了重傷，被斬下一條手臂，逃入御史中丞府。你……你帶上我的清鋼匕首，快去殺了他。我……我……」不及說完，頭一歪，就此死去。

空空兒忙扶起她，叫道：「清娘！清娘！」卻早已沒有了呼吸。鏡兒聞聲進來，問道：「她……她死了麼？」

空空兒心頭一陣絞痛，道：「是。」又想起蒼玉清臨死交代之事，忙起身問道：「大哥人呢？」鏡兒道：「神策軍昨晚送郎君回來後，又將侯大哥叫走了。」空空兒不及多問，道：「我得趕緊去趟御史中丞府。」

鏡兒看了一眼他手中匕首，猶豫著問道：「郎君要去做什麼？」空空兒道：「放心，我是去救人。」順手將匕首插入靴筒。

鏡兒指著蒼玉清屍首道：「那她……她……」空空兒本無應變之才，一時也不知道該如何處置。鏡兒道：「既然她是郎君的朋友，不如先留她在這裡，我給她換一身乾淨衣服。」空空兒道：「好，就依你。」騎馬匆忙出來，卻見無數金吾衛士正馳向東坊門，大叫道：「有刺客！有刺客！」

空空兒急忙策馬跟過去。裴度在長安通化坊有私宅，又在安興坊有賜第，因通化坊位於長安東南角，距離大明宮太遠，裴度有一半時間住在安興坊中。

安興坊就在永興坊東，金吾衛士已經戒嚴，空空兒出示神策軍腰牌，得以順利通過。來到裴度府前，卻見府前也站有金吾衛士，忙上前問道：「裴中丞人可還好？」衛士道：「頭上挨了一刀，人還在昏迷中。」空空兒道：「刺客人呢？」衛士道：「聽說逃走了，眼下正在搜捕。」

空空兒心道：「王翼為人堅忍，殺人從來不會失手，上次殺李實不成也只是弄錯了人。他為清娘所阻，未能當場刺死裴相公，一定會再次下手，眼下一片混亂，正是最好的機會。看來確實如清娘所言，他是逃入了裴府。」忙出示腰牌，道，「我聽說刺客逃進了府中，我進去看看。」金吾衛士道：「是，將軍多加小心，聽說刺客武功十分了得。」

空空兒點點頭，當即進來。裴府果然混亂無比，他一個陌生人在府裡轉來轉去，撞見數名僕人、婢女，竟無人上前問他身分。他想既然王翼受了傷，必然要先設法止血，因而只能選僻靜的地方去。果然在西面下人住處附近發現點點血跡，一路灑入一間房中。忙踢門進去，當真有一人倚靠在房內床上，一邊大口喘氣，一邊往斷臂處塗抹金創藥。那人聞聲抬起頭來，表情僵硬，與空空兒以往見過的王翼面目並不一樣，只是一雙眼睛難以易容，作不了假。

空空兒道：「你果然在這裡。」王翼見他自靴筒中拔出匕首，問道：「你是來殺我的麼？」空空兒道：「是。我受人之託來殺你。」王翼冷笑不止，道：「想不到空空兒如今也為虎作倀了。」空空兒道：「之前我曾答應要為你做一件事，你眼下可想到了麼？」王翼道：「想到了，過來殺了我吧，我右臂已斷，武功盡廢，願意死在你刀下。」空空兒道：「好。」走過去將匕首對準王翼心口，卻見他滿眼淨是嘲諷之色，當下不再遲疑，用力推出。那匕首鋒銳異常，當即沒至刀柄。王翼哼也沒哼，便即歪倒一旁死去。

空空兒遂拔出匕首，出門時正遇到一名僕人，叫住他道：「我已經將刺客殺死在房裡，你快些去叫人來。」

那僕人聽說刺殺主人的刺客死了，大著膽子走過來一看，驚叫道：「他不是刺客，是裴相公的門客王義。」一望了一眼空空兒手中的匕首，上面猶有血慢慢滴下，嚇得一個激靈，轉身就跑，大叫道：「殺人啦！殺人啦！」

空空兒腦袋轟然一聲，這才恍然明白又上了蒼玉清的大當，卻不知道她為什麼臨死還要誑騙自己來這裡殺王翼，急忙衝出裴府，趕回家中，卻見院門大開，心中一沉，進來一看——院中一片凌亂，似有多人進來過；鏡兒仰天倒在一棵芭蕉樹下，頸間一道大口子，早已遭人割喉而死，眼睛兀自睜得老大，彷彿無法相信眼前所發生的事情。空空兒悲憤異常，衝進房中，蒼玉清屍首已經不見了，只在榻上留下一大灘血跡。

空空兒連聲叫道：「是誰做的？是誰？」他心中明白是有人尾隨蒼玉清來到這裡，等他離開後進來殺了鏡兒，再搶走蒼玉清的屍首。而他自己恰恰是因為要替蒼玉清完成最後一個心願，離開家門，結果愚蠢地害死了自己的愛妾。

出來怔怔望著鏡兒的屍首，回想起這幾年來的她溫柔體貼、細心照顧，眼淚如山河般奔瀉而出，癱倒在地，再也站不起來。

也不知道過了多久，昏天黑地，只隱隱覺得有無數人進來院子，有人將他拉起來，搜他身上，取走腰牌匕首，給他戴上手銬腳鐐，拖出來裝入囚車。空空兒也不知道反抗，任憑人擺布。

坑坑窪窪走了不少路，他被人拉出囚車，架到一間大堂跪下。有人在堂上大聲喝問，問他為什麼要行刺重臣，他也木然不應。有人打來一桶井水，兜頭淋下，空空兒打個冷戰，神智稍復，這才發現身處一間陌生廳堂中，兩邊站滿差役，無數火炬點燃四周，亮如白晝。原來天早已黑了，他竟不知道如何過了一整天。

一名紅衣官員走下堂來，站到他面前，伸手扶起他來，問道：「空郎還認得我麼？」空空兒道：「認得，你是靈池縣尉段文昌。」段文昌道：「是，不過我早做了京官，現在官任監察御史，這裡是御史臺。空郎，我雖不相信你會刺殺御史中丞，可你身上找到的匕首跟裴相公傷口吻合，又有人親眼看見你殺了裴府門客王義，你能告訴我這到底是怎麼回事麼？」

空空兒知道自己陷入了極大的麻煩中，想道：「既然清娘要嫁禍給我，臨死都不肯放過我，那我就如她所願好了。反正師弟、鏡兒都死了，生無可戀，我只求一死。」

段文昌命人搬過一張椅子，扶空空兒坐下，肅色道：「我知道空郎傷痛師弟、愛妾連日慘死，不願意辯解。可空郎知道麼，我岳父宰相武元衡武相公今日清晨也在靖安坊東門遇刺身亡……」

空空兒驚道：「武相公遇刺身亡了？我……我昨晚明明還在皇宮見過他。」段文昌道：「是，今早天色未明亮，我岳父早早起身趕去上朝，因夜漏未盡，坊間路上只有極少朝騎及行人。我岳父剛從居住的靖安坊東門出來，即遭遇弓弩伏擊，隨從四散，賊人不但上前殺了我岳父，還砍走他的首級。巡邏的街卒發現我岳父被害，立即高聲相互傳呼『賊人殺害宰相』，頓時聲傳十餘里外。已經到達大明宮的官員聽到傳呼，大驚失色，只是不知道死者是哪位宰相。片刻後，我岳父的馬和往常一樣，自行跑到大明宮建福門，反覆在宮門口徘徊，眾官才知被害者是我岳父……」

他講得甚是平靜，然而旁人聽起來卻是驚心動魄、詭異莫測，舉袖擦了一下眼淚，又續道：「內子聽到消息昏死數次，我卻不顧重喪在身，主動請命來調查裴中丞一案，你義兄奉命調查我岳父一案。空郎，眼下國難當頭，只有真相才是祭奠親人最好的祭品。」

正說著，卻見侯彝帶人進來，他雖只是洛陽縣令，官秩品級卻遠在段文昌的監察御史之上。段文昌忙迎上前去，歉然道：「明府，我正在問案，嫌犯空空兒是你義弟，按律你該迴避。」侯彝道：「我義弟連遭喪親之痛，我怕他難以承受，只想來看看他。段御史儘管訊問拷打，侯彝絕不插手。」

段文昌聽他這麼說，不好再下逐客令，便問道：「我岳父一案可有進展？」侯彝道：「我正要告訴御史，根據一個躲在水溝中逃得性命的隨從說法，似乎有兩撥人同時行刺，先是兩個蒙面人衝出來用弩箭射傷武相公肩部，隨後用木棒擊打趕散隨從。正混亂時，忽有另外一夥大約近二十人衝過來，均手持利刃，見人就砍，那兩人又跟後來那夥人打了起來。那兩人武功甚高，殺死好幾名賊人，不過他們只有匕首，兵器上處在下風，又寡不敵眾，一人被弩箭射倒，另一人受傷逃走。後來的那夥人遂從容殺了武相公，取下首級而去。」

段文昌道：「明府可有核對過現場屍首的身分？」侯彝點點頭，道：「一共有十具屍首，除了武相公外，有三名是武相公隨從。」

段文昌見他辦事果斷迅捷，十分佩服，低聲道：「當日我岳父用酷刑對付明府，難得明府並不記恨。」侯彝道：「這是武相公分內之事，侯彝不敢有怨。段御史，剩下的六具屍首，五人不明來歷，另一人卻是萬年縣吏萬遇，人稱萬年吏。」

段文昌道：「莫非是萬年吏湊巧經過，看到賊人行凶，所以上前阻截？」侯彝道：「這不大可能，他一人黑色勁衣，面上還蒙著黑巾，可不是湊巧經過的樣子。」

一旁空空兒聽見，頓時明白萬年吏也是遊俠成員，難怪會在青龍寺見過他，魏博進奏院兩名毆打過萬老公的衛士也是被他割喉而死，所以蒼玉清才說「不是我，可也差不多」。忙站起身來，道：「我知道萬年吏逃走的同伴藏在哪裡。」

侯彝大奇，問道：「空弟怎麼會知道？」空空兒道：「這兩人跟早上行刺裴中丞的兩名刺客是一夥人。」

段文昌更是驚奇，問道：「裴中丞兩名隨從當場被殺，另一名門客王義被你追入府中殺死，裴中丞至今昏迷未醒，再無其他目擊證人，你如何知道有兩名刺客？」空空兒道：「是其中一名刺客蒼玉清親口告訴我的，她的同伴是劉大郎。如果我沒有猜錯，萬年吏的同伴一定是唐斯立。」

侯彝早在唐斯立任榷酒處胥吏時便已經見過他，忙命人去郎官清酒肆搜捕唐斯立和劉大郎，又肅色道：「段御史，此事非同小可，麻煩你找個安靜的地方，再命空空兒詳細說出經過。」

段文昌便找了間靜室，命人退出，只留下侯彝、空空兒二人，問道：「這到底是怎麼回事？」

空空兒便詳細講了一遍今日一早的際遇，道：「我猜清娘和劉大郎也不知道王翼已經當了裴相公的門客，所以不但未能得手，她自己也受了重傷。她曾雇請王翼刺殺京兆尹李實，王翼認得她的樣子，她擔心由此牽連出同伴來，所以臨死前強撐一口氣趕來我家，利用我對她……又謊稱王翼才是刺客，而且已經逃入御史中丞府，促使我立即趕去殺了王翼。她……她明明是朝廷的人，為什麼要行刺朝廷重臣？」

侯彝道：「蒼玉清不是真去行刺，只是想借行刺挑起什麼事端。不過江湖黑刺王翼投在裴相公門下，確實是她意料之外的事。她怕牽扯出幕後主使，不得不殺王翼滅口，可她同伴傷的傷、亡的亡，再無人手可用，只能利用空弟對她的感情，巧妙除去了心腹大患。」

段文昌奇道：「原來空郎跟女刺客……」忽見侯彝朝自己連使眼色，忙及時頓住話頭，道：「明府推斷得有理。想來萬年吏和他同伴也是一樣的目的，假意行刺我岳父，只是螳螂捕蟬黃雀在後，反倒被人弄假成真。明府，你看這件事會不會跟淮西戰事有關？」侯彝道：「淮西戰事正處在進退不得的膠著狀態，群臣洶洶反對，只有武相公和裴相公贊成繼續用兵，今日他二人同時遇刺，怕是刻意針對他二人主戰的態度。」

空空兒道：「皇帝不是一心要平定藩鎮麼？他正希望武相公和裴相公這樣的臣子越多越好，為何要派人行刺？」段文昌大驚失色，道：「空郎切不可胡說，聖上怎會派刺客行刺重臣？」

侯彝刻意壓低聲音，道：「萬年吏他們絕不會是聖上所派，朝廷雖然是天子殿堂，可一樣有許多勢力角逐。你看聖上明明不喜歡郭貴妃，即位後立紀美人所生長子為李寧為太子，幾年前太子莫名身死，聖上想立次子澧王李寬，卻還是被迫立郭貴妃之子李宥[5]為太子。萬年吏這些人應該跟軍中將領一樣，只聽命於印信。」

空空兒聽了深覺有理，可也頗為失望，他本來一直對遊俠又敬又畏，尤其第五郡之死對他震撼極大，原來這些人所做的事也不全是為國為民，不過是權貴手中的工具。

侯彝自懷中掏出一塊蒼玉，道：「這是在武相公身上撿到的，空弟應該認得這塊玉。」空空兒道：「是，這是蒼玉清身上那塊李輔國故玉。」段文昌「呀」了一聲，道：「這就是傳說中的斷頭玉麼？」侯彝道：「這是凶手有意留下的信號。」

空空兒道：「既然大哥說萬年吏無意殺武相公，不過是裝出樣子嚇唬他，這塊玉一定是平盧牙兵留下的，後來來的那群人就是平盧牙兵。」段文昌問道：「空郎如何知道？」

空空兒便說了他為魏博邊將時，蒼玉清等人曾去行刺平盧節度使李師古，結果失手，想來那時她已經遺失了蒼玉。那晚他在昭義的小客棧抱她上床，與她肌膚相親，並未發現蒼玉。

侯彝恍然大悟道：「難怪平盧節度使李師道不惜與朝廷撕破臉皮，派人到兩京行凶，又燒毀轉運院積存物資，原來既是為了援救淮西，也是為了給長兄報仇，他早從這塊蒼玉猜到刺客是朝廷所派。」轉頭對空空兒道：「空弟，這些人應該跟害死精精兒的是一夥人，他們原來預備六月初六行刺，因為精精兒一事暴露了行蹤，倉促提前到今日。只是聖上昨晚召見，命我不可再追查平盧，一定要以成德行凶結案。」段文昌道：「可現在平盧連朝廷宰相都敢殺，聖上為了找藉口對付成德，就不惜放過真凶麼？」

侯彝默然不語，成德是憲宗皇帝即位以來遭受的最大失敗，深以為恥，早發誓報仇雪恨，別說放過凶手，怕是連與平盧聯兵的事都能做出來。不過還有一點他想不明白，蒼玉清這夥遊俠與平盧牙兵各有所圖，卻為何都選在六月初三同一天動手？是巧合還是有人事先刻意安排？那新被他杖死的鑒虛到底是腳踏朝廷、平盧兩隻船，還是受命朝廷有意與平盧交往？如此看來，他命人將其當堂杖斃倒有些莽撞了，實在是應該先審問清楚的。

正自沉吟，忽有金吾衛士在門外稟道：「侯明府，劉大郎和唐斯立均不在酒肆中，坊正說他們昨日一早出坊後就再也沒有回來過。」侯彝道：「知道了。」衛士問道：「要不要發出通緝告示？」侯彝道：「不必了。」

空空兒恨恨道：「肯定是這二人到我家殺死鏡兒，搶走了蒼玉清的屍首，他們為什麼要這麼做？為什麼要殺死一個無辜的女人？」侯彝歎道：「正是為了死無對證。鏡兒一死，再無人替你作證你昨晚人在哪裡，正好可以將一切推到你身上。空弟，我和段御史都相信你的話，然而刺客死的死、走的走，一切都只有你自己講述，你身上搜出的匕首是殺人凶器，你又親手殺了裴相公門客王義，你怕是麻煩大了。」

空空兒沉默許久，忽然上前朝段文昌跪下，道：「求段御史暫且放我出去，我知道劉大郎、唐斯立在朝中有人庇護，我殺不了他們，可我一定要為我師弟報仇。段御史，你岳父也是被平盧牙兵所殺，聖上一定會下旨不准你追查。求你放了我，我除掉凶手後自會回來領罪，絕不逃走。」

段文昌忙扶起他，道：「空郎不必如此。」一時沉吟不語，望向侯彝。侯彝卻堅決搖了搖頭。段文昌遂道：「抱歉了。」命人帶空空兒到御史臺獄監禁。

空空兒右肘輕撞，一個側身，當即甩開左右兩名差役，往門口奔去。侯彝早有防備，搶先攔在門口，厲聲喝道：「你還嫌麻煩不夠多！這裡是皇城，你能逃掉麼？」招手叫進金吾衛士，命他們與差役一道押空空兒去大獄。

空空兒掙扎著回頭問道：「大哥，你知道他們就藏在平盧進奏院中，對不對？」侯彝卻是不答，揮手命人速將他押走。

段文昌道：「不如今晚我暗中安排人放空空兒出來，後果自有我一人承擔。」侯彝道：「萬萬不可。段御史，我知道你想為武相公報仇，但此事不可妄行。聖上下令嫁禍成德，確有道理。況且放空空兒出去報私仇，只會陷他於死地。他連喪至親至愛，遭受重創，行事難以預料，還是先關著他，這對他好。」

忽有衛士進來稟道：「東都進奏院有急件送來。」侯彝拆開匆匆一看，道：「是圓淨逃去了洛陽，正在嵩山舉兵，留守召我速速回去。」

段文昌卻不願意他就此離開，失去一個強有力的幫手，道：「明府是洛陽令，又不是帶兵將領，呂留守召你回去做什麼？聖上命你調查武相公遇刺案，可不能就此甩手。」侯彝道：「之前我曾建議呂留守以重金收買山中棚戶來對付平盧遊騎，現下山棚首領指名要我去交涉，說他妻子阿寶是我舊識，所以我得立即趕回去。」又道：「段御史，你切不可私放空弟出來，一定要將他關好。聖上一直關注他，自會對他有所處置。」段文昌道：「是。」上前握住侯彝的手，甚是留戀，一直送到皇城前，才依依惜別。

這一日，是元和十年六月初三，京師發生了宰相武元衡遇刺事件，這也是中國有史以來第一位宰相當街被割走人頭。全城官民驚懼不安，傳說憲宗皇帝在延英殿中呆坐了一天，只默默流淚。當晚，停放在萬年縣的萬年吏屍首神祕消失。關於無頭屍體和化骨藥水的傳說越來越多，恐怖的氣氛悄然籠罩了長安。

當時民間早有童謠傳唱道：「打麥，麥打。三三三，舞了也。」有人稱此謠正是應驗宰相遇刺一事——「打麥」為打麥時節，「麥打」謂暗中突擊，「三三三」是六月三日，「舞了也」即指武元衡之死。

六月初三正午，太子左贊善大夫白居易上書皇帝，請求立即追捕凶手及幕後主使，成為挺身而出的第一名大臣。白居易剛服完母喪返京為官，借住在昭國坊一個朋友家中。昭國坊就在靖安坊東南面，武元衡遇刺時，白居易正在上朝路上，聽到街卒呼叫後騎馬趕到現場，親眼看到武元衡「迸血髓，磔髮肉」的慘狀。然而他此刻只是東宮閒官，卻搶在諫官之前議論朝政，是大大的僭越行為，況且之前因為一再反對憲宗對成德用兵，早為皇帝不喜，當即被勒令閉門思過。白居易之前的種種不妥當行為也迅疾被有心人挖了出來：他傾心愛慕初戀湘靈，為母親所阻，有情人難成眷屬。為了表示抗議，他多年來不娶妻子，直到三十七歲時才在母親以死威逼下才不得不娶好友楊汝士妹為妻。但還是未能忘懷湘靈，傳說其〈長恨歌〉中「天長地久有時盡，此恨綿綿無絕期」一句正是為舊愛所唱。成親以後，白居易與母親關係並不融洽，白母很快神經失常，三年前某日看花時掉入井中淹死，而此後白居易還寫了不少賞花的詩。這筆舊帳被翻出來後，憲宗當即以「有傷孝道」貶白居易為江州[6]司馬，限令即日出京。

六月初四，憲宗上朝登殿，朝堂寥寥幾人，等了許久，朝班中的官員仍然不能到齊，這才知道百官不到天大亮不敢走出家門。憲宗不得不頒布詔令，宰相等重臣外出時，加派金吾騎士護衛，又從內庫撥發弓弩、陌刀裝備金吾衛士，全副武裝。

六月初七，有人分別在京兆府轄下萬年、長安兩縣，以及左金吾衛屯營留下紙條，揚言道：「毋急捕我，我先殺你。」一時間，沒有人再敢去追捕賊人。兵部侍郎許孟容面見皇帝時痛哭道：「自古未有宰相橫屍路隅，盜賊如此囂張跋扈折，此朝廷之辱。」

六月初八，憲宗頒布詔書，即為著名的〈捕殺武元衡盜詔〉：「朕以不備，君臨萬邦，不敢自逸，每懷兢惕。而凶狡竊發，殲我股肱，是用當寧廢朝，通宵忘寐。永懷良輔，何痛如之？宜極搜擒，以攄憤毒。天下之惡，天下共誅，念茲臣庶，固同憤歎。宜令京城及諸道所在同捕逐，有能獲賊者，賜錢一萬貫，仍與五品官，有官超授。如本雖同謀，或曾停止，但能糾告，當舍其罪。仍同此科，敢有藏匿，全家誅戮。布告遠近，使明知之。」命朝廷內外四處搜查賊人，獲賊者賞錢萬緡，官五品，敢庇匿者，舉族誅之。於是京城進行大搜捕，公卿權貴家也不能倖免。

六月初十，神策軍將軍王士則上書告發是成德節度使王承宗派遣成德軍進奏院衛士張晏、嚴清等人殺害武元衡，張晏等八人立即被逮捕，由京兆尹裴武和監察御史陳中師審訊，八人均在嚴刑下服罪。

六月十二日，宰相張弘靖上書，表示懷疑成德的張晏等人並不是真凶，請皇帝另選派官吏調查。憲宗不肯聽從。

六月二十日，宰相韋貫之以朝廷對淮西用兵軍費浩大，請求罷兵，再免去裴度官職，以安撫平盧李師道、成德王承宗。

六月二十五日，韋貫之罷相，御史中丞裴度升任宰相，全面主持淮西兵事。

六月二十八日，張晏等十四人被斬首於西市。當晚，平盧進奏院發生滅門血案，三百餘名平盧官員、衛士均在中迷藥後被殺。有街卒親眼看見魏博進奏官聶隱娘帶著十數名衛士自平盧進奏院出來，渾身是血。朝廷無人過問。

八月初二，圓淨及部將數千人在嵩山被洛陽令侯彝指揮當地山棚圍殲，圓淨被擒送洛陽斬首示眾。平盧東都進奏官訾嘉珍供認是平盧主持刺殺宰相武元衡，被檻送京師，憲宗置之不問。

空空兒被放出大獄已是中秋以後，他親人的後事早已由監察御史段文昌代為料理妥當。回到家中，四下張望，滿目熟悉，卻也是滿目悽惶，痛徹心扉過後，總有種空蕩蕩的蒼涼，感覺有什麼東西被永久地帶走了。可是在他的記憶中，鏡兒仍然沒有離開這裡，他仍然能經常想起她，每次出來看到滿院芭蕉，鏡兒似乎仍然站在那裡，輕輕地微笑著向他頷首示意。

這一日，宰相裴度忽然派人請空空兒到府中飲酒。裴度早在六月甦醒後就已經力證空空兒並非刺客，刺客是一對男女，男子當場為王義所殺，女子負傷，逃走前灑了一些藥粉到那男子傷口上，裴度親眼看見那屍體滋滋作響冒煙，直到化成一泡血水，眾人這才知道原來化骨藥粉並非傳說，而是確有其事。

空空兒進來到花廳，裴度正在親手煮酒，將銅杯斟滿酒，放入酒爐上燒沸，再從一旁碟中取一條小魚，扔進沸酒中。

空空兒一旁看見，甚覺新奇。裴度道：「來，空郎來嘗嘗我自做的魚兒酒。」空空兒道：「這是真的小魚麼？」裴度道：「當然不是，這是龍腦，凝結後刻成小魚形狀。」

空空兒遂拈起酒杯，一飲而盡，果覺味道醇美，回味無窮，讚道：「好酒。」裴度道：「空郎若是喜歡，不妨多飲幾杯。」

空空兒果然又飲了幾杯，熱酒下肚，枯槁的心似也慢慢舒醒，問道：「相公當日真的見到那男刺客被藥粉化去麼？」他雖被關在獄中，段文昌卻時常來看他，講述時事見聞給他聽。

裴度道：「是我親眼所見。」

空空兒一時無語，看來蒼玉清、萬年吏的屍首並非被人搶走，而是跟劉大郎一樣被遊俠同伴用藥粉化掉了。幾個活生生的人就這樣從塵世消失，不留下一點痕跡，真相也隨之消失，再沒有人知道是誰指使他們，他們的目的又是什麼。他們的死自然是有價值的，至少遊俠會這樣認為。可鏡兒的死、精精兒的死又是為什麼？

皇帝打仗用兵，藩鎮堅持割據，兵禍連接，為什麼要普通老百姓來承擔禍端？

他心中終究不能對自己受矇騙錯手殺死王翼釋懷，道：「相公是如何識得王翼的？」

裴度道：「當日我奉旨宣諭魏博，回京時在邊境遇到他，渾身膿瘡，倒在路邊奄奄一息。我遂命人救起他，帶回京師，為他治病，後來痊癒他自稱無地可去，希望留在下來。我見他為人老實，就收他做了門客。空郎，若不是你，我當真不知道王義就是江湖上鼎鼎有名的兀鷹王翼。當日我遇刺遭襲時，王翼一露武功，已經極令我驚詫，只是無論如何都想不到……不過，我雖不能肯定他是否已改過自新，但確實沒有發現他做過什麼壞事。」

空空兒道：「實在抱歉，我……」裴度擺手道：「這件事不是空郎的錯，當時一片混亂，空郎情急之下也是為了保護我。」空空兒道：「當時王翼明明有機會說出真相，可他只叫我殺了他，我始終想不明白他為什麼要這麼做。」裴度道：「大約他不願意旁人知道他就是王翼，見已經暴露身分，乾脆一心求死。」歎息一回，又問道：「空郎可有什麼打算？」空空兒道：「我也不知道。」

回來家中，呆坐許久，忽然牽馬攜劍出門，就此離開長安，從此浪跡天涯，只以飲酒為樂。

這一日，空空兒在江州江邊漫遊時意外遇到江州司馬白居易，二人並不認識，只相互覺得面熟，白居易派隨從上前一問，才知道多年前在郎官清酒肆中見過。空空兒知道白居易因武元衡一案貶官，很是同情。白居易也聽過空空兒大名，當即在舟上排宴置酒，敘說一些京師舊事。忽聽到岸上傳來琵琶聲，令人驚絕。白居易奇道：「江州竟有這等琵琶聖手。」忙派人上岸，循聲尋去，帶來樂手一看，竟是當時名動京師的艾雪瑩。

艾雪瑩早嫁給商人為妻，認出白居易和空空兒，故人重逢，頗為喜悅。白居易請她奏曲助酒，遂欣然取出琵琶，撫摸撥弄起來。多年不見，她的指法越發精道嫻熟，擒控收放自如，又因為多年的艱辛漂泊，多了一番沉雄蒼鬱、豐滿渾厚的韻致。此番機遇，即白居易名詩〈琵琶行〉的來歷，其中「同是天涯淪落人，相逢何必曾相識」的感歎引發過無數偃蹇失意者的共鳴，成為千古絕唱。

空空兒卻驚訝發現，艾雪瑩懷中所抱正是那面紫檀琵琶，也就是他所猜想的玉龍子藏處。那一剎那，他想起了羅令則臨終遺言，又想起普寧公主轉達他未婚妻鄭瓊羅的話：「花開花落不長久，落紅滿地歸寂中。」他恍然明白了這句話的意思，詩中正暗含著玉龍子的藏身之處。

只是有一點實在難以理解，為什麼人在深宮、與外界隔絕的鄭瓊羅，會知道玉龍子的下落呢？

1宣武：又名汴宋，領汴、宋、亳、穎四州，府治汴州（今河南開封）。北接平盧，南接淮西。
2河陰：今河南鄭州西北。
3細作：奸細。
4明府：唐代對縣令的尊稱。
5李宥被立為太子後改名李恆，即後來的唐穆宗。
6江州：江西九江。

尾聲

元和十一年，憲宗以武元衡遇刺為出，下令對成德用兵，命河東、幽州、義武、橫海、魏博、昭義六道共討王承宗，諸道軍多互相觀望，毫無進展。淮西官兵屢戰屢敗，憲宗連換數任統帥，終於選中太子詹事李愬為新一任統帥。李愬是名將李晟之子，妻子韋氏是德宗長女唐安公主之女，為憲宗皇帝表姊，也算是皇親國戚，他在危難之時登上政治舞臺，演出了一齣「雪夜輕騎入蔡州」的千古傳奇。

元和十二年，討伐淮西的戰事進入了最關鍵的一年。朝廷用兵已經四年，饋運疲弊，民力困乏，深以為患，憲宗皇帝甚至不得不拿出德宗老皇帝辛苦聚斂的內庫錢物供應軍餉，實在難以兼顧下，不得不下令停止進攻成德，專攻淮西，之前因為精精兒、武元衡之案所做的苦心經營均付諸流水。

宰相裴度遂請命赴淮西監督戰事，憲宗特意召對於內殿，道：「蔡賊稱兵，昨晚擇帥甚難。天子用將帥，如造大船，以越滄海。其功既多，其成也大，一日萬里，無所不留。若乘一葦，而蹈洪流，即其功也寡，其覆也速。朕今託卿以摧狂寇，可謂一日萬里矣。」裴度淚下沾衣，道：「臣雖不才，敢以死效命。」表示不下淮西，絕不返回京城。遂連夜奔赴前線，唐軍士氣大振。

就在這一年，新任唐軍統帥李愬禮賢下士，爭取到了大批俘虜的淮西將士投降。淮西勇將李祐曾殺敗過無數唐軍，被擒後全軍上下要求將他開腹剖心，李愬卻親手給他鬆綁，委任他為自己牙隊的將領——六院兵馬使。李祐感激涕零，獻計輕騎突擊蔡州。

元和十二年十月初十，風雪交加，氣候極為寒冷，唐軍冒大雪摸進城裡，淮西節度使吳元濟還在牙城高臥未起。吳少陽、吳元濟父子當政時，禁止治下百姓夜半點燈，喝酒議論。百姓聽說唐軍攻進蔡州，爭先恐後地背負柴草幫助唐軍焚燒牙城城門，吳元濟被迫投降，押送京城後被斬於西市獨柳樹下。

王建有〈贈李愬僕射〉一詩，以二十八字包舉平蔡戰役，寫得有聲有色，生動地記錄了這次奇襲：「和雪翻營一夜行，神旗凍定馬無聲。遙看火號連營赤，知是先鋒已上城。」

淮西平定後，當時韓愈正在淮西行營任行軍司馬，奉詔書寫了一篇〈平淮西奉敕撰〉記敘了這次戰事。碑文共一千八百字，如行雲流水，如大江出峽，汪洋恣意，一揮而就，文章之華美，所謂「下筆煙飛雲動，落紙鸞回鳳驚」。勒碑之時，國人視為奇文，爭相誦之。本來是一件美事，卻引來一場風波。文中韓愈認為平淮西首功之臣是主戰宰相裴度，歌頌裴度功勛說：「凡此蔡功，惟斷乃成。」平淮西碑立在蔡州城北門外不久，李愬部下石孝忠揮錘砸斷了石碑。當官軍趕來抓捕時，石孝忠非但不束手就擒，反而還動手打死一名吏卒。事情鬧到了憲宗那裡。憲宗不但不追究，還下旨讓已是翰林學士的段文昌重寫碑文，段文昌在文章中大誇李愬功勛蓋世，重新立碑於蔡州，這才息事寧人。

淮西平定，天下震動，平盧李師道主動獻出沂、密、海三州，成德王承宗獻德、棣二州，還送兩個兒子入京師為人質，想以此避免成為朝廷的下一個目標。出人意料的是，憲宗赦免了成德，下令征討平盧。

平盧在割據藩鎮中面積最大，節度使兼海陸運使、押新羅、渤海兩蕃等使，有魚鹽之饒，兵強馬壯，實力雄厚。然而在朝廷挑撥離間下，節度使李師道疑忌部將，內部失和。元和十三年十二月，武寧節度使李愬攻克淄青戰略要地金鄉。次年正月，魏博節度使田弘正大敗平盧師將劉悟於東阿。劉悟待將士寬惠，頗得士心，軍中號為「劉父」，早為李師道猜忌，遂與田弘正通謀，回軍夜襲鄆州，殺李師道及其黨羽二十餘家，平盧遂定。平盧割據近六十年，至此才重新為朝廷掌握。憲宗分平盧為三道，分兵鎮守，派人檢閱平盧積年文書，才知道潼關、東都等處關吏、門吏早為李師道重金收買，均在平盧掛名任職。

憲宗慨然發奮，志平僭逆，睿謀前定，所向風靡，兩河既清，中流砥平。在他的不懈努力下，在付出無數鮮血白骨的代價後，天下終於再次出現統一的局面，中外咸理，紀律再張，出現了「唐室中興」盛況，這就是中國歷史上著名的「元和中興」，為世人所稱道。「元和」成為與「貞觀」「開元」並列稱頌的年號，憲宗亦成為與太宗並肩齊名的皇帝。日本後水尾天皇執政時，江戶幕府德川家康極其仰慕元和功勛，特下令採用憲宗年號「元和」。

取得了如此巨大的成就，憲宗志得意滿，也與昔日秦始皇、漢武帝一樣開始沉湎於方術，請人修煉不老仙丹，希冀能求得長生。當時江湖上有神醫鄭注，即昔日指點空兒以天河水解奇毒之人，名將李愬將其收至麾下，請其煉長生藥獻給皇帝以固恩寵。鄭注坦白答道：「世間並無保永生的長生之藥，只有養生之道，可以使人延年益壽。」李愬讚其誠實，將其留在身邊。鄭注從此開始參與軍政之事，後來成為「甘露之變」的關鍵人物。

然而對憲宗而言，生活趨於神祕並不是一件好事，外亂雖平，最終還是蕭牆禍起。元和十五年正月，左神策軍中尉吐突承璀請求改立澧王李惲為太子，太子李恆深為憂懼，祕密派人問計於舅舅司農卿郭釗，郭釗道：「殿下但盡孝謹以俟之，勿恤其他。」正月二十七日，憲宗暴卒於大明宮中和殿，年僅四十二歲。在移屍往太極殿時，屍首血污狼藉，點點鮮血自東內一路灑到西內。宮中流言是內常侍陳弘志受郭貴妃和太子李恆之命用匕首刺死憲宗，然外人都不明其究竟。憲宗屍骨未寒，新即位的穆宗殺了兄長澧王李惲及吐突承璀，封母親郭念雲為皇太后。不久就在丹鳳門看俳優戲，又到神策軍中看摔跤雜戲，絲毫不為父皇之死難過。坊間遂流言四起，均認為是憲宗欲改立澧王李惲，穆宗遂聯合母親郭念雲弒父奪權。然而宮中事祕，莫聞其詳。

穆宗愛慕大書法家柳公權書法墨蹟，特任命其為翰林侍書學士，問道：「愛卿書法何能如此之善？」柳公權答道：「用筆在心，心正則筆正。」穆宗知柳公權以筆為諫，默然改容。

穆宗在位時間不長，四年後的正月即中風死於大明宮中，傳說與長兄李寧以及當年鄭王李邈的死狀一模一樣。不過民間人人追懷憲宗豐功偉績，並沒有什麼人來同情這位年僅三十歲就暴死宮中的年輕皇帝。穆宗之後陸續即位的幾位皇帝更是開始追查憲宗之死真相，參與者或貶或殺，郭太后本人也落了個暴斃宮中的悲慘下場。從此，世間再不聞「遊俠」事蹟。

當空空兒聽到憲宗的死訊時，他正在江南一帶漫遊，只覺得心頭被針尖扎了一下，雖然不是劇痛，卻一滴一滴地滲出血來。那是一個讓人不能輕易忘懷的英睿帝王，十五年來，他沒有沉溺於享樂中，而是用行動一步一步實現了「天下一家」的誓言，也用言行扭轉了他因對父親順宗不孝在空空兒心中的不堪印象。只是家家有本難念的經，最終還是皇帝最不喜歡的郭貴妃之子即位，怕是天下又難以太平了。

同年十月，成德節度使王承宗死，因其子均在長安為人質，無法父喪子繼，軍中只得立王承宗之弟王承元為留後。王承元祕密投效朝廷，穆宗便調魏博節度使田弘正為成德節度使，任王承元為義成節度使。田弘正擔心成德將士嘩變，率領三千魏博牙兵前去赴任。然而朝廷戶部侍郎、判度支崔倰不肯批給魏博牙兵衣糧，魏博牙兵無以自存，田弘正只得命這些人回魏博去。成德與魏博世仇，本對田弘正不滿，而王承元歸順朝廷時，穆宗許諾賞賜成德軍一百萬緡錢遲遲不到，將士越為不滿。成德都知兵馬使王庭湊遂挑撥軍士作亂，殺田弘正及其僚佐將吏、家屬三百餘人，自任成德留後。

田弘正當年率魏博歸順朝廷，意義深遠，後來又多次參加朝廷平定藩鎮之戰，多有功勞。他的意外被殺震撼朝野。河北藩鎮相繼發生兵變，從此漸漸脫離中央控制。

義兄的死倒沒有令空空兒意外。正值深秋，他登上了黃鶴樓。江面浩淼，煙水蒼茫，葉葉點點的帆船正穿梭來往於其間。秋風徐徐掠過已見其斑白的頭髮，平添了幾分寒意。哎，當真是昔人已乘黃鶴去，此地空餘黃鶴樓，黃鶴一去不復返，白雲千載空悠悠。

樓下草叢深處正有隻無名大鳥悠然棲息著，一身羽毛潔白如玉，一腳站在地上，另一腳曲縮於腹下，頭縮至背上呈駝背狀，長時間呆立不動，像極垂釣的白頭漁翁。只是當牠忽然落寞無邊地悲涼鳴叫時，空空兒便覺得一顆心被揪住。

十餘載時光倏忽而逝，桑田滄海，物是人非。

忽聽見背後有人輕叫道：「空郎。」聞聲回過頭去，正有一名雪衣婦人慢慢爬上樓來，雖然蒼老憔悴了不少，卻分明是早已在多年前死去的蒼玉清。他愣了許久，才恍然間明白，殺死鏡兒的並非旁人，正是這位神祕莫測的清娘。

驀然回首間，多少前塵過往，多少離合悲歡，多少人情世事，多少興亡變幻。

他們就這樣默默站在路的盡頭。彩雲易散，恨月難圓。

千古俠客行——山河不足重，重在遇知己

春秋戰國時期，周王室衰微，諸侯群雄爭霸，連年征戰，在軍事、政治、外交各方面的鬥爭十分激烈。西元前三九四年，齊國向魯國發起進攻，奪取了魯國最地[1]。危難之際，韓國出兵營救魯國，兩國聯兵打退了齊軍，韓國與齊國遂成死敵。

當時韓國國君為韓烈侯韓取，執政相國則是他的親叔叔韓傀（字俠累）。韓國大夫嚴遂（字仲子）與韓傀爭權失敗，不得不出走，逃亡到韓國死敵齊國。然而嚴遂念念不忘向韓傀報仇，有人向他推薦齊國一個市井屠夫聶政，說此人能助他一臂之力。嚴遂慕名尋去，結果發現聶政雖是屠夫，卻是個面貌俊美的青年，一時很是懷疑，這樣一個罕見的美男子如何能幫他報仇？

仔細打探下，才知道這聶政確實不是普通人，是個武藝高強的劍客，因在家鄉魏國軹地[2]殺人暴露行跡，不得不攜帶母親、姊姊避難隱居到齊國，以屠宰謀生。嚴遂備下黃金百鎰[3]，上門拜訪，卻被聶政婉言謝絕。嚴遂並不氣餒，數次登門，準備精緻的酒饌獻給聶政母親致禮。聶政仁孝，見母親讚賞嚴遂禮數周全，便默許嚴遂來往於己家。嚴遂從來不提要求，聶政也沒有主動發問，但他心中感動嚴遂以公卿

身分禮賢下士，於是視對方為知己，他也知道對方必有所求，只是老母在堂，他不能以身許友。

過了一陣子，嚴遂見聶政始終不卑不亢地與自己保持距離，知道事情難成，只得離開了齊國，回去自己的家鄉衛國。嚴遂走後不久，聶母去世，聶政為母親守孝三年，又將姊姊聶榮出嫁，這才來到衛國濮陽[4]找到嚴遂，問他仇家姓名，表示願以死效命。嚴遂早已忘了三年前的事，面對尋上門來的聶政，目瞪口呆，直到此刻，他才相信他遇到一生中最值得信賴的人。

嚴遂將與韓傀的仇怨原原本本告訴了聶政，說：「韓俠累位居相國，身邊甲士如雲，你一人難近其身，我會多派車騎壯士從旁協助。」聶政卻一口推辭，只說：「相國至貴，出入兵衛，眾盛無比，當以奇取，不可力敵。仲子只需給我一柄鋒利匕首。」嚴遂就取了一柄匕首給他，聶政說：「我這就告辭了，以後再也不會與仲子相見，仲子也不要派人打聽我的事。」

聶政來到韓國都城陽翟[5]，悄然進城，正好遇到韓傀下朝，高車駟馬，前呼後擁，威風無比。聶政尾隨到相府，只見從大門到臺階遍布執戈甲士，防範森嚴。韓傀重席憑案，坐府決事。聶政上前說：「有急事告相國。」不等甲士反應過來，直衝入府，闖到堂上。直到聶政抽出匕首，韓傀才一驚而起，然而匕首已以白虹貫日之勢追了上來，一刀穿胸而過，頃刻喪命。

堂上大亂，直呼「有賊」，甲士關上大門，一起來圍捕聶政。聶政殺死數人，見敵人越來越多，難以逃脫，回手舉起匕首削毀自己那英俊的面容，挖出雙眼，晝開腹部，最後再自刺喉嚨而死。

刺客雖然自殺，可他自毀相貌，難以查出身分，也無從追查幕後主使。韓烈侯遂命曝屍於鬧市中，懸千金之賞，買人告發刺客姓名來歷，但始終無人認出聶政來。

聶政的姊姊聶榮聽說後，痛哭道：「這個人一定是我弟弟。」素帛裹頭來到韓國，果見聶政橫屍在鬧市上，當即上前撫屍痛哭。市吏忙上前問她是否認識刺客，聶荌說：「他是我弟弟聶政，怕連累我才自毀面容，但我又怎麼能怕被牽連而任憑他的英名埋沒呢？」說完就在旁邊的井亭石柱上撞死。

在禮崩樂壞的戰國時期，聶政的行為絕不是簡單的義氣用事，而是用來報答知遇之恩、成就自己的一種方式，是一種典型的「士」的行為。中唐詩人鮑溶有〈壯士行〉一詩：「西方太白高，壯士羞病死。心知報恩處，對酒歌易水。沙鴻嗥天末，橫劍別妻子。蘇武執節歸，班超束書起。山河不足重，重在遇知己。」

「山河不足重，重在遇知己」，士為知己者死，女為悅己者容。千百年來，聶政姊弟的果斷、剛毅、勇敢、無畏感動了無數人。魏晉名士嵇康被殺前所彈奏的民間琴曲〈廣陵散〉，正是描寫聶政捨命相報知己之恩、刺死韓相、為免親人受連累不惜毀容一死的俠義故事。至今河南禹州西北仍有紀念聶政的「聶政臺」。

春秋戰國是中國歷史上遊俠和刺客最為活躍的時期。聶政之前四十年，晉國有俠士豫讓為主人復仇，不惜用漆塗身，吞炭變啞，連自己的妻子當面也認不出來，備嘗艱辛後，最終還是失敗被殺，但不屈不撓的復仇過程卻成就了他的大義人格。《史記》稱豫讓死日，趙國志士「皆為涕泣」，《呂氏春秋》也稱「豫讓，國士也」。唐人胡曾有〈豫讓橋〉詩云：「豫讓酬恩歲已深，高名不朽到如今。年年橋上行人過，誰有當時國士心。」既仰慕豫讓重義輕生，不惜犧牲自己的生命，又感歎後人只重武不重俠，俠義精神已經淡化。

聶政之後，又有荊軻。荊軻，戰國時期衛國涿縣[6]人，祖先是齊國人，衛人稱其為慶卿。其人喜好讀書擊劍，曾遊說衛元君，未被信用，又遊歷榆次、邯鄲，最後來到燕國，與狗屠及高漸離等人關係親密。高漸離是天下聞名的樂師，擅長擊筑[7]，幾人常常結伴在市井飲酒，酒酣時則由高漸離擊筑，荊軻和樂而歌，又哭又笑，旁若無人。

當時已是戰國晚期，秦國一枝獨秀取代了七國爭雄的局面，秦王嬴政有意「盡天下之地，臣海內之王」，逐漸蠶食諸侯國土，先後派兵滅掉韓國以及六國中最為強大的趙國。滅趙過程中，秦國大軍兵臨燕國邊境，六國中以燕國最弱，燕王喜惶惶不可終日，無計可施。燕太子丹幼年曾與嬴政同在趙國為人質，結下深厚的友誼。然而嬴政當上秦王後，不但不願意提起趙國往事，還逼迫燕王喜將太子丹送到咸陽[8]為人質，對燕丹多有傲慢無禮之處。燕丹怨恨之下，設法逃離咸陽，回到燕國後四處尋求勇士，預謀行刺秦王。太傅鞠武介紹了燕國隱士田光給燕丹認識，田光又介紹了荊軻，為了敦促荊軻去見燕丹，甚至當場自刎而死。燕丹終於見到了荊軻，與他縱論天下形勢。

當時秦國大將王翦已經攻破趙國都城邯鄲，生俘趙王遷，秦大軍屯兵中心[9]，兵臨易水，正準備攻打燕國，燕國形勢危急，其餘諸侯既無能力也無勇氣合縱抗秦。燕丹認為只能選派天下勇士出使秦國，最好是生擒秦王，逼迫他交還諸侯所失國土，猶如當年曹沫逼迫齊桓公歸還魯國領土一樣；如果不行，就刺殺秦王，使秦王內外相亂，君臣相疑，諸侯借機合縱，則有望擊敗秦國。燕丹再三請求荊軻擔當此重任，荊軻慎重考慮後滿口答應。於是燕丹尊荊軻為上卿，供給華屋、美食、珍奇之物，「車騎美女恣荊軻所欲」。

為了確保行刺成功，荊軻提出需要樊於期首級和燕國督亢[10]地圖奉獻秦王。樊於期原為秦國大將，因得罪秦王嬴政逃奔燕國，成為燕丹賓客。秦王怨恨之極，不僅滅殺樊於期的父母宗族子弟，還懸賞「金千斤，邑萬有」，求其人頭。燕丹因為樊於期「窮困來歸」，不忍啟齒。荊軻便私下會見樊於期，說明借他之首既可解燕國之患，又可替他報私仇，樊於期當即自殺。

燕丹又廣求天下銳利匕首，得到趙人徐夫人匕首，花百金在刀刃上淬上劇毒，用以刺人，見血即死。當時荊軻還需要一名副手，燕丹選中燕國勇士秦舞陽。秦舞陽是燕國名將秦開之孫，秦開曾擊破東胡，辟地千里。秦舞陽十三歲就殺死過人，燕人都畏之如虎，不敢仰視。荊軻卻不大滿意秦舞陽，想等一同道好友到來後一齊赴秦，但因秦軍行將攻燕，情勢危急，燕丹多次催請上路，不得不倉促上路。

臨別之際，燕丹和知情的賓客都白衣白冠送別荊軻，直至易水，祭祀路神，禱祝成功。荊軻即將上路，高漸離擊筑，荊軻慷慨悲歌道：「風蕭蕭兮易水寒，壯士一去兮不復還。」歌聲悲壯激越，聞者無不動容。離去時，荊軻始終不曾回頭看一眼。這一幕亦被永遠定格在中國歷史上，成為後世文學審美的意象，激勵了無數仁人志士。

秦王政二十年，西元二二七年，荊軻、秦舞陽一行來到秦國都城，先用重金買通秦王寵臣中庶子豪嘉，請他先行稟告秦王嬴政：「燕王震怖秦王之威，不敢舉兵抵抗秦軍，願意獻國為臣，因此斬獲樊於期之首，同時獻上燕國督亢地圖，已遣使至秦。」

秦王大喜，立即在咸陽宮召見燕國使者。荊軻手捧盛有樊於期人頭的函匣，秦舞陽捧地圖盒，將淬毒匕首藏於圖卷之中，沿階而上。行到大殿上，秦舞陽忽然恐懼色變，秦國群臣無不詫異。荊軻以「北蕃蠻夷之鄙人，未嘗見天子」為由致歉，隨即接過地圖請秦王觀覽。地圖徐徐展開，圖窮而匕首見，荊軻左手抓住秦王衣袖，右手持匕首刺之。秦王驚覺，斷袖而退，惶急中因劍長未能拔出，便繞殿柱而跑，荊軻緊追不捨。

依照秦國法律，大臣上殿不得持帶任何兵刃，而護衛官兵則遠處殿下，無詔不得上殿。群臣驚愕，不知所措。秦王繞柱奔逃，手足無措，經人提醒，將長劍移至背後，這才將劍拔出，擊刺荊軻，斷其左腿。荊軻負傷，便將匕首擲出，未能擊中秦王，又連中八劍，仍然倚柱大罵道：「事所以不成者，乃欲以生劫之，必得約契以報太子也。」（《戰國策·燕策三》）隨後被殺。秦舞陽也早已被階下護衛砍成肉醬。

荊軻刺殺失敗後，秦王大怒，發兵增援，令王翦、辛勝為將，大舉伐燕。燕軍與代王公子嘉的部隊聯合抗秦，在易水以西被擊敗。次年，秦王又發兵增援秦將王翦，王翦一鼓作氣，再次擊敗燕軍，攻克燕國都城薊城[11]。燕王喜與太子丹逃亡遼東郡，秦將李信率領秦軍數千人窮追不捨。燕王喜權衡利害，派人用計將太子丹灌醉後殺死，將其首級獻給秦國，想以此求得休戰，保住燕國不亡。秦王遂將主力調往南線進攻楚國。西元前二二二年，秦將王賁奉命攻伐燕國在遼東的殘餘勢力，燕王喜被俘，燕國徹底滅亡。

秦國統一天下後，嬴政稱帝為秦始皇，高漸離因其出色的音樂才華被免死，熏瞎雙眼後留在嬴政身邊供其娛樂。高漸離將鉛灌於筑中，借擊筑之機撲擊嬴政，終因眼瞎難辨方向失敗被殺，從此嬴政「終身不復近諸侯之人」。

荊軻事雖不成，那份視死如歸的風度，「自反而縮，雖千萬人，吾往矣」的壯烈實在讓人唏噓不已。由於行刺對象為後來的千古一帝秦始皇，過程悲壯慘烈，他也成為中國歷史上最著名的刺客，聲名遠在其前輩豫讓、聶政之上。西漢史學家司馬遷作《史記》時，不惜筆墨，極其詳盡記錄了荊軻的壯舉，稱讚他「不欺其志，名垂後世」。後世詩人、文學家如陶淵明、王昌齡、駱賓王、李嶠、柳宗元、賈島、王安石、蘇軾、陸游、劉克莊、汪元量、陳子龍、龔自珍等爭相吟詠，易水也伴隨荊軻成為千古名勝之地。駱賓王有〈於易水送人〉一首：「此地別燕丹，壯士髮衝冠。昔時人已沒，今日水猶寒。」風聲蕭蕭瑟瑟，猶如人聲悲嗚嗚咽，荊軻雖去，而其英風壯采，懍烈如生。

荊軻死去九年後，韓國貴族子弟張良密謀刺秦。他散盡家資，尋訪到一名大力士，打造了一把一百二十斤（約合今六十斤）的大鐵椎，然後一起埋伏在秦始皇東巡必經之路博浪沙[12]。不多久，秦始皇大隊車馬來到，張良指揮大力士將大鐵椎擲向中間那輛最豪華的馬車，當即將乘車者擊斃。張良與大力士趁亂鑽入蘆葦叢中，逃離博浪沙。

不幸的是，秦始皇因多次遇刺，早有防備，他並沒有坐在中間那輛豪華車上，當即下令全力搜捕刺客，博浪沙從此一舉成名。張良椎擊秦始皇未遂，卻是朝野震驚，千古傳誦。他後來輔佐劉邦，成為漢代開國名臣。

漢代以後，由於當權者大力打壓，遊俠趨於沉寂，直到唐代才再度崛起，不過這時的遊俠已經不再是單純的扶危濟貧、除暴安良形象，而是以捲入兵甲政治風波的刺客面貌出現。

唐代建國之初，太子李建成與秦王李世民爭權，李建成為了剷除李世民的左膀右臂，大肆拉攏秦王府的驍將，先派人贈給猛將尉遲恭一車金銀器具。尉遲恭不但沒有接受李建成的禮物，還將這件事告訴李世民。李建成便派刺客前來刺殺尉遲恭。尉遲恭事先得知消息，便故意將家門大開，自己安臥在床上不動。刺客多次來到庭院，卻見尉遲恭有恃無恐，有所畏懼，始終不敢走進寢室。

貞觀年間，唐太宗立嫡長子李承乾為太子，李承乾喜歡穿突厥服飾遊樂，東宮侍從官于志寧經常從旁規諫。李承乾不但毫不悔改，還派遣親信與紇干承基前去刺殺于志寧。當時于志寧正居喪守節，家中一貧如洗。兩名刺客一時良心發現，動了惻隱之心，沒有忍心下手，于志寧才逃過一難。

這還只是唐朝初年，安史之亂後，各地藩鎮割據，養士、用士之風彌烈，刺客更是成為左右政局的一支力量。

唐憲宗元和十一年（西元八一六年）六月初三，宰相武元衡上朝，剛騎出里門即遇到刺客襲擊，被殺死於牆下，割走首級。御史中丞裴度同日遇刺，幸得隨從王義拚死相護，加以頭頂氈帽厚實，受傷後掉入溝中，僥倖逃得一命。當時朝廷對淮西用兵，戰事正緊，唯有武元衡和裴度二人堅決支持皇帝征討到底，二人一死一傷後，憲宗皇帝長坐殿中痛哭不止，主戰一派大受打擊。幸得裴度不死，皇帝得到支持，才堅持繼續用兵，終於在一年多後平定淮西。

唐文宗開成三年（西元八三八年）正月，宰相李石早朝，坐騎行至半路，突然有刺客殺出，一箭射傷了李石。隨從一驚而散。李石的馬受驚，幸好這馬有靈性，回頭往李府發足狂奔。李石受傷，只能伏在馬上。到坊門時，李石再次遭刺客襲擊。刺客用刀去砍李石，不料馬快，只砍斷了馬尾，李石倖免於難。事後，李石猜到是宦官所為，被迫上書稱病，請求辭去相位。

以上遇刺者均為重臣，可見唐代豢養刺客成風。元稹靠巴結宦官崛起後，與裴度爭權最激烈時，也曾經雇用江湖刺客，意圖有所為，結果被人檢舉，最終失勢。

正是基於此種背景，唐傳奇小說中湧現出大批遊俠、刺客如空空兒、精精兒、聶隱娘等人物，這些人武藝驚人，英勇無畏，剛烈堅強，行事果決，然而卻沒有獨立的地位，只是政治權勢的一種附庸，實際上也正是時代風雲的體現。

吟到恩仇心事湧，江湖俠骨恐無多。

1 最地：今山東曲阜南。

2 軹地：今河南濟原東南。

3 鎰：古代重量單位，一鎰合二十兩，一說二十四兩。

4 濮陽：今河南濮陽。

5 陽翟：今河南禹州，傳說為禹之都。

6 涿縣：今河北涿州。

7 筑：似琴的絃樂器。

8 咸陽：秦國國都，今陝西咸陽。

9 中心：今河北定縣、井陘、保定一帶。

10 督亢：今河北涿縣、易縣、因安一帶。

11 薊城：今北京城西南。

12 博浪沙：今河南原陽古博浪沙。

唐代中央與地方藩鎮關係

西元六一八年——唐高祖李淵稱帝，唐朝建立。
西元六二六年——玄武門之變，唐太宗李世民即位。
西元六八三年——唐高宗李治死，武則天臨朝。
西元六九〇年——武則天稱帝，改國號為周。
西元七一二年——唐玄宗李隆基即位。
西元七五五年——安祿山叛亂，安史之亂開始。
西元七五六年——馬嵬驛兵變，楊貴妃、楊國忠死；唐肅宗李亨即位。
西元七五七年——郭子儀等從叛軍手中收復長安、洛陽。
西元七六二年——唐玄宗死；唐肅宗死；唐代宗李豫即位，稱大宦官李輔國為尚父，以大宦官程元振為左監門衛將軍；李輔國為司空兼中書令，宦官正式為相者歷史上僅此一例。
西元七六三年——安史之亂結束；以降將薛嵩為相、衛、邢、洺、貝、澶六州節度使，田承嗣為魏博節度使。薛嵩、田承嗣等就是安史之亂後形成的第一批「河北藩鎮」；吐蕃侵入長安，代宗東逃陝州；郭子儀集兵復長安。

西元七七九年——唐代宗死；唐德宗李适即位。

西元七八一年——成德節度使李寶臣死，子李惟岳請襲，德宗不許，李惟岳與魏博田悅、平盧李正已聯兵抗拒朝廷；郭子儀死。

西元七八三年——長安發生涇原兵變，德宗逃往奉天；朱泚在長安稱大皇帝，改元應天。

西元七八四年——淮西節度使李希烈在汴州即皇帝位，國號大楚，改元武成；魏博田緒殺堂兄田悅為帥，從幕僚之計，歸附朝廷；唐將李晟收復長安；朱泚逃亡被殺。

西元八〇五年——唐德宗死；唐順宗李誦即位，罷進奉、宮市、五坊小兒；京兆尹李實被貶；王叔文專權，開始永貞革新；唐順宗退位為太上皇；唐憲宗李純即位，改元永貞；王叔文一黨失勢被貶；西川節度使韋皋暴死，幕僚劉闢自任留後。

西元八〇六年——太上皇李誦崩於興慶宮；高崇文平亂西川，任西川節度使；夏綏（即銀夏）留後楊惠琳拒朝命被殺；平盧節度使李師古死，部下奉其弟李師道為帥。

西元八〇七年——鎮海節度使李錡反，被殺；普寧公主嫁山南東道節度使于頔之子于季友。

西元八〇九年——成德節度使王士真死，子王承宗為帥；憲宗命吐突承璀率神策軍討成德；翰林學士白居易等上疏反對用宦官為帥，憲宗不聽；淮西節度使吳少誠死，部將吳少陽殺吳少誠子自代為帥；幽州節度使劉濟出兵討王承宗；憲宗立紀美人所生長子李寧為太子。

西元八一〇年——昭義節度使盧從史暗結王承宗，被朝廷派人捕而貶之；憲宗罷兵，復成德王承宗官爵；幽州節度使劉濟被次子劉總毒死，劉總領幽州軍務；義武節度使張茂昭舉族入朝。

西元八一二年——魏博田季安死，子田懷諫立，年十一歲；魏博軍擁田興為帥；田興請命於朝，受賜名弘正；太子李寧死，立貴妃郭念雲子遂王李宥為太子，改名李恆。

西元八一三年——義成節度使薛平請求魏博節度使田弘正協助，徵役萬人，開黃河黎陽古道（今河南浚縣東），新河南北長十四里，寬六十步，深一點七丈，分黃河水勢，滑州遂無水患。

西元八一四年——淮西節度使吳少陽死，其子吳元濟匿喪不報，擅領軍務；憲宗發兵討淮西。

西元八一五年——淮西吳元濟縱兵侵掠至東都洛陽；平盧李師道燒河陰轉運院；宰相武元衡遇刺身亡；裴度遇刺僥倖不死，不久拜相，主持淮西軍務；東都留守呂元膺平定平盧圓淨之亂。

西元八一六年——憲宗命河東、幽州、義武、橫海、魏博、昭義六道討成德王承宗。淮西官軍多敗；太子詹事李愬為唐隨鄧節度使，成為攻打淮西的唐軍統帥。

西元八一七年——李愬雪夜襲蔡州，擒吳元濟，淮西平定；韓愈、李愬爭〈平淮西碑〉事。

西元八一八年——平盧李師道獻沂、密、海三州；成德王承宗獻德、棣二州，送子入朝；橫海節度使程權舉族入京，歸順朝廷；朝廷對平盧用兵。

西元八一九年——憲宗遣使迎佛骨，刑部侍郎韓愈上疏諫，力陳佛不足信，憲宗欲殺韓愈，因裴度等力救，貶為潮州刺史；平盧大將劉悟暗通魏博田弘正，舉兵夜襲鄆州，殺李師道，平盧平定；宣武節度使韓弘入朝；群臣上憲宗尊號，宰相崔群因議「孝」字被罷相，風傳與順宗暴死有關。

西元八二〇年——吐突承璀請立澧王李惲為太子；憲宗暴卒；唐穆宗即位，尊母郭念雲為皇太后，殺兄李惲及支持澧王的神策軍中尉吐突承璀；段文昌拜相；成德節度使王承宗死，弟王承元歸順朝廷；朝廷以田弘正為成德節度使；成德軍亂，殺田弘正。

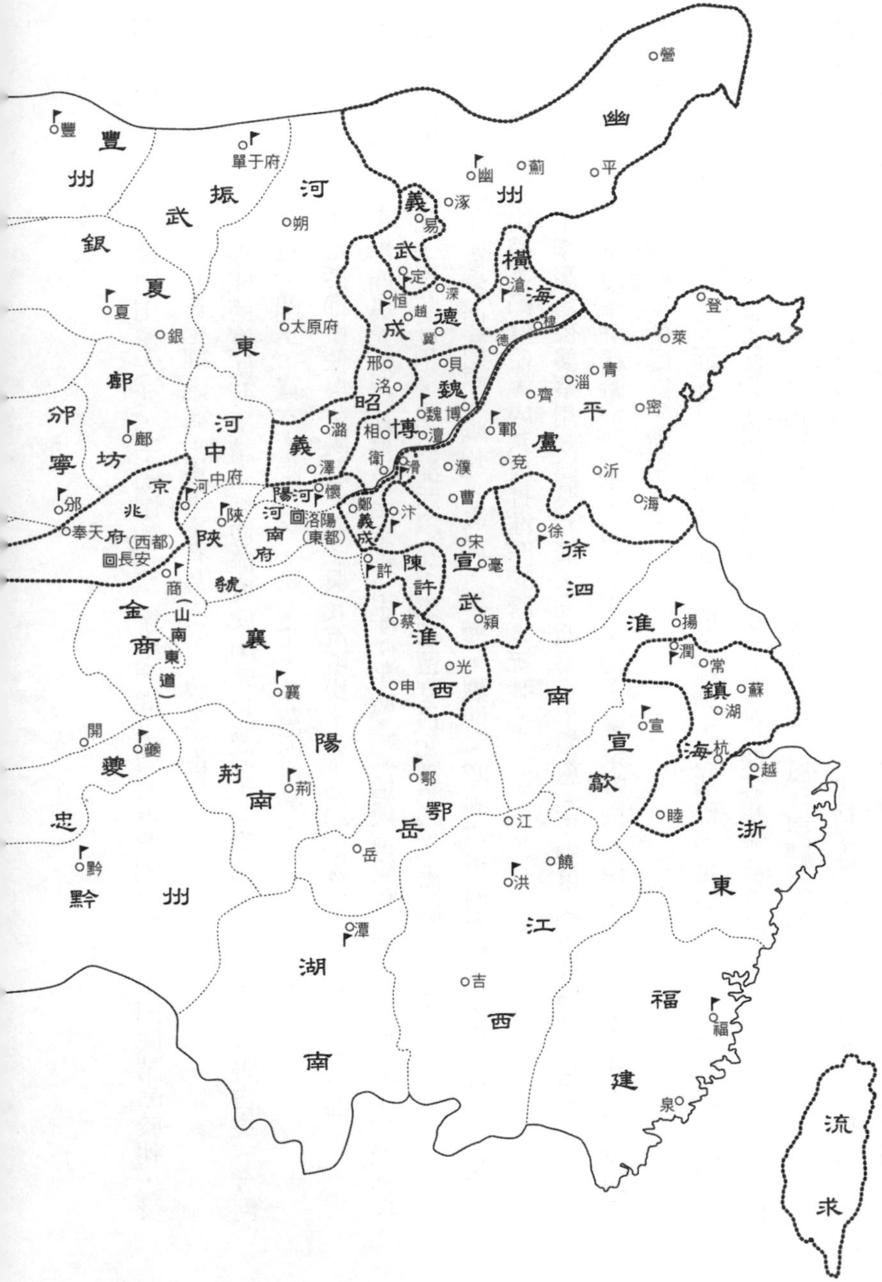

營
幽州
薊
平
幽
涿
易
義武
定
深
恒
趙
冀
成德
橫海
滄
棣
德
登
萊
青
淄
齊
密
平盧
沂
海
鄆
兗
徐
徐泗
豐州
豐
單于府
振武
河東
朔
太原府
銀夏
夏
銀
鄜坊
鄜
邠寧
邠
河中
河中府
京兆府
奉天
長安(西都)
陝
陝虢
商
金商
(山南東道)
邢
洺
昭義
潞
澤
魏博
貝
魏
博
相
澶
衛
滑
濮
曹
懷
河陽
河南府
洛陽(東都)
鄭
義成
汴
宋
亳
宣武
潁
陳許
許
蔡
淮西
光
申
揚
淮南
潤
常
鎮海
蘇
湖
杭
宣
宣歙
睦
越
浙東
襄
襄陽
開
夔
夔
忠
荊
荊南
鄂
鄂岳
岳
江
饒
洪
黔
黔州
潭
湖南
吉
江西
福
福建
泉
流求

唐代藩鎮分布圖

元和年間（西元806年～西元820年）

遊俠詩十首

唐・沈彬〈結客少年場行〉

重義輕生一劍知，白虹貫日報讎歸。
片心惆悵清平世，酒市無人問布衣。

唐・李白〈俠客行〉

趙客縵胡纓，吳鉤霜雪明。銀鞍照白馬，颯沓如流星。
十步殺一人，千里不留行。事了拂衣去，深藏身與名。
閑過信陵飲，脱劍膝前橫。將炙啖朱亥，持觴勸侯嬴。
三杯吐然諾，五嶽倒爲輕。眼花耳熱後，意氣素霓生。
救趙揮金槌，邯鄲先震驚。千秋二壯士，烜赫大梁城。
縱死俠骨香，不慚世上英。誰能書閣下，白首太玄經。

唐・孟郊〈遊俠行〉

壯士性剛決，火中見石裂。殺人不回頭，輕生如暫別。
豈知眼有淚，肯白頭上髮！平生無恩酬，劍閑一百月。

唐・元稹〈俠客行〉

俠客不怕死，怕在事不成。
事成不肯藏姓名，我非竊賊誰夜行。
白日堂堂殺袁盎，九衢草草人面青。
此客此心師海鯨，海鯨露背橫滄溟。
海波分作兩處生，海鯨分海減海力。
俠客有謀人莫測，三尺鐵蛇延二國。

唐・溫庭筠〈俠客行〉

欲出鴻都門，陰雲蔽城闕。
寶劍黯如水，微紅濕餘血。
白馬夜頻嘶，三更霸陵雪。

晉・張華〈博陵王宮俠曲〉

雄兒任氣俠，聲蓋少年場。
借友行報怨，殺人租市旁。
吳刀鳴手中，利劍嚴秋霜。
腰間義素戟，手持白頭鑲。
騰超如激電，回旋如流光。
奮擊當手決，交屍自從橫。
寧爲觴鬼雄，義不入圜牆。
生從命子遊，死聞俠骨香。
身沒心不懲，勇氣加四方。

唐・李白〈結客少年場行〉

紫燕黃金瞳，啾啾搖綠鬃。平明相馳逐，結客洛門東。
少年學劍術，凌轢白猿公。珠袍曳錦帶，匕首插吳鴻。
由來萬夫勇，挾此生雄風。託交從劇孟，買醉入新豐。
笑盡一杯酒，殺人都市中。羞道易水寒，徒令日貫虹。
燕丹事不立，虛沒秦帝宮。舞陽死灰人，安可與成功。

梁・王筠〈俠客篇〉

俠客趨名利，劍氣坐相矜。黃金塗鞘尾，白玉飾鉤膺。
晨馳逸廣陌，日暮返平陵。舉鞭向趙李，與君方代興。

唐・崔顥〈遊俠篇〉

少年負膽氣，好勇復知機。仗劍出門去，孤城逢合圍。
殺人遼水上，走馬漁陽歸。錯落金鎖甲，蒙茸貂鼠衣。
還家行且獵。弓矢速如飛。地迥鷹犬疾，草深狐兔肥。
腰間帶兩綬，轉盼生光輝。顧謂今日戰，何如隨建威。

唐・施肩吾〈壯士行〉

一斗之膽撐臓腑，如礫之筋礙臂骨。
有時誤入千人叢，自覺一身橫突兀。
當今四海無煙塵，胸襟被壓不得伸。
凍梟殘蠆我不取，汙我匣裡青蛇鱗。

後記

劍客昂昂，錦語琅琅，不盡興亡

吳蔚

在中國歷史上，有一群被稱為「遊俠」的人，他們多是在天下紛亂的時候展露崢嶸頭角，「以武犯禁」，被當權者視為「罪已不容於誅」（班固《漢書・遊俠傳》），歸為暴虐豪強之流。然而他們卻是傾倒民眾的英雄——輕生重義，輕死重氣，胸懷氣度，豪爽好交遊，武藝高強，扶貧濟弱，勇於為人們排難解紛，厚施薄望，從不希圖回報。所以司馬遷在《史記・遊俠列傳》中說：「今遊俠，其行雖不軌於正義，然其言必信，其行必果，已諾必誠，不愛其軀，赴士之困厄。既已存亡死生矣，而不矜其能，羞伐其德，蓋亦有足多者焉。」

遊俠作為尚武精神的產物，自然而然活躍於尚武的年代。春秋戰國是遊俠最為活躍的一個時期，知名者如墨子、程嬰、唐雎、曹沫、信陵君、平原君、毛遂、豫讓、要離、聶政、田光、荊軻、高漸離等，雖然大多人皆捲入政治風波以刺客身分出現，卻終是以仗義勇為、反抗強暴的俠名士氣名垂青史，他們的俠義行為甚至改變了局部政治力量的對比。

秦始皇統一天下後實行嚴刑苛法，遏制了遊俠的發展。不過秦代近二世而亡，很快為漢取代。西漢立國之初，幾任當權者均採取休養生息之策，遊俠遂喪失了先秦救亡圖存的時代環境，譬如再無機會像荊軻那樣意圖保存弱小燕國而去刺殺強大的秦王，這使得遊俠的光彩迅疾消褪。這一時期的遊俠只以周窮濟貧、厚施薄望著名，當他們不再像荊軻之輩捲入政治風波時，俠義精神反倒更為突出。明末清初王夫之曾經感慨道：「上不能養民，而遊俠養之也。……民乍失侯王之主而無歸，富而豪者起而邀之，而俠遂橫於天下。」正因為如此，民眾心中只有大俠，並無朝廷，遊俠能「權行州域，力折公侯」，逐漸威脅到當權者的利益。漢武帝劉徹登基後，任用酷吏大肆打殺遊俠，聲名顯著者如郭解等均被殘酷處死，遊俠為了逃避朝廷迫害，行蹤日益詭祕，從此疏離廟堂，淪為徹頭徹腦的江湖人物。

到了唐代，遊俠再次深入政治。上自宰相，下到藩鎮，均與遊俠及自遊俠分化出來的刺客有千絲萬縷的連結，所以唐人才說：「天下未有兵甲時，常多刺客。」終唐一代，遊俠、刺客橫行天下，這是極為奇特的歷史現象。

《大唐遊俠》講述的正是唐代元和時期前後一群遊俠的故事。那是個極為混亂的年代，他們的身分、立場、信念、理想不盡相同，然而卻是同樣的說一不二，同樣的任俠使氣，同樣的嫉惡如仇，同樣的視死如歸，終以張揚的氣質、個性、勇氣、熱血譜寫了一曲壯烈悲歌——一個四分五裂的帝國，一群胸懷奇志的俠士，狼煙烽火，豪情一諾。

本書中的遊俠並非無所不能的英雄，他們跟普通人一樣，有許多艱辛，許多身不由己，甚至要承受更多的苦澀和無奈。即使有隱退江湖之心，面對多艱的時事、慘烈的局勢及悲涼的世事，也難以置身事外。戰爭的殘酷，人性的複雜，刀光劍影中，飄蕩著斬不斷、理還亂的情絲，愛情、友情、親情縷縷交織，難以抉擇。但無論如何，他們見證了一種勇氣力量，一種血氣方剛。大詩人李白曾說：「儒生不及遊俠人，白首下帷復何益。」

按我最初的構想，《大唐遊俠》將由發生在五個城市（長安、成都、揚州、魏州、洛陽）相對獨立又互相關聯的故事組成，出現在郎官清酒肆的李紳和青龍寺的張祜兩段本是揚州〈金縷衣〉故事的伏筆，限於篇幅不得不拿掉。唐代的揚州是當時天下最優裕、最具風情的城市，未來將單獨再寫一本關於揚州的歷史小說。然因故事背景極為複雜，小說情節所涉及的歷史常識會有重複交代，特此說明。

在動筆寫每一本小說前，我都會花大量時間閱讀相關典籍資料，為的就是將各種細微的歷史細節如實展現在讀者面前。例如本書中的郎官清酒、浪劍、吉莫靴、被當作擣衣石的大玉石、蒼玉（清代尚且存世）、玉龍子、裴度的魚兒酒等均是取自唐代典籍，這些事物均曾經在歷史上真實地存在過。至於書中「玉龍子」的下落，後面還會有一本書具體交代，空空兒、鄭注等人都還會出現。《大唐遊俠》是我個人迄今最喜歡的一本創作，所以大結局要留到最後，作為這一系列歷史小說的收官之作。寫作是一個漫長辛苦又快樂的過程，請理解，請期待。彼此關注，共同度過歲月。

千百年來，「俠」道長盛不衰，只因人們心底渴求正義、推崇英雄。謹以《大唐遊俠》一書獻給所有做過熾熱俠義夢的人們。

國家圖書館出版品預行編目資料

大唐遊俠／吳蔚著；——初版. ——臺中市：好讀，2012.02

面：　公分，——（吳蔚作品集；04）（眞小說；07）

ISBN 978-986-178-224-9（平裝）

857.7　　100026548

好讀出版

真小說 07

吳蔚作品集——大唐遊俠

作　　者／吳　蔚
總 編 輯／鄧茵茵
文字編輯／簡伊婕
美術編輯／張裕民
地圖繪製／連梅吟 尤淑瑜
行銷企畫／陳昶文
發 行 所／好讀出版有限公司
台中市 407 西屯區何厝里 19 鄰大有街 13 號
TEL:04-23157795　FAX:04-23144188
http://howdo.morningstar.com.tw
（如對本書編輯或內容有意見，請來電或上網告訴我們）
法律顧問／甘龍強律師
承製／知己圖書股份有限公司　TEL:04-23581803

總經銷／知己圖書股份有限公司
http://www.morningstar.com.tw
e-mail:service@morningstar.com.tw
郵政劃撥：15060393 知己圖書股份有限公司
台北公司：台北市 106 羅斯福路二段 95 號 4 樓之 3
TEL:02-23672044　FAX:02-23635741
台中公司：台中市 407 工業區 30 路 1 號
TEL:04-23595820　FAX:04-23597123

初版／西元 2012 年 2 月 15 日
定價／399 元
如有破損或裝訂錯誤，請寄回知己圖書台中公司更換

Published by How-Do Publishing Co., Ltd.
2012 Printed in Taiwan

ISBN 978-986-178-224-9

讀者回函

只要寄回本回函，就能不定時收到晨星出版集團最新電子報及相關優惠活動訊息，並有機會參加抽獎，獲得贈書。因此有電子信箱的讀者，千萬別吝於寫上你的信箱地址

書名：大唐遊俠

姓名：＿＿＿＿＿＿＿ 性別：□男 □女　生日：＿＿年＿＿月＿＿日

教育程度：＿＿＿＿＿＿＿＿＿＿＿＿

職業：□學生 □教師 □一般職員 □企業主管

□家庭主婦 □自由業 □醫護 □軍警 □其他＿＿＿＿＿＿＿＿＿＿

電子郵件信箱（e-mail）：＿＿＿＿＿＿＿＿＿＿＿ 電話：＿＿＿＿＿＿＿＿

聯絡地址：□□□ ＿＿＿＿＿＿＿＿＿＿＿＿＿＿＿＿＿＿＿＿＿＿＿

你怎麼發現這本書的？

□書店 □網路書店（哪一個？）＿＿＿＿＿＿＿＿＿ □朋友推薦 □學校選書

□報章雜誌報導 □其他＿＿＿＿＿＿＿＿＿＿＿＿＿＿＿＿＿＿＿＿＿

買這本書的原因是：＿＿＿＿＿＿＿＿＿＿＿＿＿＿＿＿＿＿＿＿＿＿＿

□內容題材深得我心 □價格便宜 □封面與內頁設計很優 □其他＿＿＿＿＿＿

你對這本書還有其他意見麼？請通通告訴我們：

＿＿＿＿＿＿＿＿＿＿＿＿＿＿＿＿＿＿＿＿＿＿＿＿＿＿＿＿＿＿＿＿＿＿

你買過幾本好讀的書？（不包括現在這一本）

□沒買過 □ 1 ～ 5 本 □ 6 ～ 10 本 □ 11 ～ 20 本 □太多了

你希望能如何得到更多好讀的出版訊息？

□常寄電子報 □網站常常更新 □常在報章雜誌上看到好讀新書消息

□我有更棒的想法＿＿＿＿＿＿＿＿＿＿＿＿＿＿＿＿＿＿＿＿＿＿＿＿＿

最後請推薦五個閱讀同好的姓名與 E-mail，讓他們也能收到好讀的近期書訊：

1. ＿＿＿＿＿＿＿＿＿＿＿＿＿＿＿＿＿＿＿＿＿＿＿＿＿＿＿＿＿＿＿＿

2. ＿＿＿＿＿＿＿＿＿＿＿＿＿＿＿＿＿＿＿＿＿＿＿＿＿＿＿＿＿＿＿＿

3. ＿＿＿＿＿＿＿＿＿＿＿＿＿＿＿＿＿＿＿＿＿＿＿＿＿＿＿＿＿＿＿＿

4. ＿＿＿＿＿＿＿＿＿＿＿＿＿＿＿＿＿＿＿＿＿＿＿＿＿＿＿＿＿＿＿＿

5. ＿＿＿＿＿＿＿＿＿＿＿＿＿＿＿＿＿＿＿＿＿＿＿＿＿＿＿＿＿＿＿＿

我們確實接收到你對好讀的心意了，再次感謝你抽空填寫這份回函

請有空時上網或來信與我們交換意見，好讀出版有限公司編輯部同仁感謝你！

好讀的部落格：http://howdo.morningstar.com.tw/

請填妥後對折黏貼，直接投郵即可，無須貼郵票。

廣告回函
台灣中區郵政管理局
登記證第 3877 號
免貼郵票

好讀出版有限公司　編輯部收

407 台中市西屯區何厝里大有街 13 號
電話：04-23157795-6　傳真：04-23144188

沿虛線對折

購買好讀出版書籍的方法：

一、先請你上晨星網路書店http://www.morningstar.com.tw檢索書目
或直接在網上購買

二、以郵政劃撥購書：帳號15060393 戶名：知己圖書股份有限公司
並在通信欄中註明你想買的書名與數量

三、大量訂購者可直接以客服專線洽詢，有專人爲您服務：
客服專線：04-23595819轉230 傳真：04-23597123

四、客服信箱：service@morningstar.com.tw